Sur l'auteur

Journaliste free-lance, Stuart Turton a une maîtrise d'anglais et de philosophie. Touche-à-tout, qui ne prévoit rien à l'avance, il a notamment enseigné l'anglais à Shanghai, rédigé des chroniques de voyage à Dubaï, et travaillé pour un magazine de technologie à Londres.

Les Sept Morts d'Evelyn Hardcastle a remporté le prestigieux prix Costa du meilleur premier roman en 2019.

STUART TURTON

LES SEPT MORTS D'EVELYN HARDCASTLE

Traduit de l'anglais
par Fabrice Pointeau

10/18

SONATINE ÉDITIONS

Titre original :
The Seven Deaths of Evelyn Hardcastle

Éditeur original : Raven Books,
une maison du groupe Bloomsbury Publishing Plc

ISBN 978-2-264-06406-6
Dépôt légal : juin 2020

Pour mes parents, qui m'ont tout donné
et n'ont rien demandé, ma sœur,
la première et la plus féroce de mes lecteurs,
et ma femme, dont l'amour, les encouragements
et les rappels de lever le nez de mon clavier
de temps à autre ont fait de ce livre bien plus
que je n'aurais cru possible.

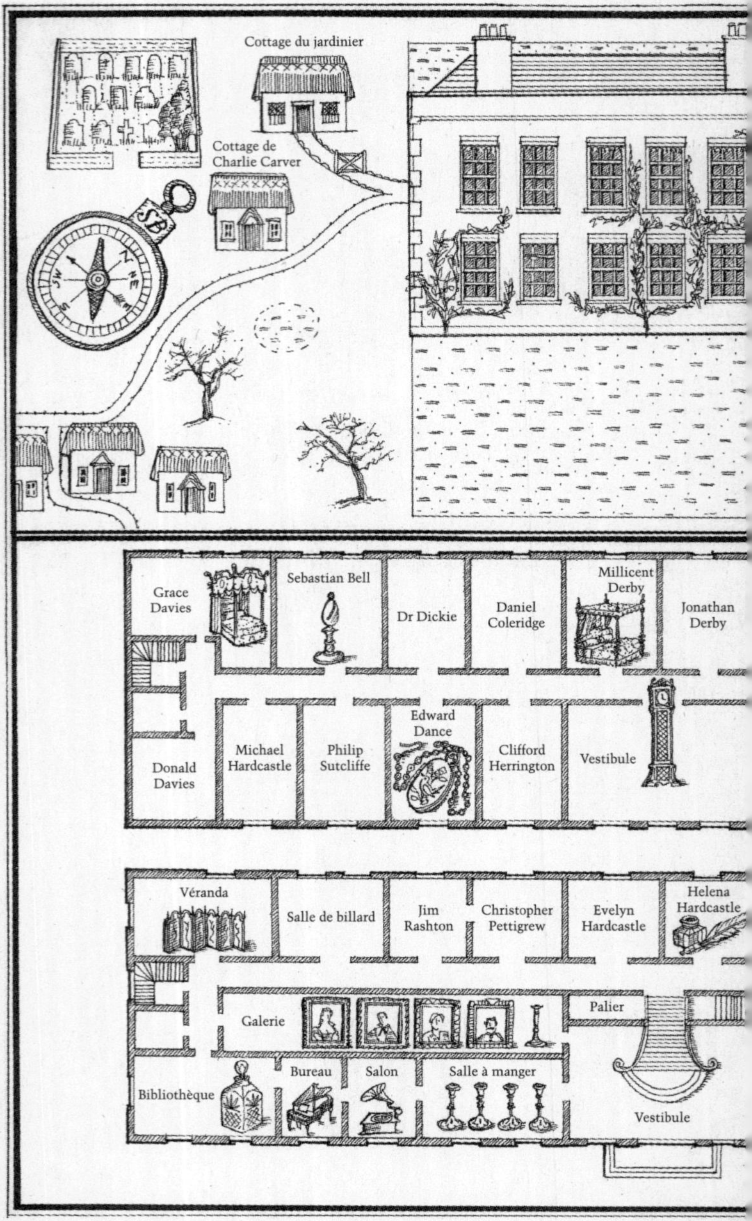
Cottage du jardinier
Cottage de Charlie Carver
Grace Davies
Sebastian Bell
Dr Dickie
Daniel Coleridge
Millicent Derby
Jonathan Derby
Edward Dance
Michael Hardcastle
Philip Sutcliffe
Clifford Herrington
Vestibule
Donald Davies
Véranda
Salle de billard
Jim Rashton
Christopher Pettigrew
Evelyn Hardcastle
Helena Hardcastle
Palier
Galerie
Bureau
Salon
Salle à manger
Bibliothèque
Vestibule

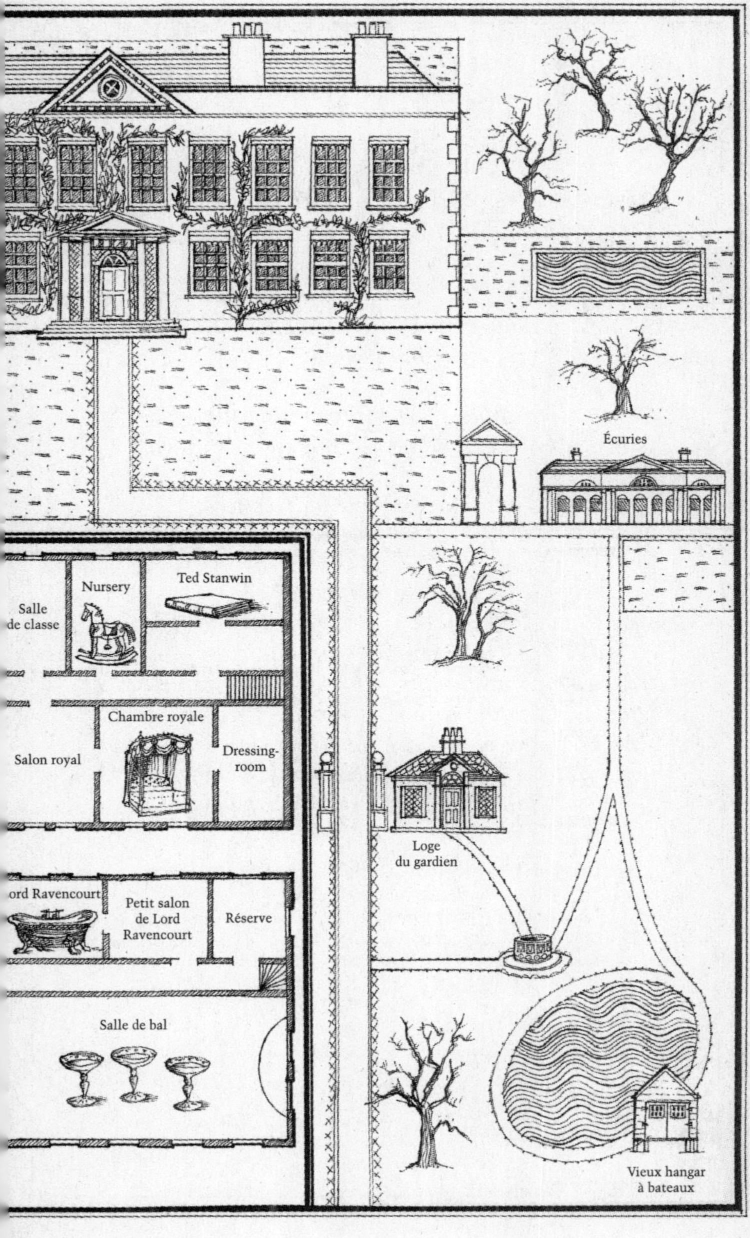
Écuries
Nursery
Ted Stanwin
Salle
de classe
Chambre royale
Salon royal
Dressing-
room
Loge
du gardien
ord Ravencourt
Petit salon
de Lord
Ravencourt
Réserve
Salle de bal
Vieux hangar
à bateaux

Vous êtes cordialement invité à Blackheath House pour
Le Bal masqué

Vos hôtes, la famille Hardcastle
Lord Peter Hardcastle & Lady Helena Hardcastle
&
Leur fils, Michael Hardcastle
Leur fille, Evelyn Hardcastle

Invités notables
Edward Dance, Christopher Pettigrew & Philip Sutcliffe, avocats de la famille
Grace Davies & son frère, Donald Davies, mondains
Le capitaine Clifford Herrington, officier de marine (retraité)
Millicent Derby & son fils, Jonathan Derby, mondains
Daniel Coleridge, joueur professionnel
Lord Cecil Ravencourt, banquier
Jim Rashton, agent de police
Dr Richard (Dickie) Acker
Dr Sebastian Bell
Ted Stanwin

Principaux employés de maison

Le majordome, Roger Collins
La cuisinière, Mme Drudge
Première femme de chambre, Lucy Harper
Maître des écuries, Alf Miller
Artiste en résidence, Gregory Gold
Valet de Lord Ravencourt, Charles Cunningham
Femme de chambre d'Evelyn Hardcastle, Madeline Aubert

Nous demandons à tous les invités de s'abstenir de parler de **Thomas Hardcastle** *et* **Charlie Carver***, les tragiques événements qui les entourent étant toujours très douloureux pour la famille.*

1

Premier jour

J'oublie tout après chaque pas.

Je finis par crier « Anna ! » et referme brusquement la bouche de surprise.

Mon esprit est vide. Je ne sais qui est Anna ni pourquoi j'appelle son nom. Je ne sais même pas comment je suis arrivé ici. Je me tiens dans une forêt, protégeant mes yeux du crachin. Mon cœur cogne, j'empeste la transpiration et mes jambes tremblent. J'ai dû courir, mais je ne me souviens pas pourquoi.

« Comment… »

Je suis interrompu par la vision de mes mains. Elles sont osseuses, laides. Les mains d'un inconnu. Je ne les reconnais absolument pas.

Éprouvant la première pointe de panique, j'essaie de me rappeler autre chose me concernant : un membre de ma famille, mon adresse, mon âge, n'importe quoi, mais rien ne vient. Je n'ai même pas de nom. Chaque souvenir que j'avais il y a quelques secondes a disparu.

Ma gorge se serre, ma respiration est bruyante et rapide. La forêt tournoie, des points noirs dansent devant mes yeux.

Reste calme.

« Je n'arrive pas à respirer », dis-je d'une voix haletante, le sang rugissant dans mes oreilles tandis que je tombe à genoux, mes doigts s'enfonçant dans la terre.

Tu n'arrives pas à respirer, tu dois juste te calmer.

Il y a du réconfort dans cette voix intérieure, une autorité froide.

Ferme les yeux, écoute la forêt. Reprends tes esprits.

Obéissant à la voix, je serre fort les yeux, mais tout ce que j'entends, c'est mon propre souffle paniqué. Pendant un très long moment il recouvre tout le reste, puis lentement, très lentement, je perce un trou dans ma peur, permettant à d'autres sons de s'immiscer. Les gouttes de pluie tapotent les feuilles, les branches bruissent au-dessus de moi. Il y a un ruisseau au loin sur ma droite et des corbeaux dans les arbres, leurs ailes fendant l'air tandis qu'ils prennent leur envol. Quelque chose file dans les broussailles, le battement des pattes d'un lapin qui passe, si près que je pourrais le toucher. Un à un, je rassemble ces souvenirs jusqu'à avoir cinq minutes de passé dans lesquelles m'envelopper. Ça suffit à réprimer ma panique, du moins pour le moment.

Je me relève maladroitement, surpris d'être aussi grand, si loin du sol. Oscillant légèrement, j'essuie les feuilles humides sur mon pantalon, remarquant pour la première fois que je porte un smoking, et une chemise tachée de boue et de vin. Je devais être à une fête. Mes poches sont vides et je n'ai pas de manteau, je n'ai donc pas pu trop m'éloigner. C'est rassurant.

À en juger par la lumière, c'est le matin, j'ai donc probablement passé toute la nuit ici. Personne ne se met sur son trente et un pour passer une soirée seul, ce qui signifie qu'à l'heure qu'il est quelqu'un doit savoir que j'ai disparu. Derrière ces arbres, une maison se réveille sûrement alarmée, des équipes de recherche se mettant en route pour me retrouver. Mes yeux parcourent les arbres, s'attendant presque à voir mes amis émerger parmi le feuillage, puis des tapes dans le dos et de gentilles plaisanteries m'escortant jusqu'à la maison. Mais les rêveries ne vont pas me libérer de cette forêt, et je ne peux pas traîner ici en espérant des secours. Je tremble, je claque des dents. Je dois me mettre à marcher, ne serait-ce que pour avoir chaud, mais je ne vois rien hormis des arbres. Impossible de savoir si je me dirige vers de l'aide, ou si je m'en éloigne bêtement.

Désemparé, j'en reviens à la dernière préoccupation de l'homme que j'étais.

« Anna ! »

Qui que soit cette femme, elle est clairement la raison de ma présence ici, mais je n'arrive pas à me la représenter. Peut-être est-ce ma femme, ou ma fille ? Aucune de ces deux possibilités ne semble coller, et pourtant ce nom exerce sur moi une attraction. Je le sens qui tente d'entraîner mon esprit quelque part.

Plus éperdu que plein d'espoir, je crie : « Anna !

— À l'aide ! » hurle une femme en retour.

Je me retourne vivement et, comme étourdi, cherchant la provenance de la voix, j'aperçois au loin parmi les arbres une femme en robe noire en train de s'enfuir à toutes jambes. Quelques secondes plus tard, je repère son poursuivant qui file à travers le feuillage derrière elle.

« Vous, là-bas, arrêtez-vous ! » hurlé-je, mais ma voix est si faible et lasse qu'ils la foulent aux pieds.

Le choc me cloue sur place, et ils ont tous les deux presque disparu quand je m'élance à leur poursuite, les pourchassant avec une rapidité que je n'aurais jamais crue possible à cause de mon corps douloureux. Néanmoins, j'ai beau courir vite, ils ont toujours un peu d'avance.

De la transpiration dégouline de mon front, mes jambes déjà faibles s'alourdissant pour finir par se dérober sous moi, me faisant m'étaler par terre. Enfonçant les mains dans les feuilles, je me hisse sur mes pieds à temps pour entendre le hurlement de la femme. Il inonde la forêt, plein de peur, et est interrompu par un coup de feu.

Je crie désespérément : « Anna ! Anna ! »

Il n'y a pas de réponse, juste l'écho faiblissant de la détonation.

Trente secondes. C'est le temps durant lequel j'ai hésité quand je l'ai repérée, et c'est la distance à laquelle je me trouvais quand elle a été assassinée. Trente secondes d'indécision, trente secondes pour abandonner totalement quelqu'un.

Il y a une épaisse branche à mes pieds et, après l'avoir ramassée, j'effectue un mouvement de balancier pour la tester, rassuré par son poids et par la texture rugueuse de l'écorce. Elle ne me sera pas d'une grande utilité contre un pistolet, mais c'est mieux qu'inspecter ces bois les mains vides. Je suis toujours haletant, toujours tremblant après ma course, mais la culpabilité me pousse dans la direction d'où est venu le cri d'Anna. Craignant de faire trop de bruit, j'écarte doucement les branches basses, cherchant quelque chose que je ne veux pas vraiment voir.

Des brindilles craquent sur ma gauche.

Je cesse de respirer, écoutant attentivement.

Le son recommence, des pieds écrasant des feuilles et des branches, décrivant un cercle derrière moi.

Mon sang se glace, je suis paralysé. Je n'ose pas regarder par-dessus mon épaule.

Le craquement de brindilles se rapproche, une légère respiration tout près dans mon dos. Mes jambes défaillent, la branche me tombe des mains.

Je prierais volontiers, mais je ne me rappelle pas les paroles.

Un souffle chaud touche ma nuque. Je sens des effluves d'alcool et de cigarette, l'odeur d'un corps sale.

« Vers l'est », prononce un homme d'une voix rauque, laissant tomber un objet lourd dans ma poche.

La présence recule, ses pas battant en retraite dans le bois tandis que je m'affaisse, appuyant mon front contre la terre, inhalant l'odeur des feuilles humides et de la pourriture, des larmes coulant sur mes joues.

Mon soulagement est pitoyable, ma lâcheté lamentable. Je n'ai même pas été capable de regarder mon persécuteur dans les yeux. Quel genre d'homme suis-je donc ?

Quelques minutes s'écoulent avant que ma peur ait suffisamment diminué pour que je bouge, et même alors je suis forcé de m'appuyer contre un arbre proche pour me reposer. Le cadeau de l'assassin remue dans ma poche et, craignant ce que je risque de trouver, je plonge la main à l'intérieur et en tire une boussole en argent.

« Oh ! » dis-je, surpris.

Le verre est fêlé et le métal éraflé, les initiales SB sont gravées sur le dessous. Je ne comprends pas ce qu'elles signifient, mais les instructions du tueur étaient claires. Je dois utiliser la boussole pour me diriger vers l'est.

Je lance un regard coupable vers la forêt. Le corps d'Anna doit être proche, mais je suis terrifié par la réaction qu'aurait le tueur si je tombais dessus.

Peut-être est-ce la raison pour laquelle je suis en vie : parce que je ne me suis pas approché plus. Ai-je vraiment envie de tester les limites de sa pitié ?

En supposant qu'il s'agisse de cela.

Pendant un très long moment, je fixe l'aiguille tremblante de la boussole. Il n'y a plus grand-chose dont je sois certain, mais je sais que les assassins n'ont pas de pitié. Quel que soit le jeu auquel il joue, je ne peux pas me fier à son conseil et ne devrais pas le suivre, mais si je ne le fais pas… Je parcours de nouveau la forêt du regard. Elle est semblable dans toutes les directions, des arbres sans fin sous un ciel plein de malveillance.

À quel point faut-il être perdu pour laisser le diable vous indiquer votre chemin ?

Aussi perdu que ça, décidé-je. Précisément aussi perdu que ça.

Me décollant de l'arbre, je pose la boussole à plat sur ma paume. Elle pointe désespérément vers le nord, mais je m'oriente vers l'est, contre le vent et le froid, contre le monde lui-même.

Tout espoir m'a quitté.

Je suis un homme au purgatoire, qui ne voit pas les péchés qui l'ont poursuivi jusqu'ici.

2

Le vent hurle, la pluie a redoublé et mitraille à travers les arbres pour rebondir sur le sol à hauteur de cheville tandis que je suis la boussole.

Repérant un éclair de couleur dans l'obscurité, je patauge dans sa direction et tombe sur un foulard rouge cloué à un arbre – la relique de quelque jeu d'enfant depuis longtemps oublié, je suppose. J'en cherche un autre, le trouvant quelques pas plus loin, puis un autre et encore un autre. Titubant entre eux, je traverse les ténèbres jusqu'à atteindre le bout de la forêt, les arbres laissant place au parc d'un vaste manoir georgien, sa façade de briques rouges ensevelie sous le lierre. À première vue, il est abandonné. La longue allée de gravier qui mène à la porte d'entrée est couverte de mauvaises herbes, et les pelouses rectangulaires qui la flanquent sont des marécages au bord desquels flétrissent des fleurs.

Je cherche un signe de vie, mon regard balayant les fenêtres sombres jusqu'à ce que je repère une faible lueur au premier étage. Ça devrait être un soulagement, et pourtant j'hésite. J'ai le sentiment d'être tombé par hasard sur une chose endormie, cette lumière incertaine étant le battement de cœur d'une vaste créature dangereuse et immobile. Pour quelle raison un assassin me ferait-il don d'une boussole, si ce n'est pour me mener dans la gueule d'un monstre pire encore ?

C'est le souvenir d'Anna qui me pousse à faire le premier pas. Elle a perdu la vie à cause de ces trente secondes d'indécision, et maintenant j'hésite de nouveau. Ravalant ma nervosité, j'essuie la pluie de mes yeux et traverse la pelouse, gravissant les marches en ruine qui mènent à la porte d'entrée. Une chose terrible s'est produite dans la forêt, une chose qui peut toujours être punie si j'arrive à réveiller les habitants de cette demeure.

Malheureusement je n'y parviens pas.

Bien que je cogne à m'épuiser, personne ne vient répondre.

Plaçant mes mains autour de mes yeux, j'appuie le nez contre les hautes fenêtres de chaque côté, mais le vitrail est couvert de poussière, réduisant tout à l'intérieur à une tache jaunâtre. Je cogne dessus avec la paume, puis recule pour scruter l'avant de la demeure à la recherche d'une autre entrée. C'est alors que je remarque la poignée de sonnette, la chaîne rouillée emmêlée dans le lierre. La dégageant, je tire sèchement dessus et continue jusqu'à ce que quelque chose remue derrière les fenêtres.

La porte est ouverte par un type à la mine endormie et d'apparence tellement extraordinaire que pendant un moment nous restons simplement là à nous regarder d'un air hébété. Il est petit et voûté, racorni par le feu qui a brûlé la moitié de son visage. Un pyjama trop grand pend à sa charpente en portemanteau, une robe de chambre miteuse s'accrochant à ses épaules de travers. Il semble à peine humain, le vestige de quelque espèce ancienne perdue dans les méandres de notre évolution.

« Oh, Dieu merci, j'ai besoin de votre aide », dis-je, me ressaisissant.

Il me regarde, bouche bée.

« Avez-vous un téléphone ? tenté-je de nouveau. Nous devons appeler les autorités. »

Rien.

« Ne restez pas planté là, espèce de diable ! » m'écrié-je en le secouant par les épaules, avant de passer à côté de lui et de pénétrer dans le vestibule, la mâchoire me tombant tandis que je parcours la pièce du regard.

Chaque surface est étincelante, le sol à carreaux en marbre reflétant un lustre en cristal orné de dizaines de bougies. Des miroirs encadrés bordent les murs, un large escalier avec une rampe richement décorée s'élève vers une galerie, un étroit tapis rouge s'écoulant sur les marches tel le sang de quelque animal massacré.

Une porte claque au fond de la pièce, et une demi-douzaine de domestiques apparaissent des profondeurs de la maison, les bras chargés de fleurs roses et pourpres dont le parfum recouvre presque l'odeur de l'encaustique. Toutes les conversations cessent quand ils remarquent l'épouvantail qui se tient, haletant, à la porte. Un à un ils se tournent vers moi, le vestibule retenant son souffle. Bientôt, le seul son est celui de mes vêtements qui gouttent sur leur beau sol propre.

Ploc.

Ploc.

Ploc.

« Sebastian ? »

Un bel homme blond portant un pull de cricket et un pantalon en lin descend en trottinant l'escalier, deux marches à la fois. Il semble avoir une petite cinquantaine d'années, même s'il paraît plus froissé par une vie décadente que fatigué et usé par l'âge. Les mains dans les poches, il traverse la pièce dans ma direction, traçant une ligne droite au milieu des domestiques silencieux, qui s'écartent devant lui. Je doute qu'il les remarque même tant ses yeux sont rivés sur moi.

« Mon cher ami, que vous est-il donc arrivé ? demande-t-il, l'inquiétude lui plissant le front. La dernière fois que je vous ai vu…

— Nous devons faire venir la police, dis-je en lui agrippant l'avant-bras. Anna a été assassinée. »

Des murmures stupéfaits retentissent autour de nous.

Il me regarde en plissant les yeux, jette un rapide coup d'œil aux domestiques qui se sont tous approchés d'un pas.

« Anna ? demande-t-il d'une voix étouffée.

— Oui, Anna, elle était poursuivie.

— Par qui ?

— Une silhouette noire, nous devons appeler la police !

— Bientôt, bientôt, montons d'abord dans votre chambre », dit-il d'une voix apaisante, me guidant vers l'escalier.

Je ne sais pas si c'est la chaleur de la maison ou le soulagement d'avoir trouvé un visage amical, mais je commence à me sentir faible et dois me tenir à la rampe pour ne pas trébucher tandis que nous gravissons les marches.

Une grande horloge nous accueille au sommet, son mécanisme rouillé, les secondes transformées en poussière sur son balancier. Il est plus tard que je ne le pensais, presque 10 h 30.

Des passages de chaque côté mènent aux ailes opposées de la demeure, mais celui qui donne sur l'aile est bloqué par un rideau de velours qui a été hâtivement cloué au plafond, un petit panneau épinglé au tissu déclarant la zone « en phase de décoration ».

Impatient de me décharger du fardeau du traumatisme de ce matin, j'essaie une fois de plus de soulever la question d'Anna, mais mon bon Samaritain me fait taire en secouant la tête tel un conspirateur.

« Ces maudits domestiques vont répéter ce que vous direz à travers toute la maison en trente secondes, dit-il d'une voix si basse qu'on pourrait la ramasser par terre. Mieux vaut que nous parlions en privé. »

Il est loin de moi en deux foulées, mais j'arrive à peine à marcher droit, sans parler de garder l'allure.

« Mon cher ami, vous avez une mine épouvantable », dit-il en remarquant que je suis à la traîne.

Me soutenant par le bras, il me guide le long du passage, sa main dans mon dos, ses doigts appuyés contre ma colonne vertébrale. Bien que ce soit un geste simple, je perçois le sentiment d'urgence qui l'anime tandis qu'il m'entraîne dans un couloir sombre avec des pièces de chaque côté, des femmes de chambre faisant la poussière à l'intérieur. Les murs ont dû être récemment repeints car les émanations me font monter les larmes aux yeux, d'autres signes d'une restauration précipitée s'accumulant à mesure que nous progressons dans le couloir. Des vernis mal assortis ont été appliqués sur le plancher, des tapis posés pour tenter d'étouffer les grincements des jointures. Des fauteuils bergères ont été installés pour dissimuler les fissures dans les murs, tandis que des tableaux et des vases en porcelaine tentent de détourner l'œil des corniches effritées. Étant donné l'étendue de la décrépitude, de tels subterfuges semblent futiles. Ils ont camouflé une ruine.

« Ah, voici votre chambre, n'est-ce pas ? » dit mon compagnon en ouvrant une porte près du bout du couloir.

Un air froid me gifle le visage, me revigorant un peu, mais il marche devant moi pour fermer la fenêtre levée par laquelle le vent s'engouffre. Lui emboîtant le pas, j'entre dans une pièce agréable au centre de laquelle se trouve un lit à baldaquin, son allure royale juste légèrement ternie par le dais affaissé et les rideaux élimés, leurs oiseaux brodés se détachant comme s'ils s'envolaient. Un paravent a été déployé à gauche de la pièce, laissant paraître une baignoire en fer par les interstices entre les panneaux. À part ça, les meubles sont rares – juste une table de chevet et une grande armoire à côté de la fenêtre, toutes deux fendues et décolorées par le temps. À peu près le seul objet personnel que je voie est une Bible du roi Jacques à la couverture usée et aux pages cornées sur la table de chevet.

Tandis que mon bon Samaritain se débat avec la fenêtre rétive, je viens me poster près de lui, la vue m'ôtant momentanément tout le reste de l'esprit. Des forêts denses nous entourent, une étendue verte que ne viennent interrompre ni village ni route. Sans cette boussole, sans la bonté d'un assassin, je n'aurais jamais trouvé cet endroit, et pourtant je n'arrive pas à me débarrasser de la sensation que j'ai été attiré dans un piège. Après tout, pourquoi tuer Anna et m'épargner, s'il n'y a pas un plan plus grand derrière tout ça ? Que veut ce diable de moi qu'il n'a pas pu prendre dans la forêt ?

Après avoir sèchement abaissé la fenêtre, mon compagnon désigne un fauteuil près d'un feu chétif et, me passant une serviette blanche et propre qu'il a tirée du placard, il s'assied au bord du lit et croise les jambes.

« Commencez par le commencement, mon vieil ami, dit-il.

— Nous n'avons pas le temps, dis-je, agrippant l'accoudoir du fauteuil. Je répondrai à toutes vos questions en temps voulu, mais nous devons d'abord appeler la police et fouiller ces bois ! Il y a un fou dans la nature. »

Il me parcourt brièvement du regard, comme si la vérité pouvait se trouver dans les plis de mes habits souillés.

« Je crains que nous ne puissions appeler personne, il n'y a pas de ligne ici, déclare-t-il en se massant la nuque. Mais nous pouvons fouiller les bois et envoyer un domestique au village si nous découvrons quelque chose. Combien de temps mettrez-vous à vous changer ? Vous allez devoir nous montrer où ça s'est produit.

— Eh bien… (je tords la serviette entre mes mains) c'est difficile, j'étais désorienté.

— Une description, alors, dit-il, retroussant une jambe de son pantalon et exposant la chaussette grise à sa cheville. À quoi ressemblait l'assassin ?

— Je n'ai pas vu son visage, il portait un lourd manteau noir.

— Et cette Anna ?

— Elle était également en noir, dis-je, la chaleur me montant aux joues tandis que je prends conscience que ce sont toutes les informations que je possède. Je… eh bien, je connais seulement son nom.

— Pardonnez-moi, Sebastian, je supposais que c'était une de vos amies.

— Non… balbutié-je. Enfin, peut-être. Je ne suis pas certain. »

Les mains pendant entre ses genoux, mon bon Samaritain se penche en avant avec un sourire confus.

« Quelque chose m'échappe, je crois. Comment pouvez-vous connaître son nom mais ne pas être certain… »

Je l'interromps : « J'ai perdu la mémoire, bon sang ! » Ma confession tombe avec un bruit sourd sur le sol entre nous. « Je ne me souviens pas de mon nom, et encore moins de celui de mes amis. »

Le scepticisme apparaît dans ses yeux. Mais je ne peux pas lui en vouloir ; même à mes propres oreilles, tout cela semble absurde.

« Ma mémoire n'a rien à voir avec ce à quoi j'ai assisté, insisté-je, m'agrippant aux lambeaux de ma crédibilité. J'ai vu une femme être poursuivie, elle a hurlé et a été réduite au silence par un coup de feu. Nous devons fouiller ces bois !

— Je vois. »

Il marque une pause, époussette des peluches sur la jambe de son pantalon. Ses paroles suivantes sont des offrandes, soigneusement choisies et encore plus soigneusement placées devant moi.

« Y a-t-il une chance pour que les deux personnes que vous avez vues aient été amants ? En train de jouer à un jeu dans les bois, peut-être ? Le bruit a pu être un craquement de branche, voire un pistolet à blanc.

— Non, non, elle a appelé à l'aide, elle avait peur, dis-je, mon agitation me faisant bondir du fauteuil, la serviette sale atterrissant par terre.

— Bien sûr, bien sûr, dit-il d'un ton rassurant, me regardant tourner en rond dans la pièce. Je vous crois, mon cher ami, mais les policiers sont tellement pointilleux avec ces choses, et ils aiment faire passer les personnes qui leur sont supérieures pour des idiots. »

Je le regarde avec impuissance, me noyant dans un océan de platitudes.

« Son assassin m'a donné ceci », dis-je, me souvenant soudain de la boussole, que je tire de ma poche. Elle est tachée de boue et je suis forcé de l'essuyer avec ma manche. « Il y a des lettres au dos. »

Je les lui montre d'un doigt tremblant.

Il examine la boussole en plissant les yeux, la retournant d'un geste méthodique.

« SB, dit-il lentement en relevant les yeux vers moi.

— Oui !

— Sebastian Bell. » Il marque une pause, considérant ma confusion. « C'est votre nom, Sebastian. Ce sont vos initiales. C'est *votre* boussole. »

Ma bouche s'ouvre et se referme, aucun son n'en sortant.

« J'ai dû la perdre, dis-je finalement. Peut-être l'assassin l'a-t-il ramassée.

— Peut-être », concède-t-il.

C'est sa gentillesse qui me coupe le souffle. Il me croit à moitié fou, un pauvre ivrogne qui a passé la nuit dans la forêt et qui est revenu délirant. Pourtant, au lieu d'être en colère, il a pitié de moi. C'est ça, le pire. La colère est solide, elle a du poids. On peut la frapper du poing. Alors que la pitié est un brouillard dans lequel on finit par se perdre.

Je me laisse tomber dans le fauteuil, la tête entre les mains. Il y a un assassin dans la nature et je n'ai aucun moyen de le convaincre du danger.

Un assassin qui t'a montré le chemin pour rentrer ?

« Je sais ce que j'ai vu », dis-je.

Tu ne sais même pas qui tu es.

« J'en suis sûr », répond mon compagnon, se méprenant sur la nature de ma protestation.

Je regarde dans le vide, ne pensant qu'à la prénommée Anna gisant morte dans la forêt.

« Écoutez, reposez-vous ici, déclare-t-il en se levant. Je vais demander à la maisonnée, voir si quelqu'un a disparu. Ça donnera peut-être quelque chose. »

Son ton est conciliant, mais neutre. Bien qu'il se soit montré bon envers moi, je ne peux pas croire qu'avec ses doutes il fasse quoi que ce soit. Une fois que cette porte se refermera derrière lui, il posera sans enthousiasme quelques questions au personnel, pendant qu'Anna sera abandonnée.

« J'ai vu une femme se faire assassiner, dis-je en me relevant avec lassitude. Une femme que j'aurais dû aider, et si je dois fouiller chaque centimètre de ces bois pour le prouver, je le ferai. »

Il soutient mon regard une seconde, son scepticisme diminuant face à ma certitude.

« Par où commencerez-vous ? demande-t-il. Il y a des milliers d'hectares de forêt là-bas, et malgré toutes vos bonnes intentions, vous avez à peine été capable de monter l'escalier. Qui que soit cette Anna, elle est déjà morte et son meurtrier s'est enfui. Donnez-moi une heure pour rassembler une équipe de recherche et poser mes questions. Quelqu'un dans cette maison doit savoir qui elle est et où elle est allée. Nous la retrouverons, je le promets, mais nous devons faire les choses dans l'ordre. »

Il me serre l'épaule.

« Vous pouvez faire ce que je vous demande ? Une heure, s'il vous plaît. »

Je suffoque sous les objections, mais il a raison. J'ai besoin de me reposer, de reprendre des forces, et si coupable que je me sente de la mort d'Anna, je ne veux pas aller chercher seul dans cette forêt. J'ai à peine réussi à en sortir la première fois.

Je consens d'un hochement de tête docile.

« Merci, Sebastian. On vous a fait couler un bain. Pourquoi ne feriez-vous pas un brin de toilette ? J'enverrai le docteur et demanderai à mon valet de vous préparer quelques vêtements. Reposez-vous un peu, nous nous retrouverons dans le salon à l'heure du déjeuner. »

Je devrais me renseigner sur cet endroit avant qu'il parte, sur la raison de ma présence ici, mais j'ai hâte qu'il commence à interroger les domestiques afin que nous puissions entamer nos recherches. Une seule question semble désormais importante, et il a déjà ouvert la porte quand je trouve les mots pour la poser.

« Ai-je de la famille dans la maison ? Quelqu'un qui pourrait s'inquiéter à mon sujet ? »

Il me jette un coup d'œil par-dessus son épaule, circonspect mais plein de compassion.

« Vous êtes célibataire, mon vieux. Pas de famille à proprement parler hormis une tante toquée qui tient les cordons de votre bourse. Vous avez des amis, bien entendu, dont moi, mais qui que soit cette Anna, vous ne l'avez jamais mentionnée. À vrai dire, jusqu'à aujourd'hui, je ne vous avais même jamais entendu prononcer ce nom. »

Embarrassé, il tourne le dos à ma déception et disparaît dans le couloir froid, le feu tremblotant avec incertitude tandis que la porte se referme derrière lui.

3

Je me lève du fauteuil avant que le courant d'air soit retombé, ouvrant les tiroirs de ma table de chevet, cherchant une mention d'Anna parmi mes affaires, quelque chose qui prouverait qu'elle n'est pas le produit d'un esprit chancelant. Malheureusement, la chambre s'avère remarquablement muette. Hormis un portefeuille qui contient quelques livres sterling, le seul autre article personnel que je trouve est une invitation rehaussée d'or, avec une liste d'invités au recto et un message au verso, rédigé d'une écriture élégante.

> Lord et Lady Hardcastle requièrent le plaisir de votre compagnie lors du bal masqué célébrant le retour de leur fille, Evelyn, de Paris. Les festivités auront lieu à Blackheath House durant le deuxième week-end de septembre. Étant donné l'isolement de Blackheath, un transport jusqu'à la demeure sera organisé pour tous les invités depuis le village proche d'Abberly.

L'invitation est adressée à un certain docteur Sebastian Bell, un nom que je mets quelques instants à reconnaître comme étant le mien. Mon bon Samaritain l'a mentionné plus tôt, mais le fait de le voir écrit, ainsi que ma profession, est beaucoup plus troublant. Je ne me sens pas comme un Sebastian, et encore moins comme un médecin.

Un sourire ironique apparaît sur mes lèvres.

Je me demande combien de mes patients demeureront fidèles quand je m'approcherai d'eux avec mon stéthoscope à l'envers.

Je replace l'invitation dans le tiroir et porte mon attention sur la bible posée sur la table de chevet, parcourant ses pages qui ont déjà été abondamment feuilletées. Des paragraphes sont soulignés, des mots ici et là entourés à l'encre rouge, même si je ne saisis absolument pas leur signification. J'avais espéré trouver une inscription ou une lettre cachée à l'intérieur, mais la bible ne renferme aucune information. La serrant à deux mains, je tente maladroitement de prier, espérant raviver une foi que j'aurais pu posséder, mais l'entreprise paraît totalement ridicule. Ma religion m'a abandonné en même temps que tout le reste.

C'est ensuite au tour de l'armoire, et même si les poches de mes habits ne révèlent rien, je découvre une malle de marin ensevelie sous une pile de couvertures. C'est un vieil objet magnifique dont le cuir usé est entouré de bandes en fer terni, un lourd fermoir protégeant son contenu des yeux curieux. Une adresse à Londres – probablement la mienne – est inscrite sur la carte, mais elle ne réveille aucun souvenir.

J'ôte ma veste, soulève la malle et la dépose sur le plancher nu, son contenu tintant à chaque mouvement. Un murmure d'excitation m'échappe tandis que j'appuie sur le bouton du fermoir, qui se transforme en gémissement quand je découvre que la satanée malle est verrouillée. Je tire sur le couvercle, une fois, deux fois, mais il ne cède pas. Je cherche de nouveau dans les tiroirs ouverts, allant même jusqu'à me mettre à plat ventre pour regarder sous le lit, mais il n'y a rien que des granules de mort-aux-rats et de la poussière.

La clé est introuvable.

Le seul endroit où je n'ai pas encore regardé est la zone autour de la baignoire, et je contourne le paravent tel un homme possédé, sautant presque au plafond lorsque je découvre une créature au regard halluciné tapie de l'autre côté.

C'est un miroir.

La créature au regard halluciné semble aussi déconcertée que moi par cette révélation.

Je fais un pas hésitant et m'examine pour la première fois, la déception montant en moi. Ce n'est que maintenant, en observant ce personnage tremblant et effrayé, que je m'aperçois que j'avais des attentes à mon sujet. Plus grand, plus petit, plus mince, plus gros, je ne sais pas, mais pas cette silhouette insipide dans le miroir. Cheveux châtains, yeux marron, et pas de menton à proprement parler. Je suis parfaitement quelconque ; juste la manière qu'a le Seigneur de combler les vides.

Me lassant rapidement de mon reflet, je continue de chercher la clé de ma malle, mais hormis quelques accessoires de toilette et une carafe d'eau, il n'y a rien ici. Qui que j'aie pu être, il semblerait que j'aie fait du rangement avant de disparaître. Je suis sur le point de hurler de frustration lorsque je suis interrompu par du bruit à la porte, toute une personnalité tenant dans cinq coups frappés avec vigueur.

« Sebastian, vous êtes là ? demande une voix bourrue. Mon nom est Richard Acker, je suis médecin. On m'a demandé de venir vous voir. »

J'ouvre la porte et découvre une énorme moustache grise de l'autre côté. C'est une vision remarquable, les pointes recourbées au bord du visage auquel elles sont théoriquement rattachées. L'homme derrière a une soixantaine d'années, il est parfaitement chauve avec un nez bulbeux et des yeux injectés de sang. Il sent le brandy, mais de façon joyeuse, comme si chaque goutte était descendue en souriant.

« Mon Dieu, vous avez une mine effroyable, dit-il. Et c'est un professionnel qui vous le dit. »

Profitant de ma confusion, il passe tranquillement à côté de moi, balance sa sacoche sur le lit et examine attentivement la pièce, portant une attention particulière à ma malle.

« J'en avais moi-même une semblable, dit-il, passant une main affectueuse sur le couvercle. Lavolaille, n'est-ce pas ? Elle m'a accompagné en Orient quand j'étais dans l'armée. On dit qu'on ne peut pas faire confiance aux Français, mais je ne pourrais pas me passer de leurs bagages. »

Il donne un coup de pied dedans pour la tester, grimaçant quand sa chaussure rebondit sur le cuir obstiné.

« Vous devez avoir des briques là-dedans, déclare-t-il en penchant la tête vers moi d'un air interrogateur, comme s'il y avait une réponse sensée à une telle affirmation.

— Elle est verrouillée, dis-je d'une voix balbutiante.

— Vous ne trouvez pas la clé, hein ?

— Je... non. Docteur Acker, je...

— Appelez-moi Dickie, comme tout le monde, coupe-t-il vivement en marchant vers la fenêtre pour jeter un coup d'œil dehors. Je n'ai jamais aimé ce surnom à vrai dire, mais je ne peux pas m'en débarrasser. Daniel prétend qu'il vous est arrivé une mésaventure.

— Daniel ? dis-je, me raccrochant tout juste à la conversation tandis qu'elle commençait à m'échapper.

— Coleridge. Le type qui vous a découvert ce matin.

— Exact, oui. »

Le docteur Dickie fait un grand sourire en constatant ma confusion.

« Perte de mémoire, n'est-ce pas ? Eh bien, aucune raison de vous en faire, j'ai vu quelques cas semblables pendant la guerre, et tout est revenu après un jour ou deux, que le patient l'ait voulu ou non. »

Il m'entraîne vers la malle et me fait asseoir dessus. Inclinant ma tête en avant, il examine mon crâne avec une délicatesse de boucher, gloussant tandis que je fais la grimace.

« Oh, oui, vous avez une jolie bosse derrière la tête. » Il marque une pause, l'observant. « Vous vous êtes probablement cogné la tête à un moment la nuit dernière. J'imagine que c'est à ce moment que tout s'est vidé, pour ainsi dire. D'autres symptômes, maux de tête, nausée, ce genre de choses ?

— Il y a une voix, dis-je, un peu embarrassé par cet aveu.

— Une voix ?

— Dans ma tête. Je crois que c'est la mienne, seulement, eh bien, elle est pleine de certitudes.

— Je vois, répond-il d'un air pensif. Et cette… voix, que dit-elle ?

— Elle me donne des conseils, parfois elle commente ce que je fais. »

Dickie tourne en rond derrière moi, tirant sur sa moustache. « Ces conseils, sont-ils, comment dire, irréprochables ? Rien de violent, rien de pervers ?

— Absolument pas, dis-je, irrité par cette supposition.

— Et vous l'entendez en ce moment ?

— Non.

— Traumatisme, déclare-t-il de façon abrupte, levant un doigt en l'air. Voilà ce que c'est, très fréquent de fait. On se cogne la tête et toutes sortes de choses étranges commencent à se produire. On voit des odeurs, on goûte des sons, on entend des voix. Ça passe toujours au bout d'un jour ou deux, un mois tout au plus.

— Un mois ! dis-je, pivotant sur la malle pour le regarder. Comment vais-je pouvoir rester ainsi pendant un mois ? Je devrais peut-être me rendre dans un hôpital ?

— Seigneur, non, des endroits terribles, les hôpitaux, rétorque-t-il, horrifié. La maladie et la mort repoussées dans les coins, les affections tapies dans les lits avec les patients. Écoutez mon conseil et allez faire une promenade, passez vos affaires en revue et parlez à des amis. Je vous ai vu partager une bouteille de vin avec Michael Hardcastle au dîner hier soir, plusieurs bouteilles à vrai dire. Une sacrée soirée au dire de tous. Il devrait pouvoir vous aider. Et écoutez-moi bien, une fois que vos souvenirs seront revenus, cette voix disparaîtra. » Il marque une pause, émettant une petite interjection désapprobatrice. « Je suis plus inquiet pour ce bras. »

Nous sommes interrompus par un coup frappé à la porte, Dickie l'ouvrant avant que je puisse protester. C'est le valet de Daniel qui apporte les vêtements repassés qu'il a promis. Percevant mon indécision, Dickie saisit les habits, congédie le valet et les pose sur le lit pour moi.

« Bon, où en étions-nous ? demande-t-il. Ah, oui, ce bras. »

Je suis son regard et vois du sang qui dessine des motifs sur ma manche de chemise. Sans préambule, il la retrousse et révèle de vilaines lacérations et de la chair en lambeaux en dessous. Elles paraissent avoir séché, mais mes efforts récents ont dû rouvrir les blessures.

Après avoir plié un à un mes doigts raides, il tire une petite fiole brune et des pansements de son sac, puis nettoie mes plaies avant de les tamponner d'iode.

« Ce sont des blessures laissées par un couteau, Sebastian, déclare-t-il d'une voix soucieuse, toute sa bonne humeur réduite en cendres. Et des récentes. On dirait que vous avez levé le bras pour vous protéger, comme ceci. »

Il effectue une démonstration avec un compte-gouttes en verre, tailladant violemment son avant-bras, qu'il a levé devant son visage. Sa reconstitution suffit à me donner la chair de poule.

« Vous rappelez-vous quelque chose de la soirée ? demande-t-il, pansant si fermement mon bras que je pousse un sifflement de douleur. Quoi que ce soit ? »

Je m'efforce de penser à mes heures manquantes. En me réveillant, je supposais que tout était perdu, mais je m'aperçois désormais que ce n'est pas le cas. Je sens mes souvenirs tout juste hors de portée. Ils ont du poids et une forme, comme des meubles recouverts d'un drap dans une pièce obscure. J'ai simplement égaré la lumière qui me permet de les voir.

Avec un soupir, je secoue la tête.

« Rien ne vient, dis-je. Mais ce matin j'ai vu une…

— Une femme se faire assassiner, interrompt le médecin. Oui, Daniel me l'a dit. »

Le doute teinte chacun de ses mots, mais il noue mon pansement sans exprimer la moindre objection.

« Quoi qu'il en soit, vous devez informer la police immédiatement, déclare-t-il. La personne qui a fait ça a essayé de vous infliger de sérieux dommages physiques. »

Il attrape sa sacoche sur le lit et me serre maladroitement la main.

« Une retraite stratégique, mon brave, voilà ce dont vous avez besoin, dit-il. Parlez au maître des écuries, il devrait pouvoir s'arranger pour qu'on vous ramène au village, et de là vous pourrez faire appel aux forces de l'ordre. En attendant, mieux vaut probablement vous tenir sur vos gardes. Il y a vingt personnes qui logent à Blackheath ce week-end, et trente de plus qui vont arriver pour le bal ce soir. La plupart d'entre elles seraient capables de ce genre de chose, et si vous les avez offensées… eh bien… » Il secoue la tête. « Soyez prudent, tel est mon conseil. »

Il sort et je me dépêche d'attraper la clé pour verrouiller la porte derrière lui, mes mains tremblantes me faisant rater le trou à plus d'une reprise.

Il y a une heure, je pensais être le jouet d'un assassin, tourmenté par lui mais à l'abri de toute menace physique. Entouré de gens, je me sentais suffisamment protégé pour insister afin que nous tentions de récupérer le corps d'Anna dans la forêt, accélérant par là même la recherche de son meurtrier. Mais ce n'est plus le cas. Quelqu'un a déjà essayé de m'ôter la vie, et je n'ai aucune intention de rester suffisamment longtemps pour qu'il essaie de nouveau. Les morts ne peuvent s'attendre à ce que les vivants aient une dette envers eux, et quoi que je doive à Anna, je devrai le payer à distance. Une fois que j'aurai retrouvé mon bon Samaritain dans le salon, je suivrai le conseil de Dickie et m'arrangerai pour être reconduit au village.

Il est temps de rentrer chez moi.

4

L'eau déborde de la baignoire tandis que je me débarrasse rapidement de ma seconde peau de boue et de feuilles. J'inspecte mon corps rose après l'avoir frotté, à la recherche de taches de naissance ou de cicatrices, de tout ce qui pourrait déclencher un souvenir. Je suis attendu au rez-de-chaussée dans vingt minutes, et je n'en sais pas plus sur Anna que quand j'ai gravi en titubant les marches de Blackheath pour la première fois. Me heurter au mur de brique de mon esprit était déjà frustrant quand je pensais que je participerais aux recherches, mais désormais mon ignorance pourrait bien saborder toute l'entreprise.

Quand j'ai fini de me laver, l'eau du bain est aussi noire que mon humeur. Me sentant abattu, je m'essuie et inspecte les vêtements repassés que le valet a déposés plus tôt. Sa sélection d'habits me semble plutôt guindée, mais en passant en revue les alternatives dans la garde-robe, je comprends immédiatement son dilemme. Les tenues de Bell – car je n'arrive toujours vraiment pas à me faire à l'idée que nous ne faisons qu'un – consistent en quelques costumes identiques, deux smokings, des tenues de chasse, une douzaine de chemises et quelques gilets. Elles sont dans des nuances de gris et de noir, l'uniforme insipide de ce qui semble jusqu'à présent être une vie extraordinairement anonyme. L'idée que cet homme ait pu inspirer de la violence à qui que ce soit est en train de devenir la part la plus étrange des événements de la matinée.

Je m'habille rapidement, mais j'ai tellement les nerfs en pelote qu'il me faut une profonde inspiration et une sévère admonestation pour convaincre mon corps de marcher vers la porte. Mon instinct me dit de remplir mes poches avant de partir, mais ma main se retrouve à flotter dans le vide. J'essaie de récupérer des affaires qui ne sont pas là et dont je ne me souviens pas. Ça doit être une vieille habitude de Bell, une ombre de mon ancienne vie qui continue de me hanter. La pulsion est si forte que ça me fait sacrément bizarre de me retrouver les mains vides. Malheureusement, la seule chose que je suis parvenu à rapporter de la forêt est cette maudite boussole, mais je ne la vois nulle part. Mon bon Samaritain – l'homme que le docteur Dickie a appelé Daniel Coleridge – a dû la prendre.

Je suis au comble de l'agitation quand je sors dans le couloir.

Je n'ai qu'une matinée de souvenirs, et je n'arrive même pas à les retenir.

Un domestique qui passe par là m'indique le chemin du salon, qui s'avère être à l'autre bout de la salle à manger, quelques portes après le vestibule marbré dans lequel j'ai pénétré ce matin. C'est un endroit déplaisant, le bois sombre et les tentures écarlates évoquant un gigantesque cercueil, le feu à charbon soufflant une fumée huileuse dans l'air. Une douzaine de personnes sont rassemblées, et bien qu'une table ait été recouverte de viandes froides, la plupart des convives sont affalés dans des fauteuils en cuir ou se tiennent aux fenêtres à croisillons de plomb, observant d'un air lugubre le temps effroyable, tandis qu'une servante avec des taches de confiture sur son tablier se glisse discrètement parmi eux, rassemblant les assiettes sales et les verres vides sur un énorme plateau en argent qu'elle parvient à peine à porter. Un homme rondelet vêtu d'une tenue de chasse en tweed vert s'est installé au piano dans le coin de la pièce et joue un morceau paillard qui n'offense que par la maladresse de son exécution. Personne ne lui prête trop attention, même s'il fait tout son possible pour y remédier.

Il est presque midi, mais Daniel est invisible, alors je m'occupe en inspectant les différentes carafes dans le meuble à boissons, sans avoir la moindre idée de ce qu'elles contiennent, ni de ce que j'aime. Au bout du compte, je me sers quelque chose de brun et me retourne pour observer les autres convives, espérant en reconnaître. Si l'une de ces personnes est responsable des blessures sur mon bras, son irritation en me voyant en parfaite santé devrait être évidente. Et je ne garderai certainement pas son identité secrète si elle venait à se trahir. En supposant, naturellement, que je sois capable de la distinguer. Presque tous les hommes sont des butors bovins et braillards en tenue de chasse, tandis que les femmes sont sobrement vêtues de jupes, de chemisiers en lin et de gilets en laine. Contrairement à leurs époux tapageurs, elles ont des mouvements feutrés et me regardent du coin de l'œil. J'ai l'impression d'être observé à la dérobée, comme un oiseau rare. C'est terriblement perturbant, quoique compréhensible, je suppose. Daniel n'a pas pu poser ses questions sans au passage révéler mon état. Je fais désormais partie des divertissements, que ça me plaise ou non.

Tout en sirotant mon verre, je tente de me distraire

en écoutant les conversations qui m'entourent, une sensation semblable à m'enfoncer la tête dans un rosier. La moitié d'entre eux se plaint, l'autre moitié écoute les plaintes. Ils n'aiment pas l'hébergement, la nourriture, l'indolence des gens de maison, l'isolement ou le fait qu'ils n'ont pas pu venir par leurs propres moyens (même si Dieu seul sait comment ils auraient trouvé cet endroit). Principalement, cependant, leur courroux est provoqué par l'absence de leur hôtesse, Lady Hardcastle, qui ne s'est pas encore montrée bien que nombre d'entre eux soient arrivés à Blackheath hier soir – chose qu'ils semblent prendre comme une insulte personnelle.

« Excusez-moi, Ted », dit la servante en tentant de se faufiler à côté d'un homme d'une cinquantaine d'années.

Il a le torse large et un coup de soleil sous ses cheveux roux clairsemés et coupés à ras. Sa tenue de chasse s'étire autour d'un corps ample qui tend vers l'embonpoint, son visage illuminé par des yeux d'un bleu vif.

« Ted ? fait-il avec colère, lui attrapant le poignet et serrant assez fort pour qu'elle fasse la grimace. Vous croyez parler à qui, Lucy ? C'est "monsieur Stanwin" pour vous, je ne suis plus en bas avec les rats. »

Elle acquiesce, stupéfaite, cherchant de l'aide sur nos visages. Personne ne bouge, même le piano se mord la langue. Je me rends compte qu'ils sont tous terrifiés par cet homme. À ma grande honte, je ne vaux guère mieux. Je suis figé sur place, observant cet échange du coin de mes yeux baissés, espérant de toutes mes forces que cette vulgarité ne va pas se tourner contre moi.

« Lâchez-la, Ted », lance Daniel Coleridge du couloir.

Sa voix est ferme, froide. Elle est lourde de possibles répercussions.

Stanwin respire par le nez, fixant Daniel de ses yeux plissés. Le combat devrait être inégal. Stanwin est trapu et solide et il est plein de fiel. Pourtant il y a quelque chose dans la manière qu'a Daniel de se tenir là, les mains dans les poches, la tête inclinée, qui fait réfléchir Stanwin. Peut-être craint-il de se faire percuter par le train que Daniel semble attendre.

Une horloge prend son courage à deux mains et produit son tic-tac.

Avec un grognement, Stanwin lâche la servante, effleurant Daniel en quittant la pièce, marmonnant quelque chose que je ne distingue pas tout à fait.

Toute la pièce respire, le piano reprend, l'horloge héroïque continue comme si de rien n'était.

Les yeux de Daniel nous jaugent l'un après l'autre.

Incapable de soutenir son regard insistant, je fixe mon reflet dans la fenêtre. Il y a du dégoût sur mon visage, une révulsion inspirée par ma faiblesse de caractère. D'abord le meurtre dans les bois, et maintenant ça. Combien d'injustices vais-je laisser se produire avant de trouver le courage d'intervenir ?

Daniel s'approche, un fantôme sur la vitre.

« Bell, dit-il doucement en posant une main sur mon épaule. Vous avez une minute ? »

Écrasé par la honte, je le suis dans le bureau d'à côté, toutes les paires d'yeux rivées sur mon dos. C'est encore plus sinistre ici, du lierre non taillé voilant les fenêtres à croisillons de plomb, des tableaux aux teintes sombres absorbant le peu de lumière qui parvient à se faufiler à travers le verre. Un bureau qui a été positionné de sorte à donner sur la pelouse semble avoir été récemment abandonné, et l'encre d'un stylo à plume goutte sur un buvard déchiré, un coupe-papier posé à côté de lui. On ne peut qu'imaginer les missives rédigées dans une telle atmosphère.

Dans le coin opposé, près de la deuxième porte de la pièce, un jeune homme perplexe en tenue de chasse regarde dans le pavillon d'un phonographe, se demandant clairement pourquoi le disque qui tourne ne produit aucun son.

« Un seul trimestre à Cambridge et il se prend pour Isambard Kingdom Brunel », déclare Daniel, poussant le jeune homme à lever les yeux de son énigme.

Il n'a pas plus de vingt-quatre ans, avec des cheveux sombres et une tête large et plate qui donne l'impression que son visage est appuyé contre un panneau de verre. En me voyant, il fait un grand sourire, le garçon dans l'homme apparaissant comme dans une fenêtre.

« Belly, foutu imbécile, vous voici », dit-il, me serrant la main tout en me faisant une tape dans le dos.

C'est comme être pris dans un étau affectueux.

« C'est donc vrai, vous ne vous souvenez de rien, ajoute-t-il en jetant un rapide coup d'œil à Daniel. Espèce de veinard ! Allons au bar pour que je vous présente à une gueule de bois.

— Les nouvelles vont vite à Blackheath, dis-je.

— L'ennui s'y prête, répond-il. Je suis Michael Hardcastle. Nous sommes de vieux amis, même si je suppose que “de récentes connaissances” nous décrirait mieux maintenant. »

Il n'y a pas une once de déception dans sa phrase. De fait, ça semble l'amuser. Même à la première rencontre, il est évident que Michael Hardcastle sera amusé par la plupart des choses.

« Michael était assis à côté de vous pendant le dîner hier soir, explique Daniel, qui a remplacé Michael à l'inspection du gramophone. En y réfléchissant, c'est probablement pour ça que vous êtes sorti et que vous vous êtes donné un coup de gourdin sur la tête.

— Jouez le jeu, Belly, on espère qu'un jour il dira accidentellement quelque chose de drôle », réplique Michael.

Il y a une pause instinctive dans l'attente de ma repartie, le rythme du moment s'effondrant sous le poids de mon mutisme. Pour la première fois depuis que je me suis réveillé ce matin, mon ancienne vie me manque. Je regrette de ne pas connaître ces hommes. Je regrette l'intimité de cette amitié. Mon chagrin se reflète sur le visage de mes compagnons, un silence embarrassé creusant une tranchée entre nous. Espérant retrouver au moins une partie de la confiance que nous avons dû partager, je retrousse ma manche pour leur montrer les pansements qui recouvrent mon bras, à travers lesquels le sang commence déjà à suinter.

« J'aurais préféré me donner un coup de gourdin sur la tête, dis-je. Le docteur Dickie pense que quelqu'un m'a attaqué hier soir.

— Mon pauvre ami ! s'exclame Daniel.

— C'est à cause de ce satané mot, n'est-ce pas ? demande Michael, parcourant des yeux mes blessures.

— De quoi parlez-vous, Hardcastle ? demande Daniel en haussant les sourcils. Savez-vous quelque chose ? Pourquoi ne pas l'avoir dit plus tôt ?

— Ce n'est pas grand-chose, répond Michael d'un air penaud, enfonçant la pointe de sa chaussure dans l'épaisse moquette. Une servante a apporté un mot à la table alors que nous en étions à notre cinquième bouteille de vin. À cet instant, Belly s'est excusé et a tenté de se souvenir comment on ouvrait une porte. » Il me regarde, honteux. « Je voulais vous accompagner, mais vous mainteniez que vous deviez y aller seul. J'ai supposé que vous retrouviez une femme, alors je n'ai pas insisté, et c'est la dernière fois que je vous ai vu jusqu'à maintenant.

— Que disait le message ? demandé-je.

— Pas la moindre idée, mon vieux, je ne l'ai pas vu.

— Vous vous souvenez de la servante qui l'a apporté, ou si Bell a mentionné une personne prénommée Anna ? » demande Daniel.

Michael hausse les épaules, ses efforts pour se souvenir s'imprimant sur son visage.

« Anna ? Ça ne me dit rien, j'ai bien peur. Quant à la servante, eh bien… » Il gonfle les joues, expire longuement. « Robe noire, tablier blanc. Oh, bon sang, Coleridge, soyez raisonnable. Il y en a des dizaines, comment pourrait-on se souvenir de leurs visages ? »

Il nous adresse à chacun un regard impuissant, Daniel recevant le sien en secouant la tête d'un air dégoûté.

« Ne vous en faites pas, mon vieux, nous allons faire la lumière sur tout ça, me dit-il en me serrant l'épaule. Et j'ai une idée. »

Il marche vers un plan de la propriété encadré au mur. C'est un dessin d'architecte, taché par la pluie et jauni sur les bords, mais très beau dans sa manière de représenter la maison et le parc. Il s'avère que Blackheath est une énorme propriété avec un cimetière familial à l'ouest et des écuries à l'est, un sentier serpentant jusqu'à un lac avec un hangar à bateaux accroché à la rive. Hormis l'allée, qui est en fait une route entêtée qui coupe directement vers le village, tout n'est que forêt. Comme le suggère la vue depuis les fenêtres des étages supérieurs, nous sommes parfaitement seuls au milieu des arbres.

Une sueur froide me glace la peau.

J'étais censé disparaître dans cette vaste étendue, comme Anna ce matin. Je cherche ma propre tombe.

Sentant mon trouble, Daniel me regarde.

« Plutôt isolé comme endroit, n'est-ce pas ? » murmure-t-il en tirant une cigarette d'un étui en argent.

Elle pend à sa lèvre inférieure tandis qu'il cherche un briquet dans ses poches.

« Mon père nous a amenés ici quand sa carrière politique a périclité, explique Michael en allumant la cigarette de Daniel et en en prenant une pour lui-même. Le paternel se prenait pour un propriétaire terrien. Ça ne s'est pas tout à fait passé comme il l'espérait, évidemment. »

Je hausse un sourcil interrogateur.

« Mon frère a été assassiné par un certain Charlie Carver, l'un de nos gardiens », déclare calmement Michael, comme s'il annonçait le résultat des courses.

Atterré d'avoir pu oublier une chose aussi horrible, je bafouille une excuse.

« Je… je suis désolé, ça devait être…

— Il y a terriblement longtemps, coupe Michael avec une pointe d'impatience dans la voix. Dix-neuf ans, à vrai dire. Je n'en avais que cinq quand c'est arrivé et, pour être honnête, je m'en souviens à peine.

— Contrairement à la plupart de nos journaux à scandales, ajoute Daniel. Carver et un autre type se sont saoulés et ils ont attrapé Thomas près du lac. Ils l'ont à moitié noyé, puis ont terminé le travail avec un couteau. Il avait environ sept ans. Ted Stanwin est arrivé en courant et les a fait fuir avec un fusil de chasse, mais Thomas était déjà mort.

— Stanwin ? dis-je, peinant à cacher mon étonnement. La brute du déjeuner ?

— Oh, je ne dirais pas ça trop fort, réplique Daniel.

— Il est très bien vu de mes parents, ce bon vieux Stanwin, déclare Michael. C'était un petit garde-chasse quand il a tenté de sauver Thomas, mais père lui a donné une de nos plantations africaines pour le remercier, et ce salopard s'en est mis plein les poches.

— Qu'est-il arrivé aux assassins ?

— Carver a été pendu, répond Daniel en laissant tomber de la cendre sur la moquette. La police a trouvé le couteau dont il s'était servi sous le plancher de sa maison, avec une douzaine de bouteilles de brandy volées. Son complice n'a jamais été attrapé. Stanwin prétend qu'il l'a touché avec son fusil, mais personne n'est arrivé blessé à l'hôpital local, et Carver a refusé de le dénoncer. Lord et Lady Hardcastle organisaient une fête ce week-end-là, donc ça aurait pu être un des invités, même si la famille a maintenu qu'aucun d'entre eux ne connaissait Carver.

— Une affaire bien étrange, déclare Michael d'une voix monocorde, avec une expression aussi noire que les nuages qui encombrent les fenêtres.

— Donc le complice est toujours dans la nature », dis-je, l'appréhension montant le long de ma colonne vertébrale.

Un meurtre il y a dix-neuf ans et un autre ce matin. Ça ne peut sûrement pas être une coïncidence.

« Ça pousse à se demander à quoi sert la police, pas vrai ? » déclare Daniel avant de devenir silencieux.

Mes yeux trouvent Michael, qui regarde dans le salon. Celui-ci se vide à mesure que les convives se dirigent vers le vestibule, emportant leurs conversations avec eux. Même de l'endroit où je me trouve, j'entends le déferlement cinglant de récriminations à propos de tout, depuis l'état de délabrement de la maison jusqu'à l'alcoolisme de Lord Hardcastle en passant par l'attitude glaciale d'Evelyn Hardcastle. Pauvre Michael, je ne puis imaginer ce que ça fait de voir sa famille si ouvertement tournée en dérision, dans sa propre maison par-dessus le marché.

« Écoutez, nous ne sommes pas venus ici pour vous barber avec de l'histoire ancienne, reprend Daniel, brisant le silence. Je me suis renseigné sur Anna. Les nouvelles ne sont pas bonnes, j'ai bien peur.

— Personne ne la connaît ?

— Il n'y a pas une personne de ce nom parmi les invités ou le personnel, déclare Michael. Surtout, personne ne manque à Blackheath. »

J'ouvre la bouche pour protester, mais il lève la main, me réduisant au silence.

« Vous ne me laissez jamais finir, Belly. Je peux réunir une équipe de recherche, mais les hommes partent chasser dans environ dix minutes. Si vous me donnez une vague idée de l'endroit où vous vous êtes réveillé ce matin, je m'assurerai que nous irons dans cette direction et que nous ouvrirons l'œil. Nous sommes quinze à y aller, il y a donc de bonnes chances pour que nous repérions quelque chose. »

La gratitude m'emplit la poitrine.

« Merci, Michael. »

Il me sourit à travers un nuage de fumée de cigarette.

« Vous n'avez jamais été du genre à en rajouter, Belly, je ne peux pas imaginer que vous le fassiez maintenant. »

J'examine le plan, désireux d'apporter ma contribution, mais je n'ai aucune idée de l'endroit où j'ai vu

Anna. L'assassin m'a dirigé vers l'est et la forêt m'a régurgité vers l'avant de Blackheath, mais je ne puis qu'estimer au hasard combien de temps j'ai marché ou de quel endroit j'ai pu commencer à le faire. Prenant une inspiration et me fiant à la Providence, je touche le verre du bout du doigt tandis que Daniel et Michael se penchent par-dessus mon épaule.

Michael acquiesce en se frottant le menton.

« Je vais le dire aux amis. » Il me scrute de la tête aux pieds. « Vous feriez mieux de vous changer. Nous partons bientôt.

— Je ne viens pas, dis-je d'une voix étranglée par la honte. Je dois… Je ne peux pas… »

Le jeune homme remue avec embarras.

« Allons…

— Servez-vous de votre tête, Michael, interrompt Daniel en me tapant sur l'épaule. Regardez ce qu'on lui a fait. Le pauvre Bell a failli ne jamais sortir de cette forêt, pourquoi voudrait-il y retourner ? » Son ton s'adoucit. « Ne vous en faites pas, Bell, nous allons trouver votre disparue, et l'homme qui l'a assassinée. Nous avons désormais les choses en main. Éloignez-vous de cette sale histoire autant que vous le pourrez. »

5

Je me tiens à la fenêtre à croisillons de plomb, à moitié dissimulé par les rideaux en velours. Dans l'allée, Michael se mêle aux autres hommes. Leur poitrine se soulève sous leurs épais manteaux tandis qu'ils portent leurs fusils de chasse ouverts par-dessus leur coude, riant et discutant, un souffle froid s'échappant de leur bouche. Délivrés de la maison avec un joyeux massacre en perspective, ils semblent presque humains.

Les paroles de Daniel ont été réconfortantes, mais elles ne peuvent m'absoudre. Je devrais être dehors avec eux, en train de chercher le corps de la femme que j'ai abandonnée. À la place, je fuis. Le moins que je puisse faire, c'est endurer la honte de les voir partir sans moi.

Des chiens passent près de la fenêtre, tirant sur des laisses que leurs maîtres peinent à tenir. Les deux foyers d'agitation se rejoignent, et ils se mettent en route, traversant la pelouse en direction de la forêt, précisément dans la direction que j'ai indiquée à Daniel, même si je ne vois pas mon ami parmi eux. Il rejoindra sans doute le groupe plus tard.

J'attends que le dernier d'entre eux ait disparu parmi les arbres avant de retourner au plan sur le mur. S'il est exact, les écuries ne sont pas trop éloignées de la maison. C'est sûrement là-bas que je trouverai le maître des écuries. Il pourra s'arranger pour qu'une calèche me ramène au village, et de là je prendrai un train pour rentrer chez moi.

Je me retourne pour gagner le salon et trouve la porte bloquée par un énorme corbeau noir.

Mon cœur fait un bond, et moi aussi, en plein dans le buffet, faisant voler par terre photos de famille et bibelots.

« Inutile d'avoir peur », dit la créature en faisant un petit pas pour sortir de la pénombre.

Ce n'est pas du tout un oiseau. C'est un homme habillé en médecin de peste médiéval, ses plumes formant un pardessus noir, son bec faisant partie d'un masque en porcelaine et scintillant dans la lueur d'une lampe proche. Ce costume est vraisemblablement pour le bal de ce soir, même si ça n'explique pas pourquoi il porte une tenue aussi sinistre en milieu de journée.

« Vous m'avez effrayé », dis-je, m'étreignant la poitrine et riant d'embarras tandis que j'essaie de me défaire de ma peur.

Il incline la tête, m'examinant comme si j'étais un animal égaré qu'il aurait trouvé assis sur la moquette.

« Qu'avez-vous apporté ? demande-t-il.

— Pardon ?

— Vous vous êtes réveillé avec un mot sur les lèvres, quel était-il ?

— Nous connaissons-nous ? » dis-je, regardant par la porte en direction du salon, espérant voir un autre convive.

Malheureusement, nous sommes seuls, et je m'aperçois avec une inquiétude grandissante que c'était presque certainement son intention.

« Je vous connais, dit-il. C'est assez pour le moment. Quel était ce mot, s'il vous plaît ?

— Pourquoi ne pas ôter ce masque afin que nous puissions parler face à face ?

— Mon masque est le dernier de vos soucis, docteur Bell. Répondez à ma question. »

Même s'il n'a proféré aucune menace, la porcelaine étouffe sa voix, ajoutant un sourd grondement animal à chacune de ses phrases.

« Anna », dis-je, agrippant ma cuisse pour l'empêcher de trembler.

Il soupire.

« Quel dommage.

— Savez-vous qui c'est ? dis-je, plein d'espoir. Personne d'autre dans la maison n'a jamais entendu parler d'elle.

— Le contraire m'aurait étonné », répond-il, écartant ma question d'un geste de sa main gantée. Il fouille dans son manteau et en tire une montre de gousset en or, produisant un son désapprobateur en voyant l'heure. « Nous aurons du travail sous peu, mais pas aujourd'hui, et pas tant que vous serez dans cet état. Nous nous reparlerons bientôt, quand tout sera un peu plus clair. En attendant, je vous conseillerais de vous familiariser avec Blackheath et les autres convives. Amusez-vous tant que vous pouvez, docteur Bell, le valet de pied vous trouvera bientôt.

— Le valet de pied ? dis-je, le nom suscitant de l'inquiétude au plus profond de moi. Est-il responsable du meurtre d'Anna, ou des blessures sur mon bras ?

— J'en doute grandement, répond le médecin de peste. Le valet de pied ne s'arrêterait pas à votre bras. »

Un énorme bruit sourd retentit derrière moi et je me retourne vivement. Une petite tache de sang macule la fenêtre et un oiseau mourant s'agite parmi les mauvaises herbes et les fleurs fanées en dessous. La pauvre bête a dû percuter la vitre. Je suis étonné par la pitié que j'éprouve, une larme me montant à l'œil face à cette vie brisée. Décidant d'enterrer l'animal avant toute autre chose, je me retourne avec l'intention de m'excuser auprès de mon énigmatique compagnon, mais il est déjà parti.

Je regarde mes mains. Elles sont tellement serrées que mes ongles s'enfoncent dans mes paumes.

« Le valet de pied », dis-je à part moi.

Le nom ne me dit rien, mais la sensation qu'il éveille en moi est caractéristique. Pour une raison ou pour une autre, cette personne me terrifie.

La peur me transporte jusqu'au bureau et au coupe-papier que j'ai vu plus tôt. Il est petit, mais suffisamment acéré pour faire saigner le bout de mon pouce. Je suce ma blessure et empoche l'arme. Ce n'est pas grand-chose, mais ça suffit à me retenir de me barricader dans cette pièce.

Me sentant un peu plus confiant, je me dirige vers ma chambre. Sans les convives pour me distraire du décor, Blackheath est en effet plein de mélancolie. Hormis le magnifique vestibule, les autres pièces que je traverse sentent le renfermé, rongées par la moisissure et le délabrement. Des granules de mort-aux-rats ont été entassés dans les coins, de la poussière recouvre toutes les surfaces trop hautes pour être atteintes par les bras courts des femmes de ménage. Les tapis sont usés jusqu'à la trame, les meubles éraflés, l'argenterie tachée est exposée dans des vitrines au verre sale. Si déplaisants qu'aient semblé les autres convives, le bourdonnement de leurs conversations me manque. Ils sont l'élément vital de cet endroit, emplissant les espaces sur lesquels s'abattrait normalement ce lugubre silence. Blackheath ne vit que tant que des gens le peuplent. Sans eux, c'est une ruine déprimante qui attend la miséricorde de la boule de démolition.

Je récupère mon manteau et mon parapluie dans ma chambre et me rends dehors, où la pluie rebondit sur le sol et où l'air est alourdi par la puanteur des feuilles en décomposition. Ne sachant avec certitude quelle fenêtre l'oiseau a percutée, je longe la façade jusqu'à localiser son corps et, utilisant le coupe-papier comme une pelle de fortune, je l'enterre dans une tombe peu profonde, trempant mes gants au passage.

Déjà tremblant, je réfléchis à mon itinéraire. La route pavée qui mène aux écuries borde la partie inférieure de la pelouse. Je pourrais couper par l'herbe, mais mes chaussures ne semblent pas adaptées à une telle entreprise. À la place, je choisis l'option la plus sûre, suivant l'allée de gravier jusqu'à ce que la route apparaisse sur ma gauche. Naturellement, elle est dans un état effroyable. Des racines ont retourné les pierres, des branches non taillées pendent tels des doigts avides. Toujours troublé par ma rencontre avec l'étrange homme en costume de médecin de peste, j'agrippe le coupe-papier et avance lentement par peur de perdre l'équilibre, craignant ce qui pourrait se jeter sur moi depuis la forêt si cela se produisait. Je ne sais pas trop à quoi il joue, vêtu de la sorte, mais je n'arrive pas à m'ôter ses mises en garde de la tête.

Quelqu'un a assassiné Anna et m'a donné une boussole. Je doute que cette même personne m'ait attaqué la nuit dernière pour finalement me sauver ce matin, et je dois désormais affronter ce valet de pied. Qui ai-je bien pu être pour me faire tant d'ennemis ?

Au bout de la route il y a une grande arche en briques rouges avec une horloge au verre fêlé en son centre, et derrière, une cour, des écuries et des dépendances disposées autour. Les râteliers débordent d'avoine et des calèches attendent roue contre roue, enveloppées dans des couvertures en toile verte pour les protéger des intempéries.

La seule chose qui manque, ce sont les chevaux.

Chaque écurie est vide.

Je lance d'un ton hésitant : « Bonjour ? » Ma voix se répercute à travers la cour mais n'obtient pas de réponse.

Un panache de fumée noire s'échappe de la cheminée d'un petit cottage et, trouvant la porte déverrouillée, je poursuis mon bonjour à l'intérieur. Il n'y a personne, ce qui est curieux car un feu brûle dans l'âtre et du porridge et du pain grillé sont posés sur la table. J'ôte mes gants trempés et les accroche au crochet à bouilloire au-dessus du feu, espérant m'épargner un peu d'inconfort pendant le chemin du retour.

En touchant du bout du doigt la nourriture, je m'aperçois qu'elle est tiède. Elle n'a donc pas été abandonnée depuis longtemps. Une selle gît près d'un morceau de cuir, ce qui suggère une réparation interrompue. Je ne puis que supposer que la personne qui vit ici est sortie à la hâte pour s'occuper de quelque affaire urgente, et je songe à attendre son retour. Ce n'est pas un refuge déplaisant, bien que l'air soit rendu épais par le charbon qui brûle et qu'il flotte une odeur assez forte de cire et de crin. Ce qui m'inquiète le plus, c'est l'isolement du cottage. Tant que je ne saurai pas qui m'a attaqué la nuit dernière, tout le monde à Blackheath devra être considéré avec prudence, y compris le maître des écuries. Je ne le rencontrerai pas seul, si je peux l'éviter.

Un tableau de service est accroché à un clou près de la porte, un crayon pendant à un bout de ficelle à côté. Je le décroche et tourne la feuille avec l'intention de laisser un message pour demander qu'on me mène au village, mais il y a déjà un mot écrit là.

> Ne quittez pas Blackheath, d'autres vies que la vôtre dépendent de vous. Retrouvez-moi près du mausolée dans le cimetière de famille à 22 h 20 et je vous expliquerai tout. Oh, et n'oubliez pas vos gants, ils sont en train de brûler.
>
> Bien à vous, Anna

La fumée emplit mes narines et je me retourne vivement pour voir mes gants en train de se consumer au-dessus du feu. Je les attrape et étouffe les braises du pied, écarquillant de grands yeux et le cœur cognant tandis que je parcours le cottage du regard à la recherche de quelque chose qui expliquerait comment ce tour de magie a pu se produire.

Pourquoi ne demandes-tu pas à Anna quand tu la verras ce soir ?

« Parce que je l'ai vue mourir ! » dis-je en grondant à l'intention de la pièce vide, m'embarrassant tout seul.

Retrouvant mon sang-froid, je lis le mot une fois de plus, mais son sens m'échappe toujours. Si Anna a survécu, ce doit être une cruelle créature pour jouer à de tels jeux avec moi. Le plus probable est qu'après que la nouvelle de ma mésaventure de ce matin s'est répandue à travers la maison, quelqu'un a décidé de me jouer un tour. Pour quelle autre raison me donnerait-on rendez-vous à une telle heure dans un endroit aussi sinistre ?

Cette personne lit-elle l'avenir ?

« Il fait un temps affreux, n'importe qui aurait pu prédire que je ferais sécher mes gants en arrivant. »

Le cottage écoute poliment, mais même à mes propres oreilles, ce raisonnement est désespéré. Presque aussi désespéré que mon envie de discréditer le message. Je suis si faible de caractère que j'abandonnerais volontiers l'espoir qu'Anna soit vivante pour m'enfuir de cet endroit avec une conscience propre.

Me sentant misérable, j'enfile mes gants roussis. J'ai besoin de réfléchir, et on dirait que marcher m'aide.

En contournant les écuries, je tombe sur un champ envahi par une herbe qui monte jusqu'à la taille, doté de clôtures tellement pourries qu'elles sont presque écroulées. De l'autre côté, deux silhouettes sont recroquevillées sous un parapluie. Elles doivent suivre un sentier caché car elles avancent facilement, bras dessus, bras dessous. Dieu sait comment elles me repèrent, mais l'une d'elles lève la main pour me saluer. Je retourne le geste, faisant naître un bref moment de complicité distante avant qu'elles disparaissent dans l'obscurité des arbres.

Baissant la main, je prends ma décision.

Je me suis dit qu'une femme morte ne pouvait revendiquer aucun droit sur moi, et que c'était la raison pour laquelle j'étais libre de quitter Blackheath. C'était un raisonnement de lâche, même s'il comportait un fond de vérité.

Cependant, si Anna est vivante, il ne tient plus.

Je lui ai fait défaut ce matin et n'ai pensé qu'à ça depuis. Maintenant, j'ai une deuxième chance et ne peux pas lui tourner le dos. Elle est en danger et je peux l'aider, je dois donc le faire. Si ça ne suffit pas à me retenir à Blackheath, je ne mérite pas cette vie que j'ai tellement peur de perdre. Quoi qu'il arrive, je devrai être au cimetière à 22 h 20.

6

« Quelqu'un veut ma mort. »

C'est étrange de prononcer ça à haute voix, comme si j'appelais le destin à s'abattre sur moi, mais si je dois survivre jusqu'à ce soir, je vais être contraint d'affronter cette peur. Je refuse de passer plus de temps terré dans ma chambre. Pas tant qu'il demeurera de si nombreuses questions sans réponse.

Je reprends le chemin de la maison, scrutant les arbres à la recherche d'un danger, mon esprit passant en revue les divers événements de la matinée. Je m'interroge encore et encore sur les lacérations sur mon bras et sur l'homme en costume de médecin de peste, sur le valet de pied et sur cette mystérieuse Anna qui semble désormais en parfaite santé et me laisse des mots énigmatiques.

Comment a-t-elle survécu dans la forêt ?

Je suppose qu'elle a pu écrire le mot plus tôt ce matin, avant d'être attaquée, mais dans ce cas, comment savait-elle que je serais dans ce cottage, en train de faire sécher mes gants au-dessus du feu ? Je n'ai dévoilé mes plans à personne. Ai-je parlé à voix haute ? M'observait-elle ?

Secouant la tête, je m'éloigne d'un pas de cet étrange mystère.

Je regarde trop loin en avant quand je devrais regarder en arrière. Michael m'a dit qu'une servante avait porté un mot à la table hier soir, et que c'est la dernière fois qu'il m'a vu.

Tout a commencé là.

Tu dois retrouver la servante qui a porté le mot.

J'ai à peine franchi les portes de Blackheath que des voix m'attirent vers le salon, vide à l'exception de deux jeunes servantes occupées à débarrasser les détritus du déjeuner sur deux énormes plateaux. Elles travaillent côte à côte, tête baissée et commérant à voix basse, inconscientes de ma présence à la porte.

« … Henrietta a dit qu'elle était devenue folle, dit l'une des jeunes femmes, dont les boucles châtains débordent de son bonnet blanc.

— Ce n'est pas bien de dire ça de Lady Helena, Beth ! la réprimande l'autre, plus âgée. Elle a toujours été bonne avec nous, elle nous a toujours bien traitées, non ? »

Beth met en balance ce fait avec la valeur de son ragot.

« Henrietta m'a dit qu'elle délirait, reprend-elle. Qu'elle hurlait après Lord Peter. Elle a dit que c'était probablement parce qu'ils étaient revenus à Blackheath après ce qui est arrivé à M. Thomas. Ça rend les gens bizarres, qu'elle a dit.

— Elle dit beaucoup de choses, Henrietta, mais à ta place, je me les ôterais de l'esprit. Ce n'est pas comme si on ne les avait pas déjà entendus se disputer, n'est-ce pas ? En plus, si c'était sérieux, Lady Helena le dirait à Mme Drudge, non ? C'est ce qu'elle fait toujours.

— Mais Mme Drudge n'arrive pas à la trouver !

réplique Beth d'un ton triomphal, la charge contre Lady Helena définitivement prouvée. Elle ne l'a pas vue de la matinée, et… »

Mon entrée l'interrompt en plein vol, les servantes esquissant des révérences empruntées qui se transforment rapidement en un méli-mélo de bras, de jambes et de rougissements. Écartant de la main leur confusion, je m'enquiers des servantes qui ont servi le dîner hier soir, ne déclenchant que des regards vides et des excuses marmonnées. Je suis sur le point d'abandonner quand Beth hasarde que Lady Hardcastle reçoit en ce moment même les dames dans la véranda près du bout de la maison et qu'elle en saurait certainement plus.

Après un bref échange, l'une d'elles me mène par une porte communiquant avec le bureau où j'ai retrouvé Daniel et Michael ce matin. Il y a une bibliothèque derrière, que nous traversons rapidement, quittant la pièce par un couloir sombre. L'obscurité s'agite tandis qu'un chat noir sort de sous un petit guéridon sur lequel repose un téléphone, sa queue balayant le plancher poussiéreux. Sur ses pattes silencieuses, il longe à pas feutrés le couloir et s'éclipse par une porte légèrement entrouverte à l'autre extrémité. Une chaude lumière orange filtre par l'interstice, des voix et de la musique résonnant de l'autre côté.

« Mlle Evelyn est là-dedans », dit la servante.

Le ton de sa voix donne une idée à la fois de la pièce et d'Evelyn Hardcastle, qu'elle ne semble porter ni l'une ni l'autre particulièrement dans son cœur.

Ignorant son mépris, j'ouvre la porte, la chaleur de la pièce me frappant en plein visage. L'air est lourd, rendu doucereux par le parfum, uniquement agité par une musique éraillée qui s'envole, plane et s'étourdit contre les murs. De grandes fenêtres à croisillons de plomb donnent sur le jardin à l'arrière de la maison, des nuages gris s'amoncelant derrière une coupole. Des fauteuils et des méridiennes ont été rassemblés autour du feu, de jeunes femmes lovées dessus telles des orchidées fanées, fumant des cigarettes et s'accrochant à leur verre. L'humeur dans la pièce est plus à l'agitation qu'à la célébration. L'un des seuls signes de vie provient d'une peinture à l'huile accrochée au mur du fond, sur laquelle une vieille femme avec des charbons en guise d'yeux juge la pièce, son expression communiquant de façon assez éloquente la répugnance que lui inspire ce rassemblement.

« Ma grand-mère, Heather Hardcastle, déclare une femme derrière moi. Ce n'est pas un portrait flatteur, mais bon, ce n'était en aucune manière une femme flatteuse. »

Je me tourne vers la voix, rougissant tandis qu'une douzaine de visages sortent de leur ennui pour m'inspecter. Mon nom fait plusieurs fois le tour de la pièce, un bourdonnement excité le pourchassant soudain tel un essaim d'abeilles.

Assis de chaque côté d'une table d'échecs se trouvent une femme dont je suppose qu'il s'agit d'Evelyn Hardcastle, et un homme âgé extrêmement obèse affublé d'un costume une taille trop petit. Ils forment un couple étrange. Evelyn approche de la trentaine et ressemble plutôt à un tesson de verre avec son corps mince et anguleux, ses pommettes hautes, ses cheveux blonds attachés en arrière. Elle porte une robe verte, coupée à la mode du jour avec une ceinture à la taille, ses lignes nettes reflétant l'expression sévère de son visage.

Quant à l'homme obèse, il ne peut avoir moins de soixante-cinq ans, et je ne puis qu'imaginer les contorsions qui ont dû être nécessaires pour faire entrer sa masse énorme derrière la table. Sa chaise est trop petite pour lui, trop raide. Il en est le martyr. De la sueur scintille sur son front, le mouchoir trempé qu'il serre dans sa main attestant la durée de sa souffrance. Il me regarde bizarrement, avec une expression entre curiosité et gratitude.

« Mes excuses, dis-je. J'étais… »

Evelyn glisse un pion vers l'avant sans lever les yeux de l'échiquier. L'homme obèse porte de nouveau son attention sur la partie, engloutissant son cavalier entre le bout de ses doigts charnus.

Je me surprends à grogner en constatant son erreur.

« Vous connaissez les échecs ? me demande Evelyn, ses yeux toujours rivés sur l'échiquier.

— À ce qu'il semble, dis-je.

— Alors peut-être accepteriez-vous de jouer après Lord Ravencourt ? »

Ignorant mon avertissement, le cavalier de Ravencourt se jette fièrement dans le piège d'Evelyn pour être fauché par une tour qui était tapie là. La panique s'empare du jeu de l'homme tandis qu'Evelyn avance ses pièces, le poussant à la précipitation quand il devrait être patient. La partie est terminée en quatre coups.

« Merci pour la distraction, Lord Ravencourt, dit Evelyn tandis qu'il couche son roi. Maintenant, je crois qu'on vous attend ailleurs. »

C'est une façon brusque de le congédier et, avec une courbette maladroite, Ravencourt s'extirpe de la table et quitte la pièce en clopinant, m'adressant au passage un infime hochement de tête.

La répugnance d'Evelyn le poursuit hors de la pièce, mais elle s'évapore lorsqu'elle désigne la chaise face à elle.

« S'il vous plaît, m'invite-t-elle.

— J'ai peur de ne pas pouvoir, dis-je. Je cherche une servante qui m'a apporté un message à la table du dîner hier soir, mais je ne sais rien de plus d'elle. J'espérais que vous pourriez m'aider.

— Notre majordome pourrait », répond-elle en réalignant les pièces de son armée dispersée.

Chacune est placée précisément au centre du carré, le visage tourné vers l'ennemi. Il n'y a clairement pas de place pour les lâches sur cet échiquier.

« M. Collins est au courant de chaque pas que font les servantes dans cette maison, ou du moins le leur fait-il croire, dit-elle. Malheureusement, il a été agressé ce matin. Le docteur Dickie l'a installé dans la loge du gardien pour qu'il puisse se reposer plus confortablement. D'ailleurs, j'avais moi-même l'intention d'aller le voir. Je pourrais peut-être vous escorter. »

J'hésite un instant, soupesant le danger. On ne peut que supposer que si Evelyn Hardcastle me souhaitait du mal, elle n'annoncerait pas son intention de partir avec moi devant une pièce pleine de témoins.

« Ce serait très gentil de votre part », dis-je, m'attirant un sourire furtif.

Elle se lève. Soit elle ne remarque pas, soit elle fait semblant de ne pas remarquer les regards curieux qui nous suivent. Il y a des portes-fenêtres qui donnent sur le jardin, mais nous les ignorons, sortant à la place par le vestibule afin de d'abord récupérer nos manteaux et nos chapeaux dans nos chambres. Evelyn est encore en train d'ajuster le sien quand nous sortons de Blackheath et trouvons un après-midi froid et venteux.

« Puis-je savoir ce qui est arrivé à M. Collins ? dis-je, me demandant si son agression pourrait être liée à la mienne la nuit dernière.

— Apparemment, il a été attaqué par un de nos

invités, un artiste nommé Gregory Gold, répond-elle en nouant son épaisse écharpe. C'était une attaque gratuite au dire de tous, et Gold s'est arrangé pour lui coller une bonne raclée avant que quelqu'un n'intervienne. Je dois vous prévenir, docteur, M. Collins a reçu une forte dose de sédatifs, je ne suis donc pas sûre qu'il puisse vous être utile. »

Nous suivons l'allée de gravier qui mène au village et, une fois encore, je suis frappé par la particularité de ma situation. À un moment au cours des derniers jours, j'ai dû arriver par cette même route, heureux et excité, ou peut-être ennuyé par la distance et l'isolement. Comprenais-je le danger que je courais, ou est-il survenu plus tard durant mon séjour ? J'ai perdu une si grande partie de moi, mes souvenirs envolés comme des feuilles mortes, et pourtant je suis là, un homme neuf. Je me demande si Sebastian Bell approuverait ce que je suis devenu. Nous entendrions-nous même ?

Sans un mot, Evelyn passe le bras sous le mien, un sourire chaleureux transformant son visage. C'est comme si un feu avait couvé en elle et ses yeux étincellent de vie, bannissant la femme ombrageuse de tout à l'heure.

« Ça fait tellement de bien d'être sortie de cette maison ! s'écrie-t-elle, penchant son visage pour recevoir la pluie. Dieu merci, vous êtes arrivé au bon moment, docteur. Honnêtement, une minute de plus et vous m'auriez trouvée avec la tête dans la cheminée.

— Une chance que je sois passé, alors », dis-je, quelque peu étonné par son changement d'humeur.

Sentant ma confusion, Evelyn rit doucement.

« Oh, ne faites pas attention à moi, déclare-t-elle. Je déteste faire la connaissance des gens, donc chaque fois que je rencontre quelqu'un que j'aime bien, je suppose d'emblée que nous sommes amis. Ça fait gagner beaucoup de temps à la longue.

— Je comprends. Puis-je vous demander ce que j'ai fait pour vous donner une impression favorable ?

— Seulement si vous me permettez de répondre franchement.

— Vous n'êtes pas franche en ce moment ?

— J'essayais d'être polie, mais vous avez raison, il semblerait que je tombe toujours à côté, dit-elle avec un regret feint. Bon, *franchement*, j'apprécie votre côté pensif, docteur. On dirait que vous préféreriez être ailleurs, un sentiment avec lequel je compatis de tout cœur.

— Dois-je en déduire que vous n'êtes pas heureuse d'être revenue chez vous ?

— Oh, ça fait très longtemps que ce n'est plus chez moi, répond-elle en sautant par-dessus une flaque. Je vis à Paris depuis dix-neuf ans, depuis que mon frère a été tué.

— Et les femmes avec lesquelles je vous ai vue dans la véranda, ne sont-elles pas vos amies ?

— Elles sont arrivées ce matin et, à vrai dire, je n'en ai pas reconnu une seule. Les fillettes que je connaissais ont changé de peau et se sont frayé un chemin dans la société. Je suis autant une étrangère ici que vous.

— Au moins vous n'êtes pas étrangère à vous-même, mademoiselle Hardcastle. C'est sûrement une source de réconfort.

— Bien au contraire, réplique-t-elle en me regardant. J'imagine que ce serait tout à fait formidable de m'éloigner de moi pour un petit moment. Je vous envie.

— Vous m'enviez ?

— Pourquoi pas ? dit-elle, essuyant la pluie sur son visage. Vous êtes une âme mise à nu, docteur. Pas de regrets, pas de blessures, aucun des mensonges que nous nous racontons afin de pouvoir nous regarder dans le miroir chaque matin. Vous êtes… (elle se mord la lèvre, cherchant le bon mot) honnête.

— Un autre mot pour ça serait “exposé”, dis-je.

— Dois-je comprendre que vous n'appréciez pas ce retour en vous-même ? »

Elle a un sourire oblique, une légère torsion des lèvres qui pourrait aisément être accusatrice, et qui pourtant donne un sentiment de complicité.

« Je ne suis pas l'homme que j'espérais être », dis-je doucement, surpris par ma propre candeur.

Quelque chose en cette femme me fait me sentir à l'aise, même si je serais bien incapable de dire quoi.

« Comment ça ?

— Je suis lâche, mademoiselle Hardcastle, dis-je avec un soupir. Quarante années de souvenirs effacés, et voilà ce que je trouve sous tout le reste. Voilà ce qui reste de moi.

— Oh, appelez-moi Evie, comme ça je pourrai vous appeler Sebastian et vous dire de ne pas vous en faire pour vos défauts. Nous en avons tous, et si je venais de naître dans ce monde, je serais peut-être moi aussi prudente, dit-elle en me serrant le bras.

— Vous êtes très gentille, mais c'est quelque chose de plus profond, d'instinctif.

— Et alors, qu'est-ce que ça peut faire ? Il y a des choses pires. Au moins vous n'êtes ni malveillant ni cruel. Et maintenant vous pouvez choisir, n'est-ce pas ? Au lieu de vous construire dans le noir comme nous autres – si bien que vous vous réveillez un jour sans la moindre idée de ce qui vous a mené à devenir cette personne – vous pouvez regarder le monde, les gens autour de vous, et choisir les parties de votre caractère que vous voulez. Vous pouvez dire : “Je vais prendre l’honnêteté de cet homme, l’optimisme de cette femme”, comme si vous choisissiez un costume dans Savile Row.

— Vous avez transformé mon état en bénédiction, dis-je, l’esprit plus léger.

— Eh bien, n’est-ce pas précisément la définition d’une deuxième chance ? Vous n’aimez pas l’homme que vous étiez, très bien, soyez quelqu’un d’autre. Rien ne vous en empêche plus. Comme j’ai dit, je vous envie. Nous autres sommes coincés avec nos erreurs. »

Je n’ai pas de réponse à ça, mais je n’ai pas à en trouver une immédiatement. Nous sommes arrivés devant deux gigantesques piliers de clôture, surmontés d’anges décrépits soufflant dans leurs cornes silencieuses. La loge du gardien est en retrait parmi les arbres sur notre gauche, des portions de son toit en tuiles rouges apparaissant à travers la dense voûte des arbres. Un chemin mène à une porte verte écaillée, gonflée par l’âge et sillonnée de fissures. L’ignorant, Evelyn me tire par les doigts vers l’arrière de la maison, se frayant un chemin au milieu de branches si longues qu’elles touchent les briques effritées.

La porte de derrière est maintenue par un simple loquet, qu’elle libère pour nous faire entrer dans une cuisine froide et humide. Une couche de poussière recouvre les paillasses, les casseroles en cuivre sont toujours sur la cuisinière. Une fois à l’intérieur, elle marque une pause et écoute attentivement.

« Evelyn ? »

Tout en me faisant signe de rester silencieux, elle fait un pas vers le couloir. Troublé par cette prudence soudaine, je sens mon corps se crisper, mais elle rompt le charme en éclatant de rire.

« Je suis désolée, Sebastian, je cherchais à entendre mon père.

— Votre père ? dis-je, perplexe.

— Il loge ici. Il est censé être à la chasse, mais je ne voulais pas risquer de tomber sur lui s'il était en retard. Je crains que nous ne nous appréciions pas terriblement. »

Avant que j'aie l'opportunité de poser d'autres questions, elle m'entraîne dans un couloir carrelé puis nous gravissons un escalier étroit, les marches en bois nu grinçant bruyamment sous nos pieds. Je la talonne, jetant régulièrement des coups d'œil derrière moi. La loge du gardien est étroite et biscornue, les portes enchâssées dans les murs à des angles bizarres comme des dents de travers dans une bouche. Le vent souffle à travers les fenêtres, charriant l'odeur de la pluie. La totalité de la structure semble trembler sur ses fondations. Tout dans cette maison paraît conçu pour jouer sur les nerfs.

« Pourquoi avoir installé le majordome ici ? demandé-je à Evelyn qui essaie de choisir parmi les portes qui nous entourent. Il devait y avoir des endroits plus confortables.

— Toutes les chambres de la maison principale sont occupées, et le docteur Dickie a ordonné du calme, et un bon feu. Croyez-le ou non, c'est peut-être la meilleure solution pour lui. Venez, essayons celle-ci », dit-elle en frappant légèrement à une porte sur notre gauche, puis l'ouvrant quand personne ne répond.

Un grand personnage avec une chemise tachée de charbon est attaché par les poignets et suspendu à un crochet au plafond, ses pieds touchant à peine le sol. Il est inconscient, sa tête surmontée d'une abondante chevelure sombre et bouclée est affaissée sur sa poitrine, du sang mouchette son visage.

« Non, il doit être de l'autre côté, déclare Evelyn d'une voix plate et indifférente.

— Qu'est-ce que c'est que ça ? dis-je, alarmé et reculant d'un pas. Qui est cet homme, Evelyn ?

— C'est Gregory Gold, la personne qui a agressé notre majordome, répond-elle en le lorgnant comme si c'était un papillon cloué à un tableau de liège. Le majordome était l'ordonnance de mon père pendant la guerre. On dirait que père a pris l'agression plutôt personnellement.

— Personnellement ? Evie, il a été suspendu comme un cochon !

— Père n'a jamais été un homme subtil, ni particulièrement intelligent, déclare-t-elle avec un haussement d'épaules. Je suppose que les deux vont de pair. »

Pour la première fois depuis mon réveil, mon sang bouillonne. Quels qu'aient été les crimes de cet homme, la justice ne peut pas être rendue avec un morceau de corde dans une pièce fermée à clé.

Je proteste : « Nous ne pouvons pas le laisser comme ça. C'est inhumain.

— Ce qu'il a fait était inhumain, réplique-t-elle, sa froideur me frappant pour la première fois. Mère a engagé Gold pour qu'il retouche certains portraits de famille, rien de plus. Il ne connaissait même pas le majordome, et pourtant ce matin il s'en est pris à lui avec un tisonnier et l'a quasiment tué. Croyez-moi, Sebastian, il mérite pire que ce qui lui arrive ici.

— Qu'allez-vous faire de lui ?

— Un agent de police va venir du village », répond-elle en me faisant sortir de la petite pièce et en refermant la porte derrière nous. Son humeur s'allège immédiatement. « En attendant, père veut que Gold ait conscience de son mécontentement, c'est tout. Ah, ça doit être celle que nous cherchons. »

Elle ouvre une autre porte de l'autre côté du couloir, et nous pénétrons dans une petite pièce avec des murs blanchis à la chaux et une unique fenêtre obscurcie par la crasse. Contrairement au reste de la maison, il n'y a pas de courant d'air ici, et un bon feu brûle dans la cheminée, avec plein de bois entassé à côté pour l'alimenter. Il y a un lit en fer, le majordome informe sous une couverture grise. Je reconnais ce type. C'est l'homme brûlé qui m'a fait entrer ce matin.

Evelyn disait vrai, il a été cruellement traité. Son visage est affreusement ecchymosé et couvert de coupures, du sang séché tachant la taie d'oreiller. J'aurais pu le croire mort sans son murmure constant, la détresse empoisonnant son sommeil.

Une servante est assise à côté de lui sur une chaise en bois, un grand livre ouvert sur ses cuisses. Elle ne peut pas avoir plus de vingt-trois ans et est assez petite pour entrer dans une poche, avec des cheveux blonds qui débordent de sous son bonnet. Elle lève les yeux lorsque nous entrons, referme sèchement le livre et se lève d'un bond quand elle se rend compte de qui nous sommes, lissant à la hâte son tablier blanc.

« Mademoiselle Evelyn, balbutie-t-elle, les yeux baissés vers le sol. Je ne savais pas que vous lui rendriez visite.

— Mon ami ici présent a besoin de voir M. Collins », répond-elle.

Les yeux de la servante se tournent vivement vers moi, avant de se baisser de nouveau vers le sol.

« Je suis désolée, mademoiselle, il n'a pas bougé

de la journée, déclare la jeune femme. Le docteur lui a donné des cachets pour l'aider à dormir.

— Et on ne peut pas le réveiller ?

— Je n'ai pas essayé, mademoiselle, mais vous avez fait un sacré raffut en montant l'escalier, et il n'a pas cillé. Je ne sais pas ce qui pourrait fonctionner, si ça n'a pas suffi. Il dort comme une masse. »

Les yeux de la servante me trouvent une fois de plus, s'attardant suffisamment longtemps pour suggérer une sorte de familiarité, avant de reprendre leur contemplation du sol.

« Excusez-moi, mais nous connaissons-nous ? dis-je.

— Non, monsieur, pas vraiment… Je vous ai juste servi pendant le dîner hier soir.

— M'avez-vous apporté un mot ? demandé-je avec excitation.

— Pas moi, monsieur, c'était Madeline.

— Madeline ?

— Ma femme de chambre, interrompt Evelyn. La maison était à court de personnel alors je l'ai envoyée aider aux cuisines. Eh bien, c'est une chance. » Elle consulte sa montre. « Elle est partie porter des rafraîchissements aux chasseurs, mais elle reviendra vers 15 heures. Nous pourrons la questionner ensemble à son retour. »

Je porte de nouveau mon attention sur la servante.

« Savez-vous autre chose sur ce mot ? Son contenu, peut-être ? »

Elle secoue la tête, se tordant les mains. La pauvre créature semble tout à fait embarrassée et, prenant pitié d'elle, je la remercie et m'en vais.

7

Nous suivons la route qui mène au village, les arbres se rapprochant à chaque pas. Ce n'est pas tout à fait ce que j'avais anticipé. Le plan dans le bureau suggérait un ouvrage conséquent, un boulevard taillé dans la forêt. En réalité ce n'est guère plus qu'un large chemin de terre criblé de nids-de-poule et de branches tombées. La forêt a moins été apprivoisée qu'amadouée, les Hardcastle n'obtenant que d'infimes concessions de leur voisine.

Je ne connais pas notre destination, mais Evelyn pense que nous pourrons intercepter Madeline tandis qu'elle rentrera de la chasse. Secrètement, je soupçonne qu'elle cherche seulement une excuse pour prolonger son absence de la maison. Non que le moindre subterfuge soit nécessaire. Cette dernière heure en compagnie d'Evelyn a été le premier moment depuis mon réveil où je me suis senti comme une personne entière et non comme le vestige de quelqu'un. Ici, dans le vent et sous la pluie, avec une amie à mes côtés, je suis plus heureux que je ne l'ai été de toute la journée.

« Que croyez-vous que Madeline pourra vous dire ? demande Evelyn, ramassant une branche sur le sentier et la jetant dans la forêt.

— Le mot qu'elle m'a apporté hier soir m'a attiré dans les bois pour que quelqu'un puisse m'attaquer.

— Vous attaquer ! m'interrompt-elle, abasourdie. Ici ? Pourquoi ?

— Je l'ignore, mais j'espère que Madeline pourra me dire qui m'a adressé ce mot. Peut-être a-t-elle même jeté un coup d'œil au message.

— Il n'y a pas de "peut-être", déclare Evelyn. Madeline était à Paris avec moi. Elle est loyale et elle me fait rire, mais c'est une femme de chambre atroce. Elle estime probablement qu'espionner le courrier des gens est un avantage du métier.

— C'est très indulgent de votre part, dis-je.

— Je dois l'être, je ne peux pas très bien la payer, avoue-t-elle. Et quand elle aura révélé le contenu du message, que ferez-vous ?

— Je parlerai à la police. Et avec un peu de chance ce sera la fin de cette affaire. »

Après avoir tourné à gauche d'un poteau indicateur tordu, nous suivons un petit chemin qui s'enfonce dans les bois, des sentiers de terre s'entrecroisant jusqu'à ce qu'il soit impossible de discerner le chemin du retour.

« Vous savez où vous allez ? » dis-je, tirant sur un morceau de tissu jaune cloué à un arbre.

Il est semblable au rouge que j'ai trouvé avant de tomber sur Blackheath ce matin, et ce souvenir ne fait qu'ajouter à mon trouble.

« Ce sont des repères, explique-t-elle. Les gardiens s'en servent pour se guider dans les bois. Ne vous en faites pas, je ne vais pas vous perdre. »

Ces mots ont à peine franchi ses lèvres que nous pénétrons dans une petite clairière avec un puits en pierre en son centre. L'abri de bois s'est écroulé, la poulie en fer qui autrefois servait à remonter le seau est en train de rouiller dans la boue, presque ensevelie sous les feuilles mortes. Evelyn tape de joie dans ses mains puis pose une main affectueuse sur la pierre couverte de mousse. Elle espère clairement que je n'ai pas remarqué le morceau de papier qui a été inséré dans une lézarde, ni le fait que ses doigts le recouvrent désormais. L'amitié me pousse à jouer le jeu, et je détourne vivement mon attention quand elle se retourne vers moi. Elle doit avoir un prétendant dans la maison, et j'ai honte d'avouer que je suis jaloux de cette correspondance secrète et de la personne avec qui elle la mène.

« Nous y sommes, dit-elle avec un grand geste théâtral du bras. Madeline va traverser cette clairière en regagnant la maison. Elle ne devrait plus tarder. Elle est censée être rentrée à 15 heures pour aider à terminer de préparer la salle de bal.

— Où sommes-nous ? dis-je en regardant autour de moi.

— C'est un puits aux souhaits, répond-elle, se penchant par-dessus le bord pour plonger les yeux dans les ténèbres. Michael et moi venions ici quand nous étions enfants. Nous faisions des vœux en jetant des cailloux.

— Et quel genre de choses la jeune Evelyn Hardcastle demandait-elle ? »

Elle fronce les sourcils, déconcertée par la question.

« Vous savez, je serais bien incapable de m'en souvenir. Que désire une enfant qui a déjà tout ? »

Plus, comme tout le monde.

« Je doute que j'aurais pu vous le dire, même quand j'avais ma mémoire », dis-je en souriant.

Tout en époussetant la saleté sur ses mains, Evelyn me lance un regard interrogateur. Je vois la curiosité qui brûle en elle, la joie d'avoir rencontré une chose inconnue et inattendue dans un endroit où tout est familier. Je m'aperçois avec une pointe de déception que je suis ici parce que je la fascine.

« Avez-vous pensé à ce que vous ferez si votre mémoire ne revient pas ? » demande-t-elle, la question rendue moins abrupte grâce à la douceur de sa voix.

Maintenant c'est à moi d'être déconcerté.

Depuis que ma confusion initiale est passée, j'ai tenté de ne pas m'appesantir sur mon état. Au pire, ma perte de mémoire s'est avérée une source de frustration plus qu'une tragédie, mon incapacité à me souvenir d'Anna ayant été l'un des rares moments où elle m'a semblé être plus qu'un simple désagrément. Jusqu'à présent, au cours de l'excavation de Sebastian Bell, j'ai déterré deux amies : une bible annotée et une malle verrouillée. Pas grand-chose pour quarante années sur cette terre. Je n'ai pas de femme pleurant le temps que nous avons perdu, ni de fillette craignant que le père qu'elle aimait ne revienne jamais. À cette distance, la vie de Sebastian Bell semble facile à perdre et difficile à regretter.

Une branche craque quelque part dans la forêt.

« Valet de pied », dit Evelyn.

Mon sang se glace immédiatement tandis que je me rappelle l'avertissement du médecin de peste.

« Qu'avez-vous dit ? »

Je fouille frénétiquement la forêt du regard.

« Ce bruit, c'est un valet de pied, répond-elle. Ils ramassent du bois. Une honte, n'est-ce pas ? Nous n'avons pas assez de domestiques pour approvisionner toutes les cheminées, alors nos invités sont obligés d'envoyer leurs valets de pied pour le faire.

— Ils ? Combien sont-ils ?

— Un pour chaque famille présente, et il y en a d'autres qui vont arriver, répond-elle. Je dirais qu'il y en a déjà sept ou huit dans la maison.

— Huit ? dis-je d'une voix étranglée.

— Mon cher Sebastian, allez-vous bien ? » demande Evelyn, remarquant mon alarme.

Dans d'autres circonstances j'aurais été heureux de cette sollicitude, cette marque d'affection, mais ici et maintenant l'attention qu'elle me porte ne fait que m'embarrasser. Comment puis-je expliquer qu'un type étrange portant un costume de médecin de peste m'a averti que je devais me méfier d'un valet de pied – une appellation qui ne signifie rien pour moi et qui pourtant m'emplit d'une peur paralysante chaque fois que je l'entends ?

« Je suis désolé, Evie, dis-je, secouant tristement la tête. J'ai autre chose à vous dire, mais pas ici, et pas tout de suite. »

Incapable de soutenir son regard interrogateur, j'observe la clairière en quête d'une diversion. Trois chemins se croisent avant de s'enfoncer dans la forêt, l'un d'eux coupant tout droit parmi les arbres en direction d'un plan d'eau.

« Est-ce que c'est…

— Un lac, dit Evelyn en regardant derrière moi. *Le* lac, pourrait-on dire, je suppose. C'est là que mon frère a été assassiné par Charlie Carver. »

Un frisson silencieux nous sépare.

« Je suis désolé, Evie, dis-je finalement, embarrassé par la pauvreté de ce sentiment.

— Vous allez me trouver horrible, mais c'est arrivé il y a tellement longtemps que ça semble à peine réel. Je ne me souviens même pas du visage de Thomas.

— Michael a exprimé à peu près la même chose.

— Pas étonnant, il avait cinq ans de moins que moi. » Elle a les bras autour de son torse, le ton de sa voix est distant. « J'étais censée surveiller Thomas ce matin-là, mais je voulais aller faire du poney, et il m'importunait constamment, alors j'ai organisé une chasse au trésor pour les enfants et je l'ai laissé. Si je n'avais pas été si égoïste, il ne serait jamais allé au lac, et Carver n'aurait pas posé ses sales pattes sur lui. Vous n'imaginez pas ce que cette idée fait à un enfant. Je ne dormais plus, je mangeais à peine. Je ne ressentais rien hormis de la colère et de la culpabilité. J'étais monstrueuse avec tous ceux qui essayaient de me consoler.

— Qu'est-ce qui a changé ?

— Michael. » Elle esquisse un sourire nostalgique. « J'étais ignoble avec lui, absolument abominable, mais il restait à mes côtés, quoi que je dise. Il voyait que j'étais triste et il voulait me faire aller mieux. Je ne crois même pas qu'il savait ce qui se passait, du moins pas vraiment. Il était juste gentil, mais il m'a empêchée de dériver complètement.

— Est-ce la raison pour laquelle vous êtes allée à Paris, pour fuir tout ça ?

— Je n'ai pas choisi de partir, mes parents m'ont éloignée quelques mois après les événements, dit-elle en se mordant la lèvre. Ils n'arrivaient pas à me pardonner, et je n'aurais jamais été autorisée à me pardonner si j'étais restée. Je sais que c'était censé être une punition, mais l'exil a été une bénédiction, je crois.

— Et pourtant vous êtes revenue ?

— Vous dites ça comme si c'était un choix, observe-t-elle amèrement, resserrant son écharpe tandis que le vent souffle parmi les arbres. Mes parents m'ont ordonné de revenir, ils ont même menacé de me déshériter si je refusais. Comme ça n'a pas fonctionné, ils ont menacé de déshériter Michael à la place. Donc me voici.

— Je ne comprends pas. Pourquoi se comporter de façon si méprisable puis organiser une fête en votre honneur ?

— Une fête ? dit-elle en secouant la tête. Oh, mon cher, vous n'avez vraiment aucune idée de ce qui se passe ici, n'est-ce pas ?

— Peut-être que si vous…

— Ça fera demain dix-neuf ans que mon frère a été assassiné, Sebastian. Je ne sais pas pourquoi, mais mes parents ont décidé de marquer la date en rouvrant la maison où ça s'est produit et en réinvitant les mêmes convives que ceux qui étaient présents ce jour-là. »

La colère monte dans sa voix, une pulsation de douleur sourde que je ferais tout pour faire disparaître. Elle a tourné la tête pour faire face au lac, ses yeux bleus humides.

« Ils déguisent une commémoration en fête et ils ont fait de moi l'invitée d'honneur, ce qui, je suppose, signifie que quelque chose d'effroyable m'attend, poursuit-elle. Ce n'est pas une célébration, c'est un châtiment, et il y aura cinquante personnes dans leur plus belle tenue pour y assister.

— Vos parents sont-ils vraiment si perfides ? » dis-je, abasourdi.

J'éprouve quelque chose de très semblable à ce que j'ai éprouvé quand cet oiseau a percuté la vitre ce matin, une profonde pitié mêlée à un sentiment d'injustice face aux cruautés soudaines de la vie.

« Ma mère m'a envoyé un message ce matin, pour me demander de la rencontrer près du lac, dit-elle. Elle n'est jamais venue, et je ne crois pas qu'elle ait eu l'intention de le faire. Elle voulait juste que je me tienne là, à l'endroit où c'est arrivé, et que je me souvienne. Est-ce que ça répond à votre question ?

— Evelyn… je… je ne sais que dire.

— Il n'y a rien à dire, Sebastian. La richesse empoisonne les âmes et mes parents sont riches depuis très longtemps – comme la plupart des invités qui seront à cette fête, ajoute-t-elle. Leurs bonnes manières sont un masque, vous feriez bien de vous en souvenir. »

Elle sourit en voyant mon expression peinée, me prend la main. Ses doigts sont froids, son regard chaleureux. Elle a le courage fragile d'un prisonnier qui fait ses derniers pas vers la potence.

« Oh, ne vous tracassez pas, très cher, dit-elle. Je me suis autant retournée dans mon lit qu'il est possible de le faire. Je vois peu d'avantages à ce que vous en perdiez également le sommeil. Si vous voulez, vous pourriez faire un vœu pour moi dans le puits, même si je comprendrais que vous ayez des soucis plus urgents. »

De sa poche elle sort une petite pièce.

« Tenez, dit-elle en me la tendant. Je ne crois pas que nos cailloux aient servi à grand-chose. »

La pièce tombe longuement, heurtant de la pierre plutôt que de l'eau au fond. Malgré le conseil d'Evelyn, je n'attache aucun espoir pour moi-même à ce jeu. À la place, je prie pour qu'elle soit délivrée de cet endroit, pour qu'elle ait une vie heureuse et soit libérée des machinations de ses parents. Comme un enfant, je ferme les yeux dans l'espoir que quand je les rouvrirai, l'ordre naturel aura été retourné et l'impossible rendu plausible par mon simple désir.

« Vous avez tellement changé, marmonne Evelyn, une émotion furtive perturbant son visage, l'infime signe d'une gêne lorsqu'elle se rend compte de ce qu'elle a dit.

— Vous me connaissiez avant ? » dis-je, surpris.

Curieusement, il ne m'avait jamais traversé l'esprit qu'Evelyn et moi avions pu avoir une relation avant celle-ci.

« J'aurais mieux fait de ne rien dire, déclare-t-elle en s'éloignant de moi.

— Evie, je suis en votre compagnie depuis plus d'une heure, ce qui fait de vous ma meilleure amie dans ce monde. Je vous en prie, soyez honnête avec moi. Qui suis-je ? »

Ses yeux parcourent mon visage.

« Je ne suis pas la bonne personne pour le dire, proteste-t-elle. Nous nous sommes rencontrés il y a deux jours, et seulement brièvement. L'essentiel de ce que je sais de vous n'est qu'insinuation et rumeur.

— Je suis assis à une table vide, j'accepterai toutes les miettes qu'on me donnera. »

Ses lèvres sont crispées. Elle tire maladroitement sur ses manches. Si elle avait une pelle, elle creuserait un tunnel pour s'enfuir. Les actions des hommes bons ne sont pas relatées avec une telle réticence, et je commence déjà à appréhender ce qu'elle a à me dire. Néanmoins, je ne peux pas laisser passer ça.

« Je vous en prie, dis-je, implorant. Vous m'avez dit plus tôt que je pouvais choisir qui je voulais être, mais je ne puis le faire sans savoir qui j'étais. »

Son obstination vacille et elle lève timidement les yeux vers moi.

« Êtes-vous sûr ? demande-t-elle. La vérité n'est pas toujours bonne à savoir.

— Bonne ou non, j'ai besoin de comprendre ce que j'ai perdu.

— Pas grand-chose, à mon avis, soupire-t-elle en serrant ma main entre les siennes. Vous vendiez de la drogue, Sebastian. Vous gagniez votre vie en soulageant l'ennui des riches oisifs, et vous la gagniez bien, à en croire votre cabinet de Harley Street.

— Je vends de la…

— Drogue, répète-t-elle. La mode est au laudanum, je crois, même si d'après ce que j'ai cru comprendre votre malle magique renferme de quoi satisfaire tous les goûts. »

Je m'affaisse intérieurement. Je n'aurais jamais cru pouvoir être tellement blessé par mon passé, mais la révélation de mon ancienne activité perce un trou à travers moi. Même si mes manquements étaient nombreux, je pouvais toujours leur opposer la petite fierté d'être médecin. Il y avait de la noblesse dans ce parcours, de l'honneur même. Mais non, Sebastian Bell a pris le titre et l'a déformé à ses propres fins égoïstes, le pervertissant, reniant le peu de bonté qui lui restait.

Evelyn avait raison, la vérité n'est pas toujours bonne à savoir, mais nul homme ne devrait se découvrir de la sorte, telle une maison abandonnée sur laquelle on tomberait par hasard dans l'obscurité.

« À votre place, je ne m'en ferais pas pour ça, déclare Evelyn en penchant la tête pour croiser mon regard, que j'ai détourné. Je ne vois guère de cette odieuse créature dans l'homme qui est devant moi.

— Est-ce pour cela que je suis à la fête ? dis-je doucement. Pour vendre ma marchandise ? »

Son sourire est compatissant.

« Je le soupçonne. »

Je suis engourdi, en retard de deux pas sur moi-même. Chaque regard étrange au cours de cette journée, chaque murmure et chaque agitation quand je suis entré dans une pièce sont expliqués. Je croyais que les gens étaient soucieux de mon bien-être, mais ils se demandaient quand ma malle serait de nouveau ouverte.

Je me sens tellement idiot.

« Il faut que je… »

Je me mets en mouvement avant de connaître la fin de cette phrase, mon corps me transportant de nouveau à travers la forêt à un train de plus en plus rapide. Je cours presque lorsque j'atteins la route. Evelyn est derrière moi, peinant à conserver l'allure. Elle tente de me retenir avec des mots, me rappelant mon désir de rencontrer Madeline, mais je suis imperméable à la raison, consumé par ma haine de l'homme que j'étais. Ses défauts, je pouvais les accepter, peut-être même les surmonter, mais ça, c'est de la trahison. Il a commis ses erreurs et s'est enfui, me laissant là avec les lambeaux de sa vie calcinée.

La porte de Blackheath est ouverte et je gravis l'escalier et regagne ma chambre si vite que l'odeur de la terre humide est toujours accrochée à moi lorsque je me tiens haletant au-dessus de la malle. Est-ce cela qui m'a poussé dans la forêt la nuit dernière ? Est-ce à cause de cela que mon sang a coulé ? Eh bien, je vais tout détruire, et par la même occasion couper tout lien avec l'homme que j'étais.

En arrivant, Evelyn me trouve en train de mettre ma chambre à sac à la recherche d'un objet suffisamment lourd pour briser le cadenas. Devinant mon intention, elle retourne dans le couloir et revient avec le buste de quelque empereur romain.

« Vous êtes un trésor », dis-je en m'en servant pour cogner sur le cadenas.

Quand j'ai tiré la malle de l'armoire ce matin, elle

était si lourde que j'ai dû faire appel à toute ma force pour la soulever, mais maintenant elle glisse en arrière à chaque coup. Une fois encore, Evelyn vient à ma rescousse en s'asseyant sur la malle pour la maintenir en place, et après trois énormes coups le cadenas tombe dans un fracas par terre.

Je jette le buste sur le lit et soulève le lourd couvercle.

La malle est vide.

Ou du moins, presque vide.

Dans un coin sombre se trouve une pièce de jeu d'échecs solitaire avec le nom d'Anna gravé sur sa base.

« Je crois qu'il est temps que vous me racontiez le reste de votre histoire », dit Evelyn.

8

L'obscurité appuie contre la fenêtre de ma chambre, son souffle froid laissant du givre sur le verre. Le feu siffle en réponse, les flammes vacillantes constituant ma seule source de lumière. Des pas précipités dans le couloir derrière ma porte fermée, un méli-mélo de voix qui se dirigent vers le bal. Quelque part au loin j'entends le tremblement d'un violon qui se réveille.

Étirant mes pieds vers le foyer, j'attends le silence. Evelyn m'a demandé d'assister à la fois au dîner et à la fête, mais je ne puis me mêler à ces gens, conscient de qui je suis et de ce qu'ils attendent vraiment de moi. J'en ai assez de cette maison, de leurs jeux. Je vais retrouver Anna à 22 h 20 dans le cimetière, et ensuite je demanderai à un employé des écuries de nous emmener au village, loin de cette folie.

Mon regard retourne à la pièce de jeu d'échecs que j'ai trouvée dans la malle. Je la tiens à la lumière dans l'espoir de réveiller quelques nouveaux souvenirs. Jusqu'à présent, elle est restée silencieuse, et il n'y a pas grand-chose dans la pièce elle-même pour illuminer ma mémoire. C'est un fou, sculpté à la main et moucheté de peinture blanche, sans aucune comparaison avec les échiquiers en ivoire que j'ai vus à travers la maison. Et pourtant… elle signifie quelque chose pour moi. Malgré l'absence de souvenirs un sentiment est associé à elle, elle m'apporte presque du réconfort. La tenir me donne du courage.

Un coup est frappé à la porte, ma main se resserrant autour de la pièce de jeu d'échecs tandis que je me lève d'un bond. Plus le rendez-vous dans le cimetière approche, plus je suis nerveux, sautant presque par la fenêtre chaque fois que le feu crépite dans la cheminée.

« Belly, vous êtes là ? » demande Michael Hardcastle.

Il frappe de nouveau. De façon insistante. Un bélier poli.

Je place la pièce sur le manteau de la cheminée et ouvre la porte. Le couloir est rempli de personnes déguisées. Michael lui-même porte un costume orange vif et triture les lanières d'un gigantesque masque de soleil.

« Vous voici, dit-il, me regardant en fronçant les sourcils. Pourquoi n'êtes-vous pas encore habillé ?

— Je ne viens pas. Ça a été… »

Un geste de la main en direction de ma tête, mais ma langue des signes est trop vague pour lui.

« Vous sentez-vous faible ? demande-t-il. Vous voulez que j'appelle Dickie ? Je viens de le voir… »

Je dois lui saisir le bras pour l'empêcher de filer dans le couloir à la recherche du médecin.

« Je ne m'en sens simplement pas capable, dis-je.

— Vous êtes sûr ? Il va y avoir un feu d'artifice et je suis certain que mes parents ont passé la journée à nous concocter une surprise. Ça semble dommage de…

— Honnêtement, je ne préfère pas.

— Si vous êtes certain, dit-il à contrecœur, la voix aussi déçue que sa mine. Je suis désolé que vous ayez eu une journée si misérable, Belly. J'espère que demain se passera mieux, avec moins de malentendus, tout du moins.

— Malentendus ?

— La fille assassinée ? » Il sourit d'un air confus. « Daniel m'a dit que c'était juste un gros quiproquo. Je me suis senti salement crétin d'annuler les recherches en plein milieu. Mais bon, sans rancune. »

Daniel ? Comment a-t-il bien pu savoir qu'Anna était vivante ?

« C'était un quiproquo, n'est-ce pas ? demande-t-il en remarquant ma confusion.

— Évidemment, dis-je d'un ton enjoué. Oui... une terrible erreur. Je suis désolé de vous avoir ennuyé avec ça.

— Pas de souci, répond-il, légèrement dubitatif. N'y pensez plus. »

Ses mots sont étirés, comme un élastique fatigué. J'entends ses doutes, non seulement concernant l'histoire que j'ai racontée, mais aussi concernant l'homme qui se tient devant lui. Après tout, je ne suis pas la personne qu'il connaît et je crois qu'il commence à se rendre compte que je ne souhaite plus être celle-ci. Ce matin, j'aurais fait n'importe quoi pour combler la fracture entre nous, mais Sebastian Bell était un vendeur de drogue et un lâche, le complice des vipères. Michael était lié à cet homme, alors comment pourrait-il être mon ami ?

« Bon, je vais y aller, dit-il, s'éclaircissant la voix. Remettez-vous, mon vieux. »

Tout en frappant un léger coup sur le montant de la porte, il se retourne et suit le reste des convives qui se rendent à la fête.

Je le regarde s'éloigner, digérant la nouvelle. J'avais

totalement oublié la fuite d'Anna dans la forêt ce matin, notre rencontre imminente dans le cimetière effaçant une grande partie de l'horreur de mon premier souvenir. Et pourtant, il s'est clairement passé quelque chose de très important, même si Daniel affirme le contraire. Je suis certain de ce que j'ai vu, du coup de feu et de la peur. Anna était poursuivie par une silhouette noire, dont je dois désormais supposer qu'il s'agissait du valet de pied. D'une manière ou d'une autre, elle a survécu, tout comme moi après mon agression de la nuit dernière. Est-ce de cela qu'elle souhaite parler ? De notre ennemi mutuel et des raisons pour lesquelles il veut notre mort ? Peut-être convoite-t-il les drogues ? Elles ont clairement de la valeur. Peut-être Anna est-elle mon associée et les a-t-elle ôtées de la malle pour qu'il ne mette pas la main dessus ? Ça expliquerait au moins la présence de la pièce de jeu d'échecs. Peut-être est-ce une sorte de carte de visite.

Après avoir pris mon manteau dans l'armoire, je m'enveloppe dans une longue écharpe et glisse mes mains dans une épaisse paire de gants, empochant le coupe-papier et la pièce de jeu d'échecs en sortant. Je suis récompensé par une nuit froide. Tandis que mes yeux s'accoutument aux ténèbres, j'inspire l'air frais, toujours humide après l'orage, et contourne la maison en empruntant l'allée de gravier en direction du cimetière.

Mes épaules sont crispées, mon ventre noué.

J'ai peur de cette forêt, mais j'ai encore plus peur de cette rencontre.

À mon réveil, je ne voulais rien plus que me redécouvrir, mais la mésaventure de la nuit dernière semble désormais une bénédiction. Ma blessure m'a donné une chance de repartir de zéro, mais peut-être ce rendez-vous avec Anna fera-t-il déferler mes anciens souvenirs ? Cette personnalité faite de bric et de broc que je me suis construite au cours de la journée pourra-t-elle survivre à un tel déluge, ou sera-t-elle totalement balayée ?

Serai-je balayé ?

Cette idée suffit presque à me faire tourner les talons, mais je ne peux pas me confronter à la personne que j'étais en fuyant la vie qu'elle a bâtie. Mieux vaut m'affirmer, sûr de qui je souhaite devenir.

Serrant les dents, je suis le sentier à travers les arbres, tombant sur un petit cottage de jardinier aux fenêtres obscures. Evelyn est appuyée contre le mur, en train de fumer une cigarette, une lanterne brûlant à ses pieds. Elle porte un long manteau beige et des bottes en caoutchouc, tenue qui jure quelque peu avec la robe de soirée bleue en dessous et le diadème serti de diamants qui étincelle dans ses cheveux. Elle est vraiment très belle, même si elle le porte de façon peu orthodoxe.

Elle remarque que je le remarque.

« Je n'ai pas eu le temps de me changer après le dîner, explique-t-elle, sur la défensive, jetant sa cigarette.

— Que faites-vous ici, Evie ? Vous êtes censée être au bal.

— Je me suis éclipsée. Vous ne pensiez pas que j'allais manquer les réjouissances ? dit-elle, écrasant la cigarette sous son talon.

— C'est dangereux.

— Alors ce serait idiot de votre part d'y aller seul, en plus j'ai apporté de l'aide. »

De son sac à main, elle sort un revolver noir.

« Mais où avez-vous trouvé ça ? » dis-je, stupéfait et me sentant légèrement coupable.

L'idée que mon problème a placé une arme dans la main d'Evelyn ressemble curieusement à une trahison. Elle devrait être au chaud et en sécurité à Blackheath, pas ici et en danger.

« Il est à ma mère, donc la meilleure question pourrait être où l'a-t-elle trouvé.

— Evie, vous ne pouvez pas…

— Sebastian, vous êtes mon seul ami dans cet endroit épouvantable et je ne vais pas vous laisser aller dans un cimetière seul, sans savoir ce qui vous attend. Quelqu'un a déjà tenté de vous tuer une fois. Je n'ai aucune intention de le laisser réessayer. »

Une boule de gratitude se loge dans ma gorge.

« Merci.

— Ne soyez pas idiot, c'était soit ça, soit je restais dans la maison avec les yeux de tout le monde sur moi, dit-elle, soulevant la lanterne en l'air. C'est moi qui devrais vous remercier. Maintenant, si on y allait ? Ça va barder si je ne suis pas rentrée pour les discours. »

Le noir pèse lourdement sur le cimetière. La clôture d'acier est déformée, les arbres inclinés effleurent les pierres tombales tordues. D'épais tas de feuilles en décomposition étouffent les tombes lézardées et délabrées, emportant le nom des morts avec elles.

« J'ai parlé à Madeline du mot que vous avez reçu hier soir, déclare Evelyn en ouvrant le portail grinçant et en nous menant à l'intérieur. J'espère que ça ne vous dérange pas.

— Bien sûr que non, dis-je en regardant nerveusement autour de moi. Ça m'était sorti de l'esprit, à vrai dire. Qu'a-t-elle dit ?

— Seulement que le mot lui avait été donné par

Mme Drudge, la cuisinière. Je lui ai parlé séparément, elle m'a dit qu'il avait été laissé aux cuisines, mais elle n'a pas pu dire par qui. Il y avait trop d'allées et venues.

— Et Madeline l'a-t-elle lu ?

— Évidemment, répond Evelyn d'un ton ironique. Elle n'a même pas rougi quand elle l'a admis. Le message était très bref, il vous demandait de venir immédiatement à l'endroit habituel.

— C'est tout ? Pas de signature ?

— Je crains que non. Je suis désolée, Sebastian, j'avais espéré avoir de meilleures nouvelles. »

Nous avons atteint le mausolée au bout du cimetière, une grande boîte en marbre surveillée par deux anges abîmés. Une lanterne est suspendue à l'une de leurs mains levées, et bien qu'elle projette une lueur vacillante dans les ténèbres, il n'y a rien de notable à illuminer. Le cimetière est vide.

« Peut-être Anna est-elle un peu en retard, observe Evelyn.

— Alors qui a laissé la lanterne allumée ? »

Mon cœur bat la chamade, l'humidité imprégnant mon pantalon tandis que je patauge jusqu'aux chevilles dans les feuilles. La montre d'Evelyn nous assure de l'heure qu'il est, mais Anna est invisible. Il n'y a que cette satanée lanterne qui grince tandis qu'elle oscille dans la brise. Pendant quinze minutes ou plus, nous nous tenons tous les deux raides, la lueur enveloppant nos épaules, nos yeux cherchant Anna et la trouvant partout : dans les ombres fluctuantes et les feuilles tournoyantes, dans les branches basses agitées par le vent. De temps à autre, l'un de nous tape sur l'épaule de l'autre, attirant son attention vers un son soudain ou vers un animal surpris qui détale dans les broussailles.

À mesure qu'il se fait tard, il devient difficile d'empêcher nos esprits de s'aventurer dans des endroits encore plus effrayants. Le docteur Dickie pensait que les blessures sur mon bras étaient de nature défensive, comme si j'avais résisté à une attaque au couteau. Et si Anna n'était pas une alliée, mais une ennemie ? Peut-être est-ce la raison pour laquelle son nom était gravé dans ma mémoire ? Pour autant que je le sache, elle a rédigé le mot que j'ai reçu à la table du dîner, et maintenant elle m'a attiré ici pour achever le travail commencé hier soir.

Ces pensées sont comme des fissures qui lézardent mon courage déjà fragile, la peur s'insinuant dans les vides derrière. Seule la présence d'Evelyn me permet de tenir debout, son propre courage me clouant sur place.

« Je ne crois pas qu'elle va venir, déclare-t-elle.

— Non, je ne pense pas, dis-je, parlant doucement pour masquer mon soulagement. Peut-être ferions-nous bien de rentrer.

— Je crois. Je suis désolée, très cher. »

D'une main peu ferme, je décroche la lanterne du bras de l'ange et suis Evelyn vers le portail. Nous n'avons fait que deux pas quand elle m'agrippe le bras et baisse sa flamme vers le sol. La lumière éclabousse les feuilles, révélant des taches de sang à la surface. Je m'agenouille et frotte la substance poisseuse entre mon pouce et mon index.

« Ici », dit doucement Evelyn.

Elle a suivi les gouttes jusqu'à une tombe proche, où quelque chose scintille sous les feuilles. Les écartant, je trouve la boussole qui m'a guidé hors de la forêt ce matin. Elle est tachée de sang et brisée, mais toujours aussi inflexible dans sa dévotion pour le nord.

« Est-ce la boussole que le tueur vous a donnée ? demande Evelyn d'une voix étouffée.

— Oui, dis-je, la soupesant dans ma paume. Daniel Coleridge me l'a prise ce matin.

— Et on dirait qu'ensuite quelqu'un la lui a reprise. »

Quel que soit le danger contre lequel Anna comptait me mettre en garde, il semblerait qu'elle l'ait rencontré en premier, et que Daniel soit d'une manière ou d'une autre impliqué.

Evelyn pose une main sur mon épaule tout en plissant avec circonspection les yeux en direction de l'obscurité sous la lueur de la lanterne.

« Je crois qu'il vaut mieux que vous quittiez Blackheath, déclare-t-elle. Retournez dans votre chambre et j'enverrai une calèche vous chercher.

— Je dois trouver Daniel, dis-je, protestant faiblement. Et Anna.

— Il se passe quelque chose d'affreux ici, réplique-t-elle d'une voix sifflante. Les lacérations sur votre bras, les drogues, Anna, et maintenant cette boussole. Ce sont les pièces d'un jeu dont ni vous ni moi ne connaissons les règles. Vous devez partir, pour moi, Sebastian. Laissez la police s'occuper de tout ça. »

J'acquiesce. Je n'ai pas la volonté de me battre. Anna était la seule raison pour laquelle je suis resté, le peu de courage que j'avais encore me persuadant qu'il serait honorable d'obéir à une requête exprimée de manière si cryptique. Sans cette obligation, les liens qui m'attachent à cet endroit ont été coupés.

Nous retournons à Blackheath en silence, Evelyn ouvrant la voie, son revolver pointé vers l'obscurité. Je la suis sans rien dire, à peine plus qu'un chien sur ses talons, et avant que je m'en rende compte je me retrouve à dire au revoir à mon amie et à ouvrir la porte de ma chambre.

Tout n'est pas tel que je l'ai laissé.

Il y a une boîte posée sur mon lit, enveloppée d'un ruban rouge qui se détache dès que je tire dessus. Quand je repousse le couvercle, mon estomac se retourne et la bile me monte soudain à la gorge. À l'intérieur se trouve un lapin mort dont le corps est transpercé par un couteau. Le sang a coagulé au fond, tachant sa fourrure et obscurcissant presque le mot épinglé à son oreille.

De la part de votre ami,
Le valet de pied.

Le noir emplit mes yeux.

Une seconde plus tard, je m'évanouis.

9

Deuxième jour

Un fracas assourdissant me fait me redresser d'un bond, mes mains volant jusqu'à mes oreilles. Grimaçant, je cherche autour de moi la source du bruit et découvre que j'ai été déplacé durant la nuit. Au lieu de la chambre spacieuse avec la baignoire et le feu accueillant, je suis dans une pièce étroite avec des murs blanchis à la chaux et un petit lit en acier, une lumière poussiéreuse filtrant par une petite fenêtre. Il y a une commode contre le mur opposé, à côté d'un peignoir marron miteux accroché à une patère à la porte.

Je balance mes pieds hors du lit et un frisson me monte le long de la colonne vertébrale lorsqu'ils touchent la pierre froide. Après le lapin mort, je soupçonne immédiatement le valet de pied d'avoir perpétré quelque nouvel acte diabolique, mais ce bruit incessant m'empêche de me concentrer.

J'enfile le peignoir, suffoquant presque à cause de l'odeur d'eau de Cologne bon marché, et passe la tête dans le couloir. Des carreaux fêlés couvrent le sol, les murs blanchis à la chaux gonflés d'humidité. Il n'y a pas de fenêtre, juste des lampes qui tachent tout d'une lumière jaune crasseuse qui ne semble jamais se fixer. Le fracas est encore plus fort ici et, me couvrant les oreilles, je suis le vacarme jusqu'à atteindre le pied d'un escalier en bois fendu qui monte vers le rez-de-chaussée. Des dizaines de grosses clochettes en étain sont attachées à une planche sur le mur, chacune avec une plaque en dessous indiquant une partie de la maison. La clochette de la porte d'entrée tremble tellement fort que je crains qu'elle ébranle les fondations.

Les mains plaquées sur mes oreilles, je fixe la clochette, mais à part en l'arrachant du mur, il n'y a aucun moyen évident de faire taire le raffut si ce n'est en allant répondre à la porte. Je resserre fermement la ceinture du peignoir, gravis l'escalier à la hâte et émerge à l'arrière du vestibule. C'est beaucoup moins bruyant ici, les domestiques passant dans une calme procession, les bras chargés de bouquets de fleurs et d'autres décorations. Je ne puis que supposer qu'ils sont trop occupés à débarrasser les détritus de la fête d'hier soir pour avoir entendu le vacarme.

Secouant la tête avec agacement, j'ouvre la porte et me retrouve confronté au docteur Sebastian Bell.

Il écarquille de grands yeux et est trempé, tremblant de froid.

« J'ai besoin de votre aide », dit-il, paniqué.

Mon monde se vide.

« Avez-vous un téléphone ? poursuit-il avec un désespoir terrible dans les yeux. Nous devons appeler les autorités. »

C'est impossible.

« Ne restez pas planté là, espèce de diable ! » s'écrie-t-il, me secouant par les épaules, la froideur de ses mains traversant mon pyjama.

Sans attendre de réponse, il pénètre dans le vestibule, cherchant de l'aide.

J'essaie de comprendre ce que je vois.

C'est moi.

C'est moi hier.

Quelqu'un me parle, tirant sur ma manche, mais je ne puis me concentrer sur rien hormis sur l'imposteur qui dégouline sur le sol.

Daniel Coleridge est apparu en haut de l'escalier.

« Sebastian ? » dit-il, descendant avec une main sur la rampe.

Je l'observe, cherchant la ruse, l'indice d'une répétition, d'une plaisanterie, mais il descend les marches exactement comme il l'a fait hier, d'un pas aussi léger, tout aussi confiant et admiré.

On tire de nouveau sur ma manche et une servante se poste dans mon champ de vision. Elle me regarde avec inquiétude, ses lèvres bougent.

« … Monsieur Collins, vous allez bien, monsieur Collins ? »

Son visage m'est familier, mais je n'arrive pas à la remettre.

Je regarde par-dessus sa tête en direction de l'escalier, où Daniel entraîne déjà Bell vers sa chambre. Tout se déroule exactement comme hier.

Me dégageant de la servante, je me précipite vers un miroir fixé au mur. J'arrive à peine à le regarder. Je suis affreusement brûlé, ma peau tavelée et âpre au toucher tel un fruit resté trop longtemps sous un soleil brûlant. Je connais cet homme. D'une manière ou d'une autre, je me suis réveillé dans la peau du majordome.

Mon cœur cogne, je me retourne vers la servante.

« Que m'arrive-t-il ? dis-je, balbutiant, agrippant ma gorge, surpris par la voix rauque à l'accent du Nord qui en sort.

— Monsieur ?

— Comment… »

Mais je demande à la mauvaise personne. Les réponses sont couvertes de terre et gravissent l'escalier d'un pas lourd en direction de la chambre de Bell.

Soulevant le bord de mon peignoir, je m'élance derrière eux, suivant une traînée de feuilles et d'eau boueuse. La servante appelle mon nom. J'ai gravi la moitié de l'escalier quand elle passe à toute vitesse à côté de moi et se plante en travers de mon chemin, les deux mains contre ma poitrine.

« Vous ne pouvez pas monter, monsieur Collins. Ça va sacrément barder si Lady Helena vous attrape en train de déambuler en sous-vêtements. »

J'essaie de la contourner, mais elle fait un pas de côté, me bloquant de nouveau.

« Laisse-moi passer, ma fille ! »

Je regrette immédiatement mes paroles. Ce n'est pas ma façon de parler, tranchante et autoritaire.

« Vous avez un de vos accès, monsieur Collins, c'est tout. Descendez aux cuisines, je vais nous préparer du thé. »

Ses yeux sont bleus, sincères. Ils lancent un regard timide par-dessus mon épaule, et en me retournant je découvre les autres domestiques rassemblés au pied de l'escalier. Ils nous observent, les bras toujours chargés de fleurs.

« Un de mes accès ? dis-je, le doute ouvrant sa bouche et m'avalant.

— À cause de vos brûlures, répond-elle doucement. Parfois vous dites des choses, ou vous voyez des choses qui ne sont pas là. Il suffit d'une tasse de thé, quelques minutes et vous êtes en pleine forme. »

Sa gentillesse est écrasante, chaude et lourde. Elle me rappelle les propos de Daniel hier, sa façon délicate de parler, comme si je risquais de me briser s'il insistait trop. Il me croyait fou, tout comme cette servante maintenant. Et étant donné ce qui m'arrive, ce qui *semble* m'arriver, je ne puis être sûr qu'ils aient tort.

Je lui lance un regard impuissant et elle me saisit le bras, me guidant jusqu'au pied de marches, la foule s'écartant pour nous laisser passer.

« Une tasse de thé, monsieur Collins, dit-elle d'un ton rassurant. C'est tout ce qu'il vous faut. »

Elle me guide comme un enfant perdu, l'étreinte douce de sa main calleuse aussi apaisante que le ton de sa voix. Ensemble nous quittons le vestibule, descendant l'escalier de service et longeant le couloir sombre qui mène aux cuisines.

La transpiration perle sur mon front, la chaleur jaillissant des fours et des gazinières, des casseroles bouillonnant sur des flammes. Je sens une odeur de sauce, de viandes rôties et de gâteaux en train de cuire, de sucre et de sueur. Trop de convives et trop peu de fours en état de fonctionnement, c'est le problème. Ils ont déjà été obligés de commencer de préparer le dîner pour s'assurer que tout serait prêt à l'heure.

Le fait que je sache cela me laisse perplexe.

C'est la vérité, j'en suis certain, mais comment puis-je le savoir à moins de réellement être le majordome ?

Des servantes sortent en hâte en portant des petits déjeuners, des œufs brouillés et des harengs fumés empilés sur des plats. Une femme âgée aux hanches larges et au visage rougeaud se tient près du four, beuglant des instructions, son tablier couvert de farine. Nul général n'a jamais porté une brochette de médailles sur sa poitrine avec une telle conviction. Elle nous repère parmi l'agitation, son regard d'acier se posant d'abord sur la servante, puis sur moi.

Essuyant ses mains sur son tablier, elle marche à grandes enjambées vers nous.

« Je suis sûre que vous avez à faire, n'est-ce pas, Lucy », dit-elle avec une expression sévère.

La servante hésite, se demandant s'il serait sage de protester.

« Oui, madame Drudge. »

Elle me lâche, laissant un vide sur mon bras. Un sourire compatissant et elle disparaît, perdue parmi le vacarme.

« Asseyez-vous, Roger », dit Mme Drudge, d'une voix tendant vers la gentillesse.

Elle a une lèvre fendue, un bleu commence à apparaître autour de sa bouche. Quelqu'un a dû la frapper, et elle grimace lorsqu'elle parle.

Il y a une table en bois au centre de la cuisine, sa surface couverte de plats chargés de hauts empilements de langue, de poulet rôti et de jambon. Il y a des soupes et des ragoûts, des plateaux de légumes brillants, d'autres étant sans cesse ajoutés par les employés de cuisine exténués, dont la plupart semblent avoir passé une heure dans les fours eux-mêmes.

Je tire une chaise et m'assieds.

Mme Drudge sort un plateau de scones du four et en dépose un sur une assiette avec une lamelle de beurre. Elle l'apporte, la pose devant moi et me touche la main. Sa peau est aussi dure que du vieux cuir.

Son regard s'attarde, de la gentillesse enveloppée de chardons, puis elle détourne les yeux et traverse la foule en beuglant.

Le scone est délicieux, le beurre fondu dégoulinant sur les côtés. Je n'ai pris qu'une bouchée lorsque je vois de nouveau Lucy, me rappelant finalement pourquoi elle m'est familière. C'est la servante qui sera dans le salon à l'heure du déjeuner – celle qui sera malmenée par Ted Stanwin et secourue par Daniel Coleridge. Elle est encore plus jolie que dans mon souvenir, avec des taches de rousseur et de grands yeux bleus, des cheveux roux qui s'échappent de sous son bonnet. Elle essaie d'ouvrir un pot de confiture, le visage tordu par l'effort.

Elle avait des taches de confiture sur son tablier.

La scène se produit au ralenti, le pot lui glissant des mains et heurtant le sol, le verre se répandant à travers la cuisine, son tablier éclaboussé de confiture dégoulinante.

« Oh, bon Dieu, Lucy Harper ! » s'écrie quelqu'un, atterré.

Ma chaise tombe bruyamment par terre tandis que je quitte précipitamment les cuisines, courant dans le couloir et remontant l'escalier. Je suis tellement pressé qu'à l'instant où je m'engage dans le couloir où logent les invités je percute un type tout sec avec des cheveux noirs ondulés qui lui retombent sur le front et des taches de charbon sur sa chemise blanche. M'excusant, je lève les yeux vers le visage de Gregory Gold. La fureur lui va comme un gant, ses yeux dénués de toute raison. Il est livide, tremblant de rage, et ce n'est que trop tard que je me souviens de ce qui arrive ensuite, de l'état dans lequel ce monstre laissera le majordome.

Je tente de reculer, mais il agrippe mon peignoir avec ses longs doigts.

« Inutile de… »

Ma vue se trouble, le monde se réduit à une tache de couleur et à une douleur soudaine tandis que je heurte le mur puis tombe à terre, le sang coulant de ma tête. Il se dresse au-dessus de moi, un tisonnier en fer à la main.

« S'il vous plaît, dis-je, tentant de ramper à reculons, de m'éloigner de lui. Je ne suis pas… »

Il me donne un coup de pied dans le flanc, me vidant les poumons.

Je tends la main, tentant de parler, de supplier, mais ça ne semble que le faire enrager davantage. Il me roue de coups de pied de plus en plus rapides, jusqu'à ce que je ne puisse plus rien faire d'autre que me rouler en boule tandis qu'il déverse son courroux sur moi.

J'arrive à peine à respirer et à voir. Je sanglote, enseveli sous ma douleur.

Par chance, je m'évanouis.

10

Troisième jour

Il fait sombre, le voile sur la fenêtre volette dans le souffle d'une nuit sans lune. Les draps sont doux, le lit confortable et surmonté d'un baldaquin.

Agrippant l'édredon, je souris.

C'était un cauchemar, c'est tout.

Lentement, battement après battement, mon cœur s'apaise, le goût du sang disparaissant avec le rêve. Je mets quelques secondes à me rappeler où je suis, une de plus à distinguer la silhouette vague d'un homme imposant qui se tient dans le coin de la pièce.

Mon souffle se coince dans ma gorge.

Glissant la main parmi les couvertures en direction de la table de chevet, je cherche à attraper les allumettes, mais elles semblent fuir mes doigts tendus.

« Qui êtes-vous ? dis-je dans la pénombre, incapable de dissimuler le tremblement dans ma voix.

— Un ami. »

C'est une voix masculine, étouffée et profonde.

« Les amis ne se cachent pas dans l'obscurité, dis-je.

— Je n'ai pas dit que j'étais votre ami, monsieur Davies. »

Mes tâtonnements aveugles font presque tomber la lampe à huile de la table de chevet. Tandis que je tente de la redresser, mes doigts trouvent les allumettes tapies à son pied.

« Ne vous en faites pas pour la lumière, dit l'obscurité. Elle ne vous sera guère utile. »

Je craque l'allumette d'une main tremblante, la tend vers la lampe. Des flammes explosent derrière le verre, repoussant les ombres profondément dans les coins et illuminant mon visiteur. C'est l'homme au costume de médecin de peste que j'ai déjà rencontré, la lumière révélant des détails qui m'avaient échappé dans la pénombre du bureau. Son pardessus est élimé et déchiré sur les bords, un haut-de-forme et son bec en porcelaine recouvrent tout son visage à l'exception des yeux. Des mains gantées posées sur une canne noire, une inscription incrustée en argent étincelant sur le côté, mais les lettres sont beaucoup trop petites pour pouvoir être lues à une telle distance.

« Observateur, bien », déclare le médecin de peste.

Des bruits de pas retentissent quelque part dans la maison, et je me demande si mon imagination suffit à faire naître les menus détails d'un rêve aussi extraordinaire.

« Qu'est-ce que vous fabriquez dans ma chambre ? » dis-je d'une voix impérieuse, m'étonnant de cet emportement.

Le masque en forme de bec abandonne son exploration de la pièce et se fixe de nouveau sur moi.

« Nous avons du travail, déclare-t-il. J'ai une énigme qui exige une solution.

— Je crois que vous me prenez pour quelqu'un d'autre, dis-je avec colère. Je suis médecin.

— Vous étiez médecin, réplique-t-il. Puis majordome. Aujourd'hui vous êtes un play-boy, et demain vous serez banquier. Aucun d'entre eux n'est vraiment vous. Votre visage et votre personnalité vous ont été pris quand vous êtes arrivé à Blackheath, et on ne vous les rendra que quand vous en partirez. »

Il enfonce la main dans sa poche, en extrait un petit miroir et le jette sur le lit.

« Voyez par vous-même. »

La glace tremble dans ma main, reflétant un jeune homme avec des yeux bleus saisissants qui ne recèlent guère de sagesse. Ce visage n'est pas celui de Sebastian Bell, ni celui du majordome brûlé.

« Son nom est Donald Davies, déclare le médecin de peste. Il a une sœur prénommée Grace et un meilleur ami prénommé Jim, et il n'aime pas les cacahuètes. Davies sera votre hôte pour la journée, et quand vous vous réveillerez demain, vous en aurez un autre. C'est ainsi que ça fonctionne. »

Ce n'était donc pas un rêve, ça s'est vraiment produit. J'ai vécu deux fois la même journée dans le corps de deux personnes différentes. Je me suis parlé, me suis réprimandé et me suis examiné à travers les yeux d'un autre.

« Je deviens fou, c'est ça ? dis-je en le regardant par-dessus le miroir, entendant ma voix qui se brise.

— Bien sûr que non, répond le médecin de peste. La folie serait une fuite, et il n'y a qu'une manière de fuir Blackheath. C'est pourquoi je suis ici. J'ai une proposition à vous faire.

— Pourquoi m'avez-vous fait ça ?

— C'est une idée flatteuse, mais je ne suis pas responsable de votre situation, ni de celle de Blackheath d'ailleurs.

— Alors qui ?

— Personne que vous souhaitiez ni ayez besoin de

rencontrer, répond-il, écartant ma question d'un geste de la main. Ce qui me ramène à ma proposition…

— Je dois lui parler.

— Parler à qui ?

— À la personne qui m'a amené ici, à quelqu'un qui peut me libérer, dis-je en serrant les dents, peinant à conserver mon calme.

— Eh bien, la première est depuis longtemps repartie, et la seconde est devant vous », déclare-t-il, se tapant à deux mains sur la poitrine.

Peut-être est-ce le costume, mais ce geste semble quelque peu théâtral, presque répété. J'ai soudain le sentiment de faire partie d'une pièce dans laquelle tout le monde connaît ses répliques sauf moi.

« Je suis le seul à savoir comment vous pouvez vous échapper de Blackheath, reprend-il.

— Votre proposition ? dis-je, soupçonneux.

— Précisément, même si "énigme" est peut-être plus proche de la réalité. » Il soulève une montre de gousset et regarde l'heure. « Quelqu'un va être assassiné pendant le bal ce soir. Ça ne ressemblera pas à un meurtre, moyennant quoi l'assassin ne se fera pas prendre. Corrigez cette injustice et je vous montrerai le chemin de la sortie. »

Je me raidis, agrippant les draps.

« Si vous avez le pouvoir de me libérer, pourquoi ne pas simplement le faire, bon sang ! Pourquoi jouer à ces jeux ?

— Parce que l'éternité est ennuyeuse, répond-il. Ou peut-être parce que jouer est l'élément important. Je vous laisserai spéculer là-dessus. Mais ne perdez pas trop de temps, monsieur Davies. Cette journée se répétera huit fois, et vous la verrez avec les yeux de huit hôtes différents. Bell a été le premier, le majordome le deuxième et M. Davies le troisième. Ce qui signifie qu'il ne vous reste que cinq hôtes à découvrir. Si j'étais vous, je me dépêcherais. Quand vous aurez une réponse, apportez-la au lac, avec une preuve, à 23 heures. Je vous attendrai.

— Je refuse de jouer à ces jeux pour votre amusement, dis-je d'une voix rageuse, me penchant vers lui.

— Alors échouez par orgueil, mais sachez ceci : si vous ne résolvez pas ce problème avant minuit avec votre dernier hôte, nous effacerons vos souvenirs et vous replacerons dans le corps du docteur Bell, et tout recommencera. »

Il jette un coup d'œil à sa montre, la laisse tomber dans sa poche avec une petite exclamation désapprobatrice.

« Le temps file. Coopérez et je répondrai à d'autres questions la prochaine fois que nous nous verrons. »

Un courant d'air pénètre par la fenêtre, éteignant la lumière et nous plongeant dans le noir. Quand je trouve les allumettes et en craque une, le médecin de peste est parti.

Confus et effrayé, je bondis hors du lit comme si j'avais été piqué, j'ouvre en grand la porte de la chambre et sors dans le froid. Le couloir est plongé dans l'obscurité. Il pourrait se tenir à cinq pas et je ne le verrais pas.

Je referme la porte et me précipite vers l'armoire, enfilant les premiers vêtements qui me tombent sous la main. Qui que soit mon hôte, il est maigre et petit et a un penchant pour les couleurs criardes, et lorsque j'ai fini je suis affublé d'un pantalon pourpre, d'une chemise orange et d'un gilet jaune. Il y a un manteau et une écharpe au fond de l'armoire et je les passe avant de sortir. Un meurtre le matin et des costumes le soir, des mots cryptiques et des majordomes brûlés ; quoi qu'il se passe ici, je *refuse* d'être manipulé comme une marionnette au bout d'une ficelle.

Je dois fuir cette maison.

Les aiguilles lasses de la grande horloge en haut de l'escalier indiquent 3 h 17, désapprouvant ma précipitation. Bien que je déteste l'idée de réveiller le maître des écuries à une telle heure, je ne vois pas d'autre choix si je veux échapper à cette folie, alors je dévale les marches de l'escalier deux par deux, trébuchant presque à cause des pieds ridiculement minuscules de l'orgueilleux que j'habite.

Ce n'était pas comme ça avec Bell ou le majordome. Je me sens contraint par les limites de ce corps, comprimé. Je suis maladroit, presque comme si j'étais ivre.

Des feuilles s'engouffrent à l'intérieur quand j'ouvre la porte principale. Un vent violent souffle dehors, la pluie tourbillonnant dans l'air, la forêt crépitant et s'agitant. C'est une nuit infecte de la couleur de la suie. Il va me falloir plus de lumière pour trouver mon chemin sans tomber et me briser le cou.

Je retourne à l'intérieur et descends l'escalier de service à l'arrière du vestibule. Le bois de la rampe est rugueux au toucher, les marches branlantes. Par chance, les lampes continuent de répandre leur lumière rance, bien que les flammes soient faibles et paisibles, oscillant d'un air indigné. Le couloir est plus long que dans mon souvenir, les murs blanchis à la chaux transpirant de condensation, l'odeur de la terre suintant à travers le plâtre. Tout est humide, pourri. J'ai vu la plupart des recoins crasseux de Blackheath, mais aucun qui avait été si résolument négligé. Je suis surpris qu'il y ait encore du personnel ici, étant donné le peu de considération que les maîtres semblent avoir pour lui.

Dans les cuisines, je vais d'une étagère bien chargée à une autre jusqu'à trouver une lampe-tempête et des allumettes. Je m'y reprends à deux fois pour l'allumer puis remonte l'escalier à toute allure, franchis la porte principale et sors sous le déluge.

La lampe déchire l'obscurité, la pluie me pique les yeux.

Je suis l'allée jusqu'à la route pavée qui mène aux écuries, la forêt respirant autour de moi. Glissant sur les pierres inégales, je cherche des yeux le cottage du maître des écuries, mais la lumière de la lampe est trop vive et dissimule une grande partie de ce qu'elle devrait révéler. Je suis sous l'arche avant de la voir, dérapant sur du crottin de cheval. Comme avant, la cour est encombrée de calèches, chacune recouverte d'un drap en toile qui ondule dans le vent. Contrairement à avant, les chevaux sont dans les écuries, ronflant dans leur sommeil.

J'ôte le crottin de mes chaussures et, m'en remettant à la miséricorde du cottage, je frappe le heurtoir. La lumière s'allume après quelques minutes et la porte s'entrouvre légèrement pour laisser paraître le visage endormi d'un homme en caleçon long.

« Je dois partir, dis-je.

— À cette heure, monsieur ? demande-t-il, dubitatif, se frottant les yeux et regardant le ciel d'un noir profond. Vous allez attraper la mort.

— C'est urgent. »

Il soupire, absorbant la scène, puis me fait signe d'entrer en ouvrant la porte en grand. Il enfile un pantalon et tire ses bretelles par-dessus ses épaules, bougeant avec la mollesse hébétée d'une personne arrachée inexplicablement à son sommeil. Il prend sa veste à la patère et se traîne dehors, me faisant signe de rester où je suis.

Je dois avouer que je suis heureux de lui obéir. Le cottage est chaud et accueillant, l'odeur du cuir et du savon constituant une présence solide et réconfortante. Je suis tenté de consulter le tableau de service près de la porte pour voir si le message d'Anna est déjà là, mais à peine ai-je tendu la main que j'entends un vacarme effroyable et que des lumières m'aveuglent à travers la fenêtre. Sortant sous la pluie, je trouve le vieux maître des écuries assis dans une automobile verte, l'engin toussotant et tremblant comme s'il était atteint d'une terrible maladie.

« Voici, monsieur, dit-il en descendant. Je l'ai démarrée pour vous.

— Mais… »

Je suis sans mots, atterré par la machine devant moi.

« N'y a-t-il pas de calèches ?

— Si, mais la tempête rend les chevaux nerveux, monsieur, répond-il, enfonçant la main sous sa chemise pour se gratter l'aisselle. Avec tout le respect que je vous dois, vous n'arriveriez pas à les contrôler.

— Mais je n'arriverai pas à contrôler ceci », dis-je, fixant l'effroyable monstre mécanique, la voix étranglée par l'horreur.

La pluie tinte sur le métal et forme une flaque sur le pare-brise.

« Simple comme bonjour, dit-il. Tenez le volant et orientez-le dans la direction où vous voulez aller, puis enfoncez la pédale à fond. Vous comprendrez en un rien de temps. »

Sa confiance me pousse dans la machine aussi

fermement qu'une main, la portière se refermant avec un cliquètement doux.

« Suivez cette route pavée jusqu'au bout, puis tournez à gauche sur le chemin de terre, dit-il en pointant le doigt dans l'obscurité. Ça vous mènera au village. Il est long et droit, mais un peu défoncé, cela dit. Ça prend entre quarante minutes et une heure, selon que vous roulez prudemment ou non, mais vous ne pouvez pas le manquer, monsieur. Si vous voulez bien, laissez l'automobile quelque part bien en évidence, et j'enverrai un de mes garçons la récupérer demain matin. »

Sur ce, il s'en va, disparaissant dans son cottage, la porte se refermant en claquant derrière lui.

Agrippant le volant, je fixe les leviers et les cadrans et tente de trouver un semblant de logique dans les commandes. J'appuie timidement sur la pédale, l'effroyable machine fait un bond en avant et, en appliquant un peu plus de pression, je la fais passer sous l'arche puis roule sur la route pavée cahoteuse jusqu'à ce que nous atteignions le tournant à gauche que le maître des écuries a mentionné.

La pluie recouvre le pare-brise, me forçant à me pencher par la vitre pour voir où je vais. Les phares illuminent un chemin de terre jonché de feuilles et de branches arrachées, l'eau dégoulinant en cascades à sa surface. Malgré le danger, je maintiens la pédale d'accélérateur collée au plancher, un sentiment d'euphorie remplaçant mon malaise. Après tout ce qui s'est passé, je m'échappe finalement de Blackheath, chaque kilomètre de ce chemin accidenté m'éloignant un peu plus de sa folie.

Le matin arrive telle une tache floue, une demi-lueur grise qui souille plus qu'elle n'illumine, même si au moins elle met un terme à la pluie. Comme promis, la route continue tout droit, la forêt ne s'achevant jamais. Quelque part parmi ces arbres, une jeune fille est en train de se faire assassiner et Bell se réveille pour assister au meurtre. Un assassin l'épargnera et lui donnera une boussole en argent qui le mènera à un endroit qui n'a aucun sens, et comme un idiot il se croira sauvé. Mais comment puis-je être à la fois dans cette forêt et dans cette voiture – avec un majordome entre les deux ? Mes mains serrent plus fort le volant. Si j'ai pu parler au majordome quand j'étais Sebastian Bell, on peut supposer que la personne que je serai demain est déjà en train de se réveiller à Blackheath. J'ai même déjà pu la rencontrer. Et pas simplement demain, mais aussi l'homme que je serai après-demain, et le jour suivant. Et si tel est le cas, qu'est-ce que ça fait de moi ? Ou d'eux ? Sommes-nous des éclats d'une même âme, responsables des péchés de chacun, ou des personnes totalement différentes, de pâles copies d'un original depuis longtemps oublié ?

L'indicateur d'essence frôle le rouge tandis que le brouillard continue de déferler des arbres, épais sur le sol. Le sentiment de triomphe que j'éprouvais plus tôt s'est atténué. J'aurais dû depuis longtemps atteindre le village, mais il n'y a pas de fumée de cheminée au loin et la forêt n'en finit pas.

Finalement, la voiture frémit et s'immobilise, poussant son dernier souffle dans un hurlement grinçant tandis qu'elle s'arrête à tout juste quelques mètres du médecin de peste, dont le par-dessus noir contraste de façon saisissante avec la brume blanche dont il émerge. Mes jambes sont raides et mon dos me fait souffrir, mais la colère me propulse hors de la voiture.

« En avez-vous fini avec ces idioties ? demande le médecin de peste, les deux mains posées sur sa canne.

Vous auriez tant pu faire avec cet hôte. À la place vous l'avez gâché sur cette route et n'avez rien accompli. Blackheath ne vous laissera pas partir, et pendant que vous tirez sur votre laisse, vos rivaux avancent dans leurs investigations.

— Car *maintenant* j'ai des rivaux, dis-je avec mépris. C'est une ruse après l'autre avec vous, n'est-ce pas ? D'abord vous me dites que je suis piégé ici, et maintenant c'est une compétition pour s'échapper. »

Je marche vers lui, bien déterminé à le frapper jusqu'à ce qu'il m'indique comment sortir d'ici.

« Vous n'avez pas encore compris ? dis-je. Je me moque de vos règles, car je ne vais pas jouer. Soit vous me laissez partir, soit je vais vous faire regretter de m'avoir retenu. »

Je suis à deux pas de lui quand il pointe sa canne sur moi. Elle flotte à deux centimètres de ma poitrine, et nul canon n'a jamais été aussi menaçant. Les lettres d'argent sur le côté palpitent, un faible chatoiement s'élevant du bois, consumant le brouillard. Je sens leur chaleur à travers mes vêtements. S'il le souhaitait, je suis certain que ce bâton en apparence anodin pourrait me transpercer.

« Donald Davies est toujours le plus puéril des hôtes, déclare-t-il d'un air désapprobateur, me regardant reculer nerveusement d'un pas. Mais vous n'avez pas le temps de l'écouter. Il y a deux autres personnes piégées dans cette maison, coincées dans le corps de domestiques et de convives, exactement comme vous. Seul l'un d'entre vous pourra partir, et ce sera celui qui m'apportera la réponse en premier. Maintenant, vous voyez ? L'évasion ne se trouve pas au bout d'un chemin de terre, elle passe par moi. Alors tentez de fuir si vous voulez. Courez jusqu'à ne plus tenir debout, et quand vous vous réveillerez encore et encore à Blackheath, faites-le avec la certitude que rien ici n'est arbitraire, rien n'a été omis. Vous resterez ici jusqu'à ce que j'en décide autrement. »

Abaissant sa canne, il sort sa montre de gousset.

« Nous nous reparlerons bientôt, quand vous serez un peu calmé, poursuit-il en rangeant sa montre. Essayez d'utiliser vos hôtes plus judicieusement à partir de maintenant. Vos rivaux sont plus rusés que vous ne l'imaginez, et je vous garantis qu'ils ne perdront pas leur temps de la sorte. »

Je voudrais me ruer sur lui, poings en avant, mais maintenant que ma rage est passée je vois que c'est une idée ridicule. Même sans la masse de son costume, c'est un homme imposant, plus que capable de résister à mon assaut. À la place, je le contourne, le médecin de peste reprenant le chemin de Blackheath tandis que je continue de m'enfoncer dans le brouillard devant moi. Cette route est peut-être sans fin, il n'y a peut-être pas de village, mais je ne peux pas abandonner tant que je n'en suis pas certain.

Je ne retournerai pas de mon plein gré à ce jeu de fous.

11

Quatrième jour

Je me réveille en respirant péniblement, écrasé par le monument phénoménal qu'est le ventre de mon nouvel hôte. La dernière chose dont je me souvienne, c'est que je me suis effondré d'épuisement sur la route après avoir marché des heures durant, hurlant de désespoir en direction d'un village que je ne pouvais atteindre. Le médecin de peste disait la vérité. On ne peut pas s'échapper de Blackheath.

Une pendulette de voyage m'indique qu'il est 10 h 30, et je suis sur le point de me lever quand un homme grand entre par une porte communicante, portant un plateau d'argent qu'il pose sur le buffet. Il a dans les trente-cinq ans, je suppose, a les cheveux sombres et est rasé de près, vaguement séduisant sans être mémorable de quelque manière que ce soit. Une paire de lunettes a glissé sur son petit nez, et ses yeux sont fixés sur les rideaux vers lesquels il marche. Sans dire un mot, il les écarte et ouvre les fenêtres, révélant une vue sur le parc et la forêt.

Je l'observe avec fascination.

Pendant environ une minute, il se tient à la fenêtre en me tournant le dos, laissant la pièce inspirer l'air froid. J'ai l'impression qu'il attend quelque chose de moi, que cette pause a été calculée à mon intention, mais je n'ai absolument aucune idée de ce que je suis censé faire. Sentant sans nul doute mon indécision, il abandonne son poste, glisse ses mains sous mes aisselles et me hisse en position assise.

En échange de son aide je lui offre ma honte.

Mon pyjama de soie est trempé de sueur et l'odeur qui s'élève de mon corps est tellement âcre qu'elle me fait monter les larmes aux yeux. Indifférent à mon embarras, mon compagnon récupère le plateau d'argent sur le buffet et le pose sur mes cuisses, soulevant la cloche. Le plat en dessous est rempli d'œufs au bacon et de côtes de porc, accompagnés d'une théière et d'un pot de lait. Un tel repas devrait être intimidant, mais je suis affamé et me jette dessus tel un animal, pendant que l'homme grand – dont je puis seulement supposer que c'est mon valet – disparaît derrière un paravent oriental, où commence à retentir un bruit d'eau qui coule.

Je fais une pause pour respirer et en profite pour examiner mon environnement. Par rapport au confort spartiate de la chambre de Bell, cet endroit regorge de richesses. Des tentures en velours rouge descendent des fenêtres pour atteindre une épaisse moquette bleue. Des œuvres d'art parsèment les murs, le mobilier en acajou laqué est étincelant. Qui que je sois, la famille Hardcastle a une grande estime pour cette personne.

À son retour, le valet me trouve en train d'essuyer le gras sur mes lèvres avec une serviette, haletant à cause de l'effort que j'ai fourni pour manger. Il doit être dégoûté. Je suis dégoûté. J'ai l'impression d'être un porc devant son auge. Cependant, son visage ne montre aucune émotion tandis qu'il ôte le plateau et passe mes bras par-dessus ses épaules pour m'aider à sortir du lit. Dieu sait combien de fois il a enduré ce rituel, mais une seule me suffit. Tel un soldat blessé, il marche lentement et me traîne derrière le paravent où un bain fumant a été préparé.

C'est alors qu'il commence à me déshabiller.

Je n'ai aucun doute que tout cela fait partie de notre routine, mais ma honte est intolérable. Même si ce n'est pas mon corps, je suis humilié, horrifié par les vagues de chair qui ballottent contre mes hanches, par mes jambes qui frottent l'une contre l'autre quand je marche.

Je repousse mon compagnon, mais c'est inutile.

« Monsieur, vous ne pouvez pas… » Il s'interrompt, choisissant soigneusement ses mots. « Vous ne parviendrez pas à entrer dans la baignoire seul, ni à en ressortir. »

Je voudrais lui dire d'aller se faire pendre, de me ficher la paix, mais il a, évidemment, raison.

Fermant fort les yeux, j'acquiesce en signe de soumission.

D'un geste sûr, il déboutonne mon haut de pyjama et abaisse le bas, soulevant un à un mes pieds pour que je ne m'emmêle pas dedans. En quelques secondes je suis nu, mon compagnon se tenant à une distance respectueuse.

En rouvrant les yeux, je vois mon reflet dans un miroir en pied au mur. Je ressemble à une grotesque caricature du corps humain, ma peau jaunâtre et gonflée, un pénis flasque ressortant de poils pubiens hirsutes.

Submergé par le dégoût et l'humiliation, je lâche un sanglot.

La surprise illumine le visage du valet puis laisse place, l'espace d'un instant, à de la délectation. C'est une émotion brute, qui disparaît aussi vite qu'elle est apparue.

Se précipitant vers moi, il m'aide à entrer dans la baignoire.

Je me souviens de l'euphorie que j'ai éprouvée en me glissant dans de l'eau chaude en tant que Bell, mais il n'y a rien de tout ça désormais. Mon poids immense signifie que le plaisir d'entrer dans un bain chaud est éclipsé par l'humiliation de devoir en ressortir.

« Aurez-vous besoin des rapports ce matin, Lord Ravencourt ? » demande mon compagnon.

Assis raide dans la baignoire, je secoue la tête, espérant qu'il va quitter la pièce.

« Quelques activités ont été préparées pour la journée : une partie de chasse, une promenade en forêt, ils ont demandé… »

Je secoue de nouveau la tête, fixant l'eau. Que vais-je encore devoir supporter ?

« Très bien, alors il n'y a que les rendez-vous.

— Annulez-les, dis-je doucement. Annulez-les tous.

— Même celui avec Lady Hardcastle, monsieur ? »

Je croise ses yeux verts pour la première fois. Le médecin de peste a affirmé que je devais élucider un meurtre pour quitter cet endroit, et qui mieux que la maîtresse de maison pour m'aider à passer ses secrets au crible ?

« Non, pas celui-là, dis-je. Rappelez-moi, où devons-nous nous rencontrer ?

— Dans votre petit salon, monsieur. À moins que vous ne vouliez que je le déplace ?

— Non, ça ira.

— Très bien, monsieur. »

Une fois nos affaires achevées, il sort avec un hochement de tête, me laissant m'apitoyer en paix, seul avec mon malheur.

Je ferme de nouveau les yeux et appuie la tête sur le rebord de la baignoire, tentant de tirer un sens de ma situation. Découvrir que son âme est détachée de son corps suggérerait à certains la mort, mais au plus profond de moi je sais que je ne suis pas dans l'au-delà. Il y aurait moins de servants et plus d'accessoires en enfer, et débarrasser un homme de ses péchés semble une piètre façon de le juger.

Non, je suis vivant, mais pas dans un état que je reconnais. C'est quelque chose qui vient après la mort, quelque chose de plus perfide, et je ne suis pas seul. Le médecin de peste a affirmé que nous étions trois en compétition pour fuir Blackheath. Le valet de pied qui m'a laissé le lapin mort pourrait-il être aussi piégé que moi ? Ça expliquerait pourquoi il tente de m'effrayer. Après tout, il est difficile de gagner une course si on craint d'atteindre la ligne d'arrivée. Peut-être est-ce l'idée que se fait le médecin de peste d'un divertissement, nous monter les uns contre les autres, tels des chiens à demi affamés dans une fosse.

Tu devrais peut-être lui faire confiance.

« Et mon traumatisme, alors ? dis-je dans un murmure à la voix. Je croyais t'avoir laissé avec Bell. »

Je sais que c'est un mensonge alors même que je prononce ces mots. Je suis lié à cette voix de la même manière que je suis lié au médecin de peste et au valet de pied. Je sens le poids de notre histoire, même si je ne m'en souviens pas. Ils font partie de tout ce qui m'arrive, les pièces de ce puzzle que je ne parviens pas à résoudre. Je ne sais pas avec certitude si ce sont des amis ou des ennemis, mais quelle que soit la vraie nature de la voix, elle ne m'a jusqu'à présent pas induit en erreur.

Quoi qu'il en soit, faire confiance à mon ravisseur me semble au mieux naïf. L'idée que tout ça s'achèvera si j'élucide un meurtre paraît ridicule. Quelles que soient les intentions du médecin de peste, il est venu sous le couvert de son masque et de la nuit. Il a peur d'être vu, ce qui signifie qu'il y a un avantage à gagner à arracher ce masque.

Je jette un coup d'œil à la pendulette, soupesant mes options.

Je sais qu'il sera dans le bureau en train de parler à Sebastian Bell – un ancien *moi*, je n'arrive toujours pas vraiment à me faire à cette idée ! – après le départ des chasseurs, ce qui semblerait un moment idéal pour l'intercepter. S'il veut que j'élucide un meurtre, je le ferai, mais ça ne sera pas ma seule tâche aujourd'hui. Si je dois assurer ma liberté, je dois connaître l'identité de l'homme qui me l'a prise, et pour ça je vais avoir besoin d'aide.

Selon le compte du médecin de peste, j'ai déjà gâché trois de mes huit journées dans cette maison, celles qui appartenaient à Sebastian Bell, au majordome et à Donald Davies. En m'incluant, ça signifie qu'il me reste cinq hôtes, et à en croire la rencontre de Bell avec le majordome, ils déambulent tous dans Blackheath, comme moi.

Ça fait une armée en attente.

J'ai juste besoin de déterminer qui ils sont.

12

L'eau est depuis longtemps froide, me faisant bleuir et frissonner. Si vaniteux que ça puisse être, je ne supporte pas l'idée du valet de Ravencourt me soulevant de ce bain comme un sac à patates détrempé.

Un coup poli frappé à la porte de la chambre m'évite d'avoir à prendre moi-même une décision.

« Lord Ravencourt, tout va bien ? lance-t-il en entrant dans la pièce.

— Parfaitement bien », dis-je, malgré mes mains engourdies.

Sa tête apparaît au bord du paravent, ses yeux absorbant la scène. Après un moment d'examen, il s'approche sans que je le lui aie demandé et retrousse ses manches pour me sortir de l'eau avec une force qu'on ne soupçonnerait pas en voyant sa charpente mince.

Cette fois, je ne proteste pas. Il me reste trop peu de fierté à sauver.

Tandis qu'il m'aide à sortir de la baignoire, je repère le bord d'un tatouage pointant sous sa chemise. Le vert s'est étalé, effaçant les détails. Remarquant mon attention, il baisse rapidement sa manche.

« Une folie de jeunesse, monsieur », dit-il.

Pendant dix minutes je me tiens là, silencieusement humilié, tandis qu'il me sèche avec une serviette avant de m'habiller comme une mère ; une jambe puis l'autre, un bras puis l'autre. Les vêtements sont en soie, magnifiquement coupés, mais ils m'étouffent et me pincent comme une pièce pleine de vieilles tantes acariâtres. Ils sont une taille trop petits, adaptés à la vanité de Ravencourt plus qu'à son corps. Quand tout est fini, le valet me peigne, appliquant de l'huile de coco sur mon visage adipeux avant de me tendre un miroir pour que je puisse mieux inspecter le résultat. Le reflet approche de la soixantaine, avec des cheveux étonnamment noirs et des yeux marron de la couleur d'un thé léger. Je les scrute à la recherche d'un signe de moi-même, l'homme caché qui tire les ficelles de Ravencourt, mais je suis invisible. Pour la première fois je me demande qui j'étais avant de venir ici et m'interroge sur la succession d'événements qui m'a entraîné dans ce piège.

De telles spéculations seraient intrigantes si elles n'étaient pas si frustrantes.

Comme avec Bell, j'ai la chair de poule quand je me vois dans le miroir. Une partie de moi se souvient de mon vrai visage et est décontenancée par cet étranger qui lui retourne son regard.

Je rends le miroir au valet.

« Nous devons aller à la bibliothèque, dis-je.

— Je sais où elle se trouve, monsieur. Voulez-vous que j'aille vous chercher un livre ?

— Je vous accompagne. »

Le valet marque une pause, fronçant les sourcils. Il parle d'une voix hésitante, ses paroles tâtant le terrain qu'il traverse sur la pointe des pieds.

« Elle est assez loin, monsieur. Je crains que vous ne trouviez le trajet… fatigant.

— J'y arriverai, et puis l'exercice me fera du bien. »

Les objections s'accumulent derrière ses dents, mais il va chercher ma canne et une mallette et m'entraîne dans un couloir sombre, des lampes à huile déversant leur lumière chaleureuse sur les murs.

Nous marchons lentement, le valet me bombardant de nouvelles, mais mon esprit est absorbé par la lourdeur de ce corps que je traîne. C'est comme si un démon avait refait la maison pendant la nuit, étirant les pièces et épaississant l'air. Tandis que je pénètre en me dandinant dans le vestibule lumineux, je suis surpris de découvrir à quel point les escaliers semblent désormais raides. Les marches que j'ai dévalées en tant que Donald Davies nécessiteraient du matériel d'escalade pour les gravir aujourd'hui. Pas étonnant que Lord et Lady Hardcastle aient logé Ravencourt au rez-de-chaussée. Il faudrait une poulie, deux hommes forts et une journée de salaire pour me hisser dans la chambre de Bell.

J'ai besoin d'arrêts fréquents, ne serait-ce que pour me permettre d'observer les autres convives tandis qu'ils déambulent dans la maison, et il est immédiatement évident que ce n'est pas un rassemblement heureux. Des disputes murmurées résonnent dans les recoins, des voix fortes montant rapidement l'escalier pour être interrompues par des portes claquées. Des maris et des femmes qui se provoquent, des verres serrés trop fermement, des visages rougis pleins d'une rage à peine contenue. Il y a une pique dans chaque échange, l'air est plein d'épines et dangereux. Peut-être à cause de mes nerfs, ou à cause de la vaine sagesse de celui qui sait par avance, mais Blackheath me semble un terrain fertile pour la tragédie.

Mes jambes tremblent quand nous arrivons à la bibliothèque, mon dos me fait souffrir à cause de l'effort que j'ai dû fournir pour me tenir droit. Malheureusement, la pièce n'offre guère de récompenses pour tant de souffrance. Des étagères poussiéreuses et surchargées bordent les murs, un tapis rouge moisi étouffe le sol. Le squelette d'un vieux feu gît dans l'âtre, face à une petite table de lecture à côté de laquelle est placée une inconfortable chaise en bois.

Mon compagnon résume ses sentiments en émettant un unique petit son désapprobateur.

« Un moment, monsieur, je vais aller vous chercher une chaise plus confortable dans le salon », dit-il.

Je vais en avoir besoin. J'ai une ampoule sur la paume gauche à l'endroit où elle a frotté sur le pommeau de ma canne, et mes jambes sont flageolantes. La transpiration a imprégné ma chemise, si bien que tout mon corps me démange. Traverser la maison a fait de moi une épave, et si je dois atteindre le lac ce soir avant mes rivaux, je vais avoir besoin d'un nouvel hôte, de préférence quelqu'un qui sera capable de conquérir un escalier.

Le valet de Ravencourt revient avec un fauteuil bergère qu'il pose devant moi. Me prenant par le bras, il m'aide à m'asseoir sur les coussins verts.

« Puis-je vous demander pourquoi nous sommes ici, monsieur ?

— Avec beaucoup de chance, nous rencontrerons des amis, dis-je, m'essuyant le visage avec un mouchoir. Auriez-vous une feuille de papier sous la main ?

— Bien entendu. »

Il tire du papier ministre et un stylo à plume de sa mallette et se tient prêt à prendre la dictée. J'ouvre la bouche pour le congédier, mais un coup d'œil à ma main en sueur et gonflée m'en dissuade. Dans ce cas, la fierté est le parent pauvre de la lisibilité.

Après avoir pris une minute pour arranger les mots dans ma tête, je me mets à parler à haute voix.

« Il est logique de croire que nombre d'entre vous ont été ici plus longtemps que moi et ont de cette maison, de notre mission ici et de notre ravisseur, le médecin de peste, une connaissance que je n'ai pas. »

Je marque une pause, écoutant le grattement du stylo.

« Vous n'avez pas cherché à me contacter, et je dois supposer qu'il y a une bonne raison à cela, mais je vous demande maintenant de me rencontrer dans la bibliothèque à l'heure du déjeuner et de m'aider à appréhender notre ravisseur. Si vous ne pouvez pas, je vous demande de partager ce que vous avez appris en l'écrivant sur ce papier. Tout ce que vous savez, si insignifiant que ça paraisse, pourra nous aider à accélérer notre évasion. On dit que deux têtes valent mieux qu'une, mais je pense que dans ce cas notre tête combinée pourrait suffire. »

J'attends qu'il ait terminé de noter, puis lève les yeux vers le visage de mon compagnon. Il est perplexe, quoiqu'un peu amusé. C'est un drôle de zigue, celui-là, pas du tout le personnage rigoureux qu'il semble être au premier abord.

« Dois-je poster ceci, monsieur ?

— Inutile, dis-je, désignant la bibliothèque. Glissez-le entre les pages du premier volume de l'*Encyclopaedia Britannica*, ils sauront où le trouver. »

Il me regarde, puis le mot, avant de faire ce que je lui demande et de glisser soigneusement la feuille dans l'ouvrage. L'endroit semble approprié.

« Et quand attendons-nous une réponse, monsieur ?

— Quelques minutes, quelques heures, je ne puis en être certain. Nous allons devoir vérifier régulièrement.

— Et jusqu'à quand ? demande-t-il, essuyant la poussière sur sa main avec un mouchoir de poche.

— Parlez aux domestiques, j'ai besoin de savoir si l'un des invités a un costume de médecin de peste dans sa garde-robe.

— Monsieur ?

— Masque en porcelaine, pardessus noir, ce genre de choses. En attendant, je vais faire une sieste.

— Ici, monsieur ?

— Tout à fait. »

Il me regarde en fronçant les sourcils, tentant de relier les bribes d'informations éparpillées devant lui.

« Voulez-vous que j'allume un feu ? demande-t-il.

— Inutile, je serai parfaitement à mon aise.

— Très bien », dit-il, hésitant.

Je ne sais pas ce qu'il attend mais ça ne vient pas, et il quitte la pièce en me jetant un dernier regard, sa confusion rampant silencieusement derrière lui.

Je pose les mains sur mon ventre et ferme les yeux. Chaque fois que je me suis endormi, je me suis réveillé dans un corps différent, et s'il est risqué de sacrifier un hôte de la sorte, je ne vois pas ce que je peux accomplir de plus en Ravencourt. Avec un peu de chance, quand je me réveillerai mes autres moi seront entrés en contact par le biais de l'encyclopédie et je serai l'un d'eux.

13

Deuxième jour (suite)

Douleur atroce.

Je hurle, sentant le goût du sang.

« Je sais, je sais, je suis désolée », dit une voix de femme.

Un pincement, une aiguille pénètre dans mon cou. La chaleur fait s'évanouir la douleur.

Respirer est difficile, bouger, impossible. Je ne peux pas ouvrir les yeux. J'entends des roues qui tournent, des sabots sur des pavés, une présence à mes côtés.

« Je… »

Je me mets à tousser.

« Chut, n'essayez pas de parler. Vous êtes de nouveau le majordome, dit la femme dans un murmure urgent, posant une main sur mon bras. Ça fait quinze minutes que Gold vous a attaqué, et on vous emmène en calèche jusqu'à la loge du gardien pour que vous vous reposiez.

— Qui êtes… dis-je d'une voix rauque.

— Une amie, ça n'a pas d'importance, pas encore. Maintenant, écoutez. Je sais que vous êtes confus, fatigué, mais c'est important. Tout ça obéit à des règles. Inutile d'essayer d'abandonner vos hôtes comme vous l'avez fait. Vous passerez une journée entière dans chacun, que vous le vouliez ou non. C'est-à-dire depuis le moment où ils se réveillent jusqu'à minuit. Vous comprenez ? »

Je suis somnolent, je peine à rester éveillé.

« C'est pour ça que vous êtes de nouveau ici, poursuit-elle. Si l'un de vos hôtes s'endort avant minuit, vous redeviendrez le majordome et continuerez de vivre cette journée. Quand le majordome s'endormira, vous retournerez là où vous étiez. Si l'hôte s'endort après minuit, ou s'il meurt, vous deviendrez une nouvelle personne. »

J'entends une autre voix. Plus âpre. À l'avant de la calèche.

« Loge en vue. »

Elle me touche le front.

« Bonne chance à vous. »

Trop fatigué pour résister, je m'enfonce de nouveau dans le noir.

14

Quatrième jour (suite)

Une main secoue mon épaule.

Je cligne des yeux et me retrouve dans la bibliothèque, de nouveau dans Ravencourt. Le soulagement me submerge. J'avais cru que rien ne pouvait être pire que cette masse, mais je me trompais. Le corps du majordome était comme un sac rempli de verre brisé, et je préférerais passer toute une vie en Ravencourt plutôt que revivre ce tourment, même s'il semblerait que je n'aie pas le choix. Si la femme dans la calèche disait la vérité, je suis destiné à y retourner.

Daniel Coleridge me regarde à travers un nuage de fumée jaune. Une cigarette pend à ses lèvres, un verre dans sa main. Il porte la même tenue de chasse élimée que quand il parlait avec Sebastian Bell dans le bureau. Mes yeux se tournent vers l'horloge ; encore vingt minutes avant le déjeuner. Il doit être en route pour ce rendez-vous.

Il me tend le verre et s'assied au bord de la table qui me fait face, l'encyclopédie désormais ouverte à côté de lui.

« Je crois que vous me cherchiez », déclare Daniel, soufflant de la fumée du coin de la bouche.

Il n'a pas la même voix dans les oreilles de Ravencourt, il s'est débarrassé de sa douceur comme d'une vieille peau. Avant que je puisse répondre, il commence à lire.

« *Il est logique de croire que nombre d'entre vous ont été ici plus longtemps que moi et ont de cette maison, de notre mission ici et de notre ravisseur, le médecin de peste, une connaissance que je n'ai pas.* » Il referme l'encyclopédie. « Vous avez appelé et j'ai répondu. »

Je scrute les yeux rusés qui sont fixés sur moi.

« Vous êtes comme moi, dis-je.

— Je suis vous, juste quatre jours plus tard, répond-il, marquant une pause pour que j'assimile cette idée. Daniel Coleridge est votre dernier hôte. Notre âme, son corps, si vous arrivez à comprendre ça. Malheureusement, c'est également son esprit… (il se tape le front avec l'index) ce qui signifie que vous et moi pensons différemment. »

Il lève l'encyclopédie.

« Prenez ceci, par exemple, poursuit-il en la laissant retomber sur la table. Coleridge n'aurait jamais pensé à écrire à nos autres hôtes pour leur demander de l'aide. C'était une idée maligne, très logique, très Ravencourt. »

Sa cigarette flamboie dans la pénombre, illuminant le sourire vide en dessous. Ce n'est pas le Daniel d'hier. Il y a quelque chose de plus froid, plus dur dans son regard, quelque chose qui cherche à me percer pour voir en moi. Je ne sais pas comment je ne l'ai pas vu quand j'étais Bell. Ted Stanwin l'a compris quand il a battu en retraite dans le salon. Cette brute est plus intelligente que je ne le pensais.

« Donc vous avez déjà été moi… ce moi, Ravencourt, je veux dire ?

— Et ceux qui suivent, répond-il. Ils sont difficiles, vous devriez profiter de Ravencourt tant que vous pouvez.

— Est-ce pour ça que vous êtes ici, pour me mettre en garde contre mes autres hôtes ? »

Cette idée semble l'amuser et un sourire apparaît sur ses lèvres avant de se dissiper en même temps que la fumée de cigarette.

« Non, je suis venu parce que je me souviens avoir été assis là où vous êtes et m'être entendu dire ce que je suis sur le point de vous dire.

— À savoir ? »

Il y a un cendrier à l'autre bout de la table et il se penche et le tire vers lui.

« Le médecin de peste vous a demandé d'élucider un meurtre, mais il n'a pas mentionné la victime. C'est Evelyn Hardcastle, voilà qui va mourir pendant le bal ce soir, dit-il, faisant tomber sa cendre dans le cendrier.

— Evelyn ? » dis-je, me redressant péniblement, renversant un peu de la boisson que j'ai oubliée sur ma jambe.

La panique s'empare de moi, une terreur de voir mon amie souffrir, une femme qui a fait des efforts pour être gentille avec moi alors même que ses parents se montraient cruels.

« Nous devons la prévenir !

— Dans quel but ? demande Daniel, étouffant mon alarme avec son calme. Nous ne pouvons pas élucider le meurtre de quelqu'un qui n'est pas mort, et sans cette réponse, nous ne pouvons pas nous échapper.

— Vous la laisseriez mourir ? dis-je, choqué par son insensibilité.

— J'ai vécu cette journée sept fois, et elle est morte chaque soir, quoi que je fasse, répond-il en passant un doigt sur le bord de la table. Ce qui s'est passé hier se reproduira demain et après-demain. Je vous le promets, même si vous pensez intervenir, vous avez déjà essayé et ça a déjà raté.

— C'est mon amie, Daniel, dis-je, surpris par la profondeur de mon sentiment.

— Et la mienne, réplique-t-il en se penchant vers moi. Mais chaque fois que j'ai essayé de changer les événements d'aujourd'hui, j'ai fini par devenir l'architecte du malheur que je tentais d'empêcher. Croyez-moi, essayer de sauver Evelyn est une perte de temps. Des circonstances que je ne contrôle pas m'ont amené ici et très bientôt, plus vite que vous ne pouvez l'imaginer, vous serez assis à ma place en train d'expliquer comme je viens de le faire en regrettant de ne plus posséder le luxe d'avoir l'espoir de Ravencourt. L'avenir n'est pas un avertissement, mon ami, c'est une promesse, et elle ne sera pas brisée par nous. C'est la nature même du piège dans lequel nous sommes pris. »

Il se lève de la table et lutte avec la poignée rouillée d'une fenêtre avant de l'ouvrir. Ses yeux sont fixés sur un point au loin, mais je ne serai susceptible de comprendre pourquoi que dans quatre jours. Il ne s'intéresse nullement à moi, à mes peurs ou mes espoirs. Je fais juste partie d'une vieille histoire qu'il est las de raconter.

« Ça n'a aucun sens, dis-je, tentant de lui rappeler les qualités d'Evelyn, la raison pour laquelle elle vaut d'être sauvée. Elle est gentille et douce, et elle a été éloignée pendant dix-neuf ans, qui voudrait lui faire du mal maintenant ? »

Mais alors même que je prononce ces paroles, un soupçon commence à naître en moi. Dans la forêt, hier, Evelyn a mentionné le fait que ses parents ne lui avaient jamais pardonné d'avoir laissé partir Thomas seul. Elle se sentait responsable de son meurtre et, pire que tout, eux aussi la jugeaient responsable. Leur courroux était tel qu'elle croyait qu'ils lui préparaient une terrible surprise pour le bal. Est-ce que ça pourrait être ça ? Pourraient-ils vraiment détester leur propre fille au point de vouloir l'assassiner ? Dans ce cas, ma rencontre avec Helena Hardcastle pourrait en effet s'avérer bénéfique.

« Je ne sais pas, répond Daniel avec une pointe d'irritation dans la voix. Il y a tellement de secrets dans cette maison qu'il peut être difficile de choisir le bon. Mais si vous écoutez mon conseil, vous vous lancerez immédiatement à la recherche d'Anna. Huit hôtes peuvent sembler beaucoup, mais cette tâche en nécessite deux fois plus. Vous aurez besoin de toute l'aide que vous pourrez obtenir.

— Anna ! dis-je, me rappelant la femme dans la calèche avec le majordome. Je croyais que c'était une connaissance de Bell ? »

Il tire une longue bouffée sur sa cigarette, m'examine en plissant les yeux. Je le vois qui passe l'avenir au crible, déterminant ce qu'il peut me dire.

« Elle est piégée ici comme nous, déclare-t-il finalement. C'est une amie, pour autant que quelqu'un puisse l'être dans cette situation. Vous feriez bien de la trouver vite, avant que le valet de pied ne le fasse. Il nous traque tous les deux.

— Il a laissé un lapin mort dans ma chambre – enfin, la chambre de Bell – hier soir.

— Ce n'est que le début. Il veut nous tuer, mais pas avant de s'être amusé. »

Mon sang se glace, je me sens nauséeux. Je m'en

doutais, mais entendre les faits énoncés si abruptement est une chose tout à fait différente. Je ferme les yeux et expire longuement par le nez, expulsant ma peur en même temps que l'air. C'est une habitude de Ravencourt, une façon de s'éclaircir les idées, même si je ne saurais dire comment je le sais.

Quand je rouvre les yeux, je me sens calme.

« Qui est-il ? dis-je, impressionné par la puissance de ma voix.

— Je n'en ai aucune idée, répond-il, soufflant de la fumée dans le vent. Je l'appellerais le diable si je pensais que cet endroit était aussi banal que l'enfer. Il nous liquide un à un, pour s'assurer qu'il n'y aura pas de compétition quand il portera sa réponse au médecin de peste ce soir.

— A-t-il d'autres corps, d'autres hôtes, comme nous ?

— C'est le plus curieux. Je ne crois pas, mais il ne semble pas en avoir besoin. Il connaît le visage de chacun de nos hôtes, et il frappe quand nous sommes le plus faibles. Chaque fois que j'ai commis une erreur, il attendait.

— Comment pouvons-nous stopper un homme qui sait avant nous tout ce que nous faisons ?

— Si je le savais, cette conversation serait inutile, répond-il avec irritation. Soyez prudent. Il hante cette maison comme un satané fantôme, et s'il vous attrape seul… eh bien, ne le laissez pas vous attraper seul. »

Le ton de Daniel est sombre, son expression maussade. Qui que soit ce valet de pied, il s'est emparé de mon futur moi d'une manière qui est plus perturbante que tous les avertissements que j'ai reçus. Ce n'est pas difficile de comprendre pourquoi. Le médecin de peste m'a donné huit jours pour élucider le meurtre d'Evelyn, et huit hôtes pour le faire. Comme Sebastian a dormi après minuit, il est perdu pour moi.

Ce qui me laisse sept jours et sept hôtes.

Mon deuxième et mon troisième étaient le majordome et Donald Davies. La femme dans la calèche n'a pas mentionné Davies, ce qui semble une curieuse omission, mais je suppose que la même règle s'applique à lui qu'au majordome. Ils ont tous deux de nombreuses heures avant minuit, mais l'un d'eux est grièvement blessé et l'autre dort sur une route, à des kilomètres de Blackheath. Ils sont pratiquement inutiles. Adieu, jours deux et trois.

J'en suis déjà à mon quatrième, et Ravencourt s'avère être plus un fardeau qu'une bénédiction. Je ne sais pas à quoi m'attendre de la part de mes quatre hôtes restants – même si Daniel semble plutôt capable –, mais c'est comme si le médecin de peste me distribuait les mauvaises cartes. Si le valet de pied connaît vraiment chacune de mes faiblesses, alors que Dieu me vienne en aide, car il y en a de nombreuses à exploiter.

« Dites-moi tout ce que vous avez appris sur la mort d'Evelyn, dis-je. Si nous travaillons ensemble, nous pouvons l'élucider avant que le valet de pied ait une chance de nous faire du mal.

— La seule chose que je peux vous dire, c'est qu'elle meurt rapidement à 23 heures chaque soir.

— Vous en savez sûrement plus que ça ?

— Beaucoup plus, mais je ne peux pas prendre le risque de partager mes informations, dit-il en me jetant un coup d'œil. Tous mes plans sont élaborés autour de choses que vous allez faire. Si je vous donne un indice qui vous empêche de les accomplir, je ne peux pas être sûr qu'elles se passeront de la même manière. Vous pourriez gaffer au milieu d'un événement censé être en ma faveur, ou être ailleurs quand vous seriez censé distraire l'homme dans la chambre duquel je me suis introduit. Un mot de travers pourrait ruiner tous mes projets. Cette journée doit se dérouler comme elle se déroule toujours, pour vous autant que pour moi. » Il se frotte le front, toute sa lassitude semblant tenir dans ce geste. « Je suis désolé, Ravencourt, le plus sûr est que vous meniez votre enquête sans interférences de ma part ni de qui que ce soit.

— Très bien », dis-je, espérant dissimuler ma déception. Ce qui est stupide, évidemment. Il est moi. Il se souvient de ce que je ressens. « Mais le fait que vous me conseilliez d'élucider ce meurtre suggère que vous faites confiance au médecin de peste. Avez-vous découvert son identité ?

— Pas encore, répond-il. Et “confiance” est un mot trop fort. Il a ses propres objectifs dans cette maison, j'en suis certain, mais pour le moment, je ne vois pas d'autre solution que faire ce qu'il demande.

— Et vous a-t-il dit pourquoi ceci nous arrive ? »

Nous sommes interrompus par du mouvement à la porte et tournons la tête vers le valet de Ravencourt qui a à moitié ôté son manteau et tente de s'extirper de l'étreinte d'une longue écharpe violette. Il a été ébouriffé par le vent et est légèrement essoufflé, ses joues gonflées par le froid.

« J'ai reçu un message qui disait que vous me réclamiez de toute urgence, monsieur, explique-t-il tout en continuant de tirer sur l'écharpe.

— De ma part, très cher, dit Daniel, se glissant de nouveau avec habileté dans son personnage. Vous avez une journée chargée et j'ai songé que Cunningham ici présent pourrait vous être utile. À propos de journée chargée, il faut moi-même que j'y aille. J'ai rendez-vous à midi avec Sebastian Bell.

— Je n'abandonnerai pas Evelyn à son sort, Daniel, dis-je.

— Moi non plus, répond-il, jetant sa cigarette au bord de la pelouse et refermant la fenêtre. Mais son sort l'a tout de même trouvée. Vous devriez vous y préparer. »

Il s'éclipse en quelques longues enjambées, la bibliothèque s'emplissant d'une confusion de voix et du cliquetis sonore des couverts tandis qu'il ouvre la porte qui donne sur le bureau avant de le traverser pour se rendre au salon. Les invités se réunissent pour déjeuner, ce qui signifie que Stanwin va bientôt menacer la servante, Lucy Harper, pendant que Sebastian Bell regardera de la fenêtre avec le sentiment d'être un moins que rien. Les chasseurs se mettront en route, Evelyn récupérera un mot au puits, et du sang coulera dans un cimetière pendant que deux amis attendront une femme qui n'arrivera jamais. Si Daniel dit vrai, je ne peux pas faire grand-chose pour bouleverser le cours de la journée, même s'il est hors de question que je reste sans rien faire. L'énigme du médecin de peste est peut-être ce qui me permettra de sortir de cette maison, mais je n'enjamberai pas le cadavre d'Evelyn pour m'échapper. J'ai l'intention de la sauver, coûte que coûte.

« En quoi puis-je vous aider, monsieur ?

— Passez-moi du papier, un stylo et de l'encre, vous voulez bien ? J'ai besoin de noter quelque chose.

— Bien entendu », répond Cunningham, tirant ce que je lui ai demandé de la mallette.

Mes mains sont trop maladroites pour une écriture

fluide, mais au milieu des bavures et des vilaines taches, le message est assez lisible.

Je jette un coup d'œil à l'horloge. Il est 11 h 56. Presque l'heure.

Après avoir agité la feuille pour faire sécher l'encre, je la plie soigneusement puis la tends à Cunningham.

« Prenez ça », dis-je, remarquant les traces noires et grasses sur ses mains tandis qu'il en tend une pour saisir la lettre. Sa peau est rose à force d'avoir été frottée, mais la tache s'est incrustée dans les circonvolutions au bout de ses doigts. Conscient de mon attention, il saisit la lettre et joint les mains dans son dos.

« J'ai besoin que vous alliez directement au salon où le déjeuner est servi, dis-je. Restez-y et observez ce qui se passe, puis lisez la lettre et revenez me voir. »

La confusion se lit sur son visage.

« Monsieur ?

— Nous sommes sur le point de vivre une journée très étrange, Cunningham, et je vais avoir besoin de votre confiance absolue. »

J'écarte de la main ses protestations et lui fais signe de m'aider à me lever de mon siège.

« Faites ce que je vous demande, dis-je, me levant en poussant un grognement. Puis revenez ici et attendez-moi. »

Tandis que Cunningham se dirige vers le salon, je récupère ma canne et me rends dans la véranda dans l'espoir d'y trouver Evelyn. Comme il est tôt, la pièce n'est qu'à moitié pleine, les femmes se servant à boire au bar, se pavanant sur des fauteuils et des méridiennes. Tout semble leur coûter un gros effort, comme si l'éclat pâle de la jeunesse était un fardeau, comme si leur énergie était épuisante. Elles parlent d'Evelyn en murmurant, l'onde d'un vilain rire se propageant vers la table d'échecs, où les pièces sont étalées devant elle. Elle n'a pas d'adversaire et se concentre dans le but de se battre elle-même. Quel que soit l'embarras qu'elles espèrent lui faire éprouver, elle y semble indifférente.

« Evie, pouvons-nous parler ? » dis-je, boitillant vers elle.

Elle lève lentement la tête et m'observe un moment. Comme hier, ses cheveux blonds sont attachés en queue-de-cheval, accentuant ses traits émaciés et lui conférant une expression plutôt sévère. Contrairement à hier, celle-ci ne s'adoucit pas.

« Non, je ne crois pas, Lord Ravencourt, répond-elle, tournant de nouveau son attention vers l'échiquier. J'ai eu assez de choses déplaisantes à faire aujourd'hui sans en ajouter à la liste. »

Des rires étouffés transforment mon sang en poussière. Je m'effrite de l'intérieur.

« S'il vous plaît, Evie, c'est…

— C'est "mademoiselle Hardcastle", Lord Ravencourt, dit-elle ostensiblement. Ce sont les manières qui font l'homme, pas son compte en banque. »

L'humiliation me transperce le ventre. C'est le pire cauchemar de Ravencourt. Debout dans cette pièce avec une douzaine de paires d'yeux sur moi, je me sens comme un chrétien attendant qu'on lui jette la première pierre.

Evelyn me scrute, tout transpirant et tremblant. Ses yeux se plissent, étincelants.

« Je vais vous dire, jouons ça aux échecs, dit-elle en tapotant l'échiquier. Vous gagnez et nous aurons une conversation ; je gagne et vous me laissez tranquille pour le restant de la journée. Qu'est-ce que vous en dites ? »

Conscient que c'est un piège mais n'étant pas en

position de discuter, j'essuie la sueur sur mon front et m'enfonce sur la petite chaise face à elle, à la grande délectation des dames assemblées. Elle aurait pu me forcer à prendre place sur une guillotine et j'aurais été plus à mon aise. Je déborde des côtés de la chaise, le dossier bas offre tellement peu de soutien que l'effort que je dois fournir pour rester droit me fait trembler.

Indifférente à ma souffrance, Evelyn croise les bras sur la table et pousse un pion sur l'échiquier. Je suis avec un cavalier, le motif du milieu de jeu se dessinant dans ma tête. Bien que nous soyons à armes égales, l'inconfort perce des trous dans ma concentration, et ma tactique s'avère trop fragile pour vaincre Evelyn. Le mieux que je puisse faire est prolonger la partie, et après une demi-heure de contres et de feintes, ma patience est épuisée.

« Votre vie est en danger », dis-je soudain.

Evelyn pose un doigt sur son pion, le petit tremblement de sa main aussi assourdissant qu'un coup de cloche. Ses yeux passent sur mon visage, puis sur celui des femmes derrière nous, cherchant quelqu'un qui aurait pu entendre. Ils sont frénétiques, faisant tout leur possible pour effacer ce moment de l'histoire.

Elle sait déjà.

« Je croyais que nous avions un marché, Lord Ravencourt, interrompt-elle, son expression se durcissant de nouveau.

— Mais…

— Préféreriez-vous que je parte ? » demande-t-elle, son regard noir étouffant toute nouvelle tentative de conversation.

Les coups s'enchaînent, mais je suis tellement dérouté par sa réponse que je prête peu d'attention à la stratégie. Quoi qu'il arrive ce soir, Evelyn paraît en avoir conscience, et pourtant sa plus grande crainte semble être que quelqu'un d'autre le découvre. Je ne comprends absolument pas pourquoi, et il est clair qu'elle ne va pas ouvrir son cœur à Ravencourt. Son dédain pour cet homme est total, ce qui signifie que si je dois lui sauver la vie, je vais devoir soit arborer un masque qui lui plaise, soit continuer sans son aide. C'est une situation exaspérante, et je cherche désespérément un moyen de reformuler mon argument quand Sebastian Bell arrive à la porte, provoquant une sensation des plus bizarres. Cet homme est clairement moi, mais en le voyant se glisser dans la pièce telle une souris le long d'une plinthe, je peine à y croire. Son dos est voûté, sa tête basse, ses bras raides contre ses flancs. Des coups d'œil furtifs guident chacun de ses pas, son monde s'avérant manifestement rempli d'obstacles.

« Ma grand-mère, Heather Hardcastle, déclare Evelyn en le voyant examiner le tableau au mur. Ce n'est pas un portrait flatteur, mais bon, ce n'était en aucune manière une femme flatteuse.

— Mes excuses, dit Bell. J'étais… »

Leur conversation se poursuit exactement comme hier, l'intérêt qu'elle porte à cette frêle créature éveillant en moi une pointe de jalousie, même si ce n'est pas mon principal souci. Bell reproduit ma journée avec exactitude, et pourtant il pense faire ses choix librement, comme moi hier. Je suis aveuglément un cap fixé par Daniel, ce qui fait de moi, quoi… un écho, un souvenir, ou juste un morceau de bois flottant charrié par le courant ?

Fais voler l'échiquier, change les choses. Prouve que tu es unique.

Ma main se tend, mais l'idée de la réaction d'Evelyn,

de son dédain, du rire des femmes assemblées, est trop insupportable. La honte me paralyse et je retire vivement ma main. Il y aura d'autres opportunités, je dois continuer de les guetter.

Totalement démoralisé et confronté à une défaite inévitable, je précipite les derniers coups, sacrifiant mon roi avec une hâte inconvenante avant de sortir de la pièce d'un pas chancelant, la voix de Sebastian Bell diminuant derrière moi.

15

Comme je le lui ai ordonné, Cunningham m'attend dans la bibliothèque. Il est assis au bord d'une chaise, la lettre que je lui ai donnée dépliée et tremblant légèrement dans sa main. Il se lève quand j'entre, mais dans mon désir de laisser la véranda derrière moi j'ai marché trop vite. J'entends ma respiration, des explosions sifflantes et désespérées qui jaillissent de mes poumons surchargés.

Il ne propose pas de m'aider.

« Comment saviez-vous ce qui allait se passer dans le salon ? » demande-t-il.

J'essaie de répondre, mais il n'y a pas assez de place dans ma gorge pour des mots et de l'air. Je choisis ce dernier, l'engloutissant avec le même appétit que tout le reste dans la vie de Ravencourt, tout en regardant dans le bureau. J'avais espéré surprendre le médecin de peste pendant qu'il discutait avec Bell, mais ma tentative futile de prévenir Evelyn s'est éternisée plus longtemps que prévu.

Peut-être ne devrais-je pas être surpris.

Comme je l'ai constaté sur la route du village, le médecin de peste semble savoir où je serai et quand, calculant ses apparitions de sorte que je ne puisse pas lui tendre d'embuscade.

« Tout s'est passé exactement comme vous l'avez décrit, reprend Cunningham en fixant la feuille d'un air incrédule. Ted Stanwin a menacé la servante et Daniel Coleridge est intervenu. Ils ont même prononcé les mots que vous avez écrits. Ils les ont dits *exactement.* »

Je pourrais expliquer, mais il n'en est pas encore à la partie qui le trouble. À la place, je clopine jusqu'à la chaise, m'abaissant sur le coussin au prix d'un énorme effort. Mes jambes palpitent en signe de pitoyable gratitude.

« Est-ce que c'était une ruse ? demande-t-il.

— Pas de ruse.

— Et cette… cette dernière phrase, quand vous dites…

— Oui.

— … que vous n'êtes pas Lord Ravencourt ?

— Je ne suis pas Ravencourt, dis-je.

— Non ?

— Non. Servez-vous quelque chose à boire, vous êtes un peu pâle. »

Il fait ce que je lui dis, l'obéissance semblant être la seule chose en lui qui n'ait pas été vaincue. Il revient avec un verre et s'assied, boit une gorgée, les yeux rivés sur les miens, les jambes serrées et les épaules voûtées.

Je lui raconte tout, depuis le meurtre dans la forêt et ma première journée en tant que Bell jusqu'à la route infinie et ma récente conversation avec Daniel. Le doute apparaît parfois sur son visage, mais dès qu'il semble s'implanter, Cunningham jette un coup d'œil à la lettre. Je suis presque désolé pour lui.

« Avez-vous besoin de vous resservir ? dis-je, désignant de la tête son verre à moitié vide.

— Si vous n'êtes pas Lord Ravencourt, où est-il ?

— Je ne sais pas.

— Est-il en vie ? »

Il arrive à peine à croiser mon regard.

« Préféreriez-vous qu'il ne le soit pas ?

— Lord Ravencourt a été bon avec moi », réplique-t-il, la colère apparaissant soudain sur son visage.

Ça ne répond pas à la question.

Je regarde de nouveau Cunningham. Les yeux baissés et les mains sales, un tatouage étalé datant d'un passé trouble. Dans une intuition soudaine, je m'aperçois qu'il a peur, mais pas de ce que je lui ai dit. Il a peur de ce que quelqu'un qui aurait déjà vu cette journée se dérouler pourrait savoir. Il cache quelque chose, j'en suis certain.

« J'ai besoin de votre aide, Cunningham. Il y a beaucoup à faire et tant que je suis enchaîné à Ravencourt, je n'ai pas les jambes nécessaires. »

Il vide son verre d'un trait et se lève. La boisson a peint deux taches de couleur sur ses joues, et quand il parle sa voix est pleine d'un courage retrouvé.

« Je vais prendre congé maintenant et reprendre mon service demain quand Lord Ravencourt sera… (il marque une pause, cherchant le bon mot) revenu. »

Il s'incline avec raideur, avant de se diriger vers la porte.

« Croyez-vous qu'il vous reprendra quand il saura votre secret ? » dis-je soudain, une idée me traversant la tête comme une pierre fendant l'air.

Si j'ai raison, si Cunningham cache bien quelque chose, ce sera peut-être suffisamment honteux pour que je m'en serve à mon avantage.

Il s'arrête net à côté de ma chaise, les poings serrés.

« Que voulez-vous dire ? demande-t-il en regardant droit devant lui.

— Jetez un coup d'œil sous le coussin de votre chaise », dis-je, tentant de contrôler la tension dans ma voix.

La logique de ce que je tente est sensée, mais ça ne signifie pas que ça fonctionnera.

Il regarde la chaise, puis de nouveau moi. Sans un mot il s'exécute et découvre une petite enveloppe blanche. Le triomphe m'arrache un sourire tandis qu'il l'ouvre et que ses épaules s'affaissent.

« Comment avez-vous su ? demande-t-il d'une voix brisée.

— Je ne sais rien, mais quand je me réveillerai dans mon prochain hôte, je me consacrerai à la tâche de découvrir votre secret. Puis je reviendrai dans cette pièce et je placerai l'information dans cette enveloppe pour que vous la trouviez. Et si cette conversation ne se déroule pas comme je le veux, je placerai l'enveloppe dans un endroit où d'autres invités pourront la trouver. »

Il pousse un petit ricanement, son mépris est comme une gifle.

« Vous n'êtes peut-être pas Lord Ravencourt, mais vous parlez exactement comme lui. »

Cette idée est tellement surprenante qu'elle me réduit momentanément au silence. J'avais jusqu'alors supposé que ma personnalité – de quoi qu'il puisse s'agir – était transportée dans chaque nouvel hôte, les emplissant comme des pièces de monnaie emplissent une poche, mais pourrais-je me tromper ?

Aucun de mes précédents hôtes n'aurait songé à faire chanter Cunningham, sans parler d'avoir le cran de mettre ses menaces à exécution. D'ailleurs, quand je pense à Sebastian Bell, Roger Collins, Donald Davies et maintenant Ravencourt, je vois peu de choses dans leur comportement pour suggérer une seule main à la manœuvre. Se pourrait-il que je me plie à leur volonté, et non l'inverse ? Si c'est le cas, je dois me méfier. C'est une chose d'être coincé dans ces personnes, mais c'en est une tout autre de s'abandonner entièrement à leurs désirs.

Mes réflexions sont interrompues par Cunningham, qui met le feu à un coin de la lettre avec un briquet qu'il a tiré de sa poche.

« Que voulez-vous de moi ? demande-t-il d'une voix plate et dure, laissant tomber le papier enflammé dans la cheminée.

— Quatre choses, dans un premier temps, dis-je en les comptant sur mes doigts épais. Premièrement, j'ai besoin que vous trouviez un vieux puits situé à l'écart de la route qui mène au village. Il y aura un mot coincé entre les pierres. Lisez-le, replacez-le et rapportez-moi le message. Faites-le vite, le mot va disparaître dans moins d'une heure. Deuxièmement, vous devez trouver ce costume de médecin de peste sur lequel je vous ai interrogé plus tôt. Troisièmement, je veux que vous répandiez le prénom Anna à travers Blackheath comme des confettis. Faites savoir que Lord Ravencourt la cherche. Enfin, j'ai besoin que vous vous présentiez à Sebastian Bell.

— Sebastian Bell, le médecin ?

— Oui, lui.

— Pourquoi ?

— Parce que je me souviens avoir été Sebastian Bell, mais je ne me souviens pas vous avoir rencontré, dis-je. Si nous pouvons changer ça, ce sera la preuve qu'autre chose pourra être changé aujourd'hui.

— La mort d'Evelyn Hardcastle ?

— Précisément. »

Tout en poussant un long soupir, Cunningham se retourne pour me faire face. Il semble diminué, comme si notre conversation était un désert qu'il a mis une semaine à traverser.

« Si je fais tout ça, est-ce que je peux m'attendre à ce que le contenu de cette lettre reste entre nous ? demande-t-il, son expression dénotant plus de l'espoir que de l'expectation.

— Oui, vous avez ma parole. »

Je tends une main moite.

« Alors on dirait que je n'ai pas le choix », dit-il, la serrant fermement, un simple soupçon de dégoût visible sur son visage.

Il se dépêche de partir, craignant probablement de se voir assigner d'autres missions s'il s'attarde. En son absence, l'air humide semble s'abattre sur moi, s'insinuant dans mes vêtements et dans mes os. Jugeant la bibliothèque trop déprimante pour y rester plus longtemps, je m'extirpe péniblement de mon siège, me servant de ma canne pour me hisser sur mes pieds.

Je traverse le salon en me rendant au petit salon de Ravencourt, où je vais m'installer en attendant mon rendez-vous avec Helena Hardcastle. Si elle prévoit d'assassiner Evelyn ce soir, alors, pour l'amour de Dieu, je compte bien le lui faire avouer.

La maison est immobile, les hommes partis à la chasse et les femmes en train de boire dans la véranda. Même les domestiques ont disparu, s'éparpillant au sous-sol pour se préparer pour le bal. Dans leur sillage, un grand silence s'est abattu, et ma seule compagnie est la pluie qui tape aux fenêtres, demandant qu'on la laisse entrer. Bell regrettait le bruit, mais Ravencourt, étant très perceptif à la méchanceté des autres, trouve ce silence rafraîchissant. C'est comme aérer une pièce qui sent le renfermé.

Des pas lourds perturbent ma rêverie, chacun délibéré et lent, comme déterminé à attirer mon attention. Je suis arrivé jusqu'à la salle à manger, où une longue table en chêne est surplombée par des têtes de bêtes depuis longtemps tuées, leur fourrure décolorée et couverte d'une épaisse couche de poussière. La pièce est vide, et pourtant les pas semblent être tout autour de moi, imitant ma démarche chancelante.

Je me raidis, m'arrête, la sueur perlant sur mon front.

Les pas cessent à leur tour.

Me tapotant le front, je regarde nerveusement autour de moi, regrettant de ne pas avoir le coupe-papier de Bell sous la main. Enterré dans la chair molle de Ravencourt, j'ai l'impression d'être un homme qui tire une ancre derrière lui. Je ne peux ni courir ni me battre, et même si je le pouvais, je donnerais des coups dans l'air. Je suis tout à fait seul.

Après une brève hésitation, je me remets à marcher et les pas fantomatiques recommencent à me suivre. Je m'arrête soudainement et ils s'arrêtent avec moi, un ricanement sinistre émanant des murs. Mon cœur cogne, les poils se dressent sur mes bras tandis que la peur me fait bondir vers la sécurité du vestibule, qui est visible par la porte du salon. Maintenant les pas ne prennent plus la peine de m'imiter, ils dansent, et ce ricanement semble provenir de toutes les directions.

J'atteins la porte haletant, aveuglé par la transpiration et avançant si vite que je risque de trébucher sur ma propre canne. Tandis que je pénètre dans le vestibule, le rire cesse soudain, et c'est désormais un murmure qui me poursuit.

« Nous nous verrons bientôt, lapin. »

16

Dix minutes plus tard, le murmure a depuis longtemps disparu, mais la terreur qu'il a provoquée résonne encore. Ce ne sont pas tant les mots eux-mêmes que la jubilation qu'ils dénotaient. Cet avertissement était un acompte sur le sang et la douleur qui m'attendent, et seul un idiot ne verrait pas le valet de pied derrière.

Levant la main, je vérifie à quel point elle tremble et, décidant que je me suis au moins modérément remis, je continue d'avancer vers ma chambre. Je n'ai fait qu'un ou deux pas quand des sanglots attirent mon attention vers une embrasure de porte plongée dans l'obscurité au bout du vestibule. Pendant une minute entière, j'hésite à la périphérie, scrutant la pénombre, craignant un piège. Le valet de pied tenterait-il quelque chose si vite, et serait-il capable de produire les gémissements de tristesse que j'entends ?

La compassion me pousse à faire un timide pas en avant, et je me retrouve dans une étroite galerie ornée de portraits de la famille Hardcastle. Des générations flétrissent sur les murs, les occupants actuels de Blackheath étant accrochés près de la porte. Lady Helena Hardcastle est majestueusement assise à côté de son mari qui, lui, est debout. Tous deux ont les cheveux sombres et les yeux sombres, superbement hautains. À côté d'eux se trouvent des portraits des enfants, Evelyn à une fenêtre, triturant le bord du rideau tandis qu'elle attend l'arrivée de quelqu'un, alors que Michael a une jambe passée par-dessus l'accoudoir du fauteuil dans lequel il est assis, un livre gisant par terre. Il a l'air de s'ennuyer, frémissant d'une énergie fourmillante. Dans le coin de chaque portrait s'étale une signature, celle de Gregory Gold si je ne m'abuse. Le souvenir de la correction du majordome par l'artiste est toujours frais, et je me retrouve à agripper ma canne, sentant une fois de plus le goût du sang dans ma bouche. Evelyn m'a dit que Gold avait été amené à Blackheath pour retoucher les portraits, et je vois pourquoi. Cet homme est peut-être fou, mais il est talentueux.

Un nouveau sanglot retentit dans le coin de la pièce.

Il n'y a pas de fenêtres dans la galerie, juste des lampes à huile qui brûlent, et l'obscurité est telle que je dois plisser les yeux pour localiser la servante tapie dans l'ombre, pleurant dans un mouchoir trempé. Le tact voudrait que j'approche doucement, mais Ravencourt n'est pas bien conçu pour la discrétion. Ma canne tape sur le sol, le son de ma respiration me précède, annonçant ma présence. En m'apercevant, la servante se lève d'un bond, ses cheveux roux bouclés se libérant soudain de leur bonnet.

Je la reconnais immédiatement. C'est Lucy Harper, la servante que Ted Stanwin a maltraitée au déjeuner, et la femme qui m'a aidé à descendre jusqu'aux cuisines quand j'étais le majordome. Le souvenir de sa gentillesse résonne en moi, un accès de pitié chaleureux donnant forme aux mots dans ma bouche.

« Je suis désolé, Lucy, je ne voulais pas vous faire peur.

— Non, monsieur, ce n'est pas… Je ne devrais pas… »

Elle regarde autour d'elle à la recherche d'une issue, s'embourbant encore plus dans son embarras.

« Je vous ai entendue pleurer », dis-je, tentant d'arborer un sourire compatissant.

C'est une chose difficile quand on a la bouche de quelqu'un d'autre, surtout quand il y a tellement de chair à déplacer.

« Oh, monsieur, vous ne devriez pas… C'était ma faute. J'ai fait une bêtise pendant le déjeuner, explique-t-elle en essuyant ses dernières larmes.

— Ted Stanwin vous a traitée de façon atroce, dis-je, surpris par l'inquiétude qui naît sur son visage.

— Non, monsieur, vous ne devez pas dire ça, réplique-t-elle, sa voix grimpant d'une octave. Ted, enfin M. Stanwin, il a été bon avec nous autres, domestiques. Il nous a toujours bien traités. Il est juste… Maintenant c'est un gentilhomme, il ne peut pas être vu… »

Elle est de nouveau au bord des larmes.

« Je comprends, dis-je vivement. Il ne veut pas que les autres invités le traitent comme un domestique. »

Un sourire avale son visage.

« C'est ça, monsieur, c'est exactement ça. Ils n'auraient jamais attrapé Charlie Carver sans Ted, mais les autres gentilshommes continuent de le regarder comme s'il était l'un des nôtres. Mais pas Lord Hardcastle, lui, il l'appelle M. Stanwin et tout.

— Eh bien, tant que vous vous portez bien, dis-je, surpris par la fierté dans sa voix.

— Je vais bien, monsieur, vraiment, dit-elle avec sincérité, suffisamment enhardie pour ramasser son bonnet par terre. Il faut que j'y retourne, ils vont se demander où je suis passée. »

Elle fait un pas vers la porte, mais trop lentement pour m'empêcher de lancer une question sur son chemin.

« Lucy, connaissez-vous une personne prénommée Anna ? Je pensais que c'était peut-être une servante.

— Anna ? » Elle marque une pause, accordant toute son attention au problème posé. « Non, monsieur, je ne la connais pas.

— Des servantes se sont-elles comportées étrangement ?

— Ça alors, monsieur, croiriez-vous que vous êtes la troisième personne à me poser cette question aujourd'hui ? dit-elle en entortillant ses cheveux bouclés autour de son doigt.

— La troisième ?

— Oui, monsieur. Mme Derby était dans la cuisine il y a tout juste une heure, se demandant la même chose. Elle nous a fait une sacrée peur. Une dame bien née comme ça qui déambulait au sous-sol, je n'ai jamais rien entendu de tel. »

Ma main agrippe ma canne. Qui que soit cette Mme Derby, elle se comporte bizarrement et pose les mêmes questions que moi. Peut-être ai-je trouvé l'un de mes rivaux.

Ou un autre hôte.

Cette suggestion me fait rougir, la familiarité de Ravencourt avec les femmes n'allant que jusqu'à reconnaître leur existence dans le monde. L'idée d'en devenir une est aussi incompréhensible pour lui qu'une journée passée à respirer de l'eau.

« Que pouvez-vous me dire sur Mme Derby ?

— Pas grand-chose, monsieur, répond Lucy. Une femme âgée, la langue bien pendue. Je l'ai trouvée aimable. Pas sûre que ça signifie quelque chose, mais il y avait aussi un valet de pied. Il est venu quelques minutes après Mme Derby et a posé la même question : Est-ce que certains domestiques se comportent bizarrement ? »

Ma main serre encore plus fort le pommeau de ma canne et je dois me mordre la langue pour ne pas jurer.

« Un valet de pied ? À quoi ressemblait-il ?

— Cheveux blonds, grand, mais… » Elle n'achève pas sa phrase, troublée. « Je ne sais pas, content de lui. Il travaille probablement pour un gentilhomme, monsieur, ils deviennent comme ça, ils prennent des airs. Il avait le nez cassé, tout noir et pourpre, comme si ça venait d'arriver. Je suppose que quelqu'un l'a trouvé désobligeant.

— Que lui avez-vous dit ?

— Ce n'était pas moi, monsieur, c'était Mme Drudge, la cuisinière. Elle a dit la même chose qu'à Mme Derby, que les domestiques étaient normaux, que c'étaient les invités qui étaient devenus… (elle rougit) oh, je vous demande pardon, monsieur, je ne voulais pas.

— Ne vous en faites pas, Lucy, je trouve également la plupart des gens dans cette maison étranges. Que s'est-il passé ? »

Elle fait un grand sourire, lançant un coup d'œil coupable en direction des portes. Quand elle parle de nouveau, sa voix est presque assez basse pour être noyée sous les craquements du parquet.

« Eh bien, ce matin, Mlle Hardcastle était dans la forêt avec sa femme de chambre, une Française, vous devriez l'entendre, *quelle*[1] ceci et *quelle* cela. Quelqu'un les a attaquées près de l'ancien cottage de

1. En français dans le texte. (*N.d.T.*)

Charlie Carver. L'un des invités, apparemment, mais elles n'ont pas voulu dire lequel.

— Attaquées, vous êtes certaine ? » dis-je, me rappelant ma matinée en tant que Bell et la femme que j'ai vue fuir dans la forêt.

J'ai supposé que c'était Anna, mais si je me trompais ? Ce ne serait pas la première fois que je trébuche sur une hypothèse à Blackheath.

« C'est ce qu'elles ont dit, monsieur, répond-elle, devenant timide face à mon excitation.

— Je crois que je vais devoir avoir une discussion avec cette femme de chambre française. Comment s'appelle-t-elle ?

— Madeline Aubert, monsieur, seulement je préférerais que vous ne lui disiez pas qui vous a raconté ça. Elles évitent d'en parler. »

Madeline Aubert, c'est la femme qui a donné le mot à Bell pendant le dîner hier soir. Dans la confusion des derniers événements, j'avais totalement oublié son bras lacéré.

« Pas un mot ne sortira de ma bouche, Lucy, merci, dis-je en portant un doigt à mes lèvres. Quoi qu'il en soit, je dois lui parler. Pourriez-vous lui faire savoir que je la cherche ? Inutile de lui dire pourquoi, mais il y aura une récompense pour vous si elle vient dans mon salon. »

Elle paraît dubitative, mais accepte assez volontiers et file avant que j'aie le temps de lui passer d'autres promesses autour du cou.

Si Ravencourt en était capable, c'est d'un pas sautillant que je quitterais la galerie. Malgré l'indifférence qu'Evelyn éprouve envers Ravencourt, elle demeure mon amie et j'ai toujours la ferme intention de la sauver. Si quelqu'un l'a menacée ce matin dans la forêt, il y a fort à parier que cette même personne jouera un rôle dans son meurtre ce soir. Je dois faire tout ce qui est en mon pouvoir pour l'intercepter, et avec un peu de chance, cette Madeline Aubert pourra m'aider. Qui sait, à ce stade demain j'aurai peut-être le nom de l'assassin. Si le médecin de peste honore sa promesse, je pourrai m'échapper de cette maison en m'épargnant quelques hôtes.

Ma jubilation ne dure que jusqu'au couloir, mon sifflotement diminuant à chaque pas qui m'éloigne de la lumière du vestibule. La présence du valet de pied a transformé Blackheath, ses ombres bondissantes et ses recoins obscurs remplissant mon imagination de cent morts horribles entre ses mains. Chaque petit bruit suffit à faire s'emballer mon cœur déjà surmené. Quand j'atteins le petit salon, je suis trempé de sueur et j'ai la poitrine nouée.

Je referme la porte derrière moi et pousse un long soupir frémissant. À ce train-là, le valet de pied n'aura pas besoin de me tuer, ma santé lâchera avant.

Le petit salon est une belle pièce avec une méridienne et un fauteuil sous un lustre qui reflète les flammes d'un feu rugissant. Un buffet renferme des alcools et des boissons gazeuses, des fruits tranchés, du bitter et un seau de glace à moitié fondue. À côté de tout ça se trouve une pile vacillante de sandwiches au rosbif, de la moutarde s'écoulant des bords tranchés. Mon estomac m'entraînerait vers la nourriture, mais mon corps s'effondre sous moi.

J'ai besoin de me reposer.

Le fauteuil accueille mon poids avec mauvaise humeur, les pieds pliant sous la pression. La pluie bat les fenêtres, le ciel contusionné est noir et pourpre. Sont-ce les mêmes gouttes qui sont tombées hier, les mêmes nuages ? Les lapins creusent-ils les mêmes terriers, dérangeant les mêmes insectes ? Les mêmes oiseaux dessinent-ils les mêmes motifs dans le ciel, s'écrasant contre les mêmes fenêtres ? Si c'est un piège, quel genre de proie en vaut la peine ?

« Je boirais bien quelque chose, dis-je à part moi, frottant mes tempes battantes.

— Voici », dit une femme juste derrière moi, le verre arrivant par-dessus mon épaule dans une petite main aux doigts osseux et calleux.

Je tente de me retourner, mais il y a trop de Ravencourt et pas assez de siège.

La femme agite le verre avec impatience, faisant tinter les glaçons à l'intérieur.

« Vous devriez boire ça avant que la glace ait fondu, déclare-t-elle.

— Vous me pardonnerez si j'hésite à accepter un verre d'une femme que je ne connais pas. »

Elle approche les lèvres de mon oreille, son souffle chaud contre ma nuque.

« Mais vous me connaissez, murmure-t-elle. J'étais dans la calèche avec le majordome. Mon nom est Anna.

— Anna ! » dis-je, tentant de me lever du fauteuil.

Mais sa main est une enclume sur mon épaule et me repousse sur les coussins.

« Ne vous fatiguez pas, quand vous vous lèverez je serai partie, dit-elle. Nous nous verrons bientôt, mais il faut que vous cessiez de me chercher.

— *Cesser* de vous chercher ? Mais pourquoi ?

— Parce que vous n'êtes pas le seul à le faire, répond-elle en s'écartant un peu. Le valet de pied me traque aussi, et il sait que nous travaillons ensemble. Si vous continuez de me chercher, vous le mènerez directement à moi. Nous sommes tous deux en sécurité tant que je suis cachée, alors rappelez vos chiens. »

Je sens sa présence s'éloigner, ses pas s'approchant de la porte à l'autre bout de la pièce.

« Attendez ! Savez-vous qui je suis, ou pourquoi nous sommes ici ? S'il vous plaît, il doit y avoir quelque chose que vous pouvez me dire. »

Elle s'immobilise, considérant ma requête.

« Le seul souvenir que j'avais à mon réveil était un nom, dit-elle. Je crois que c'est le vôtre. »

Mes mains agrippent les accoudoirs.

« Quel était-il ?

— Aiden Bishop, répond-elle. Maintenant, j'ai fait ce que vous demandiez, alors faites ce que moi, je demande. Arrêtez de me chercher. »

17

« Aiden Bishop, dis-je, ma langue s'enroulant autour des voyelles. Aiden… Bishop. Aiden, Aiden, Aiden. » Depuis une demi-heure je tente différentes combinaisons, intonations et façons de prononcer mon nom, espérant réveiller les souvenirs d'un esprit récalcitrant. Mais pour le moment, tout ce que j'ai réussi à faire, c'est m'assécher la bouche. C'est une façon frustrante de passer le temps, mais j'ai peu d'alternatives. 13 h 30 sont passées, et pas un mot d'Helena Hardcastle pour expliquer son absence. J'ai demandé à une servante d'aller la chercher, mais ai été informé que personne n'a vu la maîtresse de maison depuis ce matin. Cette satanée femme a disparu.

Pour aggraver les choses, ni Cunningham ni Madeline Aubert ne sont venus me voir, et si je ne m'attendais guère à ce que la femme de chambre réponde à ma requête, Cunningham est parti depuis des heures. Je ne comprends pas ce qui le retient, mais je commence à perdre patience. Nous avons tant à faire, et il nous reste si peu de temps.

« Bonjour, Cecil, lance une voix rauque. Helena est-elle toujours là ? J'ai entendu dire que vous deviez la rencontrer. »

Une femme âgée se tient à ma porte, emmitouflée dans un énorme manteau rouge et portant un chapeau et des bottes en caoutchouc tachées de boue qui lui montent aux genoux. Ses joues sont rougies par le froid, une mine renfrognée figée sur son visage.

« Je crains de ne pas l'avoir vue, dis-je. Je l'attends toujours.

— Vous aussi, hein ? Cette fichue femme était censée me retrouver dans le parc ce matin et m'a laissée poireauter sur un banc pendant une heure », déclare-t-elle en marchant d'un pas lourd vers le feu.

Elle porte tellement de couches superposées qu'une simple étincelle la transformerait en funérailles vikings.

« Je me demande où elle est passée, poursuit-elle en ôtant ses gants et en les jetant sur le siège à côté des miens. Ce n'est pas comme s'il y avait grand-chose à faire à Blackheath. Vous voulez boire quelque chose ?

— Je finis d'abord celui-ci, dis-je en agitant mon verre dans sa direction.

— Vous avez bien raison. Je m'étais mis en tête d'aller faire un petit tour, mais quand je suis revenue, impossible de me faire ouvrir la porte d'entrée. Ça fait une demi-heure que je frappe aux fenêtres, mais il n'y a pas un seul domestique à la ronde. On se croirait en Amérique. »

Des carafes sont libérées de leur support, des verres cognent sur le bois. Des glaçons tintent contre le verre, craquant quand l'alcool est versé dessus. Il y a un pétillement et un plouf satisfaisant, puis le son d'une gorgée qui est bue suivi d'un long soupir de plaisir de la femme âgée.

« Voilà ce qu'il me fallait, dit-elle, une nouvelle série de tintements de verre suggérant que le premier était un échauffement. J'ai dit à Helena que cette fête était une très mauvaise idée, mais elle n'a rien voulu entendre, et maintenant, regardez : Peter se cache dans la loge du gardien, Michael tient la fête du bout des ongles, et Evelyn joue à se déguiser. Ce sera un désastre, croyez-moi. »

Verre en main, la vieille femme reprend sa position devant le feu. Elle a magnifiquement perdu en volume après avoir ôté quelques couches, révélant des joues roses et des petites mains roses, des cheveux gris coupés court tout ébouriffés sur sa tête.

« Qu'est-ce que c'est que ça ? demande-t-elle en soulevant une carte blanche sur le manteau de la cheminée. Vous alliez m'écrire, Cecil ?

— Pardon ? »

Elle me tend la carte, un simple message est écrit au recto.

Je vous présente Millicent Derby

A.

L'œuvre d'Anna à coup sûr.

D'abord les gants qui brûlaient, et maintenant des présentations. Bien qu'il soit étrange d'avoir quelqu'un qui sème des miettes de pain pour me guider à travers ma journée, c'est agréable de savoir que j'ai une amie ici, même si ça met à mal ma théorie sur le fait que Mme Derby était l'un de mes rivaux, voire un autre hôte. Cette vieille femme est trop elle-même pour qu'il y ait quelqu'un d'autre en dessous.

Alors pourquoi fouinait-elle aux cuisines en posant des questions sur les servantes ?

« J'ai demandé à Cunningham de vous inviter à boire quelques verres, dis-je d'un ton lisse, sirotant une gorgée de mon whisky. Il a dû être distrait pendant qu'il notait le message.

— C'est ce qui arrive quand on confie des tâches importantes aux classes inférieures, raille Millicent en se laissant tomber sur une chaise proche. Croyez-moi, Cecil, un jour vous découvrirez qu'il a vidé vos comptes et s'est fait la belle avec une de vos servantes. Regardez ce misérable Ted Stanwin. Il arpentait discrètement cet endroit telle une brise légère quand il était gardien, et maintenant on croirait que c'est le maître des lieux. Quel toupet.

— Stanwin est un personnage déplaisant, je le concède, mais j'ai un faible pour le personnel de maison, dis-je. Ils m'ont traité avec beaucoup de gentillesse. De plus, on dit que vous vous êtes rendue aux cuisines ce matin, vous ne pouvez donc pas tous les trouver mauvais. »

Elle agite son verre vers moi, éclaboussant de whisky mes objections.

« Oh, ça, oui… commence-t-elle, sirotant son verre pour gagner du temps. Je crois que l'une des servantes a volé quelque chose dans ma chambre, c'est tout. Comme j'ai dit, on ne sait jamais ce qui se passe sous la surface. Vous vous souvenez de mon mari ?

— Vaguement », dis-je, admirant l'élégance avec laquelle elle a changé de sujet.

Quelle qu'ait été la raison de sa présence aux cuisines, je doute qu'elle ait eu quoi que ce soit à voir avec un vol.

« Même chose, reprend-elle d'un ton méprisant. Effroyable éducation populaire, et pourtant il s'est construit une quarantaine de filatures de coton sans jamais être rien d'autre qu'un parfait crétin. En cinquante ans de mariage, je n'ai jamais souri jusqu'au jour où je l'ai enterré, et je n'ai pas cessé depuis. »

Elle est interrompue par un craquement dans le couloir, suivi d'un grincement de gonds.

« C'est peut-être Helena, déclare Millicent en se levant de la chaise. Sa chambre est à côté.

— Je croyais que les Hardcastle étaient installés dans la loge du gardien ?

— Peter, oui, répond-elle en haussant un sourcil. Mais Helena loge ici. Elle y tenait, au dire de tous. Ça n'a jamais vraiment été un mariage, mais il se désintègre à vue d'œil. Je vais vous dire, Cecil, ça valait la peine de venir, ne serait-ce que pour le scandale. »

La vieille femme se rend dans le couloir et appelle le nom d'Helena, mais elle devient soudain silencieuse.

« Qu'est-ce que c'est que ça… marmonne-t-elle avant de passer de nouveau la tête dans mon salon. Levez-vous, Cecil, dit-elle nerveusement. Il se passe quelque chose de bizarre. »

L'inquiétude me fait me lever et gagner le couloir, où la porte de la chambre d'Helena va et vient en grinçant dans un courant d'air. Le verrou a été fracassé, des échardes de bois craquent sous nos pieds.

« Quelqu'un s'est introduit par effraction », déclare Millicent d'une voix sifflante, se tenant derrière moi.

Au moyen de ma canne, je pousse la porte, ce qui nous permet de jeter un coup d'œil à l'intérieur.

La pièce est vide, et elle l'est de toute évidence depuis quelque temps. Les rideaux sont toujours tirés, la lumière est fournie de seconde main par les lampes qui bordent le couloir. Un lit à baldaquin est soigneusement fait, une coiffeuse regorge de crèmes pour le visage, de poudres et de produits cosmétiques de toutes sortes.

Après s'être assurée que l'endroit est désert, Millicent s'avance, m'offrant un regard plat qu'on pourrait plutôt décrire comme une excuse belliqueuse, avant de contourner le lit pour péniblement ouvrir les rideaux et repousser la pénombre.

La seule chose qui ait été dérangée est un secrétaire en bois de châtaigner doté d'un volet roulant dont les tiroirs sont ouverts. Parmi les encriers, les enveloppes et les rubans qui le jonchent, se trouve un grand coffret laqué avec deux creux en forme de revolvers dans le rembourrage. Les revolvers eux-mêmes sont invisibles, mais je soupçonne Evelyn d'en avoir apporté un au cimetière. Elle a bien dit qu'il appartenait à sa mère.

« Bon, au moins nous savons ce que la personne voulait, déclare Millicent en tapotant le coffret. Mais ça n'a aucun sens. Si quelqu'un voulait une foutue arme, il aurait tout aussi bien pu en voler une aux écuries. Il y en a des dizaines. N'importe qui n'y verrait que du feu. »

Repoussant la boîte sur le côté, Millicent déterre un agenda en moleskine et commence à le feuilleter, passant le doigt sur les rendez-vous et les événements, les rappels et les notes qu'il renferme. Le contenu suggérerait une vie occupée, quoique assez ennuyeuse, s'il n'y avait pas la dernière page déchirée.

« C'est curieux, les rendez-vous d'aujourd'hui manquent, observe-t-elle, son irritation laissant place à du soupçon. Pourquoi Helena les aurait-elle déchirés ?

— Vous pensez que c'est elle qui l'a fait ?

— Quelle utilité en aurait quelqu'un d'autre ? demande Millicent. Croyez-moi, Helena a quelque bêtise en tête, et elle ne veut pas que quelqu'un le découvre. Maintenant, si vous voulez bien m'excuser,

Cecil, je vais devoir la trouver et tenter de la dissuader. Comme d'habitude. »

Jetant l'agenda sur le lit, elle quitte la chambre d'un pas raide et longe le couloir. Je remarque à peine son départ. Je suis plus inquiété par les empreintes de doigts noires sur les pages. Mon valet est venu ici, et il semblerait qu'il cherche également Helena Hardcastle.

18

Le monde se ratatine derrière les fenêtres, s'assombrissant sur les bords et devenant noir en leur centre. Les chasseurs commencent à émerger de la forêt, se dandinant à travers la pelouse tels des oiseaux trop grands. À bout de patience à force d'attendre le retour de Cunningham dans mon salon, je me dirige vers la bibliothèque pour inspecter l'encyclopédie.

C'est une décision que je regrette déjà.

Une journée passée à marcher m'a vidé de toutes mes forces, ce corps pesant devenant plus lourd à chaque seconde qui passe. Pour aggraver les choses, la maison déborde d'activité, les servantes tapotant les coussins et arrangeant les fleurs, filant par-ci et par-là tels des bancs de poissons effrayés. Je suis embarrassé par leur vigueur, intimidé par leur grâce.

Lorsque je pénètre dans le vestibule, il est rempli de chasseurs qui secouent leur casquette pour en ôter la pluie, des flaques se formant à leurs pieds. Ils sont trempés et rendus gris par le froid, il n'y a plus la moindre vie en eux. Ils ont clairement passé un après-midi misérable.

Je passe nerveusement, les yeux baissés, me demandant si l'un de ces visages grimaçants appartient au valet de pied. Lucy Harper m'a dit qu'il avait le nez cassé quand il s'est rendu aux cuisines, ce qui me laisse espérer que mes hôtes le combattent, outre le fait que c'est un moyen pratique de le distinguer.

Ne voyant aucune blessure, je continue avec plus de confiance, les chasseurs s'écartant et me laissant passer en traînant les pieds en direction de la bibliothèque, où les lourds rideaux ont été tirés et où un feu a été allumé dans l'âtre, chargeant l'air d'un léger parfum. De grosses bougies sont posées sur des assiettes, des volutes de lumière chaude mouchetant les ombres, illuminant trois femmes lovées sur des chaises, absorbées par les livres ouverts sur leurs cuisses.

Je marche vers l'étagère où devrait se situer l'encyclopédie, tâtonnant dans la pénombre et ne trouvant que du vide. J'attrape une bougie sur une table proche, fais courir la flamme le long de l'étagère en espérant que l'ouvrage a été déplacé, mais il a bel et bien disparu. Je pousse un long soupir, me dégonflant comme le soufflet de quelque terrible engin. Jusqu'à maintenant, je ne m'étais pas rendu compte que j'avais placé tant d'espoir dans l'encyclopédie, ou dans l'idée de rencontrer mes futurs hôtes en face à face. Ce n'était pas seulement leurs connaissances que je désirais, mais la chance de les examiner, comme on pourrait examiner son propre reflet tordu dans un miroir déformant. Une telle observation m'aurait sûrement permis de trouver une qualité répétée, un fragment de mon véritable moi répercuté dans chaque homme, non altéré par le caractère de celui-ci. Mais sans cette opportunité, je ne sais pas comment identifier les limites de ce qui est moi, les lignes qui séparent ma personnalité de celle de mes hôtes. Pour autant que je le sache, la seule différence entre moi et le valet de pied est l'esprit que je partage.

La journée pèse sur mes épaules, me forçant à m'asseoir sur une chaise face au feu. Les bûches entassées crépitent et craquent, des ondes de chaleur se dissipant dans l'air.

Ma respiration se coince dans ma gorge.

Parmi les flammes se trouve l'encyclopédie, totalement consumée mais ayant conservé sa forme, à un souffle d'être réduite à un tas de cendres.

L'œuvre du valet de pied à coup sûr.

J'ai l'impression d'avoir été frappé, ce qui était sans nul doute l'intention. Où que j'aille, il semble avoir un pas d'avance. Et pourtant, gagner ne lui suffit simplement pas. Il a besoin que je le sache. Il a besoin que j'aie peur. Pour une raison ou pour une autre, il a besoin que je souffre.

Encore étourdi par cette preuve manifeste de son mépris, je me perds dans les flammes, empilant toutes mes appréhensions sur le feu de joie jusqu'à ce que Cunningham m'appelle de la porte.

« Lord Ravencourt ?

— Où diable étiez-vous ? » dis-je sèchement, mon calme m'échappant complètement.

Il contourne ma chaise d'un pas tranquille, prenant place près du feu pour se réchauffer les mains. Il semble avoir été pris dans l'orage, et même s'il s'est changé, ses cheveux humides sont encore tout ébouriffés à cause de la serviette.

« Ça fait du bien de voir que le tempérament de Ravencourt est toujours intact, déclare-t-il placidement. Je me sentirais absolument à la dérive sans mes savons quotidiens.

— Ne jouez pas la victime avec moi, dis-je, agitant le doigt dans sa direction. Ça fait des heures que vous êtes parti.

— Le bon travail prend du temps », réplique-t-il en jetant un objet sur mes cuisses.

Le levant à la lumière, je découvre les yeux vides d'un masque en porcelaine en forme de bec. Ma colère s'évapore immédiatement. Cunningham baisse la voix et jette un coup d'œil aux femmes qui nous regardent avec une curiosité manifeste.

« Il appartient à un certain Philip Sutcliffe, explique-t-il. L'une des servantes l'a repéré dans sa garde-robe, alors je me suis glissé dans sa chambre quand il est parti à la chasse. Le haut-de-forme et le pardessus étaient également là, ainsi qu'un mot promettant de rencontrer Lord Hardcastle au bal. Je me suis dit que nous pourrions l'intercepter. »

Me tapant sur la cuisse, je lui fais un grand sourire de dément.

« Beau travail, Cunningham, vraiment beau travail.

— Je pensais que vous seriez heureux. Malheureusement, c'est la seule bonne nouvelle. Le mot à l'intention de Mlle Hardcastle au puits était… pour le moins étrange.

— Étrange, comment ça ? » dis-je, plaçant le masque en forme de bec sur mon visage.

La porcelaine est froide et moite sur ma peau, mais à part ça il est à la bonne taille.

« La pluie avait fait couler l'encre, mais d'après ce que j'ai pu lire il disait : “N'approchez pas de Millicent Derby”, avec un simple château dessiné en dessous. Il n'y avait rien d'autre.

— C'est un avertissement étrange.

— Avertissement ? J'ai pris ça pour une menace, remarque Cunningham.

— Vous croyez que Millicent Derby va s'en prendre

à Evelyn avec ses aiguilles à tricoter ? dis-je en haussant un sourcil.

— Ne la négligez pas sous prétexte qu'elle est vieille, réplique-t-il, redonnant avec un tisonnier un peu de vie au feu mourant. À un moment, la moitié des gens dans cette maison étaient sous l'emprise de Millicent Derby. Il n'y avait pas un vilain secret qu'elle ne pouvait déterrer, ni une vilaine ruse qu'elle n'utilisait pas. Ted Stanwin était un amateur en comparaison.

— Vous avez eu affaire à elle ?

— Ravencourt, oui, et il ne lui fait pas confiance, répond-il. C'est un salopard, mais pas un imbécile.

— C'est bon à savoir. Avez-vous rencontré Sebastian Bell ?

— Pas encore, je l'attraperai ce soir. Et je n'ai rien pu découvrir sur la mystérieuse Anna non plus.

— Oh, inutile, elle m'a trouvé plus tôt dans la journée, dis-je, arrachant un bout de cuir détaché sur l'accoudoir de mon siège.

— Vraiment ? Qu'est-ce qu'elle voulait ?

— Elle ne l'a pas dit.

— Alors, comment vous connaît-elle ?

— Nous n'avons pas abordé la question.

— Est-ce une amie ?

— Possible.

— Une rencontre profitable, alors ? demande-t-il sournoisement en replaçant le tisonnier sur son support. À ce propos, nous devrions vous faire prendre votre bain. Le dîner est à 20 heures et vous commencez à sentir un peu fort. Ne donnons pas aux gens plus de raisons de ne pas vous aimer qu'ils n'en ont déjà. »

Il s'approche pour m'aider, mais je le repousse de la main.

« Non, j'ai besoin que vous suiviez Evelyn comme

son ombre pendant le restant de la soirée, dis-je, peinant à me lever de la chaise – la pesanteur, semble-t-il, est opposée à cette idée.

— Dans quel but ? demande-t-il en fronçant les sourcils.

— Quelqu'un prévoit de l'assassiner.

— Et je pourrais être ce quelqu'un, pour autant que vous le sachiez », observe-t-il d'un ton neutre, comme s'il ne suggérait rien de plus qu'un goût pour le music-hall.

Cette idée me frappe avec une telle force que je retombe sur le siège dont je m'étais à moitié extirpé, faisant craquer le bois sous moi. Ravencourt fait complètement confiance à Cunningham, un trait que j'ai adopté sans le remettre en question bien que je sache que le valet a un terrible secret. Il est aussi suspect que n'importe qui.

Cunningham se tapote le nez.

« Maintenant vous vous interrogez, dit-il en passant mon bras par-dessus ses épaules. Je trouverai Bell quand je vous aurai mis dans votre bain, mais d'après moi, mieux vaut que vous suiviez Evelyn vous-même dès que vous le pourrez. En attendant, je resterai auprès de vous, donc vous pouvez m'effacer de la liste des suspects. Ma vie est déjà assez compliquée sans que vous me poursuiviez tous les huit à travers la maison en m'accusant de meurtre.

— Vous semblez très versé dans ce genre de choses, dis-je, tentant d'observer sa réaction du coin de l'œil.

— Eh bien, je n'ai pas toujours été valet, concède-t-il.

— Et qu'étiez-vous ?

— Je ne crois pas que ce détail fasse partie de notre petit arrangement, répond-il, grimaçant tandis qu'il essaie de me soulever.

— Alors pourquoi ne me dites-vous pas ce que vous

faisiez dans la chambre d'Helena Hardcastle ? Vous avez étalé de l'encre quand vous avez feuilleté son agenda. J'en ai remarqué sur vos mains ce matin. »

Il pousse un sifflement étonné.

« Vous avez *vraiment* été occupé. » Sa voix se durcit. « Étrange, alors, que vous n'ayez pas entendu parler de ma relation scandaleuse avec les Hardcastle. Oh, je ne voudrais pas vous gâcher la surprise. Renseignez-vous, ce n'est pas exactement un secret, et je suis certain que quelqu'un se fera un plaisir de vous expliquer.

— Avez-vous forcé sa porte, Cunningham ? Deux revolvers ont été volés, et une page a été arrachée à son agenda.

— Je n'ai pas eu à forcer sa porte, j'étais invité, répond-il. Je ne saurais dire pour ces revolvers, mais l'agenda était intact quand je suis reparti. Je l'ai vu de mes yeux. Je suppose que je pourrais expliquer ce que je faisais là-bas, et pourquoi je ne suis pas votre homme, mais si vous avez un peu de jugeote, vous n'en croirez pas un mot, alors autant que vous le découvriez par vous-même. Comme ça, vous pourrez être certain que c'est la vérité. »

Nous nous levons dans un nuage de transpiration, Cunningham essuyant la sueur sur mon front avant de me tendre ma canne.

« Dites-moi, Cunningham, dis-je. Pourquoi un homme tel que vous a-t-il pris un poste tel que celui-ci ? »

Il est décontenancé, son visage d'ordinaire implacable s'assombrit.

« La vie ne vous laisse pas toujours le choix, répond-il d'un air lugubre. Maintenant, allons-y, nous avons un meurtre sur les bras. »

19

Le repas du soir est éclairé au candélabre, et sous son éclat vacillant gît un cimetière d'os de poulet, d'arêtes de poisson, de coquilles de homard et de graisse de porc. Les rideaux demeurent ouverts malgré la nuit dehors, offrant une vue sur la forêt fouettée par la tempête.

Je m'entends manger, la mastication et les craquements, les bruits de succion et la déglutition. La sauce me coule sur le menton, le gras confère à mes lèvres une épouvantable brillance chatoyante. La férocité de mon appétit est telle que je me retrouve haletant entre les bouchées et que ma serviette ressemble à un champ de bataille. Les autres convives observent ce spectacle hideux du coin de l'œil, tentant d'entretenir les conversations alors même que le décorum de la soirée est broyé entre mes dents. Comment un homme peut-il connaître une telle faim ? Quel vide doit-il essayer de combler ?

Michael Hardcastle est assis à ma gauche, même si nous avons à peine échangé deux mots depuis que je suis arrivé. Il a passé la plupart du temps à discuter d'une voix étouffée avec Evelyn, leurs têtes baissées l'une près de l'autre, leur affection impénétrable. Pour une femme qui se sait en danger, elle semble remarquablement imperturbable.

Peut-être se croit-elle protégée.

« Avez-vous déjà voyagé en Orient, Lord Ravencourt ? »

Si seulement le siège à ma droite était aussi indifférent à ma présence. Il est occupé par le capitaine Clifford Herrington, un ancien officier de marine au crâne dégarni portant un uniforme scintillant de décorations. Après une heure passée en sa compagnie, je peine à faire le lien entre cet homme et ses actions. Peut-être est-ce le menton faible et le regard fuyant, l'impression qu'il va tout le temps s'excuser. Mais c'est plus probablement le scotch qui clapote derrière ses yeux.

Herrington a passé la soirée à enchaîner les anecdotes barbantes sans prendre la peine d'avoir la courtoisie de l'exagération, et il semblerait maintenant que notre conversation ait échoué sur les rives de l'Asie. Je sirote mon vin pour dissimuler mon agitation, découvrant qu'il a un goût particulièrement piquant. Ma grimace pousse Herrington à se pencher vers moi d'un air de conspirateur.

« J'ai eu la même réaction, dit-il, son haleine chaude et chargée d'alcool me frappant en plein visage. J'ai interrogé une servante sur le millésime. J'aurais tout aussi bien fait de questionner le verre dans lequel je le buvais. »

Le candélabre confère à son visage une macabre teinte jaunâtre et ses yeux ont un éclat d'ivresse répugnant. Je repose mon verre et cherche un peu de distraction autour de moi. Il doit y avoir quinze personnes autour de la table, des mots français, espagnols et allemands pimentant des conversations autrement insipides. Des bijoux hors de prix tintent contre les verres, les couverts s'entrechoquent quand les serviteurs débarrassent les assiettes. L'humeur dans la pièce est sombre, les conversations éparses, étouffées et urgentes, prononcées par-dessus une douzaine de chaises vides. C'est une vision étrange, voire lugubre, et bien que les absences soient notables, tout le monde semble faire tout son possible pour éviter de les noter. Je ne sais pas si c'est une question de bonne éducation, ou s'il y a une explication que j'ai manquée.

Je cherche un visage familier à qui le demander, mais Cunningham est parti à la rencontre de Bell et il n'y a aucun signe de Millicent Derby, du docteur Dickie ou du répugnant Ted Stanwin. Hormis Evelyn et Michael, la seule autre personne que je reconnaisse est Daniel Coleridge, qui est assis à droite d'un type maigre à l'autre bout de la table, tous deux lorgnant les autres convives derrière leurs verres de vin à moitié pleins. Quelqu'un s'est agacé du beau visage de Daniel et l'a orné d'une lèvre fendue et d'un œil gonflé qui sera affreux demain, en supposant que demain arrive un jour. Jusqu'à ce moment, j'avais cru Daniel à l'abri des machinations de ce lieu, supposant que sa connaissance de l'avenir lui permettait de simplement éviter les mésaventures. Le voir si rabaissé est semblable à voir les cartes tomber de la manche d'un magicien.

Son compagnon de dîner tape sur la table de plaisir en entendant une des plaisanteries de Daniel, attirant mon attention. J'ai l'impression de le connaître, mais je n'arrive pas à le resituer.

Un futur hôte, peut-être.

J'espère sincèrement que non. C'est un homme infâme aux cheveux huilés et au visage pâle et pincé, avec les manières de quelqu'un qui estime que tout dans la pièce lui est inférieur. Je sens de la fourberie en lui, et aussi de la cruauté, même si je ne comprends pas d'où me viennent ces impressions.

« Ils ont des remèdes tellement bizarres », déclare Clifford Herrington, haussant légèrement la voix pour attirer de nouveau mon attention.

Je le regarde en clignant des yeux d'un air confus.

« Les Orientaux, Lord Ravencourt, dit-il, souriant aimablement.

— Évidemment, dis-je. Non, je crains de n'y être jamais allé.

— Un endroit incroyable, incroyable. Ils ont ces hôpitaux… »

Je lève la main pour attirer une servante. Si je ne peux pas échapper à la conversation, je peux au moins échapper au vin. Une miséricorde peut encore laisser place à une autre.

« Je parlais au docteur Bell hier soir de certains de leurs opiacés », poursuit-il.

Fais en sorte que ça cesse…

« La nourriture est-elle à votre goût, Lord Ravencourt ? » demande Michael Hardcastle, s'immisçant habilement dans la conversation.

Je tourne les yeux vers lui, débordant de reconnaissance.

Un verre de vin rouge est à mi-chemin entre la table et ses lèvres, l'espièglerie scintille dans ses yeux verts. C'est un contraste saisissant comparé à Evelyn, dont le regard pourrait m'arracher des bandes de peau. Elle porte une robe de soirée bleue et un diadème, ses cheveux blonds épinglés en rouleaux, exposant le somptueux collier de diamants qu'elle a autour du cou. C'est la même tenue que celle qu'elle portera quand elle accompagnera Sebastian Bell dans le cimetière plus tard dans la soirée, le pardessus et les bottes en caoutchouc en moins.

M'essuyant les lèvres, j'incline la tête.

« Elle est excellente, je regrette simplement qu'il n'y ait pas plus de monde pour la savourer, dis-je en désignant les sièges vides autour de la table. J'avais particulièrement hâte de rencontrer M. Sutcliffe. »

Et son costume de médecin de peste, me dis-je intérieurement.

« Eh bien, vous avez de la chance, interrompt Clifford Herrington. Ce bon vieux Sutcliffe est un ami proche, peut-être pourrai-je vous présenter au bal.

— En supposant qu'il y aille, déclare Michael. Mon père et lui doivent avoir vidé le bar à l'heure qu'il est. Il ne fait aucun doute que ma mère essaie de les réveiller en ce moment même.

— Lady Hardcastle vient-elle ce soir ? dis-je. J'ai entendu dire qu'on ne l'avait pas beaucoup vue aujourd'hui.

— Revenir à Blackheath a été difficile pour elle, explique Michael, baissant la voix comme s'il partageait une confidence. Nul doute qu'elle a passé la journée à exorciser quelques fantômes avant la fête. Mais soyez tranquille, elle sera là. »

Nous sommes interrompus par l'un des serviteurs, qui se penche pour murmurer à l'oreille de Michael. L'expression du jeune homme s'assombrit immédiatement, et tandis que le domestique se retire, il transmet le message à sa sœur, la noirceur s'emparant à son tour de son visage. Ils se regardent un moment, se serrant la main, puis Michael tape sur son verre à vin avec une fourchette et se lève. Ce faisant, il semble se déployer, si bien qu'il paraît incroyablement grand, se dressant bien au-delà de la lueur faible du candélabre, ce qui le force à parler dans l'ombre.

La pièce est silencieuse, tous les yeux sont sur lui.

« J'avais espéré que mes parents feraient une apparition et m'épargneraient d'avoir à porter un toast, dit-il. Mais ils prévoient clairement une grande entrée pendant le bal, entrée qui, les connaissant, sera assurément majestueuse. »

Un rire étouffé déclenche un sourire timide.

Mon regard passe sur les convives et se pose directement sur les yeux amusés de Daniel. Tout en se tapotant les lèvres avec une serviette, il darde un petit coup d'œil en direction de Michael, m'incitant à être attentif.

Il sait ce qui arrive.

« Mon père veut vous remercier d'être ici ce soir, et je suis sûr qu'il le fera bien plus longuement plus tard », reprend Michael. Il y a un frémissement dans sa voix, un infime soupçon d'inconfort. « À la place, j'aimerais personnellement remercier chacun d'entre vous d'être venu et d'avoir accueilli ma sœur, Evelyn, pour son retour à la maison après le temps qu'elle a passé à Paris. »

Elle reflète l'adoration qu'il a pour elle, les deux partageant un sourire qui n'a rien à voir avec cette pièce, ni avec ces gens. Néanmoins, les verres sont levés et des remerciements réciproques balaient la table.

Michael attend que l'agitation retombe, puis il poursuit :

« Elle embarquera bientôt pour une nouvelle aventure et… » Il marque une pause, les yeux baissés vers la table. « Eh bien, elle va épouser Lord Ravencourt. »

Le silence s'abat sur nous, tous les yeux se tournant vers moi. La stupéfaction se transforme en confusion, puis en dégoût, le visage des convives reflétant parfaitement mes propres sentiments. Il doit y avoir trente ans et un millier de repas de différence entre Ravencourt et Evelyn, dont l'hostilité de ce matin s'explique désormais. Si Lord et Lady Hardcastle jugent réellement leur fille responsable de la mort de Thomas, leur punition est exquise. Ils comptent lui voler toutes les années qui ont été volées à Thomas.

Je regarde en direction d'Evelyn, mais elle triture une serviette et se mord la lèvre, sa bonne humeur l'ayant quittée. Une goutte de sueur coule sur le front de Michael, le vin tremblant dans son verre. Il n'arrive même pas à regarder sa sœur, et elle ne peut regarder nulle part ailleurs. Jamais homme ne trouva une serviette de table aussi captivante que moi en ce moment.

« Lord Ravencourt est un vieil ami de la famille, reprend Michael mécaniquement, poursuivant résolument dans le silence. Je ne vois personne qui prendrait mieux soin de ma sœur. »

Finalement, il regarde en direction d'Evelyn, croisant ses yeux luisants.

« Evie, je crois que tu voulais dire quelque chose. »

Elle acquiesce, la serviette étranglée entre ses mains.

Tous les yeux sont fixés sur elle, personne ne bouge. Même les domestiques l'observent, se tenant près des murs, portant des assiettes sales et de nouvelles bouteilles de vin. Finalement, elle relève les yeux et regarde les visages pleins d'attente devant elle. Elle a l'expression frénétique d'un animal pris dans un piège. Quels que soient les mots qu'elle a préparés, ils la désertent immédiatement, remplacés par un sanglot pitoyable qui l'accompagne hors de la pièce, Michael s'élançant à sa suite.

Dans le bruissement des corps qui se tournent vers moi, je cherche Daniel du regard. L'amusement de tout à l'heure est passé et son regard est désormais fixé sur la fenêtre. Je me demande combien de fois il a vu le rouge me monter lentement aux joues, s'il se souvient même de l'effet que produit ce sentiment de honte. Est-ce la raison pour laquelle il ne peut me regarder maintenant ? Ferai-je mieux, quand ce sera mon tour d'être lui ?

Abandonné en bout de table, mon instinct me dit de m'enfuir avec Michael et Evelyn, mais je ferais tout aussi bien d'espérer que la lune va m'attraper et me soulever de cette chaise. Le silence tourbillonne jusqu'à ce que Clifford Herrington se dresse, la lueur des bougies ricochant sur ses médailles tandis qu'il lève son verre.

« À de nombreuses années de bonheur », dit-il, apparemment sans la moindre ironie.

Un à un, chaque verre est brandi et le toast est répété telle une mélopée vide.

Du bout de la table, Daniel m'adresse un clin d'œil.

20

La salle à manger s'est depuis longtemps vidée et les domestiques ont finalement débarrassé les derniers plats quand Cunningham vient me chercher. Il se tient hors de la pièce depuis une heure, mais chaque fois qu'il a essayé d'entrer, je lui ai fait signe de s'éloigner. Après l'humiliation du dîner, le fait que quiconque voie mon valet m'aider à me lever aurait été l'indignité de trop. Quand il entre d'un pas tranquille, il a un petit sourire suffisant sur le visage. Nul doute que la rumeur de ma honte s'est propagée comme une traînée de poudre à travers la maison : le gros Ravencourt et sa future mariée en fuite.

« Pourquoi ne m'avez-vous pas parlé du mariage de Ravencourt et Evelyn ? dis-je, l'arrêtant net.

— Pour vous humilier », répond-il.

Je me raidis, mes joues rougissent lorsqu'il croise mon regard.

Ses yeux sont verts, ses pupilles tachetées, comme si elles avaient été aspergées d'encre. J'y vois suffisamment de conviction pour lever des armées et brûler des églises. Que Dieu aide Ravencourt si ce jeune homme décide un jour de ne plus être son repose-pieds.

« Ravencourt est un homme vaniteux, facile à embarrasser, poursuit-il d'une voix plate. J'ai remarqué que vous aviez hérité de ce trait, et je m'en suis amusé.

— Pourquoi ? dis-je, sidéré par son honnêteté.

— Vous m'avez fait du chantage, répond-il en haussant les épaules. Vous ne pensiez pas que j'allais accepter ça sans broncher, si ? »

Je le regarde en clignant des yeux pendant quelques secondes avant qu'un rire jaillisse de moi. C'est un énorme éclat de rire qui fait trembler ma chair épaisse en appréciation de son audace. Je l'ai humilié et il m'a rendu la pareille, à force de patience. Quel homme ne serait pas charmé par un tel exploit ?

Cunningham me regarde en plissant le front, ses sourcils se rapprochant.

« Vous n'êtes pas en colère ? demande-t-il.

— Je soupçonne que ma colère vous soucie peu, dis-je en essuyant une larme. Quoi qu'il en soit, j'ai jeté la première pierre. Je ne peux pas me plaindre si je reçois un rocher en retour. »

Mon hilarité déclenche un sourire chez mon compagnon.

« Il semblerait qu'il y ait quelques différences entre vous et Lord Ravencourt, après tout, observe-t-il, mesurant chaque mot.

— Le nom n'étant pas la moindre. Le mien est Aiden Bishop », dis-je en tendant la main.

Il la serre fermement, son sourire s'élargissant.

« Ravi de faire votre connaissance, Aiden. Moi, c'est Charles.

— Eh bien, je n'ai aucune intention de révéler votre secret à qui que ce soit, Charles, et je m'excuse d'avoir menacé de le faire. Je veux seulement sauver la vie d'Evelyn Hardcastle et m'échapper de Blackheath, et je n'ai pas beaucoup de temps pour y parvenir. Je vais avoir besoin d'un ami.

— Probablement de plusieurs, observe-t-il en essuyant ses lunettes sur sa manche. En toute honnêteté, cette histoire est tellement étrange que je ne suis pas certain que je pourrais vous laisser tomber maintenant, même si je le désirais.

— Alors allons-y, dis-je. Selon les estimations de Daniel, Evelyn sera assassinée à la fête à 23 heures. Si nous devons la sauver, c'est là que nous devrons être. »

La salle de bal se trouve de l'autre côté du vestibule. Cunningham me soutient par le coude tandis que nous nous y rendons. Les calèches arrivent du village et forment une file sur le gravier dehors. Les chevaux hennissent, les valets de pied ouvrent les portières pour les invités costumés qui virevoltent comme des canaris libérés de leur cage.

« Pourquoi Evelyn est-elle obligée d'épouser Ravencourt ? dis-je dans un murmure.

— L'argent, répond Cunningham. Lord Hardcastle est doué pour les mauvais investissements, et il est loin d'être assez intelligent pour apprendre de ses erreurs. La rumeur laisse entendre qu'il mène la famille à la banqueroute. En échange de la main d'Evelyn, Lord et Lady Hardcastle recevront une dot généreuse et la promesse de Ravencourt de racheter Blackheath dans deux ans pour une jolie somme.

— Donc c'est ça. Les Hardcastle n'ont plus un rond et ils mettent leur fille en gage comme un vieux bijou. »

Mes pensées retournent à la partie d'échecs de ce matin, le sourire d'Evelyn tandis que je quittais la véranda en faisant la grimace. Ravencourt n'achète pas une épouse, il achète un puits de mépris sans fond.

Je me demande si ce vieil imbécile sait dans quoi il s'embarque.

« Et Sebastian Bell ? dis-je, me rappelant la mission que je lui ai confiée. Vous lui avez parlé ?

— Je crains que non. Le pauvre était évanoui sur le sol de sa chambre quand je suis arrivé, dit-il avec une pitié sincère dans la voix. J'ai vu le lapin mort. On dirait que votre valet de pied a un drôle de sens de l'humour. J'ai appelé le docteur et les ai laissés. Votre expérience devra attendre un autre jour. »

Ma déception est noyée par la musique qui bat contre les portes fermées de la salle de bal, le son se déversant dans le vestibule quand un serviteur les ouvre en grand pour nous. Il doit y avoir au moins quarante personnes à l'intérieur, tourbillonnant dans une douce flaque de lumière projetée par un lustre couronné de bougies. Un orchestre joue avec fougue sur une scène contre le mur opposé, et l'essentiel de la pièce a cédé la place à la piste de danse, où des arlequins en uniforme courtisent des reines d'Égypte et des démons qui arborent de larges sourires. Des bouffons font des bonds et se moquent, délogeant les perruques poudrées et les masques dorés tenus sur de longs bâtons. Les robes, les capes et les capuches tournoient et bruissent sur le sol, la masse de corps est étourdissante. Le seul espace dégagé se situe autour de Michael Hardcastle avec son éblouissant masque de soleil dont les rayons pointent si loin de son visage qu'il est risqué de s'aventurer près de lui.

Nous observons tout ça d'une mezzanine d'où un petit escalier descend vers la piste de danse. Mes doigts tapent légèrement sur la rampe, en rythme avec la musique. Une partie de moi, celle qui est toujours

Ravencourt, connaît cette musique et l'apprécie. Il meurt d'envie de saisir un instrument et de jouer.

« Ravencourt est musicien ?

— Dans sa jeunesse, répond Cunningham. Un violoniste talentueux, au dire de tous. Mais il s'est cassé le bras lors d'une chute de cheval et n'a jamais pu rejouer aussi bien. Ça lui manque toujours, je crois.

— En effet », dis-je, surpris par l'intensité de son désir.

Mettant cette question de côté, je porte de nouveau mon attention sur le sujet qui nous occupe, mais je ne sais absolument pas comment repérer Sutcliffe parmi la foule.

Ou le valet de pied.

Mon cœur se serre. Je n'avais pas songé à ça. Avec le bruit et les corps qui se pressent les uns contre les autres, un couteau pourrait faire son ouvrage et disparaître sans que personne en sache rien.

De telles pensées auraient poussé Bell à s'enfuir dans sa chambre, mais Ravencourt est fait d'un bois plus dur. Si c'est l'endroit où aura lieu la tentative de meurtre contre Evelyn, c'est ici que je dois être, quoi qu'il arrive. Nous descendons donc l'escalier, Charles me soutenant par le bras, et restons proches des bords ombragés de la salle de bal.

Des clowns me tapent dans le dos et des femmes tournoient devant moi avec des masques de papillon à la main. J'ignore la plupart d'entre eux, me frayant un chemin vers les divans proches des portes-fenêtres, où je pourrai reposer mes jambes lasses.

Jusqu'à présent, je n'avais vu qu'une poignée d'autres invités, leurs médisances éparpillées à travers la maison. Mais être piégé parmi eux tous, comme je le suis en ce moment, est tout à fait différent, et plus je m'enfonce dans le tumulte, plus leur malveillance semble s'épaissir. La plupart des hommes paraissent avoir passé l'après-midi le nez dans leur verre et titubent au lieu de danser, grognant et regardant fixement, se comportant comme des sauvages. Les jeunes femmes rejettent la tête en arrière et rient, leur maquillage coulant et leurs cheveux se détachant à mesure qu'elles passent de main en main, défiant un groupe d'épouses qui s'est rassemblé par souci de sécurité, se méfiant de ces créatures pantelantes aux yeux hallucinés.

Rien de tel qu'un masque pour révéler la vraie nature d'une personne.

À côté de moi, Charles est de plus en plus tendu, ses doigts s'enfonçant plus profondément dans mon avant-bras à chaque pas. Tout cela sonne faux. La célébration est trop désespérée. C'est la dernière fête avant la chute de Gomorrhe.

Nous atteignons un divan et Charles m'abaisse sur les coussins. Des servantes déambulent à travers la foule avec des plateaux couverts de boissons, mais il s'avère impossible de leur faire signe de l'endroit où nous nous trouvons, à la marge de la fête. Il y a trop de bruit pour parler, mais il désigne le bar à champagne, dont les invités s'éloignent en titubant bras dessus, bras dessous. J'acquiesce, essuyant la sueur sur mon front. Peut-être un verre aidera-t-il à me calmer les nerfs. Tandis qu'il se lève pour aller chercher une bouteille, je sens une brise sur ma peau et remarque que quelqu'un a ouvert les portes-fenêtres, probablement pour aérer un peu la pièce. Dehors, il fait nuit noire, mais des braseros ont été allumés, les flammes vacillantes s'étirant jusqu'à un miroir d'eau près des arbres.

L'obscurité tourbillonne, prenant forme et se solidifiant lorsqu'elle s'engouffre à l'intérieur, et la lueur des bougies tombe sur un visage pâle.

Pas un visage, un masque.

Un masque en porcelaine blanche doté d'un bec.

Je cherche Charles du regard, espérant qu'il est assez proche pour mettre la main sur ce personnage, mais la foule l'a emporté. En regardant en arrière en direction des portes-fenêtres, je vois le médecin de peste se glisser parmi les fêtards en jouant des épaules.

J'attrape ma canne, me hisse sur mes pieds. Des épaves ont été soulevées du lit des océans au prix de moins d'efforts, mais je clopine vers la cascade de costumes qui entoure ma proie. Je traque des images furtives – le scintillement d'un masque, le tourbillon d'une cape –, mais il est semblable à un brouillard dans une forêt, insaisissable.

Je le perds quelque part dans le coin opposé.

Tournant sur moi-même, je le cherche du regard, mais quelqu'un vient me percuter. Je hurle de rage et me retrouve à regarder une paire d'yeux marron derrière un masque en porcelaine doté d'un bec. Mon cœur fait un bond, et moi aussi, de toute évidence, car le masque est vivement ôté et révèle un visage jeune et penaud.

« Mon Dieu, je suis désolé, dit-il. Je ne…

— Rochester, Rochester, par ici ! » lui hurle quelqu'un.

Nous nous retournons en même temps et découvrons un autre personnage en costume de médecin de peste qui s'approche de nous. Il y en a un autre derrière lui, trois de plus dans la foule. Ma proie s'est multipliée, pourtant aucun d'entre eux ne peut être mon interlocuteur. Ils sont soit trop corpulents et trop petits, soit trop grands et trop minces – trop de copies imparfaites de l'original. Ils tentent d'entraîner leur ami, mais j'attrape le bras le plus proche – n'importe lequel, ils sont tous semblables.

« Où vous êtes-vous procuré ces costumes ? »

La personne me regarde en grimaçant, ses yeux gris injectés de sang. Ils sont dénués de lumière et d'expression. Des portes vides qui ne dissimulent aucune pensée cohérente. Il se dégage de mon emprise et m'enfonce un doigt dans la poitrine.

« Demandez poliment », marmonne-t-il d'une voix ivre.

Il a envie de se battre et, le frappant avec ma canne, je lui donne ce qu'il veut. Le bois lourd l'atteint à la jambe et un juron explose sur ses lèvres tandis qu'il met un genou à terre. Tentant de retrouver l'équilibre, il pose sa paume à plat sur le sol et la pointe de ma canne atterrit sur sa main, le clouant sur place.

« Les costumes ! Où les avez-vous trouvés ?

— Dans le grenier, répond-il, son visage désormais aussi pâle que le masque qu'il a ôté. Il y en a des dizaines, suspendus à un portant. »

Il tente de se libérer, mais seule une fraction de mon poids appuie sur la canne. J'en ajoute un peu plus et la douleur se lit sur ses traits.

« Comment l'avez-vous su ? dis-je, allégeant un peu la pression sur sa main.

— Un serviteur est venu nous trouver hier soir, répond-il, des larmes se formant dans ses yeux. Il en portait déjà un, masque et chapeau, la tenue dans son ensemble. Nous n'avions pas de costumes, alors il nous a menés au grenier pour en trouver. Il aidait tout le monde, nous devions être deux douzaines là-haut, je le jure. »

On dirait que le médecin de peste ne souhaite pas être identifié.

Je le regarde se tortiller pendant une seconde ou deux, jaugeant la véracité de son histoire à l'aune de la douleur sur son visage. Constatant que les deux sont de poids égal, je soulève ma canne, lui permettant de s'éloigner d'un pas chancelant, serrant sa main endolorie. À peine a-t-il disparu que Michael émerge de la foule, me repérant de loin et marchant droit sur moi. Il est agité et a deux taches rouges sur les joues. Sa bouche remue frénétiquement, mais ses paroles se perdent dans la musique et les rires.

Je lui fais signe que je ne comprends pas, et il s'approche.

« Avez-vous vu ma sœur ? » hurle-t-il.

Je secoue la tête, soudain inquiet. Je vois dans ses yeux que quelque chose cloche, mais avant que je puisse l'interroger, il se fraie de nouveau un chemin parmi les danseurs tourbillonnants. Accablé par la chaleur et étourdi, oppressé par un pressentiment, je regagne péniblement mon siège, ôtant mon nœud papillon et desserrant mon col. Des silhouettes masquées passent devant moi, des bras nus scintillants de transpiration.

Je me sens nauséeux, incapable d'apprécier ce que je vois. J'envisage de me lancer moi aussi à la recherche d'Evelyn quand Cunningham revient avec une bouteille de champagne dans un seau en argent rempli de glace, et deux flûtes calées sous son bras. Le métal transpire, de même que le bras de Cunningham. Il est parti depuis tellement longtemps que j'avais oublié ce qu'il faisait, et je lui crie dans l'oreille :

« Où étiez-vous ?

— Cru… voir Sutcliffe, hurle-t-il à son tour, ses paroles presque noyées sous la musique, … costume. »

De toute évidence, Cunningham a vécu à peu près la même expérience que moi.

J'acquiesce et nous nous asseyons, puis nous buvons lentement, cherchant du regard Evelyn, ma frustration croissant. J'ai besoin de me lever, de fouiller la maison, d'interroger les invités, mais Ravencourt est incapable de tels exploits. Cette pièce est trop bondée, son corps, trop fatigué. C'est un homme de calculs et d'observation, pas d'action, et si je dois aider Evelyn, ce sont les talents que je dois mettre à profit. Demain je serai rapide, mais aujourd'hui je dois regarder. Je dois voir tout ce qui se passe dans cette salle de bal, enregistrer chaque détail, afin d'avoir une longueur d'avance sur les événements de la soirée.

Le champagne me calme, mais je repose mon verre, craignant d'émousser mes facultés. C'est alors que je repère Michael en train de gravir les quelques marches menant à la mezzanine qui surplombe la salle de bal.

L'orchestre est réduit au silence, les rires et les bavardages cessant lentement à mesure que toutes les têtes se tournent vers leur hôte.

« Je suis désolé pour l'interruption, déclare Michael en agrippant la rampe, et je me sens idiot de demander ça, mais quelqu'un sait-il où se trouve ma sœur ? »

Des murmures parcourent la foule tandis que les têtes se tournent les unes vers les autres. Il ne faut qu'une minute pour déterminer qu'elle n'est pas dans la salle de bal.

C'est Cunningham qui la repère le premier.

Il me touche le bras et pointe le doigt vers Evelyn, qui zigzague comme si elle était ivre tandis qu'elle suit les braseros en direction du miroir d'eau. Elle est déjà assez éloignée, entrant et sortant de la lumière. Un petit pistolet scintille dans sa main.

« Allez chercher Michael ! » m'écrié-je.

Tandis que Cunningham fend la foule, je me lève péniblement et bondis vers la fenêtre. Personne d'autre ne l'a vue et l'agitation commence à reprendre, l'inquiétude temporaire liée à l'annonce retombant déjà. Le violoniste essaie une note ; l'horloge indique 23 heures.

J'ai atteint les portes-fenêtres quand Evelyn arrive au miroir d'eau.

Elle oscille, tremblante.

Debout parmi les arbres, à quelques mètres seulement, le médecin de peste observe passivement, les flammes du brasero se réfléchissant sur son masque.

Le pistolet argenté étincelle quand Evelyn le lève vers son ventre, puis le coup de feu transperce les conversations et la musique.

Et pourtant, pendant un instant, tout semble aller bien.

Evelyn se tient toujours au bord de l'eau, comme si elle admirait son reflet. Puis ses jambes se dérobent et l'arme tombe de sa main tandis qu'elle bascule en avant dans le bassin. Le médecin de peste fait alors une petite révérence et disparaît dans l'obscurité des arbres.

Je n'ai que vaguement conscience des cris ou de la foule derrière moi, qui se rue sur l'herbe quand le feu d'artifice promis explose dans les airs, arrosant le miroir d'eau d'une lumière colorée. Je regarde Michael courir dans l'obscurité en direction d'une sœur qu'il est trop tard pour sauver. Il hurle son nom, sa voix noyée sous les fusées tandis qu'il patauge dans l'eau noire et soulève son corps. Il glisse et trébuche, tente de la porter hors du bassin avant de finalement s'effondrer, serrant toujours Evelyn dans ses bras. Il embrasse son visage, l'implore d'ouvrir les yeux, mais c'est un espoir vain. La mort a lancé ses dés et Evelyn a payé sa dette. Tout ce qui avait de la valeur a été pris.

Le visage enfoncé dans ses cheveux humides, Michael sanglote.

Il ne se rend pas compte que la foule se rassemble, que des bras puissants lui arrachent le corps inerte de sa sœur, la portant sur l'herbe pour que le docteur Dickie puisse s'agenouiller et l'examiner. Non que ses compétences soient nécessaires, le trou dans son ventre et le pistolet argenté sur la pelouse racontant l'histoire avec suffisamment d'éloquence. Il se penche néanmoins au-dessus d'elle, appuyant les doigts sur sa gorge à la recherche de son pouls avant d'essuyer tendrement l'eau sale sur son visage.

Toujours agenouillé, il fait signe à Michael d'approcher et, saisissant la main de l'homme en pleurs, il baisse la tête et commence à marmonner à voix basse ce qui ressemble à une prière.

Je lui suis reconnaissant de cette marque de respect.

Quelques femmes pleurent dans des épaules accommodantes, mais il y a quelque chose de creux dans leur numéro. C'est comme si le bal n'était pas vraiment terminé. Les invités continuent de danser, ils ont juste changé de pas. Evelyn mérite mieux qu'être une distraction pour des gens qu'elle méprisait. Le médecin semble le comprendre et chacune de ses actions, si infime soit-elle, lui rend une petite partie de sa dignité.

La prière ne prend qu'une minute, et lorsqu'elle est terminée, le docteur Dickie place sa veste sur le visage d'Evelyn, comme si son regard figé constituait un outrage plus grand que le sang qui tache sa robe.

Il a une larme sur la joue quand il se relève et, passant un bras autour de Michael, il emmène le frère sanglotant. Tandis qu'ils s'éloignent, ils me semblent plus âgés, plus lents et plus voûtés, des hommes qui portent une plus grande tristesse sur leurs épaules.

À peine sont-ils dans la maison que les rumeurs commencent à circuler parmi la foule. La police serait en route, une lettre d'adieu aurait été trouvée, l'esprit de Charlie Carver aurait emporté un autre enfant Hardcastle. Les histoires vont d'une personne à l'autre, et quand elles m'atteignent, elles sont riches de détails et de motifs, suffisamment puissantes pour être emportées hors d'ici et propagées dans le monde.

Je cherche Cunningham, mais il est invisible. Je ne puis imaginer où il a pu aller, mais il a l'œil vif et est habile, il a donc sans nul doute trouvé quelque chose à faire – contrairement à moi. Le coup de feu m'a mis les nerfs en lambeaux.

Je regagne la salle de bal désormais vide et me laisse tomber sur le même divan que tout à l'heure, où je reste assis, tremblant, retournant les événements dans ma tête.

Je sais que mon amie sera de nouveau vivante demain, mais ça ne change rien à ce qui s'est produit, ni au sentiment de dévastation que j'éprouve après en avoir été le témoin.

Evelyn s'est donné la mort, et je suis responsable. Son mariage avec Ravencourt était une punition, une humiliation censée la pousser à bout et, à mon insu, j'y ai participé. C'est mon visage qu'elle détestait, ma présence qui l'a menée au bord de l'eau avec un pistolet dans sa main.

Et le médecin de peste ? Il m'a offert la liberté si j'élucidais un meurtre qui ne ressemblerait pas à un meurtre, mais j'ai vu Evelyn se tirer dessus après avoir fui un dîner au comble du désespoir. Ses actes et ses mobiles ne font aucun doute, ce qui me pousse à m'interroger sur mon ravisseur. Sa proposition n'était-elle qu'un tourment de plus, un espoir insaisissable dont la poursuite me rendrait fou ?

Et le cimetière ? L'arme ?

Si Evelyn était réellement si abattue, pourquoi semblait-elle de si bonne humeur quand elle a accompagné Bell dans le cimetière moins de deux heures après le dîner ? Et l'arme qu'elle portait ? C'était un grand revolver noir, presque trop grand pour sa pochette. L'arme qu'elle a utilisée pour se donner la mort était un pistolet argenté. Pourquoi en avoir changé ?

Je ne sais pas combien de temps je reste assis là à penser à tout cela, parmi les endeuillés ravis, mais la police ne vient pas.

La foule diminue et la cire des bougies coule, la fête vacille et s'éteint.

La dernière chose que je vois avant de m'endormir sur mon divan, c'est Michael Hardcastle agenouillé dans l'herbe, tenant le corps dégoulinant de sa sœur morte.

21

Deuxième jour (suite)

La douleur me réveille, chaque respiration est une souffrance. Je cligne des yeux pour me débarrasser des lambeaux de sommeil et vois un mur blanc, des draps blancs et une fleur de sang séché sur l'oreiller. Ma joue est posée sur ma main, ma lèvre supérieure collée par de la salive aux jointures de mes doigts.

Je connais ce moment, je l'ai vu à travers les yeux de Bell.

Je suis de nouveau le majordome, après qu'il a été emmené à la loge du gardien.

Quelqu'un fait les cent pas près de mon lit, une femme de chambre à en juger par la robe noire et le tablier blanc. Elle tient un grand livre ouvert qu'elle feuillette furieusement. Ma tête est trop lourde pour voir quoi que ce soit au-dessus de sa taille, alors je gémis pour qu'elle vienne.

« Oh, bien, vous êtes réveillé, dit-elle, cessant de marcher. Quand Ravencourt sera-t-il seul ? Vous ne l'avez pas noté, mais cet imbécile a son valet qui fouine aux cuisines…

— Qui êtes… »

Ma gorge est encombrée par le sang et les glaires.

Il y a un pichet d'eau sur le buffet et la femme

de chambre se hâte de m'en servir. Elle pose le livre sur la commode, incline un verre vers mes lèvres. Je bouge légèrement la tête, tentant de regarder son visage, mais tout se met aussitôt à tourner.

« Vous ne devriez pas parler », dit-elle, essuyant avec son tablier une goutte d'eau qui a coulé sur mon menton.

Elle marque une pause.

« Enfin, vous pouvez parler, mais seulement quand vous serez prêt. »

Elle marque une nouvelle pause.

« À vrai dire, j'ai vraiment besoin que vous répondiez à ma question sur Ravencourt, avant que je me fasse tuer à cause de lui.

— Qui êtes-vous ? dis-je d'une voix rauque.

— Cette brute vous a vraiment… Attendez… »

Elle baisse son visage vers le mien, ses yeux marron cherchant quelque chose. Elle a les joues rondes, le teint pâle, et des mèches de cheveux blonds emmêlés s'échappent de sous son bonnet. Soudain je m'aperçois que c'est la femme de chambre que Bell et Evelyn ont rencontrée, celle qui veillait sur le majordome.

« Combien d'hôtes avez-vous eus ? demande-t-elle.

— Je ne…

— Combien d'hôtes ? insiste-t-elle en s'asseyant au bord du lit. Dans combien de corps avez-vous été ?

— Vous êtes Anna », dis-je, tordant le cou pour mieux la voir, la douleur enflammant mes os.

Très doucement elle me repousse sur le matelas.

« Oui, je suis Anna, répond-elle patiemment. Combien d'hôtes ? »

Des larmes de joie me montent aux yeux, une vague d'affection déferle en moi comme de l'eau chaude. Même si je ne me souviens pas de cette femme, je sens les années d'amitié qui nous lient, une confiance presque instinctive. Plus que ça, je suis submergé par le simple bonheur de ces retrouvailles. Je ne me souviens pas d'elle, mais étrangement je devine qu'elle m'a manqué.

Lorsqu'elle voit l'émotion sur mon visage, des larmes apparaissent dans ses yeux et elle se penche et m'étreint doucement.

« Vous aussi, vous m'avez manqué », dit Anna, exprimant ce que je ressens.

Nous restons ainsi un moment, puis elle s'éclaircit la voix et essuie ses larmes.

« Bon, ça suffit, dit-elle en reniflant. Ce n'est pas ça qui va nous aider. J'ai besoin que vous me parliez de vos hôtes, sinon on ne va faire que pleurer.

— Je… je… » J'ai du mal à parler à cause de la boule dans ma gorge. « Je me suis réveillé en tant que Bell, puis le majordome, puis Donald Davies, puis de nouveau le majordome, Ravencourt et maintenant…

— De nouveau le majordome, dit-elle pensivement. Jamais deux sans trois, pas vrai ? »

Elle caresse une mèche rebelle sur mon front et se penche plus près de moi.

« Je suppose que nous n'avons pas encore été présentés, ou du moins que vous ne m'avez pas été présenté, dit-elle. Mon nom est Anna et vous êtes Aiden Bishop. Ou bien sommes-nous déjà passés par là ? Vous n'arrêtez pas d'arriver dans le mauvais ordre. Je ne sais jamais où on en est.

— Vous avez rencontré mes autres incarnations ?

— Elles vont et viennent, répond-elle, jetant un coup d'œil en direction de la porte tandis que des voix retentissent quelque part dans la maison. Généralement avec un service à demander.

— Et vos hôtes à vous, sont-ils…

— Je n'ai pas d'autres hôtes, il n'y a que moi. Pas de visite d'un médecin de peste, et pas d'autres jours non plus. Je ne me souviendrai pas de tout ça demain, ce qui est une bonne chose vu la manière dont aujourd'hui s'est déroulé jusqu'à présent.

— Mais vous savez ce qui se passe, vous êtes au courant pour le suicide d'Evelyn ?

— C'est un meurtre, et je le savais en me réveillant, dit-elle en lissant mes draps. Je ne me souvenais pas de mon nom, mais je connaissais le vôtre et je savais qu'il serait impossible de s'échapper tant que nous n'apporterions pas le nom de l'assassin, et des preuves de sa culpabilité, au lac à 23 heures. Ce sont des sortes de règles, je crois. Des mots gravés dans mon cerveau pour que je ne les oublie pas.

— Je ne me souvenais de rien à mon réveil, dis-je, tentant de comprendre pourquoi nos tourments seraient différents. À part de votre nom. Le médecin de peste a dû tout m'expliquer.

— Évidemment, vous êtes son grand projet, réplique-t-elle en ajustant mon oreiller. Il se contrefiche de ce que je fais. Je n'ai pas entendu un mot de sa part de la journée. Alors qu'il est toujours après vous. Je suis surprise qu'il ne soit pas sous ce lit.

— Il m'a dit qu'un seul d'entre nous pourrait s'échapper.

— Oui, et il est sacrément clair qu'il veut que ce soit vous », déclare-t-elle, la colère quittant sa voix aussi vite qu'elle est apparue. Elle secoue la tête. « Désolée, je ne devrais pas m'en prendre à vous, mais j'ai constamment le sentiment qu'il a une idée derrière la tête, et ça ne me plaît pas.

— Je comprends. Mais si seulement un de nous peut s'échapper…

— Pourquoi nous entraidons-nous ? m'interrompt-elle. Parce que vous avez un plan pour que nous nous en sortions tous les deux.

— Ah bon ?

— Enfin, c'est ce que vous avez dit. »

Pour la première fois elle semble perdre confiance, et un pli inquiet apparaît sur son front, mais avant que je puisse reprendre le fil de la conversation, le plancher du couloir du rez-de-chaussée craque et des pas lourds retentissent dans l'escalier. On dirait qu'ils font trembler toute la maison.

« Un instant », dit-elle, ramassant le livre sur le buffet.

Ce n'est qu'alors que je m'aperçois que c'est en fait un carnet de croquis, la couverture en cuir marron remplie de feuilles volantes et grossièrement maintenue par une ficelle. Elle le cache sous le lit et se relève avec un fusil de chasse. Elle l'épaule et marche d'un pas raide jusqu'à la porte, qu'elle entrouvre légèrement pour mieux entendre l'agitation dehors.

« Oh, bon Dieu, dit Anna en refermant la porte du pied. C'est le médecin qui vous apporte votre sédatif. Vite, quand Ravencourt sera-t-il seul ? J'ai besoin de lui dire d'arrêter de me chercher.

— Pourquoi, qui…

— Nous n'avons pas le temps, Aiden, coupe-t-elle, cachant de nouveau le fusil de chasse sous le lit. Je serai là la prochaine fois que vous vous réveillerez, et nous pourrons avoir une vraie conversation, je le promets, mais pour le moment parlez-moi de Ravencourt, dites-moi tout ce dont vous vous souvenez. »

Elle se penche au-dessus de moi et me serre la main, m'implorant du regard.

« Il sera dans son salon à 13 h 15, dis-je. Vous lui tendrez un whisky, vous discuterez un peu, puis Millicent Derby arrivera. Vous lui laisserez une carte la présentant. »

Elle serre fort les yeux, répétant en silence à plusieurs reprises l'heure et le nom pour les graver dans sa mémoire. Ce n'est qu'alors, tandis que ses traits sont lissés par la concentration, que je vois combien elle est jeune. Pas plus de dix-neuf ans, dirais-je, même si le dur labeur a ajouté quelques années de plus.

« Une dernière chose, dit-elle d'une voix sifflante en posant une main sur ma joue, son visage si près du mien que je vois les petites taches ambrées dans ses yeux marron. Si vous me voyez dehors, faites comme si vous ne me connaissiez pas. Ne vous approchez pas de moi si vous pouvez éviter de le faire. Il y a ce valet de pied… Je vous parlerai de lui plus tard, ou plus tôt. Le principal est qu'il est dangereux pour nous d'être vus ensemble. Si nous avons besoin de parler, nous le ferons ici. »

Elle dépose un rapide baiser sur mon front puis parcourt une dernière fois la pièce du regard pour s'assurer que tout est en ordre.

Les pas résonnent désormais dans le couloir et deux voix emmêlées approchent. Je reconnais celle de Dickie, mais pas la seconde. Elle est profonde, pressante, même si je ne distingue pas tout à fait ce qui est dit.

« Qui est avec Dickie ?

— Lord Hardcastle, plus que probablement, répond-elle. Il n'a pas arrêté d'aller et venir toute la matinée pour prendre de vos nouvelles. »

C'est logique. Evelyn m'a dit que le majordome était son ordonnance pendant la guerre. Leur proximité est la raison pour laquelle Gregory Gold est ligoté dans la pièce d'en face.

« Est-ce que ça se passe toujours comme ça ? Les réponses qui arrivent avant les questions ?

— Je n'en sais rien, répond-elle en se levant et en lissant son tablier. Ça fait deux heures que je suis ici, et tout ce que j'ai reçu, ce sont des ordres. »

Le docteur Dickie ouvre la porte, sa moustache aussi ridicule que la première fois que je l'ai vu. Son regard passe d'Anna à moi, puis se pose de nouveau sur elle tandis qu'il tente de joindre les bouts de notre conversation hâtivement interrompue. N'obtenant aucune réponse, il pose sa sacoche noire sur le buffet et vient se poster au-dessus de moi.

« Réveillé, à ce que je vois, dit-il en se balançant d'avant en arrière sur ses talons, ses doigts enfoncés dans les goussets de son gilet. Laissez-nous, jeune fille », lance-t-il à Anna.

Elle fait une révérence avant de quitter la pièce, me jetant un rapide coup d'œil en sortant.

« Alors, comment vous sentez-vous ? demande-t-il. Pas trop usé par le trajet en calèche, j'espère.

— Pas trop… »

Il soulève la couverture et saisit mon bras pour prendre mon pouls. Ce simple geste suffit à déclencher des spasmes douloureux, et le reste de ma réponse est remplacé par une grimace.

« Un peu mal, hein ? dit-il en reposant mon bras. Pas vraiment étonnant vu la raclée que vous avez reçue. Une idée de ce que ce Gregory Gold vous voulait ?

— Aucune. Il a dû me prendre pour quelqu'un d'autre, monsieur. »

Le « monsieur » n'est pas de mon fait, c'est une vieille habitude du majordome, et je suis surpris de voir avec quelle facilité il est arrivé sur ma langue.

Le médecin rusé examine ma réponse à la lumière, perçant une douzaine de trous dedans. Le petit sourire qu'il m'adresse est un sourire complice, à la fois rassurant et légèrement menaçant. Malgré son air affable, le docteur Dickie en sait plus sur ce qui s'est passé dans ce couloir qu'il ne le laisse entendre.

Un clic retentit lorsqu'il ouvre sa sacoche, dont il tire une fiole brune et une seringue hypodermique. Tout en gardant les yeux rivés sur moi, il enfonce l'aiguille dans le bouchon de cire et remplit la seringue d'un liquide clair.

Ma main agrippe les draps.

« Ça va, docteur, honnêtement, dis-je.

— Oui, mais c'est plutôt moi que ça regarde », réplique-t-il en me plantant l'aiguille dans le cou avant que j'aie le temps de protester.

Un fluide chaud envahit mes veines, noyant mes pensées. Le docteur devient flou, les couleurs explosent puis se fondent dans le noir.

« Dormez, Roger, dit-il. Je vais m'occuper de M. Gold. »

22

Cinquième jour

Toussant de la fumée de cigare, j'ouvre une nouvelle paire d'yeux et me découvre tout habillé sur un plancher, une main victorieusement posée sur un lit encore fait. Mon pantalon est autour de mes chevilles et je serre une bouteille de brandy contre mon ventre. Une tentative de me déshabiller a clairement eu lieu la nuit dernière, mais l'entreprise semble avoir été au-delà des forces de mon nouvel hôte, dont l'haleine empeste comme un vieux sous-bock.

Gémissant, je me hisse en m'agrippant au bord du lit, réveillant un mal de tête lancinant qui manque de me renvoyer par terre.

Je suis dans une chambre similaire à celle qui a été donnée à Bell, les braises du feu d'hier soir m'adressant des clins d'œil dans la cheminée. Les rideaux sont ouverts, la lumière du petit matin inonde le ciel.

Evelyn est dans la forêt, tu dois la retrouver.

Je remonte mon pantalon et titube jusqu'au miroir pour mieux inspecter l'imbécile que j'habite désormais.

Je fonce presque dedans.

Après avoir été si longtemps enchaîné à Ravencourt, ce nouveau personnage semble ne rien peser, une feuille soufflée par le vent. Ce qui, quand je le vois dans le miroir, n'est pas étonnant. Il est petit et menu, approche de la trentaine, avec des cheveux châtains mi-longs et des yeux bleus injectés de sang au-dessus d'une barbe soigneusement taillée. J'essaie son sourire, découvrant une rangée de dents blanches légèrement disgracieuses.

C'est le visage d'un fripon.

Mes possessions sont entassées sur la table de chevet, avec une invitation adressée à Jonathan Derby sur le dessus. Au moins je sais qui maudire pour cette gueule de bois. Je les parcours du bout du doigt, découvrant un canif, une flasque usée, une montre qui indique 8 h 43, et trois fioles marron avec des bouchons de liège mais pas d'étiquette. J'en débouche une et sens le liquide qu'elle contient, le parfum douceâtre et écœurant qui s'en échappe faisant se tordre mon estomac.

Ça doit être le laudanum que vendait Bell.

Je comprends pourquoi il est si prisé. Le simple fait de le renifler a empli ma tête de lumières vives.

Il y a un pichet d'eau fraîche à côté d'un petit lavabo dans le coin de la pièce. Je me déshabille et nettoie la sueur et la crasse d'hier soir, révélant la personne en dessous. Je porte à ma bouche ce qui reste d'eau et bois jusqu'à avoir le ventre plein. Malheureusement, ma tentative de noyer ma gueule de bois n'a fait que la diluer, et chacun de mes os et de mes muscles est douloureux.

Comme il fait un temps affreux, j'enfile les vêtements les plus épais que je trouve : une tenue de chasse en tweed et un lourd manteau noir qui traîne par terre quand je quitte la chambre.

Malgré l'heure matinale, un couple ivre se chamaille en haut de l'escalier. Ils portent leur tenue de soirée d'hier et ont toujours un verre à la main, les accusations fusant de l'un à l'autre, chacun criant de plus en plus fort. Je passe en prenant bien soin d'éviter leurs bras qui s'agitent. Leur dispute me suit jusqu'au vestibule, qui a été mis sens dessus dessous par les frasques d'hier soir. Des nœuds papillons pendent au lustre, des feuilles et des tessons de carafe jonchent le sol en marbre. Deux femmes de chambre sont en train de nettoyer, et je me demande à quoi cet endroit ressemblait avant qu'elles ne commencent.

J'essaie de leur demander où se trouve le cottage de Charlie Carver, mais elles sont muettes comme des carpes, baissant les yeux et secouant la tête en réponse à mes questions.

Leur silence est exaspérant.

Si les ragots de Lucy Harper ne sont pas totalement à côté de la plaque, Evelyn se trouvera quelque part à proximité du cottage avec sa femme de chambre quand elle sera attaquée. Si je parviens à découvrir qui la menace, peut-être pourrai-je lui sauver la vie et m'échapper de cette maison en même temps – même si je ne sais absolument pas comment je vais m'y prendre pour faire également libérer Anna. Elle a mis de côté ses propres plans pour m'aider, pensant que j'en avais un pour nous délivrer tous les deux. Mais pour le moment, je ne vois pas comment ça pourrait être autre chose qu'une promesse creuse, et à en juger par son expression soucieuse quand nous avons parlé dans la loge du gardien, elle commence à s'en douter.

Mon seul espoir est que mes futurs hôtes soient beaucoup plus intelligents que les précédents.

De nouvelles questions adressées aux femmes de chambre les font se murer encore plus profondément dans leur silence, me forçant à chercher de l'aide autour de moi. Les pièces de chaque côté du vestibule sont mortellement calmes, la maison toujours enfoncée jusqu'aux genoux dans la soirée d'hier. Ne voyant pas d'autre option, je me faufile parmi le verre brisé et descends l'escalier en direction des cuisines.

Le couloir qui y mène est encore plus crasseux que dans mon souvenir, et le bruit des plats qui s'entrechoquent et l'odeur de la viande en train de rôtir me donnent la nausée. Des servantes me lorgnent en passant, détournant la tête chaque fois que j'ouvre la bouche pour poser une question. Il est clair qu'elles estiment que je n'ai rien à faire là, et tout aussi clair qu'elles ne savent pas comment se débarrasser de moi. Cet endroit leur appartient, un flot de conversations libres et de ragots ponctués de gloussements qui s'écoule sous la maison. Je le souille par ma présence.

L'agitation me rend irritable, le sang bat dans mes oreilles. Je me sens fatigué et à vif, comme si l'air était fait de papier de verre.

« Je peux vous aider ? » demande une voix derrière moi.

Les mots sont roulés en boule et lancés dans mon dos.

Je me retourne et découvre la cuisinière, Mme Drudge, qui me regarde fixement, ses mains amples sur ses hanches amples. À travers mes nouveaux yeux, elle ressemble à quelque chose qu'un enfant aurait fabriqué avec de l'argile, une petite tête sur un corps difforme, ses traits enfoncés dans son visage par des pouces maladroits. Elle est sévère, il n'y a aucune trace de la femme qui donnera un scone chaud au majordome dans deux heures.

« Je cherche Evelyn Hardcastle, dis-je, croisant son regard féroce. Elle est partie se promener en forêt avec Madeline Aubert, sa femme de chambre.

— Et qu'est-ce que ça peut vous faire ? »

Son ton est tellement brusque que je recule presque. Je serre les poings et tente de maîtriser ma mauvaise humeur croissante. Les servantes tendent le cou lorsqu'elles passent à la hâte, espérant de tout cœur du spectacle, mais terrifiées par la vedette.

« Quelqu'un lui veut du mal, dis-je en serrant les dents. Si vous me dites où se trouve l'ancien cottage de Charlie Carver, je pourrai la prévenir.

— C'est ça que vous faisiez avec Madeline Aubert hier soir ? Vous la préveniez ? C'est comme ça que son chemisier a été déchiré, c'est pour ça qu'elle pleurait ? »

Une veine palpite sur mon front, l'indignation bouillonnant à chacun de ses mots. Elle fait un pas en avant et enfonce un doigt dans ma poitrine tout en parlant.

« Je sais ce que… » commence-t-elle.

Mais une colère brûlante explose en moi. Sans réfléchir, je la gifle et la pousse en arrière, puis j'avance sur elle armé du courroux du diable.

« Dites-moi où elle est partie ! »

Des postillons giclent de ma bouche.

Serrant ses lèvres ensanglantées, Mme Drudge me lance un regard noir.

Mes mains se transforment en poings.

Va-t'en.

Va-t'en tout de suite.

Au prix d'un effort de volonté, je tourne le dos à Mme Drudge et longe d'un pas raide le couloir soudain silencieux. Les servantes s'écartent d'un bond sur mon passage, mais ma rage ne voit plus qu'elle-même.

Après avoir tourné à un angle je me laisse glisser le long du mur et pousse un grand soupir. Mes mains tremblent, le brouillard dans ma tête se dissipe. Pendant ces quelques secondes terrifiantes, Derby a totalement échappé à mon contrôle. C'était son poison que déversait ma bouche, sa bile qui coulait dans mes veines. Je le sens encore. Comme du pétrole sur ma peau, des aiguilles dans mes os, une folle envie de faire quelque chose d'effroyable. Quoi qu'il arrive aujourd'hui, je vais devoir garder mon sang-froid, sinon cette créature m'échappera de nouveau, et Dieu sait ce qu'elle fera.

Et c'est ça, le plus effrayant.

Mes hôtes peuvent se rebeller.

23

La boue aspire mes chaussures tandis que je m'enfonce rapidement dans l'obscurité des arbres, l'accablement m'entraînant tel un chien au bout d'une laisse. Après mon échec à glaner la moindre information dans les cuisines, je m'élance dans la forêt avec l'espoir de tomber sur Evelyn sur l'un des sentiers balisés. Je compte sur le succès de cette entreprise là où les calculs ont échoué. Et même si ça ne fonctionne pas, je dois mettre de la distance entre Derby et les tentations de Blackheath.

Bientôt les repères rouges me mènent à un ruisseau. De l'eau déferle autour d'un gros rocher, une bouteille de vin brisée est à moitié enlisée dans la gadoue, à côté d'un épais pardessus noir de la poche duquel est tombée la boussole de Bell. Je la ramasse et la retourne dans ma main comme je l'ai fait le premier matin, mes doigts suivant le contour des lettres SB gravées sous le couvercle. Les initiales de Sebastian Bell. Comme je me suis senti idiot quand Daniel me l'a fait remarquer. Une demi-douzaine de mégots de cigarette jonchent le sol, ce qui suggère que Bell est resté là un certain temps, probablement à attendre quelqu'un. Ce doit être l'endroit où il est venu après avoir reçu le mot à la table du dîner, même si je n'ai aucune idée de ce qui a pu le pousser à sortir sous la pluie et dans le froid à une telle heure. La fouille du manteau abandonné n'offre aucun indice, ses poches ne révélant rien hormis une clé en argent solitaire, sans doute celle de sa malle.

Ne souhaitant pas perdre plus de temps avec mon ancien hôte, j'enfonce la clé et la boussole dans ma poche et me lance à la recherche du prochain repère rouge, vérifiant constamment que le valet de pied ne me suit pas. Ce serait l'endroit parfait pour qu'il frappe.

Dieu seul sait combien de temps je marche avant de tomber finalement sur les ruines de ce qui devait être le cottage de Charlie Carver. Un incendie l'a éventré, consumant l'essentiel du toit et ne laissant que les quatre murs noircis. Des débris craquent sous mes pieds tandis que je pénètre à l'intérieur, faisant fuir quelques lapins qui détalent dans la forêt, leur fourrure tachée de cendre humide. Les restes squelettiques d'un vieux lit sont affaissés dans un coin, il y a un pied de table solitaire par terre, les détritus d'une vie interrompue. Evelyn m'a dit que le cottage avait pris feu le jour où la police a pendu Carver.

Il est fort probable que ce soit Lord et Lady Hardcastle qui aient jeté leurs souvenirs sur le bûcher et qui l'aient allumé eux-mêmes.

Et qui pourrait leur en vouloir ? Carver avait ôté la vie à leur fils au bord d'un lac. Il semble approprié qu'ils se soient débarrassés de lui par le feu.

Une clôture pourrie délimite le jardin derrière la maison, la plupart de ses planches s'étant détachées après des années d'abandon. De grosses grappes de fleurs pourpres et jaunes s'étirent dans toutes les directions, et des baies rouges pendent de tiges enroulées aux piquets de la clôture.

Une femme de chambre apparaît tandis que je m'agenouille pour lacer ma chaussure.

J'espère ne jamais revoir une telle terreur.

La couleur quitte son visage et elle lâche son panier, renversant des champignons de tous les côtés.

« Êtes-vous Madeline ? dis-je, mais elle recule déjà, cherchant de l'aide autour d'elle. Je ne suis pas là pour vous faire du mal, j'essaie de… »

Elle s'enfuit avant que je puisse prononcer un mot de plus et file dans la forêt. Empêtré dans les mauvaises herbes, je la suis en titubant, tombant à moitié par-dessus la clôture.

Je me redresse et l'aperçois parmi les arbres, l'éclat furtif d'une robe noire qui va beaucoup plus vite que je ne l'aurais cru. J'appelle, mais au mieux ma voix est comme un coup de fouet dans son dos qui la pousse vers l'avant. Néanmoins, je suis plus rapide et plus fort, et même si je n'ai aucun désir d'effrayer cette jeune fille, je ne *peux pas* la perdre de vue, par peur de ce qui va arriver à Evelyn.

« Anna ! lance Bell non loin de là.

— À l'aide ! » hurle Madeline, paniquée et sanglotante.

Elle est désormais si proche. Je tends la main, espérant la retenir, mais mes doigts ne parviennent qu'à effleurer le tissu de sa robe et, déséquilibré, je perds du terrain.

Elle se baisse pour éviter une branche, chancelle légèrement. J'attrape sa robe, déclenchant de nouveaux hurlements, quand une balle siffle devant mon visage et s'enfonce dans un arbre derrière moi.

La surprise me fait lâcher Madeline, et elle continue d'avancer en titubant vers Evelyn qui vient d'émerger de la forêt. Elle tient entre ses mains le revolver noir qu'elle emportera au cimetière, mais il est loin d'être aussi terrifiant que la fureur sur son visage. Un faux pas et elle m'abattra, j'en suis certain.

« Ce n'est pas ce que… Je peux expliquer, dis-je d'une voix haletante, les mains sur les genoux.

— Les hommes comme vous peuvent toujours expliquer », réplique-t-elle en mettant la jeune fille terrifiée à l'abri derrière elle.

Madeline sanglote, tout son corps tremble violemment. Le pire est que Derby apprécie cette vision. Il est excité par la peur. Il a déjà fait ça.

« Toute cette… Je vous en prie… C'est un malentendu. »

Je fais quelques pas implorants.

« N'avancez pas, Jonathan ! lance férocement Evelyn, agrippant le revolver à deux mains. Ne vous approchez pas de cette jeune fille, ni d'aucune autre !

— Je ne voulais pas…

— Votre mère est une amie de la famille, c'est l'unique raison pour laquelle je vous laisse repartir, m'interrompt-elle. Mais si je vous vois approcher une autre femme, si j'entends que vous l'avez fait, je jure que je vous abattrai. »

Prenant soin de maintenir l'arme pointée sur moi, elle ôte son manteau et le passe autour des épaules tremblantes de Madeline.

« Vous allez rester à mes côtés aujourd'hui, murmure-t-elle à la femme de chambre terrifiée. Je m'assurerai qu'il ne vous arrive aucun mal. »

Elles s'éloignent lentement parmi les arbres, me laissant seul dans la forêt. Je penche la tête vers le ciel et inspire l'air froid, espérant que la pluie sur mon visage apaisera ma frustration. Je suis venu ici pour empêcher que quelqu'un attaque Madeline, persuadé que ce faisant je découvrirais un meurtrier. Mais à la place j'ai provoqué ce que j'essayais de prévenir. Je cours après ma propre queue et ai terrifié une femme innocente. Peut-être Daniel avait-il raison, peut-être l'avenir n'est-il pas une promesse qu'on peut briser.

« Vous traînassez encore », déclare le médecin de peste derrière moi.

Il se tient à l'autre bout de la clairière, à peine plus qu'une ombre. Comme toujours, il semble avoir choisi la position parfaite. Assez loin pour que je ne puisse pas l'atteindre, mais suffisamment près pour que nous puissions parler assez facilement.

« Je croyais aider, dis-je amèrement, toujours piqué par ce qui s'est passé.

— Vous pouvez toujours le faire, réplique-t-il. Sebastian Bell est perdu dans la forêt. »

Évidemment. Je ne suis pas ici pour Evelyn, je suis ici pour Bell. Je suis ici pour faire en sorte que la boucle recommence. Le destin me mène par le bout du nez.

Je tire la boussole de ma poche et la tiens dans ma main, me rappelant l'incertitude que j'ai éprouvée quand j'ai suivi son aiguille frémissante ce premier matin. Sans elle, Bell ne retrouvera sans doute jamais son chemin.

Je la jette dans la boue aux pieds du médecin de peste.

« Voici comment je change les choses, dis-je en m'éloignant. Allez le chercher vous-même.

— Vous comprenez mal mon intention, répond-il, la brusquerie de son ton me faisant m'arrêter net. Si vous laissez Sebastian Bell errer seul dans cette forêt, il ne rencontrera jamais Evelyn Hardcastle, il ne nouera jamais cette amitié à laquelle vous attachez tant de valeur. Abandonnez-le, et vous n'aurez cure de la sauver. »

Ses paroles m'alarment.

« Êtes-vous en train de dire que je l'oublierai ?

— Je dis que vous devriez faire attention aux nœuds que vous défaites. Si vous abandonnez Bell, vous abandonnerez aussi Evelyn. Ce sera de la cruauté gratuite, et rien de ce que j'ai vu de vous ne suggère que vous êtes un homme cruel. »

Peut-être est-ce mon imagination, mais pour la première fois il y a une pointe de chaleur dans sa voix. Ça suffit à me déstabiliser, et je me retourne pour lui faire face une fois de plus.

« J'ai besoin de voir ce jour changé, dis-je, percevant le désespoir dans ma voix. J'ai besoin de voir que c'est faisable.

— Votre frustration est compréhensible, mais à quoi bon déplacer les meubles si vous mettez le feu à la maison en même temps ? »

Il se penche et ramasse la boussole, puis essuie avec les doigts la boue qui la recouvre. La façon qu'il a de gémir et la lourdeur de ses membres quand il se redresse suggèrent un homme âgé sous le costume. Satisfait de son travail, il me jette la boussole, le satané objet me glissant presque des mains tant sa surface est mouillée.

« Prenez ceci et élucidez le meurtre d'Evelyn.

— Elle s'est suicidée, je l'ai vu de mes yeux.

— Si vous croyez que c'est aussi simple, vous êtes bien plus en retard que je ne le pensais.

— Et vous, bien plus cruel que je ne le pensais, dis-je d'une voix sourde. Si vous savez ce qui se passe ici, pourquoi ne l'empêchez-vous pas ? Pourquoi jouer à ces jeux ? Pendez l'assassin avant qu'il lui fasse du mal.

— Une idée intéressante, sauf que j'ignore qui il est.

— Comment est-ce possible ? dis-je, incrédule. Vous savez tout ce que je vais faire avant même que je songe à le faire. Comment pourriez-vous être aveugle à la chose la plus importante dans cette maison ?

— Parce que ce n'est pas à moi de savoir. Je vous observe, et vous observez Evelyn Hardcastle. Nous avons chacun notre rôle.

— Alors je pourrais coller le crime sur le dos de n'importe qui ! dis-je en projetant mes mains en l'air. Helena Hardcastle est la coupable. Là, vous voyez ! Libérez-moi !

— Vous oubliez qu'il me faut une preuve. Pas simplement votre bonne parole.

— Et si je la sauve, qu'est-ce qui se passera ?

— Je ne crois pas que ce soit possible, et je crois que vous ralentirez votre enquête si vous essayez de le faire, mais mon offre tient néanmoins. Evelyn a été assassinée hier soir, et chaque soir avant. Même si vous pouviez la sauver ce soir, ça n'y changerait rien. Apportez-moi le nom de la personne qui tue, ou prévoit de tuer, Evelyn Hardcastle, et je vous libérerai. »

Pour la seconde fois depuis mon arrivée à Blackheath, je me retrouve à tenir une boussole et à méditer les instructions d'une personne en qui je ne peux pas avoir confiance. Faire ce que le médecin de peste demande, c'est m'abandonner à une journée à la fin de laquelle Evelyn sera tuée, et je ne vois aucun moyen de changer les choses sans les faire empirer. En supposant qu'il dise la vérité, soit je sauve mon premier hôte, soit j'abandonne Evelyn.

« Vous doutez de mes intentions ? demande-t-il, irrité par mon hésitation.

— Bien sûr que je doute de vos intentions.

Vous portez un masque et vous parlez par énigmes, et je ne crois pas une seconde que vous m'ayez amené ici pour résoudre un mystère. Vous cachez quelque chose.

— Et vous pensez que m'ôter mon costume le révélera ? se moque-t-il. Un visage est un autre type de masque, vous le savez mieux que personne. Mais vous avez raison, je cache quelque chose. Cependant, si ça peut vous rassurer, ce n'est pas à vous que je le cache. Si vous parveniez à arracher ce masque, je serais simplement remplacé, et votre mission demeurerait. À vous de décider si ça en vaut la peine. Quant à votre présence à Blackheath, peut-être cela apaisera-t-il vos doutes de connaître le nom de l'homme qui vous a fait venir ici ?

— Et quel est-il ?

— Aiden Bishop, répond-il. Contrairement à vos rivaux, vous êtes venu à Blackheath volontairement. Tout ce qui arrive aujourd'hui, vous l'avez provoqué. »

Sa voix suggère un regret, mais le masque blanc dénué d'expression rend son affirmation sinistre, une parodie de tristesse.

« C'est impossible, dis-je avec entêtement. Pourquoi serais-je venu ici de mon plein gré ? Pourquoi quelqu'un s'imposerait-il cela ?

— Votre vie avant Blackheath ne me concerne pas, monsieur Bishop. Élucidez le meurtre d'Evelyn Hardcastle et vous aurez toutes les réponses que vous voudrez. En attendant, Bell a besoin de votre aide. » Il pointe le doigt derrière moi. « Il est par là. »

Sans ajouter un mot, il se retire dans la forêt, l'obscurité l'avalant complètement. Mon esprit est encombré par cent petites questions, mais aucune d'elles ne me sera de la moindre utilité ici, alors je les écarte et me lance à la recherche de Bell. Je le trouve plié en deux et tremblant d'épuisement. Il se fige à mon approche lorsqu'il entend les brindilles craquer sous mes pieds.

Sa frilosité me dégoûte.

Bien qu'elle ait été dans l'erreur, au moins Madeline a eu le bon sens de s'enfuir.

Je contourne par-derrière mon ancienne incarnation, dissimulant mon visage. Je pourrais essayer d'expliquer ce qui se passe, mais les lapins effrayés font de piètres alliés, surtout ceux qui sont déjà convaincus que vous êtes un assassin.

Tout ce dont j'ai besoin de Bell, c'est qu'il survive.

Deux pas de plus et je suis derrière lui, suffisamment près pour lui chuchoter à l'oreille. La sueur perle sur son corps, son odeur de chiffon crasseux m'atteint en plein visage. J'arrive à peine à parler sans avoir un haut-le-cœur.

« Vers l'est », dis-je, plaçant la boussole dans sa poche.

Je recule et m'enfonce de nouveau parmi les arbres, en direction du cottage brûlé de Carver. Bell va encore être perdu pendant environ une heure, ce qui me laisse suffisamment de temps pour suivre les repères jusqu'à la maison sans le croiser.

Malgré tous mes efforts, tout se déroule exactement comme dans mon souvenir.

24

L'imposante silhouette de Blackheath apparaît dans les espaces entre les arbres. J'arrive par l'arrière de la maison, qui est dans un état de délabrement encore plus avancé que la façade. Plusieurs fenêtres sont fêlées, les briques s'effritent. Une balustrade en pierre est tombée du toit pour atterrir dans l'herbe, une épaisse mousse la recouvrant. Il est clair que les Hardcastle n'ont réparé que les parties de la maison que les invités verraient – pas étonnant étant donné l'état de leurs finances.

Comme quand je me trouvais à la lisière de la forêt ce premier matin, je traverse désormais la pelouse avec un sombre pressentiment. Si je suis venu ici volontairement, je devais avoir une raison, mais j'ai beau fouiller dans ma mémoire, impossible de me souvenir laquelle.

J'aimerais croire que je suis un homme bon qui est venu apporter son aide, mais si c'est le cas, je suis en train de tout gâcher. Ce soir, comme chaque soir, Evelyn se suicidera, et si je dois me fier à mes actions de ce matin, mes velléités de m'éloigner du désastre ne feront peut-être que nous précipiter vers lui. Pour autant que je le sache, mes tentatives maladroites de sauver Evelyn sont en fait la raison pour laquelle elle finit dans ce miroir d'eau avec un pistolet argenté dans la main.

Je suis tellement perdu dans mes pensées que je ne remarque Millicent qu'au dernier moment. La vieille dame tremble sur un banc en fer qui fait face au parc, les bras croisés pour se protéger du vent. Trois manteaux informes l'enveloppent complètement, ses yeux regardant par-dessus une écharpe qui lui couvre la bouche. Elle est frigorifiée et a un chapeau tiré sur les oreilles. En entendant mes pas, elle se retourne, et la surprise apparaît sur son visage ridé.

« Bigre, tu as une mine effroyable, observe-t-elle, ôtant l'écharpe de sa bouche.

— Bonjour à vous, Millicent, dis-je, étonné par la chaleur soudaine que sa présence attise en moi.

— Millicent ? fait-elle, pinçant les lèvres. C'est un peu moderne, très cher. Je préfère "mère", si ça ne t'ennuie pas. Je ne voudrais pas que les gens pensent que je t'ai trouvé dans la rue. Même si parfois je me demande si ça n'aurait pas mieux valu. »

Je reste bouche bée. Je n'avais jusqu'alors pas fait le lien entre Jonathan Derby et Millicent Derby, probablement parce qu'il est plus facile de s'imaginer qu'il est le produit de quelque fléau biblique.

« Désolé, mère », dis-je en enfonçant les mains dans mes poches et en m'asseyant à côté d'elle.

Elle me regarde en haussant un sourcil, ses yeux gris et intelligents remplis d'amusement.

« Une excuse et une apparition avant midi ? Est-ce que tu vas bien ? demande-t-elle.

— Ça doit être l'air de la campagne, dis-je. Et vous, pourquoi êtes-vous dehors par cette affreuse matinée ? »

Elle grogne, serrant encore plus fort ses bras.

« Je suis censée retrouver Helena pour une promenade, mais elle est parfaitement invisible. Elle s'est sans doute trompée d'heure, comme d'habitude. Je sais qu'elle doit rencontrer Ravencourt cet après-midi, elle est probablement allée le voir à la place.

— Ravencourt dort encore. »

Millicent me jette un regard inquisiteur.

« Cunningham me l'a dit, son valet, dis-je, mentant.

— Tu le connais ?

— Vaguement.

— Eh bien, à ta place je ne ferais pas trop ami-ami avec lui, observe-t-elle d'un ton désapprobateur. Je sais à quel point tu aimes les compagnies douteuses, mais d'après ce que m'a dit Cecil, celle-ci est des plus inappropriées, même avec tes piètres critères. »

Son commentaire suscite mon intérêt. J'apprécie le valet, mais il a uniquement accepté de m'aider après que j'ai menacé de le faire chanter. Tant que je ne saurai pas ce qu'il cache, je ne pourrai pas m'appuyer sur lui, et Millicent pourrait être la clé pour le découvrir.

« Comment ça ? dis-je, l'air de rien.

— Oh, je ne sais pas, répond-elle, agitant une main légère dans ma direction. Tu connais Cecil, il a des secrets coincés dans chaque repli de sa peau. À en croire les rumeurs, il a uniquement engagé Cunningham parce que Helena le lui a demandé. Mais maintenant il a découvert quelque chose de déplaisant au sujet du garçon, et il songe à s'en séparer.

— Déplaisant ?

— Eh bien, c'est ce qu'a dit Cecil, même si je n'ai pas réussi à lui arracher le reste. Ce fichu bonhomme est muet comme une tombe, mais tu sais combien il déteste le scandale. Étant donné la filiation de Cunningham, il faut que ce soit terriblement salace pour qu'il s'inquiète. J'aimerais savoir ce que c'est.

— La filiation de Cunningham ? Je crois que j'ai manqué un épisode.

— Le garçon a été élevé à Blackheath, répond-elle. Le fils de la cuisinière, ou du moins c'est ce qu'on raconte.

— Ce n'est pas vrai ? »

La vieille femme glousse, me lançant un regard rusé.

« La rumeur affirme que l'honorable Lord Peter Hardcastle s'amusait à Londres de temps en temps. Et en une occasion, son amusement l'a suivi jusqu'à Blackheath avec un bébé dans les bras, dont elle prétendait qu'il était de lui. Peter était prêt à abandonner l'enfant à l'église, mais Helena s'en est mêlée et a exigé qu'ils le gardent.

— Pourquoi aurait-elle fait ça ?

— Connaissant Helena, c'était probablement une vengeance, dit Millicent d'un air dédaigneux, détournant le visage du vent glacial. Elle n'a jamais beaucoup aimé son mari, et inviter la cause de sa honte dans sa maison a dû l'émoustiller. Le pauvre Peter doit s'endormir en pleurant chaque soir depuis trente ans. Quoi qu'il en soit, ils ont donné le bébé à Mme Drudge, la cuisinière, pour qu'elle l'élève, et Helena s'est assurée que tout le monde sache de qui l'enfant était.

— Cunningham sait-il tout ça ?

— Je ne vois pas comment il pourrait l'ignorer, c'est un de ces secrets que les gens se hurlent les uns aux autres, répond la vieille femme en tirant un mouchoir de sa manche pour essuyer son nez qui coule. De toute manière, tu peux lui demander toi-même puisque vous êtes en si bons termes. Si on marchait ? Je ne vois guère d'intérêt à me congeler sur ce banc en attendant une femme qui ne viendra pas. »

Elle se lève avant que j'aie une chance de répondre, tapant de ses pieds bottés et soufflant de l'air chaud dans ses mains gantées. C'est véritablement une journée affreuse, le ciel gris crachant de la pluie, une furieuse tempête couvant.

« Mais pourquoi êtes-vous ici ? dis-je tandis que nos pieds font craquer le gravier de l'allée qui encercle la maison. Vous ne pouviez pas retrouver Lady Hardcastle à l'intérieur ?

— Trop de gens sur qui je préfère ne pas tomber », répond-elle.

Pourquoi était-elle dans les cuisines ce matin ?

« À propos de tomber sur des gens, il paraît que vous vous êtes rendue aux cuisines ce matin, dis-je.

— Qui t'a dit ça ? demande-t-elle, réticente.

— Heu...

— Je ne me suis pas approchée des cuisines, reprend-elle sans attendre de réponse. Des endroits infects. L'odeur ne vous quitte pas pendant des semaines. »

Elle semble sincèrement irritée par cette suggestion, ce qui signifie qu'elle ne l'a probablement pas encore fait. Après un moment, elle me donne un petit coup de coude guilleret, sa voix soudain joyeuse.

« Tu as entendu pour Donald Davies ? Apparemment il a pris une automobile la nuit dernière et est reparti à Londres. Le maître des écuries l'a vu, il a dit qu'il est arrivé sous une pluie battante, vêtu de toutes les couleurs de l'arc-en-ciel. »

Ça me fait réfléchir. J'aurais sûrement dû redevenir Donald Davies à l'heure qu'il est, comme je l'ai fait avec le majordome. Il était mon troisième hôte, et

Anna m'a dit que j'étais obligé de vivre une journée entière dans chacun d'eux, que je le veuille ou non. Ça devait être le milieu de la matinée quand je l'ai laissé endormi sur la route, alors pourquoi ne l'ai-je pas revu ?

Tu l'as laissé seul et sans défense.

J'éprouve une soudaine culpabilité. Pour ce que j'en sais, le valet de pied a déjà pu le trouver.

« Tu m'écoutes ? demande Millicent, agacée. Je disais que Donald Davies est parti en automobile. Ils sont timbrés dans cette famille, tous autant qu'ils sont, et c'est un avis médical officiel.

— Vous avez parlé à Dickie ? dis-je d'un air absent, pensant toujours à Davies.

— C'est plutôt lui qui a monologué, raille-t-elle. J'ai passé trente minutes à essayer de ne pas regarder cette moustache. Je suis surprise que des sons puissent la traverser. »

Ça me fait rire.

« Appréciez-vous en fait qui que ce soit à Blackheath, mère ?

— Pas que je me souvienne, mais c'est de l'envie, je suppose. La société est une danse, mon cher, et je suis trop vieille pour y participer. À propos de danse, voici le maître de musique en personne. »

Je suis son regard et vois Daniel qui approche. En dépit du froid, il porte un pull de cricket et un pantalon en lin, la même tenue que celle qu'il portera quand il rejoindra Bell dans le vestibule. Je consulte ma montre, cette rencontre ne devrait plus tarder.

« Monsieur Coleridge, lance Millicent avec une bonhomie forcée.

— Madame Derby, répond-il, se mettant à marcher à nos côtés. Avez-vous brisé des cœurs ce matin ?

— Ils ne frémissent même pas ces temps-ci, monsieur Coleridge, c'est bien dommage. » Il y a de la prudence dans le ton de sa voix, comme si elle traversait un pont dont elle était certaine qu'il va s'affaisser. « Quelle affaire peu recommandable vous amène dehors par une matinée si affreuse ?

— J'ai un service à demander à votre fils, et je vous l'assure, c'est totalement honnête.

— Eh bien, c'est décevant.

— Pour vous comme pour moi. » Il me regarde pour la première fois. « Une minute, Derby ? »

Nous nous écartons, Millicent faisant de son mieux pour ne pas paraître intéressée tout en nous lançant des regards intrigués par-dessus son écharpe.

« Qu'est-ce qui se passe ? dis-je.

— Je vais attaquer le valet de pied, répond-il, son beau visage oscillant quelque part entre peur et excitation.

— Comment ? dis-je, immédiatement séduit par l'idée.

— Nous savons qu'il sera dans la salle à manger en train de tourmenter Ravencourt vers 13 heures. Je propose d'attraper ce vaurien à ce moment-là. »

Le simple souvenir des pas fantomatiques et du rire diabolique suffit à me donner la chair de poule, et l'idée de finalement mettre la main sur ce démon me fait bouillir le sang. La férocité de cette sensation n'est pas éloignée de ce que Derby a ressenti dans la forêt, quand nous pourchassions la femme de chambre, et elle m'incite aussitôt à la prudence. Je ne peux pas laisser un centimètre de liberté à cet hôte.

« Quel est votre plan ? dis-je, tempérant mon enthousiasme. J'étais seul dans cette pièce, je ne pouvais même pas deviner où il se cachait.

— Moi non plus, jusqu'à ce que je parle à un vieil ami des Hardcastle pendant le dîner hier soir, répond-il, m'entraînant un peu plus loin de Millicent, qui est parvenue à s'approcher un peu trop de notre conversation. Il s'avère qu'il y a un dédale de tunnels sous le plancher. C'est là que se cachait le valet de pied, et c'est là que nous nous débarrasserons de lui.

— Comment ?

— Mon nouvel ami m'a dit qu'il y avait des entrées dans la bibliothèque, le salon et la galerie. Je suggère que nous en surveillions tous une et que nous l'attrapions quand il sortira.

— Ça semble idéal, dis-je, peinant à contenir l'excitation croissante de Derby. Je prendrai la bibliothèque, vous, le salon. Qui sera dans la galerie ?

— Demandez à Anna. Mais aucun de nous n'est assez fort pour maîtriser le valet de pied seul. Pourquoi ne garderiez-vous pas tous les deux la bibliothèque, et je réunirai certains de nos autres hôtes pour m'assister avec le salon et la galerie ?

— Magnifique », dis-je, ravi.

Si je ne tenais pas la laisse de Derby, il serait déjà en train de courir vers les tunnels avec une lanterne et un couteau de cuisine.

« Bien, fait-il, m'adressant un sourire si chaleureux qu'il est impossible d'imaginer que nous puissions échouer. Prenez position quelques minutes avant 13 heures. Avec un peu de chance, tout sera fini avant le déjeuner. »

Il se tourne pour repartir, mais je l'attrape par le bras.

« Avez-vous dit à Anna que vous trouveriez un moyen de nous échapper tous les deux si elle nous aide ? »

Il me fixe du regard, et j'ôte vivement ma main.
« Oui, répond-il.
— C'est un mensonge, n'est-ce pas ? Un seul d'entre nous peut s'échapper de Blackheath.
— Appelons ça un mensonge potentiel, d'accord ? Je n'ai pas abandonné tout espoir de tenir ma promesse.
— Vous êtes mon dernier hôte, combien d'espoir vous reste-t-il ?
— Pas beaucoup, répond-il, son expression s'adoucissant. Je sais que vous l'appréciez. Croyez-moi, je n'ai pas oublié ce que ça fait, mais nous avons besoin qu'elle soit de notre côté. Nous ne nous échapperons pas de cette maison si nous devons passer la journée à nous méfier à la fois du valet de pied et d'Anna.
— Je dois lui dire la vérité », dis-je, atterré par son mépris pour mon amie.
Il se raidit.
« Faites ça et vous en ferez une ennemie, réplique-t-il d'une voix sifflante, regardant autour de nous pour être sûr que personne ne nous entend. Et alors, tout espoir de sincèrement l'aider partira en fumée. »
Il gonfle les joues, se passe la main dans les cheveux et me sourit, l'agitation s'échappant de lui comme de l'air d'un ballon de baudruche percé.
« Faites ce qui vous semble juste, reprend-il. Mais attendez au moins que nous ayons attrapé le valet de pied. » Il jette un coup d'œil à sa montre. « Trois heures de plus, c'est tout ce que je demande. »
Nos yeux se croisent, les miens dubitatifs et les siens séducteurs. Je ne puis que me soumettre.
« Très bien, dis-je.
— Vous ne le regretterez pas. »
Il me serre l'épaule et salue gaiement Millicent de

la main avant de retourner vers Blackheath, plein de détermination.

Je me retourne et vois celle-ci qui m'observe en pinçant les lèvres.

« Tu as des amis infâmes, lance-t-elle.

— Je suis un type infâme », dis-je en soutenant son regard jusqu'à ce qu'elle secoue finalement la tête et se remette à marcher, ralentissant suffisamment pour que je la rejoigne.

Nous tombons sur une longue serre. La plupart des vitres sont fêlées, les plantes qu'elle renferme ont tellement poussé qu'elles appuient contre le verre. Millicent jette un coup d'œil à l'intérieur, mais le feuillage est bien trop dense. Elle me fait signe de la suivre et nous nous dirigeons vers l'autre extrémité, où la porte est fermée par une chaîne et un cadenas neufs.

« Dommage, dit-elle en l'agitant inutilement. J'adorais venir ici quand j'étais plus jeune.

— Vous êtes déjà venue à Blackheath ?

— Je passais mes étés ici dans ma jeunesse, nous le faisions tous : Cecil Ravencourt, les jumeaux Curtis, Peter Hardcastle et Helena. C'est comme ça qu'ils se sont rencontrés. Quand je me suis mariée, j'ai amené ton frère et ta sœur. Ils ont pratiquement grandi avec Evelyn, Michael et Thomas. »

Elle passe son bras sous le mien et nous poursuivons notre promenade.

« Oh, j'adorais ces étés, reprend-elle. Helena était toujours terriblement jalouse de ta sœur, parce que Evelyn était si quelconque. Michael ne valait pas beaucoup mieux, d'ailleurs, avec son visage écrasé. Thomas était le seul qui avait un tant soit peu de beauté, et il a fini dans le lac. D'après moi, c'est comme si le destin avait frappé deux fois cette pauvre femme, mais c'est ainsi. Il n'y en avait pas un seul d'entre eux qui t'arrivait à la cheville, mon beau garçon, ajoute-t-elle en posant la main sur ma joue.

— Evelyn a bien tourné, dis-je en guise de protestation. Elle est tout à fait remarquable, à vrai dire.

— Vraiment ? demande Millicent, incrédule. Elle a dû s'épanouir à Paris, même si je ne puis en juger. Elle m'a évité toute la matinée. Telle mère, telle fille, je suppose. Ça explique pourquoi Cecil lui tourne autour, cependant. L'homme le plus vaniteux que j'aie jamais rencontré, et ça veut dire quelque chose après cinquante ans de vie commune avec ton père.

— Les Hardcastle la détestent, vous savez. Evelyn, je veux dire.

— Qui t'a rempli la tête de ces âneries ? demande Millicent, agrippant mon bras tandis qu'elle secoue le pied pour déloger de la boue de sa botte. Michael l'adore. Il est à Paris presque tous les mois, et à ce que j'ai cru comprendre ils sont comme les deux doigts de la main depuis qu'elle est rentrée. Et Peter, il ne la déteste pas, il est juste indifférent. C'est seulement Helena, elle ne s'est jamais vraiment remise de la mort de Thomas. Elle vient encore ici, tu sais. Chaque année, le jour de l'anniversaire de sa mort, elle fait une promenade autour du lac, et parfois elle lui parle même. Je l'ai moi-même entendue faire. »

Le sentier nous a menés au miroir d'eau. C'est ici qu'Evelyn se suicidera ce soir, et comme avec tout à Blackheath, sa beauté dépend de la distance. De la salle de bal, c'est une vision magnifique, un long miroir qui reflète le côté théâtral de la maison. Ici, cependant, c'est juste un bassin dégoûtant avec des pierres lézardées et une mousse aussi épaisse qu'un tapis à la surface.

Pourquoi se suicider ici ? Pourquoi pas dans sa chambre, ou dans le vestibule ?

« Ça va, mon chéri ? demande Millicent. Tu as l'air un peu pâle.

— Je me disais que c'était dommage qu'ils laissent cet endroit partir à vau-l'eau, dis-je, me forçant à sourire.

— Oh, je sais, mais que pourraient-ils faire ? répond-elle, ajustant son écharpe. Après le meurtre ils ne pouvaient plus vivre ici, et personne ne veut plus de ces grandes demeures, surtout quand elles ont l'histoire de Blackheath. Ils auraient dû la rendre à la forêt, si tu veux mon avis. »

C'est une idée sentimentale, mais rien ne reste trop longtemps dans l'esprit de Jonathan Derby, et je suis bientôt distrait par les préparatifs de la fête de ce soir, que je perçois par les fenêtres de la salle de bal. Des domestiques et des ouvriers frottent les sols et peignent les murs, pendant que des servantes se tiennent en équilibre sur des escabeaux instables avec de longs plumeaux. Tout au bout, des musiciens qui ont l'air de s'ennuyer arrachent des doubles croches à leurs instruments brillants tandis qu'Evelyn Hardcastle pointe le doigt et gesticule, dirigeant tout du centre de la pièce. Elle papillonne d'un groupe à l'autre, touchant les bras et répandant sa gentillesse, me faisant regretter cet après-midi que nous avons passé ensemble.

Je cherche Madeline Aubert et la trouve qui rit avec Lucy Harper – la femme de chambre molestée par Stanwin mais devenue l'amie de Ravencourt. Elles sont occupées à installer une méridienne près de la scène. Que ces deux femmes maltraitées se soient trouvées me procure un petit sentiment de réconfort, même si ça n'atténue en rien la culpabilité que m'inspirent les événements de ce matin.

« Je t'ai dit la dernière fois que je ne réparerais plus tes indiscrétions », déclare vivement Millicent, tout son corps raidi.

Elle me regarde en train de regarder les femmes de chambre. La répugnance et l'amour se mêlent dans ses yeux, et les secrets de Derby sont visibles dans cette brume. Ce que je n'avais que vaguement compris ressort soudain clairement. Derby est un violeur, et un récidiviste. Elles sont toutes là, dans le regard de Millicent, chaque femme qu'il a agressée, chaque vie qu'il a détruite. Elle les porte toutes. Quelle que soit la noirceur qui se cache en Jonathan Derby, Millicent s'endort paisiblement avec le soir.

« Ce sont toujours les plus faibles avec toi, n'est-ce pas ? dit-elle. Toujours les… »

Elle n'achève pas sa phrase, mais sa bouche reste ouverte comme si les mots suivants s'étaient simplement évaporés sur ses lèvres.

« Je dois y aller, déclare-t-elle soudain en serrant ma main. Je viens d'avoir une idée très étrange. Je te verrai au dîner, mon chéri. »

Sans un mot de plus, Millicent repart par où nous sommes arrivés, disparaissant à l'angle de la maison. Perplexe, je regarde de nouveau dans la salle de bal, tentant de voir ce qu'elle a vu, mais tout le monde a bougé sauf les musiciens de l'orchestre. C'est alors que je remarque la pièce de jeu d'échecs sur le rebord de la fenêtre. Si je ne me trompe pas, c'est la même pièce taillée à la main que celle que j'ai trouvée dans la malle de Bell, mouchetée de peinture blanche et me regardant à travers des yeux maladroitement ciselés.

Un message est inscrit dans la poussière sur la vitre à côté.

Derrière vous.

Et en effet, Anna est là à me faire un signe de la main à la lisière de la forêt, son corps minuscule enveloppé dans un manteau gris. J'empoche la pièce de jeu d'échecs, jette un coup d'œil à gauche et à droite pour m'assurer que nous sommes seuls, puis je la suis parmi les arbres, loin des regards de Blackheath. Elle semble avoir attendu quelque temps et danse d'un pied sur l'autre pour se tenir chaud. À en juger par ses joues bleuies, ça ne sert à rien. Pas étonnant étant donné sa tenue. Elle est enveloppée dans des nuances de gris, son manteau élimé, son chapeau de laine aussi fin que du tulle. Ce sont des vêtements qui sont passés de main en main, rapiécés tant de fois que le tissu original a depuis longtemps disparu.

« Je suppose que vous n'auriez pas une pomme ou quelque chose, déclare-t-elle sans préambule. Je crève de faim.

— J'ai une flasque, dis-je en la lui tendant.

— Ça devra faire l'affaire, je suppose, répond-elle en la prenant et en la débouchant.

— Je pensais que c'était trop dangereux de nous rencontrer en dehors de la loge.

— Qui vous a dit ça ? demande-t-elle, grimaçant tandis qu'elle goûte le contenu de la flasque.

— Vous, dis-je.

— Je le dirai.

— Pardon ?

— Je vous dirai que nous rencontrer n'est pas sûr, mais je ne l'ai pas encore fait. Impossible, je ne suis réveillée que depuis quelques heures, et j'ai passé l'essentiel de ce temps à empêcher le valet de pied de transformer vos futurs hôtes en passoires. J'en ai même manqué mon petit déjeuner. »

Je la regarde en clignant des yeux, peinant à reconstituer une journée qui m'arrive dans le désordre. Encore une fois, je me retrouve à regretter la vivacité d'esprit de Ravencourt. Travailler avec l'intellect limité de Jonathan Derby est semblable à remuer des croûtons dans une soupe épaisse.

Remarquant ma confusion, elle fronce les sourcils.

« Vous êtes au courant pour le valet de pied ? Je ne sais jamais où on en est. »

Je lui parle très rapidement du lapin mort de Sebastian Bell et des pas fantomatiques qui ont suivi Ravencourt dans la salle à manger, son expression s'assombrissant à chaque nouveau détail.

« Ce salaud ! » crache-t-elle lorsque j'ai terminé. Elle va d'avant en arrière, les poings serrés, les épaules voûtées. « Attendez que je lui mette la main dessus, dit-elle en lançant un regard assassin en direction de la maison.

— Vous n'allez pas avoir à attendre longtemps, dis-je. Daniel pense qu'il se cache dans des tunnels. Il y a plusieurs entrées, mais nous allons garder celle de la bibliothèque. Il veut que nous y soyons avant 13 heures.

— Ou alors nous pourrions nous trancher nous-mêmes la gorge et épargner au valet de pied la peine d'avoir à nous tuer », réplique-t-elle d'un ton franc et sceptique.

Elle me regarde comme si j'avais perdu la tête.

« Quel est le problème ?

— Le valet de pied n'est pas idiot, déclare-t-elle. Si nous savons où il est, c'est parce que nous sommes censés le savoir. Il a une longueur d'avance depuis le début. Ça ne me surprendrait pas le moins du monde qu'il nous attende, espérant nous faire trébucher sur notre propre ingéniosité.

— Mais nous devons faire quelque chose !

— Nous le ferons, mais à quoi bon faire quelque chose de stupide quand nous pouvons faire quelque chose de malin, dit-elle patiemment. Écoutez-moi, Aiden, je sais que vous êtes désespéré, mais nous avons un marché, vous et moi. Je vous aide à rester en vie pour que vous puissiez trouver l'assassin d'Evelyn, et ensuite nous sortirons tous les deux d'ici. C'est mon rôle. Maintenant promettez-moi que vous ne chercherez pas à attraper le valet de pied. »

Son argument a du sens, mais il ne pèse rien comparé à ma peur. S'il y a une chance de faire cesser ce fou avant qu'il me trouve, je vais la saisir, quel que soit le risque. Je préfère mourir debout que me tapir dans un coin.

« Je le promets », dis-je, ajoutant un nouveau mensonge à la pile.

Par chance, Anna a trop froid pour remarquer l'hésitation dans ma voix. Bien qu'elle ait bu à la flasque, elle frissonne tellement que toute couleur a quitté son visage. Pour tenter de se protéger du vent, elle se colle à moi. Je sens le savon sur sa peau et m'efforce de détourner les yeux. Je ne veux pas qu'elle remarque le désir de Derby qui s'éveille en moi.

Sentant mon inconfort, elle incline la tête pour regarder mon visage tourné vers le bas.

« Vos autres hôtes valent mieux, je le promets, dit-elle. Vous devez vous maîtriser. Ne lui cédez pas.

— Comment faire quand je ne sais pas où ils commencent et où je termine ?

— Si vous n'étiez pas là, Derby serait en train

de me tripoter. C'est comme ça que vous savez qui vous êtes. Vous ne vous en souvenez pas simplement, vous agissez, et vous n'arrêtez pas d'agir. »

Mais elle recule tout de même d'un pas malgré le vent, me libérant de ma gêne.

« Vous ne devriez pas être dehors par ce temps, dis-je en ôtant mon écharpe et en l'enroulant autour de son cou. Vous allez attraper la mort.

— Et si vous continuez comme ça, les gens pourraient finir par prendre Jonathan Derby pour un être humain, réplique-t-elle en enfonçant les extrémités de l'écharpe sous son manteau.

— Dites-le à Evelyn Hardcastle. Elle a failli me tirer dessus ce matin.

— C'est vous qui auriez dû lui tirer dessus, dit-elle d'un ton détaché. Comme ça nous aurions résolu son meurtre.

— Je n'arrive pas à savoir si vous plaisantez ou non.

— Évidemment que je plaisante, répond-elle en soufflant dans ses mains glacées. Si c'était aussi simple, nous serions sortis d'ici depuis un bon bout de temps. Ceci dit, je ne suis pas sûre qu'essayer de lui sauver la vie soit un bien meilleur plan.

— Vous pensez que je devrais la laisser mourir ?

— Je pense que nous passons beaucoup de temps à ne pas faire ce qu'on nous a demandé de faire.

— Nous ne pouvons pas protéger Evelyn sans savoir qui veut sa mort, dis-je. Une chose mènera à l'autre.

— J'espère que vous avez raison », répond-elle d'un ton dubitatif.

Je cherche quelque platitude encourageante, mais ses doutes se sont immiscés en moi, et ils commencent à me démanger. Je lui ai dit que sauver Evelyn nous mènerait à son assassin, mais c'était une dérobade. Je n'ai pas de plan. Je ne sais même plus si je peux la sauver. J'agis au nom d'un sentiment aveugle, et ce faisant je perds du terrain par rapport au valet de pied. Anna mérite mieux, mais je ne sais pas comment le lui donner sans abandonner Evelyn – et pour une raison ou pour une autre, cette idée m'est insupportable. Il y a de l'agitation sur le chemin, des voix charriées par le vent parmi les arbres. Anna saisit mon bras et m'entraîne plus loin dans la forêt.

« Trêve de plaisanteries, je suis venue vous demander un service.

— Bien sûr, que puis-je faire ?

— Quelle heure est-il ? » demande-t-elle, tirant le carnet de croquis.

C'est le même que celui que je l'ai vue tenir dans la loge du gardien, des feuilles froissées et une couverture criblée de trous. Elle le lève pour que je ne puisse pas voir à l'intérieur, mais, à en juger par la manière dont elle tourne les pages, il contient quelque chose d'important.

Je consulte ma montre.

« Il est 10 h 08. » La curiosité me démange. « Qu'est-ce qu'il y a dans ce carnet ?

— Des notes, des informations. Tout ce que j'ai réussi à apprendre sur vos huit hôtes et sur ce qu'ils font, répond-elle d'un air absent, passant un doigt sur l'une des pages. Et ne demandez pas à le voir car vous ne pouvez pas. Nous ne pouvons pas risquer de ficher la journée en l'air à cause de ce que vous savez.

— Je n'allais pas le faire, dis-je, détournant rapidement les yeux.

— Bien. 10 h 08. Parfait. Dans une minute, je vais

placer une pierre dans l'herbe. J'ai besoin que vous vous teniez à côté quand Evelyn se suicidera. Vous ne devrez pas bouger, Aiden, pas d'un pouce, vous comprenez ?

— Que signifie tout ça, Anna ?

— Appelez ça le plan B. »

Elle me fait une bise sur la joue, ses lèvres froides rencontrant ma peau engourdie, tout en replaçant le carnet dans sa poche.

Elle n'a fait qu'un pas lorsqu'elle claque des doigts et se retourne vers moi, tenant deux cachets blancs dans sa paume.

« Prenez-les pour plus tard, dit-elle. Je les ai chipés dans la sacoche du docteur Dickie quand il est venu voir le majordome.

— Qu'est-ce que c'est ?

— Des comprimés contre le mal de tête, je les échange contre ma pièce de jeu d'échecs.

— Ce truc affreux ? dis-je en lui tendant le fou taillé à la main. Pourquoi le voulez-vous ? »

Elle me fait un sourire et me regarde tandis que j'enveloppe les cachets dans un mouchoir de poche bleu.

« Parce que vous me l'avez donné, répond-elle en le serrant d'un geste protecteur dans sa main. C'est la première promesse que vous m'avez faite. Ce truc affreux est la raison pour laquelle j'ai cessé d'avoir peur de cet endroit. C'est la raison pour laquelle j'ai cessé d'avoir peur de vous.

— De moi ? Pourquoi auriez-vous peur de moi ? dis-je, sincèrement vexé à l'idée que quoi que ce soit s'insinue entre nous.

— Oh, Aiden, fait-elle en secouant la tête. Si nous faisons les choses comme il faut, tout le monde dans cette maison aura peur de vous. »

Sur ces mots, elle s'éloigne, comme portée parmi les arbres, et émerge sur l'herbe qui entoure le miroir d'eau. Peut-être est-ce sa jeunesse, ou alors sa personnalité, ou bien une étrange alchimie de tous les misérables ingrédients qui nous entourent, mais je ne perçois pas une once de doute en elle. Quel que soit son plan, elle semble extrêmement confiante. Peut-être même dangereusement.

De ma position à la limite des arbres, je la regarde soulever une grosse pierre blanche du parterre de fleurs et faire six pas avant de la laisser tomber dans l'herbe. Avec un bras tendu, elle estime la distance jusqu'aux portes-fenêtres puis, manifestement satisfaite de son travail, elle essuie la boue sur ses mains, qu'elle enfonce dans ses poches avant de s'éloigner d'un pas tranquille.

Bizarrement, ce petit numéro me met mal à l'aise.

Je suis venu ici de mon plein gré, et pas Anna. Le médecin de peste l'a amenée à Blackheath pour une raison, et je n'ai aucune idée de ce qu'elle peut être.

Mais qui que soit réellement Anna, je la suis aveuglément.

25

La porte de la chambre est fermée à clé, aucun son ne provient de l'intérieur. J'avais espéré attraper Helena Hardcastle avant qu'elle vaque à ses occupations de la journée, mais il semblerait que la maîtresse de maison ne soit pas du genre à rester oisive. J'agite de nouveau la poignée, collant mon oreille au bois. Hormis quelques regards curieux de la part d'invités qui passent, mes efforts restent vains. Elle n'est pas là.

Je m'éloigne quand une idée me vient : la serrure n'a pas encore été fracturée, et Ravencourt trouvera la porte défoncée en début d'après-midi. L'événement va donc se produire dans les heures à venir.

Je suis curieux de savoir qui est responsable, et pourquoi la personne cherche si désespérément à entrer dans la chambre. J'avais à l'origine soupçonné Evelyn car elle avait l'un des deux revolvers qui ont été volés à Helena, mais elle a failli me tuer avec dans la forêt ce matin. S'il est déjà en sa possession, elle n'a aucun besoin d'entrer par effraction.

À moins qu'elle veuille autre chose.

La seule autre chose qui manquait de manière flagrante était la page de rendez-vous dans l'agenda d'Helena. Millicent pensait qu'elle l'avait déchirée elle-même pour cacher quelque chose de suspect, mais les empreintes de Cunningham étaient étalées sur les autres pages. Il a refusé de s'expliquer et a nié être responsable de l'effraction, mais si je pouvais le surprendre en train de défoncer la porte de l'épaule, il n'aurait d'autre choix que de vider son sac.

Ma décision est prise, je me tapis dans l'ombre au bout du couloir et commence à monter la garde.

Cinq minutes plus tard, Derby s'ennuie déjà à mourir.

Je m'agite, je tourne en rond. Je n'arrive pas à le calmer.

Ne sachant que faire, je suis l'odeur du petit déjeuner en direction du salon avec l'intention de rapporter une assiette de nourriture et une chaise dans le couloir. Avec un peu de chance, ça calmera mon hôte pendant une demi-heure, après quoi je devrai lui trouver une nouvelle distraction.

Je trouve la pièce pleine de conversations assoupies. La plupart des invités sont à peine sortis du lit et ils empestent la nuit précédente, la sueur et la fumée de cigare imprégnée dans leur peau, les spiritueux chargeant chacun de leurs souffles. Ils parlent doucement et bougent lentement, des personnages de porcelaine pleins de fêlures.

J'attrape une grande assiette sur le buffet, y empile des œufs et des rognons, marquant une pause pour manger une saucisse à même le plat et essuyer le gras sur mes lèvres avec ma manche. Je suis tellement préoccupé que je mets un petit moment à me rendre compte que tout le monde est devenu silencieux.

Un type costaud se tient à la porte, son regard passant de visage en visage, le soulagement apparaissant sur ceux sur lesquels il glisse. Cette nervosité n'est pas injustifiée. C'est un personnage à l'air de brute avec une barbe rousse et des bajoues, le nez tellement abîmé qu'on dirait un œuf cassé dans une poêle. Un vieux costume effiloché peine à contenir sa largeur, et des gouttes de pluie scintillent sur des épaules sur lesquelles on pourrait servir un buffet.

Son regard atterrit sur moi de façon abrupte.

« M. Stanwin veut vous voir », annonce-t-il.

Sa voix est âpre, pleine de consonnes saillantes.

« Pourquoi ?

— Je suppose qu'il vous le dira.

— Eh bien, présentez mes regrets à M. Stanwin, mais je crains d'être occupé pour le moment.

— Soit vous y allez à pied, soit je vous porte », déclare-t-il d'une voix sourde.

Derby bouillonne gentiment intérieurement, mais il est inutile de faire une scène. Je ne peux pas battre cet homme ; le mieux que je puisse espérer, c'est de vite rencontrer Stanwin et de retourner à la tâche qui m'occupe. De plus, je suis curieux de savoir pourquoi il veut me rencontrer.

Je pose mon assiette de nourriture sur le buffet et me lève pour suivre le gros bras de Stanwin hors de la pièce. M'invitant à passer devant lui, le costaud me fait monter l'escalier puis m'indique de tourner à droite en haut dans l'aile est, qui est condamnée. J'écarte le rideau et un courant d'air humide frappe mon visage, un long couloir s'étirant devant moi. Les portes sont dégondées, révélant des chambres poussiéreuses et des lits à baldaquin effondrés sur eux-mêmes. L'air me gratte la gorge quand je le respire.

« Pourquoi vous attendez pas dans cette pièce là-bas comme un brave monsieur, et je dirai à M. Stanwin que vous êtes arrivé », déclare mon escorte en désignant du menton une pièce sur la gauche.

Je fais ce qu'il demande et pénètre dans une nursery, le papier peint d'un jaune lumineux pendouillant désormais mollement des murs. Des jeux et des jouets en bois jonchent le sol, un cheval à bascule patiné a été mis au rebut près de la porte. Il y a une partie en cours sur un échiquier d'enfant, les pièces blanches décimées par les noires.

À peine ai-je posé le pied à l'intérieur que j'entends Evelyn hurler dans la pièce voisine. Pour la première fois Derby et moi agissons de concert, contournant l'angle au pas de course pour trouver la porte bloquée par la brute aux cheveux roux.

« M. Stanwin est toujours occupé, mon pote, déclare-t-il en se balançant d'avant en arrière pour se tenir chaud.

— Je cherche Evelyn Hardcastle, je l'ai entendue crier, dis-je, haletant.

— Peut-être, mais on dirait que vous pouvez pas y faire grand-chose, pas vrai ? »

Je regarde par-dessus son épaule dans la pièce derrière, espérant apercevoir Evelyn. On dirait une sorte d'antichambre, mais elle est vide. Les meubles sont cachés sous des draps jaunes sur les bords desquels pousse une moisissure noire. Les fenêtres sont couvertes de vieux papier journal, les murs sont à peine plus que des planches en train de pourrir. Il y a une autre porte dans le mur du fond, mais elle est fermée. Ils doivent être là-bas.

Je repose les yeux sur l'homme, qui me sourit, révélant une rangée de dents jaunes tordues.

« Autre chose ? demande-t-il.

— Je dois m'assurer qu'elle va bien. »

J’essaie de passer à côté de lui, mais c’est une idée stupide. Il fait trois fois mon poids et une fois et demie ma taille. Surtout, il sait comment se servir de sa force. Plaçant une main à plat sur mon ventre, il me repousse en arrière, avec à peine une lueur d’émotion sur le visage.

« Vous fatiguez pas, dit-il. Je suis payé pour rester là et m’assurer qu’il arrive pas malheur aux gentils messieurs comme vous qui s’aventurent dans des endroits où ils sont pas censés aller. »

Ce ne sont que des mots, mais ils sont comme des charbons dans un fourneau. Mon sang bout. J’essaie de le contourner vivement et, comme un imbécile, je pense avoir réussi jusqu’à ce que je sois tiré en arrière et rebalancé *manu militari* dans le couloir.

Je me relève péniblement, grondant.

Il n’a pas bougé. Il n’est pas à bout de souffle. Il s’en moque.

« Vos parents vous ont tout donné sauf du bon sens, pas vrai ? dit-il, sa moquerie insipide tel un seau d’eau glaciale jeté à mon visage. M. Stanwin ne lui fait pas de mal, si c’est ce qui vous inquiète. Attendez quelques minutes et vous pourrez lui demander quand elle sortira. »

Nous nous toisons un moment, avant que je batte en retraite dans la nursery. Il a raison, je ne peux pas lui faire face, mais j’ai hâte qu’Evelyn sorte. Elle ne dira rien à Jonathan Derby après ce matin, mais ce qui se passe derrière cette porte pourrait être la raison pour laquelle elle va se suicider ce soir.

Je me précipite vers le mur et colle mon oreille aux planches. Si je ne me trompe pas, Evelyn parle à Stanwin dans la pièce d’à côté, avec juste quelques bouts de bois pourri qui nous séparent. Je perçois le bourdonnement de leurs voix, bien trop faible pour distinguer quoi que ce soit. Avec mon canif, j'arrache le papier peint du mur, enfonçant la lame entre les lattes mal fixées pour les dégager. Elles sont tellement humides qu'elles se détachent sans objection, le bois se désintégrant entre mes mains.

« … lui dire qu'elle ferait mieux de ne pas jouer avec moi, sinon ce sera la fin pour vous deux, dit Stanwin, sa voix traversant le mur d'isolation.

— Dites-le-lui vous-même, je ne suis pas votre bonniche, réplique froidement Evelyn.

— Vous serez tout ce qui me fera plaisir, tant que c'est moi qui paye.

— Je n'aime pas votre ton, monsieur Stanwin.

— Et moi, je n'aime pas qu'on se moque de moi, mademoiselle Hardcastle, répond-il, crachant pratiquement son nom. Vous oubliez que je travaille ici depuis près de quinze ans. Je connais chaque recoin de cet endroit, et toutes les personnes qui l'habitent. Ne me prenez pas pour un de ces crétins à œillères dont vous vous êtes entourée. »

Sa haine est visqueuse, elle a une texture. Je pourrais la saisir dans l'air et la mettre en bouteille.

« Et la lettre ? demande Evelyn, son indignation vaincue.

— Je la garde, pour que vous compreniez bien notre arrangement.

— Vous êtes une créature ignoble, en avez-vous conscience ? »

Stanwin repousse l'insulte d'un gros éclat de rire.

« Au moins je suis honnête, dit-il. Combien d'autres personnes dans cette maison peuvent en dire autant ? Vous pouvez partir maintenant. N'oubliez pas de transmettre mon message. »

J'entends la porte de la pièce s'ouvrir, Evelyn passant en trombe devant la nursery quelques instants plus tard. Je suis tenté de la suivre, mais il y aurait peu à gagner à une nouvelle confrontation. De plus, Evelyn a mentionné une lettre qui est désormais en possession de Stanwin. Elle semblait vouloir la récupérer, ce qui signifie que je dois la voir. Qui sait, peut-être Stanwin et Derby sont-ils amis ?

J'entends le costaud dire à Stanwin : « Jonathan Derby vous attend dans la nursery.

— Bien, répond-il tandis que retentit le grincement de tiroirs qu'on ouvre. Laissez-moi me changer pour cette partie de chasse, et nous irons dire un mot au petit vaurien obséquieux. »

Ou peut-être pas.

26

Je suis assis avec les pieds posés sur la table à côté de l'échiquier. Tenant mon menton dans ma main, je fixe la partie et tente de déchiffrer une stratégie à partir de la disposition des pièces. Ça s'avère une tâche impossible. Derby est trop volage pour l'étude. Son attention s'égare constamment vers la fenêtre, vers la poussière dans l'air et les bruits dans le couloir. Il n'est jamais en paix.

Daniel m'a prévenu que chacun de nos hôtes pense différemment, mais je ne comprends que maintenant l'étendue réelle de ce qu'il voulait dire. Bell était lâche et Ravencourt sans pitié, mais tous deux pouvaient se concentrer. Ce n'est pas le cas de Derby. Les pensées traversent son esprit comme des mouches à viande, s'attardant suffisamment longtemps pour le distraire, mais ne se posant jamais.

Un bruit attire mon attention vers la porte : Ted Stanwin en train d'éteindre une allumette tandis qu'il m'examine par-dessus sa pipe. Il est plus imposant que dans mon souvenir, un homme tout d'un bloc qui se répand sur les côtés comme un bout de beurre en train de fondre.

« Je n'aurais jamais cru que vous étiez amateur

d'échecs, Jonathan, dit-il, poussant le vieux cheval à bascule d'avant en arrière de sorte qu'il cogne contre le sol.

— J'apprends.

— Tant mieux pour vous, les hommes devraient chercher à s'améliorer. »

Ses yeux s'attardent sur moi avant d'être attirés par les fenêtres. Même si Stanwin n'a rien fait ni dit de menaçant, Derby a peur de lui. C'est le message que mon pouls tape en morse.

Je jette un coup d'œil à la porte, prêt à déguerpir, mais le costaud est appuyé contre le mur du couloir avec les bras croisés. Il m'adresse un petit hochement de tête, aussi amical que deux hommes dans une cellule.

« Votre mère est un peu en retard sur ses paiements, déclare Stanwin, le front appuyé à la vitre. J'espère que tout va bien ?

— Parfaitement bien, dis-je.

— Je détesterais que ça change. »

Je bouge sur mon siège afin de croiser son regard.

« Me menacez-vous, monsieur Stanwin ? »

Il se détourne de la fenêtre, sourit au type dans le couloir, puis à moi.

« Bien sûr que non, Jonathan, je menace votre mère. Vous ne pensez pas que je ferais tout ça pour un petit merdeux comme vous, si ? »

Il tire une bouffée sur sa pipe, ramasse une poupée et la jette nonchalamment sur l'échiquier, faisant voler les pièces à travers la nursery. La rage s'empare de moi et me projette vers lui, mais il attrape mon poing en l'air et me fait pivoter tandis qu'un de ses énormes bras m'écrase la gorge.

Son souffle est sur ma nuque, aussi pourri que de la viande avariée.

« Parlez à votre mère, Jonathan, dit-il avec mépris, écrasant si fort ma trachée que des points noirs dansent dans les coins de mes yeux. Sinon je pourrais être obligé de lui rendre visite. »

Il laisse les mots s'insinuer en moi, puis me relâche.

Je tombe à genoux, agrippant ma gorge et tentant de reprendre mon souffle.

« Vous allez vous causer des problèmes avec ce tempérament, déclare-t-il en pointant sa pipe dans ma direction. Je me contrôlerais si j'étais vous. Ne vous en faites pas, mon ami ici présent est doué pour aider les gens à apprendre de nouvelles choses. »

Je le fusille du regard depuis le sol, mais il s'éloigne déjà. En sortant dans le couloir, il adresse un geste de la tête à son compagnon, qui pénètre dans la pièce. Il me regarde sans la moindre émotion, ôte sa veste.

« Debout, garçon, dit-il. Plus vite on commencera, plus vite ce sera fini. »

Bizarrement, il paraît encore plus imposant qu'à la porte. Sa poitrine est un bouclier, ses bras distendent les coutures de sa chemise blanche. La terreur s'empare de moi tandis qu'il réduit la distance entre nous. Mes doigts cherchent à tâtons une arme et trouvent le lourd échiquier sur la table.

Sans réfléchir, je le lance vers lui.

Le temps semble se suspendre tandis que l'échiquier tournoie dans les airs, un objet invraisemblable en plein vol, mon avenir accroché à sa surface. De toute évidence, le destin a un faible pour moi car il l'atteint au visage en produisant un horrible craquement, le projetant en arrière contre le mur avec un cri étouffé.

Je me relève alors que le sang coule entre ses doigts

et fonce dans le couloir tandis que la voix furieuse de Stanwin retentit dans mon dos. Un rapide coup d'œil en arrière révèle ce dernier à moitié hors de l'antichambre, son visage rouge de rage. Je dévale l'escalier et prends la direction des jacasseries dans le salon, qui est désormais plein de convives aux yeux rouges occupés à avaler leur petit déjeuner. Le docteur Dickie s'esclaffe avec Michael Hardcastle et Clifford Herrington, l'officier de marine que j'ai rencontré au dîner, tandis que Cunningham empile de la nourriture sur l'assiette en argent que découvrira Ravencourt à son réveil.

Une soudaine interruption des bavardages m'indique que Stanwin approche. Je me glisse dans le bureau et me cache derrière la porte. Je suis à moitié hystérique, mon cœur cognant suffisamment fort pour me briser les côtes. Je veux rire et pleurer, attraper une arme et me ruer sur Stanwin en hurlant. Je dois faire appel à toute ma concentration pour rester immobile, car si je ne le fais pas, je vais perdre cet hôte et une autre journée précieuse.

En regardant par l'interstice entre la porte et le montant, je vois Stanwin attraper les gens par l'épaule et les retourner, à la recherche de mon visage. Des hommes s'écartent devant lui, les plus puissants marmonnant de vagues excuses quand il approche. Quelle que soit son emprise sur ces gens, elle est suffisamment forte pour que personne ne prenne ombrage du fait qu'il les malmène. Il pourrait me battre à mort au milieu de ce tapis et ils ne broncheraient pas. Je ne trouverai aucune aide ici.

Mes doigts touchent quelque chose de froid et en baissant les yeux, je découvre que ma main s'est resserrée autour d'une lourde boîte à cigarettes sur une étagère.

Derby en train de s'armer.

Je peste contre lui mais le laisse faire, et lorsque je porte de nouveau mon attention sur le salon je manque de pousser un cri d'effroi.

Stanwin est à quelques pas, et il marche droit vers le bureau.

Je cherche une cachette, mais il n'y en a pas, et je ne puis m'enfuir dans la bibliothèque sans passer par la porte qu'il est sur le point de franchir. Je suis piégé.

Je soulève la boîte à cigarettes et prends une profonde inspiration, m'apprêtant à lui sauter dessus quand il entrera.

Personne n'apparaît.

Retournant à l'interstice, je jette un coup d'œil dans le salon. Il est invisible.

Je tremble, incertain. Mais Derby n'est pas conçu pour l'indécision, il n'a pas la patience, et avant que je m'en rende compte, je contourne doucement la porte pour avoir une meilleure vue.

Je vois immédiatement Stanwin.

Il me tourne le dos et parle au docteur Dickie. Je suis trop loin pour saisir leur conversation, mais elle suffit à pousser le bon docteur à quitter rapidement la pièce, sans doute pour s'occuper du garde du corps blessé.

Il a des sédatifs.

Une idée me vient soudain.

J'ai juste besoin de sortir d'ici sans être vu.

Une voix appelle Stanwin vers le bout de la table, et dès qu'il a disparu, je lâche la boîte à cigarettes et m'enfuis dans la galerie, faisant un détour pour atteindre le vestibule sans me faire repérer.

J'intercepte le docteur Dickie alors qu'il sort de

sa chambre, sa sacoche balançant dans sa main. Il sourit en me voyant et sa moustache ridicule fait un bond d'environ cinq centimètres sur son visage.

« Ah, jeune monsieur Jonathan, lance-t-il joyeusement tandis que je le rejoins. Tout va bien ? Vous avez l'air un peu essoufflé.

— Ça va, dis-je, me hâtant de lui emboîter le pas. Bon, en fait, non. J'ai besoin d'un service. »

Ses yeux se plissent, le ton joyeux quitte sa voix.

« Qu'avez-vous encore fait ?

— L'homme que vous allez voir, j'ai besoin que vous lui administriez un sédatif.

— Un sédatif ? Pourquoi diable ferais-je cela ?

— Parce qu'il va faire du mal à ma mère.

— Millicent ? » Il s'arrête net et me saisit le bras avec une force surprenante. « Qu'est-ce que c'est que cette histoire, Jonathan ?

— Elle doit de l'argent à Stanwin. »

Son visage s'affaisse, sa main se desserre sur sa sacoche. Sans sa jovialité, il ressemble à un vieux bonhomme fatigué, les lignes sur son visage se creusent un peu, sa tristesse se voit plus. L'espace d'un instant, je me sens un peu coupable de lui faire ça, mais je me rappelle alors l'expression dans ses yeux quand il a administré un sédatif au majordome, et tous mes doutes sont effacés.

« Donc il a cette chère Millicent sous sa coupe, n'est-ce pas ? dit-il en soupirant. Mais je ne devrais pas être surpris, je suppose, ce monstre a une emprise sur nombre d'entre nous. Pourtant, je pensais… »

Il continue de marcher, mais plus lentement qu'avant. Nous sommes en haut de l'escalier qui mène au vestibule désormais inondé de froid. La porte est ouverte et un groupe d'hommes est en train de partir en promenade, emportant leurs rires avec eux.

Je ne vois Stanwin nulle part.

« Donc ce personnage a menacé votre mère et vous l'avez attaqué, hein ? » déclare Dickie qui s'est de toute évidence déjà fait son opinion. Il me fait un grand sourire et me donne une tape dans le dos. « Je vois qu'il y a un peu de votre père en vous, après tout. Mais en quoi administrer un sédatif à ce ruffian aidera-t-il ?

— J'ai besoin de pouvoir parler à mère avant qu'il ne la trouve. » En dépit de tous ses défauts, Derby est un menteur accompli, les tromperies faisant sagement la queue sur sa langue. Le docteur Dickie est silencieux, il retourne l'histoire dans sa tête, lui donnant une forme tandis que nous traversons l'aile est abandonnée.

« J'ai ce qu'il vous faut, ça devrait faire dormir ce salopard pour le restant de l'après-midi, déclare-t-il en claquant des doigts. Attendez ici, je vous ferai signe quand ce sera fait. »

Redressant les épaules et bombant le torse, il pénètre dans la chambre de Stanwin tel un vieux soldat avec une dernière bataille à livrer.

Je suis trop exposé dans le couloir, et dès que Dickie a disparu je franchis la porte la plus proche, mon reflet dans un miroir fêlé me retournant mon regard. Hier, je n'aurais rien pu imaginer de pire qu'être coincé dans Ravencourt, mais Derby est un tourment totalement différent – un fumier agité et malveillant qui zigzague entre les tragédies qu'il a lui-même provoquées. J'ai hâte d'être libéré de lui.

Dix minutes plus tard, le plancher craque à l'extérieur.

« Jonathan, murmure le docteur Dickie. Jonathan, où êtes-vous ?

— Ici », dis-je en regardant dans le couloir.

Il est déjà passé devant la pièce et sursaute au son de ma voix.

« Doucement, jeune homme : le vieux palpitant, vous savez, répond-il en se tapant sur la poitrine. Cerbère est endormi et il le sera pour l'essentiel de la journée. Maintenant je vais aller annoncer mon diagnostic à Stanwin. Je vous suggère de profiter de ce temps pour vous cacher dans un lieu où il ne vous trouvera pas. En Argentine, peut-être. Bonne chance à vous. »

Il se met au garde-à-vous et m'adresse un salut vif. Je lui retourne son geste, ce qui me vaut une tape sur l'épaule avant qu'il ne s'éloigne dans le couloir d'un pas tranquille en sifflant faux.

Je soupçonne que j'ai embelli sa journée, mais je n'ai aucune intention de me cacher. Stanwin va être distrait par Dickie pendant au moins quelques minutes, ce qui me donnera une chance de fouiller ses affaires à la recherche de la lettre d'Evelyn.

Je traverse l'antichambre auparavant surveillée par le garde du corps et ouvre la porte de la chambre du maître chanteur. C'est un endroit désolé, le plancher à peine recouvert d'un tapis élimé, un simple lit en fer repoussé contre le mur, des flocons de peinture blanche s'accrochant obstinément à la rouille. Les seuls conforts sont un feu famélique qui crache des cendres et une petite table de chevet sur laquelle reposent deux livres aux pages cornées. Comme promis, l'homme de Stanwin gît endormi sur le lit, telle une monstrueuse marionnette dont on aurait coupé toutes les ficelles. Son visage est bandé, il ronfle bruyamment et ses doigts remuent. Je ne puis qu'imaginer qu'il rêve de mon cou.

Tendant l'oreille pour surveiller le retour de Stanwin,

j'ouvre rapidement la penderie et passe au crible le contenu de ses poches de veste et de pantalon, mais je ne trouve que des peluches et des boules de naphtaline. Sa malle est tout aussi dépourvue d'objets personnels, l'homme semblant immunisé contre les sentiments de quelque sorte qu'ils soient.

Frustré, je jette un coup d'œil à ma montre.

Je suis déjà ici depuis plus longtemps que je ne le devrais, mais Derby ne se laisse pas facilement dissuader. Mon hôte connaît la tromperie. Il connaît les hommes comme Stanwin et les secrets qu'ils gardent. Le maître chanteur aurait pu avoir la chambre la plus luxueuse de la maison s'il avait voulu, mais il a choisi de s'isoler dans une ruine. Il est paranoïaque et rusé. Quels que soient ses secrets, il ne les emporterait pas avec lui, pas quand il est entouré d'ennemis.

Ils sont ici. Cachés et sous bonne garde.

Mon regard tombe sur la cheminée avec ses flammes anémiques. Étrange, vu le froid qui règne dans la chambre. M'agenouillant, je passe la main au-dessus de la fumée et cherche à tâtons. Je trouve une petite étagère et mes doigts se referment sur un livre. Je le tire et vois que c'est un petit carnet noir dont la couverture porte les cicatrices d'une vie de mauvais traitements. Stanwin gardait un feu faible pour ne pas brûler son bien le plus précieux.

Je parcours les pages en piteux état et découvre que c'est une espèce de livre de comptes qui contient une liste de dates remontant à dix-neuf ans, ainsi que des entrées rédigées avec des symboles étranges.

Ce doit être une sorte de code.

La lettre d'Evelyn est coincée entre les deux dernières pages.

Très chère Evelyn,

M. Stanwin m'a informée de votre situation difficile, et je peux tout à fait comprendre votre inquiétude. Le comportement de votre mère est certainement alarmant, et vous avez complètement raison de vous méfier des combines qu'elle pourrait concocter. Je suis prête à vous aider, mais je crains que la parole de M. Stanwin ne soit pas suffisante. Je demande une preuve de votre entremise dans cette affaire. Dans les pages mondaines, je vous ai souvent vue portant une chevalière avec un petit château gravé sur le chaton. Envoyez-la-moi, et je saurai que vos intentions sont sérieuses.

Amitiés,

Felicity Maddox

On dirait que l'intelligente Evelyn n'a pas accepté son sort aussi facilement que je l'ai d'abord cru. Elle a fait appel à une personne nommée Felicity Maddox pour l'aider, et la description du petit château rappelle celui dessiné sur le mot au puits. Il sert peut-être de signature, ce qui suggérerait que le message disant « N'approchez pas de Millicent Derby » provenait de Felicity.

Le garde du corps ronfle.

Ne pouvant tirer plus d'informations de la lettre, je la replace dans le livre de comptes et glisse le tout dans ma poche.

« Remercions Dieu pour les esprits perfides, dis-je à voix basse en franchissant la porte.

— C'est vous qui l'avez dit », réplique quelqu'un derrière moi.

Une douleur explose dans ma tête tandis que je percute le sol.

27

Deuxième jour (suite)

Je tousse du sang et des gouttes rouges éclaboussent mon oreiller. Je suis de retour dans le majordome, mon corps douloureux hurlant tandis que ma tête se lève brusquement. Le médecin de peste est assis sur la chaise d'Anna, une jambe passée par-dessus l'autre, son haut-de-forme sur ses cuisses. Il tambourine avec ses doigts et s'arrête lorsqu'il me voit remuer.

« Ravi de vous revoir, monsieur Bishop », dit-il, la voix étouffée par son masque.

Je le fixe d'un regard vide, ma toux diminuant tandis que je commence à reconstituer la journée. La première fois que je me suis trouvé dans ce corps, c'était le matin. J'ai ouvert la porte à Bell et ai été attaqué par Gold après avoir gravi l'escalier en courant en quête de réponses. La deuxième fois, ce n'était pas plus de quinze minutes plus tard. J'étais transporté en calèche vers la loge du gardien en compagnie d'Anna. Il devait être midi quand je me suis réveillé et que nous nous sommes réellement présentés et, à en juger par la lumière de l'autre côté de la fenêtre, c'est désormais le début de l'après-midi. C'est logique. Anna m'a dit que nous passions une journée entière dans chacun de nos hôtes, mais je n'avais jamais envisagé que l'une d'elles serait si fragmentée.

On dirait une plaisanterie perverse.

On m'a promis huit hôtes pour résoudre ce mystère, et on me les a donnés, sauf que Bell était un lâche, le majordome s'est quasiment fait battre à mort, Ravencourt pouvait à peine bouger, et Derby est incapable de retenir une pensée.

C'est comme si on m'avait demandé de creuser un trou avec une pelle faite de plumes.

Remuant sur son siège, le médecin de peste se penche vers moi. Ses vêtements sentent le renfermé, cette odeur de vieux grenier oublié et mal aéré.

« Notre dernière conversation a été plutôt abrupte, déclare-t-il. J'ai donc songé que vous pourriez me tenir informé de vos progrès. Avez-vous découvert…

— Pourquoi ce corps ? dis-je, le coupant et grimaçant tandis qu'une douleur me lance dans le flanc. Pourquoi me coincer dans un seul de ces corps ? Ravencourt ne pouvait pas faire deux pas sans se fatiguer, le majordome est paralysé et Derby est un monstre. Si vous voulez vraiment que je m'évade de Blackheath, pourquoi me distribuer les mauvaises cartes ? Il doit y avoir de meilleures alternatives.

— Plus capables, peut-être, mais ces hommes ont tous un lien avec le meurtre d'Evelyn. Ce qui les rend mieux placés pour vous aider à l'élucider.

— Ce sont des suspects ?

— "Témoins" serait une description plus appropriée. »

Un bâillement m'agite, mon énergie s'évaporant déjà. Le docteur Dickie a dû me donner un autre sédatif. J'ai l'impression d'être pressé hors de ce corps par les pieds.

« Et qui décide de l'ordre ? Pourquoi me suis-je d'abord réveillé en Bell et en Derby aujourd'hui ? Ai-je un moyen de prédire qui sera le prochain ? »

Il se penche en arrière, joint le bout de ses doigts et incline la tête. Il y a un long silence durant lequel il me réévalue et ajuste son opinion. Je ne peux pas dire s'il est heureux de ce qu'il trouve ou bien ennuyé.

« Pourquoi posez-vous ces questions ? demande-t-il finalement.

— Par curiosité. » Comme il ne répond rien, j'ajoute : « Et j'espère que les réponses me seront profitables. »

Il pousse un petit grognement d'approbation.

« Ravi de voir que vous prenez enfin les choses au sérieux, déclare-t-il. Très bien. Dans des circonstances normales, vous seriez arrivé dans vos hôtes en suivant l'ordre dans lequel ils se sont réveillés aujourd'hui. Heureusement pour vous, je m'en suis mêlé.

— Mêlé ?

— Nous sommes déjà passés par là à de nombreuses reprises, vous et moi, plus que je ne puis m'en souvenir. Boucle après boucle, je vous ai confié la tâche de résoudre le meurtre d'Evelyn Hardcastle, et ça s'est toujours soldé par des échecs. Au début, je pensais que la responsabilité de ceux-ci reposait uniquement sur vos épaules, mais j'ai fini par m'apercevoir que la séquence de vos hôtes jouait un rôle. Par exemple, Donald Davies se réveille à 3 h 19, ce qui devrait faire de lui votre premier hôte. Mais ça ne fonctionne pas parce que sa vie est trop attrayante. Il a de bons amis dans la maison, une famille. Des choses que vous passez la boucle à essayer de retrouver, au lieu de chercher à vous évader. C'est la raison pour laquelle j'ai fait en sorte que votre premier hôte soit Sebastian

Bell, qui a moins d'attaches, explique-t-il en remontant la jambe de son pantalon pour se gratter la cheville. Par contraste, Lord Ravencourt n'ouvre pas les yeux avant 10 h 30, ce qui signifie que vous n'auriez dû être lui que bien plus tard, à un moment où la hâte, plus que l'intellect, est essentielle. »

J'entends la fierté dans sa voix, on dirait un horloger qui prend du recul et admire le mécanisme qu'il a construit.

« J'ai expérimenté à chaque nouvelle boucle, pris ce genre de décision pour chacun de vos hôtes, et je suis arrivé à l'ordre que vous vivez en ce moment, déclare-t-il en écartant magnanimement les mains. Selon moi, cette séquence est celle qui vous donne le plus de chances de résoudre le mystère.

— Alors pourquoi ne suis-je pas revenu à Donald Davies de la même manière que je reviens sans cesse au majordome ?

— Parce que vous l'avez entraîné sur cette route sans fin en direction du village pendant près de huit heures, et il est épuisé, répond le médecin de peste avec une pointe de reproche dans la voix. En ce moment, il est profondément endormi, et il le restera jusqu'à… (il consulte sa montre) jusqu'à 21 h 38. En attendant, vous continuerez d'être tiraillé entre le majordome et vos autres hôtes. »

Le plancher craque dans le couloir. Je songe à appeler Anna, mais cette idée doit se voir sur mon visage car le médecin de peste produit un petit son désapprobateur.

« Allons, croyez-vous que je sois si maladroit ? Anna est partie il y a un petit moment pour rencontrer Lord Ravencourt. Croyez-moi, je sais ce que les gens font dans cette maison aussi bien qu'un metteur en scène sait ce que font les acteurs dans sa pièce. Si j'avais la moindre crainte que nous soyons interrompus, je ne serais pas ici. »

J'ai l'impression d'être un désagrément pour lui, un enfant désobéissant convoqué une fois de plus dans le bureau du directeur. Méritant à peine qu'on le réprimande.

Un bâillement m'agite de nouveau, long et sonore. Mon cerveau s'embrume.

« Nous n'avons plus que quelques minutes pour discuter avant que vous vous rendormiez, reprend le médecin de peste, joignant ses mains gantées dans un craquement de cuir. Si vous avez d'autres questions, c'est le moment.

— Pourquoi Anna est-elle à Blackheath ? dis-je vivement. Vous avez affirmé que j'avais choisi de venir ici, mais pas mes rivaux. Ce qui signifie qu'elle a été amenée ici contre son gré. Pourquoi lui faites-vous cela ?

— N'importe quelle question sauf celle-là, répond-il. Venir à Blackheath volontairement comporte certains avantages. Mais il y a aussi des désavantages, des choses que vos rivaux comprennent instinctivement et pas vous. Je suis ici pour combler ces vides, rien de plus. Alors, comment avance l'enquête sur le meurtre d'Evelyn Hardcastle ?

— C'est une jeune femme comme une autre », dis-je avec lassitude, peinant à garder les yeux ouverts. Le sédatif me saisit et me tire avec ses mains chaudes. « Pourquoi sa mort vaut-elle tout ça ?

— Je pourrais vous poser la même question, réplique-t-il. Vous vous mettez en quatre pour sauver Mlle Hardcastle, malgré les indices qui suggèrent que c'est impossible. Pourquoi ?

— Je ne peux pas la regarder mourir et ne rien faire pour l'empêcher.

— C'est très noble de votre part, dit-il en inclinant la tête. Alors laissez-moi répondre de la même manière. Le meurtre de Mlle Hardcastle n'a jamais été élucidé, et je ne pense pas qu'une telle chose devrait être autorisée. Ça vous satisfait ?

— Des gens sont assassinés chaque jour. Réparer un tort ne peut être l'unique raison de tout ça.

— Excellente remarque, déclare-t-il en tapant dans ses mains en signe d'approbation. Mais qui peut affirmer qu'il n'y en a pas des centaines d'autres qui, comme vous, cherchent à rendre justice à ces âmes ?

— Y en a-t-il ?

— J'en doute, mais l'idée est belle, non ? »

J'ai conscience de l'effort que je dois fournir pour écouter, du poids de mes paupières, de la façon qu'a la pièce de fondre autour de moi.

« Nous n'avons plus beaucoup de temps, j'ai bien peur, déclare le médecin de peste. Je devrais…

— Attendez… j'ai besoin… pourquoi… » Mes mots sont comme de la vase, épais dans ma bouche. « Vous m'avez demandé… vous avez demandé… ma mémoire… »

Il y a un grand bruissement de tissu tandis que le médecin de peste se lève. Il attrape un verre d'eau sur le buffet et me jette son contenu au visage. L'eau est glaciale, mon corps se tord comme un fouet qui claque, me ramenant à moi-même.

« Mes excuses, c'était parfaitement irrégulier, dit-il en fixant le verre vide, clairement surpris par son geste. Normalement je vous laisse vous rendormir à ce stade, mais… eh bien, je suis intrigué. » Il repose lentement le verre. « Que vouliez-vous me demander ?

S'il vous plaît, choisissez vos mots avec soin, ils sont importants. »

L'eau me pique les yeux et dégouline de mes lèvres, l'humidité se répandant à travers le coton de ma chemise de nuit.

« La première fois que nous nous sommes rencontrés, vous m'avez demandé de quoi je me souvenais quand je me suis réveillé en tant que Bell. Pourquoi ?

— Chaque fois que vous échouez, nous vous prenons vos souvenirs et recommençons la boucle, mais vous trouvez toujours le moyen de vous raccrocher à quelque chose d'important, un indice, si vous voulez, répond-il en essuyant l'eau sur mon front avec un mouchoir. Cette fois, c'était le nom d'Anna.

— Vous avez affirmé que c'était dommage.

— Ça l'est.

— Pourquoi ?

— Comme la séquence de vos hôtes, la chose que vous choisissez de vous rappeler a normalement un impact significatif sur la manière dont la boucle se déroule, explique-t-il. Si vous vous étiez souvenu du valet de pied, vous vous seriez lancé à sa poursuite. Au moins, ça aurait été utile. À la place, vous vous êtes lié à Anna, une rivale.

— C'est mon amie.

— Personne n'a d'amis à Blackheath, monsieur Bishop, et si vous ne l'avez pas encore compris, je crains qu'il n'y ait aucun espoir pour vous.

— Est-ce que… » Le sédatif me tire une fois de plus. « Est-ce qu'on peut s'échapper tous les deux ?

— Non, répond-il en pliant son mouchoir humide et en le replaçant dans sa poche. Une réponse pour une sortie, c'est ainsi que ça fonctionne. À 23 heures, l'un de vous viendra au lac et me donnera le nom de l'assassin, et cette personne sera autorisée à partir. À vous de choisir qui ce sera. »

Il tire sa montre en or de sa poche de poitrine pour vérifier l'heure.

« Le temps file et j'ai un programme auquel je dois me tenir, dit-il en récupérant sa canne près de la porte. Normalement, je reste impartial, mais il y a une chose que vous devriez savoir avant de trébucher sur votre propre noblesse. Anna se souvient de plus de choses de la dernière boucle qu'elle ne vous le dit. »

Sa main gantée soulève mon menton, son visage tellement près du mien que j'entends sa respiration à travers le masque. Il a les yeux bleus. De vieux yeux bleus tristes.

« Elle va vous trahir. »

J'ouvre la bouche pour protester, mais ma langue est trop lourde pour bouger, et la dernière chose que je vois est le médecin de peste disparaissant par la porte, une grande ombre voûtée entraînant le monde à sa suite.

28

Cinquième jour (suite)

La vie cogne sur mes paupières.

Je cligne des yeux, une fois, deux fois, mais les garder ouverts me fait mal. Ma tête est un œuf fracassé. Un bruit s'échappe de ma gorge. Il se situe quelque part entre un grognement et un gémissement, la plainte sourde et animale d'une créature prise dans un piège. J'essaie de me redresser, mais la douleur est un océan qui clapote autour de mon crâne. Je n'ai pas la force de le soulever.

Du temps passe. Je ne saurais dire combien. Ce n'est pas le genre de temps qu'on peut évaluer. Je regarde mon ventre se soulever et retomber, et quand je suis certain de pouvoir y parvenir sans aide, je me hisse en position assise, m'adossant au mur effrité. À mon grand désarroi, je suis de nouveau dans Jonathan Derby, assis par terre dans la nursery. Les morceaux d'un vase brisé jonchent le sol, il y en a même dans mon cuir chevelu. Quelqu'un a dû me frapper par-derrière quand j'ai quitté la chambre de Stanwin, puis m'a traîné ici pour qu'on ne me voie pas.

La lettre, imbécile.

Je porte vivement la main à ma poche, cherchant la lettre de Felicity et le livre de comptes que j'ai volés à Stanwin, mais ils ont disparu, de même que la clé de la malle de Bell. Tout ce qui reste, ce sont les deux cachets contre le mal de tête qu'Anna m'a donnés et qui sont toujours enveloppés dans le mouchoir bleu.

Elle va te trahir.

Ce qui m'est arrivé est-il de son fait ? L'avertissement du médecin de peste n'aurait pu être plus clair, mais un ennemi déclencherait-il une telle sensation de chaleur ou de fraternité ? Peut-être Anna a-t-elle plus de souvenirs de notre dernière boucle qu'elle ne l'admet, mais si ces informations étaient censées faire de nous des ennemis, pourquoi aurais-je emporté son nom d'une vie à l'autre, sachant que je la pourchasserais tel un chien un bâton enflammé ? Non, si une trahison se prépare, elle est le résultat de mes promesses vides, et je peux rectifier ça. J'ai besoin de trouver la bonne manière de lui dire la vérité.

J'avale les comprimés sans eau, me relève en m'agrippant au mur, puis je regagne la chambre de Stanwin en titubant.

Le garde du corps est toujours inconscient sur le lit, la lumière diminue derrière la fenêtre. Je consulte ma montre et découvre qu'il est 18 heures, ce qui signifie que les chasseurs, y compris Stanwin, sont probablement sur le chemin du retour. Pour ce que j'en sais, ils pourraient être en train de traverser la pelouse ou de gravir l'escalier.

Je dois partir avant que le maître chanteur ne revienne.

Même avec les cachets, je me sens dans le cirage, le monde glissant sous mes pieds tandis que je traverse rapidement l'aile est avant d'écarter le rideau pour arriver sur le palier qui domine le vestibule. Chaque pas est une bataille et je finis par franchir la porte du docteur Dickie et m'écrouler, vomissant presque par terre. Sa chambre est identique à toutes les autres dans ce couloir, avec un lit à baldaquin contre un mur, une baignoire et un lavabo derrière un paravent de l'autre côté. Contrairement à Bell, Dickie s'est installé comme s'il était chez lui. Des photos de ses petits-enfants sont éparpillées à travers la pièce, un crucifix est accroché à l'un des murs. Il a même mis un petit tapis, sans doute pour que ses pieds ne touchent pas le plancher froid le matin.

Cette familiarité avec soi-même est un miracle pour moi, et je me retrouve à regarder bouche bée les possessions de Dickie, mes blessures momentanément oubliées. Je soulève une photo de ses petits-enfants et me demande pour la première fois si j'ai moi aussi une famille qui m'attend hors de Blackheath : des parents ou des enfants, des amis à qui je manque ?

Je sursaute en entendant des pas dans le couloir et laisse tomber la photo de famille sur la table de chevet, fêlant accidentellement le verre. La personne passe sans incident, mais, conscient du péril, je commence à me dépêcher.

La sacoche de Dickie est posée près de son lit et je la retourne au-dessus du matelas, renversant des fioles, des ciseaux, des seringues et des bandes sur la couverture. La dernière chose à tomber est une Bible du roi Jacques, qui s'ouvre lorsqu'elle rebondit par terre. Comme celle dans la chambre de Sebastian Bell, elle comporte certains mots et paragraphes soulignés à l'encre rouge.

C'est un code.

Un sourire de loup s'étale sur le visage de Derby lorsqu'il reconnaît un autre escroc. Si je devais émettre une hypothèse, je dirais que Dickie participe au commerce de drogue de Bell. Pas étonnant qu'il se soit fait tant de souci pour la santé du bon médecin. Il avait peur de ce qu'il dirait.

Je pousse un petit grognement. Voici encore un secret dans une maison qui en est remplie, mais ce n'est pas celui que je cherche à découvrir aujourd'hui.

J'attrape une bande et l'iode dans le tas sur le lit puis les emporte au lavabo et commence à me soigner.

Ce n'est pas une opération complexe.

Chaque fois que j'ôte un éclat de vase, le sang coule entre mes doigts puis dégouline sur mon visage et goutte de mon menton au lavabo. Des larmes de douleur me brouillent la vue et le monde n'est plus qu'une tache floue durant les près de trente minutes que je mets à me débarrasser de ma couronne de porcelaine. Ma seule consolation est que ça doit faire à peu près aussi mal à Jonathan Derby qu'à moi.

Quand je suis certain que chaque éclat a été ôté, j'enroule la bande autour de ma tête et l'attache avec une épingle à nourrice avant d'inspecter mon travail dans le miroir.

Le pansement est réussi. J'ai une tête affreuse.

Mon visage est pâle, mes yeux sont creusés. Du sang a taché ma chemise, ce qui me force à l'enlever et à rester en maillot de corps. Je suis un homme défait, en pleine déliquescence.

« Qu'est-ce que c'est que ça ! » s'écrie le docteur Dickie du pas de la porte.

Il rentre de la chasse, trempé et tremblant, aussi gris que les cendres dans la cheminée. Même sa moustache s'est affaissée.

Je parcours en même temps que lui la pièce du regard, voyant la dévastation à travers ses yeux. La photo de ses petits-enfants est fêlée et tachée de sang, sa bible gît au sol, sa sacoche est par terre, son contenu éparpillé sur le lit. Le lavabo est plein d'une eau sanguinolente, ma chemise est dans sa baignoire. Son cabinet ne pourrait pas être pire après une amputation.

Me voyant en maillot de corps avec le pansement qui pendouille de mon front, la stupéfaction sur son visage se transforme en colère.

« Qu'avez-vous fait, Jonathan ? demande-t-il d'une voix pleine de rage.

— Je suis désolé, je ne savais pas où aller, dis-je, paniqué. Après votre départ, j'ai fouillé la chambre de Stanwin à la recherche de quelque chose qui aiderait mère, et j'ai trouvé un livre de comptes.

— Un livre de comptes ? s'exclame-t-il d'une voix étranglée. Vous lui avez volé quelque chose ? Vous devez le remettre en place. Tout de suite, Jonathan ! hurle-t-il, sentant mon hésitation.

— Je ne peux pas, j'ai été attaqué. Quelqu'un m'a cassé un vase sur la tête et l'a volé. Je saignais et le garde du corps allait se réveiller, alors je suis venu ici. »

Un horrible silence avale la fin de mon histoire tandis que le docteur Dickie redresse la photo de ses petits-enfants et replace lentement tout dans sa sacoche avant de la glisser sous le lit.

Il bouge comme s'il était menotté et traînait mes secrets derrière lui.

« C'est ma faute, marmonne-t-il. Je savais qu'on ne pouvait pas vous faire confiance, mais mon affection pour votre mère… »

Il secoue la tête, passant à côté de moi pour attraper ma chemise dans la baignoire. Il y a dans ses gestes une résignation qui m'effraie.

« Je ne voulais pas…

— Vous vous êtes servi de moi pour cambrioler Ted

Stanwin, déclare-t-il calmement, agrippant le bord du lavabo. Un homme qui peut entraîner ma ruine d'un claquement de doigts.

— Je suis désolé. »

Il se retourne brusquement, plein de colère.

« Ce mot ne veut plus rien dire avec vous, Jonathan ! Vous l'avez utilisé quand nous avons couvert cette affaire à Enderleigh House, et encore à Little Hampton. Vous vous souvenez ? Et maintenant vous voudriez que je gobe cette excuse creuse. »

Il plaque ma chemise contre mon torse, ses joues rougies. Les larmes lui montent aux yeux.

« Combien de femmes avez-vous prises de force ? Est-ce que vous vous en souvenez même ? Combien de fois avez-vous pleuré dans le giron de votre mère, la suppliant d'arranger les choses, promettant de ne jamais recommencer alors que vous saviez pertinemment que vous le feriez ? Et maintenant vous refaites la même chose, à moi, ce satané imbécile de docteur Dickie. Eh bien, c'est fini, je ne peux plus tolérer ça. Vous avez été un fléau pour ce monde depuis que je vous y ai fait naître. »

Je fais un pas implorant vers lui, mais il tire un pistolet argenté de sa poche, le laissant pendre contre son flanc. Il ne me regarde même pas.

« Sortez, Jonathan, ou je jure Dieu que je vous abattrai moi-même ! »

Tout en gardant un œil sur l'arme, je quitte la pièce à reculons et referme la porte, une fois dans le couloir.

Mon cœur bat la chamade.

Le pistolet du docteur Dickie est exactement le même que celui qu'Evelyn utilisera ce soir pour se suicider. Il tient l'arme du crime.

29

Combien de temps je passe à observer Jonathan Derby dans le miroir de ma chambre, impossible à dire. Je cherche l'homme à l'intérieur, un aperçu de mon vrai visage.

Je veux que Derby voie son bourreau.

Le whisky me réchauffe la gorge et la bouteille que j'ai subtilisée dans le salon est déjà à moitié vide. J'en ai besoin pour que mes mains cessent de trembler tandis que j'essaie de nouer un nœud papillon. Les propos du docteur Dickie ont confirmé ce que je savais déjà. Derby est un monstre dont les crimes ont été effacés par sa mère. Nulle justice n'attend cet homme, nul jugement ni châtiment. S'il doit payer pour ce qu'il a fait, je devrai le mener moi-même à la potence, et c'est ce que je compte faire.

Mais tout d'abord, nous allons sauver Evelyn Hardcastle.

Mon regard se pose sur le pistolet du docteur Dickie, qui gît, inoffensif, sur un fauteuil, telle une mouche écrasée en plein vol. Le voler a été simple, aussi facile qu'envoyer un domestique avec une urgence inventée de toutes pièces pour attirer le médecin hors de sa chambre afin que je m'y glisse ensuite et le récupère sur la table de chevet. J'ai trop longtemps laissé cette journée me dicter sa loi, maintenant c'est fini. Si quelqu'un veut assassiner Evelyn avec cette arme, il devra d'abord passer par moi. Tant pis pour l'énigme du médecin de peste ! Je ne lui fais pas confiance et je ne resterai pas sans rien faire pendant que des horreurs se dérouleront sous mes yeux. Il est temps que Jonathan Derby fasse enfin quelque chose d'utile sur cette terre.

Je glisse le pistolet dans la poche de ma veste, bois une dernière gorgée de whisky, puis je gagne le couloir et suis les autres invités pour aller dîner. Contrairement à leurs manières, leurs goûts sont impeccables. Les robes de soirée exposent des dos nus et la peau blanche est ornée de bijoux étincelants. L'apathie de tout à l'heure a disparu et ils sont d'un charme extravagant. Au moins, à l'approche de la soirée, ils ont repris vie.

Comme toujours, je continue d'ouvrir l'œil à la recherche du valet de pied parmi les visages qui passent. Ça fait longtemps qu'il aurait dû me rendre visite, et plus la journée s'écoule, plus je suis certain que quelque chose d'effroyable va se produire. Au moins, le combat sera équitable. Derby a peu de qualités louables, mais sa colère le rend indomptable. J'ai à peine réussi à le contrôler, j'imagine donc ce que ça ferait de le voir se ruer sur soi, dégoulinant de haine.

Michael Hardcastle se tient dans le vestibule avec un sourire de façade, accueillant les convives qui descendent l'escalier comme s'il était sincèrement ravi de voir chacun de ces misérables. J'avais eu l'intention de le questionner sur la mystérieuse Felicity Maddox, et aussi sur le mot, mais ça devra attendre. Un mur imprenable de taffetas et de nœuds papillons se dresse entre nous.

Un air au piano m'entraîne parmi la foule dans la longue galerie, où les invités se mêlent les uns aux autres autour d'un verre tandis que les domestiques préparent la salle à manger de l'autre côté des portes. J'attrape un whisky sur un plateau qui passe tout en cherchant Millicent du regard. De fait, la seule personne que je reconnaisse est Sebastian Bell, qui traverse le vestibule en direction de sa chambre.

J'arrête une domestique et m'enquiers d'Helena Hardcastle, espérant que la maîtresse de maison sera à proximité, mais elle n'est pas encore arrivée. Ce qui signifie que personne ne l'a vue de la journée. Son absence est officiellement devenue une disparition. Le fait que Lady Hardcastle soit introuvable le jour de la mort de sa fille ne peut être une coïncidence, mais j'ignore si elle est suspecte ou victime. Quoi qu'il en soit, je vais le découvrir.

Mon verre est vide, ma tête commence à s'embrouiller. Je suis entouré de rires et de conversations, d'amis et d'amants. La bonne humeur réveille l'amertume de Derby. Je sens son dégoût, son aversion. Il déteste ces gens, ce monde. Il se déteste lui-même.

Des servants passent près de moi avec des plateaux en argent, le dernier repas d'Evelyn arrivant en procession.

Pourquoi n'a-t-elle pas peur ?

Je l'entends rire d'ici. Elle se mêle aux invités comme si elle avait toute la vie devant elle, pourtant quand Ravencourt a évoqué le danger ce matin, il était clair qu'elle savait que quelque chose clochait.

Je pose mon verre et traverse le vestibule, puis je m'engage dans le couloir en direction de sa chambre. S'il y a des réponses, peut-être est-ce là que je les trouverai.

Les lumières ont été baissées et il ne reste que des petites flammes. Tout est silencieux et oppressant, un bout du monde oublié. Je suis au milieu du couloir lorsque je remarque un éclat rouge jaillissant de l'ombre.

Une livrée de valet de pied.

Il bloque le passage.

Je me fige. Jetant un coup d'œil derrière moi, je tente de voir si je peux regagner le vestibule avant qu'il soit sur moi. Les chances sont minces. Je ne suis pas certain que mes jambes m'écoutent quand je leur dirai de bouger.

« Désolé, monsieur », dit une voix enjouée tandis que le valet de pied fait un pas vers moi. Il s'avère être un garçon petit et maigre âgé de pas plus de treize ans, avec des boutons et un sourire nerveux. « Excusez-moi », ajoute-t-il après un moment.

Je m'aperçois alors que je suis sur son chemin. Marmonnant une excuse, je le laisse passer et pousse un grand soupir.

Il m'a fait tellement peur, la simple suggestion de la présence du valet de pied suffisant à paralyser même Derby, un homme pourtant capable de donner un coup de poing au soleil sous prétexte qu'il l'a brûlé. Quelle était son intention ? La raison pour laquelle il s'est moqué de Bell et de Ravencourt au lieu de les tuer ? Si ça continue, il sera capable d'éliminer mes hôtes sans rencontrer une once de résistance.

Je suis en train de mériter le surnom de « lapin » dont il m'a affublé.

Avec prudence, je continue d'avancer vers la chambre d'Evelyn et découvre qu'elle est fermée à clé. Les coups que je frappe à la porte ne donnent rien et, ne souhaitant pas repartir sans quelque chose pour récompenser mes efforts, je fais un pas en arrière avec l'intention de l'enfoncer de l'épaule. C'est alors que je remarque que la porte de la chambre d'Helena est exactement au même niveau que celle du salon de Ravencourt. Passant la tête dans chacune des pièces, je m'aperçois que leurs dimensions sont identiques. Cela suggère que la chambre d'Evelyn était autrefois un salon. Et si c'est le cas, il y aura une porte qui communique avec la chambre d'Helena, ce qui me sera utile, car le verrou est encore brisé depuis ce matin.

Mon intuition se vérifie : la porte communicante est cachée derrière une tapisserie richement décorée accrochée au mur. Par chance, elle n'est pas fermée à clé, et je parviens à me glisser dans la chambre d'Evelyn.

Étant donné sa relation houleuse avec ses parents, je m'attendais presque à découvrir qu'elle dormait dans un placard à balais, mais la chambre est assez confortable, quoique modeste. Il y a un lit à baldaquin au centre, une baignoire et un lavabo derrière un rideau suspendu à une tringle. De toute évidence, la femme de chambre n'a pas été autorisée à entrer depuis quelque temps, car la baignoire est remplie d'une eau froide et sale, des serviettes gisent en tas humides sur le sol, et un collier a été négligemment jeté sur la coiffeuse à côté d'un tas de mouchoirs en papier roulés en boule, tous tachés de maquillage. Les rideaux sont tirés, un grand feu brûle dans la cheminée. Quatre lampes à huile se dressent dans les coins de la pièce, étranglant l'obscurité entre leur lumière vacillante et celle du foyer.

Je tremble de plaisir, l'excitation que suscite cette intrusion en Derby déclenchant une sensation de chaleur à travers mon corps. Je sens mon esprit qui tente de s'éloigner de son hôte, et je parviens péniblement à me raccrocher à moi-même tandis que je passe en revue les possessions d'Evelyn, cherchant ce qui pourra la pousser vers le miroir d'eau plus tard dans la soirée. Elle est plutôt désordonnée – des vêtements gisent là où ils sont tombés, des bijoux fantaisie sont entassés dans les tiroirs, emmêlés à de vieux châles et de vieilles écharpes. Il n'y a pas de système, pas d'ordre, rien indiquant qu'elle laisse une femme de chambre s'approcher de ses affaires. Quels que soient ses secrets, elle ne les cache pas qu'à moi.

Je me surprends à caresser un chemisier en soie et regarde ma main avec désapprobation avant de m'apercevoir que ce n'est pas moi qui veux ça, mais lui.

C'est Derby.

J'ôte ma main en poussant une exclamation et claque la porte de la penderie.

Je sens sa concupiscence. Il me mettrait à genoux pour pouvoir tripoter ses affaires, inhaler son odeur. Cet homme est une bête, et l'espace d'une seconde il a eu le contrôle.

J'essuie les perles de désir sur mon front et prends une profonde inspiration pour me ressaisir avant de poursuivre mes recherches.

Je me concentre, contrôle mes pensées, ne laissant aucun espace par lequel il pourrait s'insinuer. Mais même alors, mon investigation est infructueuse. Le seul objet à peu près intéressant est un vieil album contenant divers souvenirs de la vie d'Evelyn : une vieille correspondance entre elle et Michael, des photos de son enfance, des bribes de poèmes et de contemplations de son adolescence, le tout contribuant à dresser le portrait d'une femme très seule qui aimait désespérément son frère et à qui il manque désormais terriblement.

Je referme le livre et le replace sous le lit où je l'ai trouvé, puis je quitte la pièce aussi silencieusement que j'y suis entré, traînant en moi un Derby déchaîné.

30

Je suis assis dans un fauteuil, dans un coin faiblement éclairé du vestibule. Le siège est placé de sorte à me donner une vue dégagée sur la porte de la chambre d'Evelyn. Le dîner a commencé, mais elle sera morte dans trois heures, et je compte bien la suivre à chaque pas qu'elle fera jusqu'au miroir d'eau.

Une telle patience serait normalement impossible à mon hôte, mais j'ai découvert qu'il aimait fumer, ce qui est pratique car ça me fait tourner la tête et apaise le cancer de Derby dans mes pensées. C'est un bénéfice plaisant quoique inattendu d'une habitude que j'ai héritée de lui.

« Ils seront prêts quand vous aurez besoin d'eux », déclare Cunningham, apparaissant à travers la brume de fumée et s'accroupissant près de mon fauteuil.

Il a sur le visage un grand sourire satisfait que je ne sais comment interpréter.

« Qui sera prêt ? » dis-je en le regardant.

Le sourire disparaît, laissant place à de l'embarras tandis qu'il se relève d'un bond.

« Excusez-moi, monsieur Derby, je vous ai pris pour quelqu'un d'autre, se hâte-t-il d'expliquer.

— Je *suis* quelqu'un d'autre, Cunningham. C'est

moi, Aiden. Mais je n'ai toujours pas la moindre idée de ce dont vous parlez.

— Vous m'avez demandé de réunir des gens.

— Non, je n'ai jamais fait ça. »

Nos confusions doivent se refléter mutuellement, car le visage de Cunningham est aussi perplexe que mon cerveau.

« Je suis désolé, il a dit que vous comprendriez, reprend-il.

— Qui ça ? »

Un son attire mon attention vers le vestibule et, me tournant sur mon siège, je vois Evelyn traverser le marbre, pleurant entre ses mains.

« Prenez ça, il faut que j'y aille », dit Cunningham.

Et il me colle une feuille de papier entre les mains, sur laquelle est écrit « *tous* ».

« Attendez ! Je ne sais pas ce que ça veut dire ! »

Mais il est trop tard, il est déjà parti.

Je voudrais le suivre, mais Michael pénètre à la suite d'Evelyn dans le vestibule, et c'est pour ça que je suis ici. Ce sont les moments manquants qui font passer Evelyn de la femme courageuse et gentille que j'ai rencontrée en tant que Bell à l'héritière suicidaire qui s'ôtera la vie près du miroir d'eau.

« Evie, Evie, ne pars pas, dis-moi ce que je peux faire », implore Michael en lui attrapant le bras par le coude.

Elle secoue la tête, ses larmes scintillant à la lueur des bougies, reflétant les diamants qui brillent dans ses cheveux.

« J'ai juste… » Sa voix s'étrangle. « J'ai juste besoin… »

Elle secoue de nouveau la tête, se dégage et file devant moi en direction de sa chambre. Elle insère maladroitement la clé dans la serrure, se glisse à l'intérieur et claque la porte derrière elle. Michael la regarde disparaître d'un air abattu et saisit un verre de porto sur le plateau que Madeline est en train de porter à la salle à manger.

Il le vide d'un trait, le rouge lui monte aux joues.

Lui prenant le plateau des mains, il désigne la chambre d'Evelyn.

« Ne vous occupez pas de ça, allez voir votre maîtresse », ordonne-t-il.

C'est un beau geste, quelque peu terni par la confusion qui s'ensuit lorsqu'il se demande que faire des trente verres de sherry, porto et brandy dont il a hérité.

De mon siège, je regarde Madeline taper à la porte d'Evelyn, la pauvre femme de chambre de plus en plus inquiète à chaque supplication ignorée. Finalement, elle regagne le vestibule, où Michael est toujours en train de regarder autour de lui à la recherche d'un endroit où poser le plateau.

« Je crains que *mademoiselle*[1] soit… »

Madeline fait un geste désespéré.

« C'est bon, Madeline, répond-il avec lassitude. La journée a été difficile. Pourquoi ne la laissez-vous pas tranquille pour le moment. Je suis sûr qu'elle appellera quand elle aura besoin de vous. »

Madeline s'attarde, incertaine, regardant vers la chambre d'Evelyn, mais après une brève hésitation elle fait ce qu'il lui demande et disparaît dans l'escalier de service en direction des cuisines.

Tandis qu'il regarde à gauche et à droite pour trouver un endroit où se débarrasser du plateau, Michael me voit en train de l'observer.

1. En français dans le texte. (*N.d.T.*)

« Je dois avoir l'air d'un foutu idiot, déclare-t-il en rougissant.

— Plutôt d'un serveur incompétent, dis-je avec franchise. Je suppose que le dîner ne s'est pas passé comme prévu.

— C'est cette histoire avec Ravencourt, répond-il en posant le plateau dans un équilibre plutôt précaire sur l'accoudoir rembourré d'un fauteuil proche. Auriez-vous une de ces cigarettes à m'offrir ? »

J'émerge de la brume de fumée pour lui en tendre une, et l'allume entre ses doigts.

« Va-t-elle vraiment devoir l'épouser ?

— Nous sommes presque ruinés, mon vieux camarade, soupire-t-il en tirant une longue bouffée. Père achète chaque mine vide et chaque plantation improductive de l'empire. Je donne un an ou deux avant que nos coffres soient complètement secs.

— Mais je croyais qu'Evelyn et vos parents ne s'entendaient pas ? Pourquoi accepterait-elle de le faire ?

— Pour moi, répond-il en secouant la tête. Mes parents ont menacé de me couper les vivres si elle ne leur obéissait pas. Je serais flatté si tout ça ne me faisait pas me sentir si sacrément coupable.

— Il doit y avoir une autre solution.

— Mon père a soutiré chaque penny qu'il pouvait aux quelques banques qui sont encore impressionnées par son titre. Si nous n'obtenons pas cet argent, eh bien… à vrai dire, je ne sais pas ce qui se passera, mais nous finirons ruinés, et je suis assez certain que nous ferons de très mauvais pauvres.

— C'est le cas de la plupart des gens.

— Eh bien, au moins ils ont de l'entraînement, réplique-t-il en faisant tomber sa cendre sur le sol en marbre. Pourquoi avez-vous un bandage sur la tête ? »

Je le touche timidement. J'avais totalement oublié qu'il était là.

« Je me suis mis Stanwin à dos. Je l'ai entendu se disputer avec Evelyn à propos d'une certaine Felicity Maddox, et j'ai essayé d'intervenir.

— Felicity ? dit-il, son expression indiquant qu'il la connaît.

— Ce nom vous dit quelque chose ? »

Il laisse passer un temps, tire une profonde bouffée sur sa cigarette avant d'exhaler lentement.

« Une vieille amie de ma sœur, dit-il. Je ne vois pas pourquoi ils se disputeraient à son sujet. Evelyn ne l'a pas vue depuis des années.

— Elle est ici à Blackheath. Elle a laissé un mot pour Evelyn au puits.

— Vous en êtes sûr ? demande-t-il d'un air sceptique. Elle ne figurait pas sur la liste des invités, et Evelyn ne m'a rien dit. »

Nous sommes interrompus par un bruit à la porte, et le docteur Dickie se précipite vers moi. Il pose une main sur mon épaule et se penche près de mon oreille.

« C'est votre mère, murmure-t-il. Vous devez venir avec moi. »

Quoi qu'il se soit passé, c'est suffisamment épouvantable pour qu'il ait enterré son antipathie à mon égard.

Je m'excuse auprès de Michael et cours derrière le docteur, mon appréhension croissant à chaque pas jusqu'à ce qu'il me fasse finalement entrer dans la chambre de Millicent.

La fenêtre est ouverte, un vent froid agite la flamme des bougies qui éclairent la pièce. Mes yeux mettent quelques secondes à s'accoutumer à la pénombre, mais je la vois finalement. Elle est étendue sur le côté dans son lit, les yeux clos et la poitrine immobile, comme si elle s'était glissée sous les couvertures pour une petite sieste. Elle avait commencé à s'habiller pour le dîner et avait coiffé ses cheveux gris d'ordinaire en désordre, les attachant pour dégager son visage.

« Je suis désolé, Jonathan, je sais combien vous étiez proches », dit-il.

Le chagrin s'empare de moi. J'ai beau me dire que ce n'est pas ma mère, je n'arrive pas à m'en départir.

Mes larmes arrivent soudainement et en silence. Tremblant, je m'assieds sur la chaise en bois à côté du lit et saisis sa main encore chaude.

« Attaque cardiaque, reprend le docteur Dickie d'une voix peinée. Ça a dû être très rapide. »

Il se tient de l'autre côté du lit, l'émotion aussi brute sur son visage que sur le mien. Il essuie une larme et ferme la fenêtre, repoussant le vent froid. La flamme des bougies se redresse, diffusant désormais dans la pièce une lumière dorée et chaude.

« Puis-je la prévenir ? » dis-je, songeant aux choses que je pourrai rectifier demain.

Il semble perplexe pendant une seconde, mais il attribue clairement cette question à ma peine et me répond d'une voix bienveillante.

« Non, dit-il en secouant la tête. Vous n'auriez pas pu la prévenir.

— Et si…

— C'était son heure, Jonathan », insiste-t-il doucement.

Je parviens tout juste à acquiescer. Il s'attarde encore un peu, m'enveloppant de paroles que je n'entends pas et qui ne me font rien. Tout ce que je peux faire, c'est tomber et toucher le fond. Pourtant, plus je chute, plus je m'aperçois que je ne pleure pas seulement pour

Millicent Derby. Il y a autre chose, quelque chose de plus profond que la douleur de mon hôte, quelque chose qui appartient à Aiden Bishop. C'est une chose brute et désespérée, triste et pleine de colère, qui bat au fond de moi. Le chagrin de Derby l'a révélée, mais j'ai beau essayer, je n'arrive pas à la faire sortir de l'obscurité.

Laisse-la où elle est.

« Qu'est-ce que c'est ? »

Un morceau de toi, maintenant laisse-la tranquille.

Je suis distrait par un coup frappé à la porte, et en regardant l'horloge je m'aperçois qu'une heure s'est écoulée. Il n'y a plus aucun signe du docteur. Il a dû partir sans que je m'en rende compte.

Evelyn passe la tête dans la pièce. Son visage est pâle, ses joues rougies par le froid. Elle porte toujours sa robe de soirée bleue, bien qu'elle ait pris quelques plis depuis la dernière fois que je l'ai vue. Le diadème ressort de la poche de son long manteau beige, et ses bottes en caoutchouc laissent une traînée de boue et de feuilles par terre. Elle doit tout juste rentrer de son excursion au cimetière avec Bell.

« Evelyn… »

Je voudrais en dire plus, mais le chagrin m'étrangle.

Elle observe la scène, puis elle produit un petit son avec sa langue et pénètre dans la pièce, se dirigeant tout droit vers la bouteille de whisky sur le buffet. Le verre a à peine touché mes lèvres qu'elle l'incline vers le haut, m'obligeant à le vider d'un trait.

Suffoquant, je repousse le verre et du whisky me coule sur le menton.

« Pourquoi voulez-vous…

— Eh bien, vous ne pouvez pas vraiment m'aider dans votre état présent, dit-elle.

— Vous aider ? »

Elle m'examine, me jauge mentalement.

Elle me tend un mouchoir.

« Essuyez-vous le menton, vous avez une mine atroce. Je crains que le chagrin n'aille pas du tout à ce visage arrogant.

— Comment…

— C'est une très longue histoire, coupe-t-elle. Et j'ai peur que nous n'ayons que peu de temps. »

Je reste assis en silence, m'efforçant de tout absorber, regrettant la vivacité d'esprit de Ravencourt. Tant de choses se sont produites, à tel point que je n'arrive pas à tout mettre bout à bout. J'avais déjà l'impression de regarder les indices à travers une loupe embuée, et maintenant Evelyn est là, tirant un drap par-dessus le visage de Millicent, aussi calme qu'un jour d'été. J'ai beau essayer, je n'arrive pas à suivre.

Il est très clair que cette petite crise à propos des fiançailles pendant le dîner était un numéro, car il n'y a plus une trace de cette terrible tristesse sur elle. Ses yeux sont clairs, le ton de sa voix contemplatif.

« Donc je ne suis pas la seule à mourir ce soir, dit-elle en caressant les cheveux de la vieille femme. Quelle misère. »

Le verre me tombe des mains.

« Vous êtes au courant pour…

— Le miroir d'eau, oui. Curieuse affaire, n'est-ce pas ? »

Elle parle d'un ton rêveur, comme si elle décrivait une chose qu'elle aurait entendue un jour et dont elle ne se souviendrait qu'à moitié. Je la soupçonnerais d'avoir craqué intérieurement si ses paroles n'avaient pas ce ton tranchant.

« Vous semblez prendre la nouvelle plutôt bien, dis-je prudemment.

— Vous auriez dû me voir ce matin. J'étais tellement en colère que je faisais des trous dans les murs à force de donner des coups de pied dedans. »

Evelyn passant sa main sur le bord de la coiffeuse, ouvrant la boîte à bijoux de Millicent, touchant la brosse à manche en nacre. Je décrirais ses gestes comme de la convoitise, s'ils ne semblaient pas dénoter une dose égale de révérence.

« Qui veut votre mort, Evelyn ? dis-je, troublé par cette attitude curieuse.

— Je ne sais pas, répond-elle. Une lettre avait été glissée sous ma porte à mon réveil.

— Mais vous ne savez pas de qui elle était ?

— L'agent Rashton a une théorie, mais il la garde pour lui.

— Rashton ?

— Votre ami ? Il m'a dit que vous l'aidiez à enquêter. »

Le doute et le dégoût suintent de chacun de ses mots, mais je suis trop intrigué pour le prendre personnellement. Ce Rashton pourrait-il être un autre hôte ? Peut-être même est-il l'homme qui a demandé à Cunningham de livrer ce message qui disait « *tous* », et de réunir des invités. Quoi qu'il en soit, il semble m'avoir englobé dans son plan. Que je puisse lui faire confiance ou non est une autre question.

« Où ce Rashton vous a-t-il abordée ?

— Monsieur Derby, dit-elle avec fermeté. Je n'aimerais rien plus que m'asseoir et répondre à toutes vos questions, mais nous n'avons pas vraiment le temps. Je suis attendue au miroir d'eau dans dix minutes, et je ne peux pas être en retard. D'ailleurs, c'est pourquoi je suis ici, j'ai besoin du pistolet argenté que vous avez pris au docteur.

— Vous n'allez pas faire ça ! dis-je, l'inquiétude me faisant me lever d'un bond de mon siège.

— D'après ce que je comprends, vos amis sont près de démasquer mon assassin potentiel. Ils ont simplement besoin d'un peu plus de temps. Si je n'y vais pas, le tueur saura que quelque chose cloche, et je ne peux pas courir ce risque. »

Je suis à ses côtés en deux pas, mon cœur battant à toute allure.

« Êtes-vous en train d'affirmer qu'ils savent qui se cache derrière tout ça ? dis-je avec excitation. Vous ont-ils donné la moindre indication quant à son identité ? »

Evelyn lève l'un des camées de Millicent Derby à la lumière, un visage d'ivoire sur de la dentelle bleue. Sa main tremble. C'est le premier signe de peur que je vois en elle.

« Non, mais j'espère qu'ils la découvriront bientôt. Je fais confiance à vos amis pour me sauver avant d'être obligée de faire quelque chose de… définitif.

— Définitif ?

— La lettre était très claire, soit je me tue près du miroir d'eau à 23 heures, soit quelqu'un à qui je tiens profondément mourra à ma place.

— Felicity ? Je sais que vous avez récupéré un message d'elle au puits, et que vous lui avez demandé de vous aider avec votre mère. Michael m'a dit que c'était une vieille amie. Est-elle en danger ? Quelqu'un la retient-il contre sa volonté ? »

Ça expliquerait pourquoi je n'ai pas réussi à la trouver.

La boîte à bijoux se referme sèchement. Evelyn

se tourne pour me faire face, les mains désormais posées à plat sur la coiffeuse.

« Je ne veux pas paraître impatiente, mais n'êtes-vous pas censé être quelque part ? dit-elle. On m'a demandé de vous rappeler qu'il y a une pierre à surveiller. Est-ce que ça vous dit quelque chose ? »

J'acquiesce, me rappelant le service que m'a demandé Anna plus tôt dans l'après-midi. Je suis censé me tenir à côté quand Evelyn se suicidera. Je ne dois pas bouger. Pas d'un pouce, a-t-elle précisé.

« Dans ce cas, j'en ai fini ici et je ferais bien d'y aller, déclare-t-elle. Où est le pistolet argenté ? »

Même entre ses petits doigts, on dirait un objet anodin, plus une décoration qu'une arme, une façon embarrassante de mettre fin à une vie. Je me demande si c'est intentionnel, s'il n'y a pas un reproche silencieux dans l'instrument de mort, comme il y en a dans la méthode. Evelyn ne se fait pas simplement assassiner, elle se fait embarrasser, dominer.

Tout choix lui a été ôté.

« Quelle jolie façon de mourir, déclare-t-elle en fixant le pistolet. S'il vous plaît, ne soyez pas en retard, monsieur Derby, je crois que ma vie en dépend. »

Après un dernier coup d'œil en direction de la boîte à bijoux, elle disparaît.

31

Serrant les bras autour de mon torse pour me protéger du froid, je me tiens au-dessus de la pierre qu'Anna a soigneusement placée, terrifié à l'idée de faire ne serait-ce qu'un petit pas sur la gauche, où au moins je serais réchauffé par l'un des braseros. Je ne sais pas ce que je fais là, mais si ça fait partie du plan pour sauver Evelyn, je resterai ici jusqu'à ce que mon sang se glace.

Je jette un coup d'œil vers les arbres et vois le médecin de peste à l'endroit habituel, à moitié dissimulé par l'obscurité. Il ne regarde pas le miroir d'eau comme je l'ai cru quand j'ai assisté à ce moment avec les yeux de Ravencourt, mais vers la droite. L'angle de sa tête suggère qu'il parle à quelqu'un, même si je suis trop loin pour voir qui. Quoi qu'il en soit, c'est un signe encourageant. Evelyn a laissé entendre qu'elle avait trouvé des alliés parmi mes hôtes, et quelqu'un attend sûrement dans ces buissons de lui venir en aide.

Elle arrive à 23 heures pile, tenant mollement le pistolet argenté dans sa main. Passant de l'ombre à la lueur des flammes, elle suit les braseros, sa robe de soirée bleue traînant dans l'herbe. J'ai terriblement envie de lui arracher cette arme, mais quelque part une main invisible est à l'œuvre, actionnant des leviers qu'il m'est impossible de comprendre. D'un instant à l'autre quelqu'un va l'interpeller, j'en suis certain. L'un de mes futurs hôtes va surgir dans la nuit et dire à Evelyn que tout est fini, que l'assassin a été capturé. Elle laissera tomber le pistolet et le remerciera en sanglotant, tandis que Daniel présentera son plan pour qu'Anna et moi nous échappions.

Pour la première fois depuis que tout a commencé, j'ai le sentiment de faire partie de quelque chose qui me dépasse.

Encouragé par cette impression, je plante fermement mes pieds dans le sol et me dresse au-dessus de la pierre.

Evelyn s'arrête au bord de l'eau, regarde les arbres autour d'elle. Pendant une seconde, je pense qu'elle va repérer le médecin de peste, mais elle détourne les yeux avant de les avoir posés sur lui. Elle est chancelante, oscillant légèrement comme si elle bougeait au son d'une musique qu'elle seule entendrait. Les flammes du brasero se reflètent sur les diamants de son collier, faisant couler un feu liquide sur sa gorge. Elle tremble, le désespoir croissant sur son visage.

Quelque chose ne va pas.

Je jette un coup d'œil en direction de la salle de bal et trouve Ravencourt à la fenêtre, qui regarde avec tendresse son amie. Des mots se forment sur ses lèvres, mais ils arrivent trop tard pour avoir la moindre utilité.

« Que Dieu me vienne en aide », murmure Evelyn dans la nuit.

Des larmes ruissellent sur ses joues, elle pointe le pistolet sur son ventre et appuie sur la détente.

La détonation est si puissante qu'elle fissure le monde, noyant mon cri angoissé.

Dans la salle de bal, les convives retiennent leur souffle.

Des visages surpris se tournent vers le miroir d'eau, leurs yeux cherchant Evelyn. Elle agrippe son ventre, du sang suinte entre ses doigts. Elle semble confuse, comme si on lui avait donné quelque chose qu'elle n'était pas censée avoir, mais avant qu'elle comprenne, ses jambes se dérobent sous elle et elle tombe en avant dans l'eau.

Le feu d'artifice explose dans le ciel nocturne tandis que les convives affluent par les portes-fenêtres, pointant le doigt et s'exclamant. Quelqu'un court vers moi, ses pieds battant la terre. Je me retourne à temps pour encaisser tout son poids en pleine poitrine et me retrouve étalé au sol.

Tandis qu'elle tente péniblement de se relever, la personne ne parvient qu'à me griffer le visage et à m'enfoncer son genou dans le ventre. Le tempérament de Derby, qui cherchait déjà désespérément à s'imposer, prend le dessus. Avec un cri de rage, je me mets à frapper cette forme dans l'obscurité, agrippant ses vêtements alors même qu'elle essaie de se dégager.

Hurlant de frustration, je suis soulevé du sol en même temps que mon adversaire, puis nous sommes tous deux fermement retenus par des domestiques. La lumière des lanternes se déverse sur nous, révélant un Michael Hardcastle furieux qui tente désespérément de se libérer des bras puissants de Cunningham, qui le maintiennent à distance de la silhouette brisée d'Evelyn.

Je le regarde avec stupéfaction.

Le déroulement des événements a été modifié.

Cette révélation anéantit toutes mes velléités de

me débattre et mon corps devient inerte entre les bras du domestique tandis que je fixe le miroir d'eau.

Quand j'ai vu ce moment avec les yeux de Ravencourt, Michael s'accrochait à sa sœur sans parvenir à la faire réagir. Maintenant un grand type en trench-coat la sort de l'eau et recouvre son corps trempé de sang avec la veste de Dickie.

Le domestique me lâche et je tombe à genoux juste à temps pour voir un Michael Hardcastle en pleurs être emmené par Cunningham. Déterminé à absorber autant de détails de ce miracle que possible, je regarde partout autour de moi. Près du miroir d'eau, le docteur Dickie est agenouillé à côté du corps d'Evelyn et s'entretient avec un autre homme qui semble avoir pris les choses en main. Ravencourt s'est retiré sur un divan dans la salle de bal et il est assis, voûté au-dessus de sa canne, perdu dans ses pensées. L'orchestre se fait haranguer par les convives ivres qui, ignorant la scène d'horreur à l'extérieur, veulent continuer de s'amuser, pendant que des serviteurs se tiennent là, désemparés, faisant le signe de croix quand ils s'approchent du corps sous la veste.

Dieu sait combien de temps je reste assis là dans l'obscurité, observant tout. Suffisamment longtemps pour que tout le monde soit reconduit dans la maison par le personnage en trench-coat. Suffisamment longtemps pour que le corps inerte d'Evelyn soit emporté. Suffisamment longtemps pour commencer à avoir froid et sentir mon corps se raidir.

Suffisamment longtemps pour que le valet de pied me trouve.

Il apparaît au coin opposé de la maison avec une petite gibecière attachée à sa taille et du sang gouttant de ses doigts. Il sort son couteau et frotte la lame d'avant en arrière sur le bord d'un brasero. Je ne sais pas s'il l'aiguise ou s'il le chauffe simplement, mais je soupçonne que ce n'est pas la question. Il veut que je le voie faire, que j'entende le raclement perturbant du métal sur le métal.

Il m'observe, attendant ma réaction, et en le voyant maintenant je me demande comment quiconque a pu le prendre pour un domestique. Bien qu'il porte une livrée rouge et blanc, il ne possède nullement la soumission traditionnelle du valet de pied. Il est grand et mince, langoureux dans ses mouvements, avec des cheveux blonds sales et un visage en forme de larme, des yeux sombres au-dessus d'un petit sourire qui serait charmant s'il n'était pas si vide. Et puis il y a ce nez cassé.

Il est violacé et gonflé, distordant ses traits. À la lueur du feu, il ressemble à une créature déguisée en humain dont le masque serait tombé.

Il lève le couteau pour mieux inspecter son travail. Satisfait, il s'en sert pour couper la gibecière à sa taille, qu'il jette à mes pieds.

Elle heurte le sol avec un bruit sourd, le tissu trempé de sang et fermé par une ficelle. Il veut que je l'ouvre, mais je n'ai aucune intention de lui donner ce plaisir.

Je me relève, ôte ma veste et m'étire le cou.

Au fond de moi, j'entends Anna qui me hurle de m'enfuir. Elle a raison, je devrais avoir peur, et dans n'importe quel autre hôte, ce serait le cas. C'est clairement un piège, mais j'en ai assez de craindre cet homme.

Il est temps de se battre, ne serait-ce que pour me convaincre que j'en suis capable.

Pendant un moment, nous nous observons sous la pluie et dans le vent tourbillonnant. Sans surprise, c'est le valet de pied qui prend l'initiative lorsqu'il pivote sur ses talons et détale dans l'obscurité de la forêt.

Beuglant comme un dément, je me lance à sa poursuite.

Quand je m'enfonce parmi les arbres, ceux-ci se referment autour de moi, les branches me griffant le visage, le feuillage s'épaississant.

Mes jambes commencent à fatiguer, mais je continue de courir jusqu'au moment où je m'aperçois que je ne le vois plus.

Je m'arrête dans un dérapage, tourne sur place, haletant.

Il est sur moi en quelques secondes, couvrant ma bouche pour étouffer mon hurlement tandis que la lame pénètre dans mon flanc et déchire ma cage thoracique. Le sang gargouille dans ma gorge, mes genoux se dérobent, mais les bras puissants qui m'entourent me retiennent de tomber. Sa respiration est peu profonde, avide. Ce n'est pas le son de la fatigue, c'est de l'excitation et de l'anticipation.

Une allumette est craquée, une minuscule pointe de lumière tenue devant mon visage.

Il s'agenouille directement face à moi, ses impitoyables yeux noirs me transperçant.

« Brave lapin », dit-il, puis il me tranche la gorge.

32

Sixième jour

« Réveillez-vous ! Réveillez-vous, Aiden ! »

Quelqu'un cogne à ma porte.

« Vous devez vous réveiller, Aiden. Aiden ! »

Ravalant ma fatigue, je découvre mon environnement en clignant des yeux. Je suis dans un fauteuil, humide de sueur, mes vêtements entortillés autour de moi. C'est la nuit, une bougie coule sur une table proche. Il y a un plaid sur mes cuisses, des mains de vieil homme posées sur un livre aux pages cornées. Les veines saillent sous la chair ridée, sillonnant une constellation de taches d'encre séchée et de taches de vieillesse. Je plie des doigts raidis par l'âge.

« Aiden, s'il vous plaît ! » insiste la voix dans le couloir.

Je me lève du fauteuil et marche jusqu'à la porte, de vieilles douleurs se réveillant dans mon corps comme des essaims de frelons dérangés. Les gonds ont du jeu, le coin inférieur de la porte frotte contre le sol, révélant la silhouette dégingandée de Gregory Gold de l'autre côté, avachi contre le montant. Il est très semblable à ce qu'il sera quand il attaquera le majordome, mais son smoking est déchiré et couvert de boue séchée, et il respire difficilement.

Il serre dans sa main la pièce de jeu d'échecs qu'Anna m'a donnée, ce qui, en plus du fait qu'il a utilisé mon vrai nom, suffit à me convaincre que c'est un autre de mes hôtes. En temps normal, je serais heureux d'une telle rencontre, mais il est dans un état effroyable, agité et débraillé, un homme qui revient de l'enfer.

En me voyant, il m'agrippe par les épaules. Ses yeux sombres et injectés de sang dardent des regards tout autour de lui.

« Ne sortez pas de la calèche, dit-il, de la salive lui coulant des lèvres. Quoi que vous fassiez, ne sortez pas de la calèche. »

Sa peur est une maladie, l'infection se répand en moi.

« Il… il n'arrête jamais…

— N'arrête jamais quoi ? » dis-je.

Gold secoue la tête, se cogne les tempes. Des larmes ruissellent sur ses joues, mais je ne sais pas comment le réconforter.

« N'arrête jamais quoi, Gold ?

— De couper », répond-il en retroussant sa manche pour révéler les lacérations en dessous.

Elles ressemblent exactement aux blessures par couteau avec lesquelles Bell s'est réveillé le premier matin.

« Vous ne le voudrez pas, non, mais vous la trahirez, vous leur direz, vous leur direz tout, vous ne voudrez pas, mais vous le ferez, bafouille-t-il. Ils sont deux. Deux. Ils sont semblables, mais ils sont deux. »

Son esprit a été brisé, je le vois désormais. Il n'y a plus une once de raison en lui. Je tends la main, espérant l'attirer dans la pièce, mais il prend peur et recule jusqu'à heurter le mur de l'autre côté. Il ne reste que sa voix.

« Ne sortez pas de cette calèche », me lance-t-il d'une voix sifflante, s'éloignant dans le couloir.

Je fais un pas à sa suite, mais il fait trop sombre pour voir quoi que ce soit, et quand je reviens avec une bougie, le couloir est vide.

33

Deuxième jour (suite)

Le corps du majordome, la souffrance du majordome, gavé de sédatifs.

C'est comme un retour à la maison.

Je suis à peine éveillé, et je me renfonce déjà dans le sommeil.

Il commence à faire sombre. Un homme va et vient à travers la pièce minuscule avec un fusil de chasse dans ses bras.

Ce n'est pas le médecin de peste. Ce n'est pas Gold.

Il m'entend remuer et se retourne. Il est dans l'ombre. Je n'arrive pas à le distinguer.

J'ouvre la bouche, mais aucun mot n'en sort.

Je ferme les yeux et me rendors.

34

Sixième jour (suite)

« Père. »

Je suis surpris de trouver le visage moucheté de taches de rousseur d'un jeune homme aux cheveux roux et aux yeux bleus à quelques centimètres des miens. Je suis de nouveau un vieil homme, assis dans mon fauteuil avec le plaid sur mes cuisses. Le garçon est penché à un angle de quatre-vingt-dix degrés, les mains jointes dans le dos comme s'il ne leur faisait pas confiance.

Ma mine renfrognée le fait reculer d'un pas.

« Vous m'avez demandé de vous réveiller à 9 h 15 », dit-il d'un ton confus.

Il sent le scotch, le tabac et la peur. Tout ça monte en lui, jaunissant le blanc de ses yeux. Il a le regard inquiet d'un animal traqué attendant le coup de feu.

Il fait jour derrière la fenêtre, ma bougie est depuis longtemps éteinte et le feu n'est plus que cendres. Mon vague souvenir d'avoir été le majordome prouve que je me suis assoupi après la visite de Gold, mais je ne m'en souviens pas. L'horreur de ce qu'il a enduré – ce que je vais devoir bientôt endurer – m'a fait tourner en rond jusqu'au petit matin.

Ne sortez pas de la calèche.

C'était un avertissement et une supplication. Il veut que je change le déroulement de la journée, et si c'est exaltant, c'est aussi perturbant. Je sais que c'est possible, je l'ai vu, mais si je suis assez intelligent pour changer les choses, le valet l'est aussi. Pour autant que je le sache, nous courons en rond, chacun défaisant le travail de l'autre. Il ne s'agit plus simplement de trouver la bonne réponse, il s'agit de s'y accrocher suffisamment longtemps pour l'apporter au médecin de peste.

Je dois parler à l'artiste à la première occasion.

Je remue sur mon siège, repoussant le plaid et faisant légèrement sursauter le garçon. Il se raidit, me lançant un regard de biais pour voir si je l'ai remarqué. Le pauvre enfant ; les corrections qu'il a reçues lui ont ôté toute bravoure, et maintenant il reçoit des coups sous prétexte qu'il est lâche. Ma compassion ne sied pas à mon hôte, dont le dégoût pour son fils est absolu. Il trouve sa docilité exaspérante, considère son silence comme un affront. C'est un raté, un échec impardonnable.

Mon seul échec.

Je secoue la tête, tentant de me libérer des regrets de cet homme. Les souvenirs de Bell, Ravencourt et Derby étaient des objets noyés dans un brouillard, mais le désordre de cette vie-ci est éparpillé autour de moi. Je ne puis m'empêcher de trébucher dessus.

Bien que la couverture suggère une infirmité, je me lève avec tout juste une petite raideur, m'étirant à une hauteur respectable. Mon fils s'est retranché dans le coin de la pièce, s'enveloppant d'ombres. Malgré la faible distance, il est trop éloigné pour mon hôte, dont les yeux défaillent à mi-chemin. Je cherche des lunettes, conscient que c'est inutile. Cet homme considère l'âge comme une faiblesse, le résultat d'un manque de volonté. Il n'y aura pas de lunettes, pas de canne, aucune aide. Quels que soient mes fardeaux, c'est à moi de les porter. Seul.

Je sens que mon fils jauge mon humeur, observant mon visage comme on observe les nuages lorsqu'on craint un orage imminent.

« Crache le morceau ! dis-je d'un ton bourru, irrité par sa réticence.

— J'espérais être excusé pour la partie de chasse de cet après-midi », répond-il.

Les mots sont déposés à mes pieds, deux lapins morts pour un loup affamé.

Même cette simple requête m'exaspère. Quel jeune homme ne veut pas chasser ? Quel jeune homme rampe de la sorte, se tapissant au bord du monde au lieu de se dresser fièrement en son centre ? Mon instinct est de refuser, de le faire souffrir pour avoir la témérité d'être qui il est, mais je me ravise. Nous serons tous deux plus heureux éloignés l'un de l'autre.

« Très bien, dis-je en lui faisant signe de s'en aller.

— Merci, père », répond-il, s'échappant de la pièce avant que je puisse changer d'avis.

En son absence ma respiration s'apaise, mes mains se desserrent. La colère cesse de m'étreindre, me laissant libre de chercher à travers la pièce quelques informations sur son occupant.

Il y a trois livres empilés sur la table de chevet, tous traitant d'obscurs détails juridiques. Mon invitation au bal fait office de marque-page et est adressée à Edward et Rebecca Dance. Ce nom seul suffit à me faire m'effondrer intérieurement. Je me souviens du visage de Rebecca, de son odeur. La sensation de sa proximité. Mes doigts trouvent le médaillon à mon cou, son portrait enchâssé à l'intérieur. Le chagrin de Dance est une douleur silencieuse, une unique larme par jour. C'est le seul luxe qu'il s'autorise.

Repoussant ma peine, je tapote du doigt l'invitation.

« Dance », dis-je à voix basse.

Un nom singulier pour un homme si morose.

Des coups frappés à la porte perforent le silence, la poignée tournant et la porte s'ouvrant quelques secondes plus tard. Le personnage qui entre est imposant et traîne les pieds. Il gratte sa tignasse blanche, projetant des pellicules dans toutes les directions. Il porte un costume bleu froissé sous des favoris blancs et des yeux injectés de sang, et il serait tout à fait affreux sans l'aisance avec laquelle il porte son aspect débraillé.

Il cesse de se gratter et me regarde en clignant les yeux d'un air perplexe.

« C'est votre chambre, n'est-ce pas, Edward ? demande l'inconnu.

— Eh bien, je me suis réveillé ici, dis-je avec méfiance.

— Mince, je ne me souviens plus où ils m'ont logé.

— Où avez-vous dormi la nuit dernière ?

— Dans la véranda, répond-il en se grattant une aisselle. Herrington a parié que je ne pourrais pas finir une bouteille de porto en moins de quinze minutes, et c'est la dernière chose dont je me souvienne jusqu'à ce que ce scélérat de Gold me réveille ce matin, divaguant comme un aliéné. »

L'évocation de Gold me ramène à son avertissement décousu de cette nuit et aux plaies sur son bras. Ne sortez pas de la calèche, disait-il. Cela signifie-t-il que je vais partir à un moment ? Ou que je vais faire un voyage ? Je sais déjà que je ne peux pas atteindre le village, cela semble donc peu probable.

« Gold a-t-il dit quelque chose ? Savez-vous où il allait, ou quels étaient ses plans ?

— Je n'ai pas pris le temps de boire un verre avec lui, Dance, répond-il avec dédain. Je l'ai jaugé, et je lui ai fait savoir sans détour que je l'avais à l'œil. » Il regarde autour de lui. « Est-ce que j'ai laissé une bouteille ici ? J'ai besoin de quelque chose pour apaiser ce satané mal de tête. »

J'ai à peine ouvert la bouche pour répondre qu'il se met à fouiller dans les tiroirs, les laissant ouverts tandis qu'il prend d'assaut la penderie. Après avoir palpé les poches de mes costumes, il se retourne, examinant la pièce comme s'il venait d'entendre un lion dans les buissons.

Un nouveau coup à la porte, un nouveau visage. Celui-ci appartient au capitaine Clifford Herrington, le marin barbant qui était assis à côté de Ravencourt pendant le dîner.

« Venez, vous deux, lance-t-il en jetant un coup d'œil à sa montre. Le vieux Hardcastle nous attend. »

Délivré de l'emprise de l'alcool fort, il se tient droit et est autoritaire.

« Une idée de ce qu'il nous veut ? dis-je.

— Absolument aucune, mais je suppose qu'il nous le dira quand nous y serons, réplique-t-il sèchement.

— J'ai besoin d'un scotch, déclare mon compagnon.

— Il y en aura à coup sûr dans la loge, Sutcliffe, répond Herrington sans prendre la peine de dissimuler son impatience. En plus, vous connaissez Hardcastle, il est sacrément sérieux ces jours-ci, il vaut probablement mieux que nous n'arrivions pas éméchés. »

La force de mon lien avec Dance est telle que

la simple évocation de Lord Hardcastle me fait gonfler les joues d'agacement. La présence de mon hôte à Blackheath est une question d'obligation, une brève visite qui ne durera que le temps de conclure ses affaires avec la famille. Par contraste, j'ai hâte de questionner le maître des lieux sur l'absence de sa femme, et l'enthousiasme que m'inspire cette entrevue va à l'encontre de l'agitation de Dance.

Étrangement, je m'irrite moi-même.

Pressé une fois de plus par l'officier de marine impatient, le traînard Sutcliffe lève la main, suppliant qu'on lui accorde une minute de plus, avant de passer ses doigts désespérés sur mes étagères. Inspirant l'air, il bondit vers le lit et soulève le matelas pour révéler sur les ressorts une bouteille de scotch chapardée.

« Ouvrez la voie, Herrington, mon vieux », dit-il magnanimement avant de la déboucher et de boire une copieuse rasade.

Secouant la tête, Herrington nous entraîne dans le couloir, où Sutcliffe commence à raconter à pleins poumons une blague tonitruante tandis que son ami tente en vain de le faire taire. Ce sont tous les deux des bouffons, leur bonne humeur mâtinée d'arrogance me fait serrer les dents. Mon hôte a peu de goût pour les excès quels qu'ils soient, et il prendrait volontiers les devants, mais je ne veux pas marcher dans ces couloirs seul. En guise de compromis, je les suis deux pas en retrait, suffisamment loin pour ne pas avoir à me joindre à la conversation, mais suffisamment près pour faire hésiter le valet de pied au cas où il serait tapi dans les parages.

Nous sommes rejoints au pied de l'escalier par un certain Christopher Pettigrew, qui s'avère être le type doucereux avec qui Daniel s'entretenait pendant le dîner. Il est maigre, méprisant, avec des cheveux sombres et gras balayés sur le côté. Il est aussi obséquieux et sournois que dans mon souvenir, son regard fouillant mes poches avant d'absorber mon visage. Je me suis demandé il y a deux soirs s'il pourrait être un futur hôte, mais si c'est le cas, j'ai dû m'adonner librement à ses vices car il est déjà épris d'alcool et saisit avec joie la bouteille que ses amis partagent. Elle n'arrive jamais vers moi, ce qui signifie que je n'ai pas besoin de refuser. Il est clair qu'Edward Dance se tient à l'écart de cette racaille, et j'en suis ravi. Ils forment un groupe étrange ; amis, certainement, mais de façon désespérée, comme trois hommes échoués sur la même île. Par chance, leur bonne humeur s'évapore à mesure que nous approchons de la loge, leurs rires balayés par le vent et la pluie, la bouteille enfoncée dans une poche chaude en même temps que la main froide qui la tient.

« Est-ce que le roquet de Ravencourt a jappé après quelqu'un d'autre ce matin ? demande le doucereux Pettigrew, qui n'est à ce stade guère plus qu'une paire d'yeux fourbes au-dessus d'une écharpe. Quel est son nom encore ? »

Il claque des doigts pour réveiller le souvenir.

« Charles Cunningham », dis-je d'un ton distant, n'écoutant qu'à moitié.

Plus loin sur le chemin, je suis certain d'apercevoir quelqu'un qui nous observe entre les arbres. Juste un éclair, suffisamment pour douter, sauf que la personne semblait porter une livrée de valet de pied. Je porte ma main à ma gorge, et l'espace d'un instant je sens de nouveau la lame de son couteau.

Frissonnant, je scrute les arbres, tentant de trouver une utilité aux yeux défaillants de Dance, mais si c'était bien mon ennemi, il a disparu.

« C'est lui, ce foutu Charles Cunningham, déclare Pettigrew.

— Est-ce qu'il posait des questions sur le meurtre de Thomas Hardcastle ? demande Herrington, son visage résolument tourné vers le vent, à coup sûr une habitude qui remonte à sa carrière dans la marine. J'ai entendu dire qu'il a rendu visite à Stanwin ce matin, et qu'il a commencé par le prendre au collet, ajoute-t-il.

— Foutu impertinent, observe Pettigrew. Et vous, Dance, est-ce qu'il est venu fouiner ?

— Pas que je sache », dis-je, continuant de fixer la forêt.

Nous passons près de l'endroit où j'ai cru apercevoir le valet de pied, mais je vois désormais que l'éclat coloré était un repère rouge cloué à un arbre. Mon imagination peint des monstres dans les bois.

« Que voulait Cunningham ? dis-je, reportant à contrecœur mon attention sur mes compagnons.

— Ce n'est pas lui, répond Pettigrew. Il posait des questions au nom de Ravencourt. Il semblerait que le vieux banquier obèse s'intéresse au meurtre de Thomas Hardcastle. »

À ces mots je m'arrête net. Poser des questions sur le meurtre de Thomas Hardcastle n'a jamais fait partie des tâches que j'ai confiées à Cunningham quand j'étais Ravencourt. Quelles que soient ses intentions, il utilise le nom de Ravencourt pour obtenir des faveurs. Peut-être cela est-il lié au secret qu'il tenait tant à m'empêcher de révéler, le secret qui doit encore finir dans une enveloppe sous le fauteuil dans la bibliothèque.

« Quel genre de questions ? dis-je, mon intérêt attisé pour la première fois.

— Il n'arrêtait pas de m'interroger sur le deuxième tueur, celui que Stanwin dit avoir blessé avec son fusil de chasse avant qu'il s'échappe, répond Herrington en portant une flasque à ses lèvres. Il voulait savoir s'il y avait des rumeurs à son sujet, des descriptions.

— Y en avait-il ?

— Jamais rien entendu, déclare Herrington. Mais de toute manière, je ne lui aurais rien dit. Je l'ai envoyé promener.

— Pas étonnant que Cecil ait mis Cunningham sur le coup, cependant, ajoute Sutcliffe. Il est copain comme cochon avec chaque bonne et chaque jardinier qui ait jamais travaillé à Blackheath, et il en sait probablement plus sur cet endroit que nous.

— Comment ça ? dis-je.

— Il vivait ici quand le meurtre s'est produit, répond Sutcliffe en me regardant par-dessus son épaule. Il était jeune à l'époque, bien entendu, un peu plus âgé qu'Evelyn, si je me souviens bien. La rumeur disait qu'il était le bâtard de Peter. Qu'Helena l'avait confié à la cuisinière pour qu'elle l'élève, ou quelque chose comme ça. Je n'ai jamais compris qui elle cherchait à punir. »

Sa voix est pensive, un son assez étrange pour cette créature hirsute et informe.

« Un joli petit brin de femme, cette cuisinière, elle a perdu son mari à la guerre, médite-t-il. Les Hardcastle ont payé l'éducation du garçon, ils lui ont même trouvé un travail auprès de Ravencourt quand il a eu l'âge.

— Pourquoi Ravencourt s'intéresse-t-il à un meurtre vieux de dix-neuf ans ? demande Pettigrew.

— Il mène son enquête, répond sans détour Herrington en contournant du crottin de cheval. Ravencourt achète une Hardcastle, il veut savoir quel bagage elle apporte avec elle. »

Leur conversation dérive vers des futilités, mais mes pensées demeurent fixées sur Cunningham. Hier soir, il a placé dans la main de Derby un mot qui disait « *tous* », et il m'a dit qu'il réunissait des invités pour un futur hôte, ce qui suggérerait que je peux lui faire confiance. Mais il a clairement ses propres intentions cachées à Blackheath. Je sais qu'il est le fils illégitime de Peter Hardcastle, et qu'il pose des questions sur le meurtre de son demi-frère. Quelque part entre ces deux faits il y a un secret qu'il cherche si désespérément à garder qu'il accepte que je le fasse chanter.

Je serre les dents. Il serait rafraîchissant de trouver pour une fois quelqu'un dans cet endroit qui serait exactement ce qu'il semble être.

Nous passons devant le sentier pavé qui bifurque vers les écuries et continuons vers le sud sur la route sans fin qui mène au village avant de finalement atteindre la loge du gardien. Un à un, nous pénétrons dans le couloir étroit, accrochant nos manteaux et secouant nos vêtements pour les sécher tout en nous plaignant du temps dehors.

« Par ici, les gars », lance une voix derrière une porte sur notre droite.

Nous suivons la voix dans un salon obscur éclairé par un feu. Lord Hardcastle est assis dans un fauteuil près de la fenêtre. Il a les jambes croisées, un livre posé à plat sur ses cuisses. Il est un peu plus âgé que ne le suggérait le portrait, mais il a toujours le torse large et semble en pleine santé. Ses sourcils sombres glissent l'un vers l'autre pour former un V et pointer vers un long nez et une bouche boudeuse aux bords incurvés vers le bas. Un vague vestige de beauté est perceptible, mais sa réserve de splendeur est presque à sec.

« Pourquoi nous retrouvons-nous ici ? demande Pettigrew d'un air grincheux en se laissant tomber sur une chaise. Vous avez une excellente… (il agite la main en direction de Blackheath) enfin, vous avez quelque chose qui ressemble à une maison au bout de la route.

— Cette satanée demeure est une malédiction pour ma famille depuis ma jeunesse, déclare Peter Hardcastle en remplissant cinq verres. Je n'y remettrai jamais les pieds à moins que ce soit absolument nécessaire.

— Peut-être auriez-vous dû y réfléchir avant d'organiser la fête la plus inconvenante de tous les temps, observe Pettigrew. Vous avez vraiment l'intention d'annoncer les fiançailles d'Evelyn le jour de l'anniversaire du meurtre de votre fils ?

— Croyez-vous que tout ça soit mon idée ? demande Hardcastle en reposant sèchement la bouteille et en lançant un regard noir à Pettigrew. Croyez-vous que j'aie envie d'être ici ?

— Du calme, Peter, intervient Sutcliffe d'une voix apaisante, traînant les pieds vers son ami pour lui tapoter l'épaule. Christopher est bougon parce que, eh bien, c'est Christopher.

— Évidemment, dit Hardcastle dont les joues rouges suggèrent tout sauf de la compréhension. C'est juste que… Helena se comporte franchement bizarrement, et maintenant tout ça. C'est très éprouvant. »

Il recommence à remplir les verres, un silence gêné étouffant tout sauf la pluie qui cogne contre les fenêtres.

Personnellement, je suis ravi de ce calme, et de la chaise.

Mes compagnons marchaient vite et garder le rythme était une corvée. J'ai besoin de retrouver mon souffle, et ma fierté exige que personne ne le remarque. À défaut de conversation, je parcours la pièce du regard, mais il n'y a pas grand-chose de notable. Le tapis est usé jusqu'à la trame, le papier peint est criard. L'âge rend l'air épais, comme si les derniers occupants étaient restés assis là jusqu'à être réduits en poussière. La loge est loin d'être aussi inconfortable que l'aile est où Stanwin s'est isolé, mais c'est tout de même un endroit étrange pour rencontrer le maître de maison.

Je n'ai pas eu de raisons de demander quel pourrait être le rôle de Lord Hardcastle dans le meurtre de sa fille, mais son choix de logement suggère qu'il cherche à demeurer invisible. La question est donc : que fait-il de cet isolement ?

Les boissons sont posées devant nous et Hardcastle regagne son siège. Il roule son verre entre ses paumes, mettant de l'ordre dans ses pensées. Il y a une maladresse touchante dans sa manière d'être qui me rappelle immédiatement Michael.

Sur ma gauche, Sutcliffe – qui a déjà à moitié vidé son scotch-soda – tire un document de sa veste et me le tend en me faisant signe de le passer à Hardcastle. C'est un contrat de mariage rédigé par le cabinet Dance, Pettigrew & Sutcliffe. De toute évidence, le lugubre Philip Sutcliffe, l'obséquieux Christopher Pettigrew et moi-même sommes associés. Mais je suis néanmoins certain que Hardcastle ne nous a pas convoqués pour parler des noces d'Evelyn. Il est trop préoccupé pour ça, trop agité. De plus, pourquoi demander la présence de Herrington si vous avez seulement besoin de vos avocats ?

Confirmant mes soupçons, Hardcastle me prend le

contrat des mains et y jette un infime coup d'œil avant de le laisser tomber sur la table.

« Dance et moi avons nous-mêmes travaillé dessus, explique Sutcliffe en se levant pour aller chercher un autre verre. Arrangez-vous pour que Ravencourt et Evelyn apposent leur signature en bas, et vous serez de nouveau un homme riche. Ravencourt fera un versement à la signature, et le montant restant sera bloqué sur un fonds jusqu'à la cérémonie. Dans deux ans il vous débarrassera également de Blackheath. Pas du mauvais travail, dirais-je.

— Où est le vieux Ravencourt ? demande Pettigrew en jetant un coup d'œil en direction de la porte. Ne devrait-il pas être ici ?

— Helena s'occupe de lui », répond Hardcastle en attrapant une boîte en bois sur le manteau de la cheminée et en l'ouvrant pour révéler des rangées d'épais cigares qui déclenchent des roucoulements parmi l'assemblée.

J'en décline un et observe Hardcastle tandis qu'il en offre à la ronde. Son sourire dissimule un terrible empressement, le plaisir que lui procure son petit numéro cache d'autres intentions.

Il veut quelque chose.

« Comment va Helena ? » dis-je, goûtant ma boisson. C'est de l'eau, Dance ne s'autorise même pas le plaisir de l'alcool. « Tout cela doit être difficile pour elle.

— J'espère bien, c'était sa satanée idée de revenir, grogne Hardcastle en prenant un cigare et en refermant la boîte. Vous savez, on fait ce qu'on peut, on essaie d'être un soutien, mais bon sang, je l'ai à peine vue depuis que nous sommes arrivés. Impossible de lui arracher deux mots. Si j'étais du genre spirituel, je la croirais possédée. »

Des allumettes sont passées de main en main, chacun s'adonnant à son propre rituel de l'allumage du cigare. Pettigrew se balance d'avant en arrière, Herrington a des mouvements doux et Sutcliffe de grands gestes théâtraux, mais Hardcastle se contente d'allumer le sien en me lançant un regard exaspéré.

Une pointe d'affection s'éveille en moi, le vestige d'une émotion plus forte dont il ne reste que des braises.

Soufflant une longue traînée de fumée jaune, Hardcastle se renfonce dans son fauteuil.

« Messieurs, je vous ai convoqués ici aujourd'hui car nous avons tous quelque chose en commun. » Son élocution est raide, répétée. « Stanwin nous fait tous chanter, mais j'ai une solution pour nous libérer, si vous voulez bien m'écouter. »

Il nous regarde, cherchant à percevoir la réaction de chacun.

Pettigrew et Herrington demeurent silencieux, mais le mal dégrossi Sutcliffe s'étrangle et boit une rapide rasade de sa boisson.

« Allez-y, Peter, dit Pettigrew.

— J'ai quelque chose sur Stanwin que nous pouvons échanger contre notre liberté. »

Il n'y a pas un mouvement dans la pièce. Pettigrew est assis au bord de son siège, le cigare totalement oublié dans sa main.

« Et pourquoi ne vous en êtes-vous pas encore servi ? demande-t-il.

— Parce que nous sommes tous impliqués, répond Hardcastle.

— Plutôt parce que c'est sacrément risqué, lance un

Sutcliffe au visage rougi. Vous savez ce qui se passera si l'un de nous tente quoi que ce soit. Stanwin révélera ce qu'il a sur nous, et nous finirons tous dans la même marmite. Exactement comme la bande de Myerson.

— Mais il nous saigne ! déclare Hardcastle avec animation.

— Il *vous* saigne, Peter, réplique Sutcliffe, tapant sur la table avec son doigt épais. Vous êtes sur le point de soutirer un joli pactole à Ravencourt et vous ne voulez pas que Stanwin mette la main dessus.

— Ce diable a la main dans ma poche depuis près de vingt ans ! s'exclame Hardcastle, rougissant un peu. Pendant combien de temps suis-je censé laisser faire ? »

Il tourne les yeux vers Pettigrew.

« Allons, Christopher, vous êtes sûrement prêt à m'écouter. Stanwin est la raison… (de sombres nuages d'embarras traversent son visage gris) eh bien, peut-être Elspeth ne serait-elle pas partie si… »

Pettigrew sirote sa boisson, n'offrant ni reproche ni encouragement. Je suis le seul à voir la chaleur qui lui monte à la gorge, ou la façon dont ses doigts serrent si fort son verre que la peau sous ses ongles est devenue blanche.

Hardcastle porte précipitamment son attention sur moi.

« Nous pouvons faire en sorte que Stanwin cesse de nous étrangler, mais nous devons l'affronter ensemble, déclare-t-il en tapant du poing dans sa paume. Ce n'est qu'en montrant que nous sommes tous prêts à agir contre lui qu'il écoutera. »

Sutcliffe gonfle les joues.

« C'est…

— Silence, Philip, l'interrompt Herrington, les yeux

de l'officier de marine ne quittant jamais ceux de Hardcastle. Qu'avez-vous sur Stanwin ? »

Hardcastle lance un regard méfiant en direction de la porte, avant de baisser la voix.

« Il a une enfant planquée quelque part, déclare-t-il. Il la cache par peur qu'on l'utilise contre lui, mais Daniel Coleridge prétend avoir découvert son nom.

— Le joueur ? fait Pettigrew. En quoi est-il mêlé à tout ça ?

— Il ne m'a pas semblé prudent de demander, mon vieux, répond Hardcastle en faisant tournoyer sa boisson. Certains hommes évoluent dans des zones sombres qu'il est préférable d'éviter.

— On dit qu'il paye la moitié des domestiques à Londres pour avoir des informations sur leurs maîtres, déclare Herrington en faisant la moue. Je ne serais pas surpris qu'il fasse la même chose à Blackheath, et Stanwin a certainement travaillé ici suffisamment longtemps pour avoir laissé échapper un secret. Il pourrait y avoir du vrai là-dedans, vous savez. »

Les entendre parler de Daniel me fait ressentir un étrange picotement d'excitation. Je sais depuis quelque temps qu'il est mon dernier hôte, mais jusqu'à présent il a opéré dans mon avenir et je ne me suis jamais vraiment senti lié à lui. Voir nos enquêtes converger de la sorte est comme apercevoir à l'horizon une chose depuis longtemps perdue. Finalement, il y a une route entre nous.

Hardcastle est debout, en train de se réchauffer les mains à la cheminée. Éclairé par les flammes, il est clair que les années lui ont pris plus qu'elles ne lui ont donné. L'incertitude est une fêlure au plus profond de lui, qui mine toute possibilité de solidité ou de force. Cet homme a été brisé en deux et reconstruit de travers, et si je devais émettre une hypothèse, je dirais qu'il y a un trou en forme d'enfant en son cœur.

« Qu'attend Coleridge de nous ? » dis-je.

Hardcastle me regarde avec des yeux vides.

« Pardon ?

— Vous avez dit que Daniel Coleridge avait quelque chose sur Stanwin, ce qui signifie qu'il veut quelque chose en échange. Je suppose que c'est la raison pour laquelle vous nous avez convoqués tous ensemble.

— Exact, dit Hardcastle en triturant un bouton mal attaché sur sa veste. Il veut un service.

— Seulement un ? demande Pettigrew.

— Un service de chacun de nous, avec la promesse que nous l'honorerons quand il fera appel à nous, quel qu'il soit. »

Des regards sont échangés, le doute passant d'un visage à l'autre. Je me sens comme un espion dans le camp ennemi. Je ne sais pas ce que concocte Daniel, mais je suis de toute évidence censé faire balancer la discussion en sa faveur. En *ma* faveur. Quoi que s'avère être ce service, avec un peu de chance il nous libérera, ainsi qu'Anna, de cet endroit effroyable.

« Je suis pour, dis-je avec grandiloquence. Il y a longtemps que Stanwin aurait dû avoir ce qu'il mérite.

— Je suis d'accord, consent Pettigrew en écartant la fumée de cigare de son visage. Ça fait bien trop longtemps qu'il a les mains autour de mon cou. Et vous, Clifford ?

— Moi aussi », répond le vieux marin.

Toutes les têtes se tournent vers Sutcliffe, dont les yeux font le tour de la pièce.

« Nous échangeons un mal pour un autre, déclare finalement l'avocat dégingandé.

— Peut-être, répond Hardcastle, mais j'ai lu Dante,

Philip. Tous les enfers n'ont pas été créés égaux. Alors, qu'en dites-vous ? »

Il acquiesce à contrecœur, les yeux baissés vers son verre.

« Bien, dit Hardcastle. Je rencontrerai Coleridge et nous nous confronterons à Stanwin avant le dîner. Si tout se passe bien, tout sera terminé avant l'annonce du mariage.

— C'est ainsi qu'on se libère d'une emprise pour se soumettre à une autre, observe Pettigrew en vidant son verre. Comme c'est formidable d'être un gentleman. »

35

Une fois notre affaire réglée, Sutcliffe, Pettigrew et Herrington quittent le salon dans une longue volute de fumée de cigare, tandis que Peter Hardcastle marche jusqu'au gramophone sur le buffet. Il essuie la poussière sur le disque avec un mouchoir en coton, abaisse l'aiguille et actionne un interrupteur, et Brahms jaillit du pavillon évasé en bronze.

Je fais signe aux autres de partir sans moi et referme la porte qui donne sur le couloir. Peter s'est assis près du feu, une fenêtre ouverte sur ses pensées. Il n'a pas encore remarqué que je suis resté, et c'est comme si un grand gouffre nous séparait, bien qu'en vérité il ne soit qu'à un ou deux pas.

La réticence de Dance est paralysante. Étant un homme qui déteste les interruptions, il craint tout autant de déranger les autres, et la nature personnelle des questions que je dois poser ne fait qu'ajouter au problème. Je suis embourbé dans les manières de mon hôte. Il y a deux jours, ça n'aurait pas été un obstacle, mais chaque hôte est plus fort que le précédent, et lutter contre Dance est comparable à marcher contre un vent puissant.

Je tousse poliment par souci de la bienséance,

et Hardcastle se retourne sur son siège et me découvre près de la porte.

« Ah, Dance, mon brave, dit-il. Avez-vous oublié quelque chose ?

— J'espérais que nous pourrions parler en privé.

— Y a-t-il un problème avec le contrat ? demande-t-il avec circonspection. Je dois avouer que je craignais que le penchant pour la boisson de Sutcliffe…

— Il ne s'agit pas de Sutcliffe, il s'agit d'Evelyn.

— Evelyn, dit-il, la circonspection remplacée par de la lassitude. Oui, évidemment. Venez, asseyez-vous près du feu, cette satanée maison est suffisamment pleine de courants d'air, inutile de s'exposer à sa froideur. »

Me laissant le temps de m'installer, il retrousse sa jambe de pantalon et agite un pied devant les flammes. Quels que soient ses défauts, il est parfaitement méticuleux.

« Alors, dit-il après un moment, estimant que les rigueurs de l'étiquette ont été respectées de façon adéquate. Qu'est-ce qui se passe avec Evelyn ? Je suppose qu'elle ne veut pas de ce mariage. »

Ne trouvant aucune manière simple d'enrober les choses, je les lui expose de but en blanc.

« Je crains que ce soit plus sérieux que ça. Quelqu'un s'est mis en tête d'assassiner votre fille.

— Assassiner ? »

Il fronce les sourcils, souriant légèrement, attendant la suite de la plaisanterie. Déconcerté par ma sincérité, il se penche en avant, la confusion froissant son visage.

« Vous êtes sérieux ? demande-t-il, les mains jointes.

— Oui.

— Savez-vous qui, ou pourquoi ?

— Seulement comment. On la pousse à se suicider,

sinon quelqu'un qu'elle aime sera assassiné. L'information a été transmise dans une lettre.

— Une lettre ? raille-t-il. Ça m'a l'air sacrément tiré par les cheveux. Probablement juste un jeu. Vous savez comment sont ces filles.

— Ce n'est pas un jeu, Peter, dis-je sévèrement, effaçant le doute de son visage.

— Puis-je vous demander comment vous avez découvert cette information ?

— De la même manière que je découvre toutes mes informations, j'écoute. »

Il soupire, se pinçant le nez, mettant en balance les faits et l'homme qui les lui apporte.

« Pensez-vous que quelqu'un essaie de saboter notre accord avec Ravencourt ? demande-t-il.

— Je n'y avais pas songé », dis-je, surpris par sa réaction.

Je m'attendais à ce qu'il soit inquiet pour le bien-être de sa fille, peut-être incité à concevoir des plans pour assurer sa sécurité. Mais Evelyn est accessoire. La seule perte qu'il craigne est celle de sa fortune.

« Voyez-vous quelqu'un à qui profiterait la mort d'Evelyn ? dis-je, peinant à contenir mon dégoût soudain pour cet homme.

— On se fait des ennemis, des vieilles familles qui seraient heureuses de nous voir ruinés, mais aucune n'aurait recours à ça. Ils donnent plutôt dans les murmures, les ragots aux fêtes, les commentaires malveillants dans le *Times*, vous connaissez la musique. »

Il tape sur l'accoudoir de son fauteuil de frustration.

« Bon Dieu, Dance, vous êtes sûr ? Ça semble tellement bizarre.

— J'en suis certain, et à vrai dire, je soupçonne quelqu'un de plus proche.

— L'un des domestiques ? demande-t-il en baissant la voix, son regard se tournant vivement vers la porte.

— Helena », dis-je.

Le nom de sa femme lui fait l'effet d'un coup de poing.

« Helena, vous devez… Enfin… mon cher ami… »

Son visage vire au rouge, ses mots débordant pêle-mêle de sa bouche. Je ressens une chaleur similaire dans mes propres joues. Cette conversation est un poison pour Dance.

« Evelyn a laissé entendre que leur relation était mauvaise », dis-je rapidement, posant les mots telles des pierres à travers un champ marécageux.

Hardcastle s'est rendu à la fenêtre, où il se tient en me tournant le dos. La civilité n'autorise clairement pas la confrontation, même si je vois son corps qui tremble, ses mains serrées derrière lui.

« Je ne nierai pas qu'Helena n'a pas une grande tendresse pour Evelyn, mais nous serons en faillite dans deux ans, dit-il, pesant chaque mot tandis qu'il tente de contrôler sa colère. Elle ne mettrait pas notre avenir en danger. »

Il n'a pas dit qu'elle n'en était pas capable.

« Mais…

— Bon sang, Dance, quel intérêt avez-vous à calomnier de la sorte ? » hurle-t-il à l'intention de mon reflet dans la vitre afin de ne pas avoir à me hurler dessus.

Ça y est. Dance sait que Peter Hardcastle est au bout de sa patience. En fonction de ce que je vais répondre, soit il s'ouvrira, soit il me désignera la porte. Je dois choisir mes mots prudemment, ce qui signifie insister sur ce à quoi il tient le plus. Soit je lui dis que j'essaie de sauver la vie de sa fille, soit…

« Je suis désolé, Peter, dis-je d'une voix conciliante. Si quelqu'un essaie de saboter ce contrat avec Ravencourt, je dois l'en empêcher, aussi bien en tant que votre ami qu'en tant que votre représentant légal. »

Il vacille.

« Bien entendu, dit-il en me regardant par-dessus son épaule. Je suis désolé, mon vieil ami, c'est juste que… toutes ces histoires de meurtre… eh bien, ça remue de vieux souvenirs… vous comprenez. Naturellement, si vous croyez qu'Evelyn est en danger, je ferai tout ce que je peux pour vous aider, mais vous vous trompez si vous pensez qu'Helena lui ferait du mal. Leur relation est tendue, mais elles s'aiment. J'en suis certain. »

Je m'autorise un petit soupir de soulagement. Batailler contre Dance a été épuisant, mais je suis finalement sur le point d'avoir quelques réponses.

« Votre fille a contacté une certaine Felicity Maddox, affirmant qu'elle s'inquiétait du comportement d'Helena, dis-je, satisfaisant le besoin de mon hôte d'entendre les faits dans l'ordre. Elle ne figure pas sur la liste des invités, mais je crois que Felicity est venue à la maison pour l'aider, et il est possible qu'elle soit désormais retenue comme garantie au cas où Evelyn ne se suiciderait pas. Michael m'a dit que c'était une amie d'enfance de votre fille, mais il ne se rappelait rien d'autre à son sujet. Vous souvenez-vous de cette jeune femme ? Peut-être l'avez-vous vue dans la maison ? J'ai des raisons de croire qu'elle était en liberté ce matin. »

Hardcastle paraît perplexe.

« Non, je ne m'en souviens pas, mais je dois avouer

qu'Evelyn et moi ne nous sommes pas parlé depuis son retour. Les circonstances de son arrivée, le mariage… tout ça a dressé une barrière entre nous. Il est cependant étrange que Michael n'ait pas pu vous en dire plus. Ils sont inséparables depuis qu'elle est revenue, et je sais qu'il allait souvent la voir et lui écrivait fréquemment quand Evelyn était à Paris. Si quelqu'un connaît cette Felicity, je m'attendrais à ce que ce soit lui.

— Je lui reparlerai, mais la lettre disait vrai, n'est-ce pas ? Helena se comporte étrangement ? »

Le disque bute sur le gramophone, le violon en pleine envolée retombant à terre encore et encore, tel un cerf-volant entre les mains d'un enfant trop impatient.

Peter y jette un coup d'œil, fronce les sourcils avec l'espoir que son mécontentement suffira à lui seul à régler le problème. Vaincu, il va au gramophone, soulève l'aiguille et souffle la poussière sur le disque en le tenant à la lumière.

« Il est rayé », observe-t-il en secouant la tête.

Il en met un autre, et une nouvelle musique prend son envol.

« Parlez-moi d'Helena, dis-je, insistant. C'était son idée d'annoncer les fiançailles le jour de l'anniversaire de la mort de Thomas et d'organiser la fête à Blackheath, n'est-ce pas ?

— Elle n'a jamais pardonné à Evelyn d'avoir abandonné Thomas ce matin-là, répond-il en regardant le disque tourner. J'avoue que je pensais que les années atténueraient sa douleur, mais… (il écarte les bras) tout cela est tellement… » Il respire profondément, se ressaisissant. « Helena veut embarrasser Evelyn, je l'admets. Elle qualifie le mariage de punition, mais c'est une plutôt bonne alliance, si vous regardez les détails. Ravencourt ne posera pas un doigt sur Evelyn, il me l'a lui-même confié. "Je suis trop vieux pour ça", voilà ce qu'il a dit. Elle aura la gestion de ses maisons, une jolie pension, la vie qu'elle choisira, tant qu'elle ne l'embarrasse pas. En retour, il aura… eh bien, vous connaissez la rumeur à propos de ses valets. De beaux garçons qui vont et viennent à toute heure. De la médisance, voilà ce que c'est, mais le mariage y mettra un terme. » Il marque une pause et me lance un regard défiant. « Vous voyez, Dance ? Pourquoi Helena arrangerait-elle tout ça si elle avait l'intention de tuer Evelyn ? Elle ne le ferait pas, elle ne pourrait pas. Et surtout, elle aime Evelyn. Pas comme elle le devrait, je l'admets, mais suffisamment. Elle doit avoir le sentiment qu'Evelyn a été totalement punie, et alors elle commencera à se faire pardonner. Vous verrez. Helena changera, et Evelyn comprendra que ce mariage est une bénédiction déguisée. Croyez-moi, vous faites fausse route.

— J'ai toujours besoin de parler avec votre femme, Peter.

— Mon agenda est dans le tiroir, il contient ses rendez-vous. » Il rit sombrement. « Notre mariage est fait d'obligations qui se chevauchent ces jours-ci, mais il devrait vous dire où la trouver. »

Je me précipite vers le tiroir, incapable de contenir mon excitation.

Quelqu'un dans la maison, peut-être Helena elle-même, a arraché ces rendez-vous de son agenda pour dissimuler ses activités. Soit celui qui a fait ça a oublié que son mari en possédait sa propre copie, soit il l'ignorait, mais maintenant je le tiens. Ici et maintenant, nous allons peut-être finalement découvrir ce qui méritait qu'il se donne cette peine.

Le tiroir est gonflé par l'humidité. Il s'ouvre à contrecœur, révélant un carnet en moleskine maintenu par une ficelle. Je tourne les pages et trouve rapidement les rendez-vous d'Helena, mais mon excitation retombe immédiatement. J'étais déjà au courant de la plupart d'entre eux. Helena a rencontré Cunningham à 7 h 30, même si rien n'indique pourquoi. Après ça elle avait prévu de voir Evelyn à 8 h 15 et Millicent Derby à 9 heures, mais les a toutes les deux ratées. Elle a rendez-vous avec le maître des écuries à 11 h 30, à savoir dans une heure, puis elle est attendue dans le salon de Ravencourt en début d'après-midi.

Elle ne s'y rendra pas.

Mon doigt parcourt l'emploi du temps, cherchant quelque chose de suspect. J'étais au courant pour Evelyn et Ravencourt, et Millicent est une vieille amie, donc c'est compréhensible, mais qu'y avait-il de si urgent pour qu'elle ait besoin de voir le fils bâtard de son mari aux premières heures de la matinée ?

Il a refusé de me le dire quand je le lui ai demandé, mais il est le seul à avoir vu Helena Hardcastle aujourd'hui, ce qui signifie que je ne peux plus tolérer ses dérobades.

Je dois lui soutirer la vérité.

Mais avant ça, je dois visiter les écuries.

Pour la première fois, je sais où l'insaisissable maîtresse de maison se trouvera.

« Savez-vous pourquoi Helena a rencontré Charles Cunningham ce matin ? demandé-je à Peter en replaçant l'agenda dans le tiroir.

— Helena voulait probablement lui dire bonjour, répond-il en se servant un autre verre. Elle a toujours été proche de lui.

— Charles Cunningham est-il la raison pour laquelle Stanwin vous fait chanter ? Sait-il que c'est votre fils ?

— Allons, Dance ! » s'exclame-t-il en me fixant avec des yeux noirs.

Je soutiens son regard, mon hôte également. Dance me glisse des excuses sur la langue, me pousse à quitter la pièce. C'est franchement irritant. Chaque fois que j'ouvre la bouche pour parler, je dois d'abord repousser l'embarras d'un autre homme.

« Vous me connaissez, Peter, vous savez que je ne demande pas une telle chose à la légère. Je dois avoir tous les éléments de cette sale affaire. »

Il réfléchit, retourne à la fenêtre avec son verre. Non qu'il y ait grand-chose à voir. Les arbres ont poussé si près de la maison que les branches appuient contre la vitre. À en juger par l'attitude de Peter, il les inviterait à entrer s'il le pouvait.

« La filiation de Charles Cunningham n'est pas la raison du chantage dont je fais l'objet, déclare-t-il. Ce scandale a figuré dans toutes les pages mondaines à une époque. Helena s'en est assurée. Il n'a aucune valeur.

— Alors que sait Stanwin ?

— J'ai besoin d'avoir votre parole que ça ne sortira pas d'ici.

— Bien entendu, dis-je, mon pouls s'accélérant.

— Eh bien… (il boit une gorgée pour se donner des forces) avant le meurtre de Thomas, Helena a eu une liaison avec Charlie Carver.

— L'homme qui a assassiné Thomas ? dis-je, me redressant un peu sur ma chaise.

— On appelle ce genre de chose cocufier, n'est-ce pas ? dit-il en se tenant raide à la fenêtre. Dans mon cas, c'est parfaitement approprié. Il m'a pris mon fils et a laissé le sien dans mon nid.

— Son propre fils ?

— Cunningham n'est pas mon fils illégitime, Dance. C'est celui de ma femme. Charlie Carver était son père.

— Cette canaille ! m'exclamé-je, perdant temporairement le contrôle de Dance, dont l'indignation reflète ma stupéfaction. Comment diable cela s'est-il passé ?

— Carver et Helena s'aimaient, répond-il avec tristesse. Notre mariage n'a jamais été… J'avais le nom, la famille d'Helena avait l'argent. C'était pratique, nécessaire, pourrait-on dire, mais il n'y avait pas d'affection. Carver et Helena ont grandi ensemble, son père était le garde-chasse de la propriété de sa famille. Elle m'a caché leur relation, mais a fait venir Carver à Blackheath quand nous nous sommes mariés. J'ai le regret de dire que mes propres infidélités lui sont revenues aux oreilles. Notre mariage s'est cassé la figure, et environ un an plus tard elle s'est retrouvée dans le lit de Carver et est tombée enceinte peu après.

— Mais n'avez-vous pas élevé Cunningham comme votre propre fils ?

— Non, elle m'a fait croire que c'était le mien pendant la grossesse, mais elle ne savait elle-même pas avec certitude qui était le vrai père, car je continuais de… eh bien, les besoins masculins… vous comprenez ?

— Je crois, dis-je froidement, me rappelant l'amour et le respect qui ont pendant si longtemps gouverné le mariage de Dance.

— Enfin bref, j'étais parti à la chasse quand Cunningham est né, alors elle a demandé à la sage-femme de le sortir en cachette de la maison pour qu'il soit élevé au village. À mon retour, on m'a dit que l'enfant était mort à la naissance, mais six mois plus tard, quand elle a été certaine qu'il ne ressemblait pas trop à Carver, le bébé a débarqué à notre porte, dans les bras d'une jeune femme avec qui j'avais eu l'infortune de passer un peu de temps à Londres et qui était heureuse d'accepter l'argent de ma femme et de prétendre qu'il était de moi. Helena a joué la victime et insisté pour que nous accueillions le garçon, et à ma grande honte j'ai accepté. Nous avons confié l'enfant à la cuisinière, Mme Drudge, qui l'a élevé comme si c'était le sien. Mais croyez-le ou non, nous avons réussi à connaître quelques années de paix après ça. Evelyn, Thomas et Michael n'ont pas tardé à arriver, et pendant quelque temps nous avons été une famille heureuse. »

Tout au long de son récit j'ai observé son visage à la recherche d'une quelconque émotion, mais il s'en est tenu à une froide énumération des faits. Une fois encore, je suis frappé par l'insensibilité de cet homme. Il y a une heure, je supposais que la mort de Thomas avait réduit ses sentiments en cendres, mais je me demande désormais si ce sol n'était pas déjà infertile. Rien ne pousse en lui hormis la cupidité.

« Comment avez-vous découvert la vérité ?

— Pur hasard, répond-il en posant les mains sur le mur de chaque côté de la fenêtre. Je me promenais et suis tombé sur Carver et Helena qui se disputaient à propos de l'avenir du garçon. Elle a tout avoué.

— Alors pourquoi ne pas divorcer ?

— Pour que tout le monde soit au courant de ma honte ? s'écrie-t-il, horrifié. Les enfants bâtards sont monnaie courante de nos jours, mais imaginez les commérages si les gens avaient découvert que

Lord Peter Hardcastle avait été cocufié par un simple jardinier. Non, Dance, impossible.

— Que s'est-il passé ensuite ?

— J'ai congédié Carver, je lui ai donné une journée pour quitter la propriété.

— Était-ce le jour où il a tué Thomas ?

— Exactement, notre confrontation l'a rendu furieux et il… il… »

Ses yeux sont embués, rougis par l'alcool. Il a passé la matinée à vider et à remplir son verre.

« Stanwin est venu voir Helena quelques mois plus tard avec des revendications. Vous voyez, Dance, ce n'est pas directement moi qu'il fait chanter. C'est Helena, et ma réputation avec. Je ne fais que payer.

— Et Michael, Evelyn et Cunningham ? Est-ce qu'ils sont au courant ?

— Pas à ma connaissance. Un secret est suffisamment dur à garder sans en plus le mettre dans la bouche des enfants.

— Alors comment Stanwin l'a-t-il découvert ?

— Je me pose cette question depuis dix-neuf ans et n'ai toujours aucune réponse. Peut-être était-il ami avec Carver. Les domestiques parlent après tout. Sinon, je ne vois pas. Tout ce que je sais, c'est que si ça s'apprenait, je serais ruiné. Ravencourt est sensible au scandale, et il ne se mariera pas dans une famille qui fait la une des journaux. »

Il baisse la voix, ivre et mauvais, pointant directement son doigt sur moi.

« Sauvez la vie d'Evelyn et je vous donnerai tout ce que vous demanderez, vous m'entendez ? Je ne laisserai pas cette garce me coûter ma fortune, Dance. Je ne le permettrai pas. »

36

Peter Hardcastle a sombré dans une bouderie enivrée, agrippant son verre comme s'il craignait que quelqu'un le lui prenne. Ne le jugeant plus d'aucune utilité, j'attrape une pomme dans le saladier et me glisse hors de la pièce après avoir prononcé des excuses creuses, refermant la porte du salon de sorte à pouvoir gravir l'escalier sans qu'il s'en rende compte. J'ai besoin de parler à Gold, et je préfère le faire sans avoir à affronter un déluge de questions.

Je suis accueilli en haut des marches par un courant d'air tourbillonnant qui s'infiltre par les vitres cassées et sous les portes pour venir agiter les feuilles qui jonchent le sol. Je me souviens avoir longé ces couloirs en tant que Sebastian Bell, cherchant le majordome avec Evelyn à mes côtés. C'est bizarre de se les imaginer ici, encore plus bizarre de me souvenir que Bell et moi sommes le même homme. Sa lâcheté me hérisse, mais il y a désormais suffisamment de distance entre nous pour qu'elle ne fasse plus partie de moi. Il est comme une histoire embarrassante que j'aurais entendue un jour à une fête. La honte d'un autre.

Dance méprise les hommes tels que Bell, mais je ne peux pas être aussi dur. Je n'ai aucune idée de la personne que je suis en-dehors de Blackheath, ni de la manière dont je pense quand je ne suis pas coincé dans l'esprit d'un autre. Pour autant que je le sache, je pourrais être exactement comme Bell… et serait-ce vraiment si terrible ? Je lui envie sa compassion, de la même manière que j'envie l'intelligence de Ravencourt, et la capacité qu'a Dance de percer le voile pour voir au cœur des choses. Si j'emporte une seule de ces qualités lorsque je quitterai Blackheath, je serai fier de l'avoir.

Après m'être assuré que je suis seul dans le couloir, j'entre dans la pièce où Gregory Gold est suspendu au plafond par ses poignets ligotés. Il murmure et gesticule de douleur tandis qu'il tente de semer quelque cauchemar qui le suit inlassablement. La compassion me pousserait à le détacher, mais Anna ne l'aurait pas laissé accroché de la sorte sans une très bonne raison.

Quoi qu'il en soit, je dois lui parler, alors je le secoue doucement, puis avec plus de fermeté.

Rien.

Je le gifle, puis l'asperge avec l'eau d'un pichet proche, mais il ne réagit pas. C'est atroce. Le sédatif du docteur Dickie est implacable, et Gold a beau se tortiller, il ne peut pas s'en libérer. Mon estomac se retourne, un frisson s'empare de mes os. Jusqu'à maintenant, les horreurs que me réserve l'avenir ont toujours été vagues, sans substance, des ombres noires tapies dans la brume. Mais là, c'est moi, mon destin. Me levant sur la pointe des pieds, je retrousse ses manches pour révéler les lacérations qu'il m'a montrées la nuit dernière.

« Ne sortez pas de la calèche, dis-je à voix basse, me rappelant sa mise en garde.

— Écartez-vous de lui, lance Anna derrière moi. Et

retournez-vous tout doucement. Je ne vous le demanderai pas deux fois. »

Je m'exécute.

Elle se tient dans l'entrebâillement de la porte avec un fusil de chasse pointé sur moi. Ses cheveux blonds débordent de son bonnet et elle a une expression féroce. Elle vise avec fermeté, son doigt appuyé sur la détente. Un faux mouvement et je n'ai aucun doute qu'elle me tuerait pour protéger Gold. Peu importe que les chances soient contre moi, savoir que quelqu'un se sent si profondément concerné fait se gonfler même le cœur de Dance.

« C'est moi, Anna, dis-je. C'est Aiden.

— Aiden ? »

Le fusil de chasse s'abaisse un peu et elle s'approche, son visage à un souffle du mien tandis qu'elle inspecte mes rides nouvellement acquises.

« Le carnet disait que vous deviendriez vieux, déclare-t-elle en tenant l'arme à une main. Mais il ne précisait pas que vous finiriez avec une tête de pierre tombale. »

Elle acquiesce en direction de Gold.

« Vous admiriez les coupures, pas vrai ? reprend-elle. Le docteur pense qu'il s'est fait ça tout seul. Le pauvre s'est mis les bras en lambeaux.

— Pourquoi ? dis-je, horrifié, me demandant quelles circonstances me feraient retourner un couteau contre moi-même.

— Vous devez le savoir mieux que moi, répond-elle d'un air dédaigneux. Allons parler dans un endroit chaud. »

Je la suis dans la pièce de l'autre côté du couloir, où le majordome dort paisiblement sous des draps de coton blanc. La lumière se déverse par une fenêtre en hauteur et un petit feu crépite dans la cheminée. Du sang séché souille l'oreiller, mais autrement c'est une scène sereine, chaleureuse et intime.

« S'est-il réveillé ? dis-je en désignant l'homme de la tête.

— Brièvement, dans la calèche. Nous ne sommes pas arrivés depuis longtemps. Le pauvre bougre pouvait à peine respirer. Et Dance ? Comment est-il ? demande Anna en cachant le fusil de chasse sous le lit.

— Dénué d'humour, déteste son fils, mais à part ça, ça va. Tout vaut mieux que Jonathan Derby, dis-je en me servant un verre d'eau du pichet sur la table.

— Je l'ai rencontré ce matin, déclare-t-elle d'une voix distante. J'imagine que ce n'est pas plaisant d'être coincé dans cette tête. »

Non, ça ne l'était pas.

« Vous lui avez dit que vous aviez faim, dis-je en lui lançant la pomme que j'ai prise dans le salon, alors je vous ai apporté ceci. Je ne savais pas si vous aviez eu l'occasion de manger depuis.

— Non, répond-elle en l'essuyant sur son tablier. Merci. »

Je marche jusqu'à la fenêtre et nettoie un pan de crasse avec ma manche. Elle donne sur la route, où je suis surpris de voir le médecin de peste en train de désigner la loge du doigt. Daniel se tient à côté de lui, tous deux s'entretenant.

La scène me trouble. Jusqu'à présent, mon interlocuteur a pris grand soin de conserver une barrière entre nous. La proximité que je vois maintenant ressemble à une collaboration, comme si je m'étais incliné devant Blackheath et avais accepté la mort d'Evelyn et le fait que, comme l'affirme le médecin de peste, seul un de nous peut partir. Mais rien ne pourrait être plus éloigné de la vérité. Savoir que je peux changer cette journée m'a donné suffisamment de foi pour continuer à me battre… alors, de quoi diable parlent-ils là-bas ?

« Qu'est-ce que vous voyez ? demande Anna.

— Le médecin de peste avec Daniel.

— Je ne l'ai pas rencontré, dit-elle en mordant dans sa pomme. Et puis c'est quoi un médecin de peste ? »

Je la regarde en clignant des yeux.

« Vous rencontrer dans le mauvais ordre est en train de devenir problématique.

— Au moins je ne suis qu'une seule personne, réplique-t-elle. Parlez-moi de ce médecin. »

Je la mets rapidement au courant de mon histoire avec le médecin de peste, commençant par notre rencontre dans le bureau quand j'étais Sebastian Bell, puis passant au moment où il a arrêté ma voiture quand je tentais de m'enfuir et, plus récemment, celui où il m'a réprimandé pour avoir pourchassé Madeline Aubert dans la forêt en tant que Jonathan Derby. Ça semble déjà remonter à une éternité.

« On dirait que vous vous êtes fait un ami, observe-t-elle en mâchant bruyamment.

— Il se sert de moi. Je ne sais simplement pas dans quel but.

— Daniel pourrait le savoir, ils semblent en assez bons termes, dit-elle en me rejoignant à la fenêtre. Vous avez une idée de ce dont ils parlent ? Avez-vous élucidé le meurtre d'Evelyn et oublié de me le dire ?

— Si nous faisons les choses bien, il n'y aura pas de meurtre à élucider, dis-je, mon attention rivée sur la scène en contrebas.

— Donc vous essayez toujours de la sauver, bien que le médecin de peste ait affirmé que c'était impossible ?

— En règle générale, j'ignore la moitié de ce qu'il dit. Appelez ça une saine méfiance de tout ce qui est proféré à travers un masque. De plus, je sais que cette journée peut être modifiée, je l'ai vu.

— Bon sang, Aiden ! lance-t-elle avec irritation.

— Qu'est-ce qui ne va pas ? dis-je, surpris.

— Ça, tout ça ! » Elle écarte les bras d'un air exaspéré. « Nous avions un pacte, vous et moi. Je devais rester dans cette petite pièce et protéger ces deux-là, et vous deviez utiliser vos huit vies pour résoudre ce meurtre.

— C'est ce que je fais, dis-je, troublé par sa colère.

— Non, c'est faux. Vous courez dans tous les sens pour sauver la personne dont la mort constitue notre meilleure chance de nous échapper.

— C'est mon amie, Anna.

— C'est l'amie de *Bell*, réplique-t-elle. Elle a humilié Ravencourt et failli tuer Derby. D'après ce que j'ai vu, il y a plus de chaleur dans un long hiver que dans cette femme.

— Elle avait ses raisons. »

C'est un argument faible, destiné à botter en touche plus qu'à répondre à sa question. Anna a raison, Evelyn n'est plus mon amie depuis longtemps, et bien que le souvenir de sa gentillesse soit toujours là, ce n'est pas ce qui me motive. C'est autre chose, quelque chose de plus profond, quelque chose qui remue en moi. L'idée de la laisser se faire tuer me rend malade. Pas Dance, ni aucun de mes autres hôtes. Elle me rend malade, *moi*, Aiden Bishop.

Malheureusement, Anna bouillonne et ne me laisse pas l'opportunité de m'attarder sur cette révélation.

« Je me moque de ses raisons, je me soucie des vôtres, dit-elle en pointant le doigt vers moi. Peut-être que vous ne le sentez pas, mais au fond de moi, je sais depuis combien de temps je suis ici. Des *décennies*, Aiden, j'en suis sûre. J'ai besoin de partir, je le dois, et c'est ma meilleure chance, avec vous. Vous avez huit vies, vous finirez bien par partir d'ici. Alors que moi, je fais tout ça une fois, puis j'oublie. Sans vous, je suis coincée, et qu'est-ce qui se passera si la prochaine fois que vous vous réveillez en tant que Bell vous ne vous souvenez pas de moi ?

— Je ne vous laisserai pas ici, dis-je avec insistance, ébranlé par le désespoir dans sa voix.

— Alors résolvez ce fichu meurtre comme vous l'a demandé le médecin de peste, et croyez-le quand il dit qu'Evelyn ne peut pas être sauvée !

— Mais je ne peux pas lui faire confiance, dis-je, perdant mon calme et lui tournant le dos.

— Pourquoi ? Tout ce qu'il a dit est arrivé. Il est…

— Il a dit que vous me trahiriez !

— Quoi ?

— Il m'a dit que vous me trahiriez. »

Je suis ébranlé par cet aveu. Jusqu'à présent je n'avais jamais formulé à voix haute cette accusation, préférant la reléguer dans le calme de mes pensées. Maintenant que je l'ai fait, c'est une réelle possibilité, et ça m'inquiète. Anna a raison, tout ce que le médecin de peste a annoncé s'est réalisé, et si fort que soit mon lien avec cette femme, je ne peux pas être *complètement* certain qu'elle ne se retournera pas contre moi.

Elle recule en chancelant, comme si elle avait été frappée, et secoue la tête.

« Jamais je ne… Aiden, jamais je ne ferais ça, je le jure.

— Il a dit que vous aviez plus de souvenirs de votre

dernière boucle que vous ne l'admettez. Est-ce vrai ? Y a-t-il quelque chose que vous ne me dites pas ? »

Elle hésite.

« Est-ce vrai, Anna ?

— Non, répond-elle avec force. Il essaie de s'insinuer entre nous, Aiden. Je ne sais pas pourquoi, mais vous ne devez pas l'écouter.

— C'est précisément ce que je dis. Si le médecin de peste dit la vérité à propos d'Evelyn, il dit la vérité à propos de vous. Mais je n'y crois pas. Je crois qu'il veut quelque chose, quelque chose que nous ignorons, et je crois qu'il se sert de nous pour l'obtenir.

— Même si c'est le cas, je ne comprends pas pourquoi vous tenez tant à sauver Evelyn, réplique Anna, toujours troublée par ce que je lui ai dit.

— Parce que quelqu'un va la tuer, dis-je d'une voix hésitante. Et l'assassin ne le fera pas lui-même, il la tourmente pour qu'elle se suicide, tout en s'assurant que tout le monde soit témoin. C'est cruel et il aime ça, et je ne peux pas… Peu importe que nous l'appréciions ou que le médecin de peste dise vrai, on ne fait pas un spectacle d'un meurtre. Elle est innocente, et nous pouvons empêcher ça. Et c'est ce que nous devons faire. »

J'hésite, à bout de souffle, vacillant au bord d'un souvenir que les questions d'Anna ont réveillé. C'est comme si un rideau avait été écarté et que l'homme que j'étais auparavant était presque visible dans l'interstice. La culpabilité et le chagrin, ce sont les clés, j'en suis certain. C'est eux qui m'ont amené à Blackheath. Eux qui m'ont poussé à tenter de sauver Evelyn, même si ce n'était pas mon objectif ici, pas vraiment.

« Il y avait quelqu'un d'autre, dis-je lentement, m'agrippant au bord du souvenir. Une femme, je crois.

C'est à cause d'elle que je suis venu ici, mais je n'ai pas pu la sauver.

— Comment s'appelait-elle ? demande Anna en saisissant mes vieilles mains ridées et en scrutant mon visage.

— Je ne m'en souviens pas, dis-je, la concentration me donnant mal à la tête.

— Est-ce que c'était moi ?

— Je ne sais pas. »

Le souvenir m'échappe. Des larmes coulent sur mes joues, ma poitrine me fait mal. J'ai l'impression d'avoir perdu quelqu'un, mais je ne sais absolument pas qui. Je regarde dans les yeux marron d'Anna.

« C'est parti, dis-je faiblement.

— Je suis désolée, Aiden.

— Pas la peine. » Je sens la force me revenir. « Nous allons sortir de Blackheath, je le promets, mais je dois le faire à ma manière. Ça va fonctionner, vous devez juste me faire confiance, Anna. »

Je m'attends à une objection, mais elle me déconcerte avec un sourire.

« Alors par où on commence ?

— Je vais trouver Helena Hardcastle, dis-je en essuyant mon visage avec un mouchoir. Avez-vous des pistes concernant le valet de pied ? Il a tué Derby hier soir, et je pense que Dance est le prochain sur la liste.

— À vrai dire, j'ai conçu un plan. »

Elle regarde sous le lit et en tire le carnet de croquis, qu'elle ouvre et laisse tomber sur mes cuisses. C'est lui qui l'a guidée toute la journée, mais la toile d'araignée complexe de causes et d'effets que j'avais anticipée n'est pas là.

Pour autant que je puisse en juger, son contenu est du charabia.

« Je croyais que je n'avais pas le droit de voir ça, dis-je, tendant le cou pour lire à l'envers son écriture maladroite. Je suis honoré.

— Ne le soyez pas, je ne vous laisse voir que la partie dont vous avez besoin », répond-elle.

Des avertissements encerclés et des croquis d'événements de la journée ont été tracés d'une main malhabile, des bribes de conversation jetées sur la page, sans le moindre contexte pour les expliquer. Je reconnais certains moments, y compris une reproduction rapide de la correction que Gold a infligée au majordome, mais l'essentiel n'a aucun sens.

Ce n'est qu'après avoir été submergé par ce chaos que je commence à voir qu'Anna a tenté d'ordonner les choses. Au moyen d'un crayon, elle a scrupuleusement rédigé des notes à sa propre intention à côté des entrées, émettant des hypothèses, notant des heures, consignant nos conversations et les croisant avec celles dans le carnet, en tirant les informations utiles contenues dans chacune.

« Je doute que vous puissiez en faire grand-chose, déclare Anna en me voyant peiner. L'un de vos hôtes me l'a donné. Ça pourrait tout aussi bien être écrit dans une autre langue. Une grande partie n'a aucun sens, mais j'ai fait des ajouts et m'en suis servie pour suivre vos allées et venues. C'est tout ce que je sais sur vous. Chaque hôte, tout ce qu'ils ont fait. C'est la seule manière pour moi de ne pas être perdue, mais ce n'est pas complet. Il y a des blancs. C'est pourquoi j'ai besoin que vous m'indiquiez le meilleur moment pour aborder Bell.

— Bell, pourquoi ?

— Ce valet de pied me cherche, donc nous allons lui dire exactement où je serai, explique-t-elle en rédigeant une note sur une page volante. Nous rassemblerons certains de vos hôtes et nous l'attendrons quand il sortira son couteau.

— Et comment allons-nous le piéger ?

— Avec ceci. » Elle me tend le mot. « Si vous me racontez la journée de Bell, je pourrai faire en sorte de le laisser à un endroit où il le trouvera. Dès que je l'aurai mentionnée aux cuisines, la nouvelle de la rencontre se propagera à travers la maison en moins d'une heure. Le valet de pied en entendra parler à coup sûr. »

> Ne quittez pas Blackheath, d'autres vies que la vôtre dépendent de vous. Retrouvez-moi près du mausolée dans le cimetière de famille à 22 h 20 et je vous expliquerai tout.
>
> Bien à vous, Anna

Je suis de nouveau transporté à cette soirée, quand Evelyn et Bell ont cherché dans le cimetière froid et humide, revolver à la main, ne trouvant que des ombres et une boussole cassée couverte de sang.

Pour un présage, il n'est pas rassurant, mais il n'est pas définitif non plus. C'est un autre morceau d'avenir qui s'est détaché du tout, et tant que je n'y serai pas, je n'aurai aucune idée de ce qu'il signifie.

Anna attend ma réaction, mais mon malaise n'est pas une raison suffisante pour émettre une objection.

« Avez-vous vu comment ça finit, est-ce que ça fonctionne ? demande-t-elle en triturant nerveusement le revers de sa manche.

— Je ne sais pas, mais c'est le meilleur plan que nous ayons, dis-je.

— Nous allons avoir besoin d'aide, et vous commencez à être à court d'hôtes.

— Ne vous en faites pas, je vais en trouver. »

Je tire un stylo plume de ma poche et ajoute une ligne au message afin d'épargner au pauvre Bell une grande frustration.

Oh, et n'oubliez pas vos gants, ils sont en train de brûler.

37

J'entends les chevaux avant de les voir, des douzaines de sabots claquant sur les pavés devant moi. Peu après me parvient leur odeur, un relent âcre combiné à la puanteur du fumier, un mélange épais que même le vent ne parvient pas à dissiper. Ce n'est qu'après cette impression initiale que je tombe finalement sur les animaux eux-mêmes, une trentaine de bêtes harnachées qui quittent les écuries et s'engagent sur la route qui mène au village, tirant des calèches.

Les palefreniers les guident à pied, leurs uniformes constitués d'une casquette plate, d'une chemise blanche et d'un ample pantalon gris les rendant aussi impossibles à distinguer les uns des autres que les chevaux dont ils ont la garde.

Je les observe nerveusement. Dans un souvenir furtif, je me revois tombant de cheval enfant, puis les sabots de la bête m'écrasant la poitrine, mes os craquant…

Ne laisse pas Dance prendre le dessus sur toi.

Je m'arrache des souvenirs de mon hôte et baisse la main que j'avais instinctivement portée à la cicatrice sur ma poitrine.

C'est de pire en pire.

La personnalité de Bell faisait rarement surface, mais entre les envies de Derby et les manières et les traumatismes d'enfance de Dance, j'ai de plus en plus de peine à maintenir le cap.

Quelques chevaux au milieu de la masse mordillent ceux qui les entourent, et une onde d'agitation traverse la marée de muscles brune. Ce qui suffit à me faire faire un pas malavisé hors de la route et à marcher pile dans un tas de fumier.

Je suis en train d'ôter la saleté de mon pantalon quand un des palefreniers s'écarte du groupe.

« Je peux vous aider, monsieur Dance ? demande-t-il en soulevant sa casquette.

— Vous me connaissez ? dis-je, surpris.

— Désolé, monsieur, mon nom est Oswald, monsieur, j'ai sellé l'étalon que vous avez monté hier. Une belle chose à voir, monsieur, un gentilhomme à cheval. Ils ne sont plus nombreux à savoir monter comme ça. »

Il sourit, révélant deux rangées de dents incomplètes et brunies par le tabac.

« Bien sûr, bien sûr, dis-je tandis que les chevaux qui passent le poussent dans le dos. À vrai dire, Oswald, je cherchais Lady Hardcastle. Elle était censée rencontrer Alf Miller, le maître des écuries.

— Je ne sais pas pour Madame, mais vous venez de rater Alf. Il est parti avec quelqu'un il y a environ dix minutes. En direction du lac, d'après ce que j'ai vu, il a pris le chemin qui longe le champ. Il est sur votre droite quand vous passez sous l'arche, monsieur, vous pourrez probablement les rattraper si vous vous dépêchez.

— Merci, Oswald.

— De rien, monsieur. »

Il soulève de nouveau sa casquette et regagne le groupe.

Restant au bord de la route, je continue d'avancer vers les écuries, les pavés mal fixés me ralentissant considérablement. Dans mes autres hôtes, je me contentais de faire un bond sur le côté quand l'un d'eux glissait sous mes pieds, mais les vieilles jambes de Dance ne sont pas assez agiles pour ça, et chaque fois que l'un d'eux bouge sous mon poids, je me tords les chevilles et les genoux et manque de tomber à la renverse.

Contrarié, je passe sous l'arche et vois de l'avoine, de la paille et des fruits écrasés qui jonchent la cour, tandis qu'un garçon fait de son mieux pour repousser les déchets dans les coins. Il aurait probablement plus de chance si son balai n'était pas deux fois plus grand que lui. Il me jette un regard timide lorsque je passe, tentant d'ôter sa casquette mais ne parvenant qu'à la perdre dans le vent. Quand je le quitte des yeux, il est en train de la pourchasser à travers la cour comme si elle renfermait tous ses rêves.

Le chemin qui borde le champ n'est guère plus qu'un sentier boueux plein de flaques, et mon pantalon est déjà dégoûtant quand je n'en ai parcouru que la moitié. Des brindilles craquent, la pluie dégouline des plantes. J'ai l'impression d'être observé, et même si tout suggère que c'est simplement le fruit de ma nervosité, je jure que je sens une présence parmi les arbres, une paire d'yeux qui suit mes pas. J'espère me tromper, car si le valet de pied bondit sur le chemin, je serai trop faible pour me battre et trop lent pour m'enfuir. Il ne me restera à vivre que le temps qu'il mettra à choisir une façon de me tuer.

Ne voyant aucun signe du maître des écuries ou

de Lady Hardcastle, je sacrifie complètement ma dignité, m'aspergeant le dos de boue tandis que je me mets à trottiner d'inquiétude.

Le chemin ne tarde pas à s'écarter du champ pour s'enfoncer dans la forêt, et mon sentiment d'être observé ne fait que croître à mesure que je m'éloigne des écuries. Des ronces accrochent mes vêtements quand je les franchis, mais je perçois finalement un murmure de voix proches et le bruit de l'eau léchant une berge. Le soulagement me submerge, et je me rends compte que j'ai retenu mon souffle pendant tout ce temps. Nous nous faisons presque aussitôt face, même si ce n'est pas Lady Hardcastle que je découvre en compagnie du maître des écuries, mais Cunningham, le valet de Ravencourt. Il porte un épais manteau et une longue écharpe violette qu'il peinera à défaire quand il interrompra la conversation entre Ravencourt et Daniel.

Le banquier doit être en train de dormir dans la bibliothèque. Leur alarme lorsqu'ils me voient suggère qu'ils ne discutaient pas de simples ragots.

Se ressaisissant le premier, Cunningham me sourit aimablement.

« Monsieur Dance, quelle agréable surprise, dit-il. Qu'est-ce qui vous amène ici par cette affreuse matinée ?

— Je cherchais Helena Hardcastle, dis-je, mon regard passant de Cunningham au maître des écuries. Je croyais qu'elle se promenait avec M. Miller.

— Non, monsieur, répond ce dernier en tordant sa casquette entre ses mains. J'étais censé la rencontrer dans mon cottage, monsieur. J'y retourne en ce moment même.

— Nous sommes donc tous les trois dans le même

bateau, déclare Cunningham. J'espérais également l'attraper. Peut-être pouvons-nous y aller ensemble. Mon affaire ne devrait pas prendre très longtemps, mais je serai heureux de faire la queue, pour ainsi dire.

— Et quelle est cette affaire ? dis-je tandis que nous commençons à reprendre le chemin des écuries. J'avais cru comprendre que vous aviez rencontré Lady Hardcastle avant le petit déjeuner. »

La franchise de ma question perturbe momentanément sa bonne humeur, un éclair d'agacement traversant son visage.

« Quelques questions pour Lord Hardcastle, répond-il. Vous savez comment c'est. Un problème mène à un autre.

— Mais vous avez vu la maîtresse de maison plus tôt dans la journée ?

— En effet, aux premières heures.

— Comment semblait-elle ? »

Il hausse les épaules et me regarde en fronçant les sourcils.

« Je ne saurais dire. Notre entretien a été très bref. Puis-je demander où mènent ces questions, monsieur Dance ? J'ai un peu l'impression de vous faire face au tribunal.

— Personne d'autre n'a vu Lady Hardcastle aujourd'hui. Ce que je trouve étrange.

— Peut-être est-elle lasse d'être harcelée de questions », réplique-t-il, s'échauffant.

L'humeur est à l'irritation quand nous atteignons le cottage du maître des écuries, M. Miller se tortillant d'embarras lorsqu'il nous invite à entrer. L'endroit est aussi propre et bien rangé que la première fois que je suis venu ici, quoique bien trop exigu pour trois hommes et leurs secrets.

Je prends la chaise près de la table pendant que Cunningham inspecte la bibliothèque et que le maître des écuries s'agite, faisant de son mieux pour mettre de l'ordre dans un cottage déjà ordonné.

Nous attendons dix minutes, mais Lady Hardcastle n'arrive pas.

C'est Cunningham qui brise le silence.

« Eh bien, il semblerait que madame ait d'autres plans, déclare-t-il en jetant un coup d'œil à sa montre. Je ferais bien d'y aller, on m'attend dans la bibliothèque. Bonne journée à vous, monsieur Dance, monsieur Miller », dit-il, inclinant la tête avant d'ouvrir la porte et de s'en aller.

Miller lève nerveusement les yeux vers moi.

« Et vous, monsieur Dance ? demande-t-il. Allez-vous continuer d'attendre ? »

J'ignore sa question et le rejoins près de la cheminée.

« De quoi parliez-vous avec Cunningham ? » dis-je.

Il fixe la fenêtre, comme si ses réponses allaient être apportées par un messager. Je claque des doigts devant son visage, lui faisant tourner ses yeux embués vers moi.

« Pour le moment, je suis simplement curieux, monsieur Miller, dis-je d'une voix sourde dégoulinant de possibilités déplaisantes. Dans une minute, je serai irrité. Dites-moi de quoi vous parliez.

— Il voulait quelqu'un pour lui faire visiter les lieux, répond-il, faisant saillir sa lèvre inférieure et révélant la chair rose à l'intérieur. Il voulait voir le lac. »

Quels que soient les talents de Miller dans ce monde, mentir n'en fait pas partie. Son visage âgé est un amas de rides et de chair pendante, suffisamment de matière pour offrir une scène à ses émotions. Chaque froncement de sourcils est une tragédie, chaque sourire, une farce. Un mensonge, situé quelque part entre les deux, suffit à faire s'écrouler le spectacle dans sa totalité.

Je pose une main sur son épaule, baisse mon visage au niveau du sien et regarde ses yeux fuir les miens.

« Charles Cunningham a grandi sur cette propriété, monsieur Miller, comme vous le savez pertinemment. Il n'a nul besoin d'un guide. Alors, de quoi discutiez-vous ? »

Il secoue la tête.

« J'ai promis…

— Moi aussi, je peux faire des promesses, monsieur Miller, mais elles ne vous plairont pas. »

Mes doigts appuient sur sa clavicule, suffisamment fort pour le faire grimacer.

« Il me questionnait sur le garçon assassiné, déclare-t-il à contrecœur.

— Thomas Hardcastle ?

— Non, monsieur, l'autre.

— Quel autre ?

— Keith Parker, le palefrenier.

— Quel palefrenier ? De quoi parlez-vous, mon brave ?

— Personne ne se souvient de lui, monsieur, pas assez important, répond-il en serrant les dents. C'était un de mes garçons. Un enfant adorable, à peu près quatorze ans. Il a disparu environ une semaine avant la mort de M. Thomas. Deux agents sont venus jeter un coup d'œil dans la forêt, mais ils n'ont pas retrouvé son corps, alors ils ont dit qu'il s'était enfui. Mais je vous le dis, c'est faux. Il adorait sa maman, il adorait son travail. Il n'aurait pas fait ça. Je l'ai dit à l'époque, mais personne n'a écouté.

— Est-ce qu'on a fini par le retrouver ?

— Non, monsieur, jamais.

— Et c'est ce que vous avez dit à Cunningham ?

— Oui, monsieur.

— C'est tout ce que vous lui avez dit ? »

Ses yeux glissent de droite à gauche.

« Il y a autre chose, n'est-ce pas ?

— Non, monsieur.

— Ne me mentez pas, Miller », dis-je froidement, mes poils se hérissant.

Dance déteste les gens qui essaient de le tromper, car il considère ça comme une suggestion de crédulité, de stupidité. Pour tenter même de le faire, les menteurs doivent se croire plus intelligents que la personne à qui ils s'adressent, une supposition qu'il juge grotesquement insultante.

« Je ne mens pas, monsieur, proteste le pauvre maître des écuries, une veine saillant sur son front.

— Si, vous mentez ! Dites-moi ce que vous savez !

— Je ne peux pas.

— Vous allez le faire, ou j'entraînerai votre ruine, monsieur Miller, dis-je, laissant libre cours à mon hôte. Je prendrai tout ce que vous avez, chaque vêtement et chaque penny que vous avez mis de côté. »

Les mots de Dance s'écoulent de ma bouche, chacun dégoulinant de poison. C'est ainsi qu'il dirige son cabinet, matraquant ses adversaires avec des menaces et des intimidations. À sa manière, Dance est peut-être aussi odieux que Derby.

« Je déterrerai chaque…

— L'histoire est un mensonge », lâche soudain Miller.

Son visage est blême, ses yeux hantés.

« Qu'est-ce que ça signifie ? Expliquez-vous !

— Ils prétendent que Charlie Carver a tué M. Thomas.

— Et ?

— Eh bien, il n'a pas pu le faire, monsieur. Charlie et moi nous entendions bien. Il s'était disputé avec Lord Hardcastle ce matin-là, il avait été renvoyé, alors il avait décidé d'emporter un dédommagement.

— Un dédommagement ?

— Quelques bouteilles de brandy, monsieur, volées dans le bureau de Lord Hardcastle. Il y est entré et il les a prises.

— Donc il a volé quelques bouteilles de brandy, dis-je. En quoi cela prouve-t-il son innocence ?

— Il est venu me chercher après que Mlle Evelyn est partie sur son poney. Il voulait boire une dernière fois avec un ami, qu'il disait. Je ne pouvais pas dire non, n'est-ce pas ? Alors on a bu ces bouteilles tous les deux, Charlie et moi, mais environ une demi-heure avant le meurtre, il a dit que je devais partir.

— Partir, pourquoi ?

— Il a dit que quelqu'un allait venir le voir.

— Qui ?

— Je ne sais pas, monsieur, il ne l'a pas dit. Il a juste… »

Il hésite, considérant sa réponse avec la certitude qu'elle est sur le point de le précipiter dans un ravin.

« Quoi ? » dis-je.

Le pauvre imbécile se tord les mains, chiffonnant le tapis avec la semelle de son pied gauche.

« Il a dit que tout était arrangé, monsieur, il a dit que la personne allait l'aider à trouver un bon poste ailleurs. J'ai pensé que peut-être…

— Oui ?

— À sa façon de parler, monsieur… J'ai pensé…

— Crachez le morceau, nom de Dieu, Miller.

— Lady Hardcastle, monsieur, dit-il en croisant mon regard pour la première fois. J'ai pensé qu'il allait peut-être rencontrer Lady Helena Hardcastle. Ils s'étaient toujours bien entendus. »

Ma main tombe de son épaule.

« Mais vous ne l'avez pas vue arriver ?

— Je…

— Vous n'êtes pas parti, n'est-ce pas ? dis-je, percevant la culpabilité sur son visage. Vous vouliez voir qui venait, alors vous vous êtes caché à proximité.

— Pendant une minute, monsieur, juste pour m'assurer qu'il allait bien.

— Pourquoi ne l'avez-vous dit à personne ? dis-je en fronçant les sourcils.

— On m'a dit de ne pas le faire, monsieur.

— Qui ça, on ? »

Il lève les yeux vers moi, mâchant le silence dans une supplication désespérée.

« Qui ça, bon sang ?

— Eh bien, Lady Hardcastle, monsieur. C'est ce qui m'a fait… enfin, elle n'aurait pas laissé Charlie tuer son fils, n'est-ce pas ? Et s'il l'avait fait malgré tout, elle ne m'aurait pas dit de me taire. Ça n'a aucun sens, n'est-ce pas ? Il est forcément innocent.

— Et vous avez gardé ce secret pendant toutes ces années ?

— J'avais peur, monsieur. Terriblement peur, monsieur.

— D'Helena Hardcastle ?

— Du couteau, monsieur. Celui qui a servi à tuer Thomas. Ils l'ont retrouvé dans la cabane de Carver, caché sous le plancher. C'est ce qui l'a perdu au bout du compte, monsieur.

— Pourquoi aviez-vous peur du couteau, Miller ?

— Parce qu'il était à moi, monsieur. Un couteau à sabots, que c'était. Il a disparu de mon cottage deux jours avant le meurtre. Ça et une jolie couverture qui était sur mon lit. J'ai cru qu'ils allaient, eh bien, m'accuser, monsieur. Comme si j'étais de mèche avec Carver, monsieur. »

Les minutes suivantes sont floues tandis que je suis perdu dans mes pensées. J'ai vaguement conscience de promettre de garder les secrets de Miller, de la même manière que j'ai vaguement conscience de quitter le cottage, la pluie me trempant tandis que je retourne vers la maison.

Michael Hardcastle m'a dit que quelqu'un était avec Charlie Carver le matin de la mort de Thomas, quelqu'un que Stanwin avait blessé avec un fusil de chasse avant qu'il s'échappe. Cette personne pouvait-elle être Lady Hardcastle ? Dans ce cas, sa blessure a dû être soignée discrètement.

Le docteur Dickie ?

Les Hardcastle organisaient une fête le week-end où Thomas a été assassiné, et à en croire Evelyn, les mêmes invités ont été conviés au bal d'aujourd'hui. Dickie est dans la maison, il est donc probable qu'il ait été présent il y a dix-neuf ans.

Il ne parlera pas, il est aussi fidèle qu'un chien.

« Il est impliqué dans le commerce de drogue de Bell, dis-je, me rappelant la bible pleine d'inscriptions que j'ai trouvée dans sa chambre quand j'étais Derby. Ça suffira à lui mettre la pression pour lui soutirer la vérité. »

Mon excitation monte. Si Dickie confirme que Lady Hardcastle a reçu une balle dans l'épaule, elle a dû être soupçonnée de la mort de Thomas. Mais pourquoi diable aurait-elle tué son propre fils, ou laissé Carver – un homme dont Lord Hardcastle affirme qu'elle l'aimait – endosser la responsabilité à sa place ?

Jamais Dance n'a été aussi proche de la jubilation, le vieil avocat ayant passé sa vie à traquer les faits comme un chien de chasse suivant l'odeur du sang, et ce n'est qu'au moment où Blackheath s'élève à l'horizon que je prends finalement conscience de ce qui m'entoure. À cette distance, avec ces mauvais yeux, la maison est floue, les fissures sont obscurcies, et l'on voit Blackheath tel que la demeure devait être quand la jeune Millicent Derby y passait ses étés avec Ravencourt et les Hardcastle, quand les enfants jouaient sans crainte dans la forêt et que leurs parents profitaient des fêtes et de la musique, des rires et des chants.

Comme ça devait être merveilleux.

On peut comprendre pourquoi Helena Hardcastle regrette peut-être ces jours, et pourquoi elle pourrait même tenter de les ressusciter en organisant une nouvelle fête. On peut le comprendre, mais seul un idiot accepterait ça comme la raison de ce qui se passe.

Blackheath ne peut pas être ressuscité. Le meurtre de Thomas Hardcastle l'a à jamais vidé de sa substance, le rendant juste bon à devenir une ruine, et pourtant, malgré tout ça, elle a invité les mêmes convives à la même fête, dix-neuf ans plus tard jour pour jour. Le passé a été déterré et déguisé, mais dans quel but ?

Si Miller dit vrai, Charlie Carver n'a pas tué Thomas Hardcastle, et il y a des chances pour que le meurtre ait été commis par Helena Hardcastle, la femme qui a tissé cette effroyable toile dans laquelle nous sommes tous empêtrés, et la femme dont je suis de plus en plus persuadé qu'elle est au cœur de tout.

Il est fort possible qu'elle ait prévu de tuer Evelyn ce soir, et je ne sais toujours absolument pas comment la trouver, et encore moins comment l'en empêcher.

38

Quelques hommes fument devant Blackheath, se remémorant la débauche d'hier soir. Leurs saluts enjoués me suivent jusqu'au haut des marches, mais je passe sans faire de commentaires. Mes jambes me font souffrir, le bas de mon dos exige un bain, mais je n'ai pas le temps. La partie de chasse débute dans une demi-heure et je ne peux pas la rater. J'ai trop de questions, et la plupart des réponses porteront des fusils.

J'attrape une carafe de scotch dans le salon et me retire dans ma chambre, où je descends deux verres d'un trait pour calmer la douleur. Je sens toujours les objections de Dance, le dégoût que lui inspire le fait que non seulement je reconnaisse son inconfort, mais que j'éprouve en plus le besoin de l'apaiser. Mon hôte méprise ce qui lui arrive et considère l'âge comme un cancer, une consumation et une érosion.

J'ôte mes vêtements boueux et me transporte jusqu'au miroir, m'apercevant que je n'ai toujours aucune idée de ce à quoi ressemble Dance. Revêtir un nouveau corps chaque jour est déjà devenu banal, et c'est simplement l'espoir d'apercevoir un soupçon du vrai Aiden Bishop qui me pousse à me regarder.

Dance approche des quatre-vingts ans, et il est aussi

flétri et gris à l'extérieur qu'à l'intérieur. Presque chauve, son visage est un entrelacs de rides uniquement maintenu en place par un grand nez aquilin. De chaque côté de celui-ci se trouvent une petite moustache grise et des yeux sombres et sans vie qui ne laissent rien paraître de l'homme à l'intérieur, sauf, peut-être, qu'il pourrait ne pas y avoir d'homme à l'intérieur. L'anonymat semble être un besoin compulsif chez Dance, dont les vêtements – quoique de bonne qualité – sont tous dans des teintes de gris. Seuls les mouchoirs et les nœuds papillons offrent un peu de couleur, mais même pour eux, le choix se limite à du rouge sombre ou du bleu foncé, donnant l'impression d'un homme camouflé dans sa propre vie.

Sa tenue de chasse est un peu serrée à l'abdomen, mais elle fera l'affaire et, après avoir bu un autre verre de scotch pour me réchauffer la gorge, je traverse le couloir jusqu'à la chambre du docteur Dickie et frappe à la porte.

Des pas approchent de l'autre côté, et Dickie l'ouvre en grand. Il est habillé pour la partie de chasse.

« Je ne travaille pas autant dans mon cabinet, grommelle-t-il. Je ferais bien de vous prévenir, j'ai déjà traité des blessures au couteau, une perte de mémoire et un sévère passage à tabac ce matin, alors quelle que soit votre affection, il vaudrait mieux qu'elle soit intéressante. Et au-dessus de la ceinture, de préférence.

— Vous trafiquez de la drogue par l'intermédiaire de Sebastian Bell, dis-je de but en blanc, regardant le sourire disparaître de son visage. Il la vend, vous le fournissez. »

Blanc comme un linge, il est forcé de s'appuyer au montant de la porte.

Percevant sa faiblesse, je profite de mon avantage.

« Ted Stanwin paierait grassement pour cette information, mais je n'ai pas besoin de Stanwin. J'ai besoin de savoir si vous avez soigné Helena Hardcastle, ou quelqu'un d'autre, pour une blessure par balle le jour où Thomas Hardcastle a été assassiné.

— La police m'a posé la même question à l'époque, et j'ai répondu en toute honnêteté, déclare-t-il d'une voix râpeuse tout en desserrant son col. Non, je ne l'ai pas fait. »

Je lui lance un regard mauvais et me détourne de lui.

« Je vais voir Stanwin.

— Bon sang, mon vieux, je dis la vérité ! » s'écrie-t-il en attrapant mon bras.

Nous nous regardons dans les yeux. Les siens sont vieux et vagues, illuminés par la peur. Ce qu'il voit dans les miens l'incite à me lâcher immédiatement.

« Helena Hardcastle aime ses enfants plus que tout, et Thomas était son préféré, insiste-t-il. Elle ne lui aurait jamais fait de mal, elle en aurait été incapable. Je vous le jure, sur mon honneur de gentilhomme, personne n'est venu me voir ce jour-là avec une blessure, et je ne sais absolument pas sur qui Stanwin a tiré. »

Je soutiens son regard pendant une seconde, cherchant un signe de tromperie, mais il dit la vérité, j'en suis certain.

Découragé, je laisse partir le docteur et retourne dans le vestibule où le reste des hommes se rassemble, fumant et discutant, impatients que la partie de chasse commence. J'étais certain que Dickie confirmerait l'implication d'Helena et, ce faisant, me donnerait un point de départ pour enquêter sur la mort d'Evelyn.

J'ai besoin de mieux comprendre ce qui est arrivé à Thomas, et je sais précisément à qui demander.

Cherchant Stanwin, je pénètre dans le salon, où je trouve Philip Sutcliffe en tenue de chasse verte, attaquant les touches du piano avec beaucoup d'entrain et peu de talent, la presque musique me ramenant à ma première matinée dans la maison – un souvenir que vit en ce moment Sebastian Bell, qui se tient seul et mal à l'aise dans le coin le plus éloigné, sirotant une boisson dont il ne connaît même pas le nom. La pitié qu'il m'inspire est contrebalancée par l'irritation de Dance, le vieil avocat ne supportant pas l'ignorance, de quelque sorte qu'elle soit. S'il en avait l'opportunité, il dirait tout à Bell, au diable les conséquences, et je dois avouer que l'idée est tentante.

Pourquoi Bell ne saurait-il pas qu'il a vu une femme de chambre nommée Madeline Aubert dans la forêt ce matin et non Anna ? Et que ni l'une ni l'autre n'étant morte, il n'a pas à se sentir coupable ? Je pourrais expliquer la boucle, et le fait que le meurtre d'Evelyn est la clé vers la liberté, lui épargnant de gâcher sa journée en tant que Donald Davies à chercher à fuir. Je lui dirais que Cunningham est le fils de Charlie Carver, et que manifestement il cherche à prouver que son père n'a pas tué Thomas Hardcastle. Que le moment venu, c'est l'information qui lui servirait à faire chanter Cunningham, car Ravencourt exècre le scandale et se débarrasserait probablement de son valet s'il l'apprenait. Je lui conseillerais de trouver la mystérieuse Felicity Maddox et, surtout, Helena Hardcastle, car tous les chemins mènent à l'insaisissable maîtresse de maison.

Ça ne fonctionnerait pas.

« Je sais », dis-je tristement à voix basse.

La première idée de Bell serait que je me suis échappé de l'asile de fous, et quand il se rendrait finalement compte que tout est vrai, son enquête modifierait complètement la journée. J'ai beau vouloir l'aider, je suis trop près d'obtenir la réponse que je cherche pour risquer de ruiner cette boucle.

Bell devra se débrouiller seul.

Quelqu'un saisit mon coude et Christopher Pettigrew apparaît à côté de moi avec une assiette à la main. Je n'ai jamais été si près de lui, et si je n'avais les manières impeccables de Dance, mon dégoût s'afficherait clairement sur mon visage. De près, il ressemble à une chose qui aurait été récemment déterrée.

« Bientôt débarrassés de lui », dit-il en désignant d'un geste de la tête par-dessus mon épaule Ted Stanwin, qui picore les viandes froides sur la table du buffet tout en observant les autres convives en plissant les yeux.

Son dégoût est évident.

Jusqu'à ce moment, je l'avais toujours pris pour une simple brute, mais je vois désormais qu'il est plus que ça. Il gagne sa vie grâce au chantage, ce qui signifie qu'il connaît chaque secret et chaque honte cachée, chaque scandale éventuel et chaque perversion dans cette maison. Pire, il sait qui s'est sorti impunément de quoi. Il méprise tout le monde à Blackheath, y compris lui-même car il protège leurs secrets, alors il passe ses journées à chercher la bagarre pour se sentir mieux.

Quelqu'un passe près de moi, un Charles Cunningham confus qui arrive de la bibliothèque avec la lettre de Ravencourt dans sa main, pendant que la servante Lucy Harper débarrasse des assiettes sans se rendre compte de ce qui couve autour d'elle. Avec un serrement de cœur, je m'aperçois qu'elle ressemble un peu à ma défunte épouse Rebecca. Quand elle était jeune, naturellement. Il y a une similitude dans les mouvements, une douceur dans les gestes, comme si…

Rebecca n'était pas ta femme.

« Bon sang, Dance ! dis-je, me libérant de lui.

— Désolé, je n'ai pas compris, mon vieux », intervient Pettigrew en fronçant les sourcils.

Rougissant d'embarras, j'ouvre la bouche pour répondre, mais je suis distrait par la pauvre Lucy Harper qui tente de se faufiler à côté de Stanwin pour aller chercher une assiette vide. Elle est plus jolie que dans mon souvenir, avec des taches de rousseur, des yeux bleus et des cheveux roux désordonnés qu'elle tente de renfoncer sous son bonnet.

« Excusez-moi, Ted, dit-elle.

— Ted ? fait-il avec colère, lui attrapant le poignet et serrant assez fort pour qu'elle fasse la grimace. Vous croyez parler à qui, Lucy ? C'est "monsieur Stanwin" pour vous, je ne suis plus en bas avec les rats. »

Stupéfaite et effrayée, elle cherche de l'aide sur nos visages.

Contrairement à Sebastian Bell, Dance est un fin observateur de la nature humaine et, en voyant cette scène se dérouler devant moi, je suis frappé par quelque chose de singulier. La première fois que j'ai assisté à ce moment, j'avais seulement observé la peur de Lucy d'être malmenée, mais elle n'est pas simplement effrayée, elle est surprise. Voire contrariée. Et assez étrangement, Stanwin aussi.

« Lâchez-la, Ted », lance Daniel Coleridge du pas de la porte.

Le reste de la confrontation se passe comme dans mon souvenir, Stanwin battant en retraite, Daniel allant voir Bell et l'emmenant dans le bureau pour qu'il rencontre Michael, m'adressant au passage un petit geste de la tête.

« On y va ? demande Pettigrew. Je suppose que notre divertissement touche à sa fin. »

Je suis tenté de chercher Stanwin mais n'ai aucun désir de gravir cet escalier et de me rendre dans l'aile est quand je sais avec certitude qu'il va venir à la partie de chasse. Je décide que mieux vaut l'attendre ici.

Nous frayant à coups d'épaules un chemin à travers la foule scandalisée, nous traversons le vestibule et sortons dans l'allée, où Sutcliffe attend déjà en compagnie de Herrington et de deux autres personnages que je ne connais pas. Des nuages noirs s'amoncellent, pleins d'un orage que j'ai désormais vu pilonner Blackheath une demi-douzaine de fois. Les chasseurs sont rassemblés, s'accrochant à leurs chapeaux et à leurs vestes que le vent cherche à arracher avec mille mains voleuses. Seuls les chiens semblent impatients, tirant sur leurs laisses et aboyant sous le ciel sombre. L'après-midi s'annonce misérable, et savoir que je vais marcher par ce temps maussade rend les choses encore pires.

« Hé ! » lance Sutcliffe à notre approche, les épaules de sa veste saupoudrées de pellicules.

Herrington nous salue de la tête tout en tentant de gratter quelque chose de déplaisant collé à ses chaussures.

« Avez-vous vu la petite altercation entre Daniel et Stanwin ? demande-t-il. Je crois que nous soutenons le bon cheval après tout.

— On verra bien, répond sombrement Sutcliffe. Et puis, où est passé Daniel ? »

Je regarde autour de nous, mais il est invisible, et tout ce que je puis offrir en guise de réponse est un haussement d'épaules.

Les gardes-chasses tendent des fusils à ceux qui n'ont pas apporté les leurs, dont je fais partie. Le mien a été poli et huilé, et les canons, ouverts, révèlent deux cartouches rouges enfoncées dans les cylindres. Les autres semblent avoir de l'expérience avec les armes à feu, et ils vérifient immédiatement les mires en visant des cibles imaginaires dans le ciel. Mais Dance ne partage pas leur enthousiasme pour cette activité, moyennant quoi je me sens quelque peu perdu. Après m'avoir regardé manipuler maladroitement le fusil pendant quelques minutes, le garde-chasse impatient me montre comment le caler en travers de mon avant-bras, puis il me tend une boîte de cartouches et passe au chasseur suivant.

Je dois avouer que le fusil me rassure. Toute la journée j'ai senti des yeux sur moi, et je serai content d'être armé quand la forêt m'entourera. Nul doute que le valet de pied attend de me surprendre seul, et hors de question que je lui facilite la tâche.

Surgi de nulle part, Michael est désormais à nos côtés, soufflant de l'air chaud dans ses mains.

« Désolé pour le retard, messieurs, dit-il. Mon père vous envoie ses excuses, mais il y a un imprévu. Il nous demande d'y aller sans lui.

— Et que sommes-nous censés faire si nous repérons la femme morte de Bell ? » demande Pettigrew d'un air sarcastique.

Michael lui lance un regard noir.

« Un peu de charité chrétienne, je vous en prie, dit-il. Le docteur a traversé une dure épreuve.

— Au moins cinq bouteilles », dit Sutcliffe, arrachant de gros rires à tous sauf à Michael. En voyant l'expression sombre du jeune homme, il lève brusquement les mains. « Oh, allez, Michael, vous avez vu l'état dans lequel il était hier soir. Vous ne pouvez pas croire que nous allons vraiment trouver quelque chose. Personne n'a disparu, il divague.

— Bell n'inventerait pas ça, réplique Michael. J'ai vu son bras, quelqu'un l'a taillé en lambeaux là-bas.

— Il est probablement tombé sur sa bouteille », grogne Pettigrew en se frottant les mains pour les réchauffer.

Nous sommes interrompus par un garde-chasse qui tend à Michael un revolver noir. Hormis une longue rayure le long du canon, il est identique à celui qu'Evelyn emportera au cimetière ce soir. C'est un des deux qui ont été pris dans la chambre d'Helena Hardcastle.

« Je vous l'ai huilé, monsieur », dit le garde-chasse, avant de soulever sa casquette et de s'éloigner.

Michael glisse le revolver dans l'étui à sa taille, puis reprend notre conversation sans noter mon intérêt.

« Je ne vois pas pourquoi tout le monde le prend si mal, observe-t-il. Cette partie de chasse est organisée depuis des jours, nous allons simplement dans une direction différente de celle initialement prévue, c'est tout. Si nous repérons quelque chose, très bien. Sinon, nous n'aurons rien perdu à rassurer le docteur. »

Quelques regards pleins d'attente me sont adressés, Dance étant d'ordinaire le décideur pour ces questions. Mais je n'ai pas le temps de commenter que les chiens se mettent à aboyer après que les gardes-chasses les ont laissés prendre les devants, entraînant notre compagnie à travers la pelouse en direction de la forêt.

Je me retourne vers Blackheath et cherche Bell du regard. Il est encadré par la fenêtre du bureau, son corps à demi caché par les tentures en velours rouge. Dans cette lumière, à cette distance, il a quelque chose de spectral, même si je suppose que dans ce cas c'est la maison qui le hante.

Les autres chasseurs sont déjà en train de pénétrer dans la forêt, et les hommes se sont séparés en petits groupes quand je les rattrape finalement. J'ai besoin de parler d'Helena à Stanwin, mais il avance rapidement, se tenant à l'écart de nous. Je parviens à peine à le conserver dans mon champ de vision, sans parler de m'entretenir avec lui, alors j'abandonne finalement cette idée et décide que je le coincerai quand nous nous arrêterons pour nous reposer.

Craignant de rencontrer le valet de pied, je rejoins Sutcliffe et Pettigrew, qui sont encore en train de réfléchir aux implications du marché que Daniel a passé avec Lord Hardcastle. Leur bonne humeur ne dure pas. La forêt est oppressante, réduisant après une heure chaque phrase à un murmure, et tuant toute conversation vingt minutes plus tard. Même les chiens sont désormais silencieux, reniflant le sol tandis qu'ils nous entraînent plus avant dans la pénombre. Le fusil est un poids réconfortant dans mes bras, et je m'y accroche férocement, me fatiguant vite mais ne me laissant jamais trop distancer par le groupe.

« Profitez, mon vieux, lance Daniel Coleridge derrière moi.

— Pardon ? »

Je m'arrache mollement à mes pensées.

« Dance est l'un des meilleurs hôtes, dit-il en s'approchant. Esprit bien fait, calme, corps à peu près capable.

— Ce corps à peu près capable donne l'impression qu'il a marché mille kilomètres et non dix, dis-je, entendant la lassitude dans ma voix.

— Michael s'est arrangé pour que les chasseurs

se séparent, reprend-il. Les plus âgés feront une pause pendant que les plus jeunes continueront. Ne vous en faites pas, vous aurez bientôt la possibilité de reposer vos jambes. »

D'épais buissons viennent se dresser entre nous, nous forçant à poursuivre notre conversation à l'aveugle, tels deux amants dans un labyrinthe.

« C'est franchement pénible d'être tout le temps fatigué, dis-je, l'entrapercevant à travers les feuilles. J'attends avec impatience la jeunesse de Coleridge.

— Ne vous laissez pas abuser par son joli minois, médite-t-il. L'âme de Coleridge est noire comme la suie. Le contenir est épuisant. Croyez-moi, quand vous aurez ce corps, vous repenserez à Dance avec une grande affection, alors profitez de lui tant que vous pouvez. »

Les buissons disparaissent, permettant à Daniel de marcher à côté de moi. Il a un œil au beurre noir et boite légèrement, chacun de ses pas s'accompagnant d'une grimace de douleur. Je me rappelle avoir vu ces blessures au dîner, mais la lueur douce des bougies les faisait paraître moins sérieuses. La stupéfaction doit se lire sur mon visage car il sourit faiblement.

« Ce n'est pas aussi terrible que ça en a l'air, dit-il.

— Qu'est-ce qui s'est passé ?

— J'ai pourchassé le valet de pied dans les tunnels.

— Vous y êtes allé sans moi ? » dis-je, surpris par son imprudence.

Quand nous avions projeté de coincer le valet de pied sous la maison, il était évident qu'il fallait six personnes pour y parvenir, deux pour surveiller chacune des trois sorties. Une fois qu'Anna a refusé de nous aider et que Derby a été assommé, j'ai supposé que Daniel laisserait tomber le plan. De toute évidence,

Derby n'est pas le dernier de mes hôtes à avoir une tête de mule.

« Pas le choix, mon vieux, répond-il. Je croyais le tenir. Il s'avère que je me trompais. Par chance, j'ai réussi à le repousser avant qu'il sorte son couteau. »

La colère brûle dans chacun de ses mots. Je ne puis qu'imaginer ce que ça doit faire d'être tellement préoccupé par l'avenir qu'on est pris par surprise par le présent.

« Avez-vous trouvé un moyen de libérer Anna ? » dis-je.

Avec un grognement de douleur, Daniel remonte son fusil sur ses bras. Même en clopinant à ma faible allure, il parvient à peine à se tenir droit.

« Non, et je ne crois pas que j'en trouverai, répond-il. Je suis désolé, mais même si c'est dur à entendre, un seul d'entre nous peut partir, et plus nous approchons de 23 heures, plus il est probable qu'Anna nous trahira. Nous ne pouvons faire confiance qu'à nous-mêmes à partir de maintenant. »

Elle te trahira.

Est-ce le moment qui se cachait derrière l'avertissement du médecin de peste ? L'amitié est une affaire simple quand tout le monde en bénéficie, mais maintenant… comment réagira-t-elle en apprenant que Daniel l'abandonne ?

Comment réagiras-tu ?

Sentant mon hésitation, Daniel pose une main réconfortante sur mon épaule, et je m'aperçois avec surprise que Dance admire cet homme. Il trouve sa détermination enivrante, et son obstination fait écho à une qualité que mon hôte apprécie en lui-même. Peut-être est-ce pourquoi Daniel m'a confié cette information plutôt qu'à un autre hôte. Ces deux-là sont des reflets l'un de l'autre.

« Vous ne lui avez pas dit, n'est-ce pas ? demande-t-il avec inquiétude. Que notre proposition était creuse ?

— J'ai été distrait.

— Je sais que c'est difficile, mais vous devez garder tout ça pour vous, reprend Daniel, me mettant dans sa confidence comme on confierait un secret à un enfant. Si nous devons nous montrer plus rusés que le valet de pied, nous aurons besoin de l'aide d'Anna. Et nous ne l'obtiendrons pas si elle sait que nous ne pouvons pas tenir notre promesse. »

Des pas lourds retentissent derrière nous et, en regardant par-dessus mon épaule, je vois Michael qui avance vers nous, son sourire habituel remplacé par une mine renfrognée.

« Grands dieux, dit Daniel. On dirait qu'on vous a cherché des noises. Qu'est-ce qui ne va pas ?

— C'est cette satanée battue, répond-il avec irritation. Belly a vu une fille se faire assassiner ici, mais personne ne prend ça au sérieux. Je ne leur demande pas grand-chose, juste de regarder autour d'eux tout en marchant. Peut-être de donner des coups de pied dans les tas de feuilles, ce genre de chose. »

Daniel toussote et lance un regard embarrassé à Michael.

« Oh, bon sang, dit ce dernier en le regardant d'un air inquiet. Vous avez une mauvaise nouvelle, n'est-ce pas ?

— Une bonne nouvelle, à vrai dire, se hâte de répondre Daniel. Il n'y a pas de jeune femme morte. C'était un malentendu.

— Un malentendu, répète lentement Michael. Comment diable pourrait-ce être un malentendu ?

— Derby était ici. Il a effrayé une femme de chambre, la situation a dégénéré et votre sœur lui a tiré dessus. Bell a pris ça pour un meurtre.

— Satané Derby ! » Michael se tourne brusquement vers la maison. « Je ne vais pas tolérer ça. Il ne peut pas faire n'importe quoi sous le toit d'un autre.

— Ce n'était pas sa faute, interrompt Daniel. Du moins, pas cette fois. Même si c'est difficile à croire, Derby essayait de l'aider. Il n'a simplement pas eu de chance. »

Michael s'arrête, lorgnant Daniel d'un air soupçonneux.

« Vous en êtes sûr ? demande-t-il.

— Oui, répond Daniel en plaçant un bras autour des épaules crispées de son ami. C'était un terrible malentendu. Personne n'est responsable.

— C'est une première pour Derby. »

Michael pousse un soupir chagriné, la colère s'évaporant de son visage. C'est un homme aux émotions fugaces, celui-là, prompt à s'emporter, facilement amusé et tout aussi facilement lassé, je suppose. J'imagine brièvement comment ce serait d'habiter cet esprit. La froideur de Dance a ses inconvénients, mais elle est indéniablement préférable aux sautes d'humeur de Michael.

« J'ai passé la matinée à dire aux autres qu'il y avait un cadavre ici, et qu'ils devraient avoir honte d'être si gais, dit-il, penaud. Comme si ce week-end n'était pas déjà assez épouvantable pour eux.

— Vous aidiez un ami. » Daniel lui adresse un sourire paternel. « Vous n'avez aucune raison d'avoir honte. »

Je suis pris de court par la gentillesse de Daniel, et plus qu'un peu ravi. Si j'admire sa détermination à s'évader de Blackheath, son inflexibilité m'alarme. Le soupçon est déjà ma première émotion, et la peur m'étreint plus fort à chaque minute qui passe. Il serait aisé de prendre tout le monde pour un ennemi et de traiter chacun comme tel, et je suis rassuré de voir que Daniel est toujours capable de s'élever au-dessus de semblables pensées.

Tandis que Daniel et Michael marchent l'un près de l'autre, j'en profite pour interroger le jeune homme.

« Je n'ai pas pu m'empêcher de remarquer votre revolver, dis-je en désignant son étui. Il appartient à votre mère, n'est-ce pas ?

— Vraiment ? » Il semble sincèrement surpris. « J'ignorais que ma mère avait une arme. Evelyn me l'a donné ce matin.

— Pourquoi vous donnerait-elle un revolver ? »

Michael rougit d'embarras.

« Parce que je n'aime pas beaucoup chasser, répond-il en donnant un coup de pied dans des feuilles qui se trouvent sur son chemin. Tout ce sang et toute cette violence, ça me fait me sentir tout bizarre. Je n'étais même pas censé être ici, mais entre la battue et l'absence de père, je n'avais pas vraiment le choix. Ça me mettait dans un état épouvantable, mais Evelyn est une futée. Elle m'a donné ceci (il tapote l'arme) en disant qu'il me serait impossible d'atteindre quoi que ce soit, mais que j'aurais l'air très élégant quand j'essaierais. »

Daniel tente de se retenir de rire, arrachant un sourire aimable à Michael.

« Où sont vos parents, Michael ? dis-je, ignorant la plaisanterie. Je croyais que c'était leur fête, mais le fardeau qu'elle représente semble uniquement peser sur vos épaules. »

Il se gratte la nuque avec une mine sombre.

« Mon père s'est enfermé dans la loge, oncle Edward. Il rumine, comme d'habitude. »

Oncle ?

Des bribes de souvenirs de Dance refont surface, des aperçus fugaces d'une amitié de toujours avec Peter Hardcastle qui font de moi un membre honoraire de la famille. Nos sentiments se sont atténués, mais je suis surpris par l'affection que j'éprouve toujours pour ce jeune homme. Je l'ai connu toute sa vie. Je suis fier de lui. Plus que de mon propre fils.

« Quant à ma mère, poursuit Michael sans remarquer ma confusion momentanée, pour être honnête, elle se comporte étrangement depuis que nous sommes arrivés ici. À vrai dire, j'espérais que vous lui parleriez en privé. Je crois qu'elle m'évite.

— Et moi, dis-je, je n'ai pas réussi à l'attraper de toute la journée. »

Il marque une pause, hésitant. Puis, baissant la voix, il reprend sur le ton de la confidence.

« Je crains qu'elle ait perdu la boule.

— Perdu la boule ?

— C'est comme si elle était devenue totalement différente, explique-t-il, inquiet. Heureuse à un instant, en colère le suivant. Il est impossible de la suivre, et la façon qu'elle a de nous regarder maintenant, c'est comme si elle ne nous reconnaissait pas. »

Une autre rivale ?

Le médecin de peste a affirmé que nous étions trois : le valet de pied, Anna et moi. Je ne vois pas à quoi lui servirait de mentir. Je jette un coup d'œil à Daniel, tentant de deviner s'il en sait plus sur le sujet, mais son attention est rivée sur Michael.

« Quand son comportement a-t-il changé ? dis-je, l'air de rien.

— Je ne saurais vous dire, c'est comme si ça faisait une éternité.

— Mais quand l'avez-vous remarqué pour la première fois ? »

Il se mordille la lèvre, remonte dans ses souvenirs.

« Les vêtements ! s'exclame-t-il soudain. Ça devait être à ce moment-là. Vous ai-je parlé des vêtements ? » Il regarde Daniel, qui secoue impassiblement la tête. « Allons, j'ai dû le faire. C'était il y a à peu près un an ? »

Daniel secoue de nouveau la tête.

« Ma mère était venue à Blackheath pour son sinistre pèlerinage annuel, mais quand elle est rentrée à Londres, elle a débarqué chez moi à Mayfair et s'est mise à rabâcher qu'elle avait trouvé les vêtements, explique Michael, racontant l'anecdote comme s'il s'attendait à ce que Daniel confirme ses dires. C'est tout ce qu'elle disait, qu'elle avait trouvé les vêtements, et elle me demandait si j'étais au courant.

— À qui étaient ces vêtements ? » dis-je, allant dans son sens.

J'étais excité à l'idée d'en apprendre plus sur l'altération de la personnalité d'Helena, mais si elle a changé il y a un an, il est peu probable qu'elle soit une rivale de plus. Et s'il y a assurément quelque chose d'étrange chez elle, je ne vois pas comment une histoire de linge pourrait m'aider à comprendre quoi.

« Je n'en sais fichtre rien, dit-il en levant brusquement les mains. Je n'arrivais pas à lui soutirer une parole sensée. Au bout du compte, je suis parvenu à la calmer, mais elle n'arrêtait pas de parler des vêtements. Elle disait sans cesse que tout le monde serait au courant.

— Au courant de quoi ?

— Elle ne l'a jamais dit, et elle est partie peu après, mais elle était catégorique. »

Notre groupe se disperse à mesure que les chiens entraînent les chasseurs dans des directions différentes. Herrington, Sutcliffe et Pettigrew se tiennent un peu plus loin. Ils attendent de toute évidence qu'on leur dise par où aller, et après avoir pris congé, Michael s'éloigne en trottinant pour leur indiquer le chemin.

« Qu'est-ce que vous en pensez ? dis-je à Daniel.

— Rien pour le moment », répond-il de façon vague.

Il est préoccupé, son regard suivant Michael. Nous continuons en silence jusqu'à atteindre un hameau abandonné au pied d'une falaise. Huit cottages de pierre disposés autour d'un croisement terreux, les toits de chaume pourris, les poutres qui les soutenaient effondrées. Mais des échos d'anciennes vies demeurent : un seau parmi les débris, une enclume gisant sur le flanc au bord de la route. D'aucuns pourraient trouver ça charmant, mais je ne vois que les reliques de vies difficiles abandonnées avec joie.

« C'est presque l'heure », marmonne Daniel en observant le village.

Il a une expression que je n'arrive pas tout à fait à interpréter, combinée à un ton à la fois impatient, excité et un peu effrayé. Ça me donne la chair de poule. Quelque chose de notable est sur le point de se produire, mais je ne vois absolument pas ce que ça pourrait être. Michael montre à Sutcliffe et Pettigrew l'une des vieilles maisons de pierre pendant que Stanwin est appuyé à un arbre, perdu dans ses pensées.

« Tenez-vous prêt », déclare Daniel de façon énigmatique, disparaissant parmi les arbres avant que j'aie le temps de le questionner.

N'importe quel autre hôte le suivrait, mais je suis épuisé. J'ai besoin de m'asseoir quelque part.

Je prends place sur un muret en ruine et me repose tandis que les autres discutent. Mes paupières sont lourdes. L'âge s'enroule autour de moi, plantant ses crocs dans mon cou, me prenant ma force quand j'en ai le plus besoin. C'est une sensation déplaisante, peut-être pire encore que le fardeau que représentait la corpulence de Ravencourt. Au moins, le choc initial que j'avais éprouvé en étant ce dernier s'était estompé et m'avait permis de m'habituer à ses limites physiques. Il n'en va pas de même avec Dance, qui se voit toujours comme un jeune homme vigoureux, ne prenant conscience de son âge que lorsqu'il aperçoit ses mains ridées. Même maintenant, je sens bien qu'il désapprouve ma décision de m'asseoir, de céder à la fatigue.

Je me pince le bras, m'efforçant de rester éveillé, irrité par mon énergie déclinante.

Ce qui me fait me demander quel âge j'ai hors de Blackheath. Ce n'est pas une chose sur laquelle je me suis autorisé à m'attarder jusqu'à maintenant, le temps étant suffisamment compté pour ne pas le perdre en considérations inutiles, mais à cet instant je prie pour être jeune, fort, en bonne santé et sain d'esprit. Fuir tout ça pour me retrouver piégé à jamais dans…

39

Deuxième jour (suite)

Je me réveille brusquement, faisant s'agiter le médecin de peste qui est occupé à regarder une montre de gousset en or, la bougie dans sa main conférant à son masque une teinte jaunâtre. Je suis de nouveau le majordome, enveloppé dans des draps de coton.

« Pile à l'heure », déclare-t-il en refermant sèchement la montre.

On dirait que c'est le crépuscule, la pièce enlisée dans une obscurité tout juste partiellement vaincue par la petite flamme. Le fusil d'Anna repose sur le lit, à côté de moi.

« Qu'est-ce qui s'est passé ? dis-je d'une voix rauque.

— Dance s'est assoupi sur son muret. »

Le médecin de peste lâche un petit rire, pose la bougie par terre et prend place sur la chaise à côté du lit. Elle est trop petite pour lui et son pardessus avale totalement le bois.

« Non, je veux dire, le fusil. Pourquoi je l'ai ?

— L'un de vos hôtes vous l'a laissé. Inutile d'appeler Anna, déclare-t-il en remarquant que je lorgne la porte. Elle n'est pas ici. Je suis venu vous avertir que votre rival a presque élucidé le meurtre. Je m'attends à ce qu'il vienne me trouver au lac ce soir. Vous devez vous dépêcher à partir de maintenant. »

Je tente de me redresser, mais la douleur dans mes côtes met aussitôt un terme à mes efforts.

« Pourquoi vous intéressez-vous tant à moi ? dis-je, laissant la souffrance se loger dans ses endroits habituels.

— Excusez-moi ?

— Pourquoi venez-vous sans cesse discuter ? Je sais que vous ne prenez pas cette peine avec Anna, et je parierais que vous ne voyez pas beaucoup non plus le valet de pied.

— Quel est votre nom ?

— Qu'est-ce que…

— Répondez à la question, coupe-t-il, tapant par terre avec sa canne.

— Edward Da… non, Derby… » Je suis momentanément perdu. « Aiden… quelque chose.

— Vous les laissez prendre le dessus, monsieur Bishop, déclare-t-il en croisant les bras et en se penchant en arrière sur sa chaise. Ça fait un moment que ça dure. C'est pourquoi nous ne vous autorisons que huit hôtes. Si vous en aviez plus, votre personnalité ne parviendrait plus à s'élever au-dessus de la leur. »

Il a raison. Mes hôtes gagnent en force et je faiblis. C'est progressif, insidieux, comme si je m'étais endormi sur une plage et me retrouvais désormais emporté au large.

« Qu'est-ce que je dois faire ? dis-je, sentant la panique monter.

— Vous accrocher, répond-il avec un haussement d'épaules. C'est tout ce que vous pouvez faire. Il y a une voix dans votre tête, vous avez dû l'entendre.

Sèche, légèrement distante ? Elle est calme quand vous paniquez, courageuse quand vous avez peur.

— Je l'ai entendue.

— C'est ce qui reste de l'Aiden Bishop original, l'homme qui a pénétré dans Blackheath. Elle n'est guère plus qu'un fragment, un petit morceau de sa personnalité qui s'accroche entre les boucles, mais si vous commencez à vous perdre, écoutez-la. Elle est votre phare. Tout ce qui reste de l'homme que vous étiez. »

Dans un grand bruissement d'étoffe, il se lève, la flamme s'agitant dans le courant d'air. Il se baisse, ramasse la bougie par terre et se dirige vers la porte.

« Attendez. »

Il s'arrête, me tournant le dos. La lueur de la bougie forme un halo chaud autour de son corps.

« Combien de fois avons-nous fait tout ça ? dis-je.

— Des milliers, je suppose. Plus que je ne pourrais compter.

— Alors pourquoi est-ce que j'échoue sans cesse ? »

Il soupire, me regarde par-dessus son épaule. Il y a une certaine lassitude dans son maintien, comme si chaque boucle était un poids qui l'accablait.

« C'est une question à laquelle j'ai moi-même réfléchi de temps à autre, répond-il, la cire fondue coulant et venant tacher son gant. Le hasard a joué un rôle, vous avez trébuché quand être fermement campé sur vos pieds vous aurait sauvé. Mais je crois principalement que c'est votre nature.

— Ma nature ? Vous croyez que je suis destiné à échouer ?

— Destiné ? Non. Ce serait une excuse, et Blackheath ne tolère pas les excuses, dit-il. Rien de ce qui se produit ici n'est inévitable, bien qu'il puisse en paraître autrement. Les événements ne cessent de se dérouler de la même manière jour après jour, parce que les autres convives ne cessent de prendre les mêmes décisions jour après jour. Ils décident d'aller chasser, ils décident de se trahir mutuellement, l'un d'eux boit trop et saute le petit déjeuner, ratant une rencontre qui changerait à jamais sa vie. Ils n'arrivent pas à voir les choses d'une autre manière, alors ils ne changent pas. Vous êtes différent, monsieur Bishop. Boucle après boucle, je vous ai regardé réagir à des moments de bonté et de cruauté, à des actes purement aléatoires. Vous prenez des décisions différentes, et pourtant vous répétez les mêmes erreurs aux mêmes moments cruciaux. C'est comme si une partie de vous était perpétuellement attirée par l'abîme.

— Êtes-vous en train de dire que je dois devenir quelqu'un d'autre pour m'échapper ?

— Je dis que tout homme est dans une cage qu'il a lui-même fabriquée, répond-il. L'Aiden Bishop qui a pénétré dans Blackheath… (il soupire, comme si ce souvenir le troublait) il savait ce qu'il voulait et cherchait à l'obtenir de manière… inflexible. Cet homme n'aurait jamais pu sortir de Blackheath. Mais l'Aiden Bishop devant moi est différent. Je crois que vous êtes plus proche que vous ne l'avez jamais été, mais j'ai déjà cru ça et ai été berné. La vérité est que vous devez encore être testé, mais ça arrive, et si vous avez changé, vraiment changé, alors qui sait, il pourrait y avoir de l'espoir pour vous. »

Se baissant sous le montant de la porte, il gagne le couloir avec la bougie.

« Il vous reste quatre hôtes après Edward Dance, en comptant ce qui reste des journées du majordome et de Donald Davies. Soyez prudent, monsieur Bishop, le valet de pied ne va pas rester sans rien faire en attendant qu'ils soient tous morts, et je ne suis pas certain que vous puissiez vous permettre d'en perdre un seul. »

Sur ce, il referme la porte.

40

Sixième jour (suite)

Les années de Dance me tombent dessus tels mille petits fardeaux.

Michael et Stanwin parlent derrière moi, Sutcliffe et Pettigrew rient à gorge déployée avec des verres à la main.

Rebecca flotte au-dessus de moi avec un plateau en argent sur lequel repose un dernier verre de brandy.

« Rebecca, dis-je tendrement, tendant presque la main pour toucher la joue de ma femme.

— Non, monsieur, c'est Lucy, monsieur, Lucy Harper, dit la servante, inquiète. Désolée de vous réveiller, j'avais peur que vous ne tombiez du muret. »

Je cligne des yeux pour me débarrasser du souvenir de l'épouse défunte de Dance, me maudissant d'être un tel idiot. Quelle erreur ridicule. Par chance, le souvenir de la gentillesse de Lucy à l'égard du majordome tempère l'irritation que m'inspire le fait de m'être fait surprendre dans un tel moment d'émotion.

« Voudriez-vous quelque chose à boire, monsieur ? demande-t-elle. Quelque chose pour vous réchauffer ? »

Je regarde derrière elle et vois la femme de chambre d'Evelyn, Madeline Aubert, en train d'entasser des verres sales et des bouteilles de brandy à moitié vides dans un panier. Elles ont dû l'apporter de Blackheath et arriver pendant que je dormais. Il semblerait que j'aie été assoupi plus longtemps que je ne le pensais car elles se préparent déjà à partir.

« Je crois que je suis déjà bien assez chancelant », dis-je.

Son regard glisse au-dessus de moi en direction de Ted Stanwin, dont la main agrippe l'épaule de Michael Hardcastle. L'incertitude est écrite en grandes lettres sur le visage de Lucy, ce qui n'est guère étonnant étant donné la manière dont il l'a traitée au déjeuner.

« Ne vous en faites pas, Lucy, je vais le lui apporter, dis-je, me levant et saisissant le verre de brandy sur le plateau. Il faut que je lui parle de toute manière.

— Merci, monsieur », répond-elle avec un large sourire, s'éloignant avant que je puisse changer d'avis.

Stanwin et Michael sont silencieux quand j'arrive à leur hauteur, mais j'entends les choses qui ne sont pas dites et perçois le malaise qui les a remplacées.

« Michael, puis-je avoir un mot en privé avec M. Stanwin ?

— Bien sûr », répond Michael, inclinant la tête et s'écartant.

Je tends le verre à Stanwin, ignorant l'air soupçonneux avec lequel il le regarde.

« Étonnant que vous vous abaissiez à venir me parler, Dance, déclare Stanwin en me toisant comme un boxeur toiserait un adversaire sur le ring.

— J'ai pensé que nous pourrions nous entraider, dis-je.

— Me faire de nouveaux amis m'intéresse toujours.

— J'ai besoin de savoir ce que vous avez vu le matin du meurtre de Thomas Hardcastle.

— C'est une vieille histoire, remarque-t-il, passant le bout de son doigt sur le bord du verre.

— Mais qui vaut sûrement la peine d'être entendue de la bouche de l'intéressé lui-même. »

Il regarde par-dessus mon épaule en direction de Madeline et Lucy qui repartent avec leur panier. J'ai la sensation qu'il cherche une diversion. Quelque chose chez Dance le rend nerveux.

« Pas de mal à ça, je suppose, dit-il en poussant un petit grognement et en portant de nouveau son attention sur moi. J'étais le garde-chasse de Blackheath à l'époque. J'effectuais ma tournée autour du lac, la même chaque matin, quand j'ai vu Carver et un autre diable qui me tournait le dos poignarder le petit garçon. Je lui ai tiré dessus, mais il s'est échappé dans les bois pendant que je me battais contre Carver.

— Et pour ça Lord et Lady Hardcastle vous ont donné une plantation ?

— Oui, mais je n'ai rien demandé, dit-il avec dédain.

— Alf Miller, le maître des écuries, prétend qu'Helena Hardcastle était avec Carver ce matin-là, quelques minutes avant l'agression. Qu'en dites-vous ?

— J'en dis que c'est un ivrogne et un fieffé menteur », répond Stanwin avec aisance.

Je cherche un tremblement, un signe de malaise, mais c'est un trompeur accompli, il contrôle son agitation maintenant qu'il sait ce que je veux. Je sens la balance pencher en sa faveur, sa confiance croître.

Je l'ai mal jugé.

Je croyais pouvoir l'intimider comme je l'ai fait avec le maître des écuries et Dickie, mais la nervosité de Stanwin n'était pas un symptôme de peur, c'était le malaise d'un homme troublé par une question dont il n'avait pas la réponse.

« Dites-moi, monsieur Dance, reprend-il en se penchant suffisamment près pour me murmurer à l'oreille. Qui est la mère de votre fils ? Je sais que ce n'était pas votre chère défunte Rebecca. Ne vous y trompez pas, j'ai quelques idées, mais ça m'éviterait d'avoir à les confirmer moi-même si vous me le disiez franchement. Je pourrais même vous faire une remise sur vos paiements mensuels par la suite, pour services rendus. »

Mon sang se fige. Ce secret est au cœur de la vie de Dance. C'est sa plus grande honte, sa seule faiblesse, et Stanwin vient de refermer son poing autour.

Je ne pourrais pas répondre même si je le voulais.

Stanwin s'éloigne de moi et balance le brandy non touché dans les buissons d'un geste sec du poignet.

« La prochaine fois que vous venez négocier, assurez-vous d'avoir quelque chose… »

Un coup de feu retentit derrière moi.

Quelque chose m'éclabousse le visage et Stanwin est projeté en arrière avant de heurter le sol en une masse informe. Mes oreilles sifflent, je me touche la joue et découvre du sang sur le bout de mes doigts.

Le sang de Stanwin.

Quelqu'un pousse un hurlement strident, d'autres s'exclament et crient.

Personne ne bouge, puis tout le monde se met en mouvement. Michael et Clifford Herrington se précipitent vers le corps, hurlant pour que quelqu'un aille chercher le docteur Dickie, même s'il est évident que le maître chanteur est mort. Sa poitrine est une plaie béante, la malveillance qui l'animait s'est fait la belle. Un œil ouvert est braqué sur moi, plein d'accusation.

Je voudrais lui dire que je n'y suis pour rien, que ce n'est pas moi qui ai fait ça. Soudain, ça semble la chose la plus importante au monde.

C'est le choc.

Des buissons bruissent et Daniel en émerge, de la fumée s'élevant du canon de son fusil de chasse. Il baisse les yeux vers le corps avec tellement peu d'émotion que je pourrais presque le croire innocent du meurtre.

« Qu'avez-vous fait, Coleridge ? s'écrie Michael en cherchant le pouls de Stanwin.

— Exactement ce que j'ai promis à votre père, répond-il d'une voix plate. J'ai fait en sorte que Stanwin ne vous fasse plus jamais de chantage.

— Vous l'avez assassiné !

— Oui, dit Daniel en croisant son regard sidéré. C'est exact. »

Il enfonce la main dans sa poche et me tend un mouchoir en soie.

« Nettoyez-vous, mon vieux », dit-il.

Je le saisis sans réfléchir, allant jusqu'à le remercier. Je suis abasourdi, déconcerté. Rien de tout ça ne semble réel. J'essuie le sang de Stanwin sur mon visage et regarde la tache cramoisie sur le mouchoir comme si elle pouvait expliquer ce qui s'est passé. Je parlais à Stanwin, puis il est mort, et je ne comprends pas comment c'est possible. Il y a sûrement eu autre chose. Une poursuite, de la peur, un quelconque avertissement. On ne devrait pas mourir comme ça. Ça ressemble à une escroquerie. Un prix tellement élevé, une demande excessive.

« Nous sommes foutus, gémit Sutcliffe en s'affaissant contre un arbre. Stanwin a toujours dit que si quelque chose lui arrivait, nos secrets seraient dévoilés sur la place publique.

— C'est ce qui vous inquiète ? hurle Herrington en se retournant vers lui. Coleridge a assassiné un homme devant nous !

— Un homme que nous haïssions tous, réplique Sutcliffe. Ne faites pas comme si vous ne pensiez pas la même chose. Qu'aucun de vous ne fasse semblant ! Stanwin nous a saignés vivant, et il nous détruira mort.

— Non », dit Daniel en posant le fusil sur son épaule.

Il est le seul à être calme, le seul à ne pas se comporter comme une personne totalement différente. Tout ça ne signifie rien pour lui.

« Tout ce qu'il a sur nous… commence Pettigrew.

— Est noté dans un carnet qui est désormais en ma possession », l'interrompt Daniel en tirant une cigarette de son étui en argent.

Sa main ne tremble même pas. Ma main. En quoi Blackheath est-il en train de me transformer ?

« J'ai engagé quelqu'un pour le voler, reprend-il nonchalamment, allumant sa cigarette. Vos secrets sont désormais mes secrets et ils ne seront jamais dévoilés. Maintenant, je crois que chacun de vous me doit une promesse. La voici : vous ne parlez de ça à personne pendant le restant de la journée. C'est compris ? Si quelqu'un demande, Stanwin est resté en arrière quand nous sommes rentrés. Il n'a pas dit pourquoi, et c'est la dernière fois que vous l'avez vu. »

Des visages hébétés se regardent, chacun trop abasourdi pour parler. Je ne sais pas s'ils sont horrifiés par ce à quoi ils ont assisté ou simplement médusés par leur bonne fortune.

Pour ma part, le choc s'estompe et je saisis finalement pleinement l'horreur du geste de Daniel. Il y a une demi-heure, je le louais pour avoir témoigné un minimum de gentillesse à Michael. Maintenant je suis couvert du sang d'un autre et je m'aperçois que j'avais profondément sous-estimé son désespoir.

Mon désespoir. C'est mon avenir que je vois, et ça me rend malade.

« J'ai besoin de vous l'entendre dire, messieurs, reprend Daniel en soufflant de la fumée du coin de la bouche. Dites-moi que vous comprenez ce qui s'est passé ici. »

Les promesses arrivent pêle-mêle, marmonnées mais sincères. Seul Michael semble bouleversé.

Croisant son regard, Daniel parle froidement.

« Et n'oubliez pas, j'ai tous vos secrets entre les mains. » Il laisse ses paroles produire leur effet. « Maintenant, je pense que vous devriez rentrer avant qu'on vienne vous chercher. »

Sa proposition suscite un murmure d'approbation et tout le monde disparaît dans la forêt. Me faisant signe de rester, Daniel attend qu'ils soient hors de portée de voix avant de parler.

« Aidez-moi à fouiller ses poches, dit-il en retroussant ses manches. Les autres chasseurs vont bientôt repasser par ici, et je ne veux pas qu'ils nous voient avec le cadavre.

— Qu'avez-vous fait, Daniel ? dis-je d'une voix sifflante.

— Il sera en vie demain, répond-il avec un geste dédaigneux de la main. J'ai abattu un épouvantail.

— Nous sommes censés élucider un meurtre, pas en commettre un.

— Donnez un petit train à un enfant, et il cherchera

immédiatement à le faire dérailler, réplique-t-il. L'acte ne définit pas son caractère, et nous ne le jugeons pas.

— Vous croyez que c'est un jeu ? dis-je sèchement, désignant le corps de Stanwin.

— Un puzzle, avec des pièces dont on peut se passer. Résolvez-le et nous rentrerons chez nous. » Il me regarde en plissant les yeux, comme si j'étais un étranger qui avait demandé le chemin d'un endroit qui n'existait pas. « Je ne comprends pas votre inquiétude.

— Si nous résolvons le meurtre d'Evelyn de la manière que vous suggérez, nous ne méritons pas de rentrer chez nous ! Ne voyez-vous pas que le masque que nous arborons nous trahira ? Qu'il nous dénoncera ?

— Vous dites n'importe quoi, déclare-t-il en fouillant les poches de Stanwin.

— Nous ne sommes jamais plus nous-mêmes que quand nous ne nous croyons pas observés, ne vous en rendez-vous pas compte ? Peu importe que Stanwin soit vivant demain, vous l'avez assassiné aujourd'hui. Vous avez assassiné un homme de sang-froid, et ça entachera votre âme pour le restant de vos jours. Je ne sais pas ce que nous faisons ici, Daniel, ni pourquoi tout ça nous arrive, mais nous devrions démontrer que c'est une injustice, et non prouver que nous méritons tout ça.

— Vous vous trompez, dit-il, le mépris s'immisçant dans sa voix. Nous ne pouvons pas plus maltraiter ces gens que nous ne pourrions maltraiter leur ombre sur un mur. Je ne comprends pas ce que vous attendez de moi.

— Que nous conservions des principes élevés, dis-je, haussant le ton. Que nous soyons meilleurs que nos hôtes ! Assassiner Stanwin était la solution de Daniel Coleridge, mais ça ne devrait pas être la nôtre. Vous êtes un homme bon, vous ne devez pas perdre ça de vue.

— Un homme bon, raille-t-il. Éviter les actes déplaisants ne rend pas un homme bon. Regardez où nous sommes, ce qu'on nous a fait. Pour fuir cet endroit nous devons faire ce qui est nécessaire, même si notre nature nous pousse au contraire. Je sais que ça vous écœure, que vous n'avez pas le cran pour ça. J'étais pareil, mais je n'ai plus le temps de chipoter avec la morale. Je peux mettre un terme à tout ça ce soir et je compte bien le faire, alors ne me jugez pas sous prétexte que je ne m'accroche pas à ma bonté, jugez-moi à l'aune de ce que je suis disposé à sacrifier pour que vous puissiez vous raccrocher à la vôtre. Si j'échoue, vous pourrez toujours essayer une autre méthode.

— Et comment pourrez-vous vous regarder en face quand ce sera fini ?

— Je verrai le visage des membres de ma famille et je saurai que ce que j'ai perdu dans cet endroit était loin d'être aussi important que ce que j'aurai gagné à en sortir.

— Vous ne pouvez pas croire ça, dis-je.

— Si, et vous le croirez aussi après quelques jours de plus ici, réplique-t-il. Maintenant, je vous en prie, aidez-moi à le fouiller avant que les chasseurs nous trouvent ici. Je n'ai aucune intention de perdre ma soirée à répondre à un agent de police. »

Inutile de discuter avec lui, des volets se sont baissés derrière ses yeux.

Je soupire, me transportant jusqu'au corps.

« Qu'est-ce que je cherche ?

— Des réponses, comme toujours, dit-il en déboutonnant la veste ensanglantée du maître chanteur. Stanwin a accumulé tous les mensonges de Blackheath, y compris la dernière pièce de notre puzzle, le mobile du meurtre d'Evelyn. Chaque information qu'il possède se trouve dans un carnet écrit en code, avec un carnet séparé pour le déchiffrer. J'ai le premier, mais Stanwin garde le second constamment sur lui. »

C'était le carnet que Derby a volé dans la chambre de Stanwin.

« C'est vous qui l'avez pris à Derby ? J'ai été assommé dès que j'ai mis la main dessus.

— Bien sûr que non, répond-il. Coleridge avait déjà engagé quelqu'un pour le récupérer avant que je prenne le contrôle de lui. Je ne savais même pas qu'il s'intéressait aux combines de Stanwin jusqu'à ce qu'on m'apporte le carnet. Si ça vous console, j'ai songé à vous prévenir.

— Alors pourquoi ne l'avez-vous pas fait ? »

Il hausse les épaules.

« Derby est un chien enragé, il m'a semblé qu'il valait mieux le laisser dormir quelques heures. Maintenant dépêchez-vous, nous n'avons pas beaucoup de temps. »

Frémissant, je m'accroupis à côté du corps. Personne ne devrait mourir ainsi, même un homme comme Stanwin. Son torse est en charpie et du sang a imprégné ses vêtements. Il suinte autour de mes doigts quand je fouille ses poches de pantalon.

Je procède lentement, parvenant à peine à regarder.

Daniel n'a pas de tels scrupules et il palpe la chemise et la veste de Stanwin, manifestement insensible à la chair en lambeaux qui apparaît à travers. Quand nous en avons fini, nous avons découvert un étui à cigarettes, un canif et un briquet, mais pas de livre de code.

Nous échangeons un regard.

« Il faut le retourner », dit Daniel, formulant à voix haute ce que je pense tout bas.

Stanwin était un homme corpulent, et le mettre sur le ventre nous demande beaucoup d'efforts. Mais ça en vaut la peine. Je suis bien plus à l'aise à fouiller un cadavre qui ne me regarde pas.

Tandis que Daniel passe les mains le long des jambes du pantalon de Stanwin, je soulève sa veste et repère un renflement dans la doublure entouré d'une couture grossière.

L'onde d'excitation que je ressens me fait honte. La dernière chose que je veuille, c'est justifier les méthodes de Daniel, mais maintenant que nous sommes sur le point de faire une découverte, je me sens de plus en plus euphorique.

Utilisant le canif du mort, je coupe les points et le livre de code me tombe dans la paume. À peine a-t-il été libéré que je remarque qu'il y a autre chose là-dedans. J'enfonce la main et tire un petit médaillon sans chaîne. Il y a un portrait à l'intérieur, et bien qu'il soit vieux et craquelé, il représente de toute évidence une petite fille rousse de sept ou huit ans.

Je le tends à Daniel, mais il est trop occupé à feuilleter le livre de code pour faire attention à moi.

« Ça y est, dis-je avec excitation. C'est notre ticket de sortie.

— J'espère sincèrement, répond-il. Nous avons payé cher pour l'avoir. »

Lorsqu'il relève les yeux du carnet, c'est un homme différent de celui qu'il était quand il a commencé à le lire. Ce n'est pas le Daniel de Bell, ni celui de Ravencourt. Ce n'est même pas l'homme d'il y a quelques minutes, celui qui arguait de la nécessité de ses actes. C'est un homme victorieux qui a déjà un pied dehors.

« Je ne suis pas fier de ce que j'ai fait, déclare-t-il. Mais nous n'y serions pas parvenus d'une autre manière, vous devez me croire. »

Il n'est peut-être pas fier, mais il n'a pas honte non plus. C'est évident, et la mise en garde du médecin de peste me revient en mémoire.

L'Aiden Bishop qui a pénétré dans Blackheath… il savait ce qu'il voulait et cherchait à l'obtenir de manière inflexible. Cet homme n'aurait jamais pu sortir de Blackheath.

Dans son désespoir, Daniel commet les mêmes erreurs que celles que j'ai toujours commises, exactement comme m'en a averti le médecin de peste.

Quoi qu'il advienne, je ne peux pas devenir comme ça.

« Êtes-vous prêt à y aller ? demande Daniel.

— Connaissez-vous le chemin ? dis-je, fouillant la forêt du regard et m'apercevant que je ne sais nullement par où nous sommes arrivés.

— Vers l'est, répond-il.

— Et de quel côté est-ce ? »

Il enfonce une main dans sa poche et en tire la boussole de Bell.

« Je la lui ai empruntée ce matin, explique-t-il en la posant à plat sur sa paume. C'est amusant comme l'histoire se répète, non ? »

41

Nous tombons sur la maison de façon assez inattendue, les arbres laissant place à une pelouse boueuse. Des silhouettes vont et viennent derrière les fenêtres supérieures, qui sont illuminées par l'éclat vif des bougies. Je dois avouer que je suis content de la voir. Malgré le fusil de chasse, j'ai passé toute la journée à regarder par-dessus mon épaule à la recherche du valet de pied. Si le livre de code est aussi précieux que le pense Daniel, je dois supposer que notre ennemi le convoite aussi.

Il va bientôt nous traquer.

Les chasseurs gravissent d'un pas lourd les marches dans la lueur dorée du vestibule où les casquettes et les vestes sont ôtées et abandonnées, une eau sale formant des flaques sur le marbre. Une servante déambule parmi nous avec un plateau chargé de verres de sherry. Daniel en prend deux, m'en tend un.

Il trinque avec moi et vide son verre d'un trait tandis que Michael arrive près de nous. Comme nous autres, on dirait qu'il vient de sortir de l'Arche en rampant, ses cheveux sombres plaqués par la pluie sur son visage pâle. Il jette un coup d'œil à sa montre et je découvre qu'il est 18 h 07.

« J'ai envoyé deux domestiques dignes de confiance récupérer Stanwin, murmure-t-il en prenant un verre de sherry sur le plateau. Je leur ai dit que j'étais tombé sur son corps en rentrant de la chasse et leur ai donné l'ordre de l'enterrer dans l'une des remises. Personne ne le trouvera, et je n'appellerai pas la police avant demain matin. Je suis désolé, mais je ne vais pas le laisser pourrir dans la forêt plus longtemps que nécessaire. »

Il agrippe son verre de sherry à moitié vide, et bien que l'alcool ait redonné un peu de couleur à ses joues, c'est loin d'être suffisant.

La foule dans le vestibule commence à être plus clairsemée. Deux servantes sont déjà apparues avec des seaux d'eau savonneuse et attendent dans les ailes avec leurs serpillières et leurs sourcils froncés, tentant de nous inciter à nous en aller pour pouvoir se mettre au travail.

Michael se frotte les yeux et nous regarde directement pour la première fois.

« Je vais honorer la promesse de mon père, dit-il. Mais ça ne me plaît pas.

— Michael… commence Daniel en tendant la main, mais ce dernier s'écarte.

— Non, s'il vous plaît », dit-il. Son sentiment de trahison est palpable. « Nous parlerons un autre jour, mais pas maintenant, pas ce soir. »

Il nous tourne le dos et gravit l'escalier en direction de sa chambre.

« Ne vous en faites pas pour lui, dit Daniel. Il croit que j'ai agi par cupidité. Il ne comprend pas combien c'est important. Les réponses sont dans le livre de comptes, je le sais ! »

Il est excité, comme un petit garçon avec un nouveau lance-pierre.

« Nous y sommes presque, Dance, reprend-il. Nous sommes presque libres.

— Et ensuite, qu'est-ce qui va se passer ? Est-ce *vous* qui sortirez d'ici ? Ou bien est-ce *moi* ? Nous ne pouvons pas nous échapper tous les deux, nous sommes le même homme.

— Je n'en sais rien, répond-il. Je suppose qu'Aiden Bishop se réveillera avec ses souvenirs intacts. Avec un peu de chance, il ne se souviendra d'aucun de nous. Nous sommes des mauvais rêves qu'il vaut mieux oublier. » Il consulte sa montre. « Ne pensons pas à ça pour le moment. Anna a rendez-vous avec Bell dans le cimetière ce soir. Si elle a raison, le valet est au courant et se montrera à coup sûr. Elle aura besoin de notre aide pour le capturer. Ce qui nous laisse environ quatre heures pour découvrir dans ce carnet ce que nous avons besoin de savoir. Pourquoi ne pas vous changer puis me retrouver dans ma chambre ? Nous le ferons ensemble.

— Je vous rejoins tout de suite », dis-je.

Sa vivacité est un stimulant rare. Ce soir nous nous occuperons du valet de pied et porterons la réponse au médecin de peste. Quelque part dans la maison, mes autres hôtes sont sûrement en train de peaufiner leurs plans pour sauver Evelyn, ce qui signifie que je n'ai qu'à trouver un moyen de sauver également Anna. Je ne puis croire qu'elle m'ait menti pendant tout ce temps, et je ne l'imagine pas quittant cet endroit sans moi à ses côtés, pas après tout ce qu'elle a fait pour m'aider.

Le plancher résonne tandis que je regagne ma chambre, la maison grommelant sous le poids des convives de retour. Tout le monde doit être en train de se préparer pour le dîner.

Je leur envie leur soirée, car une mission plus sombre m'attend.

Bien plus sombre, le valet ne partira pas sans rien dire.

« Te voilà, dis-je en regardant autour de moi pour m'assurer que personne ne m'écoute. Est-il vrai que tu es ce qui reste de l'Aiden Bishop original ? »

Ma question se perd dans le silence, et quelque part dans ce silence je sens Dance qui me considère avec mépris. Je ne puis qu'imaginer ce que le vieil avocat rigide dirait d'un homme qui parlerait tout seul de la sorte.

Hormis la lumière faible du feu, ma chambre est sombre, les domestiques ayant oublié d'allumer les bougies avant mon arrivée. Le soupçon s'éveille en moi. J'épaule mon fusil. Un garde-chasse a tenté de le récupérer quand nous sommes rentrés, mais je l'ai ignoré, prétendant qu'il faisait partie de ma collection personnelle.

En allumant la lanterne près de la porte, je vois Anna qui se tient bras ballants dans le coin de la pièce, avec une expression vide.

« Anna, dis-je, surpris, abaissant mon arme. Qu'est-ce que… »

Le plancher craque derrière moi, une douleur explose dans mon flanc. Une main brutale me tire en arrière et me couvre la bouche. On me fait pivoter et je me retrouve face au valet de pied. Il a un sourire narquois sur les lèvres et ses yeux fouillent mon visage comme s'ils cherchaient une chose enterrée dessous.

Ces yeux.

J'essaie de crier, mais il me maintient la mâchoire fermée.

Il lève son couteau. Très lentement, il fait courir la pointe sur ma poitrine, avant de me l'enfoncer dans le ventre, la douleur de chaque coup éclipsant la précédente jusqu'à ce qu'il n'y ait plus rien d'autre.

Je n'ai jamais eu aussi froid, ne me suis jamais senti aussi calme.

Mes jambes se dérobent, mais ses bras accueillent mon poids et il m'abaisse doucement jusqu'au sol. Il garde ses yeux rivés sur les miens, absorbant la vie qui s'en échappe.

J'ouvre la bouche pour hurler, mais aucun son n'en sort.

« Cours, lapin, dit-il, son visage tout près du mien. Cours. »

42

Deuxième jour (suite)

Je hurle et me redresse d'un coup sur le lit du majordome pour simplement être repoussé en arrière par le valet de pied.

« C'est lui ? demande-t-il en regardant par-dessus son épaule en direction d'Anna, qui se tient près de la fenêtre.

— Oui », répond-elle avec un tremblement dans la voix.

Le valet de pied se penche vers moi, sa voix rauque, son souffle chargé de bière sur ma joue.

« Tu n'as pas sauté assez loin, lapin », dit-il.

La lame s'enfonce dans mon flanc et mon sang s'écoule sur les draps, emportant ma vie avec lui.

43

Septième jour

Je hurle dans l'obscurité étouffante, dos au mur, les genoux calés sous mon menton. Instinctivement, j'agrippe l'endroit où le majordome a été poignardé, maudissant ma stupidité. Le médecin de peste disait vrai. Anna m'a trahi.

Je me sens malade, mon esprit cherchant frénétiquement une explication, mais je l'ai vue de mes yeux. Elle me ment depuis le début.

Elle n'est pas la seule à le faire.

« La ferme », dis-je avec colère.

Mon cœur bat la chamade, ma respiration est saccadée. J'ai besoin de me calmer, sinon je ne serai d'aucune utilité à qui que ce soit. Je prends une minute pour essayer de penser à autre chose qu'Anna, mais c'est étonnamment difficile. Je ne m'étais pas rendu compte que mon esprit la cherchait si souvent dans le silence.

Elle était la sécurité et le réconfort.

Elle était mon amie.

Changeant de position, je tente de déterminer où je me suis réveillé et de voir si je cours un danger immédiat. À première vue, non. Mes épaules touchent les murs qui m'entourent. Un fin rai de lumière pénètre par une fissure à côté de mon oreille droite, effleurant des cartons sur ma gauche et des bouteilles près de mes pieds.

Je lève ma montre et découvre qu'il est 10 h 13. Bell n'est pas encore arrivé à la maison.

« C'est toujours le matin, me dis-je, soulagé. J'ai encore du temps. »

Mes lèvres sont sèches, ma langue pâteuse, l'air tellement chargé de moisissure qu'on dirait qu'un chiffon infect a été enfoncé dans ma gorge. J'aimerais avoir à boire, quelque chose de frais, n'importe quoi avec des glaçons. J'ai l'impression que ça fait une éternité que je ne me suis pas réveillé dans des draps en coton, les tourments de la journée attendant patiemment que j'aie pris un bain chaud.

Je n'en avais pas conscience quand j'étais riche.

Mon hôte a dû dormir toute la nuit dans cette position car bouger me fait atrocement souffrir. Par chance, le panneau sur ma droite est mal fixé et s'ouvre sans trop d'efforts, mes yeux s'embuant quand ils sont exposés à la lumière crue de la pièce de l'autre côté.

Je me retrouve dans une longue galerie qui s'étire le long de la maison, des toiles d'araignées pendant au plafond. Les murs sont en bois sombre, le sol jonché de dizaines de vieux meubles recouverts de poussière et presque intégralement rongés par les vers. Je m'époussette et me lève, agitant mes membres d'acier pour leur redonner un peu de vie. Il s'avère que mon hôte a passé la nuit dans un réduit sous un petit escalier qui mène à une scène. Une partition jaunie est ouverte devant un violoncelle poussiéreux, et vu ce qui m'entoure, j'ai l'impression qu'une grande calamité s'est produite pendant mon sommeil, le jugement ayant été prononcé tandis que j'étais coincé dans ce réduit.

Que diable faisais-je là-dessous ?

Perclus de douleur, je titube jusqu'à l'une des fenêtres qui bordent la galerie. Elle est voilée par la crasse, mais j'essuie un pan avec ma manche et découvre le parc de Blackheath en contrebas. Je suis au dernier étage de la maison.

Par habitude, je commence à chercher dans mes poches un indice quant à mon identité mais m'aperçois que je n'en ai pas besoin. Je suis Jim Rashton. J'ai vingt-sept ans, suis agent des forces de police, et mes parents, Margaret et Henry, rayonnent de fierté chaque fois qu'ils le disent à quelqu'un. J'ai une sœur, un chien, et je suis amoureux d'une femme nommée Grace Davies, qui est la raison de ma présence à cette fête.

La barrière qu'il y avait entre moi et mes hôtes est presque complètement tombée. Je parviens à peine à distinguer la vie de Rashton de la mienne. Malheureusement, la bouteille de scotch que Rashton a bue hier soir m'empêche de me souvenir comment j'ai fini dans le réduit. Je me rappelle avoir raconté de vieilles histoires, ri et dansé, profité inconsidérément d'une soirée qui n'avait d'autre but que le plaisir.

Le valet de pied était-il là ? Est-ce lui qui m'a enfermé ?

Je m'efforce de réveiller mes souvenirs, mais hier soir n'est qu'une brume alcoolisée. L'agitation me pousse instinctivement à attraper l'étui à cigarettes que Rashton garde dans sa poche, mais il n'en reste qu'une à l'intérieur. Je suis tenté de l'allumer pour calmer mes nerfs, mais vu les circonstances, le stress pourrait m'être plus utile, surtout si je dois me battre pour sortir d'ici. Le valet de pied m'a traqué depuis

Dance jusqu'au majordome, je doute donc de trouver un refuge sûr en Rashton.

La prudence sera dorénavant ma meilleure amie.

Cherchant une arme autour de moi, je trouve une statue d'Atlas en bronze. J'avance lentement en la brandissant au-dessus de ma tête, me frayant un chemin parmi les murs d'armoires et le dédale de chaises encastrées les unes dans les autres jusqu'à atteindre un rideau noir délavé qui s'étire sur toute la longueur de la pièce. Des arbres en carton sont appuyés contre les murs, près de portants chargés de déguisements. Parmi eux se trouvent six costumes de médecin de peste, les chapeaux et les masques empilés dans une boîte par terre. Apparemment la famille donnait des pièces de théâtre ici.

Une planche du parquet craque, le rideau bouge. Quelqu'un se déplace furtivement derrière.

Je me crispe. Brandissant Atlas au-dessus de ma tête, je…

Anna surgit, les joues rougies.

« Oh, Dieu merci ! » s'exclame-t-elle en me voyant.

Elle est à bout de souffle, des cercles noirs entourent ses yeux marron injectés de sang. Ses cheveux blonds sont détachés et emmêlés, son bonnet chiffonné dans sa main. Le carnet de croquis où elle chronique la journée de chacun de mes hôtes forme une bosse sous son tablier.

« Vous êtes Rashton, n'est-ce pas ? Venez, nous n'avons qu'une demi-heure pour sauver les autres », dit-elle en se précipitant en avant pour saisir ma main.

Je recule, brandissant toujours la statue, mais cette introduction haletante m'a déséquilibré, de même que l'absence de culpabilité dans sa voix.

« Je ne vais nulle part avec vous », dis-je, agrippant Atlas un peu plus fort.

Une expression confuse apparaît sur son visage, suivie d'une prise de conscience naissante.

« Est-ce à cause de ce qui est arrivé à Dance et au majordome ? demande-t-elle. Je ne sais rien à ce sujet, ni au sujet de quoi que ce soit, à vrai dire. Je ne suis pas levée depuis longtemps. Je sais simplement que vous êtes dans huit personnes différentes et qu'un valet de pied les tue, et nous devons sauver celles qui restent.

— Vous vous attendez à ce que je vous fasse confiance ? dis-je, stupéfait. Vous avez fait diversion pendant que le valet de pied assassinait Dance. Vous étiez dans la pièce quand il a tué le majordome. Vous l'avez aidé, je vous ai vue ! »

Elle secoue la tête.

« Ne soyez pas idiot ! s'écrie-t-elle. Je n'ai encore rien fait de tout ça, et même quand je le ferai, ce ne sera pas pour vous trahir. Si je voulais votre mort, je supprimerais vos hôtes avant qu'ils se réveillent. Vous ne me verriez pas, et je ne travaillerais certainement pas avec un homme assuré de se retourner contre moi dès que nous aurions fini.

— Alors que faisiez-vous là-bas ?

— Je ne sais pas, je n'ai pas encore vécu ce moment, répond-elle sèchement. Vous – un autre vous, s'entend – m'attendiez quand je me suis réveillée. Il m'a donné un livre qui m'a dit de trouver Derby dans la forêt, puis qui m'a indiqué de venir ici et de vous sauver. C'est ma journée. C'est tout ce que je sais.

— Ça ne suffit pas, dis-je sans ambages. Je n'ai rien fait de tout ça, je ne sais donc pas si vous dites la vérité. »

Je repose la statue et passe à côté d'elle en direction du rideau noir dont elle a émergé.

« Je ne peux pas vous faire confiance, Anna.

— Pourquoi ? demande-t-elle, saisissant ma main. Moi, je vous fais confiance.

— Ce n'est pas…

— Avez-vous des souvenirs de vos boucles précédentes ?

— Seulement votre nom », dis-je, baissant les yeux vers ses doigts enlacés aux miens.

Ma résistance s'effondre déjà, je voudrais tellement la croire.

« Mais vous ne vous souvenez pas comment elles ont fini ?

— Non, dis-je avec impatience. Pourquoi me demandez-vous ça ?

— Parce que moi, si, répond-elle. La raison pour laquelle je connais votre nom est que je me rappelle vous avoir appelé dans la loge du gardien. Nous avions arrangé de nous y retrouver. Vous étiez en retard et je m'inquiétais. J'étais tellement heureuse de vous voir, puis j'ai vu l'expression sur votre visage. »

Ses yeux trouvent les miens, les pupilles dilatées, sombres et audacieuses. Ils sont candides. Elle n'a sûrement pas pu…

Tout le monde dans cette maison porte un masque.

« Vous m'avez assassinée pile où je me tenais, dit-elle en touchant ma joue, examinant le visage que je n'ai toujours pas vu. Quand vous m'avez trouvée ce matin, j'avais tellement peur que j'ai failli m'enfuir, mais vous étiez si brisé… si effrayé. Toutes vos vies s'étaient écrasées sur vous. Vous ne pouviez plus les distinguer les unes des autres, vous ne saviez même pas qui vous étiez. Vous m'avez placé ce carnet entre les mains en disant que vous étiez désolé. Vous n'arrêtiez pas de le répéter. Vous avez affirmé que vous n'étiez plus cet homme et que nous ne pourrions pas nous en sortir en répétant les mêmes erreurs. C'est la dernière chose que vous ayez dite. »

Les souvenirs remuent doucement, mais ils sont tellement lointains que j'ai l'impression de tendre le bras au-dessus d'une rivière pour attraper un papillon.

« Ceci pourrait vous aider, reprend-elle. Nous avons utilisé ces pièces dans la dernière boucle pour nous identifier. Un fou pour vous, Aiden Bishop, et un cavalier pour moi. Le protecteur, comme maintenant. »

Je me souviens de la culpabilité, du chagrin. Je me souviens du regret. Ce ne sont pas des images, pas même des souvenirs. Mais qu'importe. Je sens que ce qu'elle dit est vrai, de la même manière que j'ai ressenti la force de notre amitié la première fois que nous nous sommes rencontrés, et la souffrance atroce qui m'a fait venir à Blackheath. Elle a raison, je l'ai assassinée.

« Vous vous souvenez maintenant ? » demande-t-elle.

J'acquiesce, honteux et écœuré. Je ne voulais pas lui faire de mal, je le sais. Nous travaillions ensemble, comme aujourd'hui, mais quelque chose a changé… le désespoir m'a gagné. J'ai vu ma chance de fuir m'échapper et j'ai paniqué. Je m'étais promis de trouver le moyen de la faire sortir après mon départ. J'ai paré ma trahison de bonnes intentions, et j'ai fait une chose affreuse.

Je frissonne, des vagues de répugnance me submergent.

« Je ne sais pas de quelle boucle provient le souvenir, dit Anna. Mais je crois que je m'y suis accrochée comme à un avertissement. Un avertissement qui me disait de ne plus vous faire confiance.

— Je suis désolé, Anna. Je… je me suis laissé oublier ce que j'ai fait. Je me suis accroché à votre nom à la place. C'était une façon de me promettre, ainsi qu'à vous, que j'agirais mieux la fois suivante.

— Et vous tenez cette promesse », dit-elle d'une voix apaisante.

Je voudrais que ce soit vrai, mais je sais que ça ne l'est pas. J'ai vu mon avenir. Je lui ai parlé, je l'ai assisté dans ses manigances. Daniel répète les mêmes erreurs que celles que j'ai commises dans ma dernière boucle. Le désespoir l'a rendu impitoyable, et à moins que je parvienne à l'en empêcher, il sacrifiera de nouveau Anna.

« Pourquoi ne m'avez-vous pas dit la vérité la première fois que nous nous sommes rencontrés ? dis-je, toujours honteux.

— Parce que vous saviez déjà, répond-elle en plissant le front. Selon ma perspective, nous nous sommes rencontrés il y a deux heures, et vous connaissiez tout de moi.

— La première fois que je vous ai rencontrée, j'étais Cecil Ravencourt.

— Alors nous nous voyons entre les deux, car je ne sais pas encore qui c'est, dit-elle. Mais peu importe. Je ne lui dirai pas, ni à aucun des autres, parce que ça n'a pas d'importance. Ce n'était pas nous dans ces boucles. Qui qu'aient pu être ces personnes, elles ont fait des choix différents, des erreurs différentes. Je choisis de vous faire confiance, Aiden, et j'ai besoin que vous fassiez de même, parce que cet endroit est… vous savez comment ça fonctionne. Quoi que vous pensiez que je faisais quand le valet de pied vous a tué, ce n'était pas tout. Ce n'était pas la vérité. »

Elle semblerait confiante sans la veine qui palpite nerveusement sur sa gorge, sans la façon qu'a son pied de remuer sur le sol. Je sens sa main trembler contre ma joue, la tension dans sa voix. Sous toute cette bravade, elle a encore peur de moi, de l'homme que j'étais, de l'homme qui pourrait toujours se tapir en moi.

Je ne puis imaginer le courage qu'il lui a fallu pour venir ici.

« J'ignore comment nous sortir tous les deux d'ici, Anna.

— Je le sais.

— Mais je trouverai, je ne partirai pas sans vous, je le promets.

— Ça aussi, je le sais. »

Et c'est alors qu'elle me gifle.

« Ça, c'est pour m'avoir assassinée, déclare-t-elle, puis elle se hisse sur la pointe des pieds et plante un baiser sur la brûlure laissée par sa main. Maintenant, allons-y et faisons en sorte que le valet de pied ne vous tue plus. »

44

Le bois grince, l'étroit escalier en colimaçon s'assombrissant à mesure que nous descendons, jusqu'à ce que nous nous enfoncions finalement dans l'obscurité.

« Savez-vous pourquoi j'étais dans ce réduit ? demandé-je à Anna, qui est devant moi et avance assez vite pour semer n'importe quel poursuivant.

— Aucune idée, mais ça vous a sauvé la vie, répond-elle en me regardant par-dessus son épaule. Le carnet disait que le valet de pied s'en prendrait à Rashton à ce moment-là. S'il avait dormi dans sa chambre la nuit dernière, le valet de pied l'aurait trouvé.

— Peut-être devrions-nous le *laisser* me trouver, dis-je, éprouvant une excitation soudaine. Venez, j'ai une idée. »

Je passe devant Anna et me mets à dévaler les marches deux par deux.

Si le valet de pied doit s'en prendre à Rashton ce matin, il y a toutes les chances pour qu'il rôde toujours dans les couloirs. Il s'attendra à trouver un homme endormi dans son lit, ce qui signifie que pour une fois c'est moi qui ai l'avantage. Avec un peu de chance, je peux mettre un terme à tout ça ici et maintenant.

Les marches s'achèvent de façon abrupte contre

un mur blanchi à la chaux. Anna, toujours plus haut que moi, me demande de ralentir. En tant qu'agent de police aux compétences considérables – ainsi qu'il l'admettrait ouvertement –, Rashton n'est pas étranger aux choses cachées. Mes doigts experts localisent le loquet dissimulé, ce qui me permet de pénétrer dans le couloir sombre de l'autre côté. Des bougies vacillent derrière des appliques, la véranda sur ma gauche est déserte. J'ai émergé au rez-de-chaussée, la porte que je viens de franchir se fondant déjà de nouveau dans le mur.

Le valet de pied est à moins de vingt mètres. Il est à genoux, en train de forcer la serrure d'une porte dont je sais instinctivement que c'est celle de ma chambre.

« Tu me cherches, espèce de salopard », dis-je en me jetant sur lui avant qu'il ait le temps de saisir son couteau.

Il se relève plus vite que je ne l'aurais imaginé, faisant un bond en arrière avant de m'asséner à la poitrine un coup de pied qui me coupe le souffle. J'atterris maladroitement, agrippant mes côtes, mais il ne bouge pas. Il se tient là, attendant, essuyant la salive au coin de sa bouche du revers de la main.

« Courageux lapin, dit-il avec un grand sourire. Je vais t'étriper lentement. »

Je me remets debout et m'époussette, puis je lève les poings tel un boxeur, prenant soudain conscience de la lourdeur de mes bras. Cette nuit dans le réduit ne m'a pas rendu service, et ma confiance diminue à chaque seconde qui passe. Cette fois je m'approche lentement, feignant une gauche, puis une droite, cherchant une ouverture qui ne vient jamais. Son poing percute mon menton, projetant ma tête en arrière. Je ne vois même pas arriver le second coup, qui m'atteint à l'estomac, ni le troisième qui me met à terre.

Je suis désorienté, étourdi, peinant à respirer tandis que le valet de pied se dresse au-dessus de moi. Il me hisse en me tirant par les cheveux et cherche à attraper son couteau.

« Hé ! » lance Anna.

La diversion est infime, mais suffisante. Je me libère de son emprise et lui donne un coup de pied dans le genou, puis projette mon épaule dans son visage, lui cassant le nez, du sang éclaboussant ma chemise. Il recule dans le couloir, saisit un buste et le jette d'une seule main sur moi, me forçant à faire un bond de côté tandis qu'il disparaît à l'angle.

Je voudrais me lancer à sa poursuite, mais je n'en ai pas la force. Je me laisse glisser le long du mur jusqu'à me retrouver assis par terre, agrippant mes côtes douloureuses. Je suis ébranlé et troublé. Il était trop rapide, trop fort. Si cette bagarre avait duré plus longtemps, je serais mort, j'en suis certain.

« Espèce d'idiot ! hurle Anna en me lançant un regard noir. Vous avez failli vous faire tuer !

— Vous a-t-il vue ? dis-je en crachant le sang que j'ai dans la bouche.

— Je ne crois pas. » Elle tend la main pour m'aider à me relever. « Je suis restée dans l'ombre, et je doute qu'il ait vu grand-chose après que vous lui avez cassé le nez.

— Je suis désolé, Anna. Je pensais honnêtement que nous l'attraperions.

— Vous avez sacrément intérêt à l'être », réplique-t-elle, avant de me surprendre en m'étreignant férocement. Son corps tremble. « Vous devez faire attention, Aiden. À cause de ce salopard, il ne vous reste que quelques hôtes. Si vous commettez une erreur, nous serons coincés ici. »

Cette prise de conscience me fait l'effet d'une gifle.

« Il ne me reste que trois hôtes », dis-je, abasourdi.

Sebastian Bell s'est évanoui après voir vu le lapin mort dans la boîte, le majordome, Dance et Derby ont été tués, et Ravencourt s'est endormi dans la salle de bal après avoir vu Evelyn se suicider. Ce qui laisse Rashton, Davies et Gregory Gold. Entre les journées fractionnées et les sauts en avant et en arrière, je perds le fil.

J'aurais dû comprendre immédiatement.

Daniel a prétendu être mon dernier hôte, mais c'est impossible.

La honte m'enveloppe telle une chaude couverture. Je ne peux pas croire que je me sois laissé abuser si facilement. Si volontiers.

Ce n'était pas complètement ta faute.

Le médecin de peste m'a prévenu qu'Anna me trahirait. Pourquoi avoir fait ça quand c'est Daniel qui me mentait ? Et pourquoi m'avoir dit qu'il n'y avait que trois personnes qui tentaient de s'échapper de cette maison quand il y en a quatre ? Il m'a volontairement dissimulé la duplicité de Daniel.

« J'ai été tellement aveugle, dis-je d'une voix blanche.

— Qu'est-ce qui ne va pas ? » demande Anna en s'écartant et en me regardant avec inquiétude.

J'hésite, puis mon esprit se met en branle lorsque l'embarras laisse place à de froids calculs. Les mensonges de Daniel étaient complexes, mais leur but demeure obscur. Je pourrais comprendre qu'il ait cherché à gagner ma confiance s'il voulait profiter de mon enquête, mais ce n'est pas le cas. Il m'a à peine questionné dessus. Bien au contraire, il m'a donné un avantage en me disant que ce serait Evelyn qui serait assassinée pendant le bal, et il m'a mis en garde contre le valet de pied.

Je ne peux plus le considérer comme un ami, mais je ne peux pas être certain non plus que ce soit un ennemi. Je dois connaître sa position, et le meilleur moyen d'y parvenir est de maintenir une illusion d'ignorance jusqu'à ce qu'il révèle ses véritables intentions.

Je dois commencer par Anna.

Que Dieu nous aide si elle a laissé échapper quelque chose avec Derby ou Dance. Leur première réaction lorsqu'ils sont confrontés à un problème est de se ruer dessus, même s'il est couvert d'épines.

Elle m'observe, attendant une réponse.

« Je sais quelque chose, dis-je en croisant son regard. Quelque chose d'important pour nous deux, mais je ne peux pas vous dire quoi.

— Vous craignez de modifier la journée, déclare-t-elle comme si c'était la chose la plus évidente du monde. Ne vous en faites pas, ce carnet est rempli de choses que je n'ai pas le droit de vous dire. »

Elle sourit, son inquiétude disparaissant.

« Je vous fais confiance, Aiden. Sinon, je ne serais pas ici. Mais nous ne pouvons pas rester dans ce couloir. Je suis vivante uniquement parce qu'il ne sait pas qui je suis. S'il nous voit ensemble, je ne vivrai pas assez longtemps pour vous aider. » Elle lisse son tablier et ajuste son bonnet, baissant le menton de sorte à paraître réservée. « Je vais prendre les devants. Retrouvez-moi dans la chambre de Bell dans dix minutes, et ouvrez l'œil. Dès qu'il se sera soigné, le valet de pied vous cherchera. »

Je suis d'accord, mais je n'ai nullement l'intention

d'attendre dans ce couloir plein de courants d'air. Tout ce qui s'est produit aujourd'hui porte la signature d'Helena Hardcastle. Je dois lui parler, et ça pourrait être ma dernière chance de le faire.

Continuant de ménager mes côtes et ma fierté blessées, je la cherche dans le salon, où je ne trouve que quelques personnes matinales en train de cancaner sur le fait que Derby a été emmené par l'homme de main de Stanwin. En effet, son assiette d'œufs et de rognons est toujours sur la table, là où il l'a laissée. Elle est encore chaude, il n'a pas pu partir depuis longtemps. Je les salue de la tête et me dirige vers la chambre d'Helena, mais les coups que je frappe à la porte ne font venir que du silence. Comme je suis à court de temps, je la défonce d'un coup de pied, faisant voler le verrou en éclats.

Tu sais donc désormais qui s'y est introduit par effraction.

Les rideaux sont tirés, les draps emmêlés du lit à baldaquin touchent le sol. Il règne une atmosphère sale de sommeil troublé, l'odeur de la sueur des cauchemars que l'air frais n'a pas encore effacée. La penderie est ouverte, une coiffeuse est recouverte d'une poudre provenant d'une grosse boîte en fer, des emballages de maquillage sont déchirés et repoussés sur le côté, comme si Lady Hardcastle avait fait sa toilette dans la précipitation. Je pose ma main sur le lit et découvre qu'il est froid. Elle est déjà partie depuis un moment.

Comme quand j'ai visité cette pièce en compagnie de Millicent Derby, le secrétaire à volet roulant est ouvert, la page d'aujourd'hui de l'agenda d'Helena a été arrachée, et le coffret laqué a été vidé des deux revolvers qu'il devrait contenir. Evelyn a dû les prendre très tôt ce matin, probablement après avoir reçu le message qui lui ordonnait de se suicider. De sa chambre, elle n'aurait eu aucun problème à se glisser par la porte communicante après le départ de sa mère.

Mais si elle compte se tuer avec le revolver, pourquoi finit-elle par utiliser le pistolet argenté que Derby a volé au docteur Dickie ? Et pourquoi prendre les deux armes dans le coffret ? Je sais qu'elle en donnera une à Michael pour qu'il s'en serve pendant la partie de chasse, mais je ne puis imaginer que ça ait été la première chose qui lui soit venue à l'esprit alors qu'elle venait de découvrir que sa vie et celle de son amie étaient menacées.

Mes yeux glissent vers l'agenda et sa page arrachée. Est-ce également l'œuvre d'Evelyn, ou bien quelqu'un d'autre en est-il responsable ? Millicent soupçonnait Helena Hardcastle.

Passant le bout du doigt sur le bord déchiré, je m'autorise à être inquiet.

J'ai vu l'emploi du temps d'Helena dans l'agenda de Lord Hardcastle, je sais donc que la page manquante contient ses rendez-vous avec Cunningham, Evelyn, Millicent Derby, le maître des écuries et Ravencourt. Le seul d'entre eux dont je suis sûr qu'elle l'a honoré est celui avec Cunningham. Il l'a admis devant Dance, et ses empreintes pleines d'encre sont étalées sur les pages.

Je referme sèchement l'agenda, au comble de l'agitation. Il y a tellement de choses que je ne comprends toujours pas, et le temps manque.

Je suis rongé par les spéculations tandis que je retourne à l'étage pour rejoindre Anna qui fait les cent pas devant la chambre de Bell, examinant le carnet de croquis entre ses mains. J'entends des voix étouffées de l'autre côté de la porte. Daniel doit être en train de parler à Bell, ce qui signifie que le majordome est dans les cuisines avec Mme Drudge. Il ne va pas tarder à arriver.

« Avez-vous vu Gold ? Il devrait déjà être ici, déclare Anna en scrutant la pénombre, espérant peut-être le faire jaillir de l'obscurité avec son regard acéré.

— Non, dis-je, regardant nerveusement autour de moi. Que faisons-nous ici ?

— Le valet de pied va tuer le majordome et Gold ce matin, à moins que nous ne les placions à l'abri dans un endroit où je pourrai les protéger.

— Comme la loge du gardien.

— Exactement. Seulement, il ne faut pas que ce soit flagrant. Sinon, le valet de pied saura qui je suis et il me tuera aussi. S'il pense que je suis juste une gouvernante, et s'il est trop blessé pour représenter une menace, il nous laissera tranquille pendant un petit moment, et c'est ce que nous voulons. Le carnet laisse entendre qu'ils ont encore un rôle à jouer dans tout ça, en supposant que nous parvenions à les maintenir en vie.

— Alors pourquoi avez-vous besoin de moi ?

— Pas la moindre idée. Je ne sais pas exactement ce que je suis censée faire. Le carnet dit de vous faire venir ici à cette heure-ci, mais… (elle soupire, secoue la tête) c'était la seule instruction claire, tout le reste est du charabia. Comme je l'ai dit, vous n'étiez pas tout à fait lucide quand vous me l'avez donné. J'ai passé l'essentiel de la dernière heure à tenter de déchiffrer les pages, consciente que si je les interprète mal, ou si j'arrive trop tard, vous mourrez. »

Je frissonne, troublé par ce bref aperçu de mon avenir.

Le carnet a dû être donné à Anna par Gregory Gold,

mon dernier hôte. Je le revois encore divaguant à la porte de Dance à propos de la calèche. Je me rappelle avoir pensé qu'il était pitoyable, effrayant. Ces yeux sombres affolés et perdus.

Je n'ai pas hâte d'être à demain.

Croisant les bras, je m'adosse au mur à côté d'elle, nos épaules se touchant. Savoir que vous avez tué quelqu'un dans une vie antérieure a tendance à limiter les possibilités d'affection.

« Vous avez fait du meilleur travail que moi, dis-je. La première fois que quelqu'un m'a présenté l'avenir, j'ai fini par pourchasser une femme de chambre nommée Madeline Aubert dans la forêt en pensant lui sauver la vie. Elle a failli mourir de peur.

— Cette journée devrait être accompagnée d'instructions, observe-t-elle d'un air morose.

— Faites ce qui vous vient naturellement.

— Je ne suis pas sûre que fuir et nous cacher nous serait utile », déclare-t-elle, sa frustration interrompue par un bruit de pas précipités dans l'escalier.

Sans un mot, nous nous séparons, Anna disparaissant à l'angle tandis que je me rue dans une chambre ouverte. La curiosité me pousse à laisser la porte légèrement entrouverte, ce qui me permet de voir le majordome clopinant dans le couloir dans notre direction, son corps brûlé encore plus pitoyable lorsqu'il est en mouvement. On dirait qu'il a été roulé en boule et jeté, un amas d'angles aigus sous une robe de chambre marron miteuse et un pyjama.

Après avoir revécu tant de ces moments depuis le premier matin, j'aurais cru y être devenu insensible, mais je ressens toujours la peur et la colère du majordome tandis qu'il se hâte pour aller se plaindre auprès de Bell du nouveau corps dans lequel il est piégé.

Gregory Gold sort d'une chambre, le majordome trop préoccupé ne s'en rend pas compte. À cette distance, tandis qu'il me tourne le dos, l'artiste semble étrangement informe, moins un homme qu'une longue ombre projetée sur le mur. Il y a un tisonnier dans sa main et, sans le moindre avertissement, il se met à frapper le majordome avec.

Je me souviens de cette attaque, de la douleur.

La pitié s'empare de moi, un terrible sentiment d'impuissance alors que le tisonnier fait voler le sang sur les murs.

Je suis du côté du majordome tandis qu'il se ratatine par terre, implorant la pitié et demandant une aide qui n'arrive pas.

Et c'est alors que la raison m'abandonne.

Attrapant un vase sur le buffet, je me précipite dans le couloir, avance vers Gold empli d'un courroux infernal et le lui brise sur la tête, des éclats de porcelaine tombant autour de lui alors qu'il s'écroule par terre.

Le silence fige l'air tandis que j'agrippe le col du vase, regardant les deux hommes inconscients à mes pieds.

Anna apparaît derrière moi.

« Qu'est-ce qui s'est passé ? demande-t-elle, feignant la surprise.

— Je… »

Une foule se forme au bout du couloir, des hommes à moitié habillés et des femmes alarmées, tirés de leur lit par l'agitation. Leurs yeux passent du sang sur les murs aux corps par terre, s'attardant sur moi avec une curiosité inconvenante. Si le valet de pied est parmi eux, il demeure invisible.

C'est probablement mieux ainsi.

Je suis suffisamment en colère pour tenter de nouveau quelque chose d'imprudent.

Le docteur Dickie monte l'escalier à la hâte et, contrairement aux autres invités, il est déjà habillé, son énorme moustache huilée de façon experte, une quelconque lotion faisant luire son crâne dégarni.

« Que diable s'est-il passé ici ? s'exclame-t-il.

— Gold est devenu fou, dis-je, teintant ma voix d'un tremblement d'émotion. Il a commencé à attaquer le majordome avec le tisonnier alors je… »

J'agite le col du vase dans sa direction.

« Allez chercher ma sacoche, jeune fille, dit-il à Anna, qui s'est avancée dans son champ de vision. Elle est à côté de mon lit. »

Anna fait ce qu'il demande puis, sans jamais sembler prendre le contrôle, elle commence à habilement mettre en place des bribes d'avenir. Le médecin demande un endroit chaud et calme pour s'occuper du majordome, alors elle recommande la loge du gardien tout en se proposant pour lui prodiguer ses soins. Comme il n'y a simplement nulle part où l'enfermer, il est décidé que Gold devra également être emmené à la loge, où on lui administrera régulièrement des sédatifs jusqu'à ce qu'un domestique fasse venir un policier du village – domestique qu'Anna propose de trouver.

Ils descendent l'escalier avec le majordome sur une civière de fortune, Anna m'adressant au passage un sourire réconfortant. Je le reçois avec un froncement de sourcils perplexe. Tous ces efforts, et je ne suis toujours pas certain de ce que nous avons accompli. Le majordome sera coincé dans son lit, ce qui fera de lui une cible facile pour le valet de pied ce soir. Gregory Gold sera gavé de sédatifs et accroché au plafond. Il vivra, mais son esprit sera brisé.

Ce n'est pas vraiment une idée rassurante si l'on considère que ce sont ses instructions que nous suivons. C'est Gold qui a donné ce carnet à Anna, et bien que ce soit le dernier de mes hôtes, je n'ai aucune idée de ce qu'il essaie de faire. Je ne puis même pas être certain que lui le sache. Pas après tout ce qu'il a enduré.

Je fouille parmi mes souvenirs, cherchant les morceaux d'un avenir que j'ai entraperçu mais pas encore vécu. Je dois toujours découvrir ce que signifie le message « *tous* » que Cunningham a porté à Derby, ainsi que la raison pour laquelle il a réuni plusieurs personnes. Je ne sais pas pourquoi Evelyn prend le pistolet argenté à Derby quand elle a déjà le revolver noir volé dans la chambre de sa mère, ni pourquoi ce dernier finit par garder une pierre pendant qu'elle se suicide.

C'est frustrant. Je vois les miettes étalées devant moi, mais, pour autant que je le sache, elles me mènent au bord d'un précipice.

Malheureusement, il n'y a pas d'autre chemin à suivre.

45

Libéré de l'âge avancé de Dance, j'avais également espéré être débarrassé de ses tourments irritants, mais ma nuit dans le réduit a enveloppé mes os de ronces. Chaque étirement, chaque ploiement et chaque torsion déclenchent une douleur soudaine et une grimace, ajoutant de nouvelles plaintes à la pile. Le trajet jusqu'à ma chambre s'avère étonnamment éprouvant. De toute évidence, Rashton a fait très bonne impression hier soir, car ma traversée de la maison est ponctuée de poignées de main chaleureuses et de tapes dans le dos, les salutations s'éparpillant comme des cailloux dans mon sillage, la bienveillance des invités faisant apparaître des bleus sur mon corps.

En atteignant ma chambre, je me dépars de mon sourire forcé. Il y a une enveloppe blanche par terre avec quelque chose de volumineux à l'intérieur. Quelqu'un a dû la glisser sous ma porte. Je l'ouvre, scrute le couloir à la recherche d'un signe de la personne qui l'a laissée là.

C'est vous qui l'avez laissée là

commence le mot à l'intérieur, qui est enroulé autour d'une pièce de jeu d'échecs presque identique à celle qu'Anna porte sur elle.

Prenez les gélules de nitrite d'amyle, de nitrite de sodium et de thiosulfate de sodium.

GARDEZ-LES.

GG

« Gregory Gold », dis-je avec un soupir en lisant les initiales.

Il a dû le laisser avant d'attaquer le majordome.

Maintenant je sais ce que ressent Anna. Les instructions sont à peine lisibles, et incompréhensibles, même une fois que je suis parvenu à déchiffrer son effroyable écriture.

Je jette le mot et la pièce de jeu d'échecs sur le buffet, ferme ma porte à clé et la bloque avec une chaise. En temps normal, je me précipiterais immédiatement sur les affaires de Rashton ou sur un miroir pour inspecter ce nouveau visage, mais je sais déjà ce que renferment ses tiroirs et à quoi il ressemble. Il me suffit de penser à une question pour trouver sa réponse, et c'est pourquoi je sais qu'il y a un coup-de-poing caché dans son tiroir à chaussettes. Il l'a confisqué à un bagarreur il y a quelques années de cela, et l'objet s'est à plus d'une reprise avéré utile. Je l'enfile, songeant au valet de pied et au fait qu'il a baissé son visage vers le mien, inspirant mon dernier souffle et soupirant de plaisir tandis qu'il m'ajoutait à sa liste de trophées.

Mes mains tremblent, mais Rashton n'est pas Bell. La peur le motive plus qu'elle ne le paralyse. Il veut retrouver le valet de pied et en finir avec lui, recouvrer la dignité qu'il a perdue lors de notre précédente confrontation. En repensant à notre bagarre de ce matin, je suis certain que c'est Rashton qui m'a poussé à descendre l'escalier puis à m'engager dans le couloir.

C'était sa colère, sa fierté. Il avait le contrôle, et je ne m'en étais même pas rendu compte.

Ça ne doit pas se reproduire.

L'imprudence de Rashton nous fera tuer, et je ne peux pas gâcher cet hôte. Si je dois sortir Anna et moi de ce bourbier, je dois prendre de l'avance sur le valet de pied au lieu de constamment le suivre, et je crois connaître quelqu'un qui pourra m'aider, même si le convaincre ne sera pas aisé.

J'ôte le coup-de-poing, remplis le lavabo et commence à faire ma toilette devant le miroir.

Rashton est un homme jeune – quoique pas tout à fait aussi jeune qu'il se l'imagine –, grand, fort et remarquablement beau. Des taches de rousseur constellent son nez, ses yeux couleur miel et ses cheveux blonds coupés court suggérant un visage tissé de lumière du soleil. La seule imperfection est une vieille cicatrice laissée par une balle sur son épaule, la ligne irrégulière depuis longtemps estompée. Le souvenir se donnerait à moi si je le voulais, mais j'ai déjà suffisamment de douleurs sans inviter les malheurs d'un autre dans mon esprit.

Je suis en train de m'essuyer le torse quand la porte tremble dans son montant, me faisant saisir vivement le coup-de-poing.

« Jim, tu es là ? Quelqu'un a fermé la porte à clé. » C'est une voix de femme, rauque et sèche.

J'enfile une chemise propre, tire la chaise et déverrouille la porte pour découvrir de l'autre côté une jeune femme à la mine confuse, son poing levé s'apprêtant à frapper un nouveau coup. Ses yeux bleus me regardent sous de longs cils, une pointe de rouge à lèvres constituant la seule touche de couleur sur son visage glacial. Elle a une petite vingtaine d'années, d'épais cheveux noirs qui retombent sur un chemisier d'une blancheur impeccable enfoncé sous des jodhpurs. Sa présence fait immédiatement s'emballer le cœur de Rashton.

« Grace… »

Mon hôte me met son nom sur la langue, et tout un tas d'autres en plus. Je bous d'un mélange d'adoration, d'euphorie et d'excitation mêlé au sentiment de ne pas être à ma place.

« As-tu entendu ce que mon satané idiot de frère a fait ? demande-t-elle en passant brusquement à côté de moi.

— Je suppose que je suis sur le point de l'apprendre.

— Il a emprunté l'une des voitures cette nuit, dit-elle en se jetant sur le lit. Il a réveillé le maître des écuries à 2 heures du matin habillé comme un arc-en-ciel et s'est mis en route pour le village. »

Elle se trompe complètement, mais je n'ai aucun moyen de sauver la réputation de son frère. C'était ma décision de prendre la voiture, de fuir la maison et de me rendre au village. En ce moment, le pauvre Donald Davies dort sur le chemin de terre où je l'ai abandonné, et mon hôte tente de m'entraîner dehors pour aller le chercher.

Sa loyauté est presque écrasante, et tandis que j'en cherche la raison je suis immédiatement assailli par des horreurs. L'affection de Rashton pour Donald Davies est née dans la boue et le sang des tranchées. Ils sont partis à la guerre tels des imbéciles et en sont revenus frères, chacun brisé en des endroits que seul l'autre pouvait voir.

Je sens la colère que lui inspire le traitement que j'ai réservé à son ami.

Ou peut-être suis-je simplement en colère après moi-même.

Nous sommes tellement emmêlés l'un à l'autre que je n'arrive plus à savoir.

« C'est ma faute, dit Grace, abattue. Il allait encore acheter de ce poison à Bell, alors j'ai menacé de le dire à papa. Je savais qu'il m'en voulait, mais je ne pensais pas qu'il s'enfuirait. » Elle pousse un soupir d'impuissance. « Tu ne penses pas qu'il a fait une bêtise, si ?

— Il va bien, dis-je d'une voix rassurante, m'asseyant à côté d'elle. Il est contrarié, c'est tout.

— Si seulement nous n'avions jamais rencontré ce fichu docteur, dit-elle en lissant les plis de ma chemise du plat de la main. Donald n'est plus le même depuis que Bell a débarqué avec sa malle magique. C'est ce satané laudanum qui le tient. Je ne peux presque plus lui parler. Si seulement nous pouvions… »

Ses mots entrent en collision avec une idée. Je la vois qui s'en écarte en écarquillant de grands yeux, la suivant du début à la fin tel un cheval sur lequel elle aurait parié à Epsom.

« Il faut que j'aille voir Charles à propos de quelque chose », déclare-t-elle brusquement, puis elle m'embrasse sur les lèvres avant de filer dans le couloir.

Elle a disparu avant que je puisse répondre, laissant la porte ouverte dans son sillage.

Je me lève pour la refermer, préoccupé et plus qu'un peu confus. Dans l'ensemble, les choses étaient plus simples quand j'étais dans ce réduit.

46

Un pas lent après l'autre, j'avance dans le couloir, glissant la tête dans chaque chambre avant de m'autoriser à passer devant. Je porte le coup-de-poing et sursaute à chaque bruit et chaque ombre, craignant l'attaque dont je suis certain qu'elle est imminente, conscient que je ne pourrai pas battre le valet de pied s'il me prend par surprise.

J'écarte le rideau de velours qui bloque le couloir et m'engage dans l'aile est abandonnée de Blackheath, un vent vif agitant la tenture qui claque contre le mur comme des morceaux de viande claquant sur un billot de boucher.

Je ne m'arrête pas avant d'avoir atteint la nursery.

Le corps inconscient de Derby n'est pas tout de suite évident, car il a été traîné dans un coin de la pièce, derrière le cheval à bascule, et est invisible de la porte. Sa tête est un mélange de sang séché et d'éclats de poterie, mais il est vivant et bien caché. Étant donné qu'il a été attaqué en sortant de la chambre de Stanwin, l'agresseur a de toute évidence eu suffisamment de bon sens pour empêcher le maître chanteur de le trouver et de le tuer, mais pas assez de temps pour l'emmener dans un endroit plus sûr.

Je fouille rapidement ses poches, mais tout ce qu'il a pris à Stanwin lui a été volé. Je ne m'attendais pas à autre chose, mais puisque ce dernier est l'architecte de tant de mystères dans cette maison, ça valait le coup d'essayer.

Le laissant dormir, je continue en direction des pièces qu'occupe Stanwin au bout du couloir. Seule la peur a dû l'attirer dans cette partie mal fichue de la maison, si loin des maigres conforts qu'offre le reste de Blackheath. Et si c'est le cas, il a bien choisi. Les lattes du plancher sont ses espions, hurlant mon approche à chaque pas, et le long couloir ne possède qu'une entrée et une sortie. Le maître chanteur pense clairement être entouré d'ennemis, un fait que je pourrai peut-être exploiter.

Je traverse l'antichambre et frappe à la porte de la chambre de Stanwin. Un silence étrange m'accueille, le vacarme d'une personne qui tente de ne pas faire de bruit.

« C'est l'agent Jim Rashton, dis-je à travers le bois, ôtant le coup-de-poing. J'ai besoin de vous parler. »

Ma déclaration est reçue par une rafale de sons. Des pas légers traversent la pièce, un tiroir grince, quelque chose est soulevé et déplacé, puis finalement une voix se glisse entre la porte et le montant.

« Entrez », dit Ted Stanwin.

Il est assis sur une chaise, une main enfoncée dans sa botte gauche, qu'il brosse avec une vigueur de soldat. Je frémis un peu, agité par un puissant sentiment d'étrangeté. La dernière fois que j'ai vu cet homme, il gisait mort sur le sol de la forêt et je lui faisais les poches. Blackheath l'a relevé et épousseté, remontant son mécanisme pour qu'il puisse tout recommencer.

Si ce n'est pas l'enfer, le diable prend à coup sûr des notes.

Je regarde derrière lui. Son garde du corps est profondément endormi sur le lit, respirant bruyamment par son nez pansé. Je suis surpris que Stanwin ne l'ait pas déplacé, et encore plus surpris de voir que le maître chanteur a orienté sa chaise face au lit, comme l'a fait Anna avec le majordome. Il est clair que Stanwin a de l'affection pour ce personnage.

Je me demande comment il réagirait s'il savait que Derby s'est trouvé dans la pièce d'à côté pendant tout ce temps.

« Ah, l'homme au centre de tout, lance Stanwin, la brosse marquant une pause tandis qu'il me regarde.

— Je crains de ne pas vous suivre, dis-je, confus.

— Je ne serais pas un très bon maître chanteur si vous y parveniez », réplique-t-il en désignant une chaise en bois branlante près du feu.

Acceptant son invitation, je la tire près du lit, prenant soin d'éviter le journal sale et le cirage qui jonchent le sol.

Stanwin porte une approximation d'homme riche de livrée de palefrenier, c'est-à-dire que la chemise en coton blanc est repassée et que le pantalon noir est impeccable. En le regardant maintenant, vêtu simplement, brossant ses propres bottes et logeant dans un coin délabré d'une demeure autrefois majestueuse, je ne vois pas ce que lui ont apporté dix-neuf années de chantage. Des vaisseaux sanguins éclatés sillonnent ses joues et son nez tandis que des yeux enfoncés, rouges et assoiffés de sommeil, surveillent l'arrivée de monstres à sa porte.

Des monstres qu'il a invités ici.

Derrière toute cette vantardise il y a une âme réduite

en cendres, le feu qui l'animait autrefois depuis longtemps éteint. Ce sont les lambeaux d'un homme vaincu dont les secrets constituent la seule chaleur qu'il lui reste. À ce stade, il a autant peur de ses victimes qu'elles de lui.

J'éprouve une pointe de pitié. Quelque chose dans la situation de Stanwin me semble terriblement familier, et au plus profond de moi, sous mes hôtes, là où réside le véritable Aiden Bishop, je sens un souvenir qui s'agite. Je suis venu ici à cause d'une femme. Je voulais la sauver, et je n'ai pas pu. Blackheath était ma chance de… quoi… réessayer ?

Que suis-je venu faire ici ?

Oublie ça.

« Établissons les faits simplement, déclare Stanwin en me regardant droit dans les yeux. Vous êtes de mèche avec Cecil Ravencourt, Charles Cunningham, Daniel Coleridge et quelques autres, et vous cherchez des informations sur un meurtre qui s'est produit il y a dix-neuf ans. »

Mes pensées précédentes s'éparpillent.

« Oh, n'ayez pas l'air si stupéfait, dit-il en inspectant une zone terne sur sa botte. Cunningham est venu poser des questions tôt ce matin au nom de son gros porc de maître, et Daniel Coleridge furetait quelques minutes après. Ils voulaient tous les deux se renseigner sur l'homme sur qui j'ai tiré quand j'ai poursuivi le meurtrier de M. Hardcastle. Et maintenant vous voici. Il n'est pas difficile de savoir ce que vous fabriquez, pas quand on a deux yeux et un cerveau derrière. »

Il me regarde, sa façade de nonchalance s'effondrant pour révéler le calcul sur lequel elle est érigée. Conscient de ses yeux sur moi, je cherche les mots exacts, n'importe quoi pour lever ses soupçons, mais le silence s'étire, se tend.

« Je me demandais comment vous le prendriez », grogne Stanwin en posant sa botte sur le journal et en s'essuyant les mains à un chiffon.

Quand il parle de nouveau, il le fait de la voix basse et douce d'une personne qui raconte une histoire.

« Je pense que ce désir soudain de justice a probablement deux causes, déclare-t-il, ôtant la crasse sous ses ongles avec un canif. Soit Ravencourt a flairé l'odeur du scandale et il vous paie pour que vous enquêtiez à sa place, soit vous pensez qu'il y a une grosse affaire à résoudre grâce à laquelle vous finirez dans le journal et vous ferez un nom. »

Mon silence lui arrache un sourire méprisant.

« Écoutez, Rashton, vous ne connaissez ni moi ni mes affaires, mais nous, nous connaissons les gens comme vous. Vous êtes un flic de la classe ouvrière qui fréquente une femme riche que vous n'avez pas les moyens de vous offrir. Il n'y a pas de mal à monter dans la société, je l'ai moi-même fait, mais il va vous falloir de l'argent pour grimper sur l'échelle, et je peux vous être utile. Les informations sont précieuses, ce qui signifie que nous pouvons nous entraider. »

Il soutient mon regard, mais ne semble pas à l'aise. Une veine palpite violemment sur son cou, la sueur s'accumulant sur son front. Cette approche est dangereuse, et il le sait. Néanmoins, je sens l'attrait de sa proposition. Rashton n'aimerait rien plus que combler financièrement Grace. Il aimerait s'offrir de plus beaux habits, et l'inviter à dîner plus d'une fois par mois.

Le problème, c'est qu'il aime encore plus être flic.

« Combien de personnes savent que Lucy Harper est votre fille ? » dis-je d'un ton neutre.

Maintenant c'est mon tour de voir son visage s'affaisser.

Mes soupçons se sont éveillés quand je l'ai vu malmener Lucy à la table du déjeuner, simplement parce qu'elle avait eu la témérité de l'appeler par son prénom quand elle lui avait demandé de s'écarter. Je n'en ai pas pensé grand-chose quand j'ai vu la scène à travers les yeux de Bell. Stanwin est une brute et un maître chanteur, ça semblait donc naturel. Ce n'est que quand je l'ai revue en tant que Dance que j'ai perçu l'affection dans la voix de Lucy, et la peur sur le visage de Stanwin. La pièce était remplie d'hommes qui lui auraient volontiers planté un couteau dans les côtes, et elle leur disait quasiment qu'elle tenait à lui. Elle aurait tout aussi bien pu se peindre une cible sur le dos. Pas étonnant qu'il s'en soit pris à elle. Il avait besoin qu'elle s'en aille au plus vite.

« Lucy qui ? demande-t-il, tordant fermement le chiffon entre ses mains.

— Ne me faites pas l'insulte de nier, Stanwin, dis-je, l'interrompant. Elle a vos cheveux roux et vous avez un médaillon avec son portrait dans votre veste, ainsi qu'un livre de code qui détaille vos affaires de chantage. Des choses étranges à garder ensemble, sauf que ce sont les seules auxquelles vous tenez. Vous auriez dû entendre comment elle vous a défendu auprès de Ravencourt. »

Chaque fait qui sort de ma bouche est un coup de marteau.

« Ce n'est pas difficile à comprendre, dis-je. Pas quand on a deux yeux et un cerveau derrière.

— Que voulez-vous ? demande-t-il calmement.

— J'ai besoin de savoir ce qui s'est vraiment passé le matin où Thomas Hardcastle a été assassiné. »

Il se passe la langue sur les lèvres tandis que son esprit aux rouages lubrifiés par les mensonges se met au travail.

« Charlie Carver et un autre homme ont emmené Thomas au lac, puis ils l'ont poignardé, répond-il, soulevant de nouveau sa botte. J'ai attrapé Carver, mais l'autre s'est échappé. Y a-t-il d'autres vieilles histoires que vous souhaitez entendre ?

— Si les mensonges m'intéressaient, j'aurais demandé à Helena Hardcastle, dis-je, me penchant en avant avec les mains entre les cuisses. Elle était là, n'est-ce pas ? Comme l'a affirmé Alf Miller. Tout le monde croit que la famille vous a donné une plantation pour avoir tenté de sauver le petit garçon, mais je sais que ce n'est pas ce qui s'est produit. Vous faites chanter Helena Hardcastle depuis dix-neuf ans, depuis que le garçon est mort. Vous avez vu quelque chose ce matin-là, quelque chose qui vous a permis d'avoir une emprise sur elle pendant tout ce temps. Elle a dit à son mari que l'argent avait pour but de maintenir la filiation de Cunningham secrète, mais c'est faux, n'est-ce pas ? C'est quelque chose de plus important.

— Et si je ne vous dis pas ce que j'ai vu, qu'est-ce qui va se passer ? gronde-t-il en jetant la botte sur le côté. Vous faites savoir que le père de Lucy Harper est le tristement célèbre Ted Stanwin et vous attendez de voir qui la tuera en premier ? »

J'ouvre la bouche pour répondre, mais me retrouve troublé quand aucun mot ne sort. Bien entendu, c'était mon plan, mais assis là, je me rappelle le moment dans l'escalier où Lucy a ramené un majordome confus aux cuisines, pour qu'il n'ait pas d'ennuis. Contrairement à son père, elle a le cœur bon, plein de tendresse et de doute – parfait pour être piétiné par des hommes comme moi. Pas étonnant que Stanwin soit resté invisible et ait laissé sa mère l'élever. Il a probablement donné un peu d'argent à sa famille au fil des ans, afin qu'elles vivent à leur aise jusqu'à ce qu'il puisse les mettre définitivement hors de portée de ses puissants ennemis.

« Non, dis-je, autant à moi-même qu'à Stanwin. Lucy a été gentille avec moi quand j'avais besoin de gentillesse, je ne la mettrai pas en danger, même pour ça. »

Il me surprend avec un sourire, et le regret qui se tapit derrière.

« Vous n'irez pas loin dans cette maison avec de bons sentiments, observe-t-il.

— Et avec du bon sens ? Evelyn Hardcastle va être assassinée ce soir, et je pense que c'est à cause d'une chose qui s'est produite il y a dix-neuf ans. Il me semble qu'il est de votre intérêt de faire en sorte qu'elle reste vivante, pour qu'elle puisse épouser Ravencourt et que vous continuiez d'être payé. »

Il pousse un sifflement.

« Si c'est vrai, il y a plus à gagner en sachant qui est responsable, mais vous prenez les choses de travers, déclare-t-il avec emphase. Je n'ai pas besoin de continuer à être payé. C'est fini pour moi. J'ai un gros paiement qui arrive, et ensuite je vends mon affaire et je m'en vais. C'est pour ça que je suis venu à Blackheath, pour venir chercher Lucy et conclure le marché. Elle vient avec moi.

— À qui la vendez-vous ?

— Daniel Coleridge.

— Coleridge prévoit de vous assassiner pendant la partie de chasse dans quelques heures. Combien d'informations est-ce que ça vaut ? »

Stanwin me dévisage avec un vif soupçon.

« M'assassiner ? demande-t-il. Nous avons un arrangement honnête, lui et moi. Nous allons conclure notre affaire dans la forêt.

— L'affaire tient dans vos deux carnets, n'est-ce pas ? dis-je. Tous les noms, les crimes et les paiements dans l'un, écrits en code, évidemment. Et le chiffre pour décoder le tout dans l'autre. Vous les conservez séparément et pensez que ça vous protège, mais c'est faux, et arrangement honnête ou non, vous serez mort dans… (je retrousse ma manche pour consulter ma montre) quatre heures, et alors Coleridge aura les deux carnets sans dépenser un shilling. »

Pour la première fois, Stanwin semble incertain.

Il tend la main vers le tiroir de sa table de chevet et en tire une pipe et une petite blague à tabac, puis tasse les feuilles dans le fourneau. Il ôte l'excédent puis fait tourner une allumette embrasée autour, tirant quelques bouffées pour attirer la flamme. Quand son attention se porte de nouveau sur moi, le tabac brûle et la fumée forme un halo au-dessus de sa tête indigne.

« Comment s'y prendra-t-il ? demande Stanwin du coin de la bouche, serrant sa pipe entre ses dents jaunes.

— Qu'avez-vous vu le matin de la mort de Thomas Hardcastle ? dis-je.

— C'est ça, n'est-ce pas ? Un meurtre contre un meurtre ?

— Un arrangement honnête. »

Il se crache dans la main.

« Alors serrez-la. »

Je fais ce qu'il demande, puis allume ma dernière cigarette. Le besoin de tabac m'est venu lentement, comme la marée repoussant doucement la berge d'une rivière, et je laisse la fumée emplir ma gorge, mes yeux s'embuant de plaisir.

Tout en grattant sa barbe de trois jours, Stanwin se met à parler d'une voix pensive.

« Ça a été une drôle de journée, étrange dès le début, déclare-t-il, ajustant la pipe dans sa bouche. Les convives étaient arrivés pour la fête, mais il régnait déjà une sale atmosphère. Des disputes dans les cuisines, des bagarres dans les écuries, même les invités s'y mettaient. On ne pouvait pas passer devant une porte fermée sans entendre crier de l'autre côté. »

Il y a désormais de la circonspection en lui, il donne l'impression d'un homme qui vide une malle remplie d'objets coupants.

« Ça n'a pas vraiment été une surprise quand Charlie a été renvoyé, reprend-il. Il fréquentait Lady Hardcastle depuis une éternité. Ça avait été secret au début. Puis évident par la suite, trop évident si vous voulez mon avis. Ils voulaient se faire attraper, je pense. Je ne sais pas ce qui leur a pris à la fin, mais la nouvelle s'est répandue comme la vérole dans les cuisines quand Charlie a été renvoyé par Lord Hardcastle. Nous pensions qu'il viendrait au sous-sol pour dire au revoir, mais il ne s'est pas manifesté, puis deux heures plus tard, une des bonnes est venue me chercher et m'a dit qu'elle venait de voir Charlie saoul comme une barrique, en train d'errer à proximité des chambres des enfants.

— Les chambres des enfants, vous êtes sûr ?

— C'est ce qu'elle a dit. Qu'il passait la tête dans les pièces l'une après l'autre, comme s'il cherchait quelque chose.

— Une idée de ce qu'il pouvait chercher ?

— Elle pensait qu'il voulait dire au revoir, mais

ils étaient tous dehors en train de jouer. Quoi qu'il en soit, il est parti avec un gros sac en cuir sur l'épaule.

— Et elle ne savait pas ce qu'il y avait dedans ?

— Pas la moindre idée. Quoi que ça ait été, personne ne lui en a voulu. Il était populaire, Charlie, on l'appréciait tous. »

Stanwin soupire, tournant son visage vers le plafond.

« Qu'est-il arrivé ensuite ? dis-je, sentant sa réticence à poursuivre.

— Charlie était mon ami, dit-il d'une voix lourde. Alors je me suis lancé à sa recherche, principalement pour lui dire au revoir. La dernière fois qu'il avait été vu, il se dirigeait vers le lac, alors c'est là que je suis allé, seulement il n'y était pas. Il n'y avait personne, du moins c'est l'impression que j'ai eue au début. Je serais reparti, sauf que j'ai vu du sang sur la terre.

— Vous avez suivi le sang ?

— Oui, jusqu'au bord du lac… c'est là que j'ai vu le garçon. »

Il ravale sa salive, se passe la main sur le visage. Le souvenir est resté tapi au fond de son esprit si longtemps que je ne suis pas surpris qu'il ait du mal à le sortir à la lumière. Tout ce qu'il est devenu est le fruit de cette graine empoisonnée.

« Qu'avez-vous vu, Stanwin ? »

Laissant tomber sa main de son visage, il me regarde comme si j'étais un prêtre qui lui demandait de se confesser.

« Au début, juste Lady Hardcastle, répond-il. Elle était agenouillée dans la boue, pleurant toutes les larmes de son corps. Il y avait du sang partout. Je n'ai pas vu le garçon, elle le serrait si fort… mais elle s'est retournée en m'entendant. Elle l'avait poignardé à la gorge, lui arrachant presque la tête.

— Elle a avoué ? »

J'entends l'excitation dans ma voix. En baissant les yeux, je remarque que mes mains sont serrées, mon corps crispé. Je suis assis au bord de ma chaise, mon souffle coincé dans ma gorge.

J'ai immédiatement honte de moi.

« Plus ou moins, répond Stanwin. Elle n'arrêtait pas de dire que c'était un accident. C'était tout, encore et encore. C'était un accident.

— Alors quand Carver entre-t-il en scène ?

— Il est arrivé plus tard.

— Au bout de combien de temps ?

— Je ne sais pas…

— Cinq minutes, vingt minutes ? C'est important, Stanwin.

— Pas vingt, dix peut-être, ça n'a pas pu prendre trop longtemps.

— Avait-il le sac ?

— Le sac ?

— Le sac en cuir que la bonne l'avait vu emporter. L'avait-il avec lui ?

— Non, pas de sac. » Il pointe sa pipe vers moi. « Vous savez quelque chose, n'est-ce pas ?

— Je crois, oui. Finissez votre histoire, s'il vous plaît.

— Carver est arrivé, il m'a pris à l'écart. Il était sobre, complètement sobre, comme un homme qui a reçu un choc. Il m'a demandé d'oublier tout ce que j'avais vu, de dire à tout le monde que c'était lui qui avait fait ça. J'ai dit que je ne le ferais pas, pas pour elle, pas pour les Hardcastle, mais il a répondu qu'il l'aimait, que c'était un accident et que c'était tout ce qu'il pouvait faire pour elle, tout ce qu'il pouvait lui donner. Il supposait qu'il n'avait pas d'avenir de toute manière, pas maintenant qu'il avait été renvoyé de Blackheath et qu'il était obligé de s'éloigner d'Helena. Il m'a fait jurer de garder son secret.

— Ce que vous avez fait, sauf que vous avez fait payer Helena, dis-je.

— Et vous auriez agi différemment, pas vrai, flic ? réplique-t-il furieusement. Vous lui auriez passé les menottes sur place, trahissant une promesse à un ami. Ou alors auriez-vous laissé Helena s'en tirer impunément ? »

Je secoue la tête. Je n'ai pas de réponse à lui donner, mais ses autojustifications pleines d'apitoiement ne m'intéressent pas. Il n'y a que deux victimes dans cette histoire : Thomas Hardcastle et Charlie Carver, un enfant assassiné et un homme qui est allé à la potence pour protéger la femme qu'il aimait. Il est trop tard pour les aider, mais je ne vais pas laisser la vérité rester enterrée plus longtemps.

Cette histoire a déjà fait assez de dégâts.

47

Des buissons bruissent, des brindilles craquent sur le sol. Daniel avance rapidement dans la forêt, sans chercher à être discret. Mes autres hôtes sont tous occupés, et presque tout le reste des invités est soit à la chasse, soit dans la véranda.

Mon cœur bat à toute allure. Il s'est glissé hors de la maison après avoir parlé avec Bell et Michael dans le bureau, et je le suis depuis un quart d'heure, me faufilant en silence parmi les arbres. Je me souviens qu'il a manqué le début de la partie de chasse et a dû rattraper Dance, et je suis curieux de savoir ce qui l'a retenu. Avec un peu de chance, mon entreprise me permettra de commencer à faire la lumière sur ses plans.

Les arbres s'ouvrent soudain, laissant place à une affreuse clairière. Nous ne sommes pas loin du lac, et je distingue tout juste l'eau au loin sur ma droite. Le valet de pied tourne en rond comme un animal en cage, et je dois me baisser derrière un buisson pour ne pas être vu.

« Faites vite », dit Daniel en s'approchant de lui.

Le valet de pied lui donne un coup de poing au menton.

Daniel titube en arrière puis se redresse, l'invitant

d'un hochement de tête à lui porter un autre coup. Celui-ci l'atteint au ventre et est suivi d'un crochet qui l'envoie au sol.

« Encore ? demande le valet de pied en se dressant au-dessus de lui.

— Ça suffit, répond Daniel, tapotant sa lèvre fendue. Dance doit croire que nous nous sommes battus, pas que vous avez failli me tuer. »

Ils sont de mèche.

« Vous pouvez les rattraper ? demande le valet de pied en l'aidant à se relever. Les chasseurs ont une bonne avance.

— Beaucoup de vieilles jambes. Ils ne seront pas allés loin. Vous avez réussi à attraper Anna ?

— Pas encore, j'ai été occupé.

— Eh bien, dépêchez-vous, notre ami s'impatiente. »

Il s'agit donc de ça. Ils veulent Anna.

C'est pour ça que Daniel m'a dit de la trouver quand j'étais Ravencourt, et qu'il a demandé à Derby de la poster dans la bibliothèque quand il a exposé son plan pour attraper le valet de pied. J'étais censé la livrer. La mener comme un animal à l'abattoir.

La tête me tourne, je les regarde échanger quelques derniers mots avant que le valet de pied ne prenne la direction de la maison. Daniel essuie le sang sur son visage, mais il ne bouge pas, et une seconde plus tard je vois pourquoi. Le médecin de peste pénètre dans la clairière. Ce doit être l'*ami* que Daniel a mentionné.

C'est bien ce que je craignais. Ils sont de mèche. Daniel s'est associé au valet de pied, et ils traquent Anna au nom du médecin de peste. Je n'ai aucune idée des raisons de cette hostilité, mais ça explique pourquoi le médecin de peste a passé la journée à essayer de la retourner contre moi.

Il place une main sur l'épaule de Daniel et l'entraîne parmi les arbres, hors de mon champ de vision. L'intimité de ce geste me déconcerte. Je ne me souviens pas que le médecin de peste m'ait touché, ni qu'il se soit suffisamment approché pour pouvoir le faire.

Continuant de me cacher, je m'élance après eux et m'arrête à la limite des arbres pour les écouter, mais je n'entends rien. Jurant, je m'enfonce plus profondément dans la forêt, m'arrêtant périodiquement dans l'espoir de percevoir un signe d'eux. Mais en vain. Ils ont disparu.

Je repars par où je suis arrivé avec l'impression de flotter dans un rêve.

De tout ce que j'ai vu le premier jour, qu'est-ce qui était réel ? Quelqu'un était-il vraiment ce qu'il prétendait être ? Je croyais que Daniel et Evelyn étaient amis, et que le médecin de peste était fou, et que j'étais un médecin nommé Sebastian Bell, dont le principal problème était d'avoir perdu la mémoire. Comment aurais-je pu savoir que tout cela n'était que les positions de départ d'une course dont personne ne m'avait dit que je la courais ?

C'est de la ligne d'arrivée que tu devrais te soucier.

« Le cimetière », dis-je à haute voix.

Daniel croit qu'il y capturera Anna, et je n'ai aucun doute qu'il sera accompagné du valet de pied quand il essaiera. C'est là que ça se terminera, et je dois être prêt.

J'ai atteint le puits où Evelyn a reçu le mot de Felicity ce premier matin. J'ai hâte de mettre mon plan à l'œuvre, mais au lieu de me diriger vers la maison, je tourne à gauche vers le lac. C'est le choix de Rashton.

Un instinct. Un instinct de flic. Il veut voir la scène de crime tant que le témoignage de Stanwin est encore frais dans mon esprit.

Le sentier est envahi par les mauvaises herbes, les arbres se penchant au-dessus de chaque côté, leurs racines se tortillant sur le sol. Les ronces accrochent mon trench-coat et des gouttes d'eau de pluie tombent des feuilles jusqu'à ce que j'émerge finalement sur la berge boueuse du lac.

Je ne l'ai vu que de loin, mais il est beaucoup plus grand de près. L'eau a la couleur de la pierre moussue, et deux barques squelettiques sont arrimées à un hangar à bateaux en ruine sur la rive du côté droit. Un kiosque à musique se dresse sur une île au centre, son toit turquoise écaillé et sa structure en bois battus par le vent et la pluie.

Pas étonnant que les Hardcastle aient choisi de quitter Blackheath. Quelque chose de terrible s'est produit ici et continue de hanter ce lieu. Mon malaise est tel que je tourne presque les talons, mais une partie plus forte de moi a besoin de comprendre ce qui s'est passé ici il y a dix-neuf ans, alors je longe le lac, en faisant deux fois le tour, comme un médecin légiste pourrait tourner autour d'un cadavre sur sa table d'autopsie.

Une heure passe. Mes yeux sont occupés, mais ils ne s'attachent à rien.

L'histoire de Stanwin semble claire, mais elle n'explique pas pourquoi le passé se réveille et cherche à s'emparer d'un autre enfant Hardcastle. Elle n'explique pas qui est derrière tout ça, ni ce que le responsable espère y gagner. Je pensais que venir ici apporterait quelques éclaircissements, mais quels que soient les souvenirs du lac, les partager ne l'intéresse guère. Contrairement à Stanwin, on ne peut pas négocier avec lui, et contrairement au maître des écuries, on ne peut pas l'intimider.

Comme je suis transi et trempé, je pourrais être tenté d'abandonner, mais Rashton m'entraîne déjà en direction du miroir d'eau. Les yeux du policier ne sont pas doux comme ceux de mes autres hôtes. Ils cherchent les bords, les absences. Mes souvenirs de cet endroit ne lui suffisent pas, il a besoin de tout revoir. Aussi, les mains profondément enfoncées dans mes poches, je me poste au bord de l'eau, qui est suffisamment haute pour lécher la semelle de mes chaussures. Une pluie légère fait onduler la surface, arrosant les épais morceaux de mousse qui flottent.

Au moins, la pluie est constante. Elle frappe le visage de Bell tandis qu'il marche avec Evelyn, et les fenêtres de la loge du gardien où le majordome est endormi et où Gold est attaché. Ravencourt l'écoute dans son salon, se demandant où est passé Cunningham, et Derby… eh bien, Derby est toujours inconscient, ce qui est le mieux pour lui. Davies est affalé sur la route, ou peut-être sur le chemin du retour. Dans un cas comme dans l'autre, il est trempé. De même que Dance, qui erre dans la forêt, un fusil de chasse calé sur le bras, songeant qu'il préférerait être n'importe où sauf ici.

Quant à moi, je me tiens exactement à l'endroit où se tiendra Evelyn ce soir, l'endroit où elle collera un pistolet argenté contre son ventre et appuiera sur la détente.

Je vois ce qu'elle verra.

Tentant de comprendre.

L'assassin a trouvé le moyen de forcer Evelyn à se suicider, mais pourquoi ne pas s'être arrangé pour qu'elle le fasse dans sa chambre, hors de vue ? Pourquoi la faire venir ici au beau milieu de la fête ?

Pour que tout le monde la voie.

« Alors pourquoi pas au milieu de la piste de danse, ou sur la scène ? » dis-je à voix basse.

Tout cela est trop théâtral.

Rashton a travaillé sur des dizaines de meurtres. Ils ne sont pas mis en scène, ce sont des actes immédiats, impulsifs. Des hommes s'enivrent après une dure journée de travail, agitant l'amertume qui repose au fond d'eux. Des disputes éclatent, des épouses se lassent de leurs yeux au beurre noir et attrapent le couteau de cuisine le plus proche. La mort survient dans des allées et des pièces tranquilles avec des napperons sur les tables. Des arbres tombent, des gens sont écrasés, des outils glissent. Les gens meurent comme ils l'ont toujours fait, rapidement, avec impatience ou par manque de chance ; mais pas ici, pas devant cent personnes en tenue de bal et en smoking.

Quel genre d'esprit fait d'un meurtre un théâtre ?

Me retournant vers la maison, je tente de me rappeler le chemin qu'a emprunté Evelyn pour atteindre le miroir d'eau, la revoyant passer des flammes à l'obscurité, chancelant comme si elle était ivre. Je me souviens du pistolet argenté qui étincelait dans sa main, de la détonation, du silence puis du feu d'artifice tandis qu'elle basculait dans l'eau.

Pourquoi prendre deux armes quand une seule fera l'affaire ?

Un meurtre qui ne ressemble pas à un meurtre.

C'est ainsi que le médecin de peste l'a décrit… mais si… Mon esprit tâtonne au bord d'une pensée, cherchant à la tirer de la pénombre. Une idée émerge, la plus étrange de toutes.

La seule qui ait un sens.

Je suis surpris par une tape sur mon épaule qui me fait presque basculer dans le miroir d'eau. Par chance, Grace me rattrape et m'attire dans ses bras. Ce n'est pas, je dois l'avouer, une situation déplaisante, surtout lorsque je me retourne et vois ces yeux bleus levés vers moi avec un mélange d'amour et de perplexité.

« Qu'est-ce que tu fabriques ici ? demande-t-elle. Je t'ai cherché partout. Tu as raté le déjeuner. »

Il y a de l'inquiétude dans sa voix. Elle soutient mon regard, fouillant mes yeux, même si je n'ai aucune idée de ce qu'elle cherche.

« Je me promenais, dis-je, tentant de la rassurer. Et j'ai commencé à m'imaginer à quoi ressemblait cet endroit à ses heures fastes. »

Le doute traverse son visage mais disparaît en un clignement de ses magnifiques yeux lorsqu'elle glisse un bras sous le mien, la chaleur de son corps me réchauffant.

« C'est difficile de se rappeler, dit-elle. Tous les souvenirs que j'ai de cet endroit, même les plus heureux, sont ternis par ce qui est arrivé à Thomas.

— Tu étais ici quand ça s'est produit ?

— Je ne te l'ai jamais dit ? demande-t-elle en posant la tête sur mon épaule. Je suppose que non, j'étais jeune. Oui, j'étais ici, presque toutes les personnes présentes aujourd'hui l'étaient.

— Tu y as assisté ?

— Dieu merci, non ! répond-elle, horrifiée. Evelyn avait organisé une chasse au trésor pour les enfants. Je ne devais pas avoir plus de sept ans, Thomas non plus. Evelyn en avait dix. Elle était grande, donc elle était responsable de nous pour la journée. »

Elle devient distante, distraite par un souvenir qui prend son essor.

« Bien sûr, maintenant je sais qu'elle voulait juste aller faire du poney et ne pas avoir à nous surveiller, mais sur le coup nous l'avons trouvée terriblement gentille. Nous nous amusions comme des fous à nous courir après dans la forêt tout en cherchant des indices, quand tout à coup Thomas a déguerpi. Nous ne l'avons jamais revu.

— Déguerpi ? Est-ce qu'il a dit pourquoi il partait, et où il allait ?

— Tu parles comme le policier qui m'a interrogée, dit-elle en me serrant plus fort. Non, il n'a pas attendu qu'on le questionne. Il a demandé l'heure et il est parti.

— Il a demandé l'heure ?

— Oui, c'était comme s'il avait un rendez-vous.

— Et il ne vous a pas dit où il allait ?

— Non.

— Se comportait-il étrangement, a-t-il dit quelque chose de bizarre ?

— À vrai dire, nous arrivions à peine à lui arracher un mot, répond-elle. Quand j'y repense, il avait été d'humeur étrange toute la semaine, retiré, boudeur, pas du tout lui.

— Comment était-il normalement ? »

Elle hausse les épaules.

« Une peste la plupart du temps. C'était l'âge qui voulait ça. Il aimait tirer sur nos queues-de-cheval et nous faire peur. Il nous suivait dans les bois, puis il bondissait quand nous nous y attendions le moins.

— Mais il se comportait étrangement depuis une semaine ? Es-tu sûre que ça a duré tout ce temps ?

— Eh bien, c'est le temps que nous avons passé à Blackheath avant la fête, donc oui. » Elle frissonne désormais, levant les yeux vers moi. « Qu'est-ce que vous avez en tête, monsieur Rashton ? demande-t-elle.

— En tête ?

— Je vois le petit pli (elle tapote la zone entre mes sourcils) que tu as quand quelque chose te tracasse.

— Je ne sais pas encore avec certitude.

— Eh bien, essaie de ne pas faire ça quand tu rencontreras ma grand-mère.

— Plisser le front ?

— Réfléchir, idiot.

— Pourquoi ?

— Elle n'apprécie pas les jeunes hommes qui réfléchissent trop. Elle pense que c'est un signe d'oisiveté. »

La température chute vite. Le peu de couleur qui restait s'enfuit face aux sombres nuages d'orage qui harcèlent le ciel.

« Si on rentrait à la maison, suggère Grace, tapant des pieds pour se réchauffer. Je déteste Blackheath autant qu'une autre, mais pas au point d'être disposée à mourir de froid pour éviter de retourner à l'intérieur. »

Je regarde le miroir d'eau avec un peu de tristesse, mais je ne peux pas poursuivre mon idée sans d'abord parler à Evelyn, et elle est en train de marcher avec Bell. Quoi que j'aie en tête – pour reprendre l'expression de Grace –, ça devra attendre qu'elle revienne dans deux heures. De plus, l'idée de passer du temps avec quelqu'un qui n'est pas embourbé dans les nombreuses tragédies d'aujourd'hui est tentante.

Épaule contre épaule, nous regagnons la maison, pénétrant dans le vestibule juste à temps pour voir Charles Cunningham descendre les marches au petit trot. Il fronce les sourcils, perdu dans ses pensées.

« Allez-vous bien, Charles ? demande Grace, attirant son attention. Honnêtement, qu'ont les hommes dans cette maison aujourd'hui ? Vous êtes tous dans les nuages. »

Un sourire fend son visage et la joie qu'il éprouve en nous voyant ne colle pas avec le sérieux avec lequel il me salue d'ordinaire.

« Ah, mes deux personnes préférées, dit-il pompeusement, sautant de la troisième marche pour nous taper sur l'épaule. Désolé, j'étais à des kilomètres. »

L'affection fait naître un grand sourire sur mon visage.

Jusqu'à présent, le valet était simplement une personne qui allait et venait dans ma journée, occasionnellement utile, mais poursuivant toujours ses propres objectifs, ce qui faisait qu'il était impossible de lui faire confiance. Le voir avec les yeux de Rashton est comme voir un contour au fusain se remplir de couleur.

Grace et Donald Davies passaient leurs étés à Blackheath, grandissant aux côtés de Michael, Evelyn, Thomas et Cunningham. Bien qu'il ait été élevé par la cuisinière, Mme Drudge, tout le monde croyait qu'il était le fils de Peter Hardcastle, ce qui lui donnait un statut particulier. Pour encourager cette perception, Helena avait ordonné à la gouvernante de l'éduquer avec les enfants Hardcastle. Il est peut-être devenu domestique, mais ni Grace ni Donald ne l'ont jamais considéré comme tel, quoi qu'aient pu dire leurs parents. À eux trois, ils formaient presque une fratrie, et c'est pourquoi Cunningham a été l'une des premières personnes que Donald Davies a présentées à Rashton quand ils sont revenus de la guerre. Ils sont tous trois aussi proches que des frères.

« Ravencourt se montre-t-il pénible ? demande Grace. Vous n'avez pas oublié une fois de plus sa deuxième portion d'œufs, n'est-ce pas ? Vous savez combien ça le rend désagréable.

— Non, non, ce n'est pas ça. » Cunningham secoue la tête d'un air pensif. « Vous savez comment parfois votre journée commence d'une manière puis, comme ça, change du tout au tout ? Ravencourt m'a raconté quelque chose de plutôt surprenant et, pour être honnête, je ne sais toujours pas quoi en faire.

— Qu'a-t-il dit ? demande Grace en inclinant la tête.

— Qu'il n'est pas… » Il n'achève pas sa phrase, se pince le nez. Se ravisant, il soupire et met un terme à la conversation. « Mieux vaut que je vous le dise ce soir autour d'un brandy, quand tout sera plus clair. Je ne suis pas encore sûr d'avoir les mots.

— C'est toujours pareil avec vous, Charles, observe-t-elle en tapant du pied. Vous aimez commencer les histoires croustillantes, mais vous ne les finissez jamais.

— Eh bien, peut-être ceci vous mettra-t-il de meilleure humeur. »

De sa poche il sort une clé argentée qu'une étiquette en carton identifie comme étant celle de Sebastian Bell. La dernière fois que je l'ai vue, elle était dans la poche de l'odieux Derby, peu avant que quelqu'un l'assomme devant la chambre de Stanwin et la lui vole.

Je sens que je commence à trouver ma place, un rouage dans une énorme horloge, actionnant un mécanisme que je suis trop petit pour comprendre.

« Vous me l'avez dénichée ? » dit Grace en tapant dans ses mains.

Il m'adresse un grand sourire.

« Grace m'a demandé de récupérer un double de la clé de la chambre de Bell dans les cuisines pour que nous puissions lui voler ses drogues, explique-t-il en agitant la clé au bout de son doigt. Et j'ai fait encore mieux, j'ai trouvé la clé de sa malle.

— C'est puéril, mais je veux que Bell souffre autant que Donald, déclare-t-elle avec une lueur mauvaise dans les yeux.

— Et comment avez-vous trouvé la clé ? dis-je à Cunningham.

— Dans le cadre de mes fonctions, répond-il, un peu gêné. J'ai la clé de sa chambre dans ma poche. Toutes ces petites fioles balancées dans le lac, vous imaginez ?

— Pas le lac, objecte Grace avec une grimace. C'est déjà assez dur de revenir à Blackheath, je ne veux pas m'approcher de cet horrible endroit.

— Il y a le puits, dis-je, près de la loge du gardien. Il est vieux et profond. Si nous y jetons les drogues, personne ne les retrouvera jamais.

— Parfait, dit Cunningham en se frottant les mains de joie. Eh bien, le bon docteur est parti se promener avec Mlle Hardcastle, je dirais donc que le moment est propice. Qui est partant pour un petit larcin en plein jour ? »

48

Grace monte la garde près de la porte tandis que Cunningham et moi nous glissons dans la chambre de Bell. Ma nostalgie peint tout en couleurs gaies. Après avoir lutté contre les natures dominatrices de mes autres hôtes, mon attitude envers Bell s'est considérablement adoucie. Contrairement à Derby, Ravencourt ou Rashton, Sebastian Bell était une toile vierge, un homme en retrait, même vis-à-vis de lui-même. Je me suis insinué en lui, emplissant si complètement les espaces vides que je ne me suis même pas rendu compte qu'il avait la mauvaise forme.

Bizarrement, j'ai l'impression que c'est un vieil ami.

« Où pensez-vous qu'il garde la drogue ? » demande Cunningham en refermant la porte derrière lui.

Même si je le sais pertinemment, je feins l'ignorance et en profite pour musarder pendant un petit moment, savourant la sensation de retrouver une vie que j'ai autrefois habitée.

Cunningham ne tarde cependant pas à découvrir la malle. Il me demande de l'aider à la sortir de la penderie et nous faisons un raffut terrible en la traînant sur le plancher. C'est une bonne chose que tout le monde soit à la chasse car le bruit pourrait réveiller les morts.

La clé s'insère parfaitement, le fermoir s'ouvrant sur ses gonds bien huilés pour révéler un intérieur rempli à ras bord de fioles et de bouteilles brunes soigneusement alignées.

Cunningham a apporté un sac en coton et, agenouillés de chaque côté de la malle, nous commençons à y placer la réserve de Bell. Il y a des solutions et des concoctions de toutes sortes, pas uniquement destinées à peindre des sourires idiots sur les visages. Parmi les trésors douteux se trouve une flasque à moitié pleine de strychnine, les granules blancs ressemblant exactement à de gros morceaux de sel.

Que fabrique-t-il avec ça ?

« Bell vend de tout à n'importe qui, n'est-ce pas ? déclare Cunningham d'un air désapprobateur, me prenant la flasque de la main et la laissant tomber dans le sac. Mais plus pour longtemps. »

Tout en attrapant les bouteilles dans la malle, je me souviens du mot que Gold a glissé sous ma porte et des trois choses qu'il a demandé que je vole.

Par chance, Cunningham est tellement absorbé par sa tâche qu'il ne me voit pas glisser les fioles dans ma poche et ne remarque pas la pièce de jeu d'échecs que je laisse tomber dans la malle. Ça peut sembler un geste sans conséquence, mais je me rappelle encore le réconfort que cette pièce m'a apporté, la force qu'elle m'a donnée. C'était un acte de bonté quand j'en avais le plus besoin, et ça me réjouit d'être celui qui l'effectue.

« Charles, je voudrais que vous me disiez la vérité à propos de quelque chose, commencé-je.

— Je vous l'ai dit, je ne me place pas entre vous et Grace, répond-il d'un air distant, remplissant méticuleusement son sac. Quel que soit le motif de votre dispute cette semaine, admettez que vous avez tort et soyez reconnaissant quand elle acceptera vos excuses. »

Il m'adresse un large sourire, mais celui-ci s'évapore quand il voit ma mine sombre.

« Qu'est-ce qui ne va pas ? demande-t-il.

— Où avez-vous trouvé la clé de la malle ?

— Si vous voulez vraiment le savoir, un domestique me l'a donnée, répond-il en évitant de croiser mon regard et en continuant de remplir le sac.

— Non, c'est faux, dis-je en me grattant le cou. Vous l'avez prise à Jonathan Derby après l'avoir assommé. Daniel Coleridge vous a engagé pour voler le carnet qui sert au chantage de Stanwin, n'est-ce pas ?

— C'est… c'est absurde, réplique-t-il.

— Je vous en prie, Charles, dis-je d'une voix rendue rauque par l'émotion. J'ai déjà parlé à Stanwin. »

Rashton a compté sur l'amitié et les conseils de Cunningham à de nombreuses reprises au fil des ans, et le voir se tortiller sous les projecteurs de mon questionnement lui est insupportable.

« Je… je ne voulais pas le frapper, confesse-t-il, penaud. Je venais de mettre Ravencourt dans son bain et allais prendre mon petit déjeuner quand j'ai entendu de l'agitation dans l'escalier. J'ai vu Derby filer dans le bureau avec Stanwin à ses trousses. J'ai pensé que je pouvais me glisser dans la chambre de ce dernier pendant que tout le monde était distrait et m'emparer du livre de comptes, mais le garde du corps était là, alors je me suis caché dans une des pièces d'en face et j'ai attendu de voir ce qui se passerait.

— Et vous avez vu Dickie administrer un sédatif au garde du corps, puis Derby trouver le carnet, dis-je. Mais vous ne pouviez pas le laisser repartir avec. Il avait trop de valeur. »

Cunningham acquiesce avec empressement.

« Stanwin sait ce qui s'est passé ce matin-là, il sait qui a vraiment tué Thomas, reprend-il. Il a menti pendant tout ce temps. Tout figure dans son carnet. Coleridge va le déchiffrer pour moi, et alors tout le monde saura que mon père, mon vrai père, est innocent. »

La peur apparaît dans ses yeux.

« Stanwin est-il au courant du marché que j'ai conclu avec Coleridge ? demande-t-il soudain. Est-ce pour ça que vous l'avez rencontré ?

— Il ne sait rien, dis-je doucement. Je suis allé le questionner sur le meurtre de Thomas Hardcastle.

— Et il vous a dit ?

— Il m'était redevable car je lui ai sauvé la vie. »

Cunningham est toujours à genoux, ses mains agrippent mes épaules.

« Vous êtes un faiseur de miracles, Rasher, dit-il. Ne me laissez pas dans l'incertitude.

— Il a vu Lady Hardcastle couverte de sang et étreignant le corps de Thomas, dis-je en l'observant attentivement. Stanwin en a tiré la conclusion évidente, mais Carver est arrivé quelques minutes plus tard et a insisté pour que Stanwin l'accuse. »

Cunningham me fixe tout en tentant de mettre à mal une réponse si longtemps attendue. Quand il parle de nouveau, il y a de l'amertume dans sa voix.

« Bien sûr, dit-il, s'affaissant. J'ai passé des années à tenter de prouver l'innocence de mon père, alors naturellement je découvre à la place que ma mère est la meurtrière.

— Depuis combien de temps savez-vous qui sont vos vrais parents ? dis-je d'une voix aussi réconfortante que possible.

— Ma mère me l'a révélé quand j'ai eu vingt et

un ans, répond-il. Elle a dit que mon père n'était pas le monstre qu'on l'accusait d'être, mais n'a jamais expliqué pourquoi. Depuis, j'ai passé chaque journée à essayer de comprendre ce qu'elle voulait dire.

— Vous l'avez vue ce matin, n'est-ce pas ?

— Je lui ai porté son thé, répond-il doucement. Nous avons discuté pendant qu'elle le buvait dans son lit. Je faisais la même chose quand j'étais enfant. Elle me demandait si j'étais heureux, m'interrogeait sur mon éducation. Elle était gentille avec moi. C'était mon moment préféré de la journée.

— Et ce matin ? Je suppose qu'elle n'a rien mentionné de suspect ?

— À propos du meurtre de Thomas ? Non, le sujet n'a pas été abordé, déclare-t-il d'un air sarcastique.

— Je veux dire quoi que ce soit qui ne lui ressemble pas, d'inhabituel.

— Qui ne lui ressemble pas, raille-t-il. Ça fait un an, voire plus, qu'elle se ressemble à peine. Je n'arrive pas à la suivre. À un moment elle est frivole, et l'instant d'après elle est en larmes.

— Un an, dis-je d'un air pensif. Depuis qu'elle est venue à Blackheath le jour de l'anniversaire de la mort de Thomas ? »

C'est après cette visite qu'elle a débarqué à la porte de Michael, divaguant à propos de vêtements.

« Oui, peut-être, répond-il en tirant sur le lobe de son oreille. Vous ne pensez pas qu'elle a été submergée, si ? Par la culpabilité, j'entends. Ça expliquerait pourquoi elle s'est comportée si étrangement. Peut-être qu'elle essaie d'avoir le courage de finalement avouer. Ça rendrait son humeur de ce matin compréhensible.

— Pourquoi, de quoi avez-vous parlé ?

— Elle était calme, à vrai dire. Un poil distante.

Elle parlait de réparer les choses, et disait qu'elle était inquiète que j'en sois venu à avoir honte du nom de mon père. » Son visage s'affaisse. « C'est ça, n'est-ce pas ? Elle compte se confesser pendant la fête ce soir. C'est pour ça qu'elle s'est donné tant de mal pour rouvrir Blackheath et inviter les mêmes convives.

— Peut-être, dis-je, dubitatif. Pourquoi vos empreintes étaient-elles sur son agenda ? Que cherchiez-vous ?

— Quand je lui ai demandé plus d'informations, elle m'a demandé de regarder à quelle heure elle rencontrait le maître des écuries. Elle a dit qu'elle pourrait m'en dire plus après, et que je ferais bien de passer aux écuries. Alors j'ai attendu, mais elle n'est jamais arrivée. Je l'ai cherchée toute la journée, mais personne ne l'a vue. Peut-être est-elle allée au village. »

J'ignore sa suggestion.

« Parlez-moi du garçon qui a disparu. Vous avez interrogé le maître des écuries à son sujet.

— Rien à dire, vraiment. Il y a quelques années, je me suis saoulé avec l'inspecteur qui avait enquêté sur le meurtre de Thomas. Il n'a jamais cru que mon père – Carver, s'entend – ait été coupable, principalement parce que cet autre garçon, Keith Parker, avait disparu une semaine plus tôt pendant que mon père était à Londres avec Lord Hardcastle, et la coïncidence ne lui plaisait pas. L'inspecteur s'était renseigné sur le garçon, mais ça n'avait rien donné. Au dire de tous, Parker est parti soudainement sans rien dire à personne, et il n'est jamais revenu. On n'a jamais retrouvé de corps, il a donc été impossible de prouver que la rumeur qui affirmait qu'il s'était enfui était fausse.

— Vous le connaissiez ?

— Vaguement. Il jouait parfois avec nous, mais

même les enfants de domestiques avaient des tâches à accomplir dans la maison. Il travaillait la plupart du temps aux écuries. Nous le voyions rarement. »

Percevant mon expression, il me regarde d'un air inquisiteur.

« Vous croyez vraiment que ma mère est une meurtrière ? demande-t-il.

— C'est ce que j'ai besoin que vous m'aidiez à découvrir. Votre mère a confié votre éducation à Mme Drudge, n'est-ce pas ? Est-ce que ça signifie qu'elles étaient proches ?

— Très proches. Mme Drudge était la seule autre personne à être au courant pour mon vrai père avant que Stanwin le découvre.

— Bien, je vais avoir besoin d'un service.

— Quel genre de service ?

— Deux, à vrai dire. J'ai besoin que Mme Drudge… Oh ! »

Le passé vient de me rattraper. La réponse à la question que j'étais sur le point de poser m'a été apportée. Maintenant je dois m'assurer que ça va se reproduire.

Cunningham agite une main devant mon visage.

« Vous allez bien, Rasher ? Vous avez l'air un peu bizarre.

— Désolé, mon vieux, j'ai été distrait, dis-je, apaisant sa confusion. Comme je disais, j'ai besoin que Mme Drudge éclaircisse un point pour moi, et ensuite j'aurai besoin que vous rassembliez quelques personnes. Quand vous aurez fini, trouvez Jonathan Derby et dites-lui tout ce que vous avez découvert.

— Derby ? Qu'est-ce que ce vaurien a à voir avec ça ? »

La porte s'ouvre, Grace passe la tête à l'intérieur de la pièce.

« Pour l’amour de Dieu, qu’est-ce qui vous prend si longtemps ? demande-t-elle. À ce rythme-là, nous allons devoir faire couler un bain à Bell et prétendre que nous sommes des domestiques.

— Encore une minute, dis-je, posant la main sur le bras de Cunningham. Nous allons rectifier tout ça, je vous le promets. Maintenant, écoutez attentivement, c’est important. »

49

Le sac en coton tinte tandis que nous marchons, son poids combiné au sol inégal me faisant continuellement trébucher. Grace esquisse une moue de compassion à chaque faux pas.

Cunningham est parti me rendre le service que je lui ai demandé, Grace accueillant son départ soudain avec un silence perplexe. J'ai envie de lui expliquer, mais Rashton connaît suffisamment bien cette femme pour savoir que ce n'est pas ce qu'elle attend. Dix minutes après que Donald Davies a présenté sa famille reconnaissante à l'homme qui lui avait sauvé la vie pendant la guerre, il a été clair pour toutes les personnes dotées d'yeux que Jim Rashton et Grace Davies se marieraient un jour. Ignorant leurs milieux sociaux différents, ils ont passé ce premier dîner à construire un pont à coups de piques affectueuses et de questions inquisitrices, l'amour s'épanouissant autour d'une table jonchée de couverts que Rashton était incapable d'identifier. Ce qui est né ce jour-là n'a fait que croître depuis, les deux en venant à vivre dans leur propre monde. Grace sait que je lui raconterai l'histoire quand tout sera fini, quand elle sera étayée par des faits suffisamment solides pour pouvoir être relatée. En attendant, nous marchons ensemble dans un silence agréable, heureux d'être en compagnie l'un de l'autre.

Je porte mon coup-de-poing, ayant vaguement évoqué une menace des complices de Bell et du docteur Dickie. C'est un piètre mensonge, mais il suffit à maintenir Grace sur le qui-vive, la jeune femme regardant d'un air soupçonneux chaque feuille dont goutte de l'eau de pluie. C'est ainsi que nous atteignons le puits, Grace écartant une branche d'arbre pour que je puisse émerger dans la clairière sans m'accrocher. Je jette immédiatement le sac dans le puits, et il heurte le fond dans un fracas phénoménal.

Je remue les bras pour tenter de me débarrasser de la douleur dans mes muscles, tandis que Grace scrute l'obscurité du puits.

« Tu as un vœu ? demande-t-elle.

— De ne pas avoir à rapporter le sac, dis-je.

— Oh, doux Jésus, ça fonctionne vraiment. Tu crois que je peux en faire d'autres ?

— Je pense que ce serait de la triche.

— Personne ne s'est servi de ce puits depuis des années, il doit en avoir en réserve.

— Je peux te poser une question ?

— Je n'ai jamais été connue pour les craindre, répond-elle en se penchant tellement dans le puits qu'elle a les pieds en l'air.

— Le matin de l'assassinat de Thomas, quand tu as participé à la chasse au trésor, qui était avec toi ?

— Allons, Jim, c'était il y a dix-neuf ans, dit-elle, sa voix étouffée par la pierre.

— Charles était-il là ?

— Charles ? » Elle sort la tête du puits. « Oui, probablement.

— Probablement ou tu en es sûre ? C'est important, Grace.

— Je le vois bien, répond-elle en redescendant et en s'essuyant les mains. Il a fait quelque chose de mal ?

— J'espère sincèrement que non.

— Moi aussi, dit-elle, son inquiétude reflétant la mienne. Laisse-moi réfléchir. Attends un instant, oui, il était là ! Il avait volé un cake aux fruits dans les cuisines. Je me rappelle qu'il nous en a donné, à moi et à Donald. Ça a dû rendre Mme Drudge folle.

— Et Michael Hardcastle, était-il là ?

— Michael ? Oh, je ne sais pas… »

Elle porte une main à ses cheveux, entortille une boucle autour de son doigt tout en réfléchissant. C'est un geste familier qui emplit Rashton d'un amour tellement puissant qu'il suffit presque à me repousser complètement au second plan.

« Il était au lit, je crois, finit-elle par dire. Il avait je ne sais quoi, une de ces maladies infantiles. »

Elle saisit ma main entre les siennes, me capturant dans ses beaux yeux bleus.

« Est-ce que tu fais quelque chose de dangereux, Jim ? demande-t-elle.

— Oui.

— Tu le fais pour Charles ?

— En partie.

— Tu m'en parleras un jour ?

— Oui, quand je saurai quoi dire. »

Elle se hisse sur la pointe des pieds et m'embrasse sur le nez.

« Alors tu ferais mieux d'y aller, dit-elle en essuyant le rouge à lèvres sur ma peau. Je sais comment tu es quand tu as un os à déterrer, et tu ne seras pas heureux tant que tu ne l'auras pas.

— Merci.

— Tu me remercieras en même temps que tu me raconteras ton histoire, et arrange-toi pour le faire bientôt.

— Promis », dis-je.

C'est Rashton qui l'embrasse maintenant. Quand je reprends difficilement possession de son corps, je suis rouge et embarrassé. Grace me sourit avec dans les yeux une lueur à se damner. La laisser là est terrible, mais pour la première fois depuis que tout a commencé, j'ai la vérité à portée de main, et à moins que j'y enfonce les doigts, j'ai peur qu'elle m'échappe. Il faut que je parle à Anna.

Je longe le sentier pavé qui mène à l'arrière de la loge du gardien et secoue mon trench-coat avant de l'accrocher au portemanteau dans la cuisine. Des pas résonnent à travers le plancher, des battements de cœur dans le bois. Il y a de l'agitation dans le salon sur ma droite, la pièce où Dance et ses acolytes ont rencontré Peter Hardcastle ce matin. Ma première hypothèse est que l'un d'eux est revenu, mais en ouvrant la porte, je trouve Anna debout au-dessus de Peter Hardcastle, qui est affalé dans le même fauteuil que celui où il était assis plus tôt.

Il est mort.

« Anna », dis-je doucement.

Elle se tourne vers moi, une expression stupéfaite sur le visage.

« J'ai entendu du bruit et suis descendue… » explique-t-elle en désignant le corps.

Contrairement à moi, elle n'a pas passé sa journée à patauger dans le sang, et découvrir un cadavre l'a sévèrement ébranlée.

« Pourquoi n'allez-vous pas vous asperger un peu

d'eau sur le visage, dis-je en lui touchant légèrement le bras. Je vais jeter un coup d'œil. »

Elle acquiesce d'un air reconnaissant, lançant au corps un ultime long regard avant de quitter la pièce à la hâte. Je ne peux pas dire que je lui en veuille. Les traits autrefois beaux de Peter Hardcastle sont effroyablement déformés, son œil droit à moitié clos, le gauche grand ouvert. Ses mains agrippent les accoudoirs du fauteuil, son dos s'est arqué sous l'effet de la douleur. Quoi qu'il se soit passé ici, il y aura perdu sa dignité en même temps que sa vie.

Ma première pensée est qu'il s'agit d'une crise cardiaque, mais l'instinct de Rashton m'incite à la prudence.

Je tends la main pour lui fermer les yeux, mais n'arrive pas à me résoudre à le toucher. Il me reste tellement peu d'hôtes que je préfère ne pas retourner le regard de la mort vers moi.

Une lettre pliée dépasse de sa poche supérieure, je l'extrais et lis le message qu'elle contient.

> Je ne pourrai pas épouser Ravencourt et je ne pourrai pas pardonner à ma famille de me forcer à le faire. C'est elle qui est la cause de tout ça.
>
> Evelyn Hardcastle

Un courant d'air s'engouffre par une fenêtre ouverte. Son montant est taché de boue, suggérant que quelqu'un s'est échappé par là. Le seul signe de désordre que j'observe est un tiroir qui a été laissé ouvert. C'est celui dans lequel j'ai regardé en tant que Dance, et je remarque que l'agenda de Peter a disparu. D'abord quelqu'un arrache une page à celui d'Helena, et maintenant celui de Peter est volé. Une chose qu'Helena a faite aujourd'hui vaut qu'on tue pour la cacher. C'est une information utile. Terrifiante, mais utile.

J'empoche la lettre et passe la tête par la fenêtre, cherchant quelque chose qui m'indiquerait l'identité de l'assassin. Mais il n'y a pas grand-chose à voir hormis quelques traces de pas dans la terre, qui s'estompent déjà sous la pluie. Vu leur taille et leur forme, la personne qui s'est enfuie de la loge était une femme qui portait des chaussures pointues, ce qui pourrait rendre le message crédible, sauf que je sais qu'Evelyn est avec Bell.

Elle n'a pas pu faire ça.

Je m'assieds face à Peter Hardcastle, comme l'a fait Dance ce matin. Malgré l'heure tardive, le souvenir de cette réunion hante toujours la pièce. Les verres dans lesquels nous avons bu n'ont pas été débarrassés de la table et la fumée des cigares flotte toujours dans l'air. Hardcastle porte les mêmes vêtements que quand je l'ai vu pour la dernière fois, ce qui signifie qu'il ne s'est pas changé pour la partie de chasse. Il est donc probable qu'il soit mort depuis deux ou trois heures. L'un après l'autre, j'enfonce mon doigt dans les verres, goûtant chaque boisson du bout de la langue. Toutes sont normales, sauf celle de Lord Hardcastle. Derrière le whisky brûlé je perçois un subtil goût amer.

Rashton le reconnaît immédiatement.

« Strychnine », dis-je, fixant le visage tordu et souriant de la victime. Il semble ravi de cette nouvelle, comme s'il était resté assis là pendant tout ce temps à attendre que quelqu'un lui dise comment il est mort. Il voudrait probablement aussi savoir qui l'a tué. J'ai ma petite idée à ce sujet, mais pour le moment ce n'est qu'une idée.

« Est-ce qu'il vous dit quelque chose ? » demande Anna en me tendant une serviette.

Elle est toujours un peu pâle, mais sa voix est plus forte, ce qui laisse penser qu'elle s'est remise de son choc initial. Elle reste néanmoins à bonne distance du corps et a les bras fermement enroulés autour de son torse.

« Quelqu'un l'a empoisonné à la strychnine, dis-je. Bell en fournissait.

— Bell ? Votre premier hôte ? Vous croyez qu'il est lié à tout ça ?

— Pas intentionnellement, dis-je en me séchant les cheveux. Il est trop lâche pour être mêlé à un meurtre. La strychnine est souvent vendue en petites quantités pour faire office de mort-aux-rats. Si l'assassin fait partie de la maisonnée, il a pu en demander une quantité significative sous prétexte de remettre de l'ordre à Blackheath. Bell n'aurait eu aucune raison de se méfier jusqu'à ce que les cadavres commencent à apparaître. Ça explique probablement pourquoi quelqu'un a tenté de le tuer.

— Comment savez-vous tout ça ? demande Anna, étonnée.

— C'est Rashton qui le sait, dis-je en me tapant sur le front. Il a enquêté sur un meurtre à la strychnine il y a quelques années. Une sale affaire. Une histoire d'héritage.

— Et vous arrivez à… vous en souvenir ? »

J'acquiesce, continuant de réfléchir aux implications de l'empoisonnement.

« Quelqu'un a attiré Bell dans la forêt hier soir avec l'intention de le faire taire, dis-je à part moi. Mais le bon docteur est parvenu à s'échapper avec juste quelques blessures aux bras, semant son poursuivant dans l'obscurité. Il a eu de la chance. »

Anna me regarde étrangement.

« Qu'est-ce qu'il y a ? dis-je, fronçant les sourcils.

— C'est votre façon de parler. » Elle hésite. « Ce n'était pas… Je ne vous ai pas reconnu. Aiden, combien de *vous* reste-t-il dans ce corps ?

— Suffisamment, dis-je avec impatience en lui tendant la lettre que j'ai trouvée dans la poche de Hardcastle. Vous devriez lire ça. Quelqu'un veut nous faire croire qu'Evelyn est coupable. L'assassin essaie d'emballer son crime avec un joli petit ruban. »

Elle détourne les yeux de moi et lit la lettre.

« Et si nous nous trompions ? suggère-t-elle après avoir fini. Si quelqu'un tentait d'éliminer toute la famille Hardcastle, Evelyn étant juste la première ?

— Vous croyez qu'Helena se cache ?

— Si elle a un peu de jugeote, c'est exactement ce qu'elle fait. »

Je retourne un moment cette idée dans ma tête, tentant de la voir sous tous les angles. Ou du moins, j'essaie. Car elle est trop lourde. Trop pesante. Je ne vois pas ce qu'il peut y avoir de l'autre côté.

« Qu'est-ce qu'on fait maintenant ? demande-t-elle.

— J'ai besoin que vous disiez à Evelyn que le majordome est réveillé et qu'il doit lui parler, en privé, dis-je en me levant.

— Mais il n'est pas réveillé, et il ne veut pas lui parler.

— Non, mais moi, si, et je préfère rester hors de la ligne de mire du valet de pied si possible.

— D'accord, je vais y aller, mais vous devrez

surveiller le majordome et Gold à ma place, déclare-t-elle.

— Soit.

— Et que direz-vous à Evelyn quand elle sera ici ?

— Je lui révélerai comment elle va mourir. »

50

Il est 17 h 42 et Anna n'est pas revenue.

Ça fait plus de trois heures qu'elle est partie. Trois heures à m'agiter et à m'inquiéter, le fusil de chasse posé en travers de mes cuisses bondissant entre mes mains au moindre bruit. Je ne sais pas comment faisait Anna.

Cet endroit ne connaît jamais de repos. Le vent se faufile dans les fissures des fenêtres, hurlant le long du couloir. Les poutres craquent, le plancher s'étire, ployant sous son propre poids comme si la loge du gardien était un vieil homme qui tenterait de se lever de sa chaise. J'ai entendu à maintes reprises des bruits de pas pour finalement découvrir en ouvrant la porte que j'avais été abusé par le battement d'un volet mal fermé ou par une branche tapant contre une fenêtre.

Mais ces bruits ont cessé de provoquer la moindre réaction de ma part, car je ne crois plus que mon amie va revenir. Après une heure de faction, je me suis rassuré en me disant qu'elle peinait simplement à localiser Evelyn après sa promenade avec Bell. Après deux heures, j'ai songé qu'elle devait avoir des choses à faire – une théorie que j'ai tenté de confirmer en reconstituant sa journée à partir de nos précédentes rencontres. Selon ses propres dires, elle a d'abord rencontré Gold, puis Derby dans la forêt, et ensuite Dance, avant de venir me chercher dans le grenier. Après ça elle a parlé au majordome pour la première fois dans la calèche en venant ici, laissé le mot à l'intention de Bell dans le cottage du maître des écuries, puis cherché Ravencourt dans son salon. Il y a eu une autre conversation avec le majordome après ça, mais ce n'est que quand le valet de pied a attaqué Dance dans la soirée que je l'ai revue.

Pendant six jours elle a disparu chaque après-midi, et je ne m'en étais pas rendu compte.

Désormais, tandis que je passe ma troisième heure dans cette pièce, l'obscurité appuyant contre la fenêtre, je suis certain qu'elle a des ennuis et que le valet de pied y est pour quelque chose. L'ayant vue avec notre ennemi, je sais qu'elle est vivante, mais c'est une piètre consolation. Quoi que le valet de pied ait fait à Gold, ça l'a brisé, et je ne supporte pas l'idée qu'Anna puisse endurer un tourment semblable.

Fusil en main, je tourne en rond dans la pièce, tentant de contrôler mon appréhension suffisamment longtemps pour concevoir un plan. Le plus simple serait d'attendre ici, conscient que le valet de pied viendra au bout du compte attaquer le majordome, mais je perdrais des heures dont j'ai besoin pour élucider le meurtre d'Evelyn. Et à quoi bon sauver Anna si je ne peux pas la libérer de cette maison ? Si désespéré que je sois, je dois d'abord m'occuper d'Evelyn et faire confiance à Anna pour prendre soin d'elle-même.

Le majordome gémit, ses yeux s'ouvrent en clignant.

Pendant un instant, nous nous fixons mutuellement, échangeant culpabilité et confusion.

En laissant Gold et lui sans surveillance, je les

condamne à la folie et à la mort, mais je ne vois pas d'autre solution.

Tandis qu'il se rendort, je pose le fusil sur le lit à côté de lui. Je l'ai vu mourir, mais je ne suis pas forcé de l'accepter. Ma conscience exige au minimum que je lui laisse une chance de se défendre.

J'attrape mon manteau sur la chaise et me mets en route pour Blackheath sans un regard en arrière. La chambre en désordre d'Evelyn est exactement telle que je l'ai laissée, le feu tellement consumé qu'il n'y a presque plus de lumière pour y voir clair. J'ajoute quelques bûches et commence à chercher.

Ma main tremble, même si cette fois ce n'est pas le fruit du désir de Derby, c'est ma propre excitation. Si je trouve ce que je cherche, je saurai qui est responsable de la mort d'Evelyn. La liberté sera à portée de main.

Derby a peut-être fouillé cette chambre plus tôt, mais il n'avait ni la formation ni l'expérience de Rashton. Les mains de l'agent cherchent immédiatement des cachettes derrière les meubles et autour du cadre de lit, mes pieds tapant le plancher dans l'espoir de localiser une latte mal fixée. Néanmoins, après une fouille intensive, je fais chou blanc.

Il n'y a rien.

Je tourne sur place, mes yeux balayant les meubles, cherchant une chose qui m'aurait échappé. Je ne peux pas me tromper à propos du suicide, aucune autre explication n'a de sens. C'est alors que mon regard se pose sur la tapisserie qui dissimule la porte communiquant avec la chambre d'Helena. Je saisis une lampe à huile, m'y rends et répète ma fouille.

J'ai presque abandonné tout espoir lorsque je soulève le matelas du lit et découvre un sac en coton attaché à l'un des barreaux. Je défais le cordon et trouve deux armes à l'intérieur. L'une est un inoffensif pistolet à blanc, l'accessoire indispensable à toute fête de village. L'autre est le revolver noir qu'Evelyn a pris dans la chambre de sa mère, celui qu'elle avait dans la forêt ce matin et qu'elle emportera au cimetière ce soir. Il est chargé. Une seule balle manque dans la chambre. Il y a aussi une fiole de sang et une petite seringue remplie d'un liquide translucide.

Mon cœur s'emballe.

« J'avais raison », dis-je à voix basse.

C'est le mouvement des rideaux qui me sauve la vie.

Le courant d'air provoqué par la porte qui s'ouvre atteint mon cou juste avant qu'un bruit de pas retentisse derrière moi. Me jetant à terre, j'entends un couteau siffler au-dessus de moi. Je me roule sur le dos en brandissant le revolver, juste à temps pour voir le valet de pied s'enfuir dans le couloir.

Laissant ma tête retomber sur le parquet, je pose l'arme sur mon ventre et remercie ma bonne étoile. Si j'avais remarqué le rideau une seconde plus tard, ce serait fini.

Je me donne une chance de reprendre mon souffle puis me lève, replaçant les deux armes et la seringue dans le sac, mais emportant la fiole de sang. Je quitte prudemment la chambre puis m'enquiers d'Evelyn jusqu'à ce que quelqu'un m'indique la salle de bal, dans laquelle retentit un martèlement sonore tandis que des ouvriers achèvent de monter une scène. Les portes-fenêtres ont été ouvertes dans l'espoir d'évacuer les émanations de peinture et la poussière, des servantes usant leur jeunesse en récurant le sol.

Je repère Evelyn près de la scène, en train de parler au chef d'orchestre. Elle a toujours la robe verte qu'elle porte durant la journée, mais Madeline Aubert se tient derrière elle, la bouche pleine d'épingles, les plantant à la hâte dans des mèches de cheveux rebelles pour tenter de façonner la coiffure qu'elle arborera ce soir.

« Mademoiselle Hardcastle ! » dis-je en traversant la pièce.

Abandonnant le chef d'orchestre avec un sourire amical et une pression sur le bras, elle se tourne vers moi.

« Evelyn, je vous en prie, répond-elle en tendant la main. Et vous êtes ?

— Jim Rashton.

— Ah, oui, le policier. » Son sourire s'évanouit. « Est-ce que tout va bien ? Vous semblez un peu agité.

— Je ne suis pas habitué au tourbillon d'activité de la bonne société. »

Je lui serre légèrement la main, surpris qu'elle soit si froide.

« En quoi puis-je vous aider, monsieur Rashton ? »

Sa voix est distante, presque irritée. Je me sens comme un insecte écrasé qu'elle aurait découvert sous sa chaussure.

Comme avec Ravencourt, je suis frappé par le dédain derrière lequel Evelyn se mure. De tous les tours que joue Blackheath, être exposé au côté très déplaisant d'une personne que vous considériez auparavant comme une amie est sûrement l'un des plus cruels.

Cette idée me fait réfléchir.

Evelyn était bienveillante avec Bell, et le souvenir de cette bonté a été ce qui m'a motivé depuis, mais le médecin de peste a affirmé qu'il avait essayé différentes combinaisons d'hôtes au fil des boucles. Si Ravencourt avait été mon premier hôte, comme il l'a sûrement été à un moment, je n'aurais rien connu d'Evelyn que son mépris. Derby ne s'attirait que de la colère, et je doute qu'elle eût été bienveillante envers des domestiques comme le majordome, ou envers Gold. Ce qui signifie qu'il y a eu des boucles où j'ai vu cette femme mourir en n'éprouvant presque rien, mon seul souci étant d'élucider son meurtre au lieu de désespérément tenter de l'empêcher.

Je les envie presque.

« Puis-je vous parler ? » Je jette un coup d'œil à Madeline. « En privé ?

— Je suis vraiment très occupée, répond-elle. De quoi s'agit-il ?

— Je préférerais en parler en privé.

— Et je préférerais finir de préparer la salle de bal avant que cinquante personnes n'arrivent et ne trouvent nulle part où danser, réplique-t-elle sèchement. Vous pouvez imaginer quelle préférence a le plus de poids pour moi. »

Madeline esquisse un petit sourire suffisant et épingle une nouvelle mèche d'Evelyn pour la maintenir en place.

« Très bien, dis-je, produisant la fiole de sang que j'ai trouvée dans le sac en coton. Parlons de ceci. »

J'aurais tout aussi bien pu la gifler, mais la stupéfaction disparaît de son visage aussi vite qu'elle est apparue.

« Nous finirons ceci plus tard, Maddie, dit Evelyn en me fixant d'un regard froid et calme. Descendez vous chercher quelque chose à manger aux cuisines. »

Le regard de Madeline est tout aussi méfiant, mais elle enfonce les épingles dans la poche de son tablier avant de faire une révérence et de quitter la pièce.

Me prenant par le bras, Evelyn m'entraîne vers

le coin de la salle de bal, loin des oreilles des domestiques.

« Est-ce votre habitude de fouiller dans les affaires personnelles des autres, monsieur Rashton ? demande-t-elle en tirant une cigarette de son étui.

— Dernièrement, oui, dis-je.

— Peut-être avez-vous besoin d'un passe-temps.

— J'ai un passe-temps, j'essaie de vous sauver la vie.

— Ma vie n'a pas besoin d'être sauvée, réplique-t-elle froidement. Peut-être devriez-vous plutôt essayer le jardinage.

— Ou peut-être devrais-je simuler un suicide pour ne pas avoir à épouser Lord Ravencourt ? dis-je, marquant une pause pour savourer l'anéantissement de son expression dédaigneuse. Ça semble vous avoir beaucoup occupée ces derniers temps. C'est très intelligent, mais malheureusement, quelqu'un va se servir de ce faux suicide pour vous assassiner, ce qui est bien plus intelligent. »

Elle est bouche bée, ses yeux bleus écœurés par la surprise.

Détournant le regard, elle tente de tenir la cigarette entre ses doigts, mais sa main tremble. Je lui prends l'allumette et la craque moi-même, la flamme me brûlant le bout des doigts.

« Qui vous a mis au courant ? demande-t-elle d'une voix sifflante.

— De quoi parlez-vous ?

— De mon plan. » Elle m'arrache la fiole de sang de la main. « Qui vous en a parlé ?

— Pourquoi ? Qui d'autre est impliqué ? Je sais que vous avez invité une personne nommée Felicity à la maison, mais je ne sais pas encore qui c'est.

— C'est… » Elle secoue la tête. « Non, rien, je ne devrais même pas vous parler. »

Elle se tourne vers la porte, mais je la saisis par le poignet, la retenant avec plus de force que je ne le voulais. La colère illumine son visage et je la lâche immédiatement, levant les mains.

« Ted Stanwin m'a tout révélé », dis-je désespérément, tentant de l'empêcher de quitter la pièce.

J'ai besoin d'une explication plausible pour justifier ce que je sais, et Derby a entendu Stanwin et Evelyn se disputer ce matin. Si j'ai beaucoup de chance, le maître chanteur est mêlé à tout ça. Ce ne serait pas si absurde. Il a été impliqué dans tout ce qui s'est passé aujourd'hui.

Evelyn est immobile, sur ses gardes, tel un cerf dans un bois qui vient d'entendre une branche se briser.

« Il a dit que vous comptiez vous suicider près du miroir d'eau ce soir, mais ça n'avait aucun sens, dis-je, comptant sur la redoutable réputation de Stanwin pour la persuader. Pardonnez-moi d'être si direct, mademoiselle Hardcastle, mais si vous vouliez sérieusement vous tuer, vous seriez déjà morte et ne seriez pas en train de jouer le rôle de l'hôtesse dévouée pour des gens que vous méprisez. Ma deuxième idée a été que vous vouliez que tout le monde soit témoin, mais dans ce cas pourquoi ne pas le faire dans la salle de bal, pendant la fête ? Je n'y comprenais rien, jusqu'au moment où je me suis tenu près du miroir d'eau et ai vu combien il était sombre, combien il serait aisé d'y jeter quelque chose pour le dissimuler. »

Le dédain étincelle dans ses yeux.

« Et que voulez-vous, monsieur Rashton ? De l'argent ?

— J'essaie de vous aider. Je sais que vous comptez

vous rendre au miroir d'eau à 23 heures, coller un revolver noir contre votre ventre et vous effondrer dans le bassin. Je sais que vous n'appuierez pas vraiment sur la détente du revolver noir, et qu'une arme chargée à blanc produira la détonation que tout le monde entendra, tout comme je sais que vous comptez jeter le pistolet à blanc dans l'eau quand vous aurez fini. La fiole sera accrochée à un long cordon autour de votre cou et vous la briserez en la frappant avec le revolver, libérant le sang.

» Je suppose que la seringue que j'ai trouvée dans le sac est remplie d'un mélange de relaxant musculaire et de sédatif pour vous aider à faire la morte, ce qui permettra au docteur Dickie – dont je suppose qu'il est grassement payé pour sa peine – de faire paraître officiel le certificat de décès, sans qu'il soit besoin d'une enquête déplaisante. On peut imaginer qu'environ une semaine après votre mort, vous serez de retour en France, en train de siroter un bon verre de vin blanc. »

Deux servantes portent des seaux remplis d'une eau sale en direction des portes, leurs commérages s'arrêtant brusquement lorsqu'elles nous remarquent. Elles passent en esquissant des révérences incertaines et Evelyn m'entraîne plus loin dans le coin.

Pour la première fois, je vois la peur sur son visage.

« J'admets que je ne voulais pas épouser Ravencourt et que je savais que je ne pouvais pas empêcher ma famille de me forcer à le faire à moins de disparaître, mais pourquoi quelqu'un voudrait-il me tuer ? » demande-t-elle, la cigarette tremblant toujours dans sa main.

J'examine son visage à la recherche d'un signe de mensonge, mais je ferais aussi bien d'observer un brouillard au microscope. Cette femme ment à tout le monde depuis des années. Je ne reconnaîtrais pas la vérité même si elle franchissait vraiment ses lèvres.

« J'ai quelques soupçons, mais j'ai besoin de preuves, dis-je. C'est pourquoi j'ai besoin que vous mettiez votre plan à exécution.

— Le mettre à exécution ? Vous êtes fou ? s'exclame-t-elle, baissant la voix lorsque tous les yeux se tournent vers nous. Pourquoi le ferais-je après ce que vous venez de me dire ?

— Parce que vous ne serez pas en sécurité tant que nous n'aurons pas amené les conspirateurs à se dévoiler, et pour ça ils doivent croire que leur plan a réussi.

— Je serai en sécurité quand je serai à cent kilomètres d'ici.

— Et comment y parviendrez-vous ? Que se passera-t-il si le cocher ou un domestique font partie du complot ? Les murmures portent dans cette maison, et quand les assassins apprendront que vous cherchez à partir, ils poursuivront leur plan et vous tueront. Croyez-moi, fuir ne fera que retarder l'inévitable. Je peux mettre un terme à tout ça ici et maintenant, mais seulement si vous jouez le jeu. Pointez une arme sur votre ventre et faites la morte pendant une demi-heure. Qui sait, vous mourrez peut-être pour de bon et échapperez à Ravencourt comme vous en aviez l'intention. »

Elle se concentre, la main appuyée sur le front, les yeux fermés. Quand elle parle de nouveau, elle le fait d'une voix plus douce et étrangement plus vide.

« Je suis prise entre l'enclume et le marteau, n'est-ce pas ? dit-elle. Très bien, je vais le faire, mais je dois d'abord savoir une chose. Pourquoi m'aidez-vous, monsieur Rashton ?

— Je suis policier.

— Certes, mais vous n'êtes pas un saint, et seul un saint s'impliquerait dans tout ça.

— Alors considérez ça comme une faveur que j'accorde à Sebastian Bell », dis-je.

La surprise adoucit son expression.

« Bell ? Que diable le bon docteur a-t-il à voir avec ça ?

— Je ne sais pas encore, mais il a été attaqué la nuit dernière et je doute que ce soit une coïncidence.

— Peut-être, mais en quoi cela vous regarde-t-il ?

— Il veut être une personne meilleure, dis-je. C'est une chose rare dans cette maison. J'admire ça.

— Moi aussi, déclare-t-elle, marquant une pause pour jauger l'homme face à elle. Très bien, exposez-moi votre plan, mais d'abord je veux votre parole que je serai en sécurité. Je mets ma vie entre vos mains, et ce n'est pas une chose à laquelle je vais me soumettre sans garanties.

— Qu'est-ce qui vous dit que ma parole vaut quelque chose ?

— J'ai fréquenté des hommes indignes toute ma vie, réplique-t-elle simplement. Vous n'en faites pas partie. Maintenant, donnez-moi votre parole.

— Vous l'avez.

— Et quelque chose à boire, poursuit-elle. Je vais avoir besoin d'un peu de courage pour mener ça à bien.

— Plus qu'un peu, dis-je. Je veux que vous deveniez amie avec Jonathan Derby. Il a un pistolet argenté dont nous allons avoir besoin. »

51

Le dîner est en train d'être servi et les convives prennent place à table tandis que je m'accroupis dans les buissons près du miroir d'eau. Il est tôt, mais pour que mon plan réussisse, je devrai être la première personne à atteindre Evelyn quand elle émergera de la maison. Je ne peux pas prendre le risque de trébucher sur le passé.

De l'eau de pluie dégouline des feuilles, glaciale sur ma peau.

Le vent souffle, je commence à avoir des crampes aux jambes.

Je change de position et m'aperçois que je n'ai ni mangé ni bu de la journée, ce qui ne constitue pas une préparation idéale pour la soirée qui m'attend. J'ai la tête qui tourne, et sans rien pour me distraire je sens chacun de mes hôtes qui pousse contre l'intérieur de mon crâne. Leurs souvenirs remplissent mon esprit, leur poids est presque intolérable. Je veux tout ce qu'ils veulent. Je ressens leurs douleurs et suis rendu craintif par leurs peurs. Je ne suis plus un homme, je suis un chœur.

Sans remarquer ma présence, deux domestiques sortent de la maison, les bras chargés de bois pour les braseros, des lampes à huile accrochées à leur ceinture. Un à un, ils les allument, dessinant une ligne de feu dans la nuit parfaitement noire. Le dernier se trouve près de la serre, les flammes se reflétant sur les panneaux de verre si bien que toute la structure semble s'être embrasée.

Tandis que le vent hurle et que les arbres dégoulinent, Blackheath vacille et change à mesure que certains invités se rendent de la salle à manger à leur chambre et finalement à la salle de bal, où l'orchestre est monté sur scène et où le reste des convives attend. Des domestiques ouvrent les portes-fenêtres et la musique explose vers l'extérieur, se déversant à travers le parc jusqu'à la forêt.

« Maintenant vous les voyez comme moi, déclare le médecin de peste à voix basse. Des acteurs dans une pièce de théâtre, répétant les mêmes gestes nuit après nuit. »

Il se tient derrière moi, presque totalement caché par les arbres et les buissons. Dans la lumière incertaine des braseros, son masque semble flotter dans les ténèbres telle une âme tentant de se libérer de son corps.

« Avez-vous parlé au valet de pied d'Anna ? » demandé-je d'une voix sifflante.

Je dois faire preuve d'une extrême maîtrise de moi pour ne pas lui sauter dessus et l'étrangler.

« Ni l'un ni l'autre ne m'intéressent, répond-il d'une voix plate.

— Je vous ai vu à côté de la loge du gardien avec Daniel, puis près du lac, et maintenant Anna a disparu. Lui avez-vous dit où la trouver ? »

Pour la première fois, le médecin de peste semble incertain.

« Je vous assure, je n'étais à aucun de ces endroits, monsieur Bishop.

— Je vous ai vu, dis-je avec colère. Vous lui avez parlé.

— Ce n'était pas… » Il laisse sa phrase en suspens, et quand il parle de nouveau, il semble avoir compris quelque chose. « C'est donc comme ça qu'il s'y est pris. Je me demandais comment il faisait pour en savoir autant.

— Daniel me ment depuis le début, et vous avez gardé son secret.

— Ce n'est pas mon rôle d'intervenir. Je savais que vous finiriez par le percer à jour.

— Alors pourquoi l'avoir mis en garde contre Anna ?

— Parce que je craignais que vous ne le fassiez pas. »

La musique s'interrompt brusquement et, consultant ma montre, je m'aperçois qu'il ne reste que quelques minutes avant 23 heures. Michael Hardcastle a fait taire l'orchestre pour demander si quelqu'un a vu sa sœur. Il y a du mouvement sur le côté de la maison, l'obscurité s'agitant tandis que Derby prend position près de la pierre, suivant les instructions d'Anna.

« Je ne me trouvais pas dans cette clairière, monsieur Bishop, je vous le promets, reprend le médecin de peste. Je vous expliquerai bientôt tout, mais pour le moment, j'ai ma propre enquête à mener. »

Il s'éloigne rapidement, ne laissant que des questions dans son sillage. Si j'étais dans n'importe quel autre hôte, je lui courrais après, mais Rashton est une créature plus subtile, difficile à surprendre, prompt à la réflexion. Pour le moment, Evelyn est mon seul souci. J'écarte le médecin de peste de mes pensées et m'avance furtivement vers le miroir d'eau. Par chance, les feuilles et les brindilles sont tellement démoralisées par la pluie de tout à l'heure qu'elles n'ont pas le cœur à crier sous mes pieds.

Evelyn approche, sanglotante, me cherchant parmi les arbres. Quelle que soit son implication dans tout ça, elle a clairement peur, et tout son corps tremble. Elle a déjà dû absorber le relaxant musculaire car elle oscille légèrement, comme si elle bougeait au son d'une musique qu'elle seule entend.

J'agite un buisson proche pour lui faire savoir que je suis là, mais la drogue fait son effet, elle y voit à peine et ne risque pas de me trouver dans l'obscurité. Néanmoins, elle continue de marcher, le pistolet argenté scintillant dans sa main droite, et le pistolet à blanc dans sa gauche. Il est plaqué contre sa jambe, hors de vue.

Elle a du courage, je le concède.

En atteignant le bord du miroir d'eau, Evelyn hésite et, sachant ce qui va se produire ensuite, je me demande si le pistolet argenté est trop lourd pour elle, si le poids du plan est trop considérable.

« Que Dieu nous aide », prononce-t-elle doucement, braquant l'arme vers son ventre et pressant la détente du pistolet chargé à blanc contre sa jambe.

La détonation est si puissante qu'elle fissure le monde, le pistolet chargé à blanc glissant de la main d'Evelyn et s'enfonçant dans la noirceur d'encre du miroir d'eau tandis que le pistolet argenté atterrit dans l'herbe.

Le sang se répand sur sa robe.

Elle le regarde, perplexe, puis bascule en avant dans le bassin.

L'angoisse me paralyse, la déflagration du coup de

feu et l'expression d'Evelyn avant qu'elle tombe ayant réveillé un vieux souvenir.

Tu n'as pas le temps pour ça.

Il est si proche. Je vois presque un autre visage, j'entends presque une autre supplication. Une autre femme que j'ai échoué à sauver, une femme pour qui je suis venu à Blackheath, mais… dans quel but ?

« Pourquoi suis-je venu ici ? » dis-je d'une voix haletante, tentant d'arracher le souvenir à l'obscurité.

Sauve Evelyn, elle est en train de se noyer !

Clignant des yeux, je regarde le miroir d'eau, où Evelyn flotte avec le visage tourné vers le bas. La panique éclipse la douleur et je me lève péniblement, puis bondis à travers les buissons et me précipite dans l'eau glaciale. Sa robe s'est étalée à la surface, aussi lourde qu'un sac de jute trempé, et le fond du bassin est couvert d'une mousse glissante.

Je n'arrive pas à l'attraper.

Il y a de l'agitation près de la salle de bal. Derby se bat avec Michael Hardcastle, attirant presque autant l'attention que la femme en train de mourir dans le bassin.

Un feu d'artifice explose dans le ciel, baignant tout d'une lumière rouge et pourpre, jaune et orange.

Je passe les bras sous l'abdomen d'Evelyn et la tire péniblement hors de l'eau pour la déposer sur l'herbe.

Couvert de boue, je reprends mon souffle tout en m'assurant que Cunningham a maîtrisé Michael comme je lui ai demandé de le faire.

Oui.

Le plan fonctionne. Mais pas grâce à moi. Le vieux souvenir que le coup de feu a réveillé m'a presque paralysé. Une autre femme, une autre mort. C'est la peur sur le visage d'Evelyn qui m'a saisi. J'ai reconnu cette peur. C'est elle qui m'a fait venir à Blackheath. J'en suis certain.

Le docteur Dickie accourt vers moi. Il est rouge, haletant. Une fortune est en train de partir en fumée sous ses yeux. Evelyn m'a dit qu'il avait été payé pour rédiger un faux certificat de décès. Le vieux soldat est à la tête d'un véritable empire criminel.

« Que s'est-il passé ? demande-t-il.

— Elle s'est tiré dessus, dis-je, regardant l'espoir renaître sur son visage. J'ai tout vu, mais je n'ai rien pu faire.

— Vous n'y êtes pour rien. » Il me saisit par l'épaule. « Écoutez, pourquoi n'allez-vous pas vous servir un brandy pendant que je l'examine ? Laissez-moi m'en occuper, hein ? »

Tandis qu'il s'agenouille près du corps, je ramasse le pistolet argenté et me dirige vers Michael, qui est toujours fermement maintenu par Cunningham. En les voyant tous les deux, je n'aurais pas cru ça possible. Michael est petit et trapu, un taureau piégé par des bras aussi solides que des cordes, et ses tortillements ne font que renforcer l'emprise de Cunningham. Un pied-de-biche et un ciseau ne suffiraient pas à le libérer à ce stade.

« Je suis terriblement désolé, monsieur Hardcastle, dis-je en posant une main compatissante sur le bras de l'homme en train de se débattre. Votre sœur s'est donné la mort. »

Il cesse immédiatement de résister et les larmes lui montent aux yeux tandis que son regard angoissé se tourne vers le bassin.

« Vous ne pouvez pas en être certain, dit-il, tentant de voir derrière moi. Elle pourrait encore être…

— Le docteur l'a confirmé, je suis sincèrement

désolé, dis-je en tirant le pistolet argenté de ma poche et en le plaçant dans sa paume. Elle s'est servie de cette arme, la reconnaissez-vous ?

— Non.

— Eh bien, vous devriez la garder pour le moment. J'ai demandé à deux valets de pied de porter son corps dans la véranda, loin de… (je désigne la foule rassemblée) eh bien, tout le monde. Si vous voulez quelques minutes seul avec votre sœur, je peux arranger ça. »

Il fixe le pistolet d'un air hébété, comme si on lui avait donné un objet venu d'un avenir lointain.

« Monsieur Hardcastle ? »

Il secoue la tête et ses yeux vides se posent sur moi.

« Quoi… oui, bien sûr, répond-il, ses doigts se refermant autour de l'arme. Merci, inspecteur.

— Simple agent, monsieur, dis-je en faisant signe à Cunningham d'approcher. Charles, cela vous dérangerait-il d'escorter M. Hardcastle jusqu'à la véranda ? Ne laissez pas la foule l'approcher, vous voulez bien ? »

Cunningham s'exécute avec un hochement de tête sec, plaçant une main dans le bas du dos de Michael et le guidant doucement vers la maison. Ce n'est pas la première fois que je suis content d'avoir le valet de mon côté. En le regardant s'éloigner, j'éprouve une pointe de tristesse car c'est probablement la dernière fois que nous nous voyons. Malgré toute la méfiance et tous les mensonges, je me suis attaché à lui au fil de la semaine.

Dickie a terminé son examen et le vieil homme se relève lentement. Sous son œil vigilant, les valets de pied traînent le corps d'Evelyn sur une civière. Il porte la tristesse comme un costume d'occasion. Je ne sais pas comment j'ai fait pour ne pas m'en rendre compte plus tôt. Ce meurtre est une pantomime, et partout où je regarde le rideau s'agite.

Tandis qu'Evelyn est soulevée, je me précipite sous la pluie en direction de la véranda, de l'autre côté de la maison, me glissant à l'intérieur par une porte-fenêtre que j'ai déverrouillée plus tôt et me cachant derrière un paravent oriental. La grand-mère d'Evelyn m'observe sur le tableau au-dessus de la cheminée. Dans la lumière vacillante, je pourrais jurer qu'elle sourit. Peut-être sait-elle ce que je sais. Peut-être l'a-t-elle toujours su et a-t-elle été forcée de regarder jour après jour tandis que nous progressions à tâtons sans voir la vérité.

Pas étonnant qu'elle ait eu un air renfrogné auparavant.

La pluie tape contre les fenêtres tandis que les valets de pied arrivent avec leur civière. Ils avancent lentement, tentant de ne pas secouer le corps, qui est désormais enveloppé dans la veste de Dickie. En un rien de temps, ils sont à l'intérieur et déposent le corps sur le buffet, puis ils tiennent leur casquette contre leur poitrine en signe de respect avant de repartir, refermant la porte-fenêtre derrière eux.

Je les regarde s'éloigner et distingue mon image sur le verre. Mes mains sont enfoncées dans mes poches, le visage tranquillement compétent de Rashton n'évoque rien que de la certitude.

Mais même mon reflet me ment.

La certitude a été la première chose que Blackheath m'a prise.

La porte s'ouvre en grand, le courant d'air en provenance du couloir balayant la flamme des bougies. Dans les interstices entre les panneaux du paravent, je distingue Michael, pâle et tremblant, agrippant le montant de la porte pour se soutenir, les larmes aux yeux. Cunningham est derrière lui, et après avoir lancé un coup d'œil discret en direction du paravent derrière lequel je me cache, il referme la porte sur nous.

Dès qu'il est seul, Michael se départ de son chagrin, ses épaules se redressant et son regard se durcissant, sa peine se transformant en une chose plus animale. Il se précipite vers le corps d'Evelyn, examine son ventre ensanglanté à la recherche d'une blessure par balle, murmurant à part lui-même lorsqu'il n'en trouve pas.

L'air soucieux, il ôte le magasin de l'arme que je lui ai confiée dehors et s'aperçoit qu'elle est chargée. Evelyn était censée emporter un pistolet noir au miroir d'eau, pas ce pistolet argenté. Il doit se demander ce qui l'a fait changer de plan et si elle a réellement tout fait comme prévu.

Après avoir constaté qu'elle est en vie, il recule, ses doigts tambourinant sur ses lèvres tandis qu'il soupèse le pistolet. Il semble en communion avec l'arme, fronçant les sourcils et se mordillant la lèvre comme s'il passait en revue une série de questions compliquées. Je le perds momentanément de vue quand il se rend dans le coin de la pièce et suis forcé de me pencher légèrement hors de ma cachette pour mieux le voir. Il a saisi un coussin brodé sur l'une des chaises et il le porte jusqu'à Evelyn, puis l'appuie contre son ventre, probablement pour étouffer le son du pistolet qu'il a collé dessus.

Il n'y a même pas une pause, pas le moindre au revoir. Il détourne le visage et appuie sur la détente.

Le pistolet produit un cliquètement creux. Il essaie encore et encore, jusqu'à ce que je sorte de derrière le paravent pour mettre un terme à cette comédie.

« Ça ne marchera pas, dis-je. J'ai limé le percuteur. »

Il ne se retourne pas. Il ne lâche même pas le pistolet.

« Je ferai de vous un homme riche si vous me laissez la tuer, inspecteur, déclare-t-il avec un frémissement dans la voix.

— Je ne peux pas faire ça, et comme je l'ai dit dehors, je suis un simple agent.

— Oh, plus pour très longtemps avec un esprit tel que le vôtre, j'en suis sûr. »

Il tremble, tenant toujours fermement le pistolet contre le corps d'Evelyn. La sueur ruisselle dans mon dos, la tension dans la pièce est telle qu'on pourrait la saisir à la main.

« Lâchez l'arme et retournez-vous, monsieur Hardcastle. Lentement, s'il vous plaît.

— Inutile d'avoir peur de moi, inspecteur, dit-il, laissant tomber le pistolet dans un pot de plante et se retournant avec les mains en l'air. Je n'ai aucun désir de faire du mal à qui que ce soit.

— Aucun désir ? dis-je, surpris par le chagrin sur son visage. Vous avez essayé de tirer cinq balles sur votre sœur.

— Et chacune d'entre elles lui aurait rendu service, je vous l'assure. »

Les mains toujours levées, il pointe un long doigt vers un fauteuil près de l'échiquier devant lequel j'ai pour la première fois rencontré Evelyn.

« Ça vous ennuie que je m'assoie ? demande-t-il. J'ai la tête qui tourne un peu.

— Je vous en prie », dis-je, l'observant attentivement tandis qu'il se laisse tomber dans le siège.

J'ai un peu peur qu'il se rue sur la porte, mais, pour

être honnête, il a l'air d'un homme qui n'a plus l'énergie de se battre. Il est pâle et agité, ses bras pendant mollement sur les côtés, ses jambes étirées devant lui. Si je devais émettre une hypothèse, je dirais qu'il lui a fallu toutes ses forces pour se décider à appuyer sur la détente.

Le meurtre n'est pas naturel pour cet homme.

Je le laisse reprendre ses esprits, puis traîne un fauteuil bergère depuis la fenêtre pour m'asseoir face à lui.

« Comment avez-vous su ce que je comptais faire ? demande-t-il.

— À cause des revolvers, dis-je, m'enfonçant un peu plus profondément dans le coussin.

— Les revolvers ?

— Deux armes noires identiques ont été prises dans la chambre de votre mère, tôt ce matin. Evelyn en avait une, et vous, l'autre. Je ne comprenais pas pourquoi.

— Je ne vous suis pas.

— Les seules raisons évidentes pour lesquelles Evelyn devait voler une arme étaient soit qu'elle se pensait en danger – une explication plutôt absurde pour quelqu'un qui est sur le point de se suicider –, soit qu'elle comptait s'en servir pour son suicide. Cette dernière hypothèse étant plus probable, quelle raison pouvait-elle bien avoir de voler les deux revolvers ? Un seul aurait sûrement suffi.

— Et où vous ont mené ces réflexions ?

— Nulle part, jusqu'à ce que Dance vous voie avec le deuxième revolver durant la partie de chasse. Ce qui avait été curieux était désormais sacrément bizarre. Une femme qui envisage le suicide, désespérée, serait suffisamment prévoyante pour se souvenir de l'aversion de son frère pour la chasse et voler le deuxième revolver pour lui ?

— Ma sœur m'aime beaucoup, inspecteur.

— Peut-être, mais vous avez dit à Dance que nous ne saviez pas avant le milieu de la journée que vous iriez chasser, et les revolvers ont disparu de la chambre de votre mère tôt dans la matinée, bien avant que la décision ait été prise. Evelyn n'a pas pu prendre la deuxième arme pour la raison que vous suggérez. Quand j'ai entendu parler du projet de faux suicide de votre sœur, j'ai compris que vous mentiez, et à partir de là tout est devenu clair. Ce n'est pas Evelyn qui a pris les revolvers dans la chambre de votre mère. C'est vous. Vous en avez gardé un et avez donné l'autre à Evelyn pour qu'il lui serve d'accessoire.

— Evelyn vous a parlé du faux suicide ? demande-t-il d'un ton dubitatif.

— En partie, dis-je. Elle a expliqué que vous aviez accepté de l'aider en courant jusqu'au miroir d'eau et en la tirant sur l'herbe, comme tout frère endeuillé le ferait. C'est alors que j'ai compris comment vous pourriez commettre le crime parfait, et pourquoi vous aviez besoin de deux revolvers identiques. Avant de la sortir du bassin, tout ce que vous aviez à faire, c'était lui tirer une balle dans le ventre en vous servant du feu d'artifice pour couvrir le second coup de feu. L'arme du meurtre disparaîtrait dans l'eau trouble, et la balle collerait avec le revolver identique qu'elle aurait laissé tomber dans l'herbe. Meurtre par suicide. C'était assez brillant, vraiment.

— Et c'est pour ça que vous lui avez fait utiliser le pistolet argenté à la place, déclare-t-il, comprenant. Vous aviez besoin que je modifie mon plan.

— Je devais placer un appât dans le piège.

— Très intelligent, observe-t-il, mimant des applaudissements.

— Pas assez, dis-je, surpris par son calme. Je ne comprends toujours pas comment vous pouviez faire ça. Je n'ai cessé de voir aujourd'hui combien Evelyn et vous êtes proches. Combien vous tenez à elle. N'était-ce qu'un mensonge ? »

La colère le fait se redresser sur son siège.

« J'aime ma sœur plus que tout, réplique-t-il en me fusillant du regard. Je ferais n'importe quoi pour elle. Sinon, pourquoi croyez-vous qu'elle m'aurait demandé de l'aider ? Pourquoi aurais-je accepté ? »

Sa passion me déconcerte. J'ai mis ce plan en œuvre en croyant connaître l'histoire que Michael raconterait, mais ce n'est pas celle-ci. Je pensais entendre que sa mère l'avait mis sur cette voie tout en orchestrant d'autres événements ailleurs. Une fois de plus, j'ai la sensation caractéristique d'avoir mal interprété les signes.

« Si vous aimez votre sœur, pourquoi la trahir ? dis-je, confus.

— Parce que son plan n'aurait pas fonctionné ! s'exclame-t-il en tapant de la main sur l'accoudoir de sa chaise. Nous ne pouvions pas payer le montant que Dickie voulait pour le faux certificat de décès. Il a accepté de nous assister, mais hier Coleridge a découvert que Dickie comptait vendre notre secret à notre père plus tard ce soir. Vous voyez ? Après tout ça, Evelyn se serait réveillée à Blackheath, coincée dans la vie qu'elle cherchait si désespérément à fuir.

— Le lui avez-vous dit ?

— Comment aurais-je pu ? demande-t-il tristement. Ce plan était sa seule chance d'être libre, d'être heureuse. Comment aurais-je pu lui prendre ça ?

— Vous auriez pu tuer Dickie.

— Coleridge a dit la même chose, mais quand ? J'avais besoin qu'il confirme la mort d'Evelyn, et il comptait rencontrer mon père juste après. » Il secoue la tête. « J'ai pris la seule décision possible. »

Il y a deux verres de scotch près de sa chaise, un à demi plein et taché de rouge à lèvres, l'autre sans trace, avec encore un peu d'alcool au fond. Il tend lentement la main vers celui taché de rouge tout en gardant un œil sur moi.

« Ça vous dérange si je bois quelque chose ? demande-t-il. C'est le verre d'Evelyn. Nous avons porté un toast ici avant que le bal commence. Bonne chance et ainsi de suite. »

Il y a un frémissement dans sa voix. N'importe quel autre hôte le croirait repentant, mais Rashton peut repérer la peur à un kilomètre.

« Bien entendu. »

Il soulève le verre avec gratitude et boit une bonne rasade. Au moins, ça permet de faire cesser les tremblements de ses mains.

« Je connais ma sœur, inspecteur, reprend-il d'une voix rauque. Elle a toujours détesté qu'on la force à faire quoi que ce soit, même quand nous étions enfants. Elle n'aurait pas pu supporter l'humiliation d'une vie avec Ravencourt, consciente que les gens riraient dans son dos. Regardez ce qu'elle était prête à faire pour éviter ça. Lentement, mais sûrement, ce mariage l'aurait détruite. Je voulais lui épargner cette souffrance. »

Ses joues sont rouges, ses yeux verts, vitreux. Ils sont emplis d'un chagrin tellement doux et sincère que je le crois presque.

« Et je suppose que l'argent n'avait rien à voir avec tout ça ? » dis-je d'une voix plate.

Un regard noir vient entacher sa tristesse.

« Evelyn m'a dit que vos parents menaçaient de vous déshériter si elle ne faisait pas ce qu'ils demandaient. Ils se sont servis de vous pour faire pression sur elle, et ça a fonctionné. Cette menace est la raison pour laquelle elle a obéi à leurs injonctions, mais qui sait si elle aurait fait la même chose si elle avait su que son plan de fuite était fichu ? Avec Evelyn morte, cette incertitude n'existe plus.

— Regardez autour de vous, inspecteur, dit-il en désignant la pièce avec son verre. Vous croyez vraiment que tout ça vaille de tuer quelqu'un ?

— Maintenant que votre père ne peut plus dilapider la fortune familiale, j'imagine que vos perspectives se sont considérablement améliorées.

— Dilapider la fortune, c'est tout ce à quoi il est bon, raille-t-il en finissant son verre.

— Est-ce la raison pour laquelle vous l'avez tué ? »

Sa moue s'approfondit. Il est pâle, a les lèvres serrées.

« J'ai trouvé son corps, Michael. Je sais que vous l'avez empoisonné, probablement quand vous êtes allé le chercher pour la partie de chasse. Vous avez laissé un message accusant Evelyn. L'empreinte de botte devant la fenêtre était particulièrement perfide. » Il a une expression incertaine. « Ou bien était-ce quelqu'un d'autre ? dis-je lentement. Felicity, peut-être ? Je l'admets, je n'ai toujours pas éclairci ce point. Ou bien était-ce votre mère ? Où est-elle, Michael ? L'avez-vous également tuée ? »

Ses yeux s'élargissent et son visage se froisse d'effarement. Son verre lui glisse des doigts et tombe par terre.

« Vous niez ? dis-je, soudain pris de doute.

— Non… je… je…

— Où est votre mère, Michael ? Vous a-t-elle persuadé de faire ça ?

— Elle… je… »

Je prends tout d'abord ses hésitations pour des remords, sa respiration difficile pour le souffle court d'un homme qui cherche les bons mots. Ce n'est que quand ses doigts agrippent l'accoudoir de la chaise et qu'une mousse blanche coule de ses lèvres que je comprends qu'il a été empoisonné.

Alarmé, je me lève d'un bond, mais je n'ai aucune idée de ce que je dois faire.

Je hurle : « À l'aide ! »

Son dos se cambre, ses muscles se tendent, ses yeux virent au rouge à mesure que les vaisseaux sanguins éclatent. Il tombe en avant sur le sol en produisant un gargouillement. Derrière moi, j'entends du bruit. Je pivote sur moi-même et vois Evelyn prise de convulsions sur le buffet, la même mousse blanche formant des bulles entre ses lèvres.

La porte s'ouvre soudain et Cunningham découvre la scène bouche bée.

« Que se passe-t-il ? demande-t-il.

— Ils ont été empoisonnés, dis-je, les regardant tour à tour. Allez chercher Dickie. »

Il disparaît avant que les mots aient franchi mes lèvres. La main sur le front, je les regarde, impuissant. Evelyn se tortille sur le buffet comme si elle était possédée tandis que les dents serrées de Michael craquent dans sa bouche.

Les médicaments, imbécile.

Ma main plonge dans ma poche et en tire les trois flacons qu'on m'a demandé de voler dans la malle de Bell quand Cunningham et moi la pillions cet après-midi. Dépliant le mot, je cherche des instructions dont je sais qu'elles ne sont pas là. Je présume que je dois tout mélanger, mais je ne sais pas quelle quantité leur administrer. Je ne sais même pas si j'ai assez pour deux doses.

« Je ne sais pas qui sauver ! » m'écrié-je en regardant Michael puis Evelyn.

Michael en sait plus que ce qu'il nous a dit.

« Mais j'ai donné à Evelyn ma parole que je la protégerais. »

Evelyn a des spasmes si violents qu'elle tombe par terre, tandis que Michael continue de se débattre, ses yeux désormais tellement révulsés qu'on n'en voit plus que le blanc.

« Bon sang », dis-je en me précipitant vers le bar.

Je vide les trois fioles dans un verre à scotch, j'ajoute de l'eau et remue le tout jusqu'à ce qu'une mousse se forme. Le dos d'Evelyn est cambré, ses doigts mordent la trame épaisse du tapis. Lui penchant la tête en arrière, je lui verse la totalité de l'infâme concoction dans la gorge alors même que Michael suffoque derrière moi.

Les convulsions d'Evelyn cessent aussi soudainement qu'elles ont commencé. Elle prend de profondes inspirations rauques tandis que du sang coule de ses yeux. Poussant un soupir de soulagement, je porte les doigts à son cou, cherchant son pouls. Il est endiablé, mais régulier. Elle va vivre. Contrairement à Michael.

Je lance un regard coupable au corps du jeune homme. Il ressemble exactement à son père dans le salon. Ils ont clairement été empoisonnés par la même main, avec la strychnine que Bell a clandestinement introduite dans la maison. Le scotch d'Evelyn. Son verre était à moitié plein. À en juger par le temps qu'il a fallu pour que le poison l'affecte, elle n'a dû boire qu'une gorgée ou deux. Michael, en revanche, a fini le verre en moins d'une minute. Savait-il qu'il était empoisonné ? L'inquiétude que j'ai vue sur son visage laisse penser que non.

C'est l'œuvre de quelqu'un d'autre.

Il y a un autre tueur à Blackheath.

« Mais qui ? dis-je, furieux après moi-même d'avoir laissé ça se produire. Felicity ? Helena Hardcastle ? Avec qui Michael était-il de mèche ? Ou bien était-ce une personne dont il ne savait rien ? »

Evelyn remue, la couleur lui revenant déjà aux joues. Quoi qu'il y ait eu dans cette concoction, elle fait effet rapidement, même si la jeune femme est encore faible. Ses doigts touchent ma manche, ses lèvres formant des sons vides de sens.

J'approche mon oreille de sa bouche.

« Je ne suis pas… (elle ravale sa salive) Millicent a été… meurtre. »

Très faiblement, elle porte la main à sa gorge et arrache la chaîne qui était dissimulée sous sa robe. Une chevalière y est accrochée, ornée du blason de la famille Hardcastle, si je ne me trompe pas.

Je la regarde en clignant des yeux, ne comprenant pas.

« J'espère que vous avez obtenu tout ce qu'il vous fallait, déclare une voix de la porte-fenêtre. Mais ça ne vous servira pas à grand-chose. »

En regardant par-dessus mon épaule, je vois le valet de pied émerger de l'obscurité, son couteau étincelant à la lueur des bougies tandis qu'il en tapote la pointe sur sa cuisse. Il porte sa livrée rouge et blanc, sa veste est mouchetée de taches de graisse et de saleté, comme si l'essence de son être suintait à travers. Une gibecière propre et vide est attachée à sa taille, et avec une horreur grandissante je me souviens qu'il en a jeté une pleine aux pieds de Derby, sa toile tellement imprégnée de sang qu'elle a produit un claquement humide en heurtant le sol.

Je lance un coup d'œil à l'horloge. Derby doit être dehors en ce moment même, assis dans la chaleur d'un brasero, regardant les convives se disperser autour de lui. Quoi que le valet de pied mette dans cette gibecière, il compte bien le découper sur Rashton.

Il me sourit, ses yeux scintillant d'excitation.

« Vous pourriez croire que j'en ai assez de vous tuer, n'est-ce pas ? » demande-t-il.

Le pistolet argenté est toujours dans le pot de plante où Michael l'a jeté. Il ne fonctionnera pas, mais le valet de pied ne le sait pas. Si je pouvais l'atteindre, je pourrais peut-être tenter un coup de bluff et le mettre en fuite. Ce sera serré, mais il y a une table sur son chemin. Je devrais pouvoir y arriver avant lui.

« Je vais procéder lentement, dit-il en touchant son nez cassé. Vous m'êtes redevable pour ça. »

La peur ne vient pas facilement à Rashton, mais il a peur en ce moment, et moi aussi. Il me reste deux hôtes après aujourd'hui, mais Gregory Gold va passer l'essentiel de sa journée attaché dans la loge du gardien, et Donald Davies est coincé sur un chemin de terre, à des kilomètres d'ici. Si je meurs maintenant, il est impossible de dire combien d'autres chances j'aurai de m'échapper de Blackheath.

« Ne vous en faites pas pour le pistolet, déclare le valet de pied. Vous n'en aurez pas besoin. »

Me méprenant sur ce qu'il veut dire, je sens l'espoir grandir dans ma poitrine, mais il retombe quand je vois son sourire narquois.

« Oh, non, mon beau garçon, je vais vous tuer, dit-il, agitant le couteau vers moi. Je veux juste dire que vous ne me résisterez pas, ajoute-t-il en s'approchant. Vous voyez, je tiens Anna, et si vous ne voulez pas qu'elle connaisse une mort atroce, vous vous abandonnerez à moi, puis vous amènerez tous les autres au cimetière ce soir. »

Ouvrant la main, il révèle la pièce de jeu d'échecs d'Anna, mouchetée de sang. D'un geste du poignet il la balance dans le feu, les flammes la consumant immédiatement.

Un nouveau pas vers moi.

« Qu'est-ce que vous préférez ? »

Mes mains sont serrées contre mes flancs, ma bouche est sèche. D'aussi loin que je me souvienne, Rashton s'attendait à mourir jeune. Dans une allée sombre, ou sur un champ de bataille, loin de la lumière et du confort, loin de l'amitié, dans une situation désespérée. Il avait conscience que sa vie était devenue dangereuse, et il l'avait accepté, car il savait qu'il mourrait en se battant. Si futile que ça puisse être, si faible que ça puisse être, il s'attendait à s'enfoncer dans les ténèbres en brandissant les poings.

Et maintenant le valet de pied lui prend même ça. Je vais mourir sans me défendre, et j'ai honte.

« Quelle est la réponse ? » demande le valet de pied avec une impatience croissante.

Je ne puis me résoudre à prononcer les mots, à admettre que je suis totalement vaincu. Une heure de plus dans ce corps et j'aurais résolu l'énigme, et cette certitude me donne envie de hurler.

« Votre réponse ! » ordonne-t-il.

Je parviens à acquiescer tandis qu'il se dresse au-dessus de moi, sa puanteur m'enveloppant lorsqu'il enfonce la lame sous mes côtes. Le sang emplit ma gorge et ma bouche.

Agrippant mon menton, il me soulève le visage et me regarde dans les yeux.

« Plus que deux », dit-il, et sur ce, il tourne la lame.

52

Troisième jour (suite)

La pluie cogne contre le toit, les sabots des chevaux claquent sur les pavés. Je suis dans une calèche, deux femmes en tenue de soirée serrées sur la banquette face à moi. Elles parlent à voix basse, leurs épaules se heurtant quand la voiture ballotte d'un côté ou de l'autre.

Ne sortez pas de la calèche.

La peur me donne la chair de poule. C'est le moment à propos duquel Gold m'a mis en garde. Le moment qui l'a rendu fou. Dehors, dans l'obscurité, le valet de pied attend avec son couteau.

« Il est réveillé, Audrey », dit l'une d'elles en me voyant remuer.

Me croyant peut-être dur d'oreille, la deuxième femme se penche vers moi.

« Nous vous avons trouvé endormi près de la route, déclare-t-elle d'une voix forte, posant une main sur mon genou. Votre automobile était quelques kilomètres plus loin, le cocher a tenté de la démarrer, mais en vain.

— Mon nom est Donald Davies », dis-je, éprouvant un soulagement soudain.

La dernière fois que j'ai été cet homme, j'ai roulé dans la nuit jusqu'à l'aube, abandonnant la voiture quand je n'ai plus eu d'essence. J'ai marché des heures durant sur cette route interminable en direction du village, m'écroulant de fatigue sans être plus près de ma destination. Il a dû dormir toute la journée, ce qui l'a protégé du courroux du valet de pied.

Le médecin de peste m'a dit que je redeviendrais Davies quand il se réveillerait. Je n'avais jamais imaginé qu'il aurait alors été secouru et serait en train d'être ramené à Blackheath.

Enfin, un peu de chance.

« Adorable femme, dis-je en prenant les joues de ma sauveuse entre mes mains et en l'embrassant avec fougue sur la bouche. Vous ne savez pas ce que vous avez fait. »

Avant qu'elle puisse répondre, je passe la tête par la vitre. C'est le soir, les lanternes de la calèche oscillent doucement, illuminant l'obscurité plus qu'elles ne la repoussent. Nous faisons partie d'un convoi de trois voitures qui roule vers la maison depuis le village. Une douzaine d'autres sont garées de chaque côté de la route, leurs cochers ronflant ou discutant par petits groupes, se passant une cigarette solitaire. J'entends de la musique qui provient de la maison, des rires perçants qui grimpent suffisamment haut pour parcourir la distance qui nous sépare. La fête bat son plein.

L'espoir monte soudain en moi.

Evelyn n'a pas encore marché jusqu'au miroir d'eau, ce qui signifie qu'il me reste peut-être du temps pour questionner Michael et découvrir s'il était de mèche avec quelqu'un. Même si j'arrive trop tard pour ça, je pourrai toujours tendre une embuscade au valet de pied quand il viendra s'en prendre à Rashton et découvrir où il détient Anna.

Ne sortez pas de la calèche.

« Blackheath dans quelques minutes, mesdames ! » crie le cocher quelque part au-dessus de nous.

Je jette un nouveau coup d'œil par la vitre. La maison est directement devant nous, et les écuries au bout de la route sur notre droite. C'est là qu'ils gardent les fusils de chasse, et il faudrait que je sois idiot pour attaquer le valet de pied sans arme.

Je déverrouille la portière et bondis de la calèche, m'écroulant douloureusement sur les pavés mouillés. Les femmes poussent des cris perçants, le cocher me hurle dessus tandis que je me relève et me mets à tituber vers les lumières lointaines. Le médecin de peste a affirmé que le motif de cette journée était dicté par le caractère de ceux qui la vivent. Je ne puis qu'espérer que c'est vrai et que le destin est d'humeur charitable, car sinon j'ai condamné à la fois moi et Anna.

Dans la lumière des braseros, des palefreniers défont les harnais qui relient les chevaux aux calèches et mènent les bêtes hennissantes à l'abri. Ils travaillent rapidement mais semblent éreintés, à peine capables de parler. J'aborde le plus proche d'entre eux qui, malgré la pluie, ne porte qu'une chemise en coton aux manches retroussées.

« Où gardez-vous les fusils de chasse ? »

Il est en train de resserrer un harnais, serrant les dents tandis qu'il tire la sangle tendue vers la dernière boucle. Il me regarde d'un air soupçonneux, ses yeux plissés sous sa casquette plate.

« Un peu tard pour la chasse, non ? fait-il.

— Et bien trop tôt pour l'impertinence, dis-je sèchement, submergé par le dédain aristocratique de mon hôte. Où sont les satanés fusils, ou faut-il que je fasse venir Lord Hardcastle pour qu'il vous le demande lui-même ? »

Après m'avoir lorgné de haut en bas, il désigne par-dessus son épaule un petit bâtiment de briques rouges avec une lumière faible filtrant par la fenêtre. Les fusils sont arrangés sur un râtelier en bois, les boîtes de munitions stockées dans un tiroir proche. J'en attrape un et le charge prudemment, enfonçant une poignée de cartouches de rechange dans ma poche.

Le fusil est lourd et froid, mais il me donne le courage de traverser la cour et de longer la route vers Blackheath. Les palefreniers croisent mon regard à mon approche, s'écartant sur mon passage. Nul doute qu'ils me prennent pour un riche excentrique avec un compte à régler, un nouveau ragot à ajouter aux autres demain matin. Certainement pas quelqu'un qui vaille la peine de risquer de prendre des coups. J'en suis ravi. S'ils devaient s'approcher davantage, ils remarqueraient que mes yeux sont habités, que tous mes précédents hôtes s'y bousculent pour avoir une meilleure vue. D'une manière ou d'une autre, le valet de pied a fait du mal à chacun d'entre eux, et tous sont là pour assister à son exécution. Leur clameur m'empêche presque de réfléchir.

À mi-chemin, je remarque une lumière qui approche en dodelinant, et mon doigt se resserre sur la détente du fusil.

« C'est moi ! » hurle Daniel par-dessus le vacarme de l'orage.

Il a une lampe-tempête à la main, la lueur cireuse éclairant son visage et le haut de son corps. On dirait un génie sorti d'une bouteille.

« Nous devons nous dépêcher, le valet de pied est dans le cimetière, dit-il. Il a Anna avec lui. »

Il pense toujours que nous nous laissons abuser par son numéro.

Mes doigts caressent le fusil de chasse tandis que je regarde en direction de Blackheath, tentant de déterminer le meilleur plan d'action. Michael pourrait être dans la véranda en ce moment même, mais je suis certain que Daniel sait où Anna est détenue, et je n'aurai pas de meilleure opportunité de lui soutirer cette information. Deux routes et deux fins, et je sais d'une manière ou d'une autre que l'une d'elles mène à l'échec.

« C'est notre dernière chance ! hurle-t-il, essuyant la pluie dans ses yeux. C'est ce que nous attendions. Il est là-bas, en ce moment, en train d'attendre. Il ne sait pas que nous nous sommes trouvés. Nous pouvons le piéger, terminer ça ensemble. »

Je me suis si longtemps battu pour changer mon avenir, pour altérer cette journée. Maintenant que j'y suis parvenu, je suis défait, dévasté par la futilité de mes choix. J'ai sauvé Evelyn et déjoué Michael, deux choses qui n'auront d'importance que si Anna et moi vivons assez longtemps pour aller voir le médecin de peste à 23 heures. Désormais, je prends chaque décision à l'aveugle, et avec un seul hôte restant après aujourd'hui, chacune d'entre elles compte.

« Et si nous échouons ? » dis-je, mes paroles atteignant à peine ses oreilles.

Le fracas de la pluie sur la pierre est presque assourdissant, le vent déchire la forêt, hurlant parmi les arbres comme une créature sauvage libérée de sa cage.

« Quel choix avons-nous ? hurle Daniel, agrippant ma nuque. Nous avons un plan, ce qui signifie que pour la première fois nous avons un avantage sur lui. Nous devons le suivre. »

Je me rappelle la première fois que j'ai rencontré cet homme, combien il paraissait calme, patient et raisonnable. Il n'y a plus rien de tout ça en lui désormais. Tout a été balayé par les tempêtes sans fin de Blackheath. Il a des yeux de fanatique, ardents et implorants, furieux et désespérés. L'issue de ce moment est aussi importante pour lui que pour moi.

Il a raison. Nous devons mettre un terme à tout ça.

« Quelle heure est-il ? » dis-je.

Il fronce les sourcils.

« Quelle importance ?

— Je ne le sais toujours qu'après coup. L'heure ? S'il vous plaît. »

Il consulte sa montre avec impatience.

« Il est 21 h 46. Pouvons-nous y aller maintenant ? » J'acquiesce et le suis à travers la pelouse.

Les étoiles sont lâches, elles ferment les yeux à mesure que nous nous approchons du cimetière, et quand Daniel ouvre le portail, notre unique lumière provient de sa lanterne. Ici, nous sommes protégés par les arbres. Ils étouffent la tempête qui se rue sur nous par violentes bourrasques, des dagues de vent qui s'enfoncent à travers les fissures dans l'armure de la forêt.

« Nous devrions nous cacher, murmure Daniel en accrochant la lanterne au bras d'un ange. Nous appellerons Anna quand elle arrivera. »

J'épaule le fusil et appuie les deux canons contre l'arrière de sa tête.

« Vous pouvez arrêter votre numéro, Daniel, je sais que nous ne sommes pas le même homme », dis-je, mes yeux parcourant la forêt à la recherche d'un signe du valet de pied.

Malheureusement, la lumière de la lanterne est

si vive qu'elle obscurcit une grande partie de ce qu'elle devrait révéler.

« Les mains en l'air, tournez-vous. »

Il obéit puis me fixe, scrutant chaque partie de mon corps comme s'il cherchait quelque chose de cassé. Je ne sais pas s'il le trouve ou non, mais après un long silence, un sourire charmant apparaît sur son beau visage.

« Ça ne pouvait pas durer éternellement, je suppose », dit-il en désignant sa poche de poitrine.

Je lui fais signe de poursuivre son geste et il tire lentement un étui à cigarettes qu'il tape contre sa paume pour en déloger une.

J'ai suivi cet homme dans le cimetière, conscient que si je ne me confrontais pas à lui, je passerais mon temps à regarder par-dessus mon épaule, attendant qu'il frappe de nouveau, mais maintenant que je suis là, face à son calme, ma certitude vacille.

« Où est-elle, Daniel ? Où est Anna ?

— Ça alors, c'était la question que j'allais vous poser, répond-il en plaçant la cigarette entre ses lèvres. C'était exactement ça, où *est* Anna ? J'ai tenté de vous le faire dire toute la journée, j'ai même cru réussir quand Derby a accepté de m'aider à chasser le valet de pied de sous la maison. Vous auriez dû voir votre tête, tellement heureux de faire plaisir. »

Protégeant sa cigarette du vent, il l'allume au troisième essai, illuminant un visage aux yeux aussi vides que ceux des statues derrière lui. J'ai un fusil braqué sur lui et, curieusement, c'est toujours lui qui a le dessus.

« Où est le valet de pied ? dis-je, le fusil pesant de plus en plus entre mes mains. Je sais que vous êtes de mèche.

— Oh, ce n'est rien de tel. Je crains que vous ne fassiez totalement fausse route, déclare-t-il, écartant l'autre personnage d'un geste dédaigneux de la main. Il n'est pas comme vous, moi ou Anna. C'est un des associés de Coleridge. De fait, ils sont quelques-uns dans la maison. Des types peu recommandables tous autant qu'ils sont, mais bon, Coleridge ne l'est pas non plus. Le valet de pied, comme vous l'appelez, était le plus intelligent, je lui ai donc expliqué ce qui se passait à Blackheath. Je ne crois pas qu'il m'ait cru, mais tuer est sa spécialité, alors il n'a pas cillé quand je lui ai désigné vos hôtes. Ça lui a probablement plu, à vrai dire. Mais que j'aie fait de lui un homme très riche aide énormément, bien entendu. »

Tout en soufflant la fumée par les narines, il esquisse un large sourire comme si nous avions échangé une plaisanterie. Il a des gestes assurés, la confiance d'un homme qui vit dans un monde de prémonitions. Un contraste déprimant par rapport à mes mains tremblantes et mon cœur qui cogne. Il a un plan, et tant que je ne le connaîtrai pas, je ne pourrai rien faire qu'attendre.

« Vous êtes comme Anna, c'est ça ? dis-je. Une journée, puis vous oubliez tout et devez recommencer.

— Ça ne semble pas vraiment juste, n'est-ce pas ? Pas quand vous, vous disposez de huit vies et huit jours. Vous avez eu droit à toutes les faveurs. Comment ça se fait ?

— Je vois que le médecin de peste ne vous a pas tout dit à mon sujet. »

Il esquisse de nouveau un large sourire qui est comme de la glace roulant le long de ma colonne vertébrale.

« Pourquoi faites-vous ça, Daniel ? dis-je, surpris par ma tristesse. Nous aurions pu nous entraider.

— Mais, mon cher ami, vous m'*avez* aidé, réplique-t-il. J'ai en ma possession les deux carnets dont Stanwin se sert pour ses chantages. Si Derby n'avait pas fouiné dans sa chambre, je n'en aurais peut-être trouvé qu'un, et je ne serais pas plus proche d'avoir une réponse que je ne l'étais ce matin. Dans deux heures, je porterai ce que j'ai appris au lac et serai libéré de cet endroit, et ce sera grâce à vous. Ça vous réconfortera sûrement de le savoir. »

Un bruit de pas humides. Un fusil qu'on arme, du métal froid s'enfonce dans mon dos. Une brute passe tout près de moi et va se poster dans la lumière à côté de Daniel. Contrairement à son ami derrière moi, il n'est pas armé, même s'il n'en a pas besoin à première vue. Il a une tête de bagarreur de bar, son nez est cassé, sa joue ornée d'une affreuse cicatrice. Il se frotte le poing, se passant la langue sur les lèvres par anticipation. Aucun de ces gestes ne me rend terriblement confiant quant à ce qui m'attend.

« Soyez gentil et lâchez votre arme », dit Daniel.

Soupirant, je laisse le fusil de chasse tomber par terre et lève les mains en l'air. Si idiot que ça puisse paraître, ma principale pensée est que je voudrais qu'elles ne tremblent pas autant.

« Vous pouvez sortir maintenant », lance Daniel d'une voix plus forte.

Il y a un bruissement dans les buissons sur ma gauche et le médecin de peste pénètre dans la flaque de lumière diffusée par la lanterne. Je suis sur le point de l'invectiver quand je remarque une unique larme argentée peinte sur le côté gauche de son masque. Elle scintille à la lumière, et maintenant que je l'observe je m'aperçois qu'il y a d'autres différences. Ce manteau est en meilleur état, les bords sont moins effilochés. Des roses brodées s'entortillent sur les gants, et je vois désormais que cette personne est plus petite, qu'elle se tient plus droite.

Ce n'est pas du tout le médecin de peste.

« C'est vous qui parliez à Daniel près du lac », dis-je.

Daniel siffle, jetant un coup d'œil à son compagnon.

« Comment diable a-t-il vu ça ? demande-t-il à Larme d'Argent. N'avez-vous pas choisi cet endroit pour que personne ne nous trouve ensemble ?

— Je vous ai également vu devant la loge du gardien, dis-je.

— De plus en plus curieux, observe Daniel, s'amusant immensément aux dépens de son acolyte. Je croyais que vous connaissiez chaque seconde de sa journée ? » Il adopte un ton pompeux : « Rien de ce qui se produit ici ne m'échappe, monsieur Coleridge, fanfaronne-t-il.

— Si c'était vrai, je n'aurais pas besoin de votre aide pour capturer Annabelle », réplique Larme d'Argent. C'est une femme, sa voix est majestueuse, bien loin de celle du médecin de peste. « Les actions de M. Bishop ont bouleversé le cours normal des événements. Il a changé le destin d'Evelyn Hardcastle et contribué à la mort de son frère, défaisant au passage les fils qui maintenaient cette journée. Il a entretenu son alliance avec Annabelle bien plus longtemps que les fois précédentes, ce qui signifie que les choses se produisent dans le désordre, à long ou à court terme, pour autant qu'elles se produisent. Rien n'est tout à fait tel qu'il devrait être. »

Le masque se tourne vers moi.

« Il faudrait vous féliciter, monsieur Bishop, dit-elle. Je n'ai pas vu Blackheath dans une telle confusion depuis des décennies.

— Qui êtes-vous ?

— Je pourrais vous demander la même chose, déclare-t-elle, écartant ma question d'un geste de la main. Mais je ne le ferai pas car vous ne vous connaissez pas, et il y a des affaires plus urgentes. Disons simplement que j'ai été envoyée par mes supérieurs pour réparer l'erreur de mon collègue. Maintenant, s'il vous plaît, dites à M. Coleridge où il pourra trouver Annabelle.

— Annabelle ?

— Il l'appelle Anna, intervient Daniel.

— Que voulez-vous à Anna ? dis-je.

— Cela ne vous regarde pas, répond Larme d'Argent.

— Si, ça commence. Vous devez sérieusement la vouloir pour être disposée à conclure un pacte avec quelqu'un comme Daniel pour qu'il vous l'amène.

— Je rétablis l'équilibre, déclare-t-elle. Croyez-vous que le fait que vous habitiez ces hôtes, les hommes les plus proches du meurtre d'Evelyn, soit une coïncidence ? Ne voulez-vous pas savoir pourquoi vous vous êtes réveillé dans Donald Davies précisément quand vous aviez le plus besoin de lui ? Mon collègue a fait du favoritisme dès le début, et c'est interdit. Il était censé regarder sans intervenir, apparaître au lac et attendre une réponse. Rien de plus. Pire, il a ouvert la porte à une créature qui ne doit jamais être autorisée à quitter cette maison. Je ne peux pas laisser ça continuer.

— C'est donc pour ça que vous êtes ici », dit le

médecin de peste en sortant de l'ombre, l'eau de pluie coulant en petits ruisseaux sur son masque.

Daniel se crispe et observe l'intrus avec méfiance.

« Mes excuses pour ne pas m'être annoncé plus tôt, Josephine, poursuit le médecin de peste, son attention fixée sur Larme d'Argent. Je n'étais pas certain que vous me diriez la vérité si je vous demandais directement, vu le mal que vous vous êtes donné pour rester cachée. Je n'aurais jamais su que vous étiez à Blackheath si M. Rashton ne vous avait pas repérée.

— Josephine ? interrompt Daniel. Vous vous connaissez ? »

Larme d'Argent l'ignore.

« J'espérais que nous n'en arriverions pas là », dit-elle, s'adressant au médecin de peste. Son ton est plus doux, plus chaleureux. Il est plein de regret. « Mon intention était d'accomplir ma tâche et de repartir sans que vous le sachiez.

— Je ne vois pas ce que vous faites ici. Blackheath est sous ma surveillance, et tout est sous contrôle.

— Vous ne pouvez pas croire ça ! s'exclame-t-elle, de plus en plus exaspérée. Regardez comme Aiden et Annabelle sont devenus proches, comme ils sont près de s'échapper. Il est disposé à se sacrifier pour elle. Le voyez-vous ? Si nous continuons de la sorte, elle ne tardera pas à se présenter à vous avec une réponse, et alors que ferez-vous ?

— Je suis sûr que nous n'en arriverons pas là.

— Et moi, je suis sûre du contraire, gronde-t-elle. Dites-moi sincèrement, la laisserez-vous partir ? »

La question le rend un moment silencieux, une légère inclinaison de la tête trahissant son indécision. Mes yeux glissent vers Daniel, qui les regarde avec une expression captivée. J'imagine que, comme moi, il se sent comme un enfant qui voit ses parents se disputer et qui ne comprend que la moitié de ce qui est dit.

Lorsque le médecin de peste parle de nouveau, sa voix est ferme, maîtrisée, sa conviction basée sur la répétition plus que sur la foi.

« Les règles à Blackheath sont très claires et j'y suis assujetti, tout comme vous. Si elle m'apporte le nom de l'assassin d'Evelyn Hardcastle, je ne pourrai refuser de l'entendre.

— Règles ou non, vous savez ce que vos supérieurs vous feront si Annabelle s'échappe de Blackheath.

— Vous ont-ils envoyée pour me remplacer ?

— Bien sûr que non. » Elle soupire, manifestement blessée. « Croyez-vous que leur réaction serait modérée ? Je suis venue en amie, pour faire le ménage avant qu'ils découvrent à quel point vous étiez proche de commettre une bévue. Je vais discrètement emmener Annabelle pour être sûre que vous n'aurez pas à faire un choix que vous regretterez. »

Elle adresse un signe à Daniel.

« Monsieur Coleridge, pourriez-vous s'il vous plaît persuader M. Bishop de révéler où elle se trouve. Je pense que vous comprenez ce qui est en jeu. »

Écrasant sa cigarette avec sa chaussure, Daniel fait un signe de tête au bagarreur, qui attrape mes bras et m'immobilise. J'essaie de me débattre, mais il est beaucoup trop fort.

« C'est interdit, Josephine, s'indigne le médecin de peste, stupéfait. Nous n'agissons pas directement. Nous ne donnons pas d'ordres. Nous ne leur communiquons certainement pas d'informations qu'ils ne sont pas censés avoir. Vous enfreignez toutes les règles que nous avons promis de respecter.

— Vous osez me faire la leçon ? demande Larme d'Argent avec mépris. Vous n'avez fait qu'intervenir. »

Le médecin de peste secoue la tête avec véhémence.

« J'ai expliqué à M. Bishop ce qu'il devait faire ici, et je l'ai encouragé quand il hésitait. Contrairement à Daniel et Anna, il ne s'est pas réveillé avec les règles gravées en lui. Il était libre de douter, de dévier de son objectif. Je ne lui ai jamais donné d'information qu'il n'avait pas méritée, comme vous l'avez fait avec Daniel. J'ai cherché à apporter un équilibre, pas à donner un avantage. Je vous en supplie, ne faites pas ça. Laissez les événements suivre leur cours naturel. Il est tellement près de résoudre l'énigme.

— Moyennant quoi Annabelle l'est aussi, réplique-t-elle, sa voix se durcissant. Je suis désolée, je dois choisir entre le bien-être d'Aiden Bishop et le vôtre. Allez-y, monsieur Coleridge.

— Non ! » hurle le médecin de peste en tendant la main en signe d'apaisement.

La brute au fusil de chasse le pointe sur lui. Il est nerveux, son doigt appuyant un peu trop fermement sur la détente. Je ne sais pas si le médecin de peste peut être blessé par ces armes, mais je ne peux pas le laisser courir ce risque. J'ai besoin de lui vivant.

« Allez-vous-en, lui dis-je. Vous ne pouvez rien faire ici.

— Ça ne doit pas se passer ainsi, proteste-t-il.

— Alors faites ce que vous avez à faire. Mes autres hôtes ont besoin de vous. » Je marque une pause lourde de sens. « Pas moi. »

Je ne sais pas si c'est l'intonation de ma voix, ou s'il a simplement déjà vu cette scène se dérouler, mais finalement, à contre-cœur, il capitule et fixe Josephine avant de quitter le cimetière.

« Altruiste, comme toujours, déclare Daniel en marchant vers moi. Je veux que vous sachiez que j'ai admiré cette qualité, Aiden. La façon dont vous vous êtes battu pour sauver cette femme dont la mort vous aurait libéré. Votre affection pour Anna, qui vous aurait indubitablement trahi si je ne l'avais pas fait en premier. Au bout du compte, cependant, je crains que tout ça n'ait servi à rien. Seul l'un de nous peut quitter cette maison, et je n'ai aucun intérêt à ce que ce soit vous. »

Des corbeaux se rassemblent sur les branches au-dessus de moi. Ils arrivent comme s'ils avaient été invités, planant sur leurs ailes silencieuses, leurs plumes lustrées par la pluie récente. Ils sont des dizaines, massés les uns contre les autres telles des personnes à un enterrement, m'observant avec une curiosité qui me donne la chair de poule.

« Jusqu'il y a une heure, nous avions Anna sous bonne garde. Mais elle est parvenue à s'échapper, continue Daniel. Où pourrait-elle aller, Aiden ? Dites-moi où elle se cache et j'ordonnerai à mes hommes de faire en sorte que votre mort soit rapide. Il ne reste plus que vous et Gold désormais. Deux coups de feu et vous vous réveillerez en Bell, vous frapperez à la porte de Blackheath et recommencerez tout sans me trouver sur votre chemin. Vous êtes une personne intelligente, je suis certain que vous élucidérez le meurtre d'Evelyn en un rien de temps. »

Son visage est macabre à la lueur de la lanterne, rendu difforme par le besoin.

« Avez-vous peur, Daniel ? dis-je lentement. Vous avez tué mes futurs hôtes, je ne représente donc pas une menace, mais vous n'avez aucune idée de l'endroit où se trouve Anna. Ça vous a rongé toute la journée, n'est-ce pas ? La crainte qu'elle résolve l'énigme avant vous. »

C'est mon sourire qui l'effraie, le vague sentiment que je ne suis peut-être pas aussi piégé qu'il le croyait initialement.

« Si vous ne me donnez pas ce que je veux, je commencerai à vous découper, réplique-t-il, traçant du bout du doigt une ligne sur ma joue. Je vous mettrai en morceaux centimètre par centimètre.

— Je sais, je me suis rencontré après que vous l'avez fait, dis-je en le fixant. Vous m'avez tellement brisé mentalement que j'ai emporté ma folie dans Gregory Gold. Il se taillade les bras et bafouille des mises en garde à Edward Dance. C'est atroce. Mais ma réponse est toujours non.

— Dites-moi où elle est, insiste-t-il, haussant la voix. Coleridge paye la moitié des domestiques de cette maison, et j'ai un portefeuille suffisamment garni pour acheter l'autre moitié si nécessaire. Je peux leur faire cerner deux fois le lac. Ne voyez-vous pas ? J'ai déjà gagné. À quoi bon vous obstiner maintenant ?

— Entraînement, dis-je d'une voix grondante. Je ne vous dirai rien, Daniel. Chaque minute de frustration pour vous est une minute de plus pour qu'Anna aille donner la réponse au médecin de peste. Il vous faudrait cent hommes pour garder ce lac par une nuit aussi noire que celle-ci, et je doute que Larme d'Argent puisse vous aider.

— Vous allez souffrir, lance-t-il d'une voix sifflante.

— Encore une heure jusqu'à 23 heures. D'après vous, lequel de nous peut tenir le plus longtemps ? »

Daniel me frappe, suffisamment fort pour expulser l'air de mes poumons et me mettre à genoux. Quand je relève les yeux, il se dresse au-dessus de moi, massant son poing éraflé. La colère se dessine sur son visage tel un orage envahissant lentement un ciel sans nuages. Le joueur charmeur de tout à l'heure a disparu, remplacé par une crapule agressive, son corps tordu par une rage brûlante.

« Je vais vous tuer lentement, gronde-t-il.

— Ce n'est pas moi qui vais mourir ici, Daniel », dis-je, émettant un petit sifflement strident.

Des oiseaux s'envolent des arbres, le taillis bruisse de mouvement. Dans le noir d'encre de la forêt, une lanterne s'illumine. Elle est suivie par une autre non loin, puis encore une autre.

Daniel pivote sur place, les suivant du regard. Il n'a pas remarqué Larme d'Argent qui s'enfonce à reculons parmi les arbres, manifestement incertaine.

« Vous avez fait du mal à beaucoup de gens, dis-je tandis que les lumières s'approchent. Et maintenant vous allez devoir leur faire face.

— Comment ça ? balbutie-t-il, déconcerté par ce revirement de fortune. J'ai tué tous vos futurs hôtes.

— Mais vous n'avez pas tué leurs amis, dis-je. Quand Anna m'a exposé son plan pour attirer le valet de pied ici, j'ai décidé qu'il nous faudrait plus de monde et ai demandé à Cunningham de nous aider. Quand je me suis rendu compte que le valet de pied et vous étiez de mèche, j'ai intensifié ma campagne de recrutement. Je n'ai pas eu de mal à trouver des gens dont vous soyez l'ennemi. »

Grace Davies apparaît la première, brandissant un fusil de chasse. Rashton s'est quasiment coupé la langue à force de la mordre pour m'empêcher de lui demander de l'aide, mais j'étais à court d'options. Mes autres hôtes sont soit occupés soit morts, et Cunningham est au bal avec Ravencourt. La deuxième lumière appartient à Lucy Harper, qui s'est aisément laissé gagner à ma cause en apprenant que Daniel avait assassiné son père. Et finalement il y a le garde du corps de Stanwin, sa tête complètement bandée ne laissant voir que ses yeux froids et durs. Bien qu'ils soient tous armés, aucun n'a l'air très assuré, et je ne ferais confiance à aucun d'eux pour atteindre sa cible. Mais qu'importe. À ce stade, c'est le nombre qui compte, et ils sont assez nombreux pour ébranler Daniel et Larme d'Argent, dont le masque va et vient d'un côté et de l'autre tandis qu'elle cherche une issue.

« C'est fini, Daniel, dis-je d'une voix dure. Rendez-vous et je vous laisserai regagner Blackheath indemne. »

Il me fusille désespérément du regard, puis mes amis.

« Je sais ce que cet endroit peut faire, continué-je. Mais vous avez été bon envers Bell ce premier matin, et j'ai noté votre affection pour Michael durant la partie de chasse. Faites une fois de plus preuve de bonté, et rappelez le valet de pied. Laissez Anna et moi partir avec votre bénédiction. »

Il a une expression hésitante, son tourment se lit sur son visage, mais ça ne suffit pas. Blackheath l'a complètement empoisonné.

« Tuez-les », ordonne-t-il férocement.

Un coup de feu retentit derrière moi et je me jette instinctivement à terre. Mes alliés se dispersent tandis que l'homme de Daniel avance sur eux, tirant coup après coup dans l'obscurité. L'homme sans arme part discrètement vers la gauche pour tenter de les prendre par surprise.

Je ne sais pas si c'est ma colère ou celle de mes hôtes qui me pousse à me ruer sur Daniel. Donald

Davies est fou de rage, même si sa fureur est plus motivée par une question de classe que par les crimes commis. Il ne tolère pas que quelqu'un ait pu oser le traiter aussi bassement.

Ma colère est bien plus personnelle.

Daniel me fait obstacle depuis le premier matin. Il a tenté de s'échapper de Blackheath en me piétinant, entravant mes plans au profit des siens. Il est venu à moi en ami, souriant tandis qu'il mentait, riant tandis qu'il me trahissait, et c'est ça qui me fait me jeter sur lui telle une lance vers son abdomen.

Il se déporte sur le côté et m'assène un uppercut au ventre. Plié en deux, je le frappe à l'entrejambe puis l'agrippe par le cou et l'attire à terre.

Je vois la boussole trop tard.

Il me l'enfonce dans la joue, le verre qui vole en éclats faisant dégouliner du sang sur mon menton. Mes yeux s'embuent, les feuilles détrempées produisent un bruit de succion sous mes pieds. Daniel s'avance, mais une balle passe en sifflant près de lui pour aller atteindre Larme d'Argent, qui pousse un hurlement en saisissant son épaule avant de s'écrouler au sol.

En voyant l'arme tremblante dans la main de Lucy Harper, Daniel s'enfuit en courant vers Blackheath. Je me relève et me lance à sa poursuite.

Nous filons telles deux bêtes se pourchassant à travers la pelouse devant la maison, puis nous engageons dans l'allée qui mène au village, passant à toute allure à côté de la loge du gardien. Je suis presque convaincu qu'il s'enfuit vers le village, mais il tourne finalement à gauche, prenant le sentier qui mène au puits, puis au lac.

Il fait nuit noire, la lune rôdant derrière les nuages tel un chien derrière une vieille clôture en bois, et je perds bientôt ma proie de vue. Craignant une embuscade, je ralentis et écoute attentivement. Des chouettes ululent, l'eau de pluie goutte parmi le feuillage. Des branches s'accrochent à moi tandis que je me faufile discrètement avant de tomber sur Daniel, qui est plié en deux au bord de l'eau avec les mains sur les genoux, tentant de reprendre son souffle, une lampe-tempête à ses pieds.

Il n'a plus nulle part où s'enfuir.

Mes mains tremblent, la peur me comprime la poitrine. La colère m'a donné du courage, mais elle m'a aussi rendu idiot. Donald Davies est petit et menu, plus doux que les lits dans lesquels il se couche. Daniel est plus grand, plus fort. C'est un prédateur. J'ai laissé loin derrière moi l'avantage numérique que j'avais dans le cimetière, ce qui signifie que pour la première fois depuis que je suis arrivé à Blackheath, ni l'un ni l'autre ne savons ce qui va se produire maintenant.

Me voyant approcher, Daniel me repousse d'un geste de la main, me faisant signe de lui laisser une minute pour qu'il reprenne son souffle. Je la lui accorde, profitant de ce temps pour choisir une lourde pierre que je pourrai utiliser comme arme. Après le coup de la boussole, il n'y a plus de combat à la loyale.

« Quoi que vous fassiez, ils ne laisseront pas partir votre amie, déclare-t-il, les mots franchissant ses lèvres entre ses respirations saccadées. Larme d'Argent m'a tout dit à votre sujet contre la promesse que je trouverais et tuerais Anna. Elle m'a parlé de vos hôtes, m'a dit où ils se réveillaient et quand. Ne comprenez-vous pas ? Rien de tout ça n'a d'importance, Aiden. Je suis le seul à pouvoir m'échapper.

— Vous auriez pu me le dire plus tôt. Ça n'était pas forcé de finir de la sorte.

— J'ai une femme et un fils. C'est le souvenir que j'ai emporté. Pouvez-vous imaginer ce que ça fait ? Savoir qu'ils sont là-bas, en train de m'attendre ? Ou qu'ils l'étaient. »

Je fais un pas vers lui, tenant la pierre contre mon flanc.

« Comment arriverez-vous à leur faire face en sachant ce que vous avez fait pour vous enfuir d'ici ?

— Je suis uniquement ce que Blackheath a fait de moi, réplique-t-il d'une voix haletante, crachant dans la boue.

— Non, c'est Blackheath qui est ce que nous en avons fait », dis-je en m'avançant un peu plus. Il est toujours voûté, toujours épuisé. Encore deux pas et tout sera fini. « Ce sont nos décisions qui nous ont menés ici, Daniel. Si c'est l'enfer, alors c'est nous qui l'avons fabriqué.

— Et qu'auriez-vous voulu que nous fassions ? demande-t-il en levant les yeux vers moi. Rester assis et nous repentir jusqu'à ce que quelqu'un juge bon d'ouvrir les portes ?

— Aidez-moi à sauver Evelyn, et nous pourrons porter ce que nous savons au médecin de peste ensemble, dis-je avec passion. Tous les trois, vous, moi et Anna. Nous avons une chance de quitter cet endroit meilleurs que quand nous y sommes arrivés.

— Je ne peux pas courir ce risque, réplique-t-il d'une voix plate et morte. Je ne vais pas laisser passer cette chance de m'échapper. Ni par culpabilité, ni pour aider des gens qui ne peuvent pas être aidés. »

Sans prévenir, il renverse la lampe-tempête d'un coup de pied.

La nuit inonde mes yeux.

J'entends le bruit de ses pas avant que son épaule ne s'enfonce dans mon ventre, me coupant le souffle.

Nous heurtons le sol avec un bruit sourd, la pierre m'échappant des mains.

J'arrive tout juste à lever les bras pour me protéger, mais ils sont minces et frêles, et ses coups passent aisément à travers. Le sang m'emplit la bouche. Je suis engourdi, à l'intérieur comme à l'extérieur, mais les coups continuent de pleuvoir jusqu'à ce que ses poings glissent sur mes joues ensanglantées.

Son poids s'allège tandis qu'il s'écarte de moi.

Il est haletant, sa sueur goutte sur moi.

« J'ai essayé d'éviter ça », dit-il.

Des doigts puissants saisissent mes chevilles et me traînent dans la boue en direction de l'eau. J'essaie de l'agripper, mais son attaque m'a ôté toutes mes forces et je retombe en arrière.

Il marque une pause, essuie la sueur sur son front. Le clair de lune perce les nuages, blanchissant ses traits. Ses cheveux sont argentés, sa peau aussi blanche que de la neige fraîche. Il baisse les yeux vers moi avec la même pitié que celle qu'il a témoignée à Bell le matin de mon arrivée.

« Nous n'avons… dis-je en toussant et crachant du sang.

— Vous n'auriez pas dû vous mettre en travers de mon chemin, m'interrompt-il en me tirant de nouveau. C'est tout ce que je vous ai toujours demandé. »

Il s'enfonce dans le lac, m'entraînant avec lui. L'eau froide remonte le long de mes jambes, trempe ma poitrine et ma tête. Le choc me redonne un peu de force et je tente de regagner la rive en rampant, mais Daniel m'attrape par les cheveux et enfonce mon visage dans l'eau glaciale.

Je lui griffe les mains et bats des jambes, mais il est trop fort.

Mon corps est secoué par des convulsions, je cherche désespérément à respirer.

Mais il continue de me maintenir la tête sous l'eau.

Je vois Thomas Hardcastle, mort depuis dix-neuf ans, émerger des ténèbres et nager vers moi. Il a les cheveux blonds et de grands yeux, il est perdu ici, mais il saisit ma main et serre mes doigts, m'exhortant à être courageux.

Incapable de retenir mon souffle plus longtemps, j'ouvre soudain la bouche et avale une eau froide et boueuse.

Mon corps est pris de spasmes.

Thomas arrache mon esprit à cette chair mourante et nous flottons côte à côte, regardant Donald Davies se noyer.

Tout est paisible et immobile. Étonnamment calme.

Puis quelque chose pénètre soudain dans l'eau.

Des mains plongent sous la surface et agrippent le corps de Donald Davies, le tirant vers le haut, et une seconde plus tard je le suis.

Les doigts de l'enfant mort sont toujours entrelacés aux miens, mais je ne peux pas l'entraîner hors du lac. Il est mort ici et est donc coincé ici, et il me regarde tandis qu'on me tire vers la sécurité du rivage.

Je suis étendu dans la boue, toussant de l'eau, mon corps lourd comme du plomb.

Daniel flotte dans le lac, le visage tourné vers le bas.

Quelqu'un me donne une gifle.

Puis une autre, plus forte.

Anna est au-dessus de moi, mais tout est flou. Le lac semble me tirer en arrière.

L'obscurité m'appelle.

Elle se penche vers moi, plus une tache indistincte qu'une personne.

« … rejoignez-moi à 7 h 12 dans le vestibule… » hurle Anna, mais ses paroles sont lointaines.

Du fond du lac, Thomas me fait signe et, fermant les yeux, je rejoins le jeune noyé.

53

Huitième jour

Ma joue est posée contre la courbure du dos d'une femme. Nous sommes nus, enchevêtrés dans des draps trempés de sueur sur un matelas sale, la pluie se faufilant à travers les montants de fenêtre pourris pour venir couler le long du mur et s'amasser sur le plancher nu.

Lorsque je remue, Madeline Aubert se roule vers moi. Les yeux verts de la femme de chambre brillent d'un besoin maladif, ses cheveux sombres collés à ses joues humides. Elle est très semblable à Thomas Hardcastle dans mon rêve, noyé et désespéré, s'accrochant à n'importe quelle main.

Me trouvant étendu à côté d'elle, elle laisse retomber sa tête sur l'oreiller avec un soupir déçu. Un dédain si évident devrait me mettre mal à l'aise, mais mon irritation est éclipsée par le souvenir de notre première rencontre, la honte de notre soif mutuelle et l'empressement avec lequel elle s'est jetée dans mes bras quand j'ai tiré l'une des fioles de laudanum de Bell de ma poche.

Mes yeux fouillent paresseusement le cottage à la recherche de plus de drogue. Mon travail pour les Hardcastle est achevé, leurs nouveaux portraits sont accrochés dans la longue galerie. Je ne suis pas invité à la fête et ne suis pas attendu à la maison, ce qui me laisse une matinée de libre sur ce matelas, le monde tournant autour de moi comme de la peinture s'écoulant par une bonde.

Mon regard accroche le bonnet et le tablier de Madeline, qui sont suspendus à une chaise.

Comme si j'avais reçu une gifle, je reviens immédiatement à moi-même, l'uniforme évoquant le visage d'Anna, sa voix et son contact, le péril de notre situation.

M'accrochant à ce souvenir, je parviens à repousser la personnalité de Gold.

Je suis tellement empli de ses espoirs et ses peurs, ses désirs et ses passions, qu'Aiden Bishop était comme un rêve dans la lueur du matin.

Je croyais n'être rien de plus que lui.

Me levant du matelas, je renverse un tas de fioles de laudanum vides qui se mettent à rouler sur le sol comme des souris en fuite. Je les écarte du pied et marche jusqu'au feu, où l'unique flamme qui lèche les braises gonfle lorsque j'ajoute du petit bois et des bûches. Des pièces de jeu d'échecs sont alignées sur le manteau de la cheminée, chacune fabriquée à la main, certaines peintes, même si « barbouillées de couleur » les décrirait mieux. Elles ne sont qu'à moitié achevées, et à côté d'elles est posé le petit couteau dont Gold s'est servi pour les sculpter. Ce sont les pièces qu'Anna aura sur elle toute la journée, et la lame correspond parfaitement aux lacérations que j'ai vues hier sur les bras de Gold.

Le destin déclenche une fois de plus des signaux de fumée.

Madeline récupère ses habits qui sont éparpillés par terre. Une telle hâte à se déshabiller dénote une passion frénétique, même s'il n'y a plus désormais que de la honte en elle. Elle s'habille en me tournant le dos, les yeux fixés sur le mur opposé. Le regard de Gold n'est pas si chaste, et il se repaît de sa chair d'un blanc pâle, de ses cheveux qui lui tombent dans le dos.

« Avez-vous un miroir ? demande-t-elle en attachant sa robe, une infime pointe d'accent français dans ses paroles.

— Je ne crois pas, dis-je, savourant la chaleur du feu sur ma peau nue.

— Je dois être affreuse à voir », déclare-t-elle d'un air absent.

Un gentleman exprimerait par respect son désaccord, mais Gold n'est pas un gentleman, et Madeline n'est pas Grace Davies. Je ne l'ai jamais vue sans poudre ni maquillage et suis surpris qu'elle ait l'air si maladive. Son visage est désespérément maigre, avec une peau jaunâtre et tavelée et des yeux irrités à force d'être frottés.

Longeant le mur opposé afin d'être aussi loin de moi que possible, elle ouvre la porte pour partir, l'air froid volant la chaleur de la pièce. Il est tôt, il reste des heures avant l'aube, et un brouillard recouvre le sol. Blackheath est entouré d'arbres et la nuit l'enveloppe toujours. Étant donné l'angle sous lequel je vois la demeure, ce cottage doit se trouver quelque part à proximité du cimetière de famille.

Je regarde Madeline se hâter sur le chemin en direction de la maison, un châle fermement enroulé autour des épaules. Si les événements avaient suivi leur cours original, ce serait moi qui tituberais dans la nuit. Rendu fou par la torture du valet de pied, j'aurais lacéré ma propre chair avec le couteau avant de gravir l'escalier de Blackheath pour aller cogner à la porte de Dance et hurler ma mise en garde. Mais en mettant au jour la trahison de Daniel et en le dominant dans le cimetière, je me suis évité ce sort. J'ai réécrit la journée.

Maintenant je dois m'assurer qu'elle aura un dénouement heureux.

Je referme la porte derrière Madeline et allume une lampe à huile, considérant ma prochaine manœuvre tandis que l'obscurité se glisse dans les coins. Les idées griffent l'intérieur de mon crâne, un ultime monstre à demi formé attendant toujours d'être exposé à la lumière. Dire que quand je me suis réveillé le premier matin en tant que Bell je m'inquiétais d'avoir trop peu de souvenirs. Maintenant je dois faire face à leur surabondance. Mon esprit est une malle remplie à ras bord qui doit être vidée, mais pour Gold le monde n'a de sens que sur la toile, et c'est là que je dois trouver ma réponse. Si Rashton et Ravencourt m'ont appris quelque chose, c'est que je dois accorder de l'importance aux talents de mes hôtes, au lieu de me plaindre de leurs limites.

Je soulève la lampe et vais chercher de la peinture dans l'atelier à l'arrière du cottage. Des toiles sont entassées contre les murs, certains tableaux à demi achevés ou lacérés dans un accès de fureur. Des bouteilles de vin ont été repoussées à coups de pied, se renversant sur des centaines d'esquisses au crayon roulées en boule et jetées à travers la pièce. De la térébenthine coule sur les murs, rendant flou un paysage que Gold semble avoir commencé avec enthousiasme et abandonné de rage.

Des douzaines de portraits sont empilés au centre de ce désordre tel un bûcher attendant la torche, leurs cadres rongés par les vers arrachés et jetés sur le côté. La plupart des peintures ont été détruites à la térébenthine, même si quelques membres pâles sont parvenus à survivre au lessivage. Evelyn m'a dit que Gold avait été engagé pour retoucher les œuvres de Blackheath. Il semblerait qu'il n'ait pas été terriblement impressionné par ce qu'il a trouvé.

Tandis que je regarde la pile, une idée commence à prendre forme.

Je fouille sur les étagères, attrape un fusain et regagne la pièce principale, où je pose la lampe par terre. N'ayant pas de toile sous la main, j'étale mes idées sur le mur, travaillant dans la petite flaque de lumière dansante diffusée par la lanterne. Elles arrivent précipitamment, un déluge d'informations qui réduit le fusain à un moignon en quelques minutes, me forçant à retourner dans l'obscurité pour en chercher un autre.

Progressant vers le bas depuis un feuillage de noms massés près du plafond, j'esquisse fiévreusement un tronc avec les actions de chacun au fil de la journée, les racines s'enfonçant jusqu'à dix-neuf ans plus tôt pour se perdre dans un lac au fond duquel gît un enfant mort. À un moment, je rouvre accidentellement une vieille coupure sur ma main, tachant de rouge mon arbre. J'arrache la manche de ma chemise et panse la blessure du mieux possible avant de me remettre au travail. Les premiers rayons de l'aube pointent à l'horizon tandis que je recule, le fusain me tombant de la main et se brisant sur le plancher. Épuisé, je m'assieds devant mon œuvre, le bras tremblant.

Trop peu d'informations et tu es aveugle, trop et tu es aveuglé.

J'observe le motif en plissant les yeux. Il y a deux nœuds dans l'arbre qui représentent deux blancs dans l'histoire. Deux questions qui expliqueront tout : que savait Millicent Derby et où est Helena Hardcastle ?

La porte du cottage s'ouvre, laissant pénétrer l'odeur de la rosée.

Je suis trop fatigué pour me retourner. Je suis de la cire de bougie fondue, informe et consumée, attendant que quelqu'un me décolle du sol. Tout ce que je veux, c'est dormir, fermer les yeux et me libérer de toute pensée, mais je suis dans mon dernier hôte. Si j'échoue, tout recommencera.

« Vous êtes ici ? demande le médecin de peste, surpris. Vous n'êtes jamais ici. À cette heure, normalement, vous délirez. Comment… qu'est-ce que c'est que ça ? »

Il passe rapidement près de moi, son pardessus bruissant. Le costume est totalement ridicule à la lumière du jour naissant, l'oiseau cauchemardesque transformé en un clochard théâtral. Pas étonnant qu'il rende la plupart de ses visites de nuit.

Il s'arrête à quelques centimètres du mur et passe sa main gantée sur la courbe de l'arbre, faisant baver les noms.

« Remarquable, s'extasie-t-il à voix basse en l'examinant de haut en bas.

— Qu'est-il arrivé à Larme d'Argent ? dis-je. Je l'ai vue recevoir une balle dans le cimetière.

— Je l'ai piégée dans la boucle, répond-il tristement. C'était la seule manière de lui sauver la vie. Elle se réveillera dans quelques heures en pensant être tout juste arrivée et répétera tout ce qu'elle a fait hier. Mes supérieurs finiront par remarquer son absence, et ils viendront la libérer. Je crains d'avoir à répondre à des questions compliquées. »

Tandis qu'il se tient en communion avec mon arbre, j'ouvre la porte d'entrée et la lumière du soleil frappe mon visage, sa chaleur se répandant sur mon cou et mes bras nus. Ébloui, je plisse les yeux et inspire sa lueur dorée. Je n'ai jamais été éveillé si tôt, n'ai jamais vu le soleil se lever sur cet endroit.

C'est miraculeux.

« Ce dessin dit-il ce que je crois ? demande le médecin de peste d'une voix pleine d'attente.

— Que croyez-vous qu'il dise ?

— Que Michael Hardcastle a tenté de tuer sa propre sœur.

— Alors, oui, c'est ce qu'il dit. »

Les oiseaux chantent, trois lapins font des bonds dans le petit jardin du cottage, la lumière du soleil conférant à leur fourrure une teinte couleur rouille. Si j'avais su que le paradis était au bout de l'aube, je n'aurais jamais perdu une nuit à dormir.

« Vous avez résolu l'énigme, monsieur Bishop, vous êtes le premier à le faire, déclare-t-il, haussant la voix d'excitation. Vous êtes libre ! Après tout ce temps, vous êtes finalement libre ! »

Il tire une flasque en argent des plis de son habit et me la place entre les mains. Je n'arrive pas à identifier le liquide qu'elle contient, mais il met le feu à mes os et me réveille soudain.

« Larme d'Argent avait raison de s'en faire, dis-je tout en continuant d'observer les lapins. Je ne pars pas sans Anna.

— Ce n'est pas à vous d'en décider, réplique-t-il en reculant pour mieux voir l'arbre.

— Qu'allez-vous faire, me traîner au lac ?

— Je n'en aurai pas besoin, répond-il. Le lac était simplement un lieu de rendez-vous. La réponse était tout ce qui comptait. Vous avez élucidé le meurtre d'Evelyn et m'avez convaincu de la solution. Maintenant que je l'ai acceptée, même Blackheath ne peut plus vous retenir. La prochaine fois que vous dormirez, vous serez libéré ! »

Je voudrais être en colère mais n'y parviens pas. Le sommeil m'attire avec ses mains douces, et chaque fois que je ferme les yeux, j'ai de plus en plus de mal à les rouvrir. Je retourne à la porte ouverte, me laisse glisser le long du montant jusqu'à être assis par terre, une moitié de mon corps dans l'obscurité, l'autre à la lumière. Je ne puis me résoudre à abandonner la chaleur et le chant des oiseaux, les bénédictions d'un monde que j'ai si longtemps renié.

Je bois une nouvelle gorgée à la flasque, m'efforçant de rester éveillé.

J'ai encore tant à faire.

Tant de choses que tu ne peux pas être vu en train de faire.

« La compétition n'était pas égale, dis-je. J'ai eu huit hôtes alors qu'Anna et Daniel n'en ont eu qu'un seul. Je pouvais me souvenir de la semaine, mais pas eux. »

Il marque une pause, me considérant.

« Vous avez eu ces choses parce que vous avez choisi de venir à Blackheath, répond-il doucement, comme s'il craignait d'être espionné. Eux, non, et c'est tout ce que je peux dire sur cette question.

— Si j'ai choisi de venir ici une fois, je peux décider de revenir. Je ne vais pas laisser Anna. »

Il se met à tourner en rond, son regard oscillant entre moi et le tableau.

« Vous avez peur, dis-je, surpris.

— Oui, j'ai peur, convient-il sèchement. Mes supérieurs, ce ne sont pas… Vous ne devriez pas les défier. Je vous le promets, après votre départ, j'offrirai à Anna toute l'assistance qu'il sera en mon pouvoir de lui donner.

— Un jour, un hôte. Elle ne s'échappera jamais de Blackheath, vous le savez. Je n'aurais pas pu faire tout ça sans l'intelligence de Ravencourt et la ruse de Dance. Ce n'est que grâce à Rashton que j'ai commencé à considérer les indices comme des preuves. Bon sang, même Derby et Bell ont joué leur rôle. Elle aura besoin de tous leurs talents, comme moi.

— Vos hôtes seront toujours à Blackheath.

— Mais je ne les contrôlerai plus ! Ils n'aideront pas une domestique. Je vais l'abandonner à cet endroit.

— Oubliez-la ! Ça a assez duré ! lance-t-il en pivotant pour me faire face, sa main fendant l'air.

— Qu'est-ce qui a assez duré ? »

Il regarde sa main gantée, surpris par sa perte de sang-froid.

« Il n'y a que vous pour me mettre tellement en colère, reprend-il d'une voix plus calme. Ça a toujours été pareil. Boucle après boucle, hôte après hôte. Je vous ai vu trahir des amis, nouer des alliances et mourir par principe. J'ai vu tant de versions d'Aiden Bishop que vous ne vous y reconnaîtriez probablement pas, mais la chose qui n'a jamais changé, c'est votre entêtement. Vous choisissez un chemin, et vous le suivez jusqu'au bout, peu importe le nombre de trous dans lesquels vous tombez en route. Ce serait impressionnant si ça n'était pas si profondément irritant.

— Irritant ou non, je dois savoir pourquoi Larme d'Argent s'est donné tout ce mal pour tenter de tuer Anna. »

Il me jauge d'un long regard, puis soupire.

« Savez-vous comment on peut dire si un monstre peut de nouveau retourner dans le monde, monsieur

Bishop ? demande-t-il d'un air contemplatif. S'il s'est vraiment racheté et ne vous dit pas simplement ce que vous voulez entendre ? » Il boit une gorgée à la flasque. « Vous lui offrez une journée sans conséquence, et vous l'observez pour voir ce qu'il en fait. »

Je ressens des fourmillements, mon sang se glace.

« Tout cela n'était qu'un test ? dis-je lentement.

— Nous préférons parler de réhabilitation.

— Réhabilitation… » Un soupçon monte en moi, comme le soleil au-dessus de la maison. « C'est une prison ?

— Oui, sauf qu'au lieu de laisser nos prisonniers croupir dans une cellule, nous leur donnons chaque jour une chance de prouver qu'ils sont dignes d'être libérés. Voyez-vous la beauté de la chose ? Le meurtre d'Evelyn Hardcastle n'a jamais été élucidé et ne l'aurait probablement jamais été. En enfermant les prisonniers dans le meurtre, nous leur donnons l'opportunité d'expier leurs propres crimes en résolvant celui d'un autre. C'est autant un service qu'un châtiment.

— Y a-t-il d'autres endroits comme celui-ci ? dis-je, tentant de comprendre.

— Des milliers, répond-il. J'ai vu un village qui se réveille chaque matin avec trois corps sans tête sur la place, et une série de meurtres sur un paquebot. Ceux-là, il doit y avoir quinze prisonniers qui essaient de les élucider.

— Ce qui fait de vous quoi ? un gardien ?

— Un juge. Je décide si vous êtes digne d'être libéré.

— Mais vous avez affirmé que j'avais choisi de venir à Blackheath ? Pourquoi aurais-je choisi de venir dans une prison ?

— Vous êtes venu pour Anna, mais vous vous êtes

retrouvé piégé, et boucle après boucle Blackheath vous a détruit jusqu'à ce que vous vous oubliiez, puisque c'est pour ça qu'il a été conçu. » Sa voix est pleine de colère, ses mains gantées sont serrées. « Mes supérieurs n'auraient jamais dû vous laisser entrer, c'était une erreur. Très longtemps, j'ai cru que l'innocent qui était entré ici était perdu, qu'il s'était sacrifié par un geste futile, mais vous avez retrouvé votre chemin. C'est pour ça que je vous ai aidé. Je vous ai donné le contrôle de différents hôtes, cherchant ceux qui étaient le mieux équipés pour résoudre le meurtre, et optant au bout du compte pour les huit d'aujourd'hui. J'ai modifié leur ordre pour m'assurer que vous tireriez le meilleur d'eux. Je me suis même arrangé pour que M. Rashton soit caché dans ce réduit afin de le maintenir en vie. J'ai contourné toutes les règles possibles pour que vous puissiez finalement vous échapper. Vous voyez maintenant ? Vous devez partir tant que vous êtes toujours la personne que vous voulez être.

— Et Anna… ? » dis-je d'une voix hésitante, détestant la question que je suis sur le point de poser.

Je ne me suis jamais autorisé à croire qu'Anna était à sa place ici, préférant envisager sa situation comme si elle avait fait naufrage, ou été frappée par la foudre. En supposant que c'était une victime, je m'interdisais de croire qu'elle avait pu mériter ça, mais sans ce réconfort, ma peur grandit.

« Pourquoi est-elle à Blackheath ? »

Il secoue la tête, me tend la flasque.

« Ce n'est pas à moi de le dire. Sachez seulement que la lourdeur de son châtiment est égale à son crime. Les prisonniers dont je vous ai parlé dans le village et sur le navire ont reçu des peines plus légères qu'Anna et Daniel. Ces endroits sont bien moins éprouvants qu'ici. Blackheath a été construit pour briser les démons, pas les petits voleurs.

— Vous dites qu'Anna est un démon ?

— Je dis que des milliers de crimes sont commis chaque jour, mais que seulement *deux* personnes ont été envoyées ici. » Sa voix s'élève, chargée d'émotion. « Anna est l'une des deux, et pourtant vous avez risqué votre vie pour l'aider à s'échapper. C'est de la folie.

— Toute femme qui inspire une telle loyauté doit valoir quelque chose.

— Vous ne m'entendez pas, réplique-t-il en serrant les poings.

— Si, je vous entends, mais je ne la laisserai pas ici. Même si vous me faites partir aujourd'hui, je reviendrai demain. Je l'ai fait une fois, je recommencerai.

— Cessez d'être un tel imbécile ! » Il donne un coup de poing dans le montant de la porte, suffisamment fort pour que de la poussière nous tombe sur la tête. « Ce n'est pas la loyauté qui vous a amené à Blackheath, c'est la soif de vengeance. Vous n'êtes pas venu pour *secourir* Anna, vous êtes venu pour lui faire payer son tribut. Elle est en sécurité ici. En cage, mais en sécurité. Vous ne vouliez pas qu'elle soit en cage, vous vouliez qu'elle souffre – tant de personnes dehors voulaient qu'elle souffre, mais aucune n'était disposée à faire ce vous étiez prêt à faire, car personne ne haïssait cette femme autant que vous. Vous l'avez suivie jusqu'à Blackheath, et pendant trente années vous vous êtes consacré à la torturer, de la même manière que le valet de pied vous torture aujourd'hui. »

Le silence s'abat sur nous.

J'ouvre la bouche pour répondre, mais j'ai le ventre noué, la tête qui tourne. Le monde s'est renversé, et même si je suis assis par terre, je sens que je tombe encore et encore.

« Qu'a-t-elle fait ? dis-je dans un murmure.

— Mes supérieurs…

— Ont ouvert les portes de Blackheath à un innocent avec des envies de meurtre. Ils sont aussi coupables que n'importe qui ici. Maintenant, dites-moi ce qu'elle a fait.

— Je ne peux pas, répond-il faiblement, sa résistance presque épuisée.

— Vous m'avez aidé jusqu'à maintenant.

— Oui, parce que ce qui vous est arrivé est injuste, déclare-t-il en buvant une longue rasade à la flasque, sa pomme d'Adam s'élevant et redescendant dans sa gorge. Personne ne s'est opposé à ce que je vous aide à vous échapper car vous n'étiez pas censé être ici, mais si je commence à vous dire des choses que vous n'êtes pas censé savoir, il y aura des répercussions. Pour nous deux.

— Je ne peux pas partir sans savoir pourquoi je pars, et je ne peux pas promettre de ne pas revenir tant que je ne sais pas avec certitude pourquoi je suis venu ici. Je vous en prie, c'est la seule manière d'en finir. »

Le masque orné d'un bec se tourne lentement vers moi, et pendant une minute entière, l'homme se tient là, perdu dans ses pensées. Je sens qu'il m'évalue, qu'il soupèse et met de côté mes qualités, qu'il lève mes défauts à la lumière pour pouvoir mieux les juger.

Ce n'est pas toi qu'il évalue.

Qu'est-ce que ça signifie ?

C'est un homme bon. C'est maintenant qu'il découvre à quel point il est bon.

Penchant la tête, le médecin de peste me surprend en ôtant son haut-de-forme et en révélant les lanières de cuir brun qui maintiennent le masque en place. Une à une, il les défait, grognant tandis que ses doigts épais détachent les fermoirs. Quand le dernier se libère, il enlève son masque et abaisse sa capuche, laissant paraître le crâne chauve en dessous. Il est plus âgé que je ne l'aurais imaginé, à coup sûr plus proche des soixante ans que des cinquante, et il a le visage d'un homme respectable et surmené. Ses yeux sont injectés de sang, sa peau a la couleur du vieux papier. Si ma fatigue pouvait avoir une forme, elle ressemblerait à ça.

Ignorant mon inquiétude, il incline son visage pour recevoir la lumière du petit matin qui filtre par la fenêtre.

« Eh bien, voilà », dit-il en jetant le masque sur le lit de Gold.

Libérée de la porcelaine, sa voix est presque, mais pas tout à fait, celle que je connais.

« J'imagine que vous n'étiez pas censé faire ça, dis-je en désignant le masque d'un geste de la tête.

— La liste commence à être longue, réplique-t-il en s'asseyant sur une marche devant la porte, se positionnant de sorte que tout son corps soit baigné de lumière. Je viens ici chaque matin avant de me mettre au travail, poursuit-il en prenant une profonde inspiration. J'adore ce moment de la journée. Il dure dix-sept minutes, puis les nuages s'amoncellent et deux valets de pied reprennent une querelle qui date de la veille au soir et qui se termine par une bagarre aux écuries. » Il ôte ses gants, un doigt après l'autre. « Quel dommage que ce soit la première fois que vous puissiez l'apprécier, monsieur Bishop.

— Aiden, dis-je en tendant la main.

— Oliver, répond-il en la serrant.

— Oliver, répété-je, pensif. Il ne m'était jamais venu à l'esprit que vous aviez un nom.

— Peut-être ferais-je bien de le dire à Donald Davies quand je serai confronté à lui sur la route, observe-t-il avec un léger sourire. Il sera très en colère. Ça pourrait le calmer.

— Vous allez tout de même y aller ? Pourquoi ? Vous avez votre réponse.

— Tant que vous ne vous serez pas échappé, il est de mon devoir de guider ceux qui vous suivent, de leur donner la chance que vous avez eue.

— Mais vous savez désormais qui a tué Evelyn Hardcastle. Cela n'y changera-t-il rien ?

— Suggérez-vous que je vais trouver ma tâche difficile sous prétexte que j'en sais plus qu'eux ? » Il secoue la tête. « J'en ai toujours su plus qu'eux. J'en savais plus que vous. La connaissance n'a jamais été mon problème. L'ignorance est le mal contre lequel je me bats. »

Son visage se durcit de nouveau, la légèreté quitte sa voix.

« C'est pour ça que j'ai ôté mon masque, Aiden. J'ai besoin que vous voyiez mon visage et que vous entendiez ma voix, et que vous sachiez que ce que je vous dis est la vérité absolue. Nous ne pouvons pas avoir de doutes entre nous, plus maintenant.

— Je comprends. »

C'est tout ce que je parviens à dire. Je me sens comme un homme attendant la chute.

« Le nom Annabelle Caulker, la femme que vous connaissez en tant qu'Anna, est une insulte dans toutes les langues dans lesquelles il est prononcé, explique-t-il, me clouant sur place avec son regard. Elle était la meneuse d'un groupe qui a semé la destruction et la mort à travers la moitié des nations du monde et qui continuerait sûrement de le faire si elle ne s'était pas fait attraper, il y a plus de trente ans. Voilà qui vous essayez de libérer. »

Je devrais être surpris. Je devrais être choqué, ou en colère. Je devrais protester, mais je ne ressens rien de tout ça. Ça n'est pas comme une révélation, c'est plutôt la formulation de faits que je connais depuis longtemps. Anna est féroce et intrépide, voire brutale au besoin. J'ai vu son expression dans la loge du gardien quand elle est venue vers Dance armée d'un fusil de chasse sans se rendre compte que c'était moi. Elle aurait appuyé sur la détente sans le moindre regret. Elle a tué Daniel quand je ne pouvais pas le faire, et a nonchalamment suggéré que nous tuions nous-mêmes Evelyn afin de répondre à la question du médecin de peste. Elle a prétendu que c'était une plaisanterie, mais même maintenant je n'en suis pas certain.

Et pourtant, Anna n'a tué que pour me protéger, afin de gagner du temps pour que je puisse résoudre le mystère. Elle est forte, gentille, et elle est demeurée loyale, même quand mon désir de sauver Evelyn menaçait de saper notre enquête sur son meurtre.

De toutes les personnes de la maisonnée, elle est la seule à n'avoir jamais caché qui elle était vraiment.

« Elle n'est plus cette personne, dis-je. Vous avez affirmé que Blackheath était censé réhabiliter les gens, briser leur ancienne personnalité et mettre leur nouvelle à l'épreuve. Eh bien, j'ai vu Anna de près cette semaine. Elle m'a aidé, m'a sauvé la vie à plus d'une reprise. C'est mon amie.

— Elle a assassiné votre sœur », déclare-t-il sans ménagement.

Mon monde se vide.

« Elle l'a torturée, humiliée, et a forcé le monde à regarder, poursuit-il. Voilà qui est Anna, et les personnes comme ça ne changent pas, Aiden. »

Je tombe à genoux, me serrant les tempes tandis que les vieux souvenirs ressurgissent.

Ma sœur s'appelait Juliette. Elle avait les cheveux châtains et un sourire lumineux. Elle était chargée de capturer Annabelle Caulker, et j'étais tellement fier d'elle.

Chaque réminiscence est comme un tesson de verre qui me déchire l'esprit.

Juliette était déterminée et intelligente, et elle pensait que la justice était une chose qu'il fallait défendre et non simplement tenir pour acquise. Elle me faisait rire. Elle pensait que tout ça en valait la peine.

Des larmes coulent sur mes joues.

Les hommes d'Annabelle Caulker sont venus une nuit et ont enlevé Juliette chez elle. Ils ont exécuté son mari d'une unique balle dans la tête. Il a eu de la chance. La balle de Juliette n'est arrivée que sept jours plus tard. Ils l'ont torturée en faisant en sorte que tout le monde regarde.

Ils qualifiaient ça de justice pour leur persécution.

Ils disaient qu'elle aurait dû s'y attendre.

Je ne sais rien d'autre sur moi, ni sur le reste de ma famille. Je ne me suis pas accroché à mes souvenirs heureux. Seulement à ceux qui pouvaient m'aider, à ma haine et à mon chagrin.

C'est le meurtre de Juliette qui m'a attiré à Blackheath. Les coups de téléphone hebdomadaires qui ont cessé d'arriver. Les histoires que nous avons cessé de partager. L'espace qu'elle aurait dû occuper et où elle ne serait plus jamais. C'est la façon dont Annabelle s'est finalement fait prendre.

Sans une goutte de sang. Sans douleur.

Sans le moindre incident.

Et ils l'ont envoyée à Blackheath, où la meurtrière de ma sœur passerait sa vie à tenter d'élucider la mort d'une sœur assassinée. Ils appelaient ça justice. Ils se tapaient dans le dos en se félicitant de leur ingéniosité, pensant que je serais aussi ravi qu'eux. Pensant que ça suffirait.

Mais ils se trompaient.

Le sentiment d'injustice me déchirait la nuit et me poursuivait le jour. Il m'a rongé jusqu'à ce que je n'arrive plus à penser à autre chose qu'à elle.

J'ai franchi les portes de l'enfer à sa suite. J'ai traqué, terrifié et torturé Annabelle Caulker jusqu'à oublier les raisons qui me faisaient agir ainsi. Jusqu'à oublier Juliette. Jusqu'à ce qu'Annabelle devienne Anna et que je ne voie plus qu'une jeune femme terrifiée à la merci de monstres.

Je suis devenu ce que je détestais et ai fait d'Annabelle la chose que j'aimais.

Et j'ai rejeté la responsabilité sur Blackheath.

Je lève mes yeux rougis par les larmes vers le médecin de peste. Il me regarde franchement, jaugeant ma réaction. Je me demande ce qu'il voit, car je ne sais absolument pas quoi penser. Tout ceci m'arrive à cause de la personne que j'essaie de sauver.

C'est la faute d'Anna.

D'Annabelle.

« Quoi ? » dis-je, surpris par le ton insistant de la voix dans ma tête.

C'est la faute d'Annabelle Caulker, pas celle d'Anna. C'est elle que nous détestions.

« Aiden ? » demande le médecin de peste.

Et Annabelle Caulker est morte.

« Annabelle Caulker est morte », dis-je lentement en croisant le regard étonné du médecin de peste.

Il secoue la tête.

« Vous vous trompez.

— Ça a pris trente années. Et ça n'a pas été accompli par la violence ni par la haine. Ça a été accompli par le pardon. Annabelle Caulker est morte.

— Vous faites erreur.

— Non, c'est vous qui faites erreur, dis-je, de plus en plus confiant. Vous m'avez demandé d'écouter la voix dans ma tête, et c'est ce que je fais. Vous m'avez demandé de croire que Blackheath pouvait réhabiliter les gens, et c'est ce que j'ai fait. Maintenant vous devez faire de même, car vous êtes tellement aveuglé par ce qu'était Anna que vous ne voyez pas qui elle est devenue, et si vous n'êtes pas disposé à accepter qu'elle a changé, alors à quoi tout cela sert-il ? »

Frustré, il donne un coup de pied dans la terre avec le bout de sa botte.

« Je n'aurais jamais dû ôter mon masque », gronde-t-il en se levant et en se rendant dans le jardin, mettant en fuite les lapins qui mangeaient l'herbe.

Les mains sur les hanches, il observe Blackheath au loin, et pour la première fois je m'aperçois que ce lieu est autant son maître que le mien. Pendant que j'étais libre de trafiquer et de changer les choses, il était forcé d'assister à des meurtres, des viols et des suicides, enveloppé dans suffisamment de mensonges pour ensevelir cet endroit. Il devait accepter ce que la journée lui réservait, si atroce que ce fût. Et contrairement à moi, il n'était pas autorisé à oublier. De quoi rendre fou. Et la plupart des gens le deviendraient, à moins d'avoir la foi. À moins de croire que la fin justifie les moyens.

Comme s'il lisait dans mes pensées, le médecin de peste se tourne vers moi.

« Que me demandez-vous, Aiden ?

— Soyez au lac à 23 heures, dis-je avec fermeté. Un monstre sera présent, et je vous garantis que ce ne sera pas Anna. Observez-la, donnez-lui une chance de faire ses preuves. Vous verrez qui elle est réellement, et vous verrez que j'ai raison. »

Il semble incertain.

« Comment pouvez-vous le savoir ? demande-t-il.

— Parce que je serai en danger.

— Même si vous me persuadez qu'elle est réhabilitée, vous avez déjà résolu le mystère de la mort d'Evelyn, déclare-t-il. Les règles sont claires : le premier prisonnier à révéler qui a tué Evelyn Hardcastle sera relâché. Et c'est vous. Pas Anna. Que répondez-vous à ça ? »

Je me lève et marche d'un pas chancelant jusqu'à l'arbre que j'ai dessiné, puis je tape doucement sur les nœuds, les blancs que je ne suis pas parvenu à combler.

« Je n'ai pas tout résolu, dis-je. Si Michael Hardcastle avait prévu d'abattre sa sœur au miroir d'eau, pourquoi l'aurait-il également empoisonnée ? Je ne crois pas que ce soit lui qui l'ait fait. Je ne crois pas qu'il savait qu'il y avait du poison dans la boisson qui l'a tué. Je crois que quelqu'un d'autre l'a mis là au cas où Michael échouerait. »

Le médecin de peste me rejoint à l'intérieur.

« C'est un raisonnement ténu, Aiden.

— Il nous reste encore trop de questions pour nous en tenir là, dis-je, me rappelant le visage pâle d'Evelyn après que je l'ai sauvée dans la véranda, et le message qu'elle a tant peiné à me communiquer. Si tout était terminé, pourquoi Evelyn m'aurait-elle dit que Millicent Derby avait été assassinée ? À quoi cela aurait-il servi ?

— Peut-être que Michael l'a également tuée ?

— Et quel était son mobile ? Non, quelque chose nous échappe.

— Mais quoi ? demande-t-il, sa conviction commençant à vaciller.

— Je crois que Michael Hardcastle était de mèche avec quelqu'un d'autre, quelqu'un qui est resté invisible tout du long.

— Un deuxième assassin, dit-il, prenant une seconde pour réfléchir à cette hypothèse. Je suis ici depuis trente ans, et je n'ai jamais soupçonné… personne ne l'a jamais fait. Vous vous trompez, Aiden. C'est impossible.

— Tout ce qui se passe aujourd'hui est impossible, dis-je en tapant sur mon arbre. Il y a un deuxième assassin, je le sais. J'ai une idée de qui ça pourrait être et, si j'ai raison, cette personne a tué Millicent Derby pour effacer ses traces. Elle est autant impliquée dans le meurtre d'Evelyn que Michael, ce qui signifie qu'il vous faut deux réponses. Si Anna vous livre le complice de Michael, est-ce que ça suffira à la libérer ?

— Mes supérieurs ne veulent pas voir Annabelle Caulker quitter Blackheath, dit-il. Et je ne suis pas sûr qu'il soit possible de les convaincre qu'elle a changé. Et même si ça l'était, ils chercheraient le moindre prétexte pour la garder en prison, Aiden.

— Vous m'avez aidé car je ne suis pas à ma place ici, dis-je. Si j'ai raison à propos d'Anna, c'est également vrai pour elle. »

Il marche de long en large, se passant la main sur le crâne, dardant des regards anxieux sur moi et sur l'esquisse.

« Je peux seulement promettre que je serai au lac avec l'esprit ouvert, déclare-t-il.

— Ça me suffit, dis-je en lui tapant sur l'épaule. Retrouvez-moi près du hangar à bateaux à 23 heures, et vous verrez que j'ai raison.

— Et puis-je vous demander ce que vous allez faire d'ici là ?

— Je vais découvrir qui a assassiné Millicent Derby. »

54

Avançant parmi les arbres, je m'approche de Blackheath sans être vu, ma chemise rendue humide par le brouillard, mes chaussures couvertes de boue. La véranda est à quelques pas et, tapi au milieu des buissons dégoulinants, je cherche du mouvement à l'intérieur. Il est encore tôt, mais je ne sais pas quand Daniel se réveille, ni quand il est recruté par Larme d'Argent. Pour ma sécurité, je dois supposer que lui et ses espions constituent toujours une menace, ce qui signifie que je dois rester dissimulé jusqu'à ce qu'il flotte dans le lac avec le visage tourné vers les profondeurs, tous ses complots noyés avec lui.

Après sa percée matinale, le soleil nous a abandonnés à l'obscurité et le ciel n'est qu'une confusion de gris. Je scrute les parterres de fleurs à la recherche de touches de rouge, de soupçons de violet, de rose ou de blanc. Je cherche le monde coloré derrière celui-ci, m'imaginant Blackheath embrasé, portant une couronne de flammes et une cape de feu. Je vois le ciel gris en train de brûler, des cendres noires retombant comme de la neige. J'imagine le monde refait, ne serait-ce que l'espace d'un instant.

Je m'arrête, m'interrogeant soudain sur la raison

de ma présence ici. Je regarde autour de moi mais ne reconnais rien, et je me demande pourquoi j'ai quitté le cottage sans mes pinceaux et mon chevalet. Je suis sûrement venu pour peindre, même si je n'ai pas beaucoup de goût pour la lumière matinale ici. Elle est trop morne, trop calme, comme de la gaze étalée sur le paysage.

« Je ne sais pas ce que je fais ici », dis-je à part moi, baissant les yeux vers ma chemise tachée de fusain.

Anna. Tu es ici pour Anna.

Son nom me libère de la confusion de Gold et mes souvenirs reviennent d'un coup.

C'est de pire en pire.

Inspirant profondément l'air froid, je serre dans ma main la pièce de jeu d'échecs que j'ai prise sur le manteau de la cheminée et érige un mur entre moi et Gold en utilisant chaque souvenir que j'ai d'Anna. Je fais des briques de son rire, de son contact, de sa gentillesse et de sa chaleur, et ce n'est que lorsque je suis sûr que mon mur est assez élevé que je reprends ma surveillance de la véranda, me glissant à l'intérieur quand je suis certain que la maison est endormie.

L'ami ivrogne de Dance, Philip Sutcliffe, dort sur l'un des canapés, sa veste tirée par-dessus son visage. Il remue brièvement, faisant claquer ses lèvres et me regardant d'un air vaseux, puis il murmure quelque chose, change de position et se rendort.

J'attends, tendant l'oreille. Dégoulinant. Respirant fort.

Rien d'autre ne bouge.

La grand-mère d'Evelyn m'observe sur le portrait au-dessus de la cheminée. Elle a les lèvres pincées, l'artiste l'ayant saisie pile à un moment de reproche.

Je ressens un picotement dans la nuque.

Je regarde le tableau en fronçant les yeux, consterné qu'elle ait été représentée avec tant de douceur. Puis je le repeins mentalement, traçant des courbes aussi âpres que des cicatrices, formant avec la peinture des tas semblables à des montagnes. Ça devient une humeur étalée sur la toile. Une humeur noire, qui plus est. Et je suis certain que la vieille mégère aurait préféré son honnêteté.

Un éclat de rire strident me parvient par la porte, une dague plantée dans le cœur d'une anecdote. Les invités ont dû commencer à descendre pour le petit déjeuner.

Je manque de temps.

Fermant les yeux, j'essaie de me rappeler de quoi Millicent a parlé avec son fils, ce qui l'a poussée à s'en aller si vite et à venir ici, mais tout s'emmêle. Il y a trop de jours, trop de conversations.

Un gramophone se réveille plus loin dans le couloir, lacérant le silence avec des notes hasardeuses. Un fracas retentit, la musique s'interrompt dans un bruit perçant, des voix basses se disputent et accusent.

Nous nous tenions à l'extérieur de la salle de bal, c'est là que ça a commencé. Millicent était triste, perdue dans ses souvenirs. Nous avons parlé du passé, du fait qu'elle venait à Blackheath pendant son enfance et qu'elle y a amené ses propres enfants quand ils ont été assez grands. Elle était déçue par eux, puis a été en colère contre moi. Elle m'a surpris à regarder Evelyn par la fenêtre de la salle de bal et a pris mon inquiétude pour du désir.

« Ce sont toujours les plus faibles avec toi, n'est-ce pas ? a-t-elle dit. Toujours les… »

Une chose qu'elle a vue lui a fait perdre le fil.

Je serre fort les yeux et tente de me rappeler ce que c'était.

Qui d'autre était là-bas avec Evelyn ?

Une demi-seconde plus tard, je fonce dans le couloir en direction de la galerie.

Une unique lampe à huile brûle au mur, sa flamme chétive encourageant les ombres plus qu'elle ne les repousse. Je l'arrache de son crochet et la lève vers les tableaux de famille, les inspectant un à un.

Blackheath rétrécit autour de moi, se ratatinant comme une araignée au contact d'une flamme.

Dans quelques heures, Millicent verra quelque chose dans la salle de bal qui la surprendra tellement qu'elle laissera son fils planté dehors et se précipitera dans cette galerie. Enveloppée dans ses écharpes et armée de ses soupçons, elle repérera les nouvelles peintures de Gold parmi les anciennes. À n'importe quel autre moment elle aurait pu poursuivre son chemin. Peut-être l'a-t-elle fait au cours de cent autres boucles, mais pas en cette occasion. Cette fois, le passé lui prendra la main et la serrera.

Le souvenir l'assassinera.

55

Il est 7 h 12 et le vestibule est un capharnaüm. Des carafes brisées jonchent le sol en marbre, des portraits sont accrochés à des angles bizarres, des baisers au rouge à lèvres ont été plantés sur la bouche d'hommes depuis longtemps morts. Des nœuds papillons pendent au lustre telles des chauves-souris endormies, et au milieu de tout ça se tient Anna, pieds nus et vêtue de sa chemise de nuit en coton blanc, fixant ses mains comme si elles étaient une énigme qu'elle ne comprenait pas.

Elle ne m'a pas remarqué, et pendant quelques secondes je l'observe, tentant de faire le lien entre mon Anna et l'Annabelle Caulker du récit du médecin de peste. Je me demande si elle entend la voix de Caulker en ce moment, de la même manière que j'ai entendu celle d'Aiden Bishop le premier matin. Quelque chose de sec et de lointain, une partie d'elle, mais en même temps distinct, impossible à ignorer.

À ma grande honte, ma confiance en mon amie vacille. Après m'être tant échiné à convaincre le médecin de peste de l'innocence d'Anna, c'est désormais moi qui la regarde de travers, me demandant si une partie du monstre qui a assassiné ma sœur a survécu et attend de refaire surface.

Annabelle Caulker est morte. Maintenant, aide-la.

« Anna », dis-je doucement, m'inquiétant soudain de ma propre apparence.

Gold a passé l'essentiel de sa soirée dans les brumes du laudanum, ma seule concession à l'hygiène ayant été un peu d'eau aspergée sur le visage avant de sortir en trombe du cottage. Dieu sait à quoi je ressemble, ou l'odeur que je dégage.

Elle lève les yeux vers moi, surprise.

« Je vous connais ? demande-t-elle.

— Vous allez me connaître, dis-je. Ceci pourrait vous aider. »

Je lui lance la pièce de jeu d'échecs que j'ai prise dans le cottage, et elle l'attrape à une main. Ouvrant la paume, elle l'observe, et le souvenir redonne de la lumière à son visage.

Sans prévenir, elle se jette dans mes bras, ses larmes humides imprégnant ma chemise.

« Aiden », dit-elle, la bouche contre mon torse. Elle dégage une odeur de savon au lait et d'eau de Javel, ses cheveux se prennent dans mes favoris. « Je me souviens de vous, je me souviens… »

Je la sens qui se raidit, ses bras retombant.

Se dégageant de mon étreinte, elle me repousse et ramasse par terre un morceau de verre pour s'en servir comme d'une arme. Il tremble dans sa main.

« Vous m'avez assassinée, gronde-t-elle, serrant le verre si fort que du sang se met à couler.

— Oui, c'est vrai. »

J'hésite à lui rappeler ce qu'elle a fait à ma sœur.

Annabelle Caulker est morte.

« Et j'en suis désolé, dis-je en enfonçant les mains

dans mes poches. Je promets que ça ne se reproduira plus. »

Pendant une seconde, tout ce qu'elle parvient à faire, c'est me regarder en clignant des yeux.

« Je ne suis plus l'homme dont vous vous souvenez. C'était une autre vie, une autre série de choix. De nombreuses erreurs que j'ai essayé de ne pas répéter. Et je ne l'ai pas fait, grâce à vous, je crois.

— Non… fait-elle en tendant le tesson de verre dans ma direction quand je fais un pas vers elle. Je ne peux pas… Je me souviens de choses, je *sais* des choses.

— Il y a des règles. Evelyn Hardcastle va mourir, et nous allons la sauver ensemble. J'ai un moyen de nous faire sortir tous les deux d'ici.

— Nous ne pouvons pas nous échapper tous les deux, ce n'est pas autorisé, réplique-t-elle. C'est une des règles, n'est-ce pas ?

— Autorisé ou non, c'est ce que nous allons faire. Vous devez me faire confiance.

— Je ne peux pas, dit-elle avec férocité, repoussant du pouce une mèche sur sa joue. Vous m'avez tuée. Je m'en souviens. Je ressens encore le coup de feu. J'étais tellement excitée de vous voir, Aiden. Je croyais que nous partions enfin. Vous et moi ensemble.

— C'est ce que nous allons faire.

— Vous m'avez tuée !

— Ce n'était pas la première fois, dis-je, ma voix brisée par le regret. Nous nous sommes tous les deux fait du mal, Anna, et nous avons tous les deux payé pour ça. Je ne vous trahirai plus, je le promets. Vous pouvez me faire confiance. Vous m'avez déjà fait confiance, vous ne vous en souvenez simplement plus. »

Levant les mains comme si je capitulais, je m'approche lentement de l'escalier, repousse une paire de lunettes brisée et des confettis et m'assois sur la moquette. Tous mes hôtes m'oppressent, leurs souvenirs de cette pièce encombrant mon esprit, leur poids presque intolérable. Aussi clairement que le matin où ça s'est produit…

C'est le matin où ça s'est produit.

… je me rappelle la conversation de Bell avec le majordome à la porte et me souviens de leur peur. Je ressens encore dans ma main la douleur provoquée par la canne de Ravencourt tandis qu'il se dirigeait péniblement vers la bibliothèque, peu avant que Jim Rashton ne sorte en portant un sac rempli de drogues volées. J'entends le pas léger de Donald Davies sur le marbre quand il s'est enfui de la maison après sa première rencontre avec le médecin de peste, et le rire des amis d'Edward Dance alors que lui-même était silencieux.

Tant de souvenirs et de secrets, tant de fardeaux. Chaque vie pèse si lourd. Je ne sais pas comment il est possible d'en porter ne serait-ce qu'une.

« Qu'est-ce qui ne va pas ? demande Anna en s'approchant doucement, serrant un peu moins fermement le tesson de verre. Vous n'avez pas l'air bien.

— J'ai huit personnes différentes qui s'agitent là-dedans, dis-je en me tapant sur la tempe.

— Huit ?

— Et aussi huit versions d'aujourd'hui. Chaque fois que je me réveille, je suis un invité différent. Celui-ci est mon dernier. Soit je résous l'énigme aujourd'hui, soit je recommence tout demain.

— Ce n'est pas… les règles n'autorisent pas ça. Nous n'avons qu'une journée pour élucider le meurtre, et vous ne pouvez pas être quelqu'un d'autre. C'est… c'est injuste.

— Les règles ne s'appliquent pas à moi.

— Pourquoi ?

— Parce que j'ai choisi de venir ici, dis-je en frottant mes yeux fatigués. Je suis venu pour vous.

— Vous essayez de me secourir ? demande-t-elle, incrédule, le tesson pendant contre son flanc, oublié.

— Quelque chose comme ça.

— Mais vous m'avez assassinée.

— Je n'ai jamais dit que j'étais très doué. »

Peut-être est-ce le ton de ma voix, ou la façon dont je suis affalé sur les marches, mais Anna laisse tomber le tesson de verre et vient s'asseoir à côté de moi. Je sens sa chaleur, sa solidité. Elle est la seule chose réelle dans un monde d'échos.

« Êtes-vous encore en train d'essayer ? demande-t-elle en levant vers moi ses grands yeux marron, la peau pâle de ses joues sillonnée de larmes. De me secourir, j'entends.

— J'essaie de nous sauver tous les deux, mais je ne peux pas le faire sans votre aide. Vous devez me croire, Anna, je ne suis pas l'homme qui vous a fait du mal.

— Je veux… » Elle hésite, secoue la tête. « Comment pourrais-je vous faire confiance ?

— Vous devez juste essayer, dis-je en haussant les épaules. Nous n'avons pas de temps à perdre. »

Elle acquiesce, assimilant ce que je viens de lui dire.

« Et que voudriez-vous que je fasse, si je parvenais à vous faire confiance ?

— Beaucoup de petits services et deux gros.

— Quels sont les gros ?

— J’ai besoin que vous me sauviez la vie. Deux fois. Ceci vous aidera. »

De ma poche je tire le carnet de croquis. C’est une vieille chose cabossée remplie de feuilles volantes froissées, sa couverture en cuir maintenue par une ficelle. Je l’ai trouvé dans la veste de Gold en quittant le cottage. Après avoir jeté ses esquisses quelque peu anarchiques, j’ai noté tout ce que je me rappelle des emplois du temps de mes hôtes, ajoutant tout du long des notes et des instructions.

« Qu’est-ce que c’est ? demande-t-elle en le prenant.

— C’est le livre de ma journée, dis-je. Et c’est le seul avantage que nous ayons. »

56

« Avez-vous vu Gold ? Il devrait déjà être ici. »

Je suis assis dans la chambre vide de Sutcliffe, la porte légèrement entrouverte. Daniel est occupé à parler avec Bell dans la pièce d'en face, et Anna est dehors, en train de tourner furieusement en rond.

Mon intention n'est pas de lui causer du souci, mais après avoir fini d'éparpiller les lettres à travers la maison, y compris celle dans la bibliothèque révélant l'origine de Cunningham, je me suis retiré ici avec une carafe de whisky que j'ai prise dans le salon. Je bois consciencieusement depuis une heure, tentant d'effacer la honte que m'inspire ce qui va arriver, et bien que je sois ivre, je suis loin de l'être assez.

J'entends Rashton demander à Anna : « Quel est notre plan ?

— Nous devons empêcher le valet de pied de tuer le majordome et Gold ce matin, répond-elle. Ils ont encore un rôle à jouer, en supposant que nous parvenions à les maintenir en vie suffisamment longtemps. »

Je bois une nouvelle rasade de whisky et les écoute parler.

Gold n'a pas une once de violence en lui, et il faudrait se montrer très persuasif pour le pousser à faire du mal à un innocent. Mais comme je n'ai pas le temps pour ça, j'espère l'engourdir à la place.

Pour le moment, ça ne fonctionne pas.

Gold couche avec la femme des autres, triche aux dés et vit généralement son existence comme si le ciel allait lui tomber sur la tête d'une minute à l'autre, mais il n'écraserait pas une guêpe qui l'aurait piqué. Il aime trop la vie pour faire souffrir qui que ce soit, ce qui est fâcheux, car ce n'est qu'en faisant souffrir le majordome qu'il le maintiendra assez longtemps en vie pour qu'il rencontre Anna dans la loge du gardien.

En l'entendant traîner les pieds derrière la porte, je prends une inspiration et sors dans le couloir, lui bloquant le chemin. Vu à travers les yeux étranges de Gold, il est splendide, son visage brûlé est un bonheur, tellement plus engageant que la symétrie insipide de la plupart des gens.

Il tente de s'écarter en prononçant à la hâte une excuse, mais je lui attrape le poignet. Il lève les yeux vers moi, se méprenant sur mon humeur. Il voit de la colère alors que je ne ressens que de l'angoisse. Je n'ai aucun désir de faire du mal à cet homme, et pourtant je le dois.

Il tente de me contourner, mais je l'en empêche.

Ce que je dois faire me fait horreur, je voudrais pouvoir lui expliquer, mais je n'ai pas le temps. Cependant, je n'arrive pas à me résoudre à brandir le tisonnier et à frapper un innocent. Je n'arrête pas de le voir étendu sur le lit, enveloppé dans des draps de coton blanc, couvert de bleus et peinant à respirer.

Si tu ne le fais pas, c'est Daniel qui va gagner.

Son nom suffit à réveiller ma haine et mes poings se serrent contre mes flancs. Je pense à sa duplicité et attise les flammes de ma rage en me remémorant chaque mensonge qu'il m'a dit. Je me noie une fois de plus avec le petit garçon dans le lac. Je me rappelle la sensation du couteau du valet de pied tandis qu'il pénétrait entre les côtes de Derby ou tranchait la gorge de Dance. La capitulation qu'il a imposée à Rashton.

En poussant un rugissement je laisse libre cours à ma colère et frappe le majordome avec le tisonnier que j'ai pris à la cheminée, l'atteignant derrière les épaules, le projetant contre le mur et le mettant à terre.

« S'il vous plaît, dit-il, tentant de s'écarter de moi. Je ne suis pas… »

Il appelle à l'aide en respirant bruyamment, tend une main implorante. C'est cette main qui me fait basculer. Daniel a fait une chose semblable près du lac, profitant de ma pitié, et c'est désormais lui que je vois par terre. Ma colère s'embrase et bout dans mes veines.

Je lui assène un coup de pied.

Une fois, puis encore et encore et encore. La raison m'abandonne et la rage comble le vide. Chaque trahison, chaque douleur et chaque chagrin, chaque regret, chaque déception, chaque humiliation, chaque angoisse, chaque souffrance… c'est tout cela qui m'emplit.

Je parviens à peine à respirer, à peine à voir. Je sanglote tout en le frappant encore et encore.

Je plains cet homme.

Je me plains moi-même.

J'entends Rashton juste avant qu'il me frappe avec le vase. Le fracas résonne dans mon crâne tandis que je tombe, le sol me rattrapant dans ses bras durs.

57

Deuxième jour (suite)

« Aiden ! »

La voix est lointaine et glisse sur mon corps comme la mer léchant un rivage.

« Bon Dieu, réveillez-vous. S'il vous plaît, réveillez-vous. »

Péniblement, si péniblement, mes yeux s'ouvrent.

Je fixe un mur lézardé, ma tête posée sur une taie d'oreiller blanche éclaboussée de sang. La fatigue revient, menaçant de m'entraîner une fois de plus.

À ma grande surprise, je suis de nouveau le majordome, étendu sur ce lit dans la loge du gardien.

Reste éveillé. Reste immobile. Nous avons un problème.

Je bouge légèrement, la douleur dans mon flanc remontant jusqu'à ma bouche tandis que je serre les dents, piégeant un hurlement dans ma gorge. Au moins, ça suffit à me réveiller.

Le sang a imprégné les draps à l'endroit où le valet de pied m'a poignardé tout à l'heure. La douleur a dû être telle que j'ai perdu conscience, mais pas suffisante pour me tuer. Ce n'est sûrement pas un accident. Le valet de pied a envoyé de nombreuses personnes dans l'autre monde, et je doute qu'il ait commis une erreur cette fois-ci. Cette idée me glace. Je pensais que la chose la plus effrayante était qu'une personne cherche à me tuer. Mais il s'avère que tout dépend de qui est cette personne, et quand c'est le valet de pied, être encore vivant est bien plus terrifiant.

« Aiden, vous êtes réveillé ? »

Je me tourne difficilement et vois Anna dans le coin de la pièce, les jambes et les mains ligotées par une corde qui est nouée à un vieux radiateur. Sa joue est gonflée, un œil au beurre noir s'épanouit sur son visage telle une fleur dans la neige.

La nuit est visible par la fenêtre derrière elle, mais je n'ai aucune idée de l'heure qu'il est. Pour autant que je le sache, il pourrait déjà être 23 heures et le médecin de peste pourrait nous attendre au bord du lac.

Me voyant éveillé, elle pousse un sanglot de soulagement.

« Je pensais qu'il vous avait tué, déclare-t-elle.

— Moi aussi, dis-je d'une voix rauque.

— Il m'a attrapée dehors et m'a dit qu'il me tuerait si je ne le suivais pas, explique-t-elle en luttant contre ses liens. Je savais que Donald Davies était en sécurité, en train de dormir au bord de la route, et qu'il ne pouvait pas l'atteindre, alors j'ai obéi. Je suis tellement désolée, Aiden, mais je ne voyais pas d'autre solution. »

Elle va te trahir.

C'est ce contre quoi le médecin de peste m'a mis en garde, la décision que Rashton a prise à tort pour la preuve de la duplicité d'Anna. Ce manque de confiance a failli saboter tout ce que nous avions accompli au cours de la journée. Je me demande si le médecin de peste connaît les circonstances de la prétendue trahison d'Anna et me les a cachées dans son propre intérêt, ou s'il croyait sincèrement qu'elle s'était retournée contre moi.

« Ce n'est pas votre faute, Anna, dis-je.

— Je suis quand même désolée. » Elle lance un coup d'œil effrayé vers la porte, puis baisse la voix. « Vous pouvez attraper le fusil de chasse ? Il l'a posé sur le buffet. »

Je regarde en direction de l'arme. Elle n'est qu'à quelques pas, mais elle pourrait tout aussi bien être sur la lune. Je parviens à peine à me rouler sur le côté, et encore moins à me lever.

« Réveillé, n'est-ce pas ? interrompt le valet de pied en apparaissant à la porte, coupant des tranches dans une pomme avec son canif. Quel dommage, j'étais impatient de vous réveiller une fois de plus. »

Il y a un autre homme derrière lui. C'est la brute du cimetière, celui qui m'a tenu les mains pendant que Daniel me frappait pour que je lui dise où se trouvait Anna.

Le valet de pied s'approche du lit.

« La dernière fois que nous nous sommes rencontrés, je vous ai laissé vivre, dit-il. Je devais le faire, mais tout de même… ça n'était pas satisfaisant. »

Il s'éclaircit la voix et je sens un crachat humide heurter ma joue. Le dégoût s'empare de moi, mais je n'ai pas la force de lever le bras pour l'essuyer.

« Ça ne se produira pas une deuxième fois, dit-il. Je n'aime pas que les gens se réveillent. Ça me donne un sentiment d'inachevé. Je veux Donald Davies, et je veux que vous me disiez où je peux le débusquer. »

Mon esprit s'emballe, reliant les gigantesques pièces du puzzle de ma vie.

Daniel m'a retrouvé sur la route après que j'ai sauté de la calèche et il m'a convaincu de le suivre au cimetière. Je ne me suis jamais demandé comment il savait où je serais, mais j'ai tout de même la réponse. Dans quelques minutes, je vais le dire au valet de pied.

Si je n'avais pas si peur, l'ironie me ferait sourire.

Daniel croit que je trahis Davies et vais provoquer sa mort, mais sans leur confrontation au cimetière, je n'aurais jamais su que Larme d'Argent était à Blackheath, et je ne me serais pas battu avec Daniel au bord du lac, permettant à Anna de finalement l'achever.

C'est un piège, certes. Un piège conçu par Rashton, déclenché par Davies et terminé par moi. Il est parfait, sauf que quand je dirai au valet de pied ce qu'il veut savoir, il nous massacrera Anna et moi comme du bétail.

Il pose le couteau et la pomme sur le buffet à côté du fusil, puis il saisit les somnifères, les comprimés s'entrechoquant dans le flacon tandis qu'il en verse un dans sa main. Je l'entends presque plisser les yeux tandis que ses pensées vont et viennent dans sa tête. Son compagnon est toujours à la porte, bras croisés et impassible.

Les comprimés s'entrechoquent de nouveau. Une fois, deux fois, trois fois.

« Combien est-ce qu'il en faut pour tuer un vieil estropié comme vous, hein ? » demande-t-il en agrippant mon menton et en attirant mon visage vers le sien.

J'essaie de me détourner, mais son étreinte se durcit, ses yeux s'accrochant aux miens. Je sens sa chaleur, sa malveillance est comme une chose brûlante et épineuse qui glisse le long de ma peau. J'aurais pu me réveiller derrière ce regard. J'aurais pu partager le dédale infect de ce cerveau, embourbé dans des souvenirs et des pulsions dont je n'aurais jamais pu me débarrasser.

Peut-être l'ai-je fait dans une boucle antérieure.

Soudain, même le détestable Derby semble une bénédiction.

Ses doigts de fer me relâchent et ma tête roule sur le côté, des gouttes de transpiration perlant sur mon front.

Je ne sais pas combien de temps il me reste.

« À en juger par ces brûlures, vous avez eu une vie difficile, déclare-t-il en s'écartant un peu. Une vie difficile qui mérite une mort rapide, j'imagine. C'est ce que je vous offre. Soit vous mourrez dans votre sommeil avec le ventre plein de comprimés, soit vous passerez deux heures à vous tortiller pendant que je n'arrêterai pas de manquer les parties vitales avec mon couteau.

— Laissez-le tranquille ! s'écrie Anna du coin de la pièce, le plancher grinçant tandis qu'elle tente de se libérer.

— Mieux encore, reprend-il en agitant son couteau vers elle. Je pourrais utiliser ma lame sur cette jeune femme. J'ai besoin d'elle vivante, mais ça ne signifie pas qu'elle ne puisse pas d'abord pousser quelques hurlements. »

Il fait un pas vers elle.

« Écuries », dis-je doucement.

Il s'arrête net, me regardant par-dessus son épaule.

« Qu'est-ce que vous avez dit ? »

Il revient vers moi.

Ferme les yeux, ne le laisse pas voir ta peur. C'est ce qu'il adore. Il ne te tuera pas tant que tu ne les auras pas rouverts.

Les yeux clos, je sens le lit s'enfoncer lorsqu'il s'assied. Quelques secondes plus tard, le fil de sa lame caresse mon visage.

La peur me dit d'ouvrir les yeux, de voir la douleur arriver.

Respire, attends le bon moment.

« Donald Davies sera aux écuries ? demande-t-il d'une voix sifflante. C'est ce que vous avez dit ? »

J'acquiesce, tentant de ne pas céder à la panique.

« Laissez-le tranquille ! s'écrie de nouveau Anna du coin de la pièce, tapant du talon sur le parquet et tirant violemment sur les cordes qui l'entravent.

— Fermez-la ! hurle le valet de pied avant de reporter son attention sur moi. Quand ? »

Ma bouche est tellement sèche que je ne suis même pas sûr de pouvoir encore parler.

« Quand ? répète-t-il, la lame mordant ma joue, faisant couler le sang.

« 21 h 40, dis-je, tentant de me rappeler l'heure que Daniel m'a donnée.

— Vas-y ! C'est dans dix minutes », lance-t-il à l'homme à la porte, qui part aussitôt, le bruit de ses pas diminuant à mesure qu'il s'éloigne dans le couloir.

La lame erre autour de mes lèvres, suivant le contour de mon nez jusqu'à ce que je ressente une très légère pression sur mes paupières fermées.

« Ouvrez les yeux », ordonne-t-il.

Je me demande s'il entend mon cœur battre. Probablement. Il cogne comme des tirs de mortier, détruisant le peu de courage qui me restait.

Je me mets à trembler, très légèrement.

« Ouvrez les yeux, répète-t-il, des postillons éclaboussant mon visage. Ouvre les yeux, petit lapin, laisse-moi voir à l'intérieur. »

Du bois craque et Anna hurle.

Je ne puis m'empêcher de regarder.

Elle est parvenue à arracher le radiateur de l'un de ses supports, libérant au passage ses mains, mais pas ses jambes. Le couteau s'éloigne tandis que le valet de pied se lève d'un bond, les ressorts du lit grinçant lorsqu'ils sont soulagés de son poids.

Maintenant. Bouge maintenant !

Je me jette sur lui. Il n'y a aucune habileté dans mon geste, aucune force, juste du désespoir et de la vitesse. Cent autres fois j'aurais échoué et mon corps l'aurait frappé comme un vieux chiffon, mais il y a quelque chose dans l'angle auquel il se tient et dans la manière dont il a le couteau en main. J'attrape le manche à la perfection, le retourne et lui enfonce la lame dans le ventre, le sang coulant entre mes doigts tandis que nous heurtons le sol emmêlés l'un à l'autre.

Il halète, stupéfait. Mais sa blessure n'est pas mortelle et il reprend déjà ses esprits.

Je baisse les yeux vers le couteau, dont seul le manche est désormais visible, et je sais que ça ne suffira pas. Il est trop fort, et moi, trop faible.

« Anna ! »

J'arrache le couteau et le fais glisser par terre dans sa direction, regardant avec désespoir lorsqu'il s'arrête à quelques centimètres de ses doigts tendus.

Le valet de pied me griffe, ses ongles labourant mes joues tandis qu'il cherche éperdument à me saisir la gorge. Sa main droite est coincée sous mon corps et mon épaule lui écrase le visage, l'aveuglant. Il se tortille, grogne, tente de se libérer.

« Je ne peux pas le retenir ! » dis-je à Anna.

Sa main trouve mon oreille et il tire dessus, mes yeux s'emplissent de larmes de douleur. Je m'écarte brusquement, percutant le buffet et faisant tomber le fusil par terre.

Le valet de pied libère sa main. Il me repousse, et lorsque je heurte le plancher, je vois Anna tendre la main vers le fusil, la corde fraîchement coupée pendant à son poignet. Nos yeux se croisent, son visage est plein de fureur.

Les mains du valet de pied s'enroulent autour de ma gorge et serrent. Je frappe son nez cassé, lui arrachant un hurlement de douleur, mais il ne lâche pas. Il serre encore plus fort, m'étranglant.

Un coup de feu explose et le valet de pied aussi, son corps sans tête s'écroulant à côté de moi, le sang coulant de son cou et se répandant par terre.

Je fixe le fusil de chasse entre les mains tremblantes d'Anna. S'il n'était pas tombé au bon moment… si le couteau n'était pas arrivé jusqu'à elle ou si elle avait mis quelques secondes de plus à se libérer…

Je frémis, horrifié par la frontière ténue entre la vie et la mort.

Anna me parle, s'inquiète pour moi, mais je suis tellement épuisé que je n'entends que la moitié de ce qu'elle dit, et la dernière chose que je ressens avant que les ténèbres m'emportent, c'est sa main dans la mienne, et le contact doux de ses lèvres lorsqu'elles embrassent mon front.

58

Huitième jour (suite)

M'arrachant péniblement à l'épaisse brume du sommeil, je m'annonce en toussant, faisant sursauter Anna qui se tient sur la pointe des pieds, son corps collé contre le mien tandis qu'elle tente de me libérer avec un couteau de cuisine. Je suis de nouveau dans Gold, suspendu au plafond par les poignets.

« Je vais vous détacher en un rien de temps », dit-elle.

Elle a dû venir directement de la pièce d'à côté car son tablier est couvert du sang du valet de pied. Fronçant les sourcils, elle s'acharne sur la corde, mais sa précipitation la rend maladroite. Elle jure, ralentit son geste, et au bout de quelques minutes mes liens sont suffisamment lâches pour que je parvienne à libérer mes mains.

Je tombe comme une pierre, heurtant le sol avec un bruit sourd.

« Du calme, dit Anna en s'agenouillant à côté de moi. Vous avez été attaché toute la journée, vous n'avez plus de force.

— Quelle… »

Une quinte de toux sèche s'empare de moi, mais il n'y a plus d'eau dans le pichet pour l'apaiser.

Le médecin de peste a tout utilisé pour me maintenir éveillé plus tôt. Ma chemise est encore humide aux endroits où il l'a aspergée.

J'attends que ma toux cesse, puis tente de nouveau de parler.

« Quelle heure… dis-je péniblement, les mots tels des cailloux dans ma gorge.

— Il est 21 h 45 », répond-elle.

Si vous avez tué le valet de pied, il ne peut plus tuer Rashton ou Derby. Ils sont vivants. Ils peuvent vous aider.

« Pas besoin d'eux, dis-je d'une voix rauque.

— Besoin de qui ? » demande Anna.

Je secoue la tête et lui fais signe de m'aider à me relever.

« Nous devons… »

Une nouvelle quinte de toux douloureuse, un nouveau regard compatissant d'Anna.

« Restez assis une seconde, de grâce », m'enjoint-elle en me tendant un morceau de papier plié qui est tombé de ma poche de poitrine.

Si elle l'ouvrait elle verrait le mot « *tous* » noté de l'affreuse écriture de Gold. Ce mot est la clé de tout ce qui se passe, et il me suit depuis que Cunningham a porté le message à Derby il y a trois jours.

Je renfonce le papier dans ma poche et fais signe à Anna de m'aider à me relever.

Quelque part dans les ténèbres, le médecin de peste se dirige vers le lac, où il attendra qu'Anna lui donne une réponse qu'elle n'a pas encore. Après huit jours à poser des questions, il nous reste un peu plus d'une heure pour nous sauver.

Avec mon bras autour des épaules d'Anna et le sien autour de ma taille, nous quittons la pièce en titubant comme deux personnes ivres, tombant presque dans l'escalier. Je suis très faible, mais mon principal problème est que mes membres sont engourdis. J'ai l'impression d'être un pantin de bois suspendu à des fils entortillés.

Nous quittons la loge du gardien sans un regard en arrière, nous enfonçant tout droit dans l'air froid de la nuit. Le chemin le plus direct pour aller au lac nous ferait passer par le puits, mais il y a trop de risques de tomber sur Daniel et Donald Davies. Je n'ai aucun désir de perturber l'équilibre délicat que nous avons atteint en me mêlant par inadvertance à un événement qui a déjà été résolu en ma faveur.

Nous allons devoir faire un détour.

Couvert de sueur, les pieds lourds et respirant difficilement, je titube le long de l'allée en direction de Blackheath. Mon chœur m'accompagne, Dance, Derby et Rashton devant, Bell, Collins et Ravencourt peinant derrière. Je sais qu'ils sont le fruit de mon esprit brisé, mais je les vois aussi clairement que des reflets, la démarche de chacun, leur enthousiasme et leur dédain pour la tâche qui nous attend.

Quittant l'allée, nous suivons la route pavée qui mène aux écuries.

Tout est calme ici maintenant que la fête bat son plein. Quelques palefreniers se réchauffent autour de braseros, attendant l'arrivée des dernières calèches. Ils semblent éreintés, mais ne sachant avec certitude lesquels sont à la solde de Daniel, j'entraîne Anna loin de la lumière en direction du champ, puis longe le petit sentier qui mène au lac. Une flamme mourante vacille au bout du chemin, son éclat chaud filtrant à travers les espaces entre les arbres. En m'approchant doucement, je vois que c'est la lanterne que Daniel a laissée par terre qui brûle ses derniers souffles.

En plissant les yeux dans l'obscurité, je repère son propriétaire dans le lac. Il tient la tête de Donald Davies sous l'eau, le jeune homme battant des jambes pour tenter de s'échapper.

Anna ramasse une pierre et fait un pas vers eux, mais je lui saisis le bras.

« Dites-lui… 7 h 12 », interviens-je d'une voix rauque, espérant que l'intensité de mon regard parviendra à transmettre un message que ma gorge n'est pas en état de développer.

Elle bondit vers Daniel, brandissant la pierre au-dessus de sa tête.

Je tourne le dos et ramasse la lampe-tempête, ravivant la flamme chétive en soufflant dessus. Je n'ai aucune envie de voir quelqu'un d'autre mourir, même s'il le mérite. Le médecin de peste a affirmé que Blackheath était censé nous réhabiliter, mais les barreaux ne peuvent pas rendre les hommes meilleurs, et le malheur ne peut que briser le peu de bonté qui reste. Cet endroit fait perdre tout espoir, et sans espoir à quoi servent l'amour, la compassion, la gentillesse ? Quelle qu'ait été l'intention qui a mené à sa création, Blackheath parle au monstre en nous, et je n'ai plus l'intention de me laisser dominer par le mien. Il a eu le contrôle suffisamment longtemps.

Tenant la lanterne en l'air, je me dirige vers le hangar à bateaux. Toute la journée j'ai cherché Helena Hardcastle, la croyant responsable de ce qui se passait dans la maison. Il est étrange de penser que j'avais probablement raison, mais pas de la manière que j'imaginais.

Qu'elle l'ait voulu ou non, elle est la cause de tout.

Le hangar à bateaux n'est guère plus qu'une remise surplombant l'eau. Les pilotis du côté droit se sont effondrés, déformant la totalité de la structure. Les portes sont verrouillées, mais le bois est tellement pourri qu'il s'effrite sous la main. Elles s'ouvriront facilement, mais j'hésite néanmoins. Ma main tremble, faisant danser la lumière. Ce n'est pas la peur qui me retient – le cœur de Gold est parfaitement calme –, c'est l'expectative. Une chose longtemps attendue est sur le point d'être découverte, et alors tout sera fini.

Nous serons libres.

Prenant une profonde inspiration, j'ouvre les portes, dérangeant quelques chauves-souris qui s'échappent du hangar à bateaux dans un concert de couinements indignés. Deux barques squelettiques sont amarrées à l'intérieur. Mais seule l'une d'elles est protégée par une couverture moisie.

Je m'agenouille et l'écarte, révélant le visage pâle d'Helena Hardcastle. Ses yeux sont ouverts, les pupilles aussi incolores que sa peau. Elle semble surprise, comme si la mort était arrivée avec des fleurs à la main.

Pourquoi ici ?

« Parce que l'histoire se répète, dis-je dans un murmure.

— Aiden ! » hurle Anna avec une légère pointe de panique dans la voix.

Je tente de répondre, mais ma gorge me fait toujours souffrir, ce qui me force à ressortir. J'oriente ma bouche vers la pluie qui tombe, avalant les gouttes glaciales.

« Par ici, dis-je. Dans le hangar à bateaux. »

Je retourne à l'intérieur et fait courir ma lanterne le long du corps d'Helena. Son long manteau est déboutonné, révélant un tailleur en laine couleur rouille et un chemisier de coton blanc en dessous. Son chapeau a été jeté dans la barque à côté d'elle. Elle a été poignardée à la gorge, il y a suffisamment longtemps de cela pour que le sang ait coagulé.

Si je ne me trompe pas, elle est morte depuis ce matin.

Anna arrive derrière moi et pousse une exclamation en voyant le corps dans l'embarcation.

« Est-ce que c'est…

— Helena Hardcastle, dis-je.

— Comment saviez-vous qu'elle serait là ?

— C'est le dernier rendez-vous qu'elle a honoré. »

L'entaille dans sa gorge n'est pas très grande, exactement de la taille d'un couteau à sabots. La même arme qui a servi à tuer Thomas Hardcastle il y a dix-neuf ans. Voici, finalement, de quoi il s'agit. Chaque autre décès était un écho de celui-ci. Un meurtre que personne n'a entendu.

J'ai mal aux jambes à force d'être accroupi, alors je me relève et les étire.

« Est-ce que c'est Michael qui a fait ça ? demande Anna en agrippant mon manteau.

— Non, ce n'est pas Michael. Michael Hardcastle avait peur. Il est devenu assassin par désespoir. Ce meurtre est autre chose. Il a exigé de la patience et a procuré du plaisir. Helena a été attirée ici et poignardée à la porte pour qu'elle s'effondre à l'intérieur, loin des regards. Le tueur a choisi un endroit situé à quelques mètres de celui où Thomas Hardcastle a été assassiné, le jour même de l'anniversaire de sa mort. Qu'est-ce que ça vous dit ? »

Tout en parlant, j'imagine Lady Hardcastle tombant, j'entends le craquement du bois tandis qu'elle atterrit dans l'embarcation. Une silhouette sombre se profile dans mes pensées, tirant la couverture sur le corps avant de s'enfoncer dans l'eau.

« L'assassin était couvert de sang, dis-je en balayant la pièce avec la lanterne. Il s'est lavé dans l'eau, conscient qu'il était dissimulé par les murs du hangar. Il avait des vêtements propres qui l'attendaient… »

Sans surprise, j'avise un vieux sac de voyage dans le coin et, en défaisant le fermoir, je découvre un tas de vêtements de femme ensanglantés à l'intérieur. Les vêtements de l'assassin.

Tout a été planifié…

… il y a longtemps, pour une autre victime.

« Qui a fait ça, Aiden ? » demande Anna, la peur montant dans sa voix.

Je sors du hangar, fouillant l'obscurité du regard jusqu'à ce que je repère une lampe-tempête sur la rive opposée du lac.

« Vous attendez de la compagnie ? demande-t-elle, le regard fixé sur la lumière de plus en plus proche.

— C'est l'assassin, dis-je, me sentant étrangement calme. J'ai demandé à Cunningham de faire circuler la nouvelle que nous allions venir ici pour… eh bien, pour utiliser le hangar à bateaux, si je puis dire.

— Pourquoi ? demande Anna, terrifiée. Si vous savez qui a aidé Michael, dites-le au médecin de peste !

— Je ne peux pas. C'est à vous d'expliquer le reste.

— Quoi ? fait-elle d'une voix sifflante, me lançant un regard acéré. Nous avions un pacte : je vous maintiens en vie, vous trouvez l'assassin d'Evelyn.

— Le médecin de peste doit l'entendre de votre bouche. Sinon il ne vous laissera pas partir. Faites-moi confiance, vous avez toutes les pièces, il ne vous reste qu'à les assembler. Tenez, prenez ceci. »

J'enfonce la main dans ma poche et lui tends le bout de papier. Elle le déplie et lit à voix haute.

« *Tous*, dit-elle, plissant le front. Qu'est-ce que ça signifie ?

— C'est la réponse à une question que j'ai demandé à Cunningham de poser à Mme Drudge.

— Quelle question ?

— D'autres enfants Hardcastle étaient-ils les enfants de Charlie Carver ? Je voulais savoir pour qui il était prêt à donner sa vie.

— Mais ils sont désormais tous morts. »

La mystérieuse lanterne flotte dans l'air, s'approchant de plus en plus. La personne qui la tient se presse, sans chercher à être discrète. Le temps des subterfuges est révolu.

« Qui êtes-vous ? demande Anna en se protégeant les yeux de la lumière de plus en plus proche.

— Oui, qui suis-je ? » dit Madeline Aubert, abaissant la lanterne pour révéler un pistolet pointé directement sur nous.

Elle a abandonné son uniforme de femme de chambre au profit d'un pantalon, d'une chemise ample en lin et d'un gilet beige passé par-dessus ses épaules. Ses cheveux sombres sont humides, sa peau tavelée couverte de poudre. Sans le masque de la servitude, elle ressemble à sa mère – mêmes yeux ovales, mêmes taches de rousseur tourbillonnant sur un teint d'un blanc laiteux. Je ne puis qu'espérer qu'Anna le voit aussi.

Son regard oscille entre Madeline et moi, son expression confuse laissant place à de la panique.

« Aiden, aidez-moi, implore-t-elle.

— Il faut que ça vienne de vous, dis-je, cherchant sa main froide dans l'obscurité. Toutes les pièces sont devant vous. Qui était en position de tuer Thomas Hardcastle et Lady Hardcastle exactement de la même manière, à dix-neuf ans d'intervalle ? Pourquoi Evelyn a-t-elle dit “Je ne suis pas” et “Millicent meurtre” après que je l'ai sauvée ? Pourquoi portait-elle une chevalière qu'elle avait donnée à Felicity Maddox ? Que savait Millicent Derby pour être assassinée ? Pourquoi Gregory Gold a-t-il été engagé pour peindre de nouveaux portraits de la famille quand le reste de la maison tombait en ruine ? Pour protéger qui Helena Hardcastle et Charlie Carver auraient-ils menti ? »

Une expression incrédule apparaît sur le visage d'Anna comme un lever de soleil, ses yeux s'élargissant tandis qu'elle regarde le mot, puis le visage attentif de Madeline.

« Evelyn Hardcastle », dit-elle doucement. Puis plus fort. « Vous êtes Evelyn Hardcastle. »

59

Je ne sais pas trop à quelle réaction je m'attendais de la part d'Evelyn, mais elle me surprend en tapant dans ses mains avec ravissement, sautant sur place comme si nous étions des animaux en train d'effectuer un nouveau tour.

« Je savais que ça vaudrait la peine de vous suivre tous les deux, déclare-t-elle en posant la lanterne par terre, joignant sa lumière à celle de la nôtre. Les gens n'avancent pas dans le noir sans quelques connaissances pour éclairer le chemin. Même si je dois admettre que je ne vois vraiment pas en quoi tout cela vous regarde. »

Elle s'est débarrassée de son accent français en même temps que de toute trace de la femme de chambre dévouée derrière laquelle elle se cachait. Ses épaules auparavant voûtées se redressent immédiatement, son cou se raidit, faisant se relever son menton, si bien qu'elle semble nous observer du haut d'une grande falaise.

Son regard interrogateur oscille entre nous, mais mon attention est fixée sur la forêt. Tout cela n'aura servi à rien si le médecin de peste n'est pas là pour entendre, mais au-delà de la lumière diffusée par nos deux lanternes, il fait nuit noire. Il pourrait se tenir à dix mètres que je n'en saurais rien.

Prenant mon silence pour de l'obstination, Evelyn m'adresse un large sourire. Elle s'amuse. Elle va savourer le moment.

Nous devons continuer de la distraire jusqu'à ce que le médecin de peste arrive.

« C'était ce que vous aviez planifié pour Thomas il y a toutes ces années, n'est-ce pas ? dis-je en désignant le corps d'Helena dans le hangar à bateaux. J'ai questionné le maître des écuries, qui m'a dit que vous étiez partie faire du poney le matin de sa mort. Mais c'était juste un alibi. Vous vous étiez arrangée pour retrouver Thomas ici, donc tout ce que vous aviez à faire, c'était passer devant la loge du gardien, attacher votre monture et couper directement par la forêt. J'ai moi-même chronométré le trajet. Vous avez pu arriver en moins d'une demi-heure sans que personne vous voie, ce qui vous laissait amplement le temps d'assassiner Thomas discrètement dans le hangar, de vous laver dans l'eau, de vous changer puis de retourner sur votre poney avant que quiconque remarque son absence. Vous aviez volé l'arme du crime au maître des écuries, ainsi que la couverture avec laquelle vous alliez recouvrir le corps. Il était censé être accusé une fois que Thomas serait découvert, seulement le plan est allé de travers, n'est-ce pas ?

— Tout est allé de travers, déclare-t-elle en faisant claquer sa langue. Le hangar était un deuxième recours au cas où ma première idée ne se passerait pas comme prévu. Je comptais étourdir Thomas avec une pierre puis le noyer, le laisser flotter dans le lac pour que quelqu'un le découvre. Un tragique accident, et nous aurions tous poursuivi le cours de notre vie. Malheureusement, je n'ai pu mettre en œuvre aucun des deux plans. J'ai frappé Thomas sur la tête, mais pas assez fort. Il s'est mis à hurler et j'ai paniqué, et je l'ai poignardé ici au grand jour. »

Elle semble irritée, mais pas excessivement. C'est comme si elle ne décrivait rien de plus sérieux qu'un pique-nique gâché par le mauvais temps, et je me surprends à l'observer. J'avais déduit l'essentiel de l'histoire avant de venir ici, mais l'entendre relatée si froidement, sans aucune sorte de regret, est terrifiant. Elle n'a pas d'âme, pas de conscience. Je parviens à peine à croire qu'elle soit une personne.

Me voyant en difficulté, Anna prend le relais.

« Et c'est alors que Lady Hardcastle et Charlie Carver sont tombés sur vous. » Elle soupèse chaque mot sans se laisser emporter par le tumulte de ses pensées. « Mais vous êtes parvenue à les convaincre que la mort de Thomas était un accident.

— Ils ont fait l'essentiel du travail eux-mêmes, médite Evelyn. J'ai cru que tout était fini quand ils sont apparus sur ce chemin. J'étais en train de leur raconter que je tentais de reprendre le couteau à Thomas quand Carver a rempli les blancs à ma place. Un accident, des enfants qui jouaient, ce genre de choses. Il m'a offert une histoire toute prête.

— Saviez-vous que Carver était votre père ? dis-je après avoir retrouvé mon sang-froid.

— Non, mais j'étais une enfant. J'ai simplement accepté ma bonne fortune et suis retournée faire du poney, comme on m'a dit de le faire. Ce n'est qu'une fois que j'ai été envoyée à Paris que mère m'a dit la vérité. Je crois qu'elle voulait que je sois fière de lui.

— Donc Carver voit sa fille couverte de sang au bord du lac, reprend lentement Anna, tentant de tout remettre en ordre. Il s'aperçoit que vous allez avoir besoin de vêtements propres alors il va en chercher à la maison pendant qu'Helena reste avec Thomas. C'est ce que Stanwin a vu quand il a suivi Carver jusqu'au lac, c'est pourquoi il a cru qu'Helena avait tué son propre fils. C'est pour ça qu'il a laissé son ami se faire accuser.

— Ça et beaucoup d'argent », répond Evelyn avec une moue qui laisse voir la pointe de ses dents. Ses yeux verts sont vitreux, vides. Complètement dénués d'empathie, imperméables au remords. « Mère l'a généreusement payé au fil des années.

— Charlie Carver ne savait pas que vous aviez planifié le meurtre et que vous aviez déjà des vêtements de rechange qui attendaient dans le hangar à bateaux, dis-je en m'efforçant de ne pas chercher le médecin de peste parmi les arbres. Les vêtements sont restés cachés là pendant dix-huit ans, jusqu'à ce que votre mère les trouve quand elle est venue à Blackheath l'année dernière. Elle a immédiatement compris ce qu'ils signifiaient. Elle en a même parlé à Michael, probablement pour tester sa réaction.

— Elle devait croire qu'il était au courant pour le meurtre, dit Anna avec compassion. Vous imaginez… elle ne pouvait faire confiance à aucun de ses enfants. »

Le vent se lève, la pluie tinte sur nos lanternes. Il y a un bruit dans la forêt, indistinct et lointain, mais il suffit à attirer un instant l'attention d'Evelyn.

« *Essayez de gagner du temps*, dis-je tout bas à Anna tandis que j'ôte mon manteau et le place sur ses épaules minces, m'attirant un sourire reconnaissant.

— Ça a dû être terrible pour Lady Hardcastle, observe Anna, resserrant un peu plus le manteau autour d'elle. Se rendre compte que la fille pour qui elle avait laissé son amant aller à la potence avait assassiné son propre frère de sang-froid. » Sa voix retombe. « Comment avez-vous pu faire ça, Evelyn ?

— Je crois que la meilleure question est pourquoi elle l'a fait, dis-je en regardant Anna. Thomas aimait suivre les gens. Il savait qu'il aurait des ennuis s'il se faisait prendre, il était donc devenu très doué pour rester discret. Un jour, il a suivi Evelyn dans la forêt, où elle a rencontré un palefrenier. Je ne sais pas pourquoi ils se sont rencontrés, ni même si c'était planifié. Peut-être était-ce une coïncidence, mais je crois qu'il y a eu un accident. J'espère que c'était un accident », dis-je en lançant un regard à Evelyn, qui me jauge comme un papillon de nuit qui se serait posé sur sa veste.

Tout notre avenir est écrit dans les plis autour de ses yeux ; ce visage pâle est une boule de cristal uniquement remplie d'horreurs dans le brouillard.

« Mais ça n'a pas vraiment d'importance, dis-je, m'apercevant qu'elle ne me répondra pas. Dans un cas comme dans l'autre, elle l'a tué. Thomas n'a probablement pas compris ce qu'il a vu, sinon il se serait enfui et l'aurait dit à sa mère, mais à un moment Evelyn a compris qu'il savait. Elle avait donc deux choix : faire taire Thomas avant qu'il en parle à quelqu'un, ou avouer ce qu'elle avait fait. Elle a choisi la première option et s'est méthodiquement mise au travail.

— C'est très bon, déclare Evelyn, son visage s'illuminant. À part un détail ou deux, c'est comme si vous aviez été là en chair et en os. Vous êtes un régal, monsieur Gold, le savez-vous ? Bien plus distrayant que la créature insipide pour laquelle je vous ai pris hier soir.

— Qu'est-il arrivé au palefrenier ? demande Anna.

Le maître des écuries affirme qu'il n'a jamais été retrouvé. »

Evelyn l'observe un long moment. Au début je crois qu'elle le fait parce qu'elle se demande si elle va répondre à la question, puis je comprends la vérité. Elle tente de réveiller le souvenir. Elle n'y a pas pensé depuis des années.

« C'était la chose la plus curieuse, dit-elle d'un air distant. Il m'a emmenée voir des grottes qu'il avait découvertes. Je savais que mes parents n'auraient pas approuvé, alors nous y sommes allés en secret, mais sa compagnie était très ennuyeuse. Nous explorions, et il est tombé dans un trou profond. Rien de trop grave, j'aurais facilement pu aller chercher des secours. Je lui ai dit que j'allais le faire, puis il m'est venu à l'esprit que je n'étais pas obligée d'aller chercher de l'aide. Je n'étais pas obligée de faire quoi que ce soit. Je pouvais le laisser là. Personne ne savait où nous étions allés, ni que j'étais avec lui. Ça semblait être le destin.

— Vous l'avez simplement abandonné, dit Anna, horrifiée.

— Et vous savez, ça m'a plutôt plu. Il a été mon petit secret excitant jusqu'à ce que Thomas me demande pourquoi j'étais allée dans les grottes ce jour-là. » Tout en gardant son arme pointée sur nous, elle ramasse sa lampe dans la boue. « Et le reste, vous le savez. Quel dommage, vraiment. »

Elle arme le chien, mais Anna se poste devant moi.

« Attendez ! s'écrie-t-elle en tendant la main.

— Je vous en prie, ne suppliez pas, dit Evelyn, exaspérée. J'ai une tellement haute estime de vous, vous n'avez vraiment aucune idée. À part ma mère, personne n'a plus repensé à la mort de Thomas en près de vingt ans, et alors, tout à coup, vous apparaissez tous les deux avec toute l'histoire enveloppée dans un joli petit ruban. Ça a dû vous demander beaucoup de détermination, et j'admire ça, mais rien n'est aussi inconvenant que le manque de fierté.

— Je ne vais pas supplier, mais l'histoire n'est pas finie, déclare Anna. Nous méritons d'entendre le reste. »

Evelyn sourit, son expression à la fois belle, fragile et complètement folle.

« Vous me prenez pour une idiote, dit-elle en essuyant la pluie dans ses yeux.

— Je crois que vous allez nous tuer, réplique calmement Anna, parlant comme on le ferait à un enfant. Mais je crois que si vous le faites au grand jour, de nombreuses personnes entendront. Vous devez nous emmener dans un endroit plus tranquille, alors pourquoi ne pas parler en chemin ? »

Evelyn fait quelques pas vers elle et tient la lanterne près de son visage afin de mieux l'inspecter. Sa tête est inclinée, ses lèvres légèrement entrouvertes.

« Une fille intelligente, observe-t-elle, ronronnant d'admiration. Très bien, retournez-vous et commencez à marcher. »

J'écoute cet échange avec une panique croissante, espérant de toutes mes forces que le médecin de peste va émerger des ténèbres et mettre un terme à tout ça. Il a sûrement suffisamment de preuves pour libérer Anna maintenant.

À moins qu'il n'ait été retardé.

Cette idée m'emplit d'effroi. Anna tente de nous maintenir en vie, mais tout cela ne servira à rien s'il ne sait pas où nous trouver.

Je me baisse pour ramasser notre lanterne, mais

Evelyn l'éloigne d'un coup de pied et nous fait signe de pénétrer dans la forêt avec le canon de son arme.

Nous marchons côte à côte, Evelyn juste derrière nous, fredonnant doucement. J'ose un coup d'œil par-dessus mon épaule, mais elle est suffisamment éloignée pour qu'attraper l'arme soit une entreprise impossible. Et même si j'y parvenais, ça ne servirait à rien. Nous ne sommes pas ici pour capturer Evelyn, nous sommes ici pour prouver qu'Anna n'est pas comme elle, et le meilleur moyen d'y parvenir est d'être en danger.

De lourds nuages occultent les étoiles, et avec simplement la faible flamme d'Evelyn pour nous guider, nous devons avancer prudemment pour ne pas trébucher. C'est comme naviguer dans de l'encre, et il n'y a toujours aucun signe du médecin de peste.

« Si votre mère a compris il y a un an ce que vous aviez fait, pourquoi n'en a-t-elle parlé à personne à l'époque ? demande Anna en jetant un regard en arrière en direction d'Evelyn. Pourquoi organiser cette fête, pourquoi inviter tous ces gens ? »

Il y a une sincère curiosité dans le ton de sa voix. Si elle a peur, elle garde son angoisse quelque part dans une poche que je ne vois pas. De toute évidence, Evelyn n'est pas la seule comédienne de la maison. J'espère seulement que je m'en tire aussi bien, car mon cœur cogne suffisamment fort pour me fêler une côte.

« Avidité, répond Evelyn. Mes parents avaient encore plus besoin d'argent que ma mère avait besoin de me voir pendue. Je suppose simplement qu'il a fallu du temps pour organiser le mariage, car ma mère m'a envoyé une lettre le mois dernier pour me dire qu'à moins que je me laisse épouser par cet odieux Ravencourt ils me dénonceraient. L'humiliation pendant la fête d'aujourd'hui était une ultime pique, un semblant de justice pour Thomas.

— Donc vous les avez tués pour vous venger ? demande Anna.

— Mon père était un échange. Michael assassinait Felicity, et j'assassinais Peter. Mon frère voulait son héritage tant qu'il en restait encore un peu. Il achète la combine de chantage de Stanwin avec Coleridge.

— Donc c'était bien l'empreinte de votre botte que j'ai vue devant la fenêtre de la loge du gardien, dis-je. Et vous avez laissé le mot dans lequel vous endossiez la responsabilité.

— Eh bien, je ne pouvais pas laisser accuser le pauvre Michael, ça n'aurait eu aucun sens, répond-elle. Je ne compte plus me servir de mon nom quand je serai partie d'ici, alors pourquoi ne pas lui trouver une utilité ?

— Et votre mère ? demande Anna. Pourquoi la tuer ?

— J'étais à Paris, déclare Evelyn, la colère teintant pour la première fois ses paroles. Si elle ne m'avait pas marchandée auprès de Ravencourt, elle ne m'aurait jamais revue. Pour ce qui me concerne, elle s'est suicidée. »

Les arbres s'ouvrent soudain, révélant la loge du gardien. Nous arrivons par l'arrière du bâtiment, face à la porte fermée par un loquet qui mène à la cuisine, la pièce que la fausse Evelyn a montrée à Bell le premier matin.

« Où avez-vous trouvé l'autre Evelyn ? dis-je.

— Son nom était Felicity Maddox. C'était une sorte d'escroqueuse, d'après ce que j'ai compris, répond-elle vaguement. C'est Stanwin qui a tout arrangé. Michael lui a dit que la famille voulait que Felicity épouse

Ravencourt à ma place, après quoi ils lui paieraient la moitié de la dot pour qu'il se taise.

— Stanwin savait-il ce que vous comptiez faire ? demande Anna.

— Peut-être, mais qu'est-ce que ça aurait pu lui faire ? » Elle me fait signe d'ouvrir la porte. « Felicity était un cafard. Un policier a essayé de l'aider cet après-midi, et vous savez ce qu'elle a fait ? Au lieu de tout lui avouer, elle est tout de suite allée voir Michael et lui a demandé plus d'argent pour garder le silence. Vraiment, une telle personne est une souillure sur le monde. Je considère son meurtre comme un service rendu à l'humanité.

— Et Millicent Derby, sa mort était-elle un service rendu à l'humanité ?

— Oh, Millicent, fait Evelyn, s'illuminant à ce souvenir. Vous savez, autrefois, elle était aussi mauvaise que son fils. Elle n'avait juste plus l'énergie de l'être ces dernières années. »

Nous traversons la cuisine et pénétrons dans le couloir. La maison est silencieuse, tous ses occupants sont morts. Néanmoins, une lampe brûle vivement au mur, ce qui suggère qu'Evelyn avait dès le début l'intention de revenir ici.

« Millicent vous a reconnue, n'est-ce pas ? » dis-je, passant le bout de mes doigts sur le papier peint. Je sens que je suis en train de perdre pied. Plus rien de tout ça ne semble réel. J'ai besoin de toucher quelque chose de solide afin de m'assurer que je ne rêve pas. « Elle vous a vue dans la salle de bal au côté de Felicity, continué-je, me rappelant la hâte avec laquelle la vieille femme s'est éloignée de Derby. Elle vous avait connue enfant et n'allait pas se laisser abuser par une tenue de femme de chambre et par les nouveaux portraits de Gold accrochés au mur. Millicent a immédiatement su qui vous étiez.

— Elle est descendue aux cuisines et a demandé à savoir ce que je fabriquais, répond Evelyn. Je lui ai dit que c'était une farce pour le bal, et cette chère vieille imbécile m'a crue. »

Je regarde autour de moi, cherchant un signe de la présence du médecin de peste, mais mon espoir diminue. Il n'a aucune raison de savoir où nous sommes, il ne saura donc pas à quel point Anna est courageuse, ni qu'elle a résolu son énigme. Nous avançons vers la mort en compagnie d'une folle, et tout ça n'aura servi à rien.

« Comment l'avez-vous tuée ? dis-je, tentant désespérément de continuer à faire parler Evelyn le temps de trouver un nouveau plan.

— J'ai volé un flacon de véronal dans la sacoche du docteur Dickie et ai écrasé quelques comprimés dans son thé. Quand elle a perdu connaissance, j'ai plaqué un oreiller sur son visage jusqu'à ce qu'elle cesse de respirer, puis je suis allée chercher le docteur Dickie. » Il y a de la joie dans sa voix, comme si c'était un vieux souvenir heureux partagé entre amis à la table du dîner. « Il a vu son véronal sur la table de chevet et a immédiatement compris qu'il était impliqué, poursuit-elle. C'est la beauté des hommes corrompus, on peut toujours compter sur eux pour mentir.

— Donc il a pris le flacon et a prétendu que c'était une attaque cardiaque, dis-je en poussant un petit soupir.

— Oh, ne vous en faites pas, cher amant, dit-elle en me poussant dans le dos avec le canon de son arme. Millicent Derby est morte comme elle a vécu, avec élégance et calcul. C'était un cadeau, croyez-moi.

Nous devrions tous avoir la chance d'avoir une fin si pleine de sens. »

Je crains qu'elle nous mène dans la pièce où Lord Hardcastle est assis tout tordu sur sa chaise, mais à la place elle nous entraîne dans la pièce d'en face. C'est une petite salle à manger, quatre chaises et une table en son centre. La lumière de sa lanterne se répand sur les murs, illuminant deux sacs en toile dans le coin, chacun plein à craquer de bijoux, de vêtements et de tout ce qu'elle a pu voler à Blackheath.

Sa nouvelle vie commencera quand s'achèvera la nôtre. En éternel artiste, Gold apprécie au moins cette symétrie.

Evelyn place la lanterne sur la table et nous fait signe de nous agenouiller. Ses yeux brillent, son visage est rougi.

Une fenêtre donne sur la route, mais je ne vois aucun signe du médecin de peste.

« Je crains que l'heure soit arrivée », déclare-t-elle en levant son arme.

Un ultime coup à jouer.

« Pourquoi avez-vous tué Michael ? » dis-je rapidement, lui jetant l'accusation au visage.

Evelyn se crispe, son sourire s'évapore.

« De quoi parlez-vous ?

— Vous l'avez empoisonné. » Je regarde la confusion se dessiner sur son visage. « Chaque jour, je n'ai pas arrêté d'entendre à quel point vous deux étiez proches, à quel point vous l'aimiez. Mais il ne savait même pas que vous aviez tué Thomas, ou votre mère, n'est-ce pas ? Vous ne vouliez pas qu'il pense du mal de vous. Et pourtant, le moment venu, vous l'avez tué aussi facilement que vos autres victimes. »

Son regard oscille entre moi et Anna, le pistolet

tremblant dans sa main. Pour la première fois, elle semble effrayée.

« Vous mentez, je n'aurais jamais fait de mal à Michael, déclare-t-elle.

— Je l'ai vu mourir, Evelyn. Je me tenais au-dessus de lui quand… »

Elle me frappe avec l'arme, le sang se met à couler de ma lèvre.

J'avais eu l'intention de la lui arracher des mains, mais elle a été trop rapide, et elle a déjà reculé d'un pas.

« Ne me mentez pas, gémit-elle, les yeux enflammés, un souffle rapide s'échappant de sa bouche.

— Il ne ment pas », proteste Anna en passant les bras autour de mes épaules d'un geste protecteur.

Des larmes roulent sur les joues d'Evelyn, sa lèvre tremble. Son amour est enragé, ardent et malsain, mais il est sincère. Curieusement, ça la rend encore plus monstrueuse.

« Je n'ai pas fait ça… » Elle s'empoigne les cheveux, tire suffisamment fort pour en arracher. « Il savait que je ne pouvais pas me marier… il voulait m'aider. » Elle nous lance un regard implorant. « Il l'a tuée pour moi, pour que je puisse être libre… il m'aimait…

— Mais vous deviez être certaine, dis-je. Vous ne pouviez pas courir le risque qu'il flanche et que Felicity se réveille, alors vous avez servi un verre de scotch empoisonné à cette dernière avant qu'elle marche jusqu'au miroir d'eau.

— Mais vous ne l'avez pas dit à Michael, enchaîne Anna. Et il a bu ce qui restait pendant que Rashton l'interrogeait. »

Le pistolet d'Evelyn s'est abaissé et je me crispe, m'apprêtant à bondir dessus, mais Anna resserre son étreinte sur moi.

« Il est ici », murmure-t-elle à mon oreille, désignant la fenêtre de la tête.

Une bougie solitaire brûle sur la route, illuminant un masque en porcelaine orné d'un bec. Mon espoir revient, mais retombe immédiatement. Il ne bouge pas. Il ne peut même pas entendre ce que nous disons.

Qu'attend-il ?

« Oh, non », fait Anna d'une voix désespérée.

Elle fixe également le médecin de peste, mais au lieu de ma confusion, c'est de l'horreur qu'elle a sur le visage. Elle est devenue blême, ses doigts agrippent ma manche.

« Nous n'avons pas résolu l'énigme, dit-elle à voix basse. Nous ne savons toujours pas qui tue Evelyn Hardcastle, la *véritable* Evelyn Hardcastle. Et notre liste de suspects se limite désormais à deux personnes. »

Un poids froid s'abat sur moi.

J'avais espéré que le fait qu'Anna démasque Evelyn suffirait à ce qu'elle gagne sa liberté, mais elle a raison. Malgré toutes les paroles de rédemption et de réhabilitation du médecin de peste, il a toujours besoin que quelqu'un supporte les conséquences, et il s'attend à ce que ce soit l'un de nous.

Evelyn continue de tourner en rond, de se tirer les cheveux, elle est toujours bouleversée par l'annonce de la mort de son frère, mais elle est trop loin pour que nous lui tendions une embuscade. Peut-être que l'un de nous pourrait lui arracher son arme des mains, mais pas avant que l'autre se soit fait abattre.

Nous avons été piégés.

Le médecin de peste est volontairement resté à l'écart afin de ne pas entendre la réponse d'Anna et de ne pas avoir à constater sa rédemption. Il ne sait pas que je me trompais sur Michael.

Ou bien il s'en moque.

Il a ce qu'il voulait. Si je meurs, il me libérera. Si elle meurt, elle est coincée ici, comme le voulaient ses supérieurs. Ils la garderont éternellement, quoi qu'elle fasse.

Incapable de contenir mon désespoir plus longtemps, je cours à la fenêtre et cogne à la vitre.

« Ce n'est pas juste ! » dis-je en direction de la silhouette lointaine du médecin de peste.

Ma fureur surprend Anna, qui, effrayée, fait un bond en arrière. Evelyn avance sur moi en brandissant son arme, prenant à tort ma colère pour de la panique.

La détresse me déchire.

J'ai dit au médecin de peste que je n'abandonnerais pas Anna, que je trouverais le moyen de revenir à Blackheath s'ils me libéraient, mais je ne peux pas passer une journée de plus ici. Je ne peux pas me laisser être de nouveau massacré. Je ne peux plus assister au suicide de Felicity ou être trahi par Daniel Coleridge. Je ne peux plus revivre tout ça, et une partie de moi, une partie de moi bien plus grande que je ne l'aurais cru possible, est prête à se ruer sur Evelyn et à en finir avec tout ça, qu'importe ce qu'il adviendra de mon amie.

Aveuglé par mon malheur, je n'ai pas vu Anna s'approcher de moi. Ignorant Evelyn qui l'observe comme une chouette observerait une souris en train de danser, elle me saisit les deux mains et se dresse sur la pointe des pieds pour m'embrasser sur la joue.

« Vous n'avez pas intérêt à revenir pour moi », dit-elle en appuyant son front contre le mien.

Puis, soudain, elle passe à l'action, pivotant sur ses talons et bondissant sur Evelyn d'un mouvement fluide.

Le coup de feu est assourdissant, et pendant quelques secondes, il n'y a plus que son écho. Hurlant, je me précipite vers Anna alors même que le fusil tombe par terre et que du sang commence à tacher le chemisier d'Evelyn au-dessus de sa hanche.

Sa bouche s'ouvre et se ferme tandis qu'elle tombe à genoux, ses yeux creusés retenant une supplication silencieuse.

Felicity Maddox se tient à la porte, un cauchemar ambulant. Elle porte toujours sa robe de soirée bleue, mais est désormais trempée et couverte de boue. Son maquillage coule sur ses joues pâles sillonnées des griffures laissées par les branches lors de sa course effrénée parmi les arbres. Son rouge à lèvres est étalé, ses cheveux sont en désordre, et elle tient fermement le revolver noir dans sa main.

Elle lance un rapide coup d'œil dans notre direction, mais je doute qu'elle nous voie. Sa rage l'a rendue à moitié folle. Pointant le revolver vers le ventre d'Evelyn, elle presse une fois de plus la détente, la détonation si puissante que je dois me couvrir les oreilles tandis que du sang éclabousse le papier peint. Insatisfaite, elle fait encore feu, et Evelyn s'écroule au sol.

Tout en marchant vers elle, Felicity tire les dernières balles sur le corps sans vie d'Evelyn.

60

Le visage d'Anna est enfoncé dans ma poitrine, mais je ne puis détacher mon regard de Felicity. Je ne sais pas si elle a rendu justice ou non, mais je lui suis tout de même désespérément reconnaissant. Le sacrifice d'Anna m'aurait libéré, mais la culpabilité ne m'aurait jamais abandonné.

Sa mort aurait fait de moi un étranger à moi-même.

Felicity m'a sauvé.

Son revolver est vide, mais elle continue de presser la détente, noyant Evelyn sous un déluge de clics vides. Elle continuerait sans doute éternellement si elle n'était interrompue par l'arrivée du médecin de peste. Il lui prend doucement l'arme de la main et, comme si un charme avait été brisé, ses yeux s'éclaircissent et ses membres reprennent vie. Elle semble à bout de forces, poussée dans ses derniers retranchements.

Elle jette un dernier long regard au corps d'Evelyn puis acquiesce en direction du médecin de peste avant de passer à côté de lui et de quitter la pièce, sans même une lanterne pour guider ses pas. Un instant plus tard, la porte à l'avant de la loge s'ouvre et le martèlement de la pluie emplit l'air.

Je lâche Anna et me laisse tomber sur la moquette, tenant ma tête entre mes mains.

« Vous avez dit à Felicity où nous étions, n'est-ce pas ? » dis-je entre mes doigts.

Ça ressemble à une accusation, même si je suis certain que je voulais lui signaler ma gratitude. À ce stade, après tout ce qui s'est passé, peut-être est-il impossible de démêler l'une de l'autre.

« Je lui ai laissé le choix, répond-il en s'agenouillant pour fermer les yeux d'Evelyn. Sa nature a pris soin du reste, tout comme la vôtre. »

Il regarde Anna tout en disant cela, mais ses yeux glissent bientôt sur moi puis parcourent les murs éclaboussés de sang avant de se poser de nouveau sur le corps qui gît à ses pieds. Une partie de moi se demande s'il n'admire pas son propre ouvrage, la destruction indirecte d'un être humain.

« Quand avez-vous su qui était la vraie Evelyn ? demande Anna en scrutant le médecin de peste de la tête aux pieds, l'examinant avec un émerveillement enfantin.

— Précisément en même temps que vous, répond-il. Je suis venu au lac comme vous me l'avez demandé, et j'ai vu de mes yeux le moment où elle a été démasquée. Quand j'ai compris où elle vous emmenait, je suis retourné à Blackheath pour communiquer l'information à la comédienne.

— Mais pourquoi nous avoir aidés ? demande-t-elle.

— Justice, déclare-t-il simplement, le masque orné d'un bec se tournant dans sa direction. Evelyn méritait de mourir, et Felicity méritait de la tuer. Vous deux aviez prouvé que vous méritiez votre liberté, et je n'allais pas vous laisser échouer au dernier obstacle.

— Ça y est, nous en avons vraiment fini ? dis-je d'une voix tremblante.

— Presque. J'ai toujours besoin qu'Anna me dise formellement qui a tué Evelyn Hardcastle.

— Et Aiden ? demande-t-elle en posant une main sur mon épaule. Il a accusé Michael.

— M. Bishop a résolu les meurtres de Michael, Peter et Helena Hardcastle, et la tentative de meurtre sur Felicity Maddox, un crime si intelligemment dissimulé qu'il était parfaitement inconnu de moi et mes supérieurs, répond le médecin de peste. Je ne peux pas lui en vouloir d'avoir répondu à des questions que nous n'avons jamais songé à poser, et je ne punirai pas un homme qui a tant risqué pour sauver quelqu'un d'autre. Maintenant il me faut votre réponse. Qui a tué Evelyn Hardcastle, Anna ?

— Vous n'avez rien dit des autres hôtes d'Aiden, remarque-t-elle avec obstination. Les laisserez-vous également partir ? Certains d'entre eux sont toujours vivants. Si nous partons maintenant, nous pouvons toujours probablement sauver le majordome. Et ce pauvre Sebastian Bell ? Il s'est réveillé seulement ce matin. Que fera-t-il sans moi pour l'aider ?

— Aiden *est* le Sebastian Bell qui s'est réveillé ce matin, répond avec douceur le médecin de peste. Ils n'ont jamais été autre chose qu'une illusion d'optique, Anna. Des ombres sur un mur. Maintenant vous pouvez partir avec la flamme qui les a projetées, et quand ce sera fait, ils disparaîtront. »

Elle le regarde en clignant des yeux.

« Croyez-moi, Anna. Dites-moi qui a tué Evelyn Hardcastle et tout le monde sera libéré. D'une manière ou d'une autre.

— Aiden ? »

Elle me regarde d'un air incertain, attendant mon approbation. Je ne puis qu'acquiescer. L'émotion monte en moi, attendant d'être libérée.

« Felicity Maddox, déclare-t-elle.

— Vous êtes libres, dit-il en se levant. Blackheath ne vous retiendra plus ni l'un ni l'autre. »

Mes épaules tremblent. Incapable de réprimer mes larmes, je me mets à sangloter misérablement, huit jours de malheur et de peur se déversant comme un poison. Anna m'étreint, mais je ne peux pas m'arrêter. Je suis à bout de nerfs, soulagé et épuisé, mais également terrifié à l'idée que tout ça pourrait être une ruse.

Tout le reste à Blackheath a été un mensonge, pourquoi ceci n'en serait-il pas un ?

J'observe le corps d'Evelyn et revois Michael se débattant dans la véranda, et la mine décontenancée de Stanwin quand Daniel lui a tiré dessus dans la forêt. Peter et Helena, Jonathan et Millicent, Dance, Davies, Rashton. Le valet de pied et Coleridge. Les morts qui se sont accumulés.

Comment peut-on échapper à tout ça ?

En prononçant un nom…

« Anna, dis-je tout bas.

— Je suis là, répond-elle en s'accrochant férocement à moi. Nous rentrons à la maison, Aiden. Vous avez réussi, vous avez tenu votre promesse. »

Elle me regarde sans la moindre trace de doute dans les yeux. Elle sourit, débordante de joie. Un jour et une vie. Je pensais que ça ne suffirait pas pour s'échapper de cet endroit, mais peut-être est-ce le *seul* moyen de le quitter.

Tout en continuant de me serrer fermement, elle lève les yeux vers le médecin de peste.

« Qu'est-ce qui se passe maintenant ? demande-t-elle. Je ne me souviens toujours de rien avant ce matin.

— Ça va revenir, répond-il. Vous avez purgé votre peine, donc toutes vos possessions vous seront rendues, y compris vos souvenirs. Si vous le désirez. La plupart des gens préfèrent les abandonner derrière eux et continuer tels qu'ils sont. Vous feriez peut-être bien d'y réfléchir. »

Anna digère cette information, et je m'aperçois qu'elle ne sait toujours pas qui elle est, ni ce qu'elle a fait. Ça va être une conversation difficile, et je n'ai pas la force d'y faire face pour le moment. J'ai besoin de remiser Blackheath au plus profond des ténèbres, là où vivent les cauchemars, et je n'en serai pas libéré avant très longtemps. Si je peux épargner une souffrance semblable à Anna, ne serait-ce que pour un petit moment, je le ferai.

« Vous feriez bien d'y aller, dit le médecin de peste. Je crois que vous avez passé suffisamment de temps ici.

— Vous êtes prêt ? demande Anna.

— Oui, dis-je en la laissant m'aider à me relever.

— Merci pour tout », dit-elle au médecin de peste, faisant une révérence avant de quitter la pièce.

Il la regarde partir, puis me tend la lanterne d'Evelyn.

« Ils vont la chercher, Aiden, murmure-t-il. Ne faites confiance à personne, et ne tentez pas de vous rappeler. Au mieux, les souvenirs vous paralyseront, au pire… » Il laisse sa phrase en suspens. « Une fois que vous serez libérés, fuyez et ne vous arrêtez jamais. C'est votre unique chance.

— Que va-t-il vous arriver ? Je doute que vos supérieurs soient heureux quand ils découvriront ce que vous avez fait.

— Oh, ils seront furieux, répond-il joyeusement. Mais aujourd'hui est une bonne journée, et Blackheath n'en a pas connu de semblable depuis très longtemps. Je crois que je vais la savourer quelque temps, et je m'inquiéterai demain du prix à payer. Ça arrivera bien assez vite, comme toujours. » Il tend la main. « Bonne chance, Aiden.

— À vous aussi », dis-je, la serrant avant de sortir dans la tempête.

Anna attend sur la route, les yeux rivés sur Blackheath. Elle semble si jeune, si insouciante, mais c'est un masque. Il y a un autre visage sous celui-ci, celui d'une femme haïe par la moitié du monde, et je l'ai aidée à être libérée. L'incertitude monte en moi, mais quoi qu'elle ait fait, quoi que nous réserve l'avenir, nous le surmonterons ensemble. Tout ce qui compte pour moi, c'est ici et maintenant.

« De quel côté ? demande-t-elle tandis que je balaie la forêt obscure avec la lumière chaude de la lanterne.

— Je ne sais pas. Je crois que ça n'a aucune importance. »

Elle me prend la main, la serre doucement.

« Alors commençons à marcher, et nous verrons bien où ça nous mènera. »

Et c'est ce que nous faisons, un pied devant l'autre, nous enfonçant dans l'obscurité avec seulement une infime lueur pour nous guider.

J'essaie de me représenter ce qui m'attend.

La famille que j'ai abandonnée ? Des petits-enfants qui ont grandi en entendant le récit de ma vie ? Ou alors juste une autre forêt, une autre maison embourbée dans les secrets ? J'espère que non. J'espère que mon monde est quelque chose de totalement différent. Quelque chose d'inconnu et de mystérieux, quelque chose que je ne puis même pas imaginer avec l'esprit de Gold. Après tout, Blackheath n'est pas la seule chose que je fuis. Eux aussi, je les fuis. Bell et le majordome, Davies, Ravencourt, Dance et Derby. Rashton et Gold. Blackheath était la prison, mais ils étaient les chaînes.

Et aussi les clés.

Je dois ma liberté à chacun d'entre eux.

Et Aiden Bishop ? Que lui dois-je ? L'homme qui m'a piégé ici afin de pouvoir torturer Annabelle Caulker. Je ne lui rendrai pas ses souvenirs, j'en suis certain. Demain, je verrai son visage dans le miroir et, d'une manière ou d'une autre, je devrai me l'approprier. Pour y parvenir, je dois repartir de rien, libéré du passé, libéré de lui et des erreurs qu'il a commises.

Libéré de sa voix.

« Merci », dis-je à voix basse, le sentant finalement s'éloigner.

C'est comme un rêve, il y a trop de choses à espérer. Demain, il n'y aura pas de valet de pied à vaincre. Pas d'Evelyn Hardcastle à sauver ni de Daniel Coleridge à contrecarrer. Pas d'horloge égrenant les heures dans une maison remplie d'énigmes. Au lieu de l'impossible, je n'aurai à me soucier que de l'ordinaire. Le luxe de me réveiller dans le même lit deux jours d'affilée, ou de pouvoir atteindre le village voisin si j'en ai envie. Le luxe de la lumière du soleil. Le luxe de l'honnêteté. Le luxe d'une vie qui ne s'achèvera pas par un meurtre.

Demain pourra être ce que je voudrai, ce qui signifie que, pour la première fois depuis des décennies, je peux avoir hâte que ce jour arrive. Au lieu d'être une chose à craindre, il pourra être une promesse que je me fais à moi-même. Une chance d'être plus courageux ou plus bienveillant, d'arranger les choses. D'être meilleur que je ne le suis aujourd'hui.

Chaque jour après celui-ci sera un cadeau.

Je dois juste continuer de marcher pour y parvenir.

Remerciements

Les Sept Morts d'Evelyn Hardcastle n'existerait pas sans mon agent, Harry Illingworth. Il a su avant moi ce que pourrait être cette histoire, et m'a aidé à la déterrer. Tu es un gentleman, Illingworth.

Pour sa sagesse et son scalpel à mots, j'aimerais remercier mon éditrice Alison Hennessey, alias la Reine de Raven, alias la tueuse (de paragraphes) glamour. J'ai écrit une histoire, Alison en a fait un livre.

Je suis aussi redevable à Grace Menary-Winefield, mon éditrice américaine, qui m'a posé des questions que je n'avais jamais songé à poser et m'a aidé à creuser plus profondément dans ce monde que j'avais créé.

Et tant que j'y suis, je ne peux pas négliger les autres membres de Raven Books et Sourcebooks, qui m'ont rendu humble par leur talent, leur enthousiasme et leur gentillesse en général. Parmi ceux-ci, j'aimerais particulièrement mettre en avant Marigold Atkey, qui a enduré ma panique – et mes changements de dernière minute – avec bonne humeur et sagesse. Aucun doute que quelqu'un, quelque part, l'a entendue crier, mais ce n'était pas moi. Et de ça, je lui suis très reconnaissant.

Mention spéciale à mes premiers lecteurs, David Bayon, Tim Danton et Nicole Kobie, qui ont lu cette histoire dans sa phase « David Lynch » et m'ont très gentiment fait remarquer que les indices, la grammaire et les rappels de l'intrigue n'étaient pas un signe de faiblesse.

Et, enfin, à mon épouse, Maresa. Si vous voulez faire quelque chose de stupide (comme passer trois ans à écrire un roman policier avec des voyages dans le temps et des changements de corps), vous avez besoin que votre meilleure amie soit de votre côté, du début à la fin. Elle l'a été, et l'est encore. Je n'aurais pas pu le faire sans elle.

MIXTE
Papier issu de
sources responsables
FSC® C003309

10/18, une marque d'Univers Poche,
est un éditeur qui s'engage pour
la préservation de l'environnement
et qui utilise du papier fabriqué à partir
de bois provenant de forêts gérées
de manière responsable.

10/18 – 92 avenue de France, 75013 PARIS

Imprimé en France par CPI

N° d'impression : 3041342
Suite du premier tirage : novembre 2020
X06406/08